Michael Degen

AF151701

*Familien*bande

Roman

Rowohlt Taschenbuch Verlag

3. Auflage Mai 2022

Veröffentlicht im Rowohlt Taschenbuch Verlag,
Reinbek bei Hamburg, September 2012
Copyright © 2011 by Rowohlt · Berlin Verlag GmbH, Berlin
Zitat S. 7 u. S. 465: Thomas Mann, Tagebücher 1918–1921,
S. Fischer Verlag, 1979, S. 209
Zitat S. 134: Thomas Mann, Gesammelte Werke III,
S. Fischer Verlag, 1960, S. 24
Zitat S. 468: Thomas Mann, Briefe 1948–1955
und Nachlese, Aufbau Verlag, 1968, S. 18
© S. Fischer Verlag
Umschlaggestaltung: any.way, Walter Hellmann
(Fotonachweis: Quelle: Monacensia, München)
Satz Pinkuin Satz und Datentechnik, Berlin
Druck und Bindung BoD – Books on Demand GmbH, Norderstedt, Germany
ISBN 978-3-499-24937-2

Rowohlt Verlag GmbH, Kirchenallee 19, 20099 Hamburg

Kontaktadresse nach EU-Produktsicherheitsverordnung:
produktsicherheit@rowohlt.de

Michael Degen, 1932 in Chemnitz geboren, 2022 in Hamburg gestorben, war Schauspieler und Schriftsteller. Er überlebte den Nationalsozialismus mit seiner Mutter im Berliner Untergrund. Nach dem Krieg absolvierte er eine Ausbildung am Deutschen Theater in Berlin. Er trat an allen großen deutschsprachigen Bühnen auf und arbeitete mit Regisseuren wie Ingmar Bergman, Peter Zadek und George Tabori zusammen. Seine Autobiographie «Nicht alle waren Mörder» (1999) wurde zum Bestseller, es folgten deren zweiter Teil, «Mein heiliges Land» (2007), der Roman «Familienbande» (2011) über Michael Mann, den jüngsten Sohn der Familie Mann. 2015 erschien «Der traurige Prinz», sein letzter, autobiographischer Roman, der von einer prägenden Begegnung mit dem Schauspieler Oskar Werner erzählt.

«Degen erzählt, wie verquer, lustig und katastrophal lieblos es in der berühmtesten deutschen Schriftstellerfamilie der Neuzeit zuging.» (Kultur Spiegel)
«Ein kluger, berührender Liebes-, Künstler- und Zeitroman.» (Freie Presse)
«Ein intensives, bewegendes, ungeschöntes Buch über die Familie Mann.» (Münchner Merkur)

Wie immer – für Suse

«... so ist festzustellen, daß ich für den Knaben bei Weitem die Zärtlichkeit nicht aufbringe, wie vom ersten Augenblick an für Lisa, – was Wunder nehmen könnte.»

Aus dem Tagebuch von Thomas Mann

Eins

Der Kruzifixus

Er war von Beginn an nicht sehr erbaut darüber, dass man ihn in diese Welt geworfen hatte. Unter Beihilfe eines Vaters, damals schon fast weltberühmt, und einer Mutter, deren ausschließlicher Lebensinhalt ebendieser Vater war.

Misstrauisch beäugte er seine Eltern und verbrüllte fast sein ganzes Babydasein. Dieser wütende Protest mochte vielleicht auch daher kommen, dass er sich mit der Lieblosigkeit seiner Umgebung nicht abfinden wollte. Sobald das unbewegte, kühläugige Gesicht seines Erzeugers über ihm auftauchte, schrie er vor Schreck auf. Diese ausdruckslose Miene versetzte ihn in Wut und Angst. Schon bald versuchte er, mit seinen strampelnden Beinchen das Gesicht über sich zu erreichen. Vergebens. Dafür schrie er. Und wie! Der Vater äußerte einmal, dass der Junge ihn ebenso wenig leiden könne wie er ihn. Am liebsten hätte er sich wohl zum Söhnchen ins Bett gelegt und auf ähnliche Weise gestrampelt. Aber das mochte er überhaupt nicht aussprechen. Schon gar nicht der Mutter gegenüber.

Das widerliche Geschöpf brüllte mit Lust und Energie über Zeiträume hinweg, die erstaunlich waren. Mutter Mielein tastete ihr Kind von oben bis unten ab, betrachtete immer wieder sein ausgeprägtes Geschlecht und betonte wiederholt, dass Buben, im Gegensatz zu kleinen Mädchen, eigentlich viel stiller und gelassener wären. Langsam kam ihr der Gedanke, dass er bei der Geburt innere Verletzungen davongetragen haben könnte. Hatte der Bub sie doch nach dem Platzen der Fruchtblase und den einsetzenden Eröffnungswehen beinahe zerrissen, sodass er mit der Zange herausgezogen werden musste. Doktor Amman, den sie umgehend konsultierte, und auch die Köckenberg, eine sehr brauchbare Amme, konnten sie nur mit Mühe beruhigen. Es sei alles im Lot, versicherte man ihr nach eingehender Untersuchung. Der Junge sei nun einmal mit einem enormen Temperament gesegnet. Das werde sich später noch sehr positiv niederschlagen. «Oder auch nicht», sagte Vater Pielein, dem die geradezu groteske Hässlichkeit des Sohnes sehr zu schaffen machte.

Einige Tage später fand er ihn schon ein wenig anziehender, denn die rechteckig in die Länge gezogene Kopfform hatte sich etwas normalisiert. Doch die Augen – nun ja. Die Augen hatten zwar die bläuliche Färbung seiner um ein Jahr älteren Schwester, verwässerten aber bald zu einem langweiligen Grau und konnten nie das einmalige schwesterliche Strahlen erreichen. Pielein hatte zeitweilig den Eindruck, als wäre ihnen, Mielein und Pielein, nicht mehr als ein billiger Abklatsch der kleinen Lisa, ihrem «Medi», gelungen.

Bald verlangte der Junge äußerst geschickt nach der Brust Mieleins. Dem Vater war es ein Gräuel, Derartiges mit ansehen zu müssen. Er floh vor dem unerklärlichen Ekel, den ihm das männliche Gebaren des Säuglings einflößte. Man fing an, sich aus ordinärer Watte birnenförmige Ohrstöpsel zu drehen, doch das reichte nicht hin. Dann ging man dazu über, die damals gerade aufkommenden Damenbinden zu zerfleddern, deren Material der ältesten Schwester, Eri, undurchlässiger zu sein schien und die sie mit großer Sorgfalt zu winzigen Kügelchen verarbeitete. Es war alles umsonst. Babys Stimme wurde von Nacht zu

Nacht kräftiger und ließ besonders Pielein, den kreativen Groß-verdiener der Familie, leiden. Wenn dieser die Beherrschung zu verlieren drohte und Anstalten machte, in Babys Zimmer zu stürzen, um es zur Ordnung zu rufen, stand immer schon Mie-lein mit besorgtem Blick in der Tür und bat stumm um Nach-sicht. Hilflos kehrte Pielein dann in sein Zimmer zurück, wäh-rend Mielein den Jungen zu sich ins Bett hinüberrettete. Das hatte stets Erfolg.

Doch die ungewohnte Stille machte es nicht einfacher. Die großen Geschwister, Klaus und Erika, waren hellwach, saßen im Flur vor ihren Zimmern auf dem Boden und warteten ki-chernd auf den nächsten Anfall ihres kleinen Bruders. Der kam prompt, sobald Mielein den Schlafenden in sein Bett zurück-zutragen versuchte. Dann vergrub Aissi, wie man den ältesten Sohn nannte, seinen spitz zulaufenden Nasenerker im Schoß seiner Schwester, um sein hemmungsloses Gelächter zu ersti-cken. Er wusste, dass Eri sich besser in der Gewalt hatte als er sich. War sie doch weit eher nach Mielein geraten. Zwar sah man auch ihrer Nase die Lübecker Herkunft an, auch übte sie sich schon früh in der undurchsichtigen Mimik väterlicher Tra-dition, aber die dunklen Augen der Mutter machten ihr Gesicht weicher, morgenländischer. Hier kam die mütterliche Herkunft ans Licht, veredelt durch eine alttestamentarische Melancholie, die sich im Gesicht des jungen Mädchens widerspiegelte.

Wie auch immer. Während sie ihren Jüngsten erneut zu beruhigen suchte, dachte Mielein darüber nach, was es wohl war, das ihn so permanent aus der Fassung brachte. Sie sah sich im Kinderzimmer um und schob das Bettchen mitsamt dem kleinen Michael an die Längswand des Raumes, denn sie hatte irgendwann einmal gehört, dass Schlafstätten häufig un-günstig zu unterirdischen Quellen oder Flussläufen standen, die es allerorten geben sollte. Pielein hielt das zwar für abergläubischen Blödsinn, konnte sie aber nicht davon abbringen und ließ sie ihr Geschiebe fortsetzen, an dem der Kleine offensichtlich Spaß hatte – und obendrein noch zusätzlichen Grund zum Protest, wenn die Bettfahrten aufhörten. Mielein wusste am Ende gar nicht mehr, wogegen er eigentlich anbrüllte. Pielein setzte sich wochenlang zu Freund Richter nach Feldafing ab, um wieder seine streng eingeteilten Tagesabläufe – Kreationsschübe, Spaziergänge, Musikanimationen, Lesestunden und Nachmittagsruhe – aufnehmen zu können, während die Kinder, vor allem die beiden ältesten, sich bemühten, ihrer Mutter unter die Arme zu greifen und den kleinen Brüller zu beschäftigen. Sie beobachteten ihn, lasen in seinem Mienenspiel, wann er wieder in die Windeln machte, und schlossen Wetten darüber ab, ob es Pipi oder A-A wäre, bei dem er sich gerade abmühte. Das darauffolgende «Pipi»- und «A-A»-Geschrei der beiden machte Eindruck auf den Kleinen. Weiß der Himmel, warum er sich eines Tages ausgerechnet «Pipi» zum Einstieg in die sprachliche Verständigung wählte. Das explosive «P» schien ihm allerdings einige Schwierigkeiten zu bereiten, denn er ersetzte es durch ein weiches «B» und schrie sein triumphierendes «Bibi» heraus, um wenig später in höllisches Greinen auszubrechen, weil ihn die kalt werdende Nässe zu quälen begann. Dabei hatte seine Schwester Medi doch gerade jubelnd die Arme hochgeworfen.

Bibi, so wurde er fortan von allen fünf Geschwistern genannt, und allmählich übernahmen das auch die Eltern, schrie – trotz ständig wechselnder Bettstellungen – weiterhin die Nächte durch, wenn Mielein ihn nicht zu sich ins Bett nahm, was ihren eigenen Schlaf erheblich störte. In heller Verzweiflung schob sie schließlich das Gitterbettchen Bibis in ihr Zimmer, und siehe da, er schlief gleich darauf friedlich ein. In seinem Bett, gegen das er doch eben noch so wütend mit den Beinchen angestrampelt hatte. «Es muss sich demnach etwas in seinem Zimmer befinden, das ihn so sehr irritiert», sagte sich Mielein, verließ ihr Schlafzimmer mit dem schlummernden Bibi darin und betrat das seine. Immer horchend, ob der Jüngste drüben nicht aufwachte und sein Brüllen wieder aufnähme, schaute sie sich um. Fest entschlossen, jeden Gegenstand im Raum einer eingehenden Betrachtung zu unterziehen, stellte sie den Stuhl, den Pielein irgendwann einmal hereingebracht hatte, um den Jungen in der Nacht zu beobachten, mitten ins Zimmer und setzte sich darauf.

Ohne das Bett wirkte das Zimmer größer, übersichtlicher. Wickelkommode, Cremedosen, die kleine emaillierte Badewanne – nichts schien ihr, auch aus dem Blickwinkel des Kleinen, anstößig oder gar angsteinflößend zu sein. Die Kronleuchterimitation an der hohen, mit Stuck verzierten Zimmerdecke glitzerte hell und freundlich. Sicher eher ein anziehender Anblick für Kinderaugen. Konnte der Stuhl, auf dem sie saß, ihn beunruhigen? Identifizierte er ihn mit dem unduldsamen und gestrengen Vater? Aber nein, der Stuhl war ja überhaupt erst auf Grund des lautstarken Babyprotests hineingestellt worden. Schließlich blieb ihr Blick an dem bemalten Kruzifix hängen, das an der Wand, an der sein Bettchen gestanden hatte, angebracht worden war. Ein Teil der Einrichtung, den sie bislang nie bewusst wahrgenommen hatte und der wohl weniger als religiöses Mahnmal denn als allzu realistisch bemalter Kunstgegenstand gedacht war. Das schmerzverzerrte Gesicht des «Marterl», die Blutstropfen, die ihm über Wangen und Kinn liefen, mochten für das sensible Kinderauge schon eine Zumutung sein. Denn dieser mosaisch geprägte, quälend ausdrucksvolle Männerkopf jagte auch ihr einen Schrecken ein, jetzt, da sie ihn so bewusst betrachtete. Sie stand auf, war gezwungen, den Stuhl unter das Kruzifix zu stellen, um es auf Augenhöhe ansehen zu können, und nahm es kurz entschlossen herunter. «Ein Kunstgegenstand, nichts als ein Kunstgegenstand», sagte sie sich, während sie es auf dem Boden ihres Kleiderschranks verstaute. Und auch das scharrende Geräusch, das sie dabei verursachte, weckte den Kleinen nicht auf.

Am nächsten Tag schob sie das Bett des Kleinen wieder an seinen Platz im Kinderzimmer, und nicht einmal Böllerschüsse hätten Bibi in der folgenden Nacht wecken können.

Als Pielein sich nach seiner vierzehntägigen Abwesenheit wieder zu Hause sehen ließ – Mielein hatte ihm brieflich die Beruhigung Bibis mitgeteilt –, betrat er das Zimmer seines Jüngsten, um sich von dessen Tiefschlaf zu überzeugen. Doch sogleich zeigte er sich irritiert: «Irgendetwas ist hier verändert», murmelte er leise, während er sich umschaute.

«Der Stuhl», fiel Mielein ihm flüsternd ins Wort, «der Stuhl, den du hereingebracht hast. Ich habe ihn wieder an seinen Platz ins Arbeitszimmer gestellt.»

«Nein, nein», er schüttelte den Kopf, und sein Blick blieb an der leeren Wand über dem Bettchen haften. Er drehte sich zu Mielein um und sah ihr in die Augen. «Du verzeihst, aber ich vermisse eine sehr kostbare Schnitzerei, die ich auf meiner ersten Italienreise erstanden habe. Ein Kruzifix von seltsam intensivem Ausdruck und äußerst ungewöhnlicher Ausführung. Ähnlich der Arbeitsweise unseres deutschen Herrgottschnitzers, des Tilman Riemenschneider. Obwohl, wenn ich es recht bedenke, doch eine Spur zu italienisch, zu leichtfertig in der Farbgebung. Wie gesagt, ich vermisse es. Es war gewissermaßen als Gabe für den Neugeborenen gedacht, zum Eintritt ins Leben und in einen bestimmten Kulturkreis, meine Liebe.» Er ließ den Blick nicht von ihr.

Sie eröffnete ihm daraufhin, dass sie es herabgenommen habe, weil es als eindeutig erwiesen gelte, dass dieses bluttriefende Männlein am Kreuz die Ursache für die schlimmen Irritationen Bibis gewesen sei. «Du siehst ja», sie deutete mit der Hand auf den schlafenden Knaben, «wie friedlich er ist.»

Pielein ließ sich auf dem Stuhl nieder und betrachtete seinen Jüngsten ohne Sympathie. Seine sonst so kühlen grauen Augen hatten eine dunkle Färbung angenommen, und seine Finger zupften an seinem makellos gepflegten Schnurrbart. Mielein stand schweigend hinter ihm und blickte über seine Schulter hinweg in den Raum. Merkte er denn gar nicht, wie müde sie war? Wie sehr ihr schon wieder die geschwollenen Beine zu schaffen machten? Nachdenklich ergriff er ihre Hand, mit der sie sich vorsichtig auf die Stuhllehne stützte. «Das halte ich doch für sehr unüberlegt, meine Liebe», begann er flüsternd, ohne sich ihr zuzuwenden. «Du solltest bedenken, dass der Junge in unseren abendländischen Kulturkreis hineingeboren und unter Berücksichtigung dieser Tatsache erzogen werden sollte. Nachsicht gegenüber kindlichen, um nicht zu sagen, kindischen Aversionen wäre völlig unangebracht. Auf die Dauer würde er nur Schaden daran nehmen.»

«Auf welche Weise würde er denn Schaden nehmen?», fragte Mielein mit zusammengebissenen Zähnen, während sie das schmerzende Standbein wechselte.

«Durch schlampigen Umgang mit den religiösen, politischen oder kulturellen Werten, die sich nun einmal in diesem Umfeld hier entwickelt haben», erwiderte er. «Wir sollten gerade bei den Knaben auf konsequente Erziehung achten. Derart vernachlässigte Kinder können für Denkanstöße von falscher Seite sehr empfänglich sein. Er wird es uns später einmal danken, dass wir ihn zu einem vernünftigen Mitglied unserer europäisch-christlichen Kultur erzogen haben.»

«Du wirst mir aber doch wohl zugeben, dass die abendländische Kultur nicht nur auf der christlichen basiert», widersprach Mielein. Ihr Flüsterton hatte sich zu einem aggressiven Zischen gesteigert.

Auch Pielein wurde zusehends nervöser. Und lauter. «Ich habe nicht die Absicht …»

Mielein hielt – «Pssst!» – flüsternd den Zeigefinger vor die Lippen.

«Ich habe nicht die Absicht», wiederholte er leiser, «eine prozentuale Aufrechnung in Bezug auf Einfluss oder Prägung religiöser und anderer Weltanschauungen zu diskutieren. Das scheint mir überdies auch nicht der passende Ort dafür zu sein. Mir geht es einzig und allein darum, was hier und jetzt in unserer Zeit den Ton angibt. Du brauchst nur am Morgen einmal den Kopf aus dem Fenster zu halten, um zu erkennen, wer das Sagen hat. Bei uns in Bayern hörst du sie sogar durch die geschlossenen Scheiben. Wer käme gegen diese Glocken an? Etwa das Geschrei der Muezzins oder der weinerliche Singsang aus einer Synagoge?»

«Mir geht es nicht um die dominante Stellung der Kirche in unserem Lande, sondern nur um den Schock, den dieses blutende, am Kreuz leidende Männlein im Kinde auslöst», widersprach sie. Unversehens nahm sie wieder einmal seinen gestelzten Sprachduktus an, dem sie sich, je länger ihre Auseinandersetzung dauerte, desto weniger entziehen konnte. «Und nebenbei bin ich erstaunt darüber, dass du ausgerechnet das christliche Element in der europäischen Kulturlandschaft so stark betonst, habe ich dich doch als kritischen Betrachter aller

Religionen, ich möchte sogar meinen, als zutiefst ungläubigen Thomas kennengelernt.»

«Das tut nichts zur Sache. Ich werde mich weder heute noch morgen zu irgendeinem Glaubensbekenntnis verführen lassen. Aber wir leben nun einmal in diesem Teil der Welt, und dem haben wir Rechnung zu tragen. Ich möchte dem Jungen nur eine solide Basis für sein Leben schaffen», flüsterte Pielein versöhnlicher. Er stand auf. «Du kannst dich im Übrigen damit trösten», setzte er mit einem leicht maliziösen Lächeln hinzu, «dass der Gründer und Prophet dieser nicht nur in unserem beschaulichen Bayern verbreiteten Bewegung ein Kind deines Stammes gewesen ist. Der italienische Schnitzer hat ihm stark semitische Züge gegeben, wie ich meine. Ich bitte dich also inständig, dieses außergewöhnliche Kunstwerk wieder an seinen Platz zu hängen. Der Kleine wird und muss seiner Herkunft den nötigen Respekt zollen.» Damit schloss er leise hinter sich die Tür.

Diese mit außerordentlicher Intensität geführte Auseinandersetzung hing Mielein noch lange nach, verstörte und beschämte sie stets von neuem. Hatten sie sie doch in Gegenwart des schlafenden Bibi geführt, bei dem sie noch nach Jahren das Gefühl nicht loswurde, er habe trotz seiner geschlossenen Augen alles mit angehört und gar verstanden. «Unsinn, Unsinn», sagte sie sich dann immer wieder. Das Männlein jedenfalls hing in der nächsten Nacht wieder an seinem alten Platz, und der verzweifelte Gesang des kleinen Bibi erfüllte abermals das Haus.

Eines Tages – Klein-Bibis Stimme wurde immer schwächer und seine Augenringe immer tiefer – schlich Mielein, nachdem sie sich überzeugt hatte, dass Pielein gerade seinen ersten Tiefschlaf absolvierte, ins Zimmer des Jungen, kletterte auf den Stuhl, nahm das italienische Meisterwerk von der Wand und schob es unter das Kinderbett. Allerdings achtete sie sorgsam darauf, vor Pielein und den übrigen Kindern aus den Federn zu kommen, um das Männlein wieder an seinen Platz zu hängen. Erstaunt darüber, dass Bibi ruhig und ungestört weiterschlief, fing sie an, in sich hineinzukichern, und beschloss, auch in den folgenden Nächten den Tiefschlaf Pieleins abzuwarten, wobei sie sich erst mit einem Blick durch den Türspalt überzeugte, ob er auch wirklich seine Nachtlektüre aus der Hand gelegt hatte, um den kleinen, blutbeschmierten Juden wieder unter dem Kinderbett zu verstauen. Das brachte ihr mit der Zeit auch die Augenringe ein, die bei dem Kleinen gar nicht mehr verschwinden wollten. Ein paar Stunden Schlaf fand sie aber dennoch, und Bibi nahm keine Notiz von seinem Gast unterm Bett. Im Gegenteil. Er schien ihn sogar zu beruhigen. Bibi, der bisher selbst im Schlaf seine Bewegungsabläufe brauchte, die sich bis zu konvulsivischen Zuckungen steigern konnten, lag entspannt da und prustete friedlich vor sich hin.

Doch es ging nicht lange gut. Mielein hatte nicht mit den periodisch auftretenden Schlafstörungen Pieleins gerechnet. Eines Nachts drang ein diskretes Klappern und ein Rücken von Gegenständen aus dem Kinderzimmer an ihr Ohr. Sie konnte sich jedoch nicht energisch genug von ihrer Schlafschwere befreien, und als sie am nächsten Morgen zu Bibi ins Zimmer trat, hing das Männlein am gewohnten Ort. Bibi lag friedvoll im Bettchen, spielte mit seiner Rasselkette, die sich um den Bettpfosten geschlungen hatte, und machte einen sehr beschäftigten Eindruck. Hatte Pielein ihn an die Anwesenheit des «Marterl» endlich gewöhnen können? Jedenfalls blieb es nun an der Wand über ihm hängen, ohne dass er dagegen protestierte oder gar seine Kreisch- und Strampelanfälle bekam.

Ob er es von nun an akzeptierte oder einfach ignorierte, wer konnte das wissen? Mielein hatte es selbst nie herausgefunden.

Als sie Bibi viel später einmal danach fragte, starrte er sie nur verständnislos an. Konnte sich nicht mal an das Kunstwerk über seinem Bett erinnern, zumal das Männlein schon bald darauf ins Schlafzimmer Pieleins hinübergewandert war und dort eine Zeit lang an bevorzugter Stelle hing, sodass man es stets vom Bett aus betrachten konnte. Später verschwand es auf unerklärliche Weise aus dem Haus in der Poschinger Straße.

Im Zeichen des Stiers

Die ersten Erinnerungen, die bei Bibi haftenblieben, stammen erst aus dem Jahre 1924. Es war am Ostersonntag. Um München herum lag der Schnee noch in rauen Mengen, und Mielein fuhr mit allen sechs Kindern über Bad Tölz auf den Blomberg. Pielein war wieder einmal an den Starnberger See geflüchtet. In sein Buen Retiro, wie Mielein sich den Kindern gegenüber auszudrücken beliebte. Auf dem Berg angelangt, wälzte sich Bibi schreiend im Schnee und wollte sich nicht auf den Schlitten setzen lassen. Mielein, auf ihren Holzbrettern leicht hin und her schwankend, versuchte ihm gut zuzureden, doch Bibi ließ sich nicht überzeugen. Schließlich riss seiner ältesten Schwester der Geduldsfaden. Sie griff ihn sich, setzte ihn vor sich auf den Schlitten und fuhr mit dem schreienden Brüderchen den Berg hinunter.

«Du verrückter kleiner Zwerg», schrie Eri erbost, «willst du wohl stille sein!» Aber Bibi brüllte nur umso verzweifelter und versuchte, sich vom Schlitten zu werfen, doch seine Schwester zerrte ihn zurück und vergaß vor lauter Wut das Steuern mit den Füßen. Beide kippten in voller Fahrt seitwärts vom Gefährt, und während Eri unversehrt blieb, trug Bibi eine stark blutende Schnittwunde an der rechten Wange davon. Mielein, die auf ihren Brettern in rasantem Tempo hinterhergefahren war, wäre beinahe noch dem quer auf der Piste liegenden Sohn über den Bauch gepflescht. Nur mit letzter Anstrengung – ihr so vorzüglich eingeübter Schneepflug zeigte keine besondere Wirkung – konnte sie am Ende ausweichen, nahm dabei aber in Kauf, ebenfalls heftig auf die Nase zu fallen.

Da lagen sie denn. Eri fluchte vor sich hin, Mielein, die erst einmal von ihren Brettern loszukommen suchte, bat sie in gleicher Lautstärke, mit dem Fluchen aufzuhören, während die anderen Kinder sich jubelnd neben sie in den Schnee fallen ließen und sich gegenseitig Schnee ins Gesicht warfen. Einzig die kleine Medi, die an der Hand ihres Bruders Aissi herabgestiefelt war, schrie und zeigte auf Bibi, der sich völlig perplex über die Wange strich und fasziniert seine feucht-rote Hand anstarrte.

Mielein hatte sich endlich von ihren Brettern befreit, nahm Bibi auf den Arm und stapfte, umringt von den Kindern, durch den Schnee zu einer kleinen Imbissbude, wo man den Jungen provisorisch mit Heftpflastern zuklebte. Nachdem Schlitten und Skibretter in einem Taxi verstaut waren, ging es mit einem zweiten Taxi nach Bad Tölz zum Arzt. Dort kannte Mielein sich aus, hatten sie hier doch bis zum Jahr 1917 ein wundervolles Haus besessen, von dem die älteren Kinder heute noch schwärmten, nicht dagegen der große Literaturzauberer, der nach dem Krieg wieder seine Liebe zur See entdeckt und die schier endlose Weite des Meeres gerühmt hatte. «Du weißt doch», pflegte er zu sagen, «wie weit du hierzulande nach oben kraxeln musst, um einen unverstellten Blick auf deine Umgebung zu erhalten.»

Für die älteren Kinder jedoch bedeutete das Haus in Tölz, obwohl es nur einige wenige Jahre im Familienbesitz gewesen war, die längste, lustvollste und unbeschwerteste Zeit in ihrem Leben. Denn ein Jahr, im Erwachsenendasein von so kurzer Dauer, scheint sich für den jungen Menschen ewig zu dehnen.

Und erst recht in einem Ort wie Tölz, der mit seinen freundlich bemalten Hausfassaden, seinen Giebeln und Erkern wie eine Spielzeugstadt anzuschauen ist. Mit seinen winzigen Bächlein, die die Straßenzüge unterbrechen, und seinen Einwohnern, die den Zugereisten zwar öfter das lederne Hinterteil zuwenden und in sich hineingrummeln – wenn man ihnen schmeichelt, irgendwann aber doch auftauen.

Auch Mielein konnte sich nicht sattsehen an den niedlichen Bauten, an der Bergkette in der Ferne, die bei Föhnwetter so nahe rückt, dass man sie hätte anfassen mögen. Hier fühlte sie sich fast noch mehr zu Hause als im hektischen München. Bibi dagegen, für den Tölz nur ein Ausflugsort war, zeigte nicht das geringste Interesse am bayerischen Oberland und noch weniger an seinem Winter. Er fror allzu schnell an Händen, Füßen, Nase, und er hasste den Schnee. Selbst in späterer Schulzeit, als er bei Ausflügen auf die Bretter gezwungen wurde und sich, fast gegen seinen Willen, zu einem exzellenten Skifahrer entwickelte, blieb ihm seine Abneigung gegen den Winter mit seinem Schnee erhalten.

Die Geschwister aber hatten großen Spaß daran, ihn wie unabsichtlich auf die Piste zu stoßen und sich viel Zeit mit dem Abschnallen seiner Bretter zu lassen, wenn er auf den Hintern gefallen war. Bei einem seiner Jähzornsausbrüche hielten sie sich den Bauch vor Lachen, weil er dabei riesige Schneewolken um sich herum aufsteigen ließ. Schon damals ein sehr gedrungener, kleiner Mann, mit vorgewölbtem Brustkorb und unverhältnismäßig großem Kopf, stand er da, die Schultern hochgezogen, und starrte seine Geschwister finster und angriffsbereit an. Ging sogar mit stark ausholenden Schritten auf sie los, indem er seine Beine beunruhigend weit nach vorn schleuderte, wenn sie ihre Hänseleien und kindlichen Boshaftigkeiten übertrieben.

Einmal, so erzählte ihm Aissi später, war er in ähnlicher Weise auf das Kindermädchen Traudl losgegangen. Gertraud von Boeck, ein sehr junges, pausbäckiges Mädchen von schlichtem Gemüt, hatte Bibi, er war gerade sechs Jahre alt geworden, den Auftrag erteilt, der Köchin einen Liter Milch zu holen. Also drückte sie ihm eine Henkelkanne in die Hand und schob ihn zur Gesindetür hinaus. Er, der ungeliebte Spaziergänge erträglicher machte, indem er sich in andere und, wie er glaubte, spannendere Welten hineinträumte, machte auch jetzt wieder von dieser Technik Gebrauch. Dieses Mal hatte er die Geschichte vom Untergang des Kreuzers Emden gewählt, der ihn wiederholt beschäftigt hatte, weil dessen Kapitän die tödliche Selbstversenkung befohlen hatte, um das Schiff nicht in feindliche Hände geraten zu lassen. Eine Geschichte, die sein Bruder Golo ihm erzählt hatte und die ihn stets zu Tränen rührte, wenn sie ihm in den Sinn kam. Gehorsam lief er, in der traurigen Rolle des Kapitäns, zum Milchmann am Kufsteiner Platz, ließ sich die Milch einschöpfen, sagte seinen Spruch auf, den ihm die Traudl eingebläut hatte, «Schreiben's auf d'Rechnung», und verließ, ganz Kapitän, das Geschäft. Ohne Kanne. Sein Arm mit der zur Faust geballten Tragehand hing herunter, während er sich dem Verlust seines Schiffes hingab. Schweigend und mit zusammengebissenen Zähnen, die Rechte am Mützenschirm, stand er auf der Brücke und verabschiedete seine Mannschaft, die gerade von Bord gegangen war. Doch weil es ihm nicht gelang, die soldatische Haltung anzunehmen, die einem solchen Augenblick geziemte – die nicht vorhandene Kanne hinderte ihn daran –, brach er in jammervolles, stilles Weinen aus und trat tränenüberströmt vor Gertraud von Boeck hin, die sich, nachdem sie ohne Erfolg versucht hatte, ihren Schützling zu trösten, nach der Milch erkundigte. Er hielt ihr schluchzend die leere

Hand hin, deren Finger noch immer den imaginären Henkel umklammerten. Das Kindermädchen brach in ein kreischendes und taktloses Gelächter aus, worauf Bibi seinen Schädel nach vorn stieß und ihn der Traudl in die Weichteile rammte, sodass der gutmütigen Frau die Augen fast aus den Höhlen traten. Dazu schrie er wie am Spieß. Der Schreck ließ die Traudl so panisch werden, dass sie aus dem Haus flüchtete und im Garten auf die Rückkehr Mieleins oder eines der großen Geschwister wartete. Aissi traf als Erster ein und lief, nachdem er sich einen kurzen Bericht von der immer noch unter Schock stehenden Traudl angehört hatte, ins Haus, um nach Bibi zu sehen. Er fand ihn in seinem Zimmer, auf alles und jeden schimpfend und wild gestikulierend. Aissi hielt ihn fest und befahl ihm, nun endlich zur Ruhe zu kommen. Keiner wolle ihm etwas tun, versicherte er seinem Bruder, und drückte ihn auf sein Bett. Als Bibi sich wieder im Griff hatte, forderte Aissi ihn auf, endlich zu sagen, was vorgefallen war. So erfuhr er also, dass Bibi die Kanne beim Milchmann hatte stehenlassen, weil er dem Untergang der Emden nachgetrauert hatte. «So was kann einem doch schon mal passieren!», rief er. Und Traudl, die dumme Ziege, hatte ihn derart ausgelacht, dass er ihr einen Kopfstoß versetzt hatte. «Nicht wahr», wiederholte er, «das kann einem doch mal passieren!» Er fing wieder an zu weinen und mit der Faust auf das Bett einzudreschen. Schluchzend fragte er seinen großen Bruder, weshalb denn der Kapitän nicht mit den anderen das Schiff verlassen hätte. Aissi erklärte ihm, diese Haltung habe mit einem gewissen Ehrenkodex zu tun, den er selbst auch für ziemlich verblödet halte.

«Aber», so wandte Bibi ein, «vielleicht hat er auch sterben wollen, weil er ohne sein Schiff nicht leben wollte, weil er das Leben überhaupt nicht leben wollte.»

«Wie kommst du denn darauf?», fragte Aissi erschrocken.

«Manchmal finde ich das Leben auch blöde», antwortete Bibi und sah seinen großen Bruder mit einem verlegenen Lächeln an.

Aissi versuchte in dem immer noch verheulten Kindergesicht etwas zu finden, das dieser seltsamen Antwort einen Grund hätte geben können. Die beiden sahen sich in die Augen. Sehr lange. Dann drehte Bibi sich wortlos um und marschierte aus dem Zimmer.

Als Aissi später Eri von seinem Gespräch mit Bibi berichtete, nannte sie diesen einen kleinen Wichtigtuer, der noch eine ganze Weile seine Rolle als untergehender Kapitän weiterspielen würde. Wer ihm denn diesen Heldenblödsinn überhaupt erzählt hätte. Vermutlich habe Golo seine Weltkriegskenntnisse weitergeben wollen. Beide ließen sich die Geschichte mit der Milchkanne noch einmal von der Traudl erzählen, die plötzlich anfing zu kichern. «Er hat einfach zu komisch ausgesehen. Diese schwer herunterhängende Hand mit den zur Faust geballten Fingern! Das ist doch zu niedlich gewesen.» Auf die Frage Eris, weshalb sie ausgerechnet ihn damit beauftragt hätte, verteidigte Traudl sich damit, dass doch außer der Köchin und ihr keiner im Hause gewesen sei. Außerdem hätte sie strikte Anweisung der gnädigen Frau gehabt, das Haus bis zu deren Rückkehr nicht zu verlassen. Und die Köchin wäre ja mit der Herrichtung des Mittagessens beschäftigt gewesen.

«Wirklich, ein schlichtes Gemüt», meinte Eri, nachdem sie sich lachend entfernt hatten. «Es ist ihr gar nicht in den Sinn gekommen, dass sie wegen Bibi das Haus hat hüten sollen.»

Nie hätte es Bibi über sich gebracht, seinem Vater so einschneidende Erfahrungen zu gestehen wie die Versenkung der Emden mit ihm als strammstehendem Kapitän, der bis zum letzten Augenblick – das Wasser fing schon an, ihm in die Augen zu laufen – die Hand am Mützenschirm hatte. Auch Aissi, dem Bewunderten, hätte er sie nicht gestanden, wäre er nicht als verspäteter Zeuge bei der Auseinandersetzung mit der von Boeck erschienen. Schon gar nicht der stets etwas skeptisch dreinblickenden großen Schwester mit den sanften, braunen Mieleinaugen und der metallisch scheppernden Stimme hätte er sich offenbart. Höchstens seiner über alles geliebten Medi, die sich nicht satthören konnte an seinen verwegenen Erfindungen. Doch selbst ihr teilte er nichts, aber auch gar nichts von dieser Schiffskatastrophe mit, die ihn immer wieder aufs Neue beschäftigte.

Golo war es, den er einweihte, vor dem er seine abenteuerlichen Phantasien ausbreitete. Selbst solche, die, wie er meinte, bis tief unter die Erde führten. Golo unterbrach ihn nicht. Stumm und mit verschlossener Miene hörte er ihm zu und riet ihm am Ende stets, alles für sich zu behalten. Weder Eri noch Aissi oder Moni, die Mittlere, würden Verständnis für solche Geschichten zeigen. Schon gar nicht Mielein oder etwa Pielein. Wenn Bibi einwandte, dass jener doch auch ein Geschichtenerzähler sei, machte Golo ihm klar, dass der Vater für eine ganz andere Klientel schriebe. Er benutzte allen Ernstes das Wort «Klientel»; einem noch nicht mal Siebenjährigen gegenüber, der gerade erst begonnen hatte, eigenständig zu denken und zu formulieren. «Ich bemerke», sagte Golo, «dass du anfängst, Interessen zu entwickeln, die in eine spezielle Richtung zielen, möchte aber nicht annehmen, dass dich daran nur die kriegerischen Auseinandersetzungen faszinieren. Ich glaube vielmehr, dass deine erwachende Neugier auf das gesamte Geschichtsbild hindeutet, dem solche massenhafte Gewalt erst entspringt.»

Golo hob den Zeigefinger zum Zeichen, dass er nun um konzentriertes Zuhören bat. Eine Geste, die er sich von seinem Vater abgeschaut hatte und bei der er sich bemühte, ein ebenso gleichmütiges Gesicht zu machen wie dieser, wenn er zu einem Vortrag ansetzte. Zur Verblüffung Bibis wirkte er unversehens um Jahre gealtert. «Ich möchte dich nur darauf hinweisen», fuhr Golo fort, «dass auch dein Kapitän, der mit den Händen an der Hosennaht, ertrank …»

«Eine Hand hatte er an der Schirmmütze», protestierte Bibi laut.

«Na schön, dann eben an der Schirmmütze», beschwichtigte Golo. «Letzten Endes ist das unerheblich, denn eingepökelt wurden beide.» Ein leichtes Grinsen sollte seine zynische Bemerkung untermalen, doch er unterlag erneut einem stümperhaften Nachahmungsversuch seines Vaters. Der Herr Papale, so wurde Bibi nun informiert, schreibe für Leser, die nichts anderes als Literatur im Kopf hätten und es sich leisten könnten, ein ganzes Leben damit zuzubringen: mit der kritischen Betrachtung dieser Schriften, was allzu oft in sinnlose Zerstörungswut ausarte, oder mit einer blinden Anbetung, die dem kritisierten Autor wahrscheinlich noch mehr schaden könne. Er, Golo, habe sich noch nicht endgültig entschieden, wer der wichtigere Schriftsteller sei. Der, dem erfundene Charaktere und Begebenheiten nur so aus der Feder flossen, oder jener, der sich am wahrhaft Geschehenen festhielte und das Vergangene bis hinunter zum Ursprung alles Menschlichen zurückverfolge.

«Nebenbei», Golos Vortrag hatte sich in ein temperamentvolles Selbstgespräch verwandelt, «nebenbei habe ich herausgefunden, dass sogar in den scheinbar unwichtigsten Figuren der väterlichen Einbildungskraft noch er selbst steckt. In jedem

Absatz erscheint sein spöttisch verzogenes Gesicht und macht sich über uns lustig: ‹Seht nur, wie ich mich verwandeln kann. Heute bin ich der und morgen ein anderer. Ja, in einem späteren Buch sehe ich mir vielleicht überhaupt nicht mehr ähnlich. Und doch bin ich es, der euch etwas vormacht. Ich, der Faxenmacher, der Märchenerzähler, der Lügenbold!›» Golo hatte sich in einen verbissenen Zorn hineingeredet und bekam am Ende gar nicht mit, dass Bibi sich längst von ihm abgewandt hatte und im Begriff stand, sein Zeichenheft aufzuschlagen. «Was machst du da?», unterbrach er sich irritiert.

«Ich versuche, deine Wut zu malen», erwiderte Bibi ernst.

«Ich rede von unserem Vater, der ein großer und berühmter Menschenzauberer ist.»

Bibi antwortete nicht, sondern kritzelte mit heraushängender Zungenspitze in seinem Heft herum. Golo stieg vom Tisch, auf dem er bis dahin gesessen hatte, und sah seinem kleinen Bruder über die Schulter. Das Erste, was er erblickte, war eine Riesennase. «Das soll ich sein?», schrie er empört.

Bibi nickte bedächtig. «Das bist du, als der Herr Papale», bestätigte er, riss das Blatt heraus, übergab es Golo mit einer feierlichen Geste und riet ihm, es über sein Bett zu hängen. Dann warf er seine Beine in der für ihn charakteristischen Weise nach vorn und lief mit übergroßen Schritten zum Zimmer hinaus.

War sein Vater wirklich ein Lügenbold, ein clownesker Märchenerzähler? Einer, der sich nur durch die Feder vom vielgeschmähten Komödianten unterschied, dessen gelenkige Zunge er heimlich bewunderte? Und was hatte Golo so in Wut geraten lassen? War es vielleicht die väterliche Vorliebe für die Töchter, unter der er selbst ebenfalls litt? Ständig suchte er nach einem Aufblitzen von Sympathie in der Miene des Vaters, wenn er ihm überhaupt einmal begegnete.

Am ehesten fand er diese, wenn er Hand in Hand mit seiner Schwester Medi vor Pieleins Zimmertür auftauchte. Sofort verwandelte sich die gleichmütige Reglosigkeit des väterlichen Gesichts in freundlich warme Munterkeit, die zwar nicht ihm galt, an der er jedoch teilhaben durfte. Er ließ Medi nicht aus den Augen, wenn Pielein in der Nähe war oder aus seinem Arbeitszimmer trat. Sobald dieser sehnsüchtig nach Medi rief, war auch Bibi zur Stelle. Während sie sich aber mit selbstsicherer Lässigkeit ihrem Vater näherte, stand er im halbdunklen Hintergrund und sah scheinbar unbewegt dem Austausch von Zärtlichkeiten zwischen Vater und Tochter zu. Hörte das schmatzende Geräusch der küssenden väterlichen Lippen, das Aufjauchzen Medis, wenn Pielein ihr die Finger leicht in die Rippen drückte, und hielt sich lachend die eigenen Seiten, weil er die väterlichen Finger auch auf seinen Rippen zu spüren glaubte. Manchmal lachte er so selbstvergessen und laut, dass Pielein sich irritiert nach ihm umwandte. Bibi brach sofort ab und zog sich in eine noch dunklere Ecke zurück. «Du gibst dem Herrn Papale jetzt endlich einen Kuss», rief Medi dann und lief zu ihm hin. «Er wartet doch darauf.» Damit schob sie ihn dem Vater zu, der ihm ergeben lächelnd die Wange hinhielt. Dann nahmen die Kinder ihn in die Mitte und gingen mit ihm an der Hand in den Garten hinaus.

Mit der Rechten, die Bibi gehalten und die Pielein wie unabsichtlich zurückgezogen hatte, griff er nach seinem Zigarrenetui in der Brusttasche und zeigte Medi, wie er mit nur einer Hand die Zigarre aus dem Etui nehmen, aus der rechten Seitentasche seines Jacketts die Zündhölzer hervorsuchen und ein Zündholz anstreichen konnte, nachdem er die Schachtel vorher auf dem Tisch platziert hatte. Ein echter Zauberer eben.

Sein erster Lehrer hatte es schwer mit ihm. Pielein ahnte bereits, dass Bibi sich nicht so schnell in einen normalen Schulbetrieb einfügen würde. Also schlug er vor, ihn bis zum Eintritt ins Gymnasium einem Privatlehrer anzuvertrauen. Er hätte allzu «fettes Blut», zitierte er die Köchin, die sich schon einige Male über Bibi beschwert hatte. In einer normalen Schule müsse man doch Rücksicht auf die Mitschüler nehmen.

Obwohl Mielein nicht ganz seiner Ansicht war und es lieber gesehen hätte, Bibi von Anfang an einer Horde Klassenkameraden auszusetzen, fand sie in dem pensionierten Oberlehrer Georg Goetz einen ruhigen, geduldigen Erzieher, der nicht davor zurückschreckte, Bibis Attacken mit beschwichtigenden und, wenn es sein musste, nachdrücklichen Gesten zur Vernunft zu bringen. Zur Überraschung Mieleins vermochte es Goetz sogar, Bibi nicht nur ruhigzustellen, sondern auch seine Aufmerksamkeit zu fesseln. Bibi, der sich durch das Geigenspiel seines Vaters schon früh zur Musik hingezogen gefühlt hatte, sei es auf Grund eines kindlichen Nachahmungstriebes oder durch ein sich früh ankündigendes musikalisches Talent, bestand darauf, dieses Instrument ebenfalls zu erlernen.

Mit der handlichen Viertelgeige, seinen kurzen Fingern gemäß, trat er bei der ebenfalls schon pensionierten Violinistin Grete Studeny an, die mit der beängstigenden Länge ihres Kinns selbst dann die Geige im Anschlag hielt, wenn sie Bibi gestenreich, fast fuchtelnd einzelne Kadenzen und Tempi erklärte, ihm die Wichtigkeit ihrer Einhaltung «in die Seele schrieb», wie sie sich ausdrückte. Bei all diesem Einsatz ihrer ekstatischen Zunge und ihrer beweglichen Hände tat sich nichts an der Violine unter ihrem Kinn.

Nach einigem Zögern auf Grund seiner sieben Jahre, die er erst alt war, nahm sie ihn nach vier Probewochen endgültig an, und Bibi griff mit all seiner kindlichen Energie in die Saiten. Rasch begriff er die Notenschrift, verleibte sie sich förmlich ein, ahmte putzig die Kopfhaltung der Studeny nach, lernte mit seinen dicklichen Fingern in erstaunlich kurzer Zeit die schwierigsten Doppelgriffe, wobei er eine fast artistische Gewandtheit entwickelte und die Studeny zu erstaunten Ausrufen veranlasste, wie: «Was bist du doch für ein talentierter kleiner Rotzjunge!»

Oberlehrer Goetz erkannte sogleich das zusätzliche Druckmittel, mit dem er den «kleinen Rotzjungen» zähmen konnte. «Wenn du dich mir gegenüber schon so unzivilisiert benimmst, wie denn erst bei dem armen, sensiblen Fräulein Studeny. Ich nehme an, dass sich bei ihr deine Rüpelhaftigkeit sogar noch steigert. Aus diesem Grunde werden wir heute einmal das arme Fräulein vor dir zu schützen suchen.» Die scheinheilige Sorge um Fräulein Studeny entwickelte sich bald zu einer wahren Wunderwaffe gegen den kleinen Bibi. Der Junge wurde manierlicher und gab sich, auch bei Herrn Goetz, lernfähiger, zudem entwickelte sich sein Violinspiel enorm. Er legte die kleine Geige auch zu Hause nicht aus der Hand, übte mit zäher Verbissenheit und so großer Ausdauer, dass die entnervten Geschwister oft zu ihm ins Zimmer stürmten und ihm das Instrument aus der Hand rissen.

Zur Verwunderung der ganzen Familie verteidigte Pielein ihn jedoch. Ausgerechnet er, dessen Stöhnen man durch die geschlossene Tür seines Arbeitsraumes vernehmen konnte. «Niemandem darf die Ausübung und Förderung seiner künstlerischen Fähigkeiten verwehrt werden», rief er erregt, drückte Bibi die Geige wieder in die Hand und verschwand nahezu geräuschlos in sein Arbeitszimmer.

Medi aber, seine Lieblingsschwester, schlich sich manchmal, ohne dass er sie recht wahrnahm, zu ihm hinein, blieb schon im

Türrahmen stehen und lauschte andächtig seinem flinken Saitenspiel, der Melodie, die sich aus schier endlos wiederholter Übung herausschälte, während ihre eigenen Finger auf imaginären Klaviertasten das Spiel des Bruders begleiteten. Als sie jedoch die Melodie leise und beinahe korrigierend mitzusummen begann, hielt Bibi inne und sah sich nach ihr um. Beide fingen zu lachen an, und Medi zog ihn schlendernd in ihr Zimmer, an dessen Stirnwand ein blauangestrichenes, altes Piano stand. Sie schlug den Deckel zurück, und schon bewegten sich ihre Finger wie leichtfüßige kleine Spinnenbeine über die weißen Tasten. Verwirrt, aber auch fasziniert schaute Bibi abwechselnd auf das Klavier und in Medis Gesicht. Während er das Gefühl hatte, dass bei ihm jeder Gesichtsmuskel vibrierte, wenn er auf seiner Geige übte, tat sich in ihrem Gesicht rein gar nichts. Nur ihre langgliedrigen Finger fegten über die Tastatur, der Körper klebte stocksteif auf dem Hocker und schien an der kleinen Veranstaltung kaum teilzunehmen.

«Wo hast du das gelernt?», fragte er mit einem leisen Anflug von Wut.

«Von Frau Doktor Pfeifer», antwortete Medi und intonierte zum dritten Mal seine musikalische Übung.

Ein übles Gefühl kroch in ihm hoch. War es Neid auf ihre technische Perfektion? Oder war es Zorn auf den Widerspruch zwischen dem zur Schau gestellten Desinteresse an dem, was sie da zum Besten gab, und ihrem außerordentlichen Können? «Du lässt die Seele aus!», schrie Bibi plötzlich. «Scheiß auf deine Pfeifer! Du lässt die Seele aus, würde Fräulein Studeny sagen. Und dann bist du nichts anderes als ein maschinelles Monster.»

Medi brach sofort ab, und ehe Bibi sich's versah, liefen ihr Tränen über die Wangen, tropften vom Kinn auf die Tasten, und sie drehte den Kopf weg. Betroffen kniete Bibi an ihrer

Seite nieder und versuchte sie zu streicheln. «Ich wünschte, ich könnte auf meiner Geige so spielen wie du auf deinem blauen Klavier.» Er versuchte sie zum Lachen zu bringen, aber jetzt kehrte sie ihm vollends den Rücken zu. «Wenn du bloß deine Seele nicht dauernd vergessen würdest», murmelte er.

Medi drehte sich abrupt nach ihm um, und ihr Blick blieb an seinen Händen haften. «Besser die Seele irgendwo liegenzulassen, als mit solchen Würstlfingern Violine spielen zu wollen.» Ihre Augen standen immer noch voller Wasser und blickten ihn mit boshafter Trauer an.

Bibi sah auf seine Hände, hielt sie prüfend gegen das Licht, machte eine Bewegung, als wollte er nach den ihren greifen, doch sie sprang auf und hielt ihre Hände ebenfalls hoch, um ihm den Unterschied so recht bewusst zu machen. Dann lief sie auf ihn zu und versuchte ihn zu umklammern. Doch er stieß brutal seine Stirn gegen die ihre, und während sie zurücktaumelte, lief er aus dem Zimmer, sprang die Treppe hinunter, wobei er ab und zu einen Blick auf seine zu kurz geratenen Finger warf, sodass er die letzten Stufen übersah und mit lautem Krach auf dem Dielenboden landete. Benommen schaute er auf zwei Füße vor sich, die in hochhackigen Schuhen steckten.

«Hast du dir wehgetan?», fragte Eri besorgt und beugte sich zu ihm hinunter. Er starrte in ihr Gesicht, das kreideweiß geschminkt war. Sie hob ihn hoch und drückte ihn kurz an sich. «Na, vielleicht bequemst du dich mal zu einer Antwort.»

«Es ist alles noch ganz», sagte er und fuhr ihr mit dem Finger über die Wange.

«Bist du verrückt geworden, du kleiner Strolch?», rief Eri. «Jetzt kann ich von vorn anfangen.» Sie stieß ihn von sich und sah Medi auf dem oberen Treppenabsatz stehen.

«Spielst du heute Abend wieder dein Theater?», fragte die.

«Wir probieren nur», antwortete Eri und stieg die paar Stufen zu ihr hoch. «Woher, zum Teufel nochmal, hast du die Beule an der Stirn?»

«Ich hab den Klavierdeckel mit dem Kopf zuschlagen wollen», feixte Medi.

Eri sah von einem zum anderen. «Los, komm mit in die Küche. Da muss eine kühle Messerklinge drauf, sonst hast du morgen ein Horn, das bis zur Tivolibrücke reicht!» Sie nahm beide an der Hand und zog sie hinter sich her. «Und du lässt jetzt sofort die Hose runter und zeigst mir deine Knie», forderte sie Bibi auf, als sie in der Küche angelangt waren. Sie grinste ihren kleinen Bruder schadenfroh an.

Einige Zeit später machte man Frau Doktor Pfeifer, deren Privatschule Medi besuchte, das Angebot, eine Auswahl ihrer Schützlinge für ein Schülerkonzert zur Verfügung zu stellen, das der Bayerische Rundfunk schon geraume Zeit als Sonntagsmatinee vor geladenem Publikum eingerichtet hatte. Man habe gehört, dass es unter ihren Schülern einige bemerkenswerte musikalische Talente gäbe. Frau Pfeifer beantwortete die Anfrage ablehnend. Es gäbe in ihrem Institut nur eine ernstzunehmende Begabung, ein Mädchen aus gutem Hause, dem aber noch das entsprechende Nervenkostüm für derlei öffentliche Auftritte fehle.

Die Rundfunkanstalt ließ nicht nach. Auf Grund der Bemerkung im Antwortschreiben der Pfeifer, das Mädchen sei aus gutem Hause, forschte man nach und stieß schließlich auf Medi, Tochter eines bekannten Schriftstellers, dessen Haus sich schon zu einem bedeutenden Anziehungspunkt im Geistesleben der Stadt entwickelt hatte. Der Programmdirektor, der für die Sendung «Sonntagsmatinee für Kulturbeflissene und jugendliche

Talente» verantwortlich war, meldete sich persönlich im Hause Poschinger Straße an und wurde ohne nähere Begründung abgewiesen. Nun erst recht, dachte er sich wohl und sandte einen jungen Reporter aus, dem der Ruf vorausging, sich selbst in höchste Regierungskreise einschmeicheln zu können.

Der Reporter mit dem Namen Christian Moosbacher machte schnell aus, dass zumindest einer der älteren Brüder der Kleinen eine Vorliebe für das gleiche Geschlecht erkennen ließ. Da er sich selbst für eine attraktive Erscheinung hielt, und das – zumindest von der Damenwelt – auch ungeniert zu hören bekam, entschloss er sich zu einem Ausflug, um seine Wirkung auszunutzen. Als Erstes stieß er auf Aissi, den zwanzigjährigen Bruder des Mädchens, der umgehend eine unverhüllte Schwäche für die männliche Ausstrahlung des Journalisten zeigte. Ihn überredete er, bei seinem prominenten Vater ein gutes Wort für ihn einzulegen. Aissi, dem nicht nur der Mann, sondern auch das Anliegen interessant schien, bat seinen Vater, sich die Sache zumindest einmal anzuhören.

Pielein, der die Erscheinung des Herrn Moosbacher staunend und etwas schüchtern registrierte, entschloss sich nach langer Unterhaltung bei starkem Kaffee und ägyptischen Zigaretten, das Vorhaben zu unterstützen. Mielein wollte sich gar nicht auf eine Diskussion einlassen und wurde dennoch überredet, die Damen Pfeifer und Studeny zu einem weiteren Treffen im Garten des Hauses zu animieren. Fräulein Grete Studeny erschien zum ersten Mal mit ihrer Schwester Herma. Sei es, weil sie sich absichern, sei es, weil sie damit ihren eigenen Standpunkt stärker vertreten wissen wollte.

Die Auseinandersetzung, diesmal bei Kaffee und Keksen, da man die Atemwege der Damen, vor allem der angegriffenen von Mielein, zu schonen vorgab, endete mit dem vollen Erfolg der Herrenriege. Mielein, hochaufgerichtet und störrisch, betrachtete mit einer Mischung aus Neugier und leisem Ekel die drei Männer. Urplötzlich wurde sie von ein paar schwungvollen Sätzen Pieleins überrascht, in denen er darauf hinwies, dass jedes Talent ein Recht auf bedingungslose Förderung habe und in jeder Weise unterstützt werden müsse. Dazu gehöre unter Umständen auch der öffentliche Auftritt, bei dem Nerven und Konzentration nur gestärkt werden könnten. Mielein, aber auch die Damen Pfeifer und Studeny glaubten, nicht recht zu hören.

«Ein Talent», fuhr Pielein fort, «sollte so früh wie möglich mit der Bestie Publikum konfrontiert werden. Das damit gestärkte Selbstbewusstsein des angehenden Künstlers ist ja, wie die Damen mir zugeben werden, schon ein beträchtlicher Teil des Erfolgs.» Der dringliche Blick, den er den Damen daraufhin zuwarf, ließ sie ergeben und fast synchron nicken. Den zarten Einwand Doktor Pfeifers, in dem sie auf die Gefahren hinwies, denen eine junge Seele bei solchen Veranstaltungen ausgesetzt sei, wurde von Pielein höflich lächelnd zurückgewiesen. Man nehme ihre wohltuende, aber dennoch allzu besorgte Meinung zur Kenntnis, sei aber der Ansicht, dass sie die psychische Kondition seiner Kinder unterschätze.

So kam man denn an der gemütlichen Kaffeetafel mit selbstgebackenen Keksen zu dem Schluss, den Vorschlag des Bayerischen Rundfunks anzunehmen. Allerdings unter der Bedingung, wie Aissi vermittelte, auch Bibi mit seiner Violine daran teilnehmen zu lassen. Das wäre doch eine gewisse Stütze für die arme Medi und trüge außerdem dem berechtigten Einwand Doktor Pfeifers Rechnung. Auch sei das Lampenfieber gemeinsam leichter zu überwinden, setzte er, den Reporter anlächelnd, hinzu. Der Tritt, den er daraufhin unter dem Tisch von Mielein kassierte, hielt ihn nicht davon ab, seinem Vater weiterhin beizupflichten.

Man kam überein, nach einem kleinen Musikstück für die Kinder zu suchen. Nach der Unterredung unterhielt sich Frau Doktor Pfeifer noch längere Zeit mit Mielein im Garten, und die Sorgenfalten der beiden Damen vertieften sich. Sie und Pielein beschlossen schließlich, dem robusteren Bibi den Löwenanteil des Schülerkonzerts aufzubürden, da die zartere Medi den Belastungen des Hauptparts vielleicht noch nicht gewachsen sein könnte. Ausgewählt wurde ein Satz aus dem Violinkonzert A-Dur von Pietro Nardini, den Herma Studeny vorgeschlagen hatte. Die Orchesterpartitur wurde von ihr zur Klavierbegleitung degradiert, die Damen Pfeifer und Studeny nahmen sich gemeinsam die Kinder vor und hielten sie erbarmungslos zum Üben an. Das Ergebnis war ein rauschender Erfolg.

An einem schönen Sonntagmorgen pilgerte die Familie mit den Großeltern und den Damen Pfeifer und Studeny zum Bayerischen Rundfunk in der Marsstraße, wo im hübsch eingerichteten Konzertstudio der musikalische Vortrag stattfinden sollte. Nach kurzer Diskussion nahm man doch die reservierten Plätze in der ersten Reihe des Auditoriums ein, obwohl Pielein zu bedenken gab, dass der Anblick der versammelten Familie die Kinder erheblich irritieren könnte. Ihm selbst sei es bei seinen Lesereisen viel lieber, bekannten Leuten nicht ständig ins Gesicht sehen zu müssen, wenn er einmal von seinen Buchseiten aufschaute. Die Erzieherinnen teilten den Eltern jedoch den ausdrücklichen Wunsch der angehenden Künstler mit, ihre Familie so nahe wie möglich bei sich zu haben. Dann entschwanden die Damen in den nahe dem Studio eingerichteten Aufenthaltsraum, darin Medi und Bibi Platz genommen und sich eine Flasche Limonade geteilt hatten. Bibi riss seiner Schwester ungeduldig die Flasche vom Mund und steckte sie sich, geradezu bebend vor Nervosität, tief in den Hals, worauf Medi in helles Lachen ausbrach. Zum Erstaunen der Damen wirkte sie viel gelassener als ihr Bruder, der nicht eine Minute still saß und nur mit Mühe von einer jähen Flucht abgehalten werden konnte. Bibi, der sich beim Auftritt dann zu verbeugen vergaß, sah angstvoll von der Familie zur brav knicksenden Schwester und ließ verwirrt seinen Geigenbogen fallen, den Medi gelassen aufhob und ihm wieder in die Hand drückte. Dann setzte sie sich an den Flügel, drehte den Klavierhocker noch etwas höher und legte die Hände auf die Klaviatur. Nach einem Moment gespannten Wartens erklangen die ersten Töne. Bibi horchte fasziniert, mit vorgeneigtem Kopf, auf die von seiner Schwester gespielte Introduktion. Zum richtigen Zeitpunkt schob er die Violine unters Kinn, den Kopf in der typischen Studeny-Haltung, und spielte temperamentvoll und fehlerlos seinen Part herunter. Von Medi, der ihr gemeinsamer Auftritt offensichtlich Spaß bereitete, liebevoll aufmerksam begleitet.

Der Jubel am Ende war beträchtlich. Obwohl der größte Teil der Zuhörer nie zuvor etwas von Pietro Nardini gehört hatte – man war hauptsächlich wegen der prominenten Eltern der Kinder gekommen –, versprach man einander an einer improvisierten Bar, sich künftig näher mit diesem Komponisten zu beschäftigen. Mielein und Pielein waren bei dem einsetzenden Applaus sitzen geblieben, während die Großeltern, extra angereist, wie elektrisiert aufgesprungen und in die Bravorufe eingefallen waren. Der Großvater, selbst ein bravourös dilettierender Pianist, dem es besonders Wagner angetan hatte, schrie seine Begeisterung in etwas lächerlich anmutender Jugendlichkeit heraus, während Grandma, wie Mieleins Mutter genannt wurde, den Kindern still, gefasst und in würdevoller Haltung zuklatschte. Auch die Geschwister hatten sich alle von ihren Plätzen erhoben und fielen in den Jubel ein. Mielein, noch immer sitzend, schlug unentwegt die Hände gegeneinander, selbst als die Bravorufe längst verklungen waren. Und Pielein, der Zauberer? Hatte seine Miene etwas von ihrer Hoheit verloren, oder hatte sich Eri geirrt, wenn sie glaubte, Tränen in den Augen ihres Vaters entdeckt zu haben?

Jedes der Kinder erhielt acht Deutsche Reichsmark vom Bayerischen Rundfunk ausbezahlt, die sie mit Erlaubnis ihrer Eltern nach Gutdünken verschwenden durften.

Mielein machte sich eine Zeit später den Spaß, die mit Recht bestaunten Kinder als Fast-Zwillingsgeschwister in der Familie und im engeren Freundeskreis herumzureichen und sie vor den Gästen in verwirrend ähnlicher Kleidung zu präsentieren, wobei sie einem schwarzen Hosenanzug mit offenem Schillerkragen den Vorzug gab. Doch manchmal ließ sie die Kinder auch in langen schwarzen Röcken und blendend weißer Bluse als Schülerinnen eines Mädchenpensionats auftreten. Damit sie sich noch weniger voneinander unterschieden, verpasste Eri ihnen einen Bubikopf, zog ihnen mit einem Lidstrich die Augen schräg nach oben und präparierte ihre Gesichter mit dick aufgetragener weißer Kalkschminke. Dann forderte Mielein die Gäste auf herauszufinden, wer von den beiden der Bub und wer das Mädchen sei. Es fiel wirklich schwer, sie zu unterscheiden. Freunde, Großeltern standen verunsichert herum, während sie die statuenhaften Kinder anstarrten, vor denen man plötzlich einen Vorhang weggezogen hatte. Stumm und ohne jede Bewegung standen sie da, ließen die Gäste, hilflos lachend, die Achseln zucken, ohne sich ihnen durch irgendein Zeichen zu erkennen zu geben. Doch dann nahm Onkel Bruno, Nachbar und enger Freund der Familie, das Heft in die Hand. Er ging stracks auf Bibi zu. Man sehe doch dessen ernsthaftem, beinahe finsterem Gesichtsausdruck, den keine noch so fett aufgetragene Schminke verdecken könnte – er schaute sich halb vorwurfsvoll, halb lachend nach Eri um –, den heranwachsenden, männlichen Charakter an. Damit legte er Bibi wohlwollend die Hand auf die Schulter.

«Woran erkennst du denn die finstere Männlichkeit?», fragte Medi und unterdrückte mühsam ihre Tränen der Enttäuschung. Sie gab ihre statuarische Haltung auf und zwängte sich zwischen Onkel Bruno und ihren Bruder. Ihre zum Sprechen geöffnete Mundhöhle wirkte blutrot im kreideweißen Gesicht.

«Nun, ja, mein Kind! Woran erkenne ich sie?», fragte er zurück, amüsiert über das dämonisch ausschauende, aufgebrachte kleine Mädchen. «Erstens bin ich ein Mann vom Theater, wie du ja weißt, deshalb bin ich mit der Schminke und allen anderen theatralischen Hilfsmitteln ein wenig vertrauter als der gewöhnliche Sterbliche. Und zweitens kann es doch sein, dass dein Bruder seine Stirn in strengere Falten legen kann.»

«Das kann ich auch», widersprach Medi und überprüfte ihre Stirnhaut mit den Fingern. Die Anwesenden brachen in schallendes Gelächter aus, das Medi wie eine schrille Dissonanz durchrüttelte. Sie stampfte wiederholt mit dem Fuß auf und konnte sich einfach nicht mehr beruhigen.

«Vielleicht müsstest du noch ein bisschen üben», versuchte Onkel Bruno sie zu beruhigen.

Sie stieß seine Hand weg, lief zur Tür und hörte im gleichen Augenblick ihren Namen. Sie wandte sich langsam, vorsichtig um und sah in die hellen, nachsichtig lächelnden Augen ihres Vaters. Es war, als stünde er völlig allein da, als wäre er nur für sie sichtbar. Sie lief zu ihm hin und drückte sich fest an ihn. Er strich ihr übers Haar, eine Geste, die sie über alles liebte, beugte sich zu Medi hinunter und flüsterte ihr etwas ins Ohr. Sie nickte und ging gehorsam auf Onkel Bruno zu. «Ich hab es nicht bös gemeint», sagte sie, «hab dich auch nur zurückgestoßen, damit dein Anzug keine Flecken bekommt.» Dann drehte sie sich zu Pielein um und fuhr mit kindlichem Grinsen fort: «Dafür hat der Herr Papale jetzt einen ganz weißen Bauch!»

Pielein schaute an sich herunter, und Medi brach in ein etwas zu lautes Lachen aus. Leise, mit überaus vorsichtiger Bewegung schloss sie hinter sich die Tür.

Der Beißer

Mielein beschloss, nun, da Bibi das Alter erreicht hatte, ihn ins Wilhelmsgymnasium einzuschulen, das zuvor schon sein älterer Bruder Golo besucht hatte. Nach eingehender Beratung mit Herrn Goetz konnten sie auch den anfangs widerstrebenden Herrn Papale umstimmen, der dennoch wiederholt zu bedenken gab, dass Bibi ein schwieriger Bursche mit gewalttätigem Potenzial zu werden verspreche, dessen Wutausbrüche und Angstgeheul kein Spaß für die jeweilige Umgebung wären. Herr Goetz könne davon ein Liedlein singen.

Goetz nickte vielsagend, riet aber dennoch zum Gang aufs Gymnasium. Man werde nicht umhinkommen, den Jungen mit seinen Altersgenossen zu konfrontieren. Irgendwann müsse das einfach geschehen, und vielleicht wäre eine deftige, kindlich brutale Antwort auf seine Unbeherrschtheit eine gesunde und naturgemäße Erziehungsmaßnahme.

Bibi wurde also eingeschult und nahm seine ursprüngliche Faulheit wieder auf, die sein bisheriger Lehrer Goetz ihm beinahe abtrainiert hatte. Einzig die Musikstunden bei den Schwestern Studeny versäumte er nie und absolvierte sie mit geradezu fanatischer Hingabe. Seine schulischen Leistungen waren dagegen so mangelhaft, dass den Lehrern des Gymnasiums nichts Besseres einfiel, als massive Drohungen gegen ihn auszustoßen und seine Eltern zur Aussprache ins Direktorium zu bestellen.

Man könne nicht mehr garantieren, den Schüler Michael Thomas weiterhin im Institut zu belassen. Seine Faulheit, Renitenz und, darüber hinaus, seine Neigung zu Handgreiflichkeiten ließen sich nicht länger dulden. Deshalb sei es angebracht, über ein geeigneteres Institut nachzudenken. Selbst der Klassleiter, Liebhaber der Schriften Thomas Manns, geriet in einen heiligen Zorn, als er Bibis Mutter das Benehmen ihres Jüngsten schilderte. Es sei doch eine Schande, dass der Sohn einer solchen Ausnahmeerscheinung wie der ihres Gatten sich ein derartiges Betragen erlaube. Nicht nur seine schulischen Leistungen, auch das Verhalten gegen seine Mitschüler sei nicht zu goutieren. Anfangs habe er sich ja noch zurückgenommen, wenn sie ihn gehänselt hätten. Mit der Zeit jedoch habe er jeden der Jungen zusammengeschlagen, der es zu weit getrieben hätte.

Auf eine erschrockene Geste Mieleins ergänzte er unwirsch: «Doch, doch, ich kann es nicht anders nennen. Das Bestürzende daran ist vor allem die schmerzhafte Methode, der er sich bedient. Stößt er doch seinen Kopf blitzschnell gegen die Köpfe seiner Widersacher und zwingt sie dadurch heulend in die Knie. Doch während danach Stirn und Jochbein der Malträtierten blutrote Male aufweisen, ist sein Gesicht nach wie vor makellos weiß und unbeschädigt. Vielleicht können Sie, seine Mutter, dieses erstaunliche Phänomen erklären.»

Mielein, wiederum allein erschienen und daher gewöhnt, in solchen Situationen die Feuerwehr zu spielen, erklärte, dass diese fatale Neigung ihres Jüngsten eine Art Abwehrhaltung darstelle, die schon aus frühester Jugend datiere. Damals hätte er sich oft gegen den Spott seiner älteren Geschwister zur Wehr setzen müssen. Und nicht nur sie, auch von Kindern der Nachbarschaft sei er wegen seines großen Kopfes und seiner stark vorgewölbten Brust bespöttelt worden. Sie hätten ihm auf den Straßen zuweilen «Kürbis» oder ... Hier unterbrach sie sich, presste die Lippen zusammen und sah den Klassleiter flehend an.

«Sprechen Sie ruhig weiter», forderte dieser sie in zunehmend versöhnlichem Ton auf. «Vielleicht ist es ja doch noch möglich, ihn mit gemeinsamer Anstrengung zur Vernunft zu bringen. Wenn wir uns dazu entschlössen ...»

Mielein nickte ihm mit Begeisterung zu. Mit seinem hochgezwirbelten Schnurrbart, der ihm bis zu den weit hervorstehenden Wangenknochen reichte, wartete der Klassleiter gierigen Blickes auf das zweite, von ihr zurückgehaltene Schmähwort, das ihr nur widerstrebend über die Lippen kam.

«Tittenkasper», murmelte sie beinahe unverständlich und fügte hastig, wie entschuldigend, hinzu: «Wegen seines kräftigen Brustkorbs, Sie verstehen?»

Er nickte verständnisvoll. Nach bedächtiger Überlegung schlug er vor, ihnen beiden eine Bedenkzeit einzuräumen und auch dem Herrn Sohn die Chance zu bieten, sich doch noch auf irgendeine Weise einzuordnen. Mielein stand auf und hielt ihm dankbar die Hand hin. Er sprang sogleich vom Stuhl und führte sie an die Lippen. Der würde doch keinen Augenblick zögern, seinem Idol, der «Ausnahmeerscheinung», wie er ihn nannte, Hörner aufzusetzen.

Im Jahr darauf – die Zensuren des Schülers Michael Thomas wurden zunehmend miserabler – bat man sie erneut ins Wilhelmsgymnasium. Diesmal saß sie nicht dem alten Klassleiter, sondern einem jungen Mann gegenüber, der sie wissen ließ, dass die Versetzung ihres Sohnes stark gefährdet, wenn nicht gar aussichtslos sei. Man wisse sich auch keinen Rat mehr und schlage daher vor, nach einem passenderen Lehrinstitut für ihn zu suchen. Das Landschulheim in Neubeuern eigne sich bestens.

Warum mussten die Überbringer solcher Hiobsbotschaften nur stets jüdisch sein? Mielein hatte mit ihrer Herkunft so gut wie gar nichts zu tun gehabt und war auch erst ziemlich spät auf diese Zugehörigkeit aufmerksam gemacht worden, nicht zuletzt von dem überaus drastischen Herrn Hitler, wie sie Bibi später erzählte. Trotz ihrer gut katholisch-bayerischen Umgebung, in die sie hineingeboren war, verharrte sie im evangelischen Glauben, saß jedoch nun diesem hochnäsigen hebräischen Jüngling gegenüber, der ihr Sohn hätte sein können. «O Gott.» Sie schlug sich die Hand vor den Mund, und der Junglehrer fragte erschrocken, ob es ihr nicht gutginge. «Es ist alles bestens», beruhigte sie ihn. «Mir ging nur etwas durch den Kopf …» Sie zögerte und sah ihn vielsagend und traurig lächelnd an. «Aber darüber möchte ich im Moment nicht reden. Verzeihen Sie mir meine Verwirrung, es ist nicht gerade erfreulich, was Sie mir soeben mitgeteilt haben. Ich werde mir Ihren Vorschlag mit dem Heim in Kaufbeuren überlegen.»

«Neubeuern», verbesserte er sie.

«Natürlich.» Sie stand auf, hielt ihm die Hand hin, in die er nur kurz und kraftlos die seine legte.

«Was für ein sturer, uncharmanter Kerl. Was für ein Holzklotz», schimpfte sie auf dem Heimweg. «Hat er mir da eine Erziehungsanstalt empfohlen?»

Zu Hause bat Pielein Bibi widerwillig in sein Arbeitszimmer. Er sah ihn lange und vorwurfsvoll an. «Ich habe hier den Bericht des Wilhelmsgymnasiums vor mir liegen, dein unsägliches Verhalten und deine außerordentlich schlechten Zensuren betreffend. Mit der klaren Ankündigung, dass deine Versetzung stark gefährdet, wenn nicht gar aussichtslos sei. Aus dem genannten Bericht geht außerdem hervor, dass du dort nicht mehr willkommen bist. Abgesehen von dem fragwürdigen Ruf, den du uns anheftest, kann es selbst dir nicht gefallen, dass Erzieher wie Mitschüler solch eine abfällige Meinung von dir haben.»

«Ich glaube, Herr Papale, dass auch Golo von einer Schule geworfen wurde.»

«Golo wurde aus der Schule genommen, weil wir, deine Mutter und ich, es so beschlossen hatten.»

«Ich darf doch aber fragen, warum?»

«Weil er faul war», erwiderte der Vater immer aufgebrachter. «Nicht dumm, nicht renitent, nur faul. Und beileibe nicht gewalttätig wie du, wenn man mich richtig unterrichtet hat. Seine Schulkameraden durch brutale Kopfstöße zu verletzen ist weiß Gott keine diskussionswürdige Grundlage für eine vernünftige Auseinandersetzung. Im Ganzen gesehen, habe ich noch nicht herausgefunden, ob es sich um Dummheit, Bockbeinigkeit oder gar um Anwandlungen von sadistischem Ausmaß handelt. Deshalb verlange ich von dir Auskunft darüber.»

Bibi hörte, dass hinter seinem Rücken jemand leise die Tür geöffnet hatte und eingetreten war. Jedes andere Familienmitglied hätte Pielein zur Ordnung gerufen und aus dem Zimmer gewiesen. Jetzt jedoch blickte er kurz in die Richtung der eingetretenen Person und wandte sich sofort wieder seinem Jüngsten zu. Es konnte sich also nur um Medi oder Mielein handeln. Das ließ ihn endgültig aufmucken. «Diese Schule, Herr Papale», sagte er mit dem Anflug eines Lächelns, «dürfte sich doch noch vor kurzem ‹Kaiser-Wilhelm-Gymnasium› genannt haben. Hat sie den ‹Kaiser› etwa gestrichen? Könnte man das nicht als Verrat an deutscher Ehre, am Namen Ihres von Ihnen doch so sehr verehrten Kaisers betrachten? Wilhelm kann ja heutzutage jeder Bauarbeiter heißen.» An einem leisen Hüsteln erkannte er endgültig, dass sich die Mama hinter ihm befand und sich gerade eine Sitzgelegenheit zurechtschob. «Golo hätte sich mit dem ‹Kaiser› vielleicht noch brüsten können. Es kann sich hier nur um eine Verräterschule handeln, und ich mag keine Verräter.»

«Mit dem Prädikat ‹Kaiser› hat diese Schulbenennung nichts zu tun», antwortete der Vater schroff.

Bibi wusste instinktiv, dass er im Begriff stand, eine sehr heikle Grenze zu überschreiten. War es sein sprachliches Talent in Gemeinschaft mit seinem unheilvollen Nachahmungstrieb, der ihn dazu anleitete, den Schreibstil Pieleins schon so frappierend nachzuahmen? Am Gesicht seines Vaters, das umgehend erstarrte, und an dem leisen Glucksen hinter sich konnte er einen gewissen Erfolg seiner komödiantischen Frotzelei erkennen. Das reizte ihn, die Grenzen endgültig zu überschreiten. «Und haben Sie, Herr Papale, nach mehrmaligem Sitzenbleiben nicht auch das Handtuch geworfen? Und bedenken Sie doch, was am Ende, trotz allem, aus Ihnen geworden ist. Wer weiß denn heute noch, dass Sie im Grunde ein ebenso miserabler Schüler wie ich gewesen sind.» Bibi spürte förmlich die Glut, die im Vater hochstieg. Seine grauen Augen wurden schwarz vor Zorn. Er vernahm noch den krampfhaften Hustenanfall Mieleins und ihren erstickten Ausruf: «Nicht, nicht!» Doch es war schon geschehen. Die Ohrfeige wurde mit einer solchen Vehemenz ausgeführt, dass sie ihn nach hinten auf den Schoß seiner Mutter warf. Mielein umarmte ihn und flüsterte nochmals, sehr leise: «Nicht.»

Wem es wohl galt? Mielein jedenfalls stieß Bibi von sich und lief auf Pielein zu. Er hatte sich schwer auf seinen Schreibtisch gestützt. Sein Atem, hastig und pfeifend, hörte sich schauerlich an. Als er den Kopf hob, sah sie sein leichenblasses Gesicht. Auch Bibi hatte sich aufgerappelt, merkte, was er angerichtet hatte, und hätte sich so gern entschuldigt, gesagt, wie blöde das alles war, was er gesagt hatte, er habe den Herrn Papale doch nur ein bisschen ärgern wollen. Aber sein angestauter Zorn ließ ihn kein Wort über die Lippen bringen. Dazu befiel ihn die gewohnte Eifersucht, als er sah, wie seine Mutter Pielein umarmte und ihn zu trösten suchte. «Wer ist denn hier geschlagen worden?», dachte er voller Wut. Da wurde ihm klar, wem dieses mehrfache «nicht» gegolten hatte. Er versuchte zu schreien, sich Luft zu machen, die liebevollen Gesten zu unterbrechen, mit denen seine Mutter Pielein umgab, doch es kam lediglich ein weinerliches Krächzen aus seiner Kehle. Er lief zur Tür hinaus, war im Begriff, sie hinter sich zuzuschlagen, und hielt inne. Fürchtete er die Gefahr eines neuerlichen Wutausbruchs? Oder dass beide auf ihn losgehen könnten? Er lauschte der beruhigenden Stimme Mieleins hinter der angelehnten Tür. «Bibi hat das längst vergessen, wenn sein Jähzorn verraucht ist», hörte er sie sagen. «Welchem Vater ist nicht schon einmal die Hand ausgerutscht?» Sie bat Pielein immer dringender, sich nicht in eine Selbstquälerei hineinzusteigern. «Du erinnerst dich doch noch, was Doktor Erche, unser Kinderarzt aus Frankfurt, einmal sagte. Nein? Günter Erche, den du damals so lustig fandest. Schon seines hessischen Dialektes wegen. ‹Kinder warten förmlich darauf, es einmal ordentlich auf den Hintern zu kriegen. Sie provozieren so lange, bis sie damit Erfolg haben.› In ähnlicher Form hat Bibi sich gerade verhalten. Er ist zufrieden, und du leidest.»

«Er hat das alles mit einer kühnen und selbstgewissen Haltung formuliert, die so gar keinen Zorn erkennen ließ», flüsterte Pielein. Seine Stimme klang beinahe angstvoll. «Darüber bin ich schockiert. Seine perfekte Sprechweise lässt einen nicht geringen Hass gegen mich erkennen, der mir Sorgen macht. Wen ziehen wir da heran?»

Bibi fuhr sich mit der Hand über die malträtierte Wange. Wollte er die Streicheleinheiten, die Mielein dem Herrn Papale angedeihen ließ, ebenfalls fühlen? Stattdessen spürte er wieder die knochige Hand seines Vaters im Gesicht. Er schloss leise die Tür, lief schluchzend die breite Treppe hinunter und versetzte dem Bären mit dem Schälchen für Visitenkarten einen wütenden Faustschlag.

«Hat er dieses Mal richtig gehauen?», fragte Aissi, der hinter ihm stand und ihn mitleidig betrachtete. Bibi warf sich in die Arme seines Bruders. Es war ein lang andauernder Krampf, der ihn durchschüttelte. Er kämpfte dagegen an, versuchte, Aissi etwas mitzuteilen. «Aissi», begann er und brach ab.

Der Große hielt ihn fest. «Komm wieder zu dir», flüsterte er ihm ins Ohr. «Von solchen Weinkrämpfen kann man leicht einen Herzanfall kriegen.»

Bibi riss erschrocken die Augen auf. «Ernsthaft?»

«Nein, ich konnte nur dein Winseln nicht mehr ertragen.»

Bibi verzog das Gesicht, als wolle er erneut zu greinen anfangen. Stattdessen lachte er. Wütend, dass er auf den Schmäh seines Bruders hereingefallen war, hieb er diesem mit der Faust auf die Brust. Beide schnauften und kicherten bei diesem ungleichen Boxkampf, bis Aissi die Handgelenke Bibis zu fassen bekam, sie zusammenpresste und drohend flüsterte: «Ich dreh dir die Haut von den Knochen, wenn du das nicht unterlässt. Komm zu mir ins Zimmer, ich will dir etwas Interessantes zeigen.» Er nahm ihn am Arm und zog ihn die Treppe hinauf. «Meinst du, ich hätte mir nicht auch schon mal eine gefangen? Auch da hat Mielein nur ihn beruhigen wollen. Ich konnte sehen, wie ich damit fertig wurde.» Im Zimmer angelangt, nahm Aissi ein dünnes Buch aus dem Regal. «Ein Text deines Vaters», sagte er und hielt den Band hoch. «Eines der Bücher, für das ihn Eri seit neuestem den ‹Zauberer› nennt. Hör zu.» Er schlug eine Stelle auf und las ihm die Beschreibung des «Beißers» vor. Las vom stämmigen Körperbau, dem struppigen Haar, den leicht schielenden Augen und von den Wutanfällen und Heulkrämpfen.

«Ich schiele doch nicht!», rief Bibi und schlug Aissi das Buch aus der Hand. Nahm es jedoch sogleich vom Boden auf und putzte etwaigen Staub mit dem Ärmel von den Seiten. «Ich schiele doch nicht, Aissi, oder?», wiederholte er traurig. «Und warum nennt er mich Beißer, Aissi, warum? Glaubst du, er nimmt an, ich könnte ihn beißen?»

«Wer weiß», flüsterte Aissi geheimnisvoll und fing im nächsten Augenblick an zu lachen. «Tröste dich, mich nennt er einen Muschik. Und er nennt mich einen armen Herrn Bert, der sich die Augenlider schwärzt, einen unordentlich gezogenen Mittelscheitel trägt und sich mit dem Helden und Liebhaber der Staatsbühne eingelassen hat, den er anhimmelt und auf diese Weise kopiert, indem er geschminkt herumläuft, lächerlich gezierte Posen einnimmt und leidvoll bei jeder nur möglichen Szene schreit.»

«Hast du das wirklich getan?», fragte Bibi.

«Hast du den Zauberer schon einmal gebissen?», fragte Aissi zurück.

Beide schwiegen.

«Was meint er eigentlich mit eingelassen?», fragte Bibi weiter.

«Es ist ein anderes Wort für befreundet», antwortete Aissi.

«Wenigstens mag er Medi, da bin ich sicher», fuhr Bibi fort, «das ist doch schon etwas.» Und nach einigem Nachdenken: «Für Leute wie uns hat er nun einmal nicht viel übrig.»

Aissi betrachtete ihn forschend, dann lächelte er milde. «Vielleicht liebt er uns zu sehr, will es uns nur nicht merken lassen.

Tröste dich damit. Mir jedenfalls hat es geholfen. Meiner Meinung nach hat er da ein ganz ungehöriges Novellenverbrechen zustande gebracht. Das wird uns noch öfter aufstoßen.»

Das Landschulheim auf Schloss Neubeuern schätzte sich glücklich, den Sohn des schriftstellernden Nobelpreisträgers bei sich aufnehmen zu dürfen. Man überlegte, bei persönlichem Erscheinen des prominenten Mannes einen roten Teppich auszulegen. Da man diesen aber erst hätte anschaffen müssen, kam man wieder davon ab. Zur nicht geringen Enttäuschung erschien dann auch nur Mielein, wurde jedoch von Herrn Direktor Emil Kortas persönlich begrüßt. Sie legte dar, dass ihr Jüngster dem Münchener Wilhelmsgymnasium nicht genehm gewesen und, da trotz einiger schwieriger Charaktereigenschaften sensibel veranlagt, einem nochmaligen Schulwechsel nicht gewachsen sei. «Er könnte dem Jungen bleibenden Schaden zufügen und wäre zudem dem Ruf Ihres Institutes nicht unbedingt zuträglich.»

Doktor Kortas beschwichtigte sie und beteuerte, dass der Jugendliche nur die ihm gebührende Führungshand spüren müsse, um sich zu einem ordentlichen oder gar respektablen Mitglied der Gesellschaft zu entwickeln. Überdies könne er durchaus begreifen, dass einem so vielbeschäftigten Künstler – er rede von ihrem Gatten – wenig Zeit für die Erziehung seines Nachwuchses bleibe, die gnädige Frau, sie wolle ihm das verzeihen, jedoch auf einigen speziellen Gebieten wahrscheinlich nicht den geziemenden Ton würde finden können und deshalb das väterliche Gebot erforderlich sei. Das liege nun einmal in der Natur der Sache. Auf Neubeuern wende man nach wie vor die klassisch strengen Erziehungsmethoden der Vorkriegszeit an. Dahingehend könne sie ihren Gatten beruhigen, dem sie übrigens, das würde er sie doch auf das dringlichste bitten, seine höchste und zugleich demütigste Hochachtung überbringen möge. Er habe voller Genugtuung seine «Betrachtungen eines Unpolitischen» gelesen und all das darin gefunden, was für ihn stets als Ehre und ideeller Reichtum dieses Landes gegolten hätte. Um zu ihrem Sohn zurückzukehren, so habe die hiesige Erziehung bisher noch keinem der Schüler geschadet. Und dafür könne er die Hand ins Feuer legen, dass die augenblickliche Situation des Umbruchs auf die Dauer keine Chance habe. Man werde rechtzeitig zu Ordnung und deutscher Gründlichkeit zurückfinden.

Mielein betrachtete staunend das hagere, langgezogene Gesicht, nahm den Überbiss wahr, der eine verschwommene, unangenehme Erinnerung in ihr wachrief, und den schwarzen Lederhandschuh, den er an der linken Hand trug. Krampfhaft versuchte sie, dieser Erinnerung schärfere Konturen zu geben. Sehr leise, fast unverständlich – er war gezwungen sich zu ihr hinunterzubeugen, um sie zu verstehen – gab sie ihm zu verstehen, dass ihre älteren Kinder, an das Wilhelmsgymnasium in München gewöhnt, sich mit den hier herrschenden Methoden nicht hätten abfinden wollen. Deshalb wurde seinerzeit von einer Umschulung nach Schloss Neubeuern abgesehen. Für Michael Thomas, ihren Jüngsten, könne sie sich jedoch kein geeigneteres Internat und keine bessere schulische Ausbildung als die hier praktizierte vorstellen. Sie gebe lediglich zu bedenken, dass er ein harter Brocken und dieses Schülerheim seinen Eskapaden unter Umständen nicht gewachsen sei. Sie schlug die Augen nieder, und um ihre Mundwinkel machte sich ein kaum merkbares, boshaftes Lächeln breit. Sie wolle ihm das schon aus reiner Fairness nicht vorenthalten und verbinde damit gleichzeitig die Sorge um ihren Sohn, den ein weiterer Hinauswurf ernsthaft verletzen könnte.

Doktor Kortas richtete sich kerzengerade auf. Darum brauche sich die gnädige Frau keine Gedanken zu machen. Man sei hier selbst mit Halbkriminellen schon fertig geworden, die in der heutigen Zeit wie giftige Pilze aus dem Boden wüchsen und den hilfesuchenden Eltern enorme Belastungen aufbürdeten. Er sei sicher, dass ihr Jüngster keinesfalls in dieser Kategorie einzuordnen wäre. Nun erhob er sich und stellte sich, hochaufgerichtet, ganz befehlsgewohnter Offizier, vor sie hin. Mielein blieb eingeschüchtert sitzen und überlegte ernstlich, ob sie Bibi diesem Heim und den ihr nach wie vor suspekten Prinzipien dieses aufgeplusterten Menschen vor ihr anvertrauen sollte. Der Direktor erinnerte sie an ein Tier, an einen Pferdekopf vielleicht? Nein, es musste ein weit unangenehmeres sein. Bloß welches?

Nachdem sie sich noch einmal Bedenkzeit ausgebeten, im Stillen aber schon beschlossen hatte, Bibi mit Beginn des nächsten Schuljahres dem Schülerheim «einzugliedern», wie dieser Herr Kortas es nannte, machte sie sich auf den Heimweg. Während der Rückfahrt, wieder einigermaßen entspannt, stand ihr unverhofft das Wesen vor Augen, nach dem sie so hartnäckig gefahndet hatte. In einem bebilderten Artikel über Knorpelfische und anderes Raubgetier aus dem Meer war es ihr begegnet: der Selachier, der Haifisch mit dem erschreckenden Überbiss und dem farblosen Blick in seinen Fischaugen.

Nachdem sie am späten Nachmittag Pielein den Mann beschrieben hatte, wurde er in der Familie nur noch «der Selachius» genannt, obwohl, so Golos Einwand, die Bezeichnung aus dem Griechischen käme und die von Mielein gewählte lateinische Endung nicht recht stimmig sei.

Zu Beginn des neuen Schuljahres unterzogen sich Mielein und Aissi der schwierigen Aufgabe, Bibi im Landschulheim auf

Schloss Neubeuern, Kreis Rosenheim, abzuliefern. Bibi wütete die ganze Fahrt über, drohte, aus dem Fenster des fahrenden Zuges zu springen, und schrie unaufhörlich: «Ihr kennt mich noch nicht in meinem Zorn. Ihr wisst nicht, wozu ich imstande bin.»

Mielein, frisch vom Kuraufenthalt in Davos zurück und nun erneut den familiären Belastungen ausgesetzt, war den Tränen nahe und wäre am liebsten unverzüglich in die Schweiz umgekehrt, hatte sie doch die Erkrankung ihrer Atemwege nicht völlig ausheilen können. «O ja», erwiderte sie und versuchte ihre Erschöpfung zu verbergen, «wir kennen dich zur Genüge. Mach dir darüber keine Gedanken.» Sie beobachtete die Passagiere, die vor ihrem Coupé vorbeiliefen und neugierig hineinblickten. Als einige von ihnen sich sogar die Nasen an den Scheiben platt drückten, bat sie Aissi unter Tränen, doch nun endlich ein brüderliches Machtwort zu sprechen.

Bibi aber, voller Schrecken über die Tränen seiner Mutter, hatte umgehend aufgehört zu wüten und schämte sich unsagbar. Auf der anderen Seite verstand Mielein seine Wut. Sie kannte als Einzige in der Familie seine horrende Verletzlichkeit, ahnte die Gefahren einer vielleicht lebenslänglichen Schädigung des Jungen, der da so hemmungslos tobte und um sich schlug.

Als er von neuem zu randalieren drohte, bog Aissi ihm kurzerhand die Arme nach hinten. Mit einer Kopfbewegung bedeutete er seiner Mutter, das Abteil zu verlassen – er wolle den kleinen Bruder schon wieder zur Räson bringen. Mielein flüchtete auf den Gang und betrat einen anderen Waggon, in dem die Fahrgäste sie nicht mehr mit dem brüllenden kleinen Monster in Verbindung brachten.

Nach längerem Zureden einschließlich Tröstungsversuchen hatte Aissi den tränenüberströmten Bruder so weit, dass er ihn loslassen und ihm die Nase säubern konnte. Jede Öffnung von Bibis Gesicht schien sich dem Tränenstrom seiner Augen anschließen zu wollen. Der große Bruder nahm am Ende die diversen Schnupftücher Mieleins zur Hilfe, die sie stets in ihrer Reisetasche mit sich führte. Bibis Tuch, mehrfach ausgewrungen und nicht mehr verwendbar, warf er aus dem Fenster, das er kurzentschlossen heruntergezogen hatte. Das wiederum brachte Bibi endgültig zur Ruhe. «Das war mein Taschentuch!», sagte er mit heiserer Stimme. «Das hat einmal dem Herrn Papale gehört.»

Aissi erkundigte sich, ob er es vom Herrn Papale verehrt bekommen hätte, doch Bibi verneinte stumm. Wie er denn sonst an dieses Taschentuch gelangt sei.

Bibi kniff die Augen zusammen. «Ich hab es geklaut!» Er warf sich auf die Sitzbank des Coupés. «Ich hab es ihm geklaut!» Seine Worte wurden zu einem fast unverständlichen Flüstern. «Als er diesen langen Schnupfen hatte und ständig nach seinen verlegten Tüchern suchte, habe ich es ihm gestohlen. Es lag im Speisezimmer unter dem Esstisch. Irgendwann, während Pieleins Nachmittagsschlaf, habe ich es an mich genommen und trage es stets bei mir.»

«Dieses verrotzte Taschentuch?», fragte Aissi und verbiss sich seinen Ekel.

Bibi bejahte und gestand, dass er mit jedem Kleiderwechsel immer zuerst nach dem Tuch gegriffen hätte. Bei einem Spaziergang in den Isarauen habe er es endlich unbemerkt auswaschen können. Mit nassen Hosen war er den übrigen Tag herumgelaufen. Und nicht einmal die von Boeck habe ihm etwas angemerkt.

«Ich bin stolz auf dich», bewunderte Aissi ihn. «Du bist schon ein ganzer Kerl.» Aissi klopfte ihm anerkennend auf die Schulter. «Deshalb solltest du dir auch keine Sorgen wegen des Land-schulheims machen. Du wirst das ohne Schwierigkeiten über-stehen. Davon bin ich überzeugt.»

«Ich will nach Hause, und ich will mein Taschentuch wie-derhaben!»

«Du bist aber auch ein schräges Bürschchen», meinte Aissi. «Nimm doch wenigstens Rücksicht auf unsere Mama. Man sieht ihr die überstandene Krankheit förmlich noch an. Außer-dem kannst du von Glück reden, dass wir dich aus der Stadt entfernen. München wird schon in naher Zukunft ein Hexen-kessel, eine hysterische Stadt geworden sein, mit vielen Leuten in hässlichen braunen Uniformen, die ausschauen, als hätten sie sich im Kot gewälzt.»

Bibi fing sofort an zu lachen. Gott sei Dank, muss Aissi sich gedacht haben, jetzt habe ich ihn so weit.

«Redest du Quatsch?» Bibi unterbrach sein Gelächter.

«Ehrenwort», versicherte Aissi, «die sehen nicht nur so aus, die haben sich auch gewälzt.»

«Dann riechen sie aber nicht sehr gut.»

Aissi war entzückt. Jetzt hatte der Kleine wie der Zauberer ausgesehen. Genauso hätte der Vater sein Gesicht verzogen. «Sie verbreiten einen Gestank, dass man sich sofort überge-ben möchte. Ehe Mielein wieder auftaucht, möchte ich dir aber doch noch einen guten Rat mit auf den Weg geben», meinte er, wieder ganz der große Bruder. «Ich habe mich über den Di-rex auf Schloss Neubeuern erkundigt, bin eigens seinetwegen nach Rosenheim gefahren. Die Auskunft über ihn ging etwa dahin, dass Doktor Kortas ein eingefleischter Soldat und höhe-rer Weltkriegsoffizier ist, der nicht mit sich spaßen lässt. Dem darfst du auf keinen Fall deine alten Marinegeschichten auf-tischen, wie etwa die vom Untergang der Emden. Kein anderer

Soldat als der Infanterist kann vor ihm bestehen. Und jetzt wollen wir uns gemeinsam nach Mielein umsehen. Wir sind nämlich gleich da.»

Bibi beklagte erneut den Verlust seines kostbaren Taschentuches. Ohne sein Taschentuch würde er sich schon gar nicht in einer fremden Umgebung heimisch fühlen können.

«Du bist das ausgekochteste Schlitzohr, das mir je begegnet ist», grinste Aissi. «Ich bin stolz auf dich, kleiner Bruder. Weißt du was? Ich beschaffe dir das Taschentuch wieder. Selbst wenn ich die ganze Strecke von Neubeuern nach München zu Fuß zurücklegen muss. Wenn ich es auf der Strecke nicht mehr finde, werde ich dem Papale eins klauen. Einverstanden?»

Bibi umarmte ihn, klammerte sich richtiggehend fest. Voll Mitgefühl streichelte Aissi seinen Bruder. Warum schickt man diesen dreizehnjährigen, noch unfertigen Knirps in ein solches Heim? Ein Kind, das schon zu Hause mit für ihn so unverständlichen Schwierigkeiten zu kämpfen hatte, das stets um Zärtlichkeiten betteln musste und sie noch am ehesten von der jüngsten Schwester erhielt. Mielein steckte sie ihm höchstens heimlich zu, wenn der Zauberer nicht in der Nähe war. Schämte sie sich der Muttergefühle ihrem Jüngsten gegenüber? Auch Aissi war mit Liebe nicht gerade überschüttet worden. Er tröstete sich zwar stets damit, dass Schmusereien mit kleinen Mädchen spontaner sein mochten, aber war das wirklich der Grund? Er lachte in sich hinein, während er weitere Streicheleinheiten an seinen kleinen Bruder verteilte. «Mit der Heimkehr, Bibi, sollten wir noch ein wenig warten», fuhr er fort. «Es heißt, wenn diese Rowdys, die momentan einen so immensen Krach machen, im Lande einmal das Sagen haben, gäbe es bald einen neuen Krieg. Spätestens dann müssten dich die Eltern nach Hause holen. Ich erzähl dir mal, was Mielein angestellt hat, als man uns im vergangenen Krieg einen Zwangsmieter ins Haus setzen wollte. Irgend so einen ausgeplünderten ollen Esel, der mit seiner Frau aus den verlorenen Kolonien hatte flüchten müssen. In die gute alte Poschi. Stell dir das vor. In der vornehmen Poschinger Straße wird ein raubeiniger alter Sklavenhändler einquartiert, unser Zauberer wäre doch derart irritiert gewesen, dass er keine Seite mehr geschrieben hätte. Das Wohnungsamt gab uns zu der Zeit die Auflage, dass ein Haus mit solch einer Quadratmeteranzahl mindestens von acht Personen bewohnt werden müsse. Mielein machte sich also mit mir ins Amt auf, um die dortigen Beamten zu überzeugen, dass wir in Kürze weiteren Besuch erwarteten. In etwa vier Monaten. ‹Von Gott und meinem Mann, dem bekannten Dichter, so gewollt.› Mit mir an der Hand glaubte sie noch zusätzlichen Eindruck zu schinden. Der von Gott gegebene Besuch warst du. Und Mielein hatte geflunkert. Dein Auftritt in dieser Welt geschah erst sieben Monate später. Doch der Beamte hatte nicht den Mut, ihren Bauch näher zu beäugen. Er sagte nur noch, dass er es für unstatthaft hielte, einen noch nicht in die Welt eingetretenen Menschen als Mitbewohner anzuzeigen, beglaubigte aber schließlich mit Stempel und Unterschrift die zu erwartende achte Person. Dich. Du warst der Retter, der den Sklavenhändler ferngehalten, der verhindert hat, dass der Herr Papale zu schreiben aufhörte. Sollte es mal einen neuen Krieg geben, den wir uns natürlich nicht wünschen, müsstest du sofort wieder den Familienretter spielen. Leuchtet dir das ein?»

Bibi hörte seinem Bruder aufmerksam zu und ließ sich, in Neubeuern angelangt, willig zum Schloss hinaufgeleiten. Nicht, ohne Aissi vorher noch einmal das Versprechen abgenommen zu haben, unter allen Umständen nach dem bewussten Taschentuch zu suchen.

Mielein bestand darauf, den Direktor des Landschulheims, Herrn Doktor Kortas, in die Empfangshalle zu zitieren. Auf eine solch würdige Begrüßung glaubte sie bestehen zu müssen. Dem wurde umgehend stattgegeben, und Mielein bat Doktor Kortas noch einmal um Nachsicht mit der schwierigen Verfassung Bibis. Dieser antwortete förmlich, dass die gnädige Frau sich darüber keine Gedanken machen müsse, es sei ja ihre Aufgabe, mit Problemen dieser Art fertig zu werden. Damit verabschiedete er sie recht kühl und geleitete sie wieder hinaus.

Hatte sie ihn damit beleidigt, seine Autorität angegriffen? Als Mielein Aissi gegenüber ein paar knappe Sätze darüber verlor, ahnte dieser, was Bibi bevorstehen würde. Er wollte sogleich einiges über ihre erste Begegnung mit dem Heimleiter wissen, doch mit Blick auf Bibi entzog sich seine Mutter einem längeren Bericht und versicherte lediglich, dass sie guten Mutes sei, was seinen Aufenthalt auf Schloss Neubeuern beträfe. Der Mann sei vielleicht ein wenig launisch – kein Wunder bei so vielen schwererziehbaren Kindern, die den ganzen Tag um ihn herumwieselten. Schließlich wollte Aissi noch wissen, ob sie ihn auch für schwererziehbar gehalten habe.

«Du bist es heute noch», gab sie dem Sechsundzwanzigjährigen knapp zurück.

Bibi war nun gezwungen, sich zu verabschieden. Eine Situation, die er furchtsam hinauszuschieben suchte. Doch der Pedell, der schon hinter ihm wartete und von einem Fuß auf den anderen trat, duldete keine langen Verabschiedungen.

Mielein wandte sich, nachdem sie ihren Jüngsten auf beide Wangen geküsst und kurz umarmt hatte, dem Ausgang zu, während Bibi wie besinnungslos dastand. Plötzlich lief er zum Tor hinaus, blieb auf der kopfsteingepflasterten Auffahrt stehen und rief Aissi mit sich überschlagender Stimme nach, dass er bei Ausbruch des nächsten Krieges sofort wieder daheim nötig sei.

Aissi winkte ihm ein letztes Mal aus dem davonfahrenden Auto zu, und Bibi sah noch, dass seine Mutter sich mit einem verbissenen Gesichtsausdruck wegdrehte. Während er mit seinem schweren Koffer hinter dem Pedell hertrottete, überkam ihn ein Gefühl von grenzenloser Verlassenheit. Kein wenn auch noch so flüchtig bekanntes Gesicht begegnete ihm. Nur die sture Gleichgültigkeit des Pedells hielt ihn davon ab, hemmungslos in Tränen auszubrechen. Das karg möblierte Zimmer, in dem er seinen Koffer abstellen durfte, vergrößerte sein Heimweh. Zwei schmale Betten standen an den Seitenwänden, es gab einen Schreibtisch unter dem Fenster und einen wuchtigen Schrank neben der Tür. Der Pedell machte ihn knapp darauf aufmerksam, dass er das Zimmer nicht lang allein bewohnen werde.

Die alte Garde schlägt zu

Was Aissi befürchtet hatte, trat rasch ein. Schon nach wenigen Tagen, anlässlich einer verweigerten Strafarbeit, ließ der Heimleiter Bibi ins Direktorenzimmer zitieren. Dort machte Doktor Emil Kortas ihm klar, was er zu gewärtigen habe, sollte er seine störrische Haltung nicht umgehend ablegen. Er wolle von nun an persönlich ein Auge auf ihn haben. Thomas Michael könne nicht damit rechnen, wegen unkorrigierbaren Verhaltens nach Hause geschickt zu werden. Außerdem solle er nicht auf seinen – ob zu Recht oder zu Unrecht – prominenten Vater bauen. Hier habe jeder Schüler die gleichen Voraussetzungen und Chancen. Auf keinen Fall werde er in den Genuss einer Bevorzugung kommen. Im Gegenteil; sein Betragen erfordere die schärfste Beobachtung durch ihn, den Direktor, persönlich. Nötigenfalls, das solle er sich hinter die Ohren schreiben, werde er ihn auch zu maßvoller körperlicher Züchtigung freigeben. Er habe, dies sei nun erwiesen, im Elternhaus eine viel zu lockere, wenn nicht gar vollkommen nachlässige Erziehung erhalten. Weder sein Vater, der Schriftsetzer, noch seine Mutter hätten offenbar die nötige Zeit für ihn aufbringen können.

Während dieses Sermons sah Bibi ihn starr an. Er machte auf Kortas gar den Eindruck, als habe er keinen Augenblick zugehört. Dessen Verwirrung steigerte sich zur Verunsicherung, als er Bibi sagen hörte, sein Name sei nicht Thomas Michael, sondern Michael Thomas. Zweitens, und dabei fing er sogar an, Kortas zu imitieren, sei sein Vater kein Schriftsetzer, sondern ein international bekannter Autor und Träger höchster Auszeichnungen, wie beispielsweise des Nobelpreises. Und drittens, er klang bewusst überzogen und ironisch, sei hier nicht über seinen Vater zu reden, sondern über ihn, Michael Thomas, und die, wie er selbst zugeben müsse, sträfliche Arbeitsverweigerung, derer er sich schuldig gemacht – und die er einfach verschwitzt habe. Dafür bitte er um Verzeihung. Er werde das Versäumte in aller Eile nachholen, auch wenn er über die dümmlichen Fingerübungen, die höchstens den Zehnjährigen vorbehalten sein sollten und die ihm Langeweile und Erbrechen verursachten, nur den Kopf schütteln könne.

Die selbstbewussten, klaren Worte aus einem so unerwachsenen Munde brachten Doktor Kortas endgültig aus der Fassung. Er bleckte auf furchterregende Art die Zähne, indem er die nicht vollständig schließende Oberlippe hoch- und den Unterkiefer bis beinahe zum Halsansatz zurückzog.

«Selachius!», rief Bibi unwillkürlich und sprang auf. Doch Emil Kortas packte ihn und drückte ihn in den Besuchersessel.

«Diese Sprache kann dir nur dein Vater beigebracht haben. Obwohl, bei allen Vorbehalten gegen ihn, Respekt vor wahrer Autorität hat er bis zum heutigen Tage bewiesen. Auch wenn seine Hinwendung zu fragwürdigem linken Gesocks höchst befremdlich ist. Aus deinem altklugen Munde spricht jedoch noch eine andere Welt, um nicht zu sagen, eine andere Rasse. Und was zum Teufel meinst du mit diesem pestilenzialischen Ausruf ‹Selachius›?»

Ganz gegen seine üblich aufbrausende Art in derlei Situationen wurde Bibi immer gelassener. Seine Nerven vibrierten nicht wie für gewöhnlich, und er hatte Muße, die Eigenheiten der

Kortas'schen Gesichtszüge zu studieren. Je mehr sich der Heimleiter in seine exaltierte Wut hineinsteigerte, desto mehr – sein Eindruck deckte sich da völlig mit dem Mieleins – ähnelte er dem von ihr beschriebenen angriffslustigen, fressgierigen Haifisch.

«Der Selachier gehört zur Art der Knorpelfische», erklärte Bibi in sachlichem Ton. «Und wie fast alles Raubgetier des Meeres zählt auch der Haifisch dazu. Nun bin ich nicht in allen Arten dieses Getieres bewandert, kann gerade einmal den Tiger- und den Hammerhai identifizieren. Auf alle Fälle scheint er unter den Knorplern der wahre König zu sein.» Er fixierte Emil Kortas und fuhr ungerührt fort: «Mit seinem furchterregenden Überbiss und den Rasierklingenzähnen scheint er sich irgendwann einmal, vielleicht vor Tausenden von Jahren, gehörigen Respekt verschafft zu haben.»

«Willst du mich etwa mit diesem Seeungeheuer vergleichen?», fragte Kortas mit mühsam unterdrückter Hysterie in der Stimme. «Verstehe ich dich da recht?» Er trat ganz dicht an seinen Zögling heran, und Bibi sprang auf.

«Ich bin nur der Meinung, dass Sie ein sehr gefährliches Äußeres annehmen, sobald Sie in Zorn geraten», erwiderte der und trat einen Schritt zurück. «Sollten Sie mich jedoch schlagen wollen, so nehmen Sie bitte zur Kenntnis, dass ich mich wehren werde. Das gebe ich zu bedenken. Nur meine Eltern dürfen mich hauen. Sie allein sind dazu berechtigt. Obwohl sie noch nie Gebrauch davon gemacht haben», log er.

Langsam begannen Doktor Kortas' Züge wieder menschliche Formen anzunehmen. Er schritt zurück hinter seinen Schreibtisch und richtete sich zu seiner vollen Größe auf. «Es gibt andere Mittel, um dich zur Räson zu bringen», sagte er in fast normaler Lautstärke, versuchte währenddessen jedoch Bibis

Körperkräfte einzuschätzen. Seine gewalttätigen Ausbrüche waren im Heim bekannt, unter Lehrern wie Schülern. Aber würde er schon über die Kampfstärke eines erwachsenen Mannes verfügen?

Kortas hob seinen linken Arm, streifte in erzwungener Ruhe den Jackenärmel bis hinter den Ellenbogen zurück, krempelte mit akribischer Genauigkeit, nachdem er die Manschettenknöpfe gelöst hatte, die Hemdsärmel hoch und entblößte ein tiefbraunes Holzstück, das mit einer komplizierten eisernen Gelenkvorrichtung am Oberarm verbunden war und am unteren Ende in ein schwarzbehandschuhtes Gebilde auslief. Jetzt hob er den Arm noch höher. «Spare dir deine Drohungen. Damit könnte ich dich dermaßen demolieren, dass du tagelang nicht mehr die geringste Ähnlichkeit mit dir hast. Ich habe meinen linken Arm vor Verdun verloren. Hast du schon einmal von der Schlacht bei Verdun gehört?» Als Bibi stumm und eingeschüchtert verneinte, fuhr er fort: «Das war während des großen Krieges in Frankreich.» Er setzte sich in seinen Sessel, löste mit einem einzigen Griff die Prothese, sodass der blanke Armstumpf sichtbar wurde, und ließ sie krachend auf den Tisch fallen. Zum ersten Mal nahm Bibi die schwarze Hand wahr, die ihm schon viel früher hätte auffallen müssen. Fasziniert schaute er sie an. Die Finger schienen sich noch zu bewegen und erinnerten ihn an Fische, die, an Land geworfen, nach Luft schnappten, in ihren letzten Zuckungen lagen. An der Ostsee hatte er das einige Male zusammen mit Mielein, Aissi und Eri beobachtet, wenn sie am frühen Morgen mit den Fischern hinausgefahren waren.

Kortas griff mit seiner Rechten nach dem Holzstück und hielt es nochmals pathetisch in die Höhe. «Das Original habe ich bei Fort Douaumont gelassen. Als Hauptmann eines Zuges, der zum Sturm auf diese Festung angesetzt war, musste ich den Befehl zum Einsatz geben. Darum hielt ich meinen linken Arm, an dem die Uhr befestigt war, in Augenhöhe und wartete auf das Signal zum Angriff. In der Morgendämmerung musste ich die Uhr mit dem Zifferblatt dicht vor das Gesicht halten und wundere mich noch heute darüber, dass das Schrapnell mir nur meinen Arm und nicht auch meinen Kopf weggerissen hat. Der Franzmann ahnte, was wir vorhatten, und begann, sich mit sämtlichen Rohren auf uns einzuschießen. Unsere Batterien hatten schon seit einigen Minuten geschwiegen, ich erwartete in den nächsten Sekunden das Signal, und da lag er nun, am Boden des Grabens, zu meinen Füßen. Ich blickte nach unten, meine Leute ebenfalls, als wollten sie nicht glauben, was sie da sahen, und dann hörten wir das Signal. Ich bückte mich, nahm den abgetrennten Arm hoch, zeigte in die Richtung des Forts und rief: ‹Los geht's!› Ich versuchte sogar noch aus dem Graben zu steigen und wiederholte ständig: ‹Vorwärts, vorwärts!› Aber das hatte ich wohl geträumt. Als ich im Lazarett aufwachte, hielt ich jedenfalls noch immer meinen linken Arm umklammert. Ich wollte ihn einfach nicht hergeben. Es war den Ärzten nicht gelungen, meine Finger von ihm zu lösen, so fest hatte ich ihn umkrampft. Sie konnten mir das blutverschmierte Ding erst bei vollem Bewusstsein entwinden. Und du wagst es, mich zu bedrohen? Dieses Stück Holz ist ein Symbol. Ein Symbol, das mich berechtigt, aufsässigen Kerlen wie dir eins überzubraten, sollten sie den Revoluzzer spielen. Eines Tages könnte er auf deiner Nase landen. Hast du darauf etwas zu erwidern?»

Bibi sah die hocherhobene Nachbildung mit dem schwarz glänzenden Handrücken vor sich und kam auf den Gedanken, dass Kortas einen guten Verkehrspolizisten abgegeben hätte. Vielleicht wäre das eine echte Berufung gewesen. Er schwänzt seinen wahren Beruf, dachte er, schlüpft ins Kostüm eines Paukers und spielt mir den großen Erzieher vor. Ein Drückeberger ist er. Einen elenden Düsterling würde ihn der Herr Papale nennen. Er fing zu lachen an. Er lachte so hemmungslos, dass es ihn zu schütteln begann, krümmte sich förmlich und war selbst dann nicht imstande aufzuhören, als Kortas hinter seinem Schreibtisch hervorgestürzt kam.

«Nicht schlagen», brachte Bibi mühsam heraus. «Das wäre feige.»

Stotternd vor Zorn verlangte Kortas die Wiederholung des letzten Wortes. Er baute sich dicht vor Bibi auf und griff nach dem Holzarm, den er wieder auf die Tischplatte zurückgelegt hatte. Bibi erwartete, dass Kortas ihn im nächsten Moment auf seine Schulter sausen ließ, wenn er nichts unternahm. Vor seinen Augen blähte sich der Brustkorb des Heimleiters, durch schweres Luftholen traten Magen- und Bauchregion unter der hochgerutschten Weste hervor und forderten geradezu zum Angriff heraus. Bibi schaute hoch, sah den entblößten Überbiss, die zum Schlage ausholende schwarz glänzende Hand und stieß zu. Er tat es unter Aufbietung all seiner Kraft und seiner Furcht. Seine Stirn bohrte sich in die Bauchhöhle des Widersachers, und der Heimleiter taumelte rückwärts, kam auf der Kante seines Schreibtisches zu sitzen und blickte verdutzt erst an sich herunter und dann zur Tür, durch die der junge Sportlehrer eingetreten war. Mit der Bitte um Verzeihung meldete dieser dem Heimleiter, dass die gnädige Frau und Mutter des anwesenden Zöglings eingetroffen sei und um Erlaubnis bitte, ihren Herrn Sohn begrüßen zu dürfen. Sie warte zusammen mit ihrem älteren Sohn in der Halle. Des Weiteren bitte sie um Genehmigung, mit Michael Thomas in den Ort zu fahren, um dort ein Café aufzusuchen.

Doktor Kortas legte den Arm ab und hob die Hand zum Zeichen, dass er schweigen möge. «Schaffen Sie ihn raus», sagte er immer noch schwer atmend, «lassen Sie ihn mitsamt seinem Familienanhang nach Neubeuern, aber schaffen Sie ihn raus!»

Bibi stürzte sich in die Arme seiner Mutter und umklammerte sie, ohne einen Laut von sich zu geben. Mielein versuchte, sich von ihrem Sohn zu lösen, ihn von sich wegzuhalten, um ihm in die Augen sehen zu können, doch der ließ es nicht zu, stammelte von einem hölzernen braunen Arm und einem schwarz glänzenden Handschuh, der ihm unter die Nase gehalten worden war. «Sie sahen aus wie Fische!», rief er Aissi zu. «Du glaubst mir nicht, Aissi, aber die Finger im Handschuh zappelten wie Fische, wie nach Luft japsende, arme Fische, obwohl sie doch aus Holz sind. Ich schwöre es euch.»

Aissi schaute kurz zu seiner Mutter, packte seinen Bruder an den Aufschlägen seines Jacketts und schüttelte ihn durch, zischte ihm ins Ohr, er solle zur Vernunft kommen, doch Bibi war wie von Sinnen. Er schlug um sich, versuchte sich zu befreien, fing dann erneut zu lachen an. Aissi und Mielein standen vollkommen hilflos vor dem sich am Boden wälzenden Bibi und warteten darauf, dass er sich beruhigte. Stattdessen musste er husten und fiel vom kreischenden Lachen in ein erschreckend klingendes Keuchen, das ihm fast den Atem nahm.

«Er hat sich verschluckt», meinte eine Stimme hinter ihnen. Mielein und Aissi wandten sich um. Vor ihnen stand eine Reihe von Schülern, auch höheren Jahrgangs, in respektvoller Entfernung und verfolgte amüsiert die Szene. «Oder er hat wieder einen seiner epileptischen Anfälle», rief ein anderer.

Aissi protestierte. Sein Bruder sei kein Epileptiker. Wer ihnen das denn eingeredet hätte.

«Er hat diese Anfälle beinahe jeden Tag, behauptet er.» Der junge Mann, der sich brav als Wolfgang Beneckendorff vorstellte, glaubte offenbar auch nicht so recht daran. «Wenn er es selber sagt … Er sei dann gemeingefährlich, und er warnt uns vor seinen tierisch brutalen Angriffen.» Der junge Mann hatte die Lippen zu einem spöttischen Lächeln verzogen, und neben ihm begann es leise zu kichern. Aissi fragte, ob sie ihn veralbern wollten oder ob sie tatsächlich diesen Anfällen einmal beigewohnt hätten.

«Nein, nein», meinte der junge Beneckendorff, «das behauptet er doch nur selbst.» Das Kichern steigerte sich, und der junge Beneckendorff erklärte, dass Michael Thomas sich sehr fair verhalte, wenn er sie vor seinen gefährlichen Anfällen warne. Er hätte ihnen so manches Mal vorgeführt, womit sie es dann zu tun bekämen. Ein wahres Höllenkonzert sei das gewesen, mit simulierten Schlägen und «Hirnstößen», wie er selbst das nenne.

Jetzt brach ein hemmungsloses Gelächter los. Mielein und Aissi schauten zu dem am Boden hockenden Bibi hinunter, den es vor Lachen beinahe zerriss. «Das findest du komisch, ja? Das findest du tatsächlich komisch.» Aissi zog ihn hoch und packte ihn am Kragen. «Du gehst jetzt mit mir auf dein Zimmer und ziehst dich um.» Aissi trieb ihn vor sich her zur Treppe.

«Es ist der Stumpf», brabbelte Bibi auf dem Weg in sein Zimmer vor sich hin, «dieser grausliche Stumpf, über den man die Haut wie dickes, braunes Packpapier geschlagen hat.» Er blieb vor Aissi stehen und drehte sich zu ihm um. «Und so braun war die Haut, so verschrumpelt. Ob er damit viel in der Sonne gelegen hat?»

Aissi stieß ihn in sein Zimmer. «Wir werden uns diesen Herrn Heimleiter zur Brust nehmen. Nun aber zieh dir was Sauberes an und lass uns gehen. Ich brauche dringend einen Kaffee.»

«Ich habe deine Mitschüler zu einer Tasse Kaffee eingeladen», eröffnete ihm Mielein, als sie zurück waren, «bin aber im Nachhinein froh, dass sie abgelehnt haben.» Der junge Mann mit der extrem tiefen Stimme hatte ihr artig seine Visitenkarte überreicht und sie regelrecht beeindruckt. Der Name Beneckendorff war ihr geläufig. Ohne das zweite f am Namensende hätte sie ihn sicher gleich mit der Adelsfamilie der von Beneckendorf in Verbindung gebracht, in deren Kreis einstmals ihre Großeltern in Berlin verkehrten.

«Das sind sie!», rief Bibi. «Ein verarmter Zweig, der zu den Erzfeinden nach Bayern geflohen ist und den preußischen Verwandten den Schneid abkaufen wollte, hat Wolf erzählt. Es hätte jedoch nie so ganz geklappt. Die Preußen wären stets die Reichen und Erfolgreichen in der Familie gewesen. Und mit Bismarck im Rücken? Mit dem er übrigens auch verwandt ist.»

Bibi beteuerte seiner Mutter, dass die Jungen im Heim zum größten Teil harmlose Kerle seien, denen er öfter etwas auf der Geige oder irgendwelche Kaspereien vorspiele. Damit brächte er sie zum Lachen und deshalb würden ihm seine zeitweiligen Ausbrüche meistens verziehen. Auch einer von den höheren Klassen war manchmal dabei. Der Heinrich Kannegießer. Ein blitzgescheiter Junge mit riesigen Muskeln. Er flöße selbst ihrem Sportlehrer Respekt ein. «Momentan spielt er sich zu meinem Beschützer auf, weil er hörte, dass Pielein eine große Nummer in der Literatur ist. Behauptet, er sei ein Nachkomme Karl Liebknechts. Er kann nicht genau sagen, in welcher Form, das muss er irgendwann noch einmal im Stammbuch des alten Sozis nachlesen, aber im Großen und Ganzen scheint es zu stimmen.»

Tatsächlich lief Heinrich Kannegießer mit geballter Faust in der Tasche herum, streckte sie manchmal einem besonders verrufenen Erzieher entgegen und intonierte die Internationale.

Einmal aber hatte er Pech und bezog so fürchterliche Prügel, dass er ins Spital nach Rosenheim eingeliefert werden musste. Die dortige Schulbehörde, der der Fall zu Ohren gekommen war, versuchte ihn während seines Krankenhausaufenthalts auszufragen, doch er gab keinen Ton von sich.

Ein anderes Mal waren sie im Schlosspark, Bibi hatte wie üblich seine Violine zur Hand genommen, da kam der «Aufpasser» vorbei. Keiner der Schüler kannte seinen wirklichen Namen. Er durfte sich nur im Park aufhalten und hatte dafür zu sorgen, dass keiner der Zöglinge nächtens einen verbotenen Ausflug unternahm. Er fragte also, was hier vor sich ginge, und Kannegießer fragte zurück, ob er so schwerhörig sei, dass er das Geigenspiel nicht gehört habe. Es handle sich um eine Konzertprobe. Bibi, beunruhigt, denn er wusste sofort, wer da vor ihnen stand, beteuerte, er übe stets im Garten – auf dem Zimmer würde er die anderen Schüler doch sehr stören.

«Musik wird oft nicht schön gefunden, weil sie stets mit Geräusch verbunden», zitierte Heinrich Kannegießer und lud den «Aufpasser» ein, sich das Spiel mit anzuhören. Er selbst sei ein Liebhaber klassischer Musik und bevorzuge vor allem Streichquartette. Das passe andererseits auch zu seinen täglichen Übungen.

Bibi musterte den Mann, den man den «Aufpasser» nannte. Er maß über den Daumen gepeilt mindestens einen Meter neunzig und würde mit seinen riesigen Händen, deren Daumen in seinem breiten Leibgürtel steckten, einen Ochsen erwürgen können. Er gab keinen Laut von sich, blickte die Schüler nur einen nach dem anderen nachdenklich an. Plötzlich, ohne sich ihm zuzuwenden, fragte er Kannegießer, weshalb er ihn nicht angezeigt hätte.

Der streckte die Beine aus und warf den Kopf in den Nacken.

Wenn er ihn angezeigt hätte, so argumentierte er, wäre er doch mit Sicherheit entlassen oder aber versetzt worden, und darüber wäre nun wieder er, Heinrich Kannegießer, untröstlich gewesen, denn wenn er noch eine Weile zuwarte und gezielt trainiere, könne er ihn sicher auch einmal im Spital zu Rosenheim besuchen. Sich das vorzustellen wäre doch ein sehr erstrebenswerter Gewinn.

Der «Aufpasser» schwieg, unschlüssig, ob er gehen oder etwas erwidern sollte. Zögernd wandte er sich ab, drehte sich aber noch einmal nach ihnen um und machte sie darauf aufmerksam, dass sie ihre Zeit im Freien bereits überschritten hätten. Damit stapfte er davon. Bibi fiel jetzt erst auf, dass er schweißüberströmt war. «Angstschweiß», stellte Kannegießer lapidar fest, nachdem er ihm mit einem Finger über die Stirn gefahren war.

Das war also der gefürchtete Heinrich Kannegießer. Im Heim wurde er nur Kanne genannt. Er selbst hatte den Spitznamen eingeführt, und auch die Erzieher dachten sich nichts dabei, ihn der Bequemlichkeit halber so zu nennen.

Bibi betrachtete die Hand seiner Mutter, mit der sie die seine festhielt. Er sah die feinen, blauen Äderchen, die zarte, haarlose Haut und strich ihr mit seiner freien Hand über die Finger. Dann überschlug er sich fast in seiner Erzählung. Wie er darauf gefasst gewesen war, von Doktor Kortas Prügel zu beziehen, und vielleicht der Erste auf dem Schloss gewesen wäre, der mit einem solchen schwarzbehandschuhten Ding eins übergezopft bekommen hätte. Von seiner Gegenmaßnahme berichtete Bibi natürlich nichts.

Mielein stand auf. Ihre Empörung war nicht zu übersehen. Sie war fest entschlossen, Doktor Kortas zur Rede zu stellen. Vor allem wollte sie ihn fragen, was er über Pielein von sich zu geben gewagt hatte. Aissi gab sich unterdessen alle Mühe, seinen immer noch erregten kleinen Bruder zu besänftigen. Mit Blick auf Mielein erzählte er diesem, dass auch er hier eine Zeit lang hatte aushalten sollen und dies nur durch seine Flucht in der allerersten Nacht verhindert worden sei.

Ihre Mutter protestierte sofort, schließlich sei seinerzeit an den amtierenden Heimleiter noch nicht zu denken gewesen und seine damalige Aufmüpfigkeit daher grundlos. «Auch Golo hätte einer strengeren Hand bedurft», setzte sie hinzu.

«Man hätte Bibi doch lieber gleich in Hochwaldhausen anmelden sollen», warf Aissi ein. «Wie es scheint, wäre ihm einiges erspart geblieben.»

Mielein lachte kurz und trocken auf und erinnerte ihn daran, dass er selbst dort nur etwa drei Monate verblieben war und es im darauf folgenden Institut in Oberhambach auch nur ein knappes Dreivierteljahr ausgehalten hatte. Als ein Vorbild seines Bruders könne er in dieser Hinsicht doch wahrhaftig nicht gelten. Aissi überging den leise vorgetragenen, dennoch höchst bissigen Einwand seiner Mutter und machte den Vorschlag, Bibi wenigstens nach Salem zu verpflanzen. Von Golo wisse er, dass jener sich dort einigermaßen zu Hause gefühlt hätte. Mielein wurde sogar noch deutlicher, sprach vom bekannt schlechten Ruf ihrer Kinder. Es sei jedes Mal eine Qual für sie gewesen, ständig Institute aufsuchen zu müssen, um aufgebrachte Lehrkräfte, die mit hocherhobenen Händen auf sie zugestürmt waren und sie beschworen, ihre Brut von der jeweiligen Schule zu nehmen, wieder freundlich zu stimmen. In Salem sei es ihr nicht besser ergangen, obwohl die Intelligenz Golos geschätzt wurde. Nicht hingegen seine Trägheit. Mit einem Wort, Mielein sträubte sich gegen eine erneute Verpflanzung Bibis. Eher wäre sie bereit gewesen, ihn mit sich nach Hause zu nehmen und ihn vorerst wieder den verlässlichen Händen des Herrn Goetz anzuvertrauen.

Aissi fragte sie, wie sie das denn Pielein beibringen wolle. Bibi müsse endlich lernen, sich auch einer veränderten Umwelt anzuvertrauen, und das könne er am ehesten unter seinen Altersgenossen. Er neige nun einmal zu Aggression und krankhafter Empfindlichkeit. Das müsse abgeschliffen oder zumindest gedämpft werden, sonst könne das mit der Zeit erschreckende Formen annehmen.

Bibi schaute sprachlos seine Mutter, dann seinen Bruder an. Dann wandte er sich in einem völlig unaufgeregten Ton an Aissi: «Wie wäre es, Aissi, wenn ihr nicht ständig über meinen Kopf hinweg Dinge beschließen würdet, die mich wohl am meisten betreffen? Könntet ihr nicht mal fragen, wie mir zumute ist?»

Aissi lächelte ihn an und hatte unverhofft Tränen in den Augen. «Du hast ja recht. Aber ahnst du auch nur etwas von dem, was uns allen bevorstehen könnte? Ein Kind in diese Welt zu setzen ist nun einmal eine nicht wiedergutzumachende Untat. Oh, excusez-moi, Maman, wahrscheinlich bist du damit am wenigsten gemeint. Manchmal jedoch wünschte ich, dieses zitternde und verletzliche Energiebündel möge dorthin zurückkehren, wo es hergekommen ist. Schlimmer könnte es da doch auf keinen Fall sein.»

Mielein war wie vom Donner gerührt. Sie richtete sich steil auf, um zu einer vernichtenden Gegenrede auszuholen, brach dann aber in Tränen aus und fing hemmungslos zu schluchzen an. Beide Söhne stürzten auf sie zu. Bibi kniete sich vor sie hin und umfasste ihre Beine, während Aissi sie umarmen wollte. Doch sie wehrte sich und wandte sich ab. Also redete Aissi leise vor sich hin. Dass er es für sich selbst gewünscht, sich selbst nur gemeint hätte. Egoist, der er war. Bibi trat ganz dicht an ihn heran, beugte sich vor, um sein Ohr möglichst nahe an Aissis Mund zu bringen, und hörte seinen großen Bruder sagen: «Wenn irgendwann einmal keiner von denen mehr existiert, die uns zu diesem Dasein verholfen haben, werden wir ganz vereinsamt dem gegenüberstehen, das uns ohne Unterlass verfolgt und uns zu vernichten sucht. Selbst der Schutz der bedeutendsten Herkunft wird dann nichts mehr wert sein.»

Mielein hatte sich so weit gefasst, dass sie zu ihm hinlief und ihm den Mund zuhielt. Sie flüsterte auf ihn ein, damit Bibi nicht hören konnte, was sie ihrem Ältesten zu sagen hatte. Wollte er es denn überhaupt noch hören? Dann wandte sich Mielein an ihren Jüngsten, ohne die Hand vom Mund des Bruders zu nehmen. Sie bestand darauf, umgehend einen Termin bei Heimleiter Kortas zu erzwingen. Sofort. Noch zu dieser Stunde.

Bibis Hand ließ sie nicht los, als sie das Vorzimmer des Heimleiters betrat. Niemand war da, der sie hätte aufhalten können. Sie klopfte energisch an die Tür, und als niemand sie zum Eintritt aufforderte, öffnete sie und trat mit raschen Schritten ein. Kortas schien der neuerliche Besuch Mieleins so gar nicht zu passen. Dennoch war er bemüht, sein Gesicht zu wahren, und bot ihr sogleich einen Stuhl an, ohne den beiden Söhnen allerdings auch nur einen Blick zu schenken. Mielein nahm Platz und konnte nicht umhin, den Blick vom schwarzen Handschuh abzuwenden, der lässig auf der Sessellehne lag und einen durchaus lebendigen Eindruck machte. Die Finger, das Gespräch über leicht gekrümmt, wie um Spannung und Aufmerksamkeit anzudeuten, beunruhigten sie zunehmend. Bibis Schilderung stand ihr vor Augen; die nach Luft ringenden Fische, an Land geworfen, wie sie ihre letzten Augenblicke erlitten. «Niemals, bis zur Ankunft Ihres Sohnes, meine Gnädigste», wandte sich Kortas kurzatmig an Mielein, «hat es in diesem Hause ein Zögling gewagt, ein Mitglied des Lehrkörpers tätlich anzugreifen. Nur durch Ihr Erscheinen ist die absolut höchste Strafmaßnahme verhütet worden, die einem solch unverzeihlichen Betragen angemessen gewesen wäre. Und Sie dürfen mir glauben, dass es keines Armknüppels bedurft hätte, um den Respekt vor der angegriffenen Lehrkraft wiederherzustellen.»

«Wie hätte denn eine solche von Ihnen angedeutete Maßnahme ausgesehen?», wollte Aissi wissen.

«Dazu möchte ich mich im Moment nicht äußern», erwiderte Doktor Kortas, ohne den Blick von der Mutter zu wenden. «Ich muss jedoch darauf bestehen, mir absolut freie Hand zu lassen, was die Erziehung Ihres Sohnes betrifft, da mir andernfalls nur übrigbleibt, ihn aus dem Heim zu entfernen. Wie soll ich denn sonst in der Lage sein, aus ihm ein ordentliches Mitglied der menschlichen Gesellschaft zu formen, wenn ich dem problematischen Charakter Ihres Sohnes nicht ein strenges ‹Halt› zurufen darf?»

Mielein, von der Auseinandersetzung gefesselt, dachte an Pielein, für den diese Szene ein gefundenes Fressen gewesen wäre, und nahm sich im Stillen vor, Eri den Disput aus dem Gedächtnis in die Maschine zu diktieren. Vielleicht könnte ihn der Zauberer in einem seiner nächsten Bücher verwenden. Und damit war sie beim eigentlichen Thema. «Darf ich Sie daran erinnern, Herr Doktor Kortas, dass dieses hier kein vom Staat finanziertes, sondern ein Privatinstitut ist, das sich die ‹Formung› seiner Zöglinge, wie Sie es so schön ausdrückten, nicht gerade billig honorieren lässt? Es ist daher nur rechtens, dass die zahlenden Anverwandten über Maßnahmen solcher Tragweite unterrichtet werden. Meinen Sie nicht?»

«Wenn wir über all und jede Maßnahme Rechenschaft abgeben müssten, könnten wir das Heim schließen», brummte er missmutig.

Aissi nahm den qualvollen Zustand des Heimleiters mit wachsendem Vergnügen zur Kenntnis. «Ich nehme doch an», mischte er sich ein, «dass Sie keine Strafen anwenden, die noch aus der Zeit des untergegangenen Kaiserreichs stammen. Dem müssten wir uns geziemend widersetzen. Die Kunst der Erziehung heranwachsender Menschen verdient meiner Meinung nach erst dann dieses Prädikat, wenn sie ohne die Brutalität derartiger Methoden auskommt. Unsere Bitte lautet doch nur: Lassen Sie unsere Sorge in dieser Hinsicht eine überflüssige sein.»

Ohne auf die Rede des älteren Bruders einzugehen, meinte Kortas nun schroff und direkt, man könne das Früchtchen mit sich nehmen. Er werde sofort sämtliche Formalitäten in die Wege leiten und, wenn nötig, Hilfe beim Packen zur Verfügung stellen.

Bibi fuhr vom Stuhl hoch. Auf keinen Fall wolle er von hier weg. Das wäre feige und in den Augen seiner Freunde, die er hier schon gewonnen hatte, eine nicht wiedergutzumachende Blamage.

Fassungslosigkeit machte sich breit. Selbst Aissi hatte es die Sprache verschlagen. Nur Mielein, eine scharfe Beobachterin, bemerkte die Andeutung eines feinen Lächelns auf dem Gesicht des Doktors. Als wolle er sagen, dass seine Methode doch schon ein wenig angeschlagen habe. «Bevor ich mich mit den erstaunlichen Wünschen meines Sohnes beschäftige, möchte ich noch auf einige Formulierungen eingehen, die Sie in dessen Gegenwart über den Umgang seines Vaters gemacht haben, den er, so sollen Sie es wörtlich geäußert haben, vielleicht noch einmal bereuen könnte.» Kortas wollte unterbrechen, doch Mielein ließ es nicht zu. «Wie kommen Sie dazu», fuhr sie fort, «meinen

Mann als einen ‹gewöhnlichen Schriftsetzer› zu bezeichnen?» Wieder wollte er sie unterbrechen, doch nun gab sie ihm mit einer sehr deutlichen Geste zu verstehen, dass sie nicht unterbrochen werden wollte. «Was bringt Sie dazu, meinen Sohn zu zwingen, sich solche widerwärtigen Bemerkungen über seinen Vater anzuhören? Trotz seines jugendlichen Alters ist er schon ein sehr stolzer Sohn.» Mielein war mit ihren letzten Sätzen aufgestanden und trat dicht an den Schreibtisch heran.

Auch Doktor Kortas sprang sogleich auf und versuchte, sie zu besänftigen. «Ich bitte Sie, Gnädigste, wie können Sie sich durch eine so fragwürdige Wiedergabe bloß beeindrucken lassen? Nie habe ich das Wort ‹gewöhnlich› in den Mund genommen. Hören Sie sich vielmehr an, was ich Ihnen darüber zu berichten habe, und bilden sich danach Ihre Meinung. Gern will ich mich sodann Ihrem Urteil, wenn möglich, unterwerfen.»

«Nun also!» Mielein nahm erneut ihren Platz ein und deutete ihm mit einer ihrer unnachahmlichen Handbewegungen an fortzufahren.

«Zuvörderst muss ich Sie davon in Kenntnis setzen, dass Michael Thomas eine ihm aufgetragene Hausarbeit verweigerte, deren Grund bereits eine verweigerte Hausarbeit gewesen ist.»

«Mit anderen Worten: Er hat sie zweimal verweigert», sagte Aissi amüsiert.

Kortas würdigte ihn keines Blickes. «Exakt, exakt!», rief er in Mieleins Richtung. «Und jetzt stellen Sie sich bitte meine Situation vor: Da stürmt so ein aggressives, unfertiges Kerlchen in meine Sprechstunde und greift mich, ohne lange zu fackeln, mit frechen Worten an.»

«Und dazu zogen Sie, in Ermangelung eines Offiziersdegens, Ihren Holzarm aus dem Ärmel, nicht wahr?», bekräftigte Aissi.

Mielein unterdrückte nur mit Mühe ein Kichern, während Bibi sein Gesicht an ihre Schulter presste.

Das knirschende Geräusch, das plötzlich durch den Raum ging, konnte Mielein nicht sogleich identifizieren, doch dann wurde sie des unnatürlich vorgeschobenen Unterkiefers des Doktor Kortas ansichtig und schaute fasziniert zu, wie sich Unter- und Oberkiefer zu vereinen bemühten. «Ich hatte weder vor, ihn zu prügeln, noch, ihn von der Schule zu weisen», widersprach der Heimleiter mühsam. «Eine maßvolle Ahndung seines Verhaltens, eine Beratung mit dem versammelten Lehrpersonal wird allerdings nötig sein. Nun aber zu meinen Bemerkungen Ihren Gatten betreffend. Wie kann ein Mann dieser Provenienz, der immerhin Schriften wie die ‹Betrachtungen eines Unpolitischen› verfasst hat, so ins linke Lager abgleiten?»

«Darüber haben Sie nicht zu befinden», unterbrach ihn Mielein empört. «Schon gar nicht in Gegenwart eines seiner Kinder. Wie unüberlegt, wie im höchsten Maße unbeherrscht von Ihnen!»

«Da mögen Sie recht haben, gnädige Frau», gab Kortas unumwunden zu. «Ich stand jedoch dieser jungen Seele hilflos, ja fassungslos gegenüber. Seine Zungenfertigkeit, sein vorlautes Vokabular brachten mich vollkommen aus dem Konzept. Hätte ich da nicht auf den Gedanken kommen sollen, dass nur sein Vater dafür verantwortlich sein konnte?»

Aissi, den diese windige Verteidigung des Heimleiters ganz offenkundig belustigte, brach in hemmungsloses Gelächter aus, und Kortas, erschrocken von diesem Ausbruch, rief der Mutter zu, sie möge doch bitte ihren Ältesten bändigen. Seine Spottsucht sei kaum noch zu ertragen.

Wie Kortas so dasaß, zum Angriff auf den Gegner bereit, den schmalen, vibrierenden Leib nur mühsam in eine lockere Haltung zwingend, machte schon Eindruck. Wenn auch einen äußerst unangenehmen. «Kurz und gut, ich kündigte ihm strenge Strafen an, falls er sein Betragen gegen den Lehrkörper nicht ändern sollte.»

Bibi löste sich von Mielein und setzte zu einer Gegenrede an, doch sie hielt ihn zurück. Fast riss sie ihn zu sich heran und bedeutete ihm unmissverständlich, stille zu sein.

«Um ihm klarzumachen, wem er gegenübersaß, wen er da so respektlos anging, schilderte ich ihm den wohl einschneidendsten Augenblick in meinem Leben. Ich konfrontierte ihn bewusst mit der jüngsten Vergangenheit unseres Vaterlandes: mit dem aufopferungsvollen Kampf unserer Armeen gegen eine gewaltige Übermacht. Und das kann im Leben eines jungen Deutschen nicht früh genug geschehen. Meinen guten Willen stets vorausgesetzt, gebe ich zu, dass ich wahrscheinlich etwas zu weit ging, als ich meine Prothese abnahm. Doch wer anders als meine Generation, mit diesen Erfahrungen, könnte in diesem Maße prädestiniert sein, den Nachgeborenen davon zu berichten? Und bedenken Sie, gnädige Frau, ja lesen Sie es in den ‹Betrachtungen eines Unpolitischen›, welche erhabenen Gedanken und Gefühle uns diese Opfer letztendlich überwinden ließen. Und nun zu Ihrem Gatten. Ein Mann, der solch ein Werk in sich entstehen lassen konnte, hält Lobreden auf einen Herrn wie Gerhart Hauptmann, einen billigen literarischen Revoluzzer. Auf einen Mann wie Altenberg. Schickt Glückwünsche an eine Zeitschrift wie den Simplicissimus. Ich zitiere.» Er blätterte in den vor ihm bereitliegenden Papieren und hielt den Zeigefinger auf die gefundenen Zeilen. «‹Jeder deutsche Konservatismus, jeder Wille, die deutsche überlieferte Kulturidee unangetastet zu lassen, muss in politischer Sphäre die republikanisch-demokratische Staatsform als land- und volksfremd verwerfen und befehden.› So Ihr Gatte in seiner Schrift, die ich bis zum letzten Buchstaben verschlungen habe.»

«Guten Appetit!» Aissi sprang auf und unterbrach ihn diesmal ohne jede Ironie, mit beinahe drohendem Ernst. «Ich kann nicht zulassen, dass Sie Sätze meines Vaters aus dem Zusammenhang reißen und auf diese Weise Sinn und Ausdruck ins Gegenteil verkehren. Den zitierten Satz stellte mein Vater hin, um ihn in den darauffolgenden auseinanderzunehmen und abzulehnen. Hat Ihnen das Auswendiglernen des Zitats so viel Mühe bereitet, dass Sie den Band zu früh zugeklappt haben? Sie hätten lediglich einige Zeilen weiterlesen müssen, um darauf zu stoßen, dass er einer Staatsform demokratisch-republikanischen Charakters durchaus wohlwollend gegenüberstand.»

Jetzt sprang auch Kortas auf. «Gnädige Frau», rief er, «meine Geduld ist am Ende. Ich breche diese Art von Unterhaltung ab, da Sie es offensichtlich nicht fertigbringen, Ihren Herrn Sohn zu zügeln.» Er verbeugte sich korrekt und machte Anstalten, den Raum zu verlassen.

Ohne jede äußere Regung riet Mielein ihm, seinen Platz wieder einzunehmen, eine Anweisung, der er nach einigem Zögern gehorchte. «Es ist nicht meine Art, erwachsenen Menschen den Mund zu verbieten. Mein ältester Sohn mag ein unnachgiebiger Diskutant sein, erwachsen aber ist er. Mag er sich dafür entschuldigen, wenn ihm danach ist, ich jedoch werde nicht vom Platz weichen, bis Sie mir die Gründe erklärt haben, die Sie bewogen, den Schüler Michael Thomas gegen seinen Vater in, wie ich glaube, infamer Weise beeinflussen zu wollen. Das überschreitet erheblich den erzieherischen Auftrag, den Sie von meinem Mann und mir erhalten haben. Ich behalte mir vor, ihn davon in Kenntnis zu setzen und nötigenfalls auch gerichtlich dagegen vorzugehen.»

Nun konnte die Familie beobachten, wie dem Heimleiter allmählich die Farbe aus dem Gesicht wich, und Mielein bereute bereits insgeheim, ihn so scharf angegriffen zu haben. Kortas gehörte, wie sie annahm, schon der Altersklasse an, die von Herzinsuffizienz bedroht war. Es bedurfte manchmal nur eines geringen Anstoßes, um die Betroffenen ins Grab fallen zu sehen.

Nachdem sie ihn einen Augenblick hatte ausschnaufen lassen, richtete der Direktor sich kerzengerade in seinem Sessel auf und gestand in militärisch knapper Form, dass er sich einen unverzeihlichen Schnitzer erlaubt und eine bedeutende Persönlichkeit durch einen abschätzigen Begriff beleidigt habe. Ein Verhalten, das einem preußischen Offizier und dekorierten Kriegsteilnehmer nicht angestanden hätte. «Ich mache nun den Vorschlag», sagte er vermutlich zu seinem eigenen Entsetzen, «den Schüler und Zögling des Landschulheims, Michael Thomas, seine hiesige Schulung fortsetzen und ihm die Erziehung und Bildung angedeihen zu lassen, die seine Familie und letzten Endes auch er selbst sich wünschen.»

Bibi jubelte auf und fiel seiner Mutter und seinem Bruder um den Hals. Dann ging er auf seinen Lehrer zu.

«Vorausgesetzt», sagte Doktor Kortas und unterbrach damit Bibis versöhnliche Geste, «die gnädige Frau verzichtet auf öffentliche Anschuldigungen oder gar juristische Maßnahmen.»

Bestärkt durch das Kopfnicken ihres Ältesten, gab Mielein sich zufrieden. Man verabschiedete sich kühl und ohne Händedruck. Mutter und Bruder ließen sich von Bibi noch bis auf den Schlossvorplatz begleiten. Mielein nahm ihn dort kurz in den Arm und riet ihm dringend, doch künftig seine infernalischen Kopfstöße zu unterlassen. Nachdem Aissi ihm zärtlich übers Haar gefahren war, bestiegen sie ein herbeigerufenes Taxi und fuhren davon.

«Ein widerwärtiger Militarist und Schleimer», meinte Aissi auf dem Heimweg. «Ich glaube ihm kein Wort. Man sollte Bibi beizeiten von ihm befreien.»

«Vertraue nur auf seine Furcht», entgegnete Mielein, «denn die hat er, dieser Herr Kortas. Und die wird Bibi eine Weile vor ihm schützen.» Sie betrachtete die Landschaft, die sie jedes Mal aufs Neue entzückte. «Wer weiß», murmelte sie nach einer Weile, «wem dieser Mann sich noch eines Tages anschließen wird.»

David und Goliath

Kurze Zeit darauf erhielt Mielein einen Brief von Bibi aus Neubeuern. Darin berichtete er, dass man Doktor Kortas einen neuen Direktor vor die Nase gesetzt hätte.

Er ist von Rosenheim hierherbeordert worden und trägt ganz offen den Hakenkreuzbonbon am Jackenkragen. An einem bayerischen Jackenkragen natürlich. Doktor Kortas ist ihm unterstellt und nur noch für die Sparte Schulung zuständig. Nicht mehr für die Erziehung. Wer weiß, was uns da erwartet. Die höheren Weihen, sprich Verwaltung, Finanzen, Pflege der Kontakte zu den aktuellen politischen Parteien und anderen Landschulheimen, die eventuell alle in naher Zukunft zusammengelegt werden sollen, sind ihm aus der Hand genommen, obwohl er seit neuestem ebenfalls das bewusste Abzeichen zur Schau trägt. Letzte Woche konnte er sich so im Vorbeigehen der Frage nicht enthalten, ob der nun allgewaltige Doktor Josef Rieder nicht ein Spezi meines erlauchten Herrn Vaters wäre. Ansonsten lässt er mich in Ruhe. Meine Noten werden besser, meine Lehrer geduldiger, und ich habe Aussicht auf eine Drei in Naturkunde und vielleicht auch in Deutsch. Mit einem meiner Lehrer, Herrn Doktor Wenzel, habe ich mich fast schon angefreundet. Auch ein Herr Schiller ist nicht übel.

Und wenn ihr mir alle, einschließlich des Herrn Papale, die Daumen drückt, wird noch etwas aus mir.

Aissi und Eri, denen Mielein das Schreiben zu lesen gab, berieten darüber, ob sie es auch dem Herrn Papale zeigen sollten, entschlossen sich dann jedoch, es besser nicht zu tun. Die Schulnoten würden dem Zauberer keine überschwängliche Freude bereiten. Dagegen kamen die Geschwister überein, bei nächster Gelegenheit dem Schloss Neubeuern einen Besuch abzustatten. Die endgültige Verabredung kam dann aber erst einige Wochen später zustande als gedacht. Anlässlich des Weihnachtsfestes hatte Bibi nur die drei festgesetzten Feiertage in Anspruch nehmen dürfen, um bei seiner Familie in der Poschinger Straße zu erscheinen. Die Halbjahreszeugnisse waren den Kindern noch nicht ausgehändigt worden, und das fühlbar strengere Regime des neuen Direktors machte sich bereits bemerkbar.

Mitte Januar kam es dann endlich zum immer wieder hinausgeschobenen Treffen der Geschwister. Man hielt sich vornehmlich im Zimmer Bibis auf, das er mit dem Sohn des Herrn Schiller teilte. Sie waren taktvoll von diesem allein gelassen worden, und Eri erkundigte sich, ob es wirklich der Wahrheit entspreche, dass Kortas diese Äußerung entfahren sei. Bibi lachte laut auf. Er nahm an, dass Kortas wahrscheinlich die Hosen voll habe. «Ich bestritt es und klärte ihn darüber auf, dass er seinen Widersachern nicht auf diese Art und Weise begegnen dürfe. Der Herr Papale jedenfalls kämpfe stets mit offenem Visier.»

«Und das hast du derart theatralisch ausgedrückt?», wollte Eri wissen, nachdem sie sich vom Lachen erholt hatte.

«Toll», meinte Aissi, «nur weiter so. Eines Tages wirst du dem Zauberer Konkurrenz machen.»

Bibi schwieg. Sein Blick schweifte zur Schwester, dann zu

Aissi und wieder zur Schwester zurück. «Eigentlich hätte ich gar keinen Grund, Pielein zu verteidigen», sagte er nachdenklich. «In einem seiner Bücher hat er mich als einen unleidlichen kleinen Kerl geschildert, den man immer nur hätte verprügeln mögen.»

«So hat er das nicht formuliert», widersprach Eri. «Wenn du dir Zauberers Texte vornimmst, dann lies sie bitte ordentlicher.»

«Dem Sinn nach könnte man das dennoch so verstehen», konnte Aissi bestätigen, «uns beiden, Bibi und mir, hat er schon anständig eins übergezopft in ‹Unordnung und frühes Leid›, oder etwa nicht? Bibi, der Unbequeme, der Schwierige, Jähzornige, mit einem Wort ‹der Beißer›, und ich, der ‹arme Bert›, der untalentierte, tumbe, an Selbstüberschätzung leidende Sohn.»

«Auch du könntest seine Texte noch einmal gründlicher lesen», widersprach Eri immer vehementer, «im Augenblick spricht doch aus dir nur der eitle, dümmliche Neid des angehenden Konkurrenten!»

«Papales Liebling hat gesprochen!», rief Aissi lachend. «Und für den ‹angehenden Konkurrenten› bedanke ich mich. Mach dir nichts draus, Bibi. Unsere Eri hat noch einen längeren Weg vor sich, bis sie sich von ihrem Zauberer gelöst und ihre eigene Sprache entdeckt hat.»

«Darüber musst du dir keine Sorgen machen», erwiderte Eri. «Ich habe den besten aller Lehrer gefunden, und wenn ich auch weiß, dass ich ihn nie erreichen kann, ihn gar nicht erreichen will …»

Aissi kicherte wie ein kleiner Bub. «Siehst du, siehst du?»

Eri schnitt ihm das Wort ab. «Dummes Zeug. Wir sind nicht hierhergekommen, um die Probleme zwischen dir und unserem Vater abzuhandeln, die zwar zweifellos noch einer gründlichen Aussprache bedürfen, aber nicht hier und nicht jetzt.» Sie wandte sich wieder Bibi zu und verlangte zu wissen, ob die aktuelle politische Situation sich auch im Heim niederschlage. Allein der Wechsel in Verwaltung und Lehrpersonal müsse doch wie ein Donnerschlag gewirkt haben.

«Die Reden des Doktor Rieder sind eine echte Sauerei», empörte sich Bibi. «Vor allem seine Sticheleien gegen Juden. Er weiß ja, dass es hier einige Mitschüler gibt, die jüdischen Glaubens sind. Man kann doch die Kinder nicht für fragwürdige Glaubensbekenntnisse ihrer Eltern verantwortlich machen.»

«Das ist jetzt aber ein schrecklich dummes Gewäsch, das du da von dir gibst», sagte Aissi. «Wie kommst du denn zu der Behauptung, dass die Eltern dieser Kinder einem fragwürdigen Glauben anhingen? Hat dir dieser Provinzler solchen Unfug eingetrichtert?»

«Auch Pielein hat sich einmal dahingehend geäußert», verteidigte sich Bibi. «Er finde die Judenhetze dieser Rechtsradikalen zwar schauerlich, doch eine Revolte gegen das Jüdische, vor allem im Rechtswesen, findet gewissermaßen sein Verständnis.»

«Wann soll er das gesagt haben?» Eri war bleich geworden.

«Zu Hause, in der Poschi», erwiderte Bibi störrisch. «Ich habe selbst gehört, wie er es zu Onkel Heinrich gesagt hat. Und Onkel Heinrich hat sich sogar darüber amüsiert.»

Eri sah Aissi an, als wollte sie ihn auffordern, sich zu äußern. Doch der schien fasziniert von dem, was er da gerade mitbekam, und wandte keinen Blick von Bibi. «Ich glaube», folgerte sie schließlich, «dass du deinen Vater und deinen Onkel nicht ganz verstanden hast. Ich verspreche dir, dass ich unseren Zauberer dazu befragen werde. Nun zu etwas anderem», wechselte sie abrupt das Thema, «Pielein und Mielein planen, im Februar für ein paar Wochen in die Schweiz zu reisen. Nach

Lugano. Und sie erwarten dich dort zu den Osterferien. Was hältst du davon?»

Bibi schien die Einladung nicht besonders zu begeistern, doch Eri nahm das nicht zur Kenntnis. «Das Wichtigste wird erst einmal sein, dass wir unseren Eltern von der neuesten Lage hier im Hause berichten und gemeinsam überlegen, ob wir dich dem weiterhin aussetzen dürfen.»

Um den einundzwanzigsten Januar des Jahres 1933 erhielt Aissi per Eilboten einen Brief seines Bruders aus Neubeuern. Es gehe dort das Gerücht um, man wolle das Landschulheim nach einem eventuellen Regierungswechsel im Februar schließen. Ob der Herr Papale nicht endlich ein Machtwort sprechen und Protest dagegen einlegen könne. Eine Schließung wäre doch, alles in allem, sehr zum Schaden der Schüler, der Lehrer und nicht zuletzt zum Schaden des Landes Bayern, dessen Ruf darunter leiden würde.

Nun eine Bitte an Dich. Ich habe Mielein einen langen Bettelbrief geschrieben, bisher jedoch keine Antwort erhalten. Könntest Du da ein bisschen nachhelfen? Es geht um die anstehenden Osterferien. Mit dem Skilaufen im Ötztal wird es wohl nichts. Dafür hat uns ein sehr sympathischer Lehrer den Vorschlag gemacht, mit ihm nach Italien zu reisen. Venedig, Florenz, Rom. Herr Menzel will für uns dort quasi den Fremdenführer spielen. Er scheint das Land wie seine Westentasche zu kennen. Außerdem, so Herr Menzel, wäre es für uns alle eine gute Gelegenheit, uns dem infernalischen Lärm in deutschen Landen zu entziehen. Kanne und Harro Schiller wären auch dabei. Es hat nur einen Haken – wie immer einen finanziellen. Menzel kann natürlich nicht für unsere Reisekosten aufkommen. Jeder von uns müsste sich also mit einhundertundfünfzig Mark daran beteiligen. Von Harro und Kanne weiß ich, dass sie diesen Betrag bereits hinterlegt haben.

Könntest Du Dich mit Mielein einmal darüber unterhalten? Ich kann mir nur vorstellen, dass sie es bei all ihren häuslichen Aufgaben und den täglichen Diktaten, die der Herr Papale ihr abnötigt, vergessen hat. Sei so gut. Die Ferien im Ötztal hätten sicherlich nicht weniger gekostet. Und Pieleins italienische Reisebeschreibungen, die Menzel uns zu lesen auftrug, haben mir den Mund erst richtig wässerig gemacht. Es ist ja auch eine Art Hommage an den Herrn Papale. Menzel hätte uns als Reisevorbereitung ebenso gut die «Italienische Reise» des Herrn Goethe empfehlen können. Wäre doch naheliegend gewesen, oder?

Sei ein Held, großer Bruder, und drücke das für mich durch. Die Kontonummer des Herrn Menzel lege ich bei, obwohl Mielein sie, wenn sie meinen Brief nicht unauffindbar verlegt hat, schon haben müsste.

Drei Tage später meldete Herr Menzel den Eingang einer Summe von zweihundert Reichsmark auf sein Konto, begleitet von «allen guten Wünschen für einen inhaltvollen römischen Osterspaziergang. T. M.».

Den Jubelbrief Bibis in die Poschi, der darauf folgte, fanden die Eltern zunächst etwas exaltiert und selbst für einen Dreizehnjährigen allzu kindlich. Doch in der zweiten Hälfte des Schreibens berichtete Bibi von einem Ereignis, das den Lesern – der Brief wurde in der Familie herumgereicht – die Luft nahm.

Doktor Kortas ist zu einer Parteiversammlung der NSDAP nach Rosenheim gefahren. Dort sollte Ernst Röhm, der Stabschef der SA, vor den Parteigenossen eine Rede halten. Und nun, stellt Euch das vor, tauchte unversehens dieser Herr Hittler auf. Er versicherte den Anwesenden, dass es nur noch Tage bis zur endgültigen Machtergreifung dauern könne. Dann wolle er mit Juden, Kommunisten, Industrieplutokraten und allem anderen Gesocks abrechnen, berichtete Harros Vater, Herr Schiller, der sich dazugesetzt hatte. Hittler soll geschrien, getobt und mit viel Spucke gebrüllt haben, während seine Fäuste unaufhörlich das Rednerpult bearbeiteten. Aber niemand lachte. Er verfluchte die Juden als die Unglücksbringer für jede Nation. Schwor, dass er ihnen den Garaus machen werde und auch jedem, der ihm dabei im Weg stehen sollte. Brüllte, sie seien eine Rasse von Parasiten, die jedem noch so stabilen Volkskörper den letzten Blutstropfen aus den Adern saugt. Gegen sie gäbe es kein Mitleid. «Entweder sie oder wir», soll er gesagt haben. Alle Kriege der Welt hätten sie angezettelt, und man bräuchte nicht lange auf den nächsten zu warten. Man sehe sich nur einmal das kommunistische Gesocks in Russland an. Juden, Juden, nichts als Juden. Oder die Plutokraten an den Londoner und New Yorker Börsen. Juden, Juden, nichts als Juden!

Das kann doch gar nicht stimmen, oder? Jedenfalls sollen sich alle vor seiner tobenden Energie gefürchtet haben. Nur die Damen unter den Zuhörern nicht, meinte Herr Schiller. Frauen gäben eben doch den mutigeren Teil der Menschheit ab. Sie hätten sogar großen Gefallen an dem Brüllochsen, wie Herr Schiller ihn nannte, gefunden. Zwei Herren, die hinter ihm saßen, scheint er aber doch fasziniert zu haben. Sie klatschten immer wieder begeistert und riefen sich zu, dass ihnen eine solche Goschen in ihrer KPD fehle. «Der bei uns, und wir wären an der Macht», jubelten sie.

Als der Hittler dann auch noch auf die Christen losging und behauptete, dass sie nur verkappte Juden wären, die sich im Zeichen des Kreuzes in Europa eingeschlichen hätten, und dass der Jesus auch ein reinrassiger Jude sei, sprangen die Herren hinter Herrn Schiller begeistert auf ihre Sitze. «Auch mit ihnen werden wir abrechnen», brüllte der Hittler. «Wenn wir mit den Juden fertig sind, sind sie dran.» Nachdem er geendet hatte, brach ein regelrechter Jubelsturm los. So etwas hätte Herr Schiller nie erwartet. Er war ganz betäubt vom Lärm und dem grausigen Gebrüll des Redners auf der Tribüne. Doch unversehens übertönte eine Stimme mit großer Kraft das allgemeine Geschrei. Eine befehlsgewohnte Stimme, die Herrn Schiller dann doch bekannt vorkam. Sie rief: «Der Kerl redet ja einen Schwachsinn zusammen, dass es eine Sau graust!» Schiller wollte es anfangs nicht wahrhaben. Da saß der ehemalige Heimleiter von Schloss Neubeuern, Doktor Emil Kortas, unter seinen Parteigenossen, in einer der mittleren Reihen, voller Zorn, mit hochrotem Kopf, schaute zu den Leuten auf, die in ihrer Begeisterung auf die Sitzflächen ihrer Stühle gesprungen waren, und rührte keine Hand. Er hatte noch seinen Nazibonbon am Revers stecken und schaute furchtlos zu den kreischenden Gesichtern hoch. In der Stille, die daraufhin eintrat, wiederholte er Wort für Wort, was er zuvor lautstark verkündet hatte. Ohne sich zu erheben. Er hatte kaum zu Ende gesprochen, da stürzten sie sich auf ihn. Einen Wildfremden, Parteilosen, hätten sie vielleicht glimpflicher behandelt, berichtete Herr Schiller, aber als einen Mann aus den eigenen Reihen gingen sie ihn geradezu bestialisch an, fielen über ihn her und schrien, während sie auf ihn einschlugen, im Takt ihrer Hiebe: «Keine Gnade, keine Gnade!» Dann war es plötzlich schrecklich still, und eine durchdringende Frauenstimme rief: «Der lebt nimmer, und einen Holzarm hat er auch.» Schiller wäre beinahe auch noch verhauen worden, weil er in Zivil war und der Schrecken ihm im Gesicht gestanden haben muss. Noch im Augenblick, als er es erzählte, schien uns, als würde er sich gleich übergeben. Der Hittler jedenfalls muss es besonders eilig gehabt haben. Schiller sah noch, wie er in eine Limousine sprang und sich davonfahren ließ. So viel er am nächsten Morgen erfuhr, war der Leichnam beschlagnahmt worden. Der Arm, den jemand über die Theke des Gasthauses geworfen hatte, wurde bis zum heutigen Tage nicht gefunden. Ich bin der Meinung, Doktor Kortas hätte sich sicher gewünscht, bei Verdun gefallen zu sein, wenn er dieses Ende auch nur geahnt hätte.

Die Familie war erschüttert. Nicht nur über die haarsträubenden Geschehnisse, die Bibi schilderte, sondern auch über die Bildhaftigkeit, mit der sein Schreiben verfasst war.

Den nächsten Brief erhielt die Familie aus Rom. Zuallererst beschrieb Bibi seine Eindrücke aus der Stadt Venedig. Wie sie sich nicht nur über den Canal Grande, sondern auch durch kleine und kleinste Kanäle hätten fahren lassen, «bei denen man sogar im Sitzen den Kopf einziehen musste, um unter manchen Brücken heil durchzukommen. Die Gondolieri sangen mit heiseren Stimmen ihre altbekannten Schmachtfetzen, die den Touristen stets die Tränen in die Augen trieben.» Sie waren im Dogenpalast herumgelaufen, in dem gerade eine große Ausstellung mit Bildern von Tiziano und Tintoretto gezeigt wurde, hatten auf dem Piazzale San Marco den teuersten Kaffee ihres Lebens getrunken, in einem Albergo im Stadtteil Dorsoduro übernachtet und fuhren am übernächsten Tag in aller Frühe nach Florenz weiter. Ins Herz des kulturellen Italiens.

Diesen Reichtum an Wunderwerken, an schöpferischer Überhitzung wird man wohl sein ganzes Leben nicht vergessen. Dem Herrn Papale habe ich sicher nichts Neues zu erzählen. Stellt Euch einmal vor: Man betritt einen Raum in einer Galerie, die sich «akademisch» nennt, und wird auf einem langen Gang mit riesigen Felsblöcken konfrontiert, aus denen ein fix und fertiges Knie oder ein Ellenbogen hervorspringt. Dann wieder sind es kraftvolle und angespannte Gesichter, die mit aller Gewalt die Felsmasse um sich herum zu sprengen suchen. Während ich Euch dies schreibe, läuft mir gleich wieder ein Schauer über den Rücken. Michelangelo Buonarroti ist wohl der größte aller Großen. Man meint, sich in seiner Werkstatt aufzuhalten und ihm zuzusehen, wie er diesem Felsriesen mit unbändigen Schlägen seine Formen aufzwingt. Wie schade, dass Papst Julius ihm nicht erlaubt hat, sein Werk zu vollenden. Es wäre doch sein, des Papstes Grab gewesen. Muskelbepackt, bedrohlich und schon unglaublich perfekt springen die Gliedmaßen aus dem Stein hervor, doch das Ende dieses Ganges mündet in eine mit einer Glaskuppel überdachte Rotunde, in der gleißendes Sonnenlicht auf eine vollendete Lichtgestalt fällt. David ist es, die Schleuder lässig über der Schulter, der in marmorner Vollkommenheit vor uns steht. Nackte Schönheit und Anmut, um die man noch heute bangt, wenn man sich ihn im Kampf mit dem wilden Goliath vorstellt.

Dann die Uffizien, der Palazzo Pitti, die Nationalgalerie mit den überragenden Donatelloskulpturen, der Dom mit einer noch jungen Pietà des Michelangelo. Wollte ich all das beschreiben, was meine restlose Bewunderung ausgelöst, ich müsste mich für mindestens ein Jahr hier niederlassen.

Gestern Abend sind wir sehr müde in Rom angelangt und waren nicht einmal mehr in der Lage, zu Abend zu essen. Heute Morgen waren wir schon sehr früh auf den Beinen, weil Menzel sich einiges vorgenommen hat und sich unsere Zeit in Italien nun dem Ende neigt. An der Rezeption, wir übernachteten in einer kleinen Pension in der Via Urbana nahe dem Kolosseum, wurde ihm ein Telegramm ausgehändigt, das er jedoch erst am Abend zu lesen beschloss, wohl weil er sich den Tag nicht verderben lassen wollte.

Das Telegramm kam nämlich aus Rosenheim.

Nun ja. Wir wanderten zur Kirche San Pietro in Vincoli, standen vor dem Moses des Michelangelo, einem fremdartig erhabenen Mann, dem Hörner aus dem Kopf wachsen und der sich in sitzender Haltung auf seine Gesetzestafeln stützt. (Oder sind es tatsächlich die des Allmächtigen, Aissi? Man könnte es annehmen, so majestätisch und weltentrückt kommt der Mann einem vor.) Auf dem Weg zum Pantheon betraten wir die Kirche Santa Maria sopra Minerva. Hier stellte uns Doktor Menzel seine liebste Christusfigur vor: den «Auferstandenen». Das Gegenstück zum Moses, den Erneuerer und gleichzeitigen Erhalter, den Kämpfenden. Er hält sein Kreuz vor sich, als gälte es kein schweres Holz zu halten, sondern eines aus

Pappmaché, als wolle er es im nächsten Moment wie einen Karabiner schultern, loslaufen und die Welt wieder in Ordnung bringen. Wir stellten eine frappierende Ähnlichkeit mit dem David fest. Sie hätten Zwillingsbrüder sein können. Der lässige, siegessichere David und der militante, zornige Jesus. Ein erstaunliches Paar. «Solche jungen Männer könnten wir heutzutage gebrauchen», meinte Doktor Menzel.

Er hielt es nun doch nicht bis zum Abend aus, setzte sich auf eine niedrige Mauer im Freien, und es dauerte eine Zeit, bis er von seiner Lektüre aufschaute. Er war erschreckend bleich geworden. Entweder war es ein sehr ausführlicher Text, oder er hatte ihn mehrmals zu lesen versucht, um die Tragweite des Inhalts zu begreifen. Er wollte etwas sagen, doch dann schüttelte er den Kopf und hielt uns wortlos das Telegramm hin. Ein Kollege aus Neubeuern war wohl extra nach Rosenheim gefahren, um es dort aufzugeben. Dieser Kollege bezichtigte Schiller einer unverzeihlichen Dummheit. Man hatte ihn seitens der Partei aufgefordert, mit sofortiger Wirkung alle Lehrer jüdischer Herkunft aus dem Kollegium des Landschulheims zu entfernen. Da Schiller seit Kortas' Tod die Oberaufsicht über den Lehrkörper repräsentierte, wandte man sich erst an ihn. Nun aber weigerte sich Schiller vehement, diesem Ansinnen Folge zu leisten, und argumentierte, dass man in diesem Fall auf zwei äußerst fähige Erzieher verzichten müsse. Das würde dem Institut existenziellen Schaden zufügen. Vor allem für die reiferen Klassen wären diese Lehrer ein unersetzlicher Verlust. Wenige Stunden später erschien eine SA-Einheit im Haus, sperrte sich mit ihm in sein Arbeitszimmer in der vierten Etage ein und hielt ihn mit dem Kopf nach unten aus dem Fenster. Sie hielten ihn nur noch an den Fußgelenken fest und versicherten ihm unter fortwährenden Stockschlägen auf den Rücken, dass sie ihn gnadenlos fallen ließen, wenn er nicht seinen Standpunkt ändere. Schiller aber weigerte sich weiter, wurde zum Glück ohnmächtig und ins Zimmer zurückgezogen. Jetzt liegt er im Rosenheimer Spital und kommt nicht wieder zu sich. Seine schriftliche fristlose Entlassung hat er auf das Bett gelegt bekommen. Die SA-Gruppenführung der Landsmannschaft Rosenheim wandte sich danach an den neuen Direktor Josef Rieder, der den Wünschen der Herren von der SA entsprach. Man solle sich doch nicht zum Helden aufspielen, wenn es derartige Reaktionen nach sich ziehen kann, resümierte der Kollege, der ungenannt bleiben will. Herrn Doktor Menzel riet er, scharf über seine Rückkehr nachzudenken. Ihr könnt Euch vorstellen, wie meinem Freund und Mitschüler Schiller im Augenblick zumute sein muss, solche Nachrichten über seinen Vater zu erfahren.

Am Abend bat Menzel uns um Verständnis für seinen Entschluss, sobald als möglich nach Neubeuern zurückzukehren. Er sei zwar ein nicht sehr mutiger, aber pflichtbewusster Mann und werde es sich im Leben nicht verzeihen, wenn er jetzt kneift. Dann gab er uns Order, unsere Sachen zu packen und das Hotel am nächsten Morgen zu verlassen. Wer mit ihm nach Neubeuern zurückfahren wolle, könne das tun. Den anderen gebe er das nötige Geld, um sich eine Fahrkarte nach einem Ort ihrer Wahl zu kaufen. Ich habe mir ein Billett nach Lugano besorgt und hoffe, dass Ihr mich an der Schweizer Grenze in Empfang nehmt. Schade, dass wir nun nicht mehr besichtigen können, was wir uns vorgenommen hatten: die vier Mutterkirchen, das Forum Romanum, das Vatikanmuseum und die Caracalla-thermen.

Menzel nimmt an, dass über Schloss Neubeuern bereits die Hakenkreuzfahnen wehen und die SA-Horden, einschließlich des Herrn Josef Rieder, dort wie die Werwölfe hausen. Jeder Deutsche darf von jetzt an nur noch den deutschen Gruß verwenden. Drum mache ich gleich mal den Anfang und grüße Euch, Mielein und Pielein, sowie sämtliche Geschwister mit deutschem Gruß und verbleibe herzlich mit einem donnernden

Heil(t) Hittler

PS: Oder muss ich etwa wieder nach Neubeuern zurück?

Zwei

Im Ländli

Zum Empfang am Luganer Bahnhof waren alle fünf Geschwister erschienen. Nacheinander umarmte Bibi sie und versuchte ein glücklich entspanntes Gesicht zu zeigen. Dennoch war ihm, als würden sie alle seine Enttäuschung über die Abwesenheit seiner Eltern wahrnehmen. Medi hielt ihn etwas länger fest und flüsterte ihm zu, dass die Eltern schon voller Erwartung seien. Das Nervenzucken des Herrn Papale jedoch, das sich vor kurzem eingestellt hatte, hätte beide von der Fahrt zum Bahnhof abgehalten. Er solle sich nur ja nicht beunruhigen, dass der Zauberer bettlägerig sei, er würde sich schon wieder erholen, wie er es stets getan hatte. Man gab sein spärliches Gepäck einem Träger in die Hand und stieg gemeinsam zum Hotel hinauf.

Vor dem Portal standen dann doch überraschend die beiden so sehr Vermissten, lächelten ihren Kindern entgegen und schienen sich ehrlich auf das Wiedersehen mit Bibi gefreut zu haben. In der väterlichen Miene glaubte Bibi dennoch eine Spur ängstlichen Misstrauens zu erkennen und nahm sich vor, bei Gelegenheit mit Aissi darüber zu sprechen. Konnte es denn wirklich sein, dass der Herr Papale sich vor ihm fürchtete? Hatte er den Schock von damals, der eine gewaltige, wenn auch vielleicht unbeabsichtigte Ohrfeige zur Folge gehabt hatte, noch immer nicht überwunden? Ohne die sanfte Unnahbarkeit, die der Vater wie stets zur Schau trug, hätte er ihn jedenfalls vorbehaltlos umarmen können. Diese unbezwingbare Barriere, würde er sie jemals überwinden?

Er betrachtete seinen Vater ungeniert. Wie er dastand, mit seinen ballettartig gekreuzten, gamaschenbewehrten Füßen in den Lackschuhen, dem überlangen karierten, zweireihigen Ulster und einem Hut auf dem Kopf, den nur die Ohren daran hinderten, ins Gesicht zu rutschen. Dazu trug er den passenden Regenschirm und einen Spazierstock über den einen Arm gehängt, während er den anderen leicht unter den seiner Frau geschoben hatte. Sie trug einen pelzbesetzten Wintermantel, klobige Wanderschuhe und einen Kapotthut, der in seiner Helmform etwas lächerlich anmutete. Für diese Art von Kopfbedeckung ist sie doch noch lange nicht alt genug, dachte Bibi für sich.

Mielein löste sich langsam vom Zauberer und kam auf ihn zu. Im Näherkommen nahm er ihre feuchten Augen und die verschnupfte Nase wahr. Sie lehnte ihre Stirn an die seine und rieb sie lange und ausgiebig. Dann trat sie zurück und lachte ihr unwiderstehliches Lachen. Der Hut war ihr in den Nacken gerutscht, und sie fuhr sich mit der Hand über die Stirn. «Keine Beule, keine Delle», stellte sie fest. «Man kann damit auch Zuneigung ausdrücken, nicht wahr, mein Kleiner?» Sie strich ihm noch einmal leicht über die Wange und forderte ihn auf, nun endlich seinen Vater zu begrüßen.

Die Familie nahm den Nachmittagstee trotz der noch immer kühlen Vorfrühlingsluft im Garten unter einer Steineiche, da Pielein unter allen Umständen an heimatlichen Bräuchen festhalten und tunlichst vermeiden wollte, was ihm als Abbruch seiner Verbindung zum Deutschen Reich hätte ausgelegt werden können. Bibi blieb also keine Zeit, sich um die Verstauung seines Gepäcks zu kümmern, geschweige denn, seine vorläufige Unterkunft in der Villa Castagnola in Augenschein zu nehmen. Man saß in Mänteln, Mützen und Schals im Freien und schlürfte dankbar das heiße Getränk, zu dem ein trockener, etwas staubig schmeckender Marmorkuchen gereicht wurde, den nur er und der Herr Papale verschmähten. Vater und Sohn wichen einander aus, und Bibi riskierte nur dann einen verstohlenen Seitenblick zu ihm hinüber, wenn er sicher sein konnte, den gleichgültigen grauen Augen nicht zu begegnen. Dann jedoch fing er die überaus zärtlichen Blicke auf, die der Papale seiner Schwester Eri zuwarf, bevor er sich wieder in die vorgetäuschte Behaglichkeit zurückfallen ließ und mit Hilfe seiner Zigarre eine staatsmännische Haltung einnahm, die ihm nicht so recht gelingen wollte. Mit mühsam verdeckter Hast sog er und griff erneut zum Etui, obwohl er den glühenden Stummel noch im Munde hatte. Während der Zauberer sich mit dem Messerchen in den zittrigen Fingern das Mundstück zurechtstutzte, wartete Bibi darauf, dass irgendjemand den Tag der Heimreise ankündigen würde. Vergeblich. Alle schienen sich der ausgiebigen Ferientage in der Schweiz zu erfreuen und taten, als hätten sie die Schönheiten des Landes zum ersten Mal vor Augen.

«Hier könnte man doch, wenn man nur wollte, seine endgültigen Zelte aufschlagen», rief Moni lauthals in die Runde.

Die stille Verlegenheit, mit der daraufhin alle zu Bibi hinsahen, verwirrte ihn vollends. Er erwartete von seinen Eltern eine Antwort auf dieses Geschwätz, doch sie kam nicht. Nach einigem Stillschweigen bat Mielein mit gewohnt klarer Stimme, Moni möge den Mund halten und ihren kalt werdenden Tee trinken. Man habe zwar die Absicht, hier einige Zeit zu verweilen, bis sich die Zustände in Deutschland wieder normalisiert hätten, wolle dann aber doch den Weg nach Hause antreten, um nach dem Rechten zu sehen und allen Verpflichtungen, auch den schulischen, aufs Neue nachzukommen. Dabei griff sie wie absichtslos nach der Hand ihres Gatten, die dieser jedoch langsam zurückzog.

Die Augen des Vaters hatten jetzt wieder den verunsicherten, ja, gehetzten Ausdruck angenommen, der Bibi schon bei der Begrüßung aufgefallen war. Er sah Moni lange und ohne einen einzigen Wimpernschlag an. Ein Ausdruck unendlicher Verletzung machte sich in seiner Miene breit. «Es ist gescheiter, den Mund erst dann zu öffnen, wenn man ein paar wohlüberlegte Sätze parat hat», sagte er leise. «Man kann nie sorgfältig genug auf seine Worte achten.»

Moni schüttelte verdrossen den Kopf, als wolle sie im nächsten Moment zum Widerspruch ansetzen, bekam jedoch keinen Ton heraus. Ihr Missmut saß ihr wie eingefressen im Gesicht. Bibi sah ihr an, dass sie wieder einmal darum kämpfte, sich zu behaupten, sich unter den Augen der Familie zu bewähren, die mit unverhüllter Neugier auf sie schauten, doch es gelang ihr nicht. Sie senkte ihren Blick, schüttelte aber nach wie vor den Kopf, als wollte sie sich wenigstens innerlich von ihrem Verdruss befreien, und stand rasch auf. «Ich wollte doch nur Hilfe anbieten, eine Brücke über …»

«… die Isar bauen», vollendete Aissi den Satz und fing zu lachen an.

Moni versuchte noch einmal, sich Gehör zu verschaffen. Doch ihre Mutter unterbrach sie: «Schweig, Moni, schweig endlich. Wir wissen, es war gut gemeint, aber dir sollte klar sein, wie empfindlich wir alle im Augenblick darüber denken. Vor allem dein Vater. Gib dich also zufrieden.»

Bibis Augen hingen indessen unentwegt am Gesicht des Vaters. Was hat ihn nur so klein, so alltäglich werden lassen? Sein strafender Blick, der Stahlblick, wie Bibi ihn im Stillen nannte, war einem Ausdruck wehleidigen Vorwurfs gewichen. Selbst sein respektgebietender, eleganter Schnurrbart, obwohl wie stets korrekt gestutzt und gepflegt, verstärkte diese kleinmütige Trauer. Der große Zauberer ist auf Normalmaß geschrumpft, dachte Bibi und unterdrückte mit Mühe ein Lachen. Waren ihm die unzähligen Masken plötzlich abhandengekommen, mit denen er tagaus, tagein gespielt, die er in seiner behäbig ironischen Art so vielseitig und penibel beschrieben hatte?

«Wir werden möglicherweise eine längere Zeit als ursprünglich geplant im Lande bleiben», hörte er seine älteste Schwester sagen. Es ist also wahr, schoss es ihm durch den Kopf, das Zuhause, das einzige und liebenswerte Zuhause, ist uns verlorengegangen. Das Heim, das den großen Zauberer umgeben, das seine Aura aufgebaut und verherrlicht hatte. So hatte denn die Entzauberung hier stattgefunden – im hübschen Schweizer Ferienländle. Bibi ließ nun seinem Krampfgelächter, das er nicht mehr zurückhalten konnte und das in ein hemmungsloses Wiehern überging, freien Lauf. Er sprang hoch, versuchte zu fliehen, wusste nicht wohin und warf stattdessen seinen Stuhl um. Seine sich steigernde Wut entlud sich umgehend. Er fegte Geschirr und Besteck vom Tisch, stampfte mit den Füßen darauf herum und versuchte Moni zu attackieren, die ihn aufhalten und beruhigen wollte. Hatte sie doch letzten Endes diesen frenetischen Ausbruch verursacht. Vater und Mutter saßen schreckgelähmt auf ihren Stühlen, während Aissi und Eri auf ihn zustürzten, um Moni aus seiner wütenden Umklammerung zu befreien. Ihr unsinniges Kopfschütteln setzte von neuem ein, während sie ihren malträtierten Oberarm knetete und atemlos zu erklären versuchte, dass sie doch nichts Böses vorgehabt, sondern ihren Bruder im Gegenteil auf einen – wenn auch nicht ganz freiwilligen – Umzug in ein reizendes Land habe vorbereiten wollen. Eri und Aissi bemühten sich derweil, Bibi unter

Kontrolle zu bringen, der sturzbachartig zu weinen begonnen hatte und sich in eine grenzenlose Trauer fallen ließ. Er versuchte, sich auf den Boden zu werfen, was seine Geschwister jedoch verhinderten, obwohl er sich mit allen Kräften gegen sie wehrte. Pielein beugte sich zu Mielein hinüber und fragte sie flüsternd, ob auch sie der Ansicht sei, dass der Junge sich langsam, aber stetig zu einem Epileptiker entwickle. Statt einer Antwort rief Mielein mit metallisch scharfer Stimme, dass nun endlich Schluss sei mit dem Theater. Sie war aufgestanden und ließ ihre Augen nicht von dem laut vor sich hin heulenden Bibi, der mittlerweile seine Gegenwehr aufgegeben hatte. «Beeindruckend, diese Anfälle», fuhr sie etwas sanfter fort, «vorzüglich gespielt. Im Moment aber haben wir keinen Bedarf an solchen Darstellungen. Nimm dich zusammen. Lass dich in dein dir zugewiesenes Zimmer führen, um dich und deine Sachen zu ordnen. Ich hoffe, du wirst dort so weit zur Besinnung kommen, dass wir dich in angemessener Aufmachung zum Abendessen erwarten und dir unsere gemeinsame Situation darlegen können.»

Bibi lauschte der veränderten Stimme seiner Mutter, der Härte und dem Spott, mit der sie ihn angefahren hatte. Erschrocken und beschämt sah er unauffällig zum Zauberer hinüber. Dessen Teilnahmslosigkeit, die vollendete Eleganz, mit der er jetzt seine Zigarre in der Hand hielt, die er von Zeit zu Zeit leicht mit den Fingern knetete, machten ihn unangreifbar. Der permanente leise Ekel, mit dem er seinen Jüngsten zu betrachten schien, ließ Bibis Wut wieder hochkochen. Mielein folgte dem verweinten Blick und erkannte voller Schrecken die gefährlich zunehmende Distanz zwischen Vater und Sohn. Während Bibi sich von Aissi ins Innere des Hauses führen ließ, ging sie endlich auf die Frage ihres Gatten ein. «Nein», sagte sie nach einigem Nachdenken, «die Gefahr einer epileptischen Entwicklung ist wohl nicht gegeben. Man muss die Möglichkeit jedoch in seine Befürchtungen einbeziehen.»

Wenig später sah sich Bibi in seinem kleinen Zimmer um. Aissi hatte sich auf das schmale Bett gesetzt und beobachtete ihn beim Auspacken. Bibi redete wütend auf ihn ein, machte ihm klar, wie maßlos er sich auf sein wahres Zuhause gefreut, das er sich wahrscheinlich noch viel schöner, geborgener ausgemalt hatte. Nun war es einfach weggebrochen, von der Familie auf höchst leichtsinnige Weise aufgegeben worden. Und seine tiefe Erschütterung darüber nehme man auch noch mit Spott und Gelächter zur Kenntnis.

Aissi hörte ihn wortlos an. Was sollte er ihm auch antworten? Etwa, dass sie nur ihre fassungslose Hilflosigkeit unter diesem Spott verbargen und dass der Zauberer gerade eine Entwurzelung durchlitt, die ihn sein Talent kosten konnte? Denn in welchen seiner Schriften hatte er sich letzten Endes nicht auf seine Heimat, sein Deutschtum berufen können, auch wenn er sich momentan ins Alttestamentliche zurückfallen ließ? Wie hatte er seinen Vater einmal hinter vorgehaltener Hand genannt? Einen alteingesessenen Lübecker Bayern. «Nein, nein, mein Kleiner. Das war keine unbedachte Entscheidung, auch keine überängstliche Reaktion. Da sind Verbrecher an die Macht über einen ganzen Staat gelangt. Der Herr Papale hat sie schon früh so beschrieben. Ordentlich den Marsch geblasen hat er ihnen! Das verzeihen solche Leute nicht. Deshalb müssen wir uns für eine Weile hier niederlassen. Auch auf die Gefahr hin, dass er und sein Talent darunter leiden. Sicher, man verkraftet den Verlust einer jahrzehntelang gewohnten Umgebung nicht so leicht, vor allem wenn man zum Beschreibenden seiner Umgebung geworden ist. Aber was tut's? Auch hier spricht man

Deutsch. Der Zauberer wird sich bald wieder fangen und zu seinem alten Selbstbewusstsein zurückfinden. Außerdem sollten wir in Ruhe abwarten, ob und wie lange sich die Horden dort drüben halten. Bis dahin wird Mielein hier schon für ein adäquates Zuhause sorgen. Wenn sie erst das gewohnte Mobiliar um ihn herum aufbaut, wird auch sein Schreibfluss wieder ins Laufen kommen.»

Bibi sah sich in seinem kleinen, aber freundlich eingerichteten Zimmer um. Noch lag sein halbausgepackter Koffer auf dem Fußboden. Lediglich ein paar Wäschestücke und seine Zahnbürste hatte er auf die kleine Kommode neben dem Bett gelegt. Nachdenklich murmelte er, während er die übrige Kleidung einordnete, vor sich hin: «Er ist geschrumpft, Aissi, er kommt mir ganz ungewöhnlich reduziert vor.»

«Was meinst du denn damit schon wieder?» Aissi fuhr sich mit der Zunge über seine trockenen Lippen und sah seinen Bruder aufmerksam an.

Bibi gestand, dass er sich den Vater nicht mehr als zorneswütigen Tyrannen vorstellen konnte, der gequält um Ruhe schrie, wenn die Kinder im Hause allzu laut herumtobten. Auch die Attitüde seiner majestätischen Unantastbarkeit schien ihm verlorengegangen. Er erinnerte sich des gleichgültig schweifenden Blicks, mit dem er Personen und Mobiliar abgetastet, vor allem aber ihn, Bibi, auf Distanz zu halten versucht hatte. Dieses auf Normalmaß geschrumpfte Pielein war ihm, während sie unter der Steineiche den Tee genommen hatten, gleich aufgefallen. Eine schockierende Veränderung. «Und zu allem Übel fällt mir auch noch auf, dass du mit deiner Zunge ständig über deine vertrockneten Lippen fährst.»

«Und du solltest dir dein altkluges Gerede sparen», erwiderte Aissi ungewöhnlich aggressiv, «noch steht es dir nicht.» Damit

stand er ruckartig auf und wandte sich zur Tür. «Eine aufzie-
hende Erkältung, die sich zur Grippe entwickeln könnte, macht
mir zu schaffen.»

Hätte er gestehen sollen, dass ihm eine seit Tagen überfällige
Postsendung große Probleme bereitete, die er nur schwer in den
Griff bekam? Seine sich steigernde Verzweiflung und sichtbar
werdende Hilflosigkeit fielen nun sogar seinem kleinen Bruder
auf, dessen starr auf ihm ruhender Blick ihn stark beunruhigte
und die eigenen Augen unstet in alle möglichen Richtungen
und Zimmerecken wandern ließ. Hinzu kam, dass die man-
gelhafte Wirkung der Ersatzmittelchen schnell nachließ. Lange
würde er die mühsam bewahrte Fassung, die Kontrolle über
seine flatternden Nerven nicht mehr aufrechterhalten können.
Doch sei es, dass Bibi Aissis Nervosität falsch interpretierte oder
dass die Ahnung vom gefährlichen Zustand des großen Bruders eine sadistische Ader in ihm pulsieren ließ, jedenfalls hielt
er ihn zurück und verwickelte ihn in ein zunächst harmloses
Gespräch, das unerwartet zu einer heftigen Auseinandersetzung
führte. Weshalb denn Aissi mit seinem wenigen Geld so verschwenderisch umgehe? Sein Einkommen sei doch mit dem
des Herrn Papale nicht zu vergleichen. Auch Onkel Bruno oder
Erich Ebermayer verdienten weitaus mehr.

Aissi schrie auf vor Ekel. Der Bruno Frank sei ein drittklas-
siger Literat, und der Ebermayer mit seinen Theaterstückchen
könne einem nur einen Schauer nach dem anderen über den
Rücken jagen.

«Sein Stück ‹Bargeld lacht› ist aber ein Riesenerfolg und
macht seinem Titel alle Ehre», wagte Bibi einzuwenden. Vielleicht fehle es Aissi ja wirklich an genügender Begabung. In
Neubeuern habe man mitunter in sehr abfälliger Weise über
ihn gesprochen. Das habe ihm sehr wehgetan.

Aissis Stimme überschlug sich. Gerade dieser kommerzielle Aspekt sei ein unübersehbares Zeichen sträflicher Oberflächlichkeit und mangelnden Denkvermögens. Sich bei solchen Schreiberlingen über echtes Talent zu unterhalten wäre doch gar zu müßig. Er forschte so aufmerksam in Bibis Gesicht, wie es sein augenblicklicher Zustand zuließ. Dieser für sein Alter überaus breitschultrige Mensch mit dem viel zu großen Schädel, dem wässrigen graublauen Blick und der Mannschen Lübecker Nase war keineswegs zu unterschätzen. Es kam ihm vor, als würde dieser rabiate kleine Kerl sich heimlich über ihn lustig machen, als durchschaue er seinen Zustand und halte nur mühsam sein unbändiges Gelächter zurück. «Ich habe unerlaubt ein bisschen in deinem ‹Kind dieser Zeit› herumgeblättert», hörte er Bibi weiterreden. «Kannst du dir in deinem Alter schon eine Autobiographie leisten? So mancher, der dir ohnedies nicht sehr wohlgesinnt ist, könnte das womöglich für überheblich halten.»

Trotz seines heiklen Befindens brach Aissi in schallendes Gelächter aus. «Hältst du es auch für überheblich?», fragte er zurück.

«Eher nicht», meinte Bibi nachdenklich. «Ich finde es nur eigenartig, sich in deinem Alter schon mit einer Autobiographie zu beschäftigen. Ein Vorhaben, das man doch eigentlich erst am Ende seines Lebens umsetzt. Es sei denn …», er stockte und blickte seinen Bruder prüfend an.

«Es sei denn?» Aissi schob seinen Stuhl dicht an den seines Bruders heran.

«Es sei denn, du willst schon deinen eigenen Nachruf formulieren.» Bibi fing hinterhältig zu grinsen an.

Aissi legte seinem kleinen Bruder beruhigend die Hand auf die Schulter und versprach ihm, dass schon nichts passieren werde, weder mit seiner Gesundheit noch mit einer hirnrissigen Rückkehr in die kalte Heimat. Nicht, bevor diese blutsaufenden Ungeheuer den Löffel abgegeben hätten. Natürlich könne auch ihm ein Ziegelstein auf den Kopf fallen, aber abgesehen davon habe er vor, noch lange in diesem Dasein zu verweilen. Das Ereignis, diese Kerle in die Grube fahren zu sehen, wolle er sich auf keinen Fall entgehen lassen.

«Denkt Eri auch so?», fragte Bibi.

Aissi nickte. Eri habe ein viel kühneres Verhältnis zur Gefahr und begebe sich mitunter in Situationen, die er für seine Person tunlichst vermeiden würde. Sie sei eine furchtlose Kampfmaschine und auch jetzt schon wieder mit einem halben Fuß auf dem Weg ins Reich. Des Zauberers Tagebücher seien zu großen Teilen daheim geblieben und unter allen Umständen aus der Poschi zu holen. Golo bemühe sich zwar im Moment darum, sei jedoch augenscheinlich überfordert und habe nach Verstärkung gerufen. Solange sich diese Aufzeichnungen und andere Schriften noch dort befänden, habe der Zauberer hier keine ruhige Minute. Seine Schlaflosigkeit sei langsam gesundheitsgefährdend.

«Ja, das Herr Papale macht einen sehr nervösen Eindruck», stimmte Bibi ihm zu.

«Der Herr Papale», verbesserte Aissi. «Die Geschlechtszugehörigkeit wollen wir ihm doch nicht auch noch nehmen, oder? Im Übrigen bist du ein respektloser Dummschwätzer und gehst mir auf den Keks.» Er stand auf und versuchte, seine zittrigen Hände auf dem Rücken zu halten, doch der Juckreiz, der seine Haut an allen möglichen und unmöglichen Stellen befiel, ließ ihn beinahe einen kleinen Veitstanz aufführen. «Ein andermal reden wir weiter. Wir verschieben es einfach auf ein andermal.» Damit schloss er die Tür hinter sich.

Doch Bibi riss sie gleich wieder auf. «Was nimmst du denn im Augenblick?», fragte er auf den Flur hinaus.

Aissi sprang zu ihm hin, hielt ihm den Mund zu und drängte ihn ins Zimmer zurück. Sich am Griff festhaltend, drückte er die Tür langsam ins Schloss. Er starrte Bibi an. Die Frage hatte ihn beinahe von den Füßen gerissen. «Bist du wahnsinnig?»

«Nein. Und blind auch nicht. Ich möchte nur wissen, was du zurzeit nimmst und ob ich mich anschließen darf. Hasch habe ich in Neubeuern schon probiert. Die Wirkung war gleich null. Du hast doch auch einmal Hasch geraucht. Bist du jetzt bei anderen Mittelchen gelandet?»

Einer Antwort unfähig, forschte Aissi im Gesicht seines Bruders nach irgendeinem verräterischen Kommentar, doch die neutrale Gesichtsmaske Bibis war nicht zu durchdringen. Es waren weder Mitleid noch Triumph zu erkennen. Bibi erkundigte sich denn auch nüchtern nach der ständig wiederholten Vokabel «genommen» in seinen Aufzeichnungen und wollte erfahren, ob es sich um Stoff in Tablettenform oder um gespritzte Lebenslust handle.

Das reichte Aissi. Dieser arrogante Ton eines kaum Vierzehnjährigen brachte ihn endgültig aus der Fassung. Er tobte wie ein Mordsüchtiger, schrie Bibi an, wer ihm denn das Recht gegeben habe, in seinen intimsten Papieren herumzuwühlen, und wo er sie überhaupt gefunden hätte. Mit nun deutlich zitternden Händen griff er nach Bibis Hals, doch Bibi hielt sie ohne allzu großen Kraftaufwand fest und ging über die Fragen hinweg. «Bist du bei irgendwelchen Opiaten gelandet?», insistierte er und ließ den Älteren los.

Zorn und Kraft schienen Aissi verlassen zu haben. Er sank auf die Knie und schüttelte sich wie ein nasser Hund. «Nein, nein. Ich nehme gar nichts. Ich bin nur todmüde, weil ich seit

Tagen schlaflos bin», murmelte er. «Wie Pielein», setzte er mit einem matten Lächeln hinzu.

«Hast du auch deine Aufzeichnungen in der Poschi vergessen?» Bibi probierte ein schiefes Grinsen.

«Spar dir das.» Aissi stand auf. «Morgen werde ich dir meine Mittelchen, wie du sie nennst, mal zeigen. Sie sind harmloser, als du glaubst. Und jetzt lass mich in Ruhe.»

Bibi sah seinem Bruder nach, wie er mit eigentümlich schleppenden Schritten, beinahe hinkend, das Zimmer verließ. Ein um Jahre gealtertes Kind – so hätte ihn der Zauberer wohl in diesem Augenblick beschrieben.

Eines Nachts träumte Bibi sehr lebhaft vom Vater. Dieser war von den Nazis, die ihn wegen eines Artikels in der Frankfurter Zeitung verhaften wollten, in den Selbstmord getrieben worden. Als er ihm am nächsten Morgen dann in der Frühstückshalle gegenübersaß und ungewollt, doch fasziniert die kleine Warze unter seinem linken Auge betrachtete, die er sich zu Hause in München anzuschauen stets gescheut hatte, in der geheimen Furcht, er könnte der gravitätischen Respektsperson etwas von ihrer Größe nehmen, gewann er von neuem den Eindruck eines fatalen Schrumpfprozesses. Würde der Herr Papale jemals zur alten Größe zurückfinden?

Beim Frühstück eröffneten ihm Mielein und Eri, dass ihr Aufenthalt in Lugano nicht mehr allzu lange andauern würde. Man werde sich nach einem passenden Ferienort im Süden Frankreichs umsehen, dort einige Zeit zur Erholung verbringen und danach endgültig beschließen, ob man zurück nach Hause könne oder aber nach einem neuen Heim hier in der Schweiz Ausschau halten müsse. Jetzt ginge es erst einmal an die Riviera, was der Vervollkommnung seiner Französischkenntnisse keineswegs schaden würde. «Das wird deinen Ehrgeiz doch sicher anfeuern», fügte Eri hinzu und sah ihn belustigt an.

Sie werden doch hoffentlich nicht darüber nachdenken, sich auch in Frankreich nach einer längeren Bleibe umzusehen, dachte er erschrocken und wandte umgehend ein, dass er fest mit der Rückkehr in die Poschi rechne. Man dürfe die Volltrottel da drüben doch nicht ernst nehmen. Sie spielten sich zwar im Moment wie die Herren der Welt auf, aber Herr Menzel habe beim Abschied in Rom gesagt, es werde in naher Zukunft eine neue Regierung geben. Da sei er ganz sicher.

«Sein Wort in sämtliche Gehörgänge dieser Welt», warf Eri ein.

«Die Katastrophe des vergangenen Krieges steckt dem Volk ja immer noch in den Knochen, und auf das Volk ist bisher stets Verlass gewesen. Mehr als auf alle Politiker der Welt», erwiderte Bibi.

Eri lachte schallend heraus, und ihre Mutter stieß sie unter dem Tisch warnend an. Sie war der Ansicht, dass man dem Jungen nicht so brutal den Boden unter den Füßen wegziehen dürfe. Sie und Aissi wären schließlich in der Poschi erwachsen geworden, hätten sie mehrfach freiwillig verlassen und jedes Mal nach Gutdünken zurückkehren können. Es sei nur verständlich, dass er sich Gleiches wünsche. Mielein hatte immer lauter, immer wütender argumentiert, ohne auf die Ohren Bibis Rücksicht zu nehmen.

«Jetzt sprichst du aber Dinge an, die ich noch gar nicht so deutlich hätte formulieren wollen», erwiderte Eri unter Lachen. «Vielleicht hat der Herr Menzel ja tatsächlich recht, und wir können unser aller Poschi in ein paar Monaten wieder in Besitz nehmen. Mit Trommeln und klingendem Spiel. Wie es sich für einen treudeutschen Heimkehrer gehört.» Sie brach erneut in Gelächter aus und schüttelte den Kopf. «Erstaunlich, diese Exemplare von saublöden Erziehern.»

«Darf ich dich darauf hinweisen», mischte sich nun der Zauberer leise, aber umso eindringlicher ein, «dass es Erziehern oder reinen Lehrkräften, zumal an Instituten wie diesen Landschulheimen, untersagt ist, eine politische Meinung zu besitzen, geschweige sie an die Schüler weiterzureichen? In Deutschland jedenfalls sollten sie sich strikt an diese Neutralität halten und es den heranwachsenden Schülern überlassen, sich einer politischen Tendenz anzuschließen.»

Eri unterbrach für einen Augenblick ihre fröhliche Laune und widersetzte sich in gleichfalls gesenkter Tonlage respektvoll und höflich den Ansichten ihres Vaters. Es sei, ganz im Gegenteil, notwendig, dass den Erziehern eine größere Rolle in Sachen politischer Bildung zukäme, die sie bisher nur wenig oder gar nicht wahrgenommen hätten. Wie sonst hätte ein solches Wahlergebnis wie das jüngst erfolgte eintreten können?

Der Zauberer sah sie lange und schweigend an. Dann wandte er sich seiner Gattin zu. Vor allen Dingen sei es notwendig, den heranwachsenden Bibi in einem deutschsprachigen Gymnasium unterzubringen, um seinen Bildungsweg nicht so lange zu unterbrechen. Ihn in ein Institut französischer oder gar italienischer Provenienz einzuschulen, dazu würden ihm die Sprachkenntnisse fehlen. Sollte man also gezwungen sein, sich für längere Zeit in diesen Sprachräumen aufzuhalten, müsse man Sorge tragen, ihn einem Internat deutscher Zunge anzuvertrauen.

Dem widersprach Mielein, nahm dabei aber die Hand ihres Gatten. Bibi sei doch nun längere Zeit dem Familienkreis entzogen gewesen und brauche, zumal bei so einschneidender Lebensveränderung, die ihnen allen momentan zusetze, die Stütze und die Nähe der Familie. Es sei gründlich zu überlegen, ob man deshalb nicht die deutsche Schweiz für einen längeren Aufenthalt in Erwägung ziehen sollte. Die Debatte verlief in Gegenwart Bibis, aber gewissermaßen über seinen Kopf hinweg. Eri erkannte als Erste die Wut, die in ihm hochschoss. Sie sprang auf, stellte sich hinter ihn und umarmte ihn samt Stuhllehne. Es war nicht zu erkennen, ob es sich um eine zärtliche Geste handelte oder ob sie ihn einfach festhielt. Bibi jedoch blieb ruhig und machte keine Anstalten, sich zur Wehr zu setzen. Er sah seinen Vater an, der diese Form der Diskussion gewählt hatte, als wollte er ihn zwingen, sich mit ihm auseinanderzusetzen. Doch der fordernde Blick des Sohnes wurde nicht erwidert. Der Zauberer betrachtete die Asche an seiner Zigarrenspitze und hüllte sich in Schweigen. «Wir werden darüber noch einige Male zu diskutieren haben», durchbrach Mielein die Stille. Und zu Bibi sagte sie, dass er sich vorerst auf die ausgedehnten, jedoch wohlverdienten Ferien freuen solle. Onkel Heinrich und Eri hätten gemeinsam ein reizvolles Plätzchen ausgemacht, das ihnen allen Erholung bringen werde. Man wolle sich ja nicht von diesen braunen Vandalen den Lebensmut nehmen lassen. Sie stand auf, ohne die Hand ihres Gatten loszulassen, sodass ein Rest der Zigarrenasche auf seine Weste fiel. «Pardon», sagte sie und streifte routiniert die Asche vom Stoff, ohne einen Fleck zu hinterlassen. Beide gingen ins Haus, und Mielein griff im Vorbeigehen kurz in Bibis Haarschopf. Es war eine halb beruhigende, halb warnende Geste. Sie flüsterte ihm zu, dass sich alles finden werde, wenn er nur lerne, sich besser zu beherrschen.

«Was ist mit dem großen Zauberer geschehen?», erkundigte der sich nun bei seiner Schwester. «So eigentümlich verkleinert kenne ich ihn gar nicht. Ich muss gestehen, dass er mir in seiner augenblicklichen Verfassung ungemein sympathisch ist.»

«Sehr schön formuliert.» Eri klatschte Beifall und ließ ihn los.

«Andererseits tut er mir auch wieder leid, wenn ich ihn so offensichtlich verwirrt und ziellos herumgeistern sehe.»

Eri bestätigte zwar nicht seine Beobachtung, meinte jedoch, dass der Zauberer im Augenblick eine der schwersten Erschütterungen seines Lebens durchstehe, denn er sei mehr als sie alle mit der Heimat verwachsen. Als deutscher Dichter sei er bekannt und berühmt geworden, und als deutscher Dichter habe er die höchste Auszeichnung in Empfang genommen, die einem Künstler seiner Zunft verliehen werden könne. Nun stehe er vor der Tatsache, dass ihm sogar die Ausbürgerung drohte, sollte er sich nicht konform zur jetzigen Regierung verhalten. Aber wie könne er das, ohne zu Kreuze kriechen zu müssen? Und das würde er nie und nimmer tun, auch wenn der Verleger seiner Bücher ihn anflehe, keine politischen Statements abzugeben, denn diese würden für die gegenwärtigen Machthaber nicht sehr schmeichelhaft ausfallen.

Bibi empfand das als sehr vernünftig. Wozu sollte man auch kritische Statements abgeben? Seines Vaters Schriften, soweit er sie gelesen, hatten doch nichts mit der Tagespolitik zu tun — vor allem nicht mit der gegenwärtigen —, sie beschäftigten sich mit ganz anderen Themen, wie zum Beispiel mit ihm. Sogleich hatte er sich in jenem Porträt erkannt — darauf brauchte ihn Aissi nicht erst aufmerksam zu machen. Ein zankwütiger Plagegeist, so hatte ihn sein Vater beschrieben. Soll er sich nur fürchten! Die Zähne würde der Beißer ihm eines Tages in den Hintern schlagen und dabei knurren wie ein räudiger Wolf. Das Bild stand ihm plötzlich vor Augen, und er lachte kurz auf. «Er ist kein Zauberer mehr», flüsterte er und sah die verwirrte Eri verschmitzt an. «Seine Masken sind wohl in München geblie-

ben. Und wenn er ganz und gar nicht von seinen Wurzeln los-
kommt, dann muss er eben nach Deutschland zurückkehren.
Wenn er sich mit seiner Meinung über die dort drüben zurück-
hält, werden sie sich hüten, etwas gegen ihn zu unternehmen.
Aissi sagt, dass Pieleins Bücher, bei allem literarischen Glanz,
eher unpolitisch seien und deshalb von vielen Seiten begeister-
ten Zuspruch bekämen.»

Eri hörte ihm entgeistert zu und erkundigte sich, ob Aissi das
tatsächlich so formuliert hätte. Bibi nickte und versicherte ihr,
dass auch er so dächte.

«Du?», fragte sie. «Wo hast denn du schon das Denken gelernt? Was hast du schon Entscheidendes vom Zauberer gelesen?»

«Mehr, als du glaubst.»

«Dann hör besser auf zu lesen, was du noch nicht begreifen,
geschweige denn beurteilen kannst.»

«Was weißt du denn überhaupt von mir, du alte Schwester
mit der großen Klappe? Was wärst du ohne deinen Zauberer?»

«Aissis hemmungslose Eifersucht auf seinen Vater ist krank-
haft, es ist der Neid eines Talentierten auf einen Einmaligen»,
schimpfte Eri. «Viel zu schädlich, als dass man noch Verständnis dafür aufbringen könnte. Man sollte ihm das Maul stop-
fen!»

Der Ausbruch seiner Schwester ließ Bibi verstummen. Seine
Bewunderung für sie, aber auch seine Furcht vor ihr kamen wieder zum Vorschein. Wenn er es recht bedachte, so war sie das
einzige Familienmitglied neben seinem Vater, das sich noch zu
fürchten lohnte. Und wenn er genug hatte, konnte er sich immer
noch zu Mielein flüchten. Nun sah er Eri forschend an. «Weißt
du zufällig, was Aissi an Medikamenten zu sich nimmt?», fragte
er unvermittelt.

Herausgerissen aus ihrer leidenschaftlichen Rede, fixierte Eri ihn mit einem beinahe irren Blick. «Frag ihn selbst», gab sie achselzuckend zurück. «Soweit ich orientiert bin, raucht er Opium. Aber ich bin überzeugt, dass ihn das Zeug auf die Dauer nicht befriedigen wird. Seitdem er sich beim Spritzen mit einer miserablen Nadel fast eine Blutvergiftung zugezogen hätte, ist er zum Opiumqualmer geworden. Das bedeutet natürlich nur die halbe Wirkung. Aus Erfahrung jedoch weiß ich, dass die Angst vor einem drittklassigen Besteck nicht lange vorhält. Zudem hat er sich nicht einmal die Mühe gemacht, es vor jedem neuen Einstich abzukochen. Hat er mit dir darüber gesprochen?»

«Er hat nur einen Stoff namens Euka oder Euko erwähnt. Harmlos, wie er mir versicherte. Kennst du das Präparat?»

Eri lachte kurz auf. «Eukodal, ein Morphiumpräparat oder Morphium-Derivat. Euka ist der Deckname dafür. Wer sich entschließt, es zu nehmen, muss genau wissen, ob sein Widerstand groß genug ist gegen eine endgültige Abhängigkeit.»

«Und Aissi weiß es nicht, oder?»

«Nein.»

«Aber du weißt es?»

In einem Anflug von Zärtlichkeit drückte sie ihren kleinen Bruder und murmelte, dass er noch viel zu jung sei, um darüber mehr zu wissen als unbedingt nötig, und außerdem gehe ihn das gar nichts an. Sie selbst sei schon lange davon weg, fügte sie schnell hinzu und merkte sofort, dass Bibi ihr keinen Glauben schenkte.

Als er Aissi am Nachmittag wiedersah, hatte der sich von seinen Entzugserscheinungen erholt. Aufgekratzt hängte er sich bei Bibi ein und spazierte mit ihm zum Monte Brè hinauf, der ganz in der Nähe ihres Domizils lag. Man könne dort im Kurhaus völlig ausgefallene Dinge bestellen – von der Melange bis zum

Großen Braunen, und auch Topfenpalatschinken und selbstgebackenen Apfelstrudel. Das übertriebene Gute-Laune-Gehabe Aissis ging Bibi auf die Nerven. Seine Anspannung wuchs, je mehr sie sich dem Kurhaus näherten, denn er traute ihm, bei aller Liebe, nicht den Freimut seiner Schwester zu, über seine zur Sucht gewordene Schwäche zu sprechen. Begierig zu erfahren, wie die Sache begonnen hatte, war Bibi dennoch entschlossen, ihn später zur Rede zu stellen – die beiden hatten ja schusselig und sorglos all ihre Tabletten und benutzten Spritzen herumliegen lassen.

Die Wirkung der «Medikamente» war frappierend. Sie waren tatsächlich in der Lage, einen anderen Menschen aus einem zu machen. Eri beispielsweise, die er noch wenige Stunden zuvor auf dem Hotelflur vor sich herschleichen gesehen hatte, tauchte, nachdem sie kurz in ihrem Zimmer verschwunden war, mit hysterisch überzogener Lebensfreude wieder auf. Oder Herr Papale, der sich an den Nachmittagen immer missmutig in seine Gemächer zurückzog und vergebens seinen Mittagsschlaf herbeisehnte. Am anderen Morgen trat er dann mit blitzenden Augen aus der Tür und ging wiegenden Schrittes, Mielein am Arm, den Gang zum Fahrstuhl hinunter. Bibi hatte das schon in München staunend beobachtet und war entschlossen, sich an irgendeinem Morgen selbst beim Vater einzuhängen. Doch seine Mutter war stets vor ihm zur Stelle und schickte warnende Blicke zu ihm hinüber. Hier in Lugano brach der Vater oft seine Mittagsruhe ab und erschien, schon eine Viertelstunde nachdem er sich zurückgezogen hatte, wieder im Türrahmen seiner Suite. Mielein, die auch jetzt wieder den Zerberus spielte, bot dem Zauberer den Arm und entschwand mit ihm in Richtung Fahrstuhl. Bibi konnte das Gesicht des Vaters kaum erkennen, denn Mielein schob sich stets dazwischen, aber er hielt sich einige Male in sicherer Entfernung zum Appartement auf und lauerte auf das Herunterdrücken des Türgriffs, an dessen Geräusch er die Laune des Vaters ablesen konnte. Er wartete darauf, dass der Zauberer endlich einmal ein freundlicheres, durchlässigeres Gesicht zeigen würde. Ein Gesicht, dem sich Bibi hätte furchtlos nähern können. Er hatte es sich zum Ziel gesetzt, einmal die gleiche zutrauliche Miene hervorzurufen wie seine Schwestern. Irgendwann würde er es schaffen, und wenn es erst auf dem Totenbett des Vaters geschehen sollte. Dann würde er versuchen, als Erster in das Blickfeld des Moribunden zu treten und allen anderen das Lächeln des Wiedererkennens stehlen, das dem Zauberer entweichen würde. In Wahrheit würde es natürlich gar nicht ihm persönlich, sondern einer Silhouette gelten, in der er vage ein Familienmitglied vermutete. Vielleicht eines, das er besonders mochte. All das malte Bibi sich aus, während er an der Flurwand lehnte und spürte, wie das wachsame Auge seiner Mutter auf ihm ruhte. Jedes Mal, wenn die Klinke von innen leise heruntergedrückt wurde, ahnte er, dass der Vater mit seinem neuen Schleichschritt im Türrahmen erscheinen, sich in die Arme der Mutter flüchten, den Gang hinunterschreiten und im Fahrstuhl verschwinden würde.

Bibi, von beiden gar nicht mehr beachtet, stürzte in langen Sätzen zum Dienstbotenaufgang, um im Erdgeschoss der mimischen Verwandlung des Zauberers auf der Spur zu bleiben. Wann hatte sie sich der Hoheit des Auserwählten bemächtigen können – im Fahrstuhl bereits? Doch der Fahrstuhl war stets geschwinder. Wenn er die Tür zum Frühstücksraum aufriss, saßen die Eltern bereits am Tisch oder waren im Begriff, Platz zu nehmen. So gern hätte er dem Augenblick der Verwandlung beigewohnt, hätte vor ihn hintreten und ihn liebevoll überraschen wollen. Doch Mielein, die Mauer, war nie zu überwinden. So starrte er bloß in die fragenden und dennoch ausdruckslosen Augen seines Vaters. Wie oft hatte er sich dabei ertappt, wie er ihr stumme Flüche zurief und sie für einige Augenblicke in den fernsten Erdteil wünschte! Nach Australien oder gar Neuseeland, wenn es nach ihm ging. Doch seine Träumereien hielten nicht lange vor – stets wurde er bald in die nüchterne Realität zurückgeschoben, worauf nicht selten ein Wutausbruch folgte. Einzig Eri stellte sich in solchen Momenten mit marmorner Gelassenheit vor ihn hin und sah furchtlos seinem halsbrecherischen Treiben zu. Es ging ihr weniger darum, ihn zu beruhigen, als ihn daran zu hindern, sich ernsthafte Verletzungen zuzufügen. Wenn sie ein Abflauen seines Zorns zu erkennen glaubte, trat sie ganz nahe an ihn heran und tippte ihm mit dem Zeigefinger leicht an die Brust. Wenn sie auch nicht gleich beim ersten Versuch die erwartete Wirkung erzielte, der zweite oder dritte war mit Sicherheit von Erfolg gekrönt. Die Stimmung schlug dann ins Gegenteil um, und beide brachen in hemmungsloses Gelächter aus.

Würde Aissi ihm helfen können? Hatte er nicht einen besseren Draht zu seinem Zauberer? Bibi wusste, dass der geliebte große Bruder Ähnliches hatte durchmachen müssen. Wild entschlossen, sich nicht mehr mit Ausflüchten abspeisen zu lassen, suchte er nach ihm. Aber selbst in der Cafébar der Villa Castagnola, seinem bevorzugten Aufenthaltsort, traf er ihn nicht an. Dafür stieß er auf seinen Vater, der ihn schon bei seinem Eintritt ausgespäht hatte und mit einladender Hand auf einen Sessel neben dem seinen wies. Sollte er kurzerhand diese Einladung ignorieren, es endlich einmal zu einem Eklat kommen lassen? Doch er hatte nicht den Mut dazu.

«Soweit ich mich erinnere, hatten wir uns doch darüber verständigt, in der Öffentlichkeit keine solchen Auftritte mehr zu veranstalten», begann der Zauberer ohne Umschweife. «Was also war der Anlass?»

Sie sahen einander lange an. Mühsam hielt Bibi dem Blick der stahlgrauen Augen stand, der sich langsam verdunkelte. Zu einer Antwort wäre er nicht imstande gewesen, war er doch vollauf damit beschäftigt, diesen Augen Paroli zu bieten, es andererseits jedoch nicht auf eine Wiederholung der gewaltigen Ohrfeige ankommen zu lassen, die ihm immer noch in den Knochen steckte. Die Zeichen standen ganz offensichtlich auf Sturm. Doch dann griff der Zauberer scheinbar entspannt zu seinem ledernen Zigarrenetui, entnahm ihm eine dickbäuchige dunkelbraune Zigarre, zog sie quer unter seiner Nase entlang, kerbte das Mundstück mit dem Spezialmesserchen ein und feuchtete sie vorsichtig an, indem er sie zwischen den gespitzten Lippen zurechtdrehte, ohne die Finger zu Hilfe zu nehmen. Ein kleines Artistenstück, dachte Bibi anerkennend.

«Ich erwarte von dir nun endlich eine männlichere Haltung, als du sie bisher zeigtest», begann er ruhig. «Im Alttestamentarischen traten die Menschen männlichen Geschlechts mit dem dreizehnten Lebensjahr schon ins mannbare Alter ein und hatten sich demzufolge in mancherlei Hinsicht zu bewähren und Verantwortung zu übernehmen.»

Beispielsweise von ihren Brüdern in eine Grube geworfen und dem Hungertod ausgesetzt zu werden, dachte Bibi und fing innerlich zu feixen an.

«Ich sehe mich gezwungen», hörte er seinen Vater fortfahren, «dich darüber aufzuklären, dass wir eine geraume Zeit in diesem Land verbringen werden. Da die hiesige Landschaft unserer bayerischen sehr ähnlich ist, werden wir in der Hinsicht aber wenig entbehren müssen. Unsere Sprache, die gute deutsche, gilt hier, wenn auch etwas verballhornt, als eine der Landessprachen. Wir können also in Ruhe abwarten, dass der Sturm sich legt und eine Rückkehr ohne ernsthafte Gefährdung ins Auge gefasst werden kann. Selbst mit solchen Machtmenschen wie denen wird es sich unter Umständen reden lassen.»

«Du meinst also, nichts wird so heiß gegessen, wie es gekocht wird?», versuchte Bibi Pieleins Sprache ins Profane zu übersetzen.

«Nun ja, wenn es dir denn so behagt.»

«Das heißt doch sicher auch, dass Medi und mir eine weitere Einschulung bevorstehen könnte.»

«Das könnte der Fall sein. Warten wir es ab», bestätigte der Zauberer. «Wir werden in Zürich gemeinsam nach einem passenden Gymnasium Ausschau halten. Bis zum Ende der laufenden Ferien jedoch werden wir uns Erholung gönnen. Deine Mutter und ich haben beschlossen, die restliche Zeit in Meeresnähe zu verbringen. Eure älteren Geschwister werden uns nur für ein paar Tage dorthin begleiten können. Medi und du jedoch, ihr werdet euren Spaß an den südfranzösischen Stränden haben. Dein Onkel Heinrich, der sich schon seit längerem dort aufhält, hat sich anerboten, ein hübsches Hotel für uns zu suchen. Weitere Freunde werden sich einfinden, denen es aus ähnlichen Gründen angemessen scheint, in dieser Gegend Wohnung zu nehmen.»

«Ist es jetzt unbescheiden, wenn ich diese Gründe erfahren möchte?» Bibi fragte sich, ob der Zauberer die Ironie wahrgenommen hatte, die in seiner Frage steckte.

Der Herr Papale schaute ihn einen Moment lang scharf an, um sich gleich darauf wieder seiner Zigarre hinzugeben. «Onkel Heinrich wird deine Frage um einiges authentischer beantworten können», meinte er nach einer Weile. «Er soll schon bedroht worden sein. Man habe ihm in Paris aufgelauert, und er sei nur durch die Aufmerksamkeit einiger KPF-Genossen einem Attentat entgangen.» Der Zauberer hielt sich das kienspanförmige, brennende Holz ans Ende seiner Zigarre und sog mit offensichtlichem Genuss den ersten Rauch in die Mundhöhle. «Die Stärke seiner Erzählkunst», fuhr er fort, «lag von Anfang an in einer oft grüblerischen Übertreibung. Das hat mitunter auch seinen Reiz. Doch darf man ihm bei realen Vorkommnissen wie diesen nur bedingt Glauben schenken. Ein kleines Fünkchen Wahrheit scheint dennoch nicht ausgeschlossen. Man wird, speziell in seinem Fall, die Augen offenhalten müssen. Vor allem wenn er sich, wie schon öfter geschehen, der reichsdeutschen Grenze nähert. Wo er sich zurzeit aufhält, ist er jedoch in größtmöglicher Sicherheit. Als fanatischer Gegner der nationalsozialistischen Bewegung hätte er tatsächlich einiges zu befürchten. Unseren Aufenthalt dagegen könnte man als einen ungewollten Urlaub ansehen. Als eine Vorsichtsmaßnahme, wenn du so willst. Ich wünsche mir eine harmonische Ferienzeit in Sanary-sur-Mer. Lassen wir es dabei.» Damit wandte sich der Zauberer wieder den vor ihm aufgeschlagenen Buchseiten zu, sog mächtig an seiner Zigarre, die im Verlöschen begriffen war, und gab seinem Sohn zu verstehen, dass er ihr Gespräch für beendet hielt.

Bibi setzte sich darüber hinweg und ließ ihn wissen, dass ihrem Lehrer, Herrn Doktor Menzel, zu Ohren gekommen sei, auch die Bücher des Herrn Papale wären bei der Verbrennungsaktion ins Feuer geworfen worden. Der Ton, in dem Bibi das berichtete, klang besorgt und ohne jede Gereiztheit in der Stimme.

Der Zauberer blickte hoch. Seine Pupillen bekamen etwas Gläsernes, und Bibi hatte für einen Moment den Eindruck, als könne er dem Vater bis ins Hirn schauen. «Ich glaube, dass der Herr Doktor Menzel einer Verwechslung auf den Leim gegangen ist», erwiderte er und widmete sich gleichmütig wieder seiner Lektüre. «Gemeint ist stets dein Onkel Heinrich, wenn vom verhassten Schrifttum Mann'scher Prägung in den Blättern dort die Rede ist. Einen Nobelpreisträger respektieren selbst diese Herren. Bisher jedenfalls. Man glaubt, sich mit mir versöhnen, mich auf ihre Seite ziehen zu können. Ich wäre ja doch ein recht passables Schmuckstück für sie», fügte er, ohne den Blick vom Buch zu heben, hinzu.

«Und du siehst tatsächlich eine Möglichkeit, dich mit ihnen zu arrangieren?»

«Da ich stets darauf geachtet habe, als politisch unabhängiger Autor zu gelten, und diesen Ruf auch weiterhin zu pflegen gedenke, sollte uns zumindest die Möglichkeit einer Rückkehr offenbleiben.» Er forschte im Gesicht seines Jüngsten nach einem triftigen Grund, der ihn so hartnäckig zögern ließ, sich endlich zu entfernen. «Natürlich gab es eine Schrift, die sich mit einer existenziellen Situation unseres Vaterlandes befasste, aber das war die Ausnahme. Es sind die ‹Betrachtungen eines Unpolitischen›. Irgendwann einmal werden sie dir vielleicht in die Hände gelangen.» Damit senkte er den Blick erneut, dieses Mal mit einem leichten Seufzer, in seine Lektüre. Welcher Schriftsteller vermochte es wohl, das Pielein, den Herrn Papale, den Zauberer, den Nobelpreisträger zu fesseln? Bibi wusste, dass die Unterhaltung beendet war, also beschloss er zu gehen. Im Vorübergehen streifte er die Schulter seines Vaters und sog tief den dezenten Geruch von dessen Rasierwasser ein. Schnell griff er ihm über die Schulter hinweg, hob die Vorderseite des Einbandes hoch, warf einen Blick auf Titel und Name des Verfassers, und ehe der Zauberer reagieren konnte, war Bibi bereits in der Hotelhalle verschwunden. Sprachlos über diese unfassbare Frechheit starrte er seinem Sohn nach, bevor er sich wieder in die Welt Kafkas vertiefte, die ihm nunmehr wohl noch weniger behagte.

Bibi war der Name Kafka zwar geläufig, aber war er ein wichtiger, ein bedeutender Schriftsteller? Darüber würde ebenfalls mit Aissi zu reden sein. Mit einem Mal ging ihm auf, wie spärlich seine Kenntnisse von der gehobenen Literatur waren und mit welch sträflicher Missachtung man mit ihr in Neubeuern umgegangen war. Vielleicht hatte er sich deshalb so intensiv dem Notenlesen zugewandt, das sich allmählich mit einem leidenschaftlichen Verlangen nach Perfektion verband. Mittlerweile hatte er eine Art Vertrautheit zu den Noten aufgebaut, die ihm erlaubte, die Musikzeichen lesend zu hören, ihnen ihre Bedeutung zu entlocken und kleine Kammermusiken, bestehend aus Violine, Bratsche und Violoncello, zu erfassen. Oft tränenüberströmt lauschte er den Tonfolgen in seinem Kopf, die er mit Händen umzusetzen noch gar nicht in der Lage war. Immer stärker nahm der Wunsch in ihm Gestalt an, sich endgültig der Musik zu widmen. Warum hatte er das Gespräch mit dem Herrn Papale nicht darauf gebracht, warum nicht sein am Ende abweisendes Verhalten durchbrochen? Hätte er Interesse für die Lektüre heucheln sollen, mit der sich der Vater befasste? Hätte er ihn darüber hinaus mit Hilfe des geschriebenen Wortes auf die einzig wahre Literatur, nämlich auf die der Musik ansprechen sollen? Andererseits, wie hätte das funktionieren können, mit seinen rudimentären Kenntnissen? Wie denn? Nicht einmal die Bedeutung des Herrn Kafka für die internationale Literatur war ihm bekannt. Er nahm sich vor, diese Lücke umgehend zu schließen, bei Aissi und Eri um Unterstützung zu bitten, wenn es sein musste.

Auf der Suche nach den beiden klopfte er bei der großen Schwester an und drückte den Türgriff nieder. Die Tür war unverschlossen, und das Bild, das sich ihm bot, ließ ihn zusammenfahren. Er machte auf dem Absatz kehrt und hörte noch die überforderte Stimme seiner Schwester, die ihn zurückrief. Eri hatte Aissis Kopf in ihren Schoß gebettet und war damit beschäftigt, seine flatternden Extremitäten unter Kontrolle zu bringen. Aissi sah mit panisch geweiteten Augen zum Bruder hin und lächelte ihm, um Beruhigung und zugleich um Verzeihung bittend, zu. Blitzartig wurde Bibi das ganze Ausmaß der brüderlichen Qual bewusst. Die schweißbedeckte hohe Stirn, die ziellos umhergeworfenen Gliedmaßen, die nicht mehr seine zu sein schienen – unwillkürlich stellte er sich das Ende des großen Klaus Mann vor: der Kopf, zur Hälfte nur noch Stirn, die hervorstechende aggressive Nase, der mickrige Leib – all das war ein Bild des Sterbens. Das Sterben eines Genies, eines Unvollendeten? Ob Schubert in seinen tödlichen Minuten ähnlich ausgesehen hatte? Wie kam er jetzt ausgerechnet auf Schubert? Da lag der schweißbedeckte Bruder vor ihm, mit seinen hilflos herumzappelnden Gliedern, die auf lächerlich anmutige Weise in konvulsivische Zuckungen fielen und von der Schwester sogleich wieder eingefangen wurden. Das Beeindruckende war, dass dieser makabre Ringkampf keinerlei Einfluss auf Aissis Denk- und Sprachvermögen ausübte. Zwar schlug er mitunter die Zähne aufeinander, dem Geräusch splitternder Knochen nicht unähnlich, dennoch formulierte er in akkurat gebauten Sätzen, was er mitzuteilen hatte. Mit winzigen Unterbrechungen klärte er Bibi darüber auf, dass diese Anfälle immer einmal wieder einträten und in Demut hinzunehmen seien. Es gebe weitaus schlimmere Gebrechen, versicherte er ihm. Bibi jedoch wollte einfach nicht wahrhaben, dass keine Medizin dagegen auf dem Markt war, und bot an, für ihn herauszufinden, was man dagegen unternehmen könnte.

Eri mischte sich nun ein und erklärte rundheraus, dass man einen Schuss setzen müsse. Und auf den verständnislosen Blick Bibis: einen Schuss, eine Spritze, die seinen Heroinspiegel wieder auf einen erträglichen Stand bringe. «Jede zusätzliche Belastung würde seiner Schaffenskraft weiteren Schaden zufügen.» Sie bat darum, keine weiteren Familienmitglieder auf die Angelegenheit anzusprechen, und vor allem den seinerseits angeschlagenen Vater nicht damit zu behelligen.

«Eine rasant sich entwickelnde Impotenz», rief Aissi durch seine schlotternden Zähne.

«Wie auch immer, man muss ihn schonen», hielt Eri dagegen und legte ihm eine Hand auf den Mund. Sofort bekam sie einen derben Tritt von einem der umherirrenden Füße verpasst und schrie auf. «Nicht auszudenken, was wir momentan ohne seine Fähigkeiten anfangen würden», fügte sie mit einem wütenden Blick auf Aissi hinzu.

«Nun ja», widersprach Bibi, «Aissi schreibt doch gleichfalls. Und gar nicht schlecht. Ich bin überzeugt, auch er könnte einiges zum Überleben der Familie beitragen.» Er lächelte seinem Bruder aufmunternd zu. «Wenn du deinen Drogenkonsum etwas reduzierst, könntest du unter Umständen sogar auf Augenhöhe mit dem Zauberer stehen. Übrigens nimmt auch er Mittelchen, um seine Schaffenskraft zu stärken.»

«Das ist eine gottverfluchte, dumme Schwätzerei, die du da von dir gibst», erboste sich Eri. «Diese Mittelchen, wie du sie nennst, sind Schlaftabletten. Vom Arzt verordnet, keine Aufputscher, die dir für ein paar Stunden Glückszustände vorgaukeln.» Sie zeigte auf Aissi. «Sieh ihn dir an, deinen Bruder! Hast du den Zauberer jemals in solch einer Verfassung gesehen?»

«Ich nicht, aber vielleicht Mielein», erwiderte Bibi. «Sie weiß wahrscheinlich sehr gut, wann sie ihn vorzeigen kann und wann nicht.»

Eri ließ den Kopf ihres Bruders aufs Bett fallen und sprang auf. «Mach, dass du rauskommst, du widerliches kleines Miststück», schrie sie und wies mit dem Finger zur Tür.

«Du hysterische Ziege», klapperte Aissi und versuchte, auf die Beine zu kommen. Es gelang ihm jedoch nicht, sie nebeneinanderzustellen. «Glotz nicht, sondern hilf mir, kleiner Bruder.»

Bibi kniete sich vor ihm hin und riss seine Füße so unsanft zusammen, dass Aissi wieder auf das Bett fiel. Der ließ sich dadurch nicht aus der Fassung bringen, sondern behauptete, dass nicht jedes Medikament bei jedem die gleiche Wirkung hätte. Eri solle doch nur mal auf die gläserne Durchsichtigkeit der väterlichen Augen nach dem Mittagsschlaf achten.

Bibi habe sich einmal in München für die Pillen des Vaters interessiert, erklärte er seinen Geschwistern. Adalin und Phanodorm hätten sie geheißen. In Neubeuern hatte er dann einen Mitschüler, einen Arztsohn, gebeten, sich bei seinem Vater nach der Wirkung dieser Tabletten zu erkundigen. «Wahr ist, dass sie einschläfernd wirken. Wahr ist aber auch, dass sie nach ein paar Stunden in die gegenteilige Wirkung umschlagen können und einen aufrecht im Bett stehen lassen. Das berüchtigte Ameisengekribbel in allen Gliedern und die dadurch bewirkte Unruhe können durchaus ein Hochgefühl auslösen, das auch der Kreativität zugutekommt. Mir jedenfalls ist aufgefallen, dass dein Zauberer nie mehr als drei bis vier Stunden am Tag schreibt. Ich halte das für einen Hinweis.»

Aissi kreischte vor Lachen und versuchte, sich auf die Schenkel zu schlagen, doch er traf nur das Bett.

«Ich glaube an dich, Bruder», fuhr Bibi fort. «Kauf dir einen

Zauberstab und mach ihm Konkurrenz. Vielleicht könntest du ihn sogar überflügeln. Denk an den Sohn von Johann Strauss. Er hat seinen Vater glatt in den Schatten gestellt.»

«Dieses dümmste und frechste Luder ist auch noch mein leiblicher Bruder!», rief Eri empört. «Unser Vater ist, und das glaube ich ganz fest, der kühnste, bedeutendste Dichter nicht nur unserer Zeit …»

«… und der vorsichtigste», fiel Aissi ein, «du hast eine seiner markantesten Eigenschaften vergessen.»

«… sondern auch ein Mensch, dessen Name die Jahrhunderte überdauern wird», setzte Eri ihre Hymne mit erhobener, von Pathos angehauchter Stimme fort.

«Amen», sagte Aissi trocken, und seine Zähne klapperten bedenklich.

«Auch du bist letzten Endes ein – wenn auch später – Ableger von ihm. Ein paar von seinen Genen wirst du wohl noch mitbekommen haben. Wenn auch nicht mehr die volle Dröhnung.» Eri fuhr ihrem kleinen Bruder mit den Fingerspitzen kurz und versöhnlich über die Wange.

«Ich glaube, es ist so weit», stöhnte Aissi und drückte sich vom Bett hoch. «Macht nur weiter. Ich bin bald wieder da.» Er grinste kläglich, verschwand im Bad, und seine Geschwister hörten ihn gottesjämmerliche Töne ausstoßen. Bibi lief zur Tür und versuchte, sie zu öffnen, doch Aissi hatte sich eingeschlossen.

«Lass ihn», meinte Eri ungerührt. «Das muss er allein ausbaden. Bibbern, Kotzen, Angst, manchmal sogar Todesangst, das gehört dazu. Er wusste, was ihm blüht.»

«Er geht kaputt», krächzte Bibi und hämmerte auf die Badezimmertür ein, «das ist Selbstmord auf Raten. Es muss doch eine Möglichkeit geben, ihn aus diesem Zustand zu befreien.»

«Er muss sich in eine Entziehungskur begeben oder so rasch wie möglich neuen Stoff haben», erklärte Eri. «Eine Entziehungskur ist allerdings ein satanisches Unternehmen. Viele bringt es um den Verstand.»

Bibi hörte, wie die Tür von innen entriegelt wurde, und stieß sie auf. Aissi stand mit hervorquellenden, rotgeäderten Augen und einer ins Grünliche schimmernden Gesichtsfarbe vor ihm. Die erbärmliche Grinserei, mit der er seine Not herunterspielen wollte, schien in seinen Zügen wie festgeklebt. Von was für einem satanischen Unterfangen sie gerade geredet hätte, fragte er seine Schwester. Eri schwieg und senkte den Kopf.

«Ach so», meinte er nach einem Augenblick der Stille, «auch du hast ja deine Erfahrungen damit. Clean sein und wieder rückfällig werden ist aber doch weitaus hässlicher. Ist es nicht so?» Er sah Eri scharf an.

«So schweres Geschütz wie du habe ich nie aufgefahren.» Sie schickte sich an zu gehen, doch bevor sie die Tür hinter sich zuzog, rief sie ihm noch zu, dass sie für ihn an der Rezeption nach dem erwarteten Päckchen Ausschau halten werde.

«Dein Päckchen ist schon da, Aissi», rief Bibi fröhlich, als sich die Tür hinter Eri geschlossen hatte. «Ich kam gerade vorbei, als man es an der Pforte für dich abgab. Was ist drin? Ampullen, Spritzen, Tabletten? Vielleicht auch Pillen! Die kugelrunden sind für den oralen Gebrauch, und die kegelförmigen steckt man sich in den Hintern, nicht wahr?» Übermütig warf Bibi imaginäre Pillen in die Luft, fing sie mit weitgeöffnetem Mund auf, sprang aufs Bett, grätschte die Beine, schob den Kopf durch und tat, als steckte er eine der kegelförmigen in den Hintern. «Oh», rief er, «die haben ja verschiedene Farben! Die blauen wahrscheinlich am frühen Morgen, aber nur bei strahlendem Wetter, die grünen gewissermaßen als Salatvorspeise zu

Mittag, und die blutroten …», er hielt sie gegen das Deckenlicht, «am Abend.»

Es war eine hinreißende Scharade, die Bibi mit federnder Leichtigkeit und unnachahmlicher Grazie vortrug. Schließlich landete er zu Füßen Aissis auf dem Teppichboden und schob sich, breitbeinig sitzend, zum Abschluss noch eine kegelförmige hinten rein. Aissi ließ sich zu ihm hinunter und umarmte seinen kleinen Bruder begeistert. «Den Einlauf hast du vergessen», flüsterte er ihm ins Ohr, «den warmen Einlauf. Handwarm. Der ist wichtig. Für Wirkung und Bekömmlichkeit.» Er packte ihn und wälzte sich in einem neuen Lachanfall mit ihm auf dem Teppichboden. «Ich habe sie stets trocken verdauen müssen», erklärte er plötzlich ganz ernst. «Der Einlauf löst wahre Rülpskanonaden bei mir aus. Schon oral sind sie für den Mitmenschen eine Zumutung. Rektal jedoch …» Aissi bekam geradezu einen Lachkrampf, während Bibis clownesker Übermut in finstere Trauer umgeschlagen war.

«Spritzt du schon Opium?», fragte er leise. «Ich habe gehört, dass die Hirnfunktionen angegriffen werden und gänzlich aussetzen können. Hast du keine Angst, eines Tages als Idiot durchs Gehege zu laufen? Abhängig zu sein von Leuten, die dir bei klarem Verstand nicht einmal das Wasser reichen dürften?»

Aissi zog ihn zu sich heran und erklärte ihm, dass Opiate, in maßvollen Dosen genommen, keine bleibenden Schäden dieser Art anrichten könnten. Bibi jedoch gab sich nicht damit zufrieden. Aissi hatte als Einziger in der Familie die Kraft, mit Hilfe seines Talents ins Hoheitsgebiet des Vaters einzudringen. Des Bruders Texte lasen sich doch schon jetzt viel flüssiger und moderner als die gravitätischen, daherstolzierenden des Zauberers.

Wohlwollend betrachtete dieser den kleinen Bibi mit seinen ungewöhnlich breiten Schultern und dem Melonenkopf. Den würde er später sicher nicht zum Feind haben wollen. Sein ungezügeltes Temperament machte seiner Umwelt schon jetzt zu schaffen. Seine hysterische Abneigung gegen alles, was den Vater betraf; ja selbst der Spitzname «Zauberer» brachte ihn in Rage. «Womit hat er diesen Titel verdient?», hatte er einige Male gefragt. «Was hat er denn schon gezaubert, wenn man einmal von seiner Kostümierung anlässlich eines Kindergeburtstages und kleiner Taschentricks absieht? Den ‹Zauberberg› etwa?»

Durch diesen Wälzer hatte Bibi sich regelrecht durchgebissen. Die selbstgefällige Ironie des Autors, mit der dieser auf seine Figuren herabschaute, hatte er, je weiter er sich durch das Werk fraß, immer wütender abgelehnt und lediglich einen Satz, genauer gesagt, einen einzelnen Satzteil, interessant gefunden. Den hatte er umgehend auswendig gelernt und sogar versucht, ihn auf der Geige zu vertonen. Herr Castorp, der Held, spaziert an der Stelle über den Flur eines Lungensanatoriums und hört einen «Husten ganz ohne Lust und Liebe, der», so stand es dort, «wie ein schauerlich kraftloses Wühlen im Brei organischer Auflösung klang». In einem schon etwas heruntergekommenen Gesellschaftsraum des Hauses, in dem ein hervorragend gestimmter alter Bechstein-Flügel stand, übte er Stunden auf seiner Violine. Dazu sang er mit rauen Stimmbruchlauten diesen Text, verlängerte ihn gar mit eigenen unpassenden Ergänzungen und suchte die Tonabfolgen durch kühne tänzerische Hüpfer und Sprünge rhythmisch stärker zu strukturieren. Přibislav Hippe, den Schulgenossen des Helden Castorp, bewunderte er. Diese Figur trug ein fremdartiges, nie aufgedecktes Geheimnis mit sich herum, das den Leser auf die nachfolgende Madame Chauchat vorbereitete. Ein genialischer Kunstgriff des Autors, wie er fand.

Als er Aissi einmal von diesen Eindrücken berichtete,

schmunzelte dieser schmerzlich vor sich hin. «Erstaunlich, wie dieser gravitätische Langweiler Castorp auf dich einwirkt.»

Bibi protestierte. Nur wenige Stellen des Werkes hätten ihn in dieser Weise gefesselt. Übrigens, und das wäre ihm am meisten aufgefallen, kämen die schiefen Typen beim Zauberer stets besser weg und seien viel spannender als die aufrichtigen Langweiler. «Bei den Buddenbrooks beispielsweise: Thomas Buddenbrook und der alte Senator, was waren das doch für triste Hängeköpfe. Der Christian dagegen mit dem zu kurzen Bein und der Herr Grünlich mit seiner verrückten Frisur und seinen geradezu räudigen Komplimenten – man war versucht die Seiten zu überblättern, in denen sie nicht vorkamen.»

Aissi hörte dem Bruder verblüfft zu. Hatte dieses altkluge, verdrehte Kind sich also doch – und zwar sehr eingehend – auf des Vaters Werke eingelassen? Und wenn ja, wann? Er forderte ihn auf, seine kritischen Äußerungen in Sachen väterlicher Schöpfungen noch einmal zu überdenken. Bevor er wieder ins Bad verschwinden konnte, hielt Bibi ihn jedoch mit der Frage auf, was denn den großen Zauberer an einem gewissen Herrn Kafka fessle. Sein Bruder stoppte so abrupt seinen Gang zur Toilette, dass er sich an der Wand abstützen musste. «Nichts für dich, mein Kleiner. Nichts für dich», sagte er mühsam. «Lerne erst, dich in der Welt zurechtzufinden, dann wirst du vielleicht das Weltbild des Kafka begreifen können.»

«Ist das ein so besonderes Bild?», wollte Bibi wissen.

«Geh mir jetzt nicht auf die Nerven, nicht jetzt.» Schon halb im Bad, drehte Aissi sich noch einmal um. «Eine Welt permanenter Bedrohung», sagte er und blickte Bibi aus merkwürdig leeren Augen an. «Kaum erkennbar, obwohl wir in ihr leben. Ein nebelhafter Hinterhalt für uns, die wir in ihr herumkrabbeln und wenigstens zu ertasten suchen, was nicht zu ertasten ist. Zum Spaß und Zeitvertreib eines höheren Wesens vielleicht?» Er zog unentschlossen die Schultern hoch.

«Glaubst du an so etwas?» Bibi versuchte, ihm in die Augen zu sehen.

«Nein, aber wahrscheinlich liegt das an mir. Ich kann nicht glauben, ohne zu wissen. Dieses ständige Herumtappen in der Dunkelheit, auf der Suche nach Gegenständen, die man erfassen, beschreiben kann; und ehe man sich's versieht, ist man hinausgeworfen, ohne auch nur eine einzige echte Erkenntnis mitzunehmen. Keine Gesetzmäßigkeit, an die man sich wirklich halten könnte, das ist hart, mein Kleiner. Was kann man Besseres tun, als sich ein wie auch immer geartetes Ende herbeizuwünschen.» Beinahe im Badezimmer verschwunden, rief er ihm noch, von einem aufsteigenden Husten unterbrochen, zu: «Er ist der Größte, Bibi, der einzige echte Prophet unseres Jahrhunderts. Hast du Pielein wirklich mit einem Buch von Kafka in der Hand gesehen?»

In Sanary-sur-Mer hatte er genügend Zeit, sich eingehend mit dem Phänomen Kafka zu beschäftigen. Nach den Badezeiten am Vormittag, die er zumeist mit den Eltern am Strand verbrachte, wobei er ihnen bei ihren vorsichtigen Schwimmstößen nahe dem Ufer zusah, schloss er sich, sooft es sich ergab, Onkel Heinrich an, der ab und an einen Strandspaziergang machte, jedoch keinen Fuß ins Wasser setzte. Auf gepflegter, zu dieser frühen Jahreszeit noch verlassen wirkender Sandlandschaft, über die das sanfte Meer in langen Wellen herfiel und den hellen, weichen Boden bräunlich einfärbte, ließ sich Onkel Heini, wie er in der Familie genannt wurde, ein strammer Sechziger mit herunterhängenden Tränensäcken und einer viel zu jungen Frau, die ihn keinen Augenblick aus den Augen ließ und fröhlich vor sich hin trank, nicht gerade schmeichelhaft über Kafkas Franz aus. «Ein Spinner, mit einem erheblichen formalästhetischen Talent gesegnet, in das er seinen angeborenen jüdischen Nihilismus verpackt. Mag sein, dass der ihn dazu verleitet, solche absurden Katastrophen zu schildern. Ich konnte nie viel damit anfangen, obwohl ich mich durch die meisten seiner Werke – ich will sie einmal so nennen – brav durchgefressen hatte.»

Nelly nickte zu alldem und gab sogar selbst ein paar Kommentare ab. So behauptete sie, dass die Juden doch immer sehr pessimistische Ansichten über das Leben hätten. «Mein kleiner Heini», sie strich ihm übers Haar, «vergisst, dass sie dazu genügend Anlass gehabt haben. Wer kann das schon aushalten, jahrhundertelang, ohne Schaden zu nehmen, über den Schädel gehauen zu werden?»

Jetzt war es an Heinrich, zustimmend zu nicken. Er strahlte sie an und griff nach ihrer Hand.

«Jetzt bin ich erst recht neugierig», meinte Bibi, «wobei mich das Jüdische an Herrn Kafka weniger interessiert. Obwohl, du weißt doch sicher, dass meine Mutter ebenfalls einer jüdischen Familie entstammt.»

Nelly fing laut zu lachen an. «Siehst du», rief sie, «ich hätte guten Grund, mich antisemitisch zu gebärden. So, wie sie mich behandelt. Wie nennt sie mich noch? ‹Das Stück›? Dabei hat eure Familie doch ein gespaltenes Verhältnis zu den Juden. Und das in dieser Zeit.» Sie hörte nicht auf zu lachen.

«Wer hat dir das denn erzählt?», erkundigte sich Onkel Heinrich irritiert bei seinem Neffen.

«Aissi hat es mir gesteckt. Das ist schon lange her. Und es bedeutet, dass auch ich nicht ganz astrein bin.»

Nelly schrie vor Vergnügen auf und drückte Bibi an ihre üppige Brust. Fühlt sich nicht schlecht an, stellte Bibi für sich fest, Blondinen sind doch was Extrafeines.

«Mach dir keinen Kopf», beruhigte ihn Heinrich, «du hast genügend Hanseatenblut in dir, um derartige Spuren zu verwischen. Außerdem scheint dein Bruder nicht ganz bei Trost gewesen zu sein, als er dir das erzählte. In der heutigen Zeit könnte das für jeden von uns zu einer bösen Belastung werden.» Er sah zu Nelly hin, die immer noch vor sich hin kicherte. «Nun gut, ich gestehe ein, dass es bei uns eine gewisse Skepsis gegenüber den Juden gegeben hat. Deshalb muss es nicht gleich in Pogrome ausarten.»

«Das wird es aber früher oder später», warf Nelly ein, «die wetzen doch bereits ihre Messer.»

«Um auf deinen Herrn Kafka zurückzukommen», überging Heinrich den Einwurf Nellys, «so strahlt auch er eine gewisse Fremdheit aus. Das, was er zu beschreiben imstande ist, stellt eine Umkehr jeder Hoffnung dar. Die Kehrseite, den tiefsten Abgrund unseres Daseins. Brauchen wir das? Haben wir nicht schon genug am Hals? Sieh hin, was in unserem Land vorgeht!»

«Juden sind das aber nicht, die diesen Terror da drüben verbreiten», feixte nun auch Bibi.

Heinrich blieb stehen, um seinen Neffen genauer betrachten zu können. «Natürlich nicht», gab er zu.

Als sie ihren Gang fortsetzten, äußerte Bibi die Bitte, man möge ihm, der noch nichts von Kafka gelesen habe, beispringen und ihm einige seiner Bücher, soweit vorhanden, ausleihen.

«Soweit vorhanden», nickte Heinrich und gab mit einer hilflosen Geste zu erkennen, dass es für ihn Wichtigeres gegeben hätte, womit er sich auf dem Weg ins Exil hat abschleppen müssen. Bei Freund Feuchtwanger könne er einmal nachfragen. Er sei überzeugt, dass sich in seinem Gepäck einige Schriften des Herrn Kafka befänden. Erstens habe der mit seiner jüdischen Nase das Aufsteigen der Braunen schon sehr viel früher gerochen und hätte sich daher auf sein Exil viel sorgfältiger vorbereiten können, zweitens sei er, soweit er sich an Gespräche mit ihm erinnere, ein glühender Anhänger des seltsamen Tschechen.

«Tscheche», wiederholte Bibi.

«Ein Prager Jude, zweisprachig aufgewachsen. Als Autor hat ihm das Deutsche anscheinend mehr gelegen.»

Bibi stellte seine Füße ins seichte Wasser und sah seinen Onkel mit schräggeneigtem Kopf an. «Mein Vater kommt eben aus dem Meer. Wollen wir ihn fragen, weshalb er sich so eingehend mit Franz Kafka beschäftigt? Er nimmt ihn sogar an den Strand mit.»

Heinrich sah unwillkürlich zum Bruder hin und bekam eine Fontäne kalten Meerwassers ins Gesicht gespritzt.

«Reingefallen!», rief Bibi und veranstaltete einen wahren Stepptanz im Wasser. «Er ist schon längst wieder bei Dostojewski gelandet.»

Ein paar Tage darauf waren Bibi und Aissi bei Feuchtwangers zum Kaffee eingeladen. Der Hausherr lieh dem jüngsten Spross zwei Romane und einen Erzählband Kafkas. «Generell kann man sagen, dass dieser Jungverstorbene und sein phänomenales Werk noch nicht genügend gewürdigt werden», behauptete er. «Auch ist die schreibende Zunft noch lange nicht auf Augenhöhe mit dieser Ausnahmeerscheinung. Eines Tages jedoch wird er, von Verboten bedroht, in aller Munde sein. Ihnen rate ich», wandte er sich an Bibi, «im Falle des Unverständnisses oder aufkommender Angst das Buch aus der Hand zu legen und sich ihm nach gebührendem Abstand und gesammelter Lebenserfahrung erneut zu nähern. In unserer explosiven und schnelllebigen Zeit wird das nicht lange auf sich warten lassen.» Mit diesen Worten waren die Brüder entlassen.

Während er an der Kaffeetafel im Hause Feuchtwanger kein Wort gesprochen hatte, sprudelte Aissi nun einen Wasserfall von Sätzen heraus, die Bibi mit schwerverständlichen Analogien überschütteten. Eines der geschilderten Bilder jedoch setzte sich bei ihm fest und sollte auch während der Lektüre immer wieder auftauchen. Die Sicht Kafkas auf das Dasein war dem Bruder zufolge eine beängstigende, um nicht zu sagen unheilvolle. Selbstverständlich sei diese keine wissenschaftlich belegbare, aber doch die eines Menschen, der, mit hypersensiblen Fühlhörnern ausgestattet, tief in die sinistren Abgründe des Unsichtbaren eindringen konnte und das Bedrohliche auf unnachahmliche Weise zu beschreiben verstand. «Doch nicht zu deuten, nicht zu deuten», hatte er mit erhobenem Zeigefinger hinzugefügt.

Das Beeindruckende an der Schilderung war für Bibi der bildhafte Vergleich, den er am Ende zog. Er beschrieb einen völlig abgedunkelten Raum, in den man auf dem Wege der Geburt hineingeworfen wurde und den man nicht durchmessen konnte, ohne sich gleich zu Beginn der Erkundung fortwährend an Gegenständen zu verletzen, auf die man weder vorbereitet war noch vor ihnen gewarnt wurde. Einige von ihnen, die man identifiziert zu haben glaubte, verschwanden oder nahmen im nächsten Augenblick radikal veränderte Formen an. Man konnte sich für genial halten, wenn man auch nur den kleinsten Teil dieses undurchschaubaren Daseins auf die Dauer auszumachen in der Lage war, bevor man es wieder verließ.

«Warum», so fragte Bibi nach einigem Nachdenken, «gilt er

dir als Prophet? Er weiß nichts, erfasst nichts und geht nahezu so unwissend davon wie zum Anbeginn.»

«Weil er das schildert, was unser Dasein so unbegreiflich und so unwirklich schön macht», erwiderte Aissi. «Mehr sage ich dir nicht.» Er wies auf die Bücher unter Bibis Arm. «Mach deine eigenen Erfahrungen mit ihm.»

Die Aufnahmeprüfung

Der Entschluss, sich dauerhaft in Zürich niederzulassen und damit der Vorspiegelung verlängerter Ferienfreuden Valet zu sagen, ließ alle Familienmitglieder spürbar aufatmen. Die bisherige Weigerung des Zauberers, sich zum Exil zu bekennen, in der Hoffnung auf einen politischen, wenn nicht gar wirtschaftlichen Zusammenbruch, war einer zunehmenden Resignation gewichen, gab ihm andererseits jedoch, da er sich diesem widrigen Schicksal unterwarf, seine kreative Energie zurück, die ihm so erschreckend lange abhandengekommen war. Zeitweilig hatte er sogar an ein frühzeitiges Ausgebranntsein geglaubt. Nach und nach wich dieses Gefühl, und er wandte sich erneut den lebenssatten Figuren biblischer Legenden zu. Vertraulich wandten sie ihm seine uralten Gesichter entgegen und forderten ihn mit ihrer semitischen Zähigkeit auf, ihre nicht eben unbekannten Lebensläufe und ungewöhnlichen Schicksale noch einmal, nach seinem Gusto, zu erzählen, aus weiser Zukunft auf sie herunterzuschauen und ihrer antiken Starre eine Lebendigkeit einzuhauchen, die einzig durch die leicht ironische Überheblichkeit seiner Ausdrucksweise ein wenig getrübt schien.

Eri hatte sich durch Kontakte zum Hörfunk eine Einnahmequelle verschafft und zusammen mit Mielein das Haus in der Schiedhaldenstraße entdeckt. Bescheidener, weniger weitläufig, doch im Grunde ebenso freundlich wie die Poschi. Sogar ein

Teil der Münchner Möbel war in der Zwischenzeit eingetroffen, lagerte bei einer Züricher Spedition und sollte in den kommenden Tagen angeliefert werden. Vor allem aber die Tagebücher, deren Fehlen dem Familienoberhaupt permanent schlaflose Nächte bereitet hatte, die sich jedoch dank der gemeinsamen Bemühungen Golos, Eris und eines Münchner Anwalts wieder in den Händen des rechtmäßigen Besitzers befanden, ließen erneut Frieden einkehren. Pielein beklagte sich zwar, dass sein geliebter Lesesessel und der Schreibtisch aus dunklem Mahagoniholz fehlten, aber Eri beruhigte ihn damit, dass diese Möbelstücke in den nächsten Tagen ebenfalls eintreffen würden. Bis dahin habe er sich in seinem immens großen Arbeitsraum mit einem langen Eichenholztisch abzufinden, der den Vorgängern als Schreibtisch gedient haben mochte.

Medi und Bibi waren auf Umwegen, über Avignon und Bern, im neuen Heim eingetroffen. Gemeinsam mit dem frisch angestellten Mädchen durften sie, nachdem sie mit den Eltern im Hotel Sankt Peter zu Abend gegessen hatten, als Erste die Nacht in der Schiedhaldenstraße verbringen. Aissi, der sie dorthin brachte, spielte ihnen vor, wie sehr der Herr Papale unter neuerlichem Trennungsschmerz litt, obwohl ihm die Fliegen in Sanary-sur-Mer doch angeblich so zugesetzt hatten. Auf einmal fand er die Villa La Tranquille heimelig, verspielt und originell, dabei hatte er sie zuvor als unpassend, unbequem und heimtückisch verschmuddelt gescholten. Jetzt verglich er sie mit dem Züricher Hotel, das auf ihn eher behäbig und altersgrau wirkte, mit seinen bräunlichen Seidentapeten, den schweren, farblich ähnlichen Samtvorhängen und einer ebensolchen Portiere, und beklagte, dass diese einem beim Öffnen des Appartements durch den Luftzug ins Gesicht fuhr. Die Jüngsten dagegen genossen das Alleinsein in einem Haus, das nicht nur den

Eltern, sondern vor allem ihnen zur neuen Heimstätte werden sollte und dem sie die Weihe geben durften. Sie stritten sich um die beiden Räume, die ihnen zugedacht waren, und erfuhren von Aissi, dass sie aller Voraussicht nach die meiste Zeit mit den Eltern hier allein verbringen würden. Ihr Bruder sprach von seiner Absicht, Kontakte in Paris zu knüpfen und eine Zeitschrift in Amsterdam zu gründen. Ein Abenteuer, das nicht eben nach ihm riefe, dem er sich aber mit ganzer Kraft stellen wolle, um den verrückten Horden dort drüben, wenn schon nicht anders, so doch wenigstens journalistisch entgegenzutreten. Eri würden sie jedoch öfter zu sehen bekommen, da sie nicht nur für den Rundfunk in Bern und Zürich arbeite, sondern sich hauptsächlich ihrer neu zu eröffnenden «Pfeffermühle» widmen wolle, von der sie sich einen ebenso großen Erfolg wie seinerzeit in München verspreche. Ihr Star, die Therese, hocke bereits in den Startlöchern. «Und ihr beide», setzte er mit seinem aasigen Lächeln hinzu, «werdet in der kommenden Woche wieder die Schulbank drücken.»

Nachdem Bibi mit leisem Fluchen hochgefahren war, wollte Aissi sie mit der guten Nachricht beschwichtigen, dass der Zauberer darauf bestanden habe, sie dem Kollegium des Züricher Konservatoriums vorzustellen. «Was ihr daraus macht und ob ihr nach bestandener Prüfung parallel dazu ein Gymnasium zu absolvieren imstande seid, das fragt euch selbst. Pielein jedenfalls besteht darauf und macht euch den Schulbesuch zur Pflicht. Andererseits ist er sehr angetan von euren musikalischen Talenten. Besonders von dir, Bibi, erwartet er einiges auf diesem Gebiet und ist voller Hoffnung, dass du ihn nicht enttäuschen wirst.» So Aissis genüssliche Rede an seine kleinen Geschwister.

Nach einigen Wochen wurden die beiden zur Aufnahmeprüfung ins Züricher Konservatorium einbestellt, mit der Bitte, etwaiges Notenmaterial mitzubringen. Mielein, ihre Jüngsten an der Hand, verharrte einen Augenblick vor der klassizistischen Fassade des Konservatoriums und wunderte sich über den übertriebenen Prunk. «Scheußlich», murmelte sie. «Nichts von der schlichten Würde, die ein Kulturinstitut dieses Formats ausstrahlen sollte.»

Über eine breite, von hässlichen Säulen eingerahmte Treppe, deren girlandenverziertes Gusseisengeländer zur ersten Etage emporführte, stiegen sie hinauf und fanden sich vor einer offenen Tür wieder, die den Blick auf einen Saal freigab. An einem schwarzen Stutzflügel saß auf einem drehbaren Klavierhocker – neben dem Flügel das einzige Möbelstück im Raum – ein junges Mädchen. Tief über die Tasten gebeugt, setzte sie leise vor sich hin schluchzend zu immer neuen Tonabläufen an, die ihr nicht ein einziges Mal ohne Stocken gelingen wollten. Neben ihr stand ein nicht mehr junger Mann mit schütterem Bartwuchs, der mit einem metallenen Taktstock in der Luft herumfuhr und die Melodie des einzuübenden Werks immer ungeduldiger summte. Im Gegenlicht, das durch ein dreigeteiltes Fenster hinter Schülerin und Lehrer hereinfiel, konnten die Gäste das Mienenspiel der beiden nicht genau erkennen. Der Mann kam bisweilen mit seinem stählern blitzenden Taktstock in gefährliche Nähe der Tastatur und der sich abmühenden Kinderhände. Beide schienen die Anwesenheit der drei Zuhörer nicht bemerkt zu haben. Doch ein zischendes Flüstern ließ sie aufschrecken. Dicht hinter Mielein stand ein hochgewachsener, hagerer Mann mit glattrasierten, eingefallenen Wangen und pechschwarzen Augen unter ebenso schwarzen, dichten Brauen. Sogleich fielen die quittengelbe Hautfarbe und die über der Brust gefalteten Hände auf. Schmale Hände, mit überlangen Fingern und feminin gefeilten, leicht gekrümmten Nägeln, die ihre Länge noch betonten. Seine priesterliche Attitüde und sein scharf artikuliertes Flüstern ließen ihn geheimnisvoller erscheinen, als er vielleicht wirklich war. Bibi wich umgehend einen Schritt zurück und sah ihn voller Misstrauen an. Ihm hatte schon die Szene gereicht, die er gerade hatte mit ansehen müssen, und am liebsten hätte er diesen düsteren Hallen den Rücken gekehrt.

«Wir, Herr Andreae und ich, erwarten Sie in der zweiten Etage. Seit etwa zehn Minuten. Wie ich sehe, haben Sie Notenmaterial bei sich, aber keine Instrumente. Trotzdem lobenswert. Bitte, folgen Sie mir.» Damit schritt er ihnen voran. Seine langen Beine nahmen zwei Stufen auf einmal, sodass sie seinem Tempo kaum folgen konnten. Bibi warf noch einen Blick in den Übungsraum zurück und war wild entschlossen einzugreifen, falls dieser Kerl die kleine Schülerin mit seinem Stock attackieren sollte. Doch das Mädchen hatte sich wieder ihrem mühseligen Unterfangen zugewandt, ohne auf den taktschwingenden Bärtigen zu achten. Wahrscheinlich beugt sie sich deshalb so tief über die Tasten, dachte Bibi, weil sie die stählerne Rute einfach nicht in ihr Blickfeld lassen will.

Im zweiten Stockwerk empfing sie ein etwa fünfzigjähriger Herr, dessen überlange blonde Mähne bei näherem Hingucken von grauen Strähnen durchzogen war. Auch er ein großgewachsener, im Gegensatz zu seinem Adlatus jedoch wohlbeleibter Mann mit dicklichen, von weißblondem Flaum bedeckten Händen, die er ihnen zur Begrüßung entgegenstreckte. «Das also sind die Angehörigen des wohlbekannten Autors zweier weltberühmter Romane und unzähliger kleiner Novellen, die ich, wie ich zugebe, noch nicht gelesen habe. Um ehrlich zu sein, das Schicksal des Herrn Castorp und der Madame Chauchat oder das der Antonie Buddenbrook und des kleinen Hanno fesseln mich wieder und wieder, sodass ich mich zu weiterer Lektüre des großen Mannes noch nicht recht entschließen konnte. Aber die nächsten Ferien kommen bestimmt und mit ihnen die Muße, solche Wissenslücken zu füllen. Ich für meine Person – mein Name ist Andreae, Volker Andreae –, dessen Ohr sich den feinen musikalischen Nuancen der Literatur nie verschlossen hat, habe bei genauem Hinhören, oder sollte ich sagen Hinlesen?», er lachte laut und herzlich, «diese eminent musikalischen Erfindungen stets herauszuhören mich bemüht.»

«Ich werde Ihr liebenswürdiges Kompliment an meinen Mann weiterreichen und zweifle nicht daran, dass einige seiner Erzählungen Ihnen zusätzliche Erholung bieten werden», erwiderte Mielein.

Volker Andreae wiederholte sein unwiderstehliches Lachen und verbeugte sich. «Nun aber zum Nachwuchs», rief er. «Die junge Dame liebäugelt mit dem Piano, wie ich hörte, und der junge Herr mit der Violine. Zwei anspruchsvolle Instrumente. Hätten die angehenden Virtuosen denn etwas parat, womit sie den momentanen Stand ihrer musikalischen Bildung demonstrieren könnten?»

Noch ehe Mielein den langsamen Satz aus dem Violinkonzert von Nardini vorschlagen konnte, bei dem Medi, wie schon einmal, den Part des Orchesters auf dem Klavier übernommen hätte, trat diese mit der Bitte hervor, zusammen mit ihrem Bruder die B-Dur-Sonate für Violine und Klavier, Köchelverzeichnis 454, vortragen zu dürfen.

«Oh», entfuhr es Herrn Andreae, «Sie meinen doch nicht etwa die Sonate, die Mozart für die italienische Virtuosin Regina Strinasacchi geschrieben hat? Im April 1784, wenn ich mich nicht irre. Lassen Sie mich überlegen. Den Klavierpart hat er doch wohl ziemlich schlampig hingeschludert. Von der reden Sie also?»

«Die endgültige Fassung hat er aber nachgeliefert, und zwar sehr korrekt. Es ist eine hochamüsante, facettenreiche und, wie ich meine, jugendliche Fassung», erwiderte Medi kampflustig.

Andreae blähte die Lippen und ließ einen kleinen, anerkennenden Blubser hören. «Dann legt mal los, Kinder!»

Er führte sie in ein angrenzendes, behaglich eingerichtetes Musikzimmer, das neben einem Steinway-Flügel und bequemen Sitzgelegenheiten einige Streichinstrumente barg, die lässig auf dem Flügel lagen oder an der Wand lehnten, wo er Mielein und den Adlatus zum Sitzen aufforderte und auf die Instrumente zeigte. «Wählen Sie aus, junger Mann. Es ist natürlich keine Stradivari darunter, aber horchen Sie nur. Ich bin sicher, dass einige Ihren Geschmack treffen werden.»

Während er zerstreut nach einer Geige griff und sie zu stimmen begann, schaute Bibi seine Schwester vorwurfsvoll an, die vergnügt zurückgrinste. Den Mozart hatten sie doch schon ganz passabel heruntergespielt. In Sanary zum Beispiel; in Onkel Heinis Salon und im Beisein von Feuchtwanger. Der Onkel war ihm anschließend sogar um den Hals gefallen und hatte ihn einen begabten Quirl genannt.

«Sieh zu, dass du fertig wirst», sagte Medi, «man wird nicht ewig auf uns warten.» Während sie zum Flügel schritt und ihm im Vorübergehen die Notenblätter in die Hand drückte, beendete Bibi das Stimmen, hielt sein Ohr an den Violinkörper und zupfte einige Male leicht die vier Saiten an. Dann sah er sich nach einem geeigneten Notenständer um, in der Hoffnung, das Vorspielen noch ein wenig hinauszögern zu können. Doch auf seinen langen, flinken Beinen sprang der Adlatus auf ihn zu und klappte mit routinierten Griffen einen Metallständer vor ihm auf. Nachdem er einen kurzen, prüfenden Blick auf Bibi geworfen hatte – wahrscheinlich, um seine Leibesgröße einzuschätzen –, schraubte er den Ständer noch etwas herunter, nahm ihm die Blätter aus der Hand und legte sie darauf. «Fertig», sagte er aufmunternd. «Ihr könnt anfangen. Wir freuen uns.»

Medi hatte den Drehhocker auf die geeignete Höhe geschraubt, setzte sich und legte ihre Hände, ohne anzuschlagen, auf die Tasten. «Ich bin so weit», flüsterte sie.

Bibi ließ unentschlossen Instrument und Bogen herabhängen, sah zu den erwartungsvollen Hörern hinüber, dann zurück zu seiner Schwester, die ihre Hände schon leicht erhoben hatte, zum Zeichen, dass sie, wie auch immer ihm zumute sein sollte, nun beginnen werde. Er beugte sich kurz über den Notenständer, als wollte er sich ein letztes Mal der verabredeten Noten vergewissern, klemmte sich mit entschlossener Bewegung die Geige unters Kinn und horchte, auf seinen Einsatz wartend, der Introduktion Medis nach, die sie versiert anstimmte. Dann eröffnete er mit kühner Grazie den Beginn des Violinspiels, wobei er sich leicht vergriff und, mit leiser Stimme um Vergebung bittend, scheinbar unbeirrt weitermusizierte. Medi ließ ihn trotz weiterer Patzer gewähren, fing ihn durch Wiederholung eines Themas auf und brachte ihn mit einer verspielten Kadenz, in die Bibi rasch und mit virtuoser Rasanz einfiel, auf die Schiene zurück. Irgendwann war die Qual zu Ende.

Während des Spiels war ihm der Gedanke gekommen, den Zuhörern, vor allem dem Herrn Andreae, seinen Geigenbogen vor die Füße zu werfen und laut «Mist, Scheißkram» zu rufen. Doch er kämpfte dagegen an, so gut er konnte, redete sich ein, dass er, auch wenn er hier katastrophal abschneiden sollte – und das würde er aller Voraussicht nach –, seine Musikerkarriere stets weiterverfolgen werde.

«Armes Wolferl, du kannst dich nicht mehr wehren», sagte er laut und vernehmlich, nachdem er die Violine abgesetzt hatte, und löste damit ein schallendes Gelächter bei Volker Andreae aus, das der Adlatus mit einem leichten Lächeln begleitete.

«Nicht übel, Kinder, gar nicht übel», hörten sie Andreae rufen. «Hat mir durchaus gefallen.» Knapp und klar schlug er ihnen seine Kritik um die Ohren. Seine Hände, die während des Vortrags nervös an sich herumgezupft hatten, blieben nun ruhig auf seinen Oberschenkeln liegen, und seine Augen hingen überraschenderweise selbst dann an Bibi, als er sich das Spiel Medis vornahm. «Das Fräulein spielt versiert, mit technischer Brillanz, hat jedoch ihr Gefühlsleben an der Garderobe abgegeben. Öffne dich, mein Kind, öffne dich. Viel mehr technisches Vermögen werden wir dir auch hier nicht bieten können, aber es ist uns nicht gegeben, dir eine größere oder gar neue Seele einzuhauchen. Bis jetzt läuft sie deinen Fingerfertigkeiten hinterher. Für dich, mein Junge, gibt es noch einiges zu tun, vor allem auf dem Gebiet deiner Schwester, deren Spiel ihr so mühelos von der Hand geht. Deine Finger müssen schlanker, beweglicher werden. Dein Strich ist wagemutig, risikoreich. Das gefällt mir. Daher geht auch öfter etwas daneben. Kein Problem. Die Musikalität macht es, und die ist überwältigend. Dein Innenleben scheint chaotisch, doch deine Intensität ist zukunftsträchtig. Einzig auf dein ungezügeltes Temperament müsste man achten. Doch ich greife vor.» Er stand auf und legte Bibi wohlwollend die Hand auf den Arm. «Sollte uns das etwa schwerfallen?», fragte er abschließend. Medi tätschelte er etwas distanzierter die Wange, dann sprach er zu Mielein. «Meine Verehrung, Gnädigste. Sie werden bald von uns hören.

Richten Sie Ihrem Gatten bitte meine Grüße aus.» Auf leisen Sohlen verschwand er durch eine Tapetentür, die keiner der Besucher vorher gewahrt hatte. Der Adlatus klaubte das Notenmaterial zusammen, das Bibi gegen Ende vom Pult gerutscht war, übergab es Bibi und hielt ihm seine geöffnete Hand hin. Verwirrt schlug Bibi ein, doch der Adlatus zog sofort seine Hand zurück und deutete stumm mit dem Kopf auf die Violine, die Bibi mit der Linken immer noch umklammert hielt. «Die Instrumente können leider nicht verliehen werden», sagte er mit seinem sanften Lächeln. «Trotzdem finde ich es liebenswürdig von Ihnen, sich mit einem Händedruck verabschieden zu wollen. Ich weiß das zu schätzen. Heutzutage tippt man wohl eher mit dem Finger an die Hutkrempe.»

Bibi reichte ihm die Geige und machte Anstalten, sich zu entschuldigen.

«Ich vergaß übrigens, mich Ihnen vorzustellen. Willem de Boer, Musikpädagoge am hiesigen Institut und Konzertmeister im Tonhallenorchester. Vielleicht werden wir bald miteinander zu tun haben. Auch ich widme mich der Violine.» Er nickte beiden noch einmal leicht zu und wandte sich mit langen Schritten zur Tür. Die schwarzen, röhrenartig geschnittenen Hosen des Anzuges ließen seine Beine noch länger, spirreliger erscheinen und erinnerten ein wenig an Paganini.

«Vielleicht? Wir?» Bibi wandte sich seiner Mutter und seiner Schwester zu. «Was und wen hat er damit gemeint, dieser Paganini-Verschnitt?»

«Ich denke mal, dass sich Paganini nicht so unhöflich von anwesenden Damen verabschiedet hätte», erwiderte seine Mutter unwirsch.

«Vielleicht ist er ebenso verwirrt gewesen wie ich», gab Bibi nachdenklich zurück.

Seine Mutter klärte ihn darüber auf, dass dieser Herr de Boer ein bekannter und fähiger Musiker sein soll. Umso mehr habe sie sein Benehmen verwundert. Ein längeres Gespräch über das Vorspielen wäre da mehr als angebracht gewesen. Vor allem Bibi hätte unsäglich gespielt, und sie habe erwartet, dass er jeden Augenblick von einem der beiden unterbrochen worden wäre. Andererseits habe sie befürchtet, dass Bibi mit dem Fidelbogen auf alle Anwesenden einschlagen könnte. Die arme Medi hätte ständig versucht, seine Konzentration anzuschieben. Außerdem fehle Mielein jedes Verständnis dafür, dass Volker Andreae Bibi derartige Avancen gemacht, Medi hingegen ihre Versiertheit beinahe vorgeworfen hätte.

Medi beruhigte ihre Mutter und schlug vor, erst einmal die Beurteilung des Konservatoriums abzuwarten. Auf jeden Fall hätte das Freie Gymnasium Priorität. Sie wolle ihre Matura durch das Musikstudium unter keinen Umständen gefährden. Auf dem Heimweg bat sie um Erlaubnis, eine ihrer neuen Schulkameradinnen zu besuchen, mit der sie sich angefreundet hatte und die auf den Bericht vom Ausgang der Eignungsprüfung neugierig war.

Als sie diese Schulfreundin nach einigen Tagen in die Schiedhaldenstraße mitbrachte, wurden die Mädchen von Mielein mit einem reichhaltigen Kuchen- und Kakaoangebot empfangen, während Bibi zum gleichen Zeitpunkt ins Konservatorium einbestellt wurde. Voller Unruhe betrat er das Institut, da die Aufnahme Medis bereits erfolgt war. Der stumme Vorwurf des Vaters lag in der Luft – zum großen Teil war er dem Bericht mütterlicherseits zu verdanken. «Mit dir wird man sich sicher gründlicher zu befassen haben», hatte sie ihm gesagt. «Und wenn ich mich deiner Leistung erinnere, so ist das auch recht.»

Bibi war insgeheim geschockt gewesen vom erbarmungslosen neuen Ton, den seine Mutter gegen ihn anwandte. Das war doch sonst nicht ihre Art. Nun, da er von Volker Andreae zu einem längeren Gespräch gebeten worden war, überreichte er ihr wortlos das Schreiben und wartete. Mielein gab ihm die Einladung mit dem lapidaren Kommentar zurück, er möge hingehen. Auch jetzt schien sie seine Angst und seine heillose Aufregung nicht zu bemerken. So kam es, dass er sich ohne den Beistand wenigstens eines Elternteils ins Züricher Konservatorium begeben hatte, wo ihm die angenehmste Überraschung seines jungen Lebens widerfuhr. Nachdem er sich angemeldet hatte, war er sofort in das ihm bekannte Musikzimmer gebeten worden, das nach wenigen Minuten Volker Andreae durch die Tapetentür betrat, der mit seiner wohl typischen Begrüßungsgeste auf Bibi zuging. «Bravo, junger Freund, Sie haben imponiert», sagte er nach ausgiebigem Händeschütteln. «Kollege de Boer muss jeden Augenblick eintreffen, um mit Ihnen das zu Verabredende zu besprechen. Vorab will ich Ihnen meinen Eindruck Ihres Auftritts schildern, der mich sehr eigenartig berührt hat.» Bibi seinerseits machte den zaghaften Versuch, sich für die unverzeihlichen Patzer zu entschuldigen, wurde aber von der temperamentvollen Redegewandtheit Andreaes weggefegt. «Junger Mann, Sie trugen Ihr Spiel mit einer so eigenwilligen, oft sogar gewalttätig anmutenden Leidenschaft vor, dass einem angst und bange werden konnte. Vor allem des Instrumentes wegen.»

Bibi setzte von neuem zu einer Entschuldigung an, doch auch diesmal ließ Andreae dies nicht zu, sondern sprach mit erhobener Stimme weiter, als wolle er verdeutlichen, dass er eine nochmalige Unterbrechung nicht duldete. Er schilderte also das Spiel Bibis mit rückhaltloser Anerkennung, fügte jedoch hinzu, dass sein aggressiver Vortrag die spielerische Leichtigkeit Mozarts, die ihn doch vor allen anderen auszeichne, verletzt und ihn immer mehr in die Richtung des Ludwig van gedrängt habe. Man dürfe – und das müsse er sich einprägen – niemals den Charakter des Musikers und seiner Musik verändern. Trotz aller Eigenwilligkeit. Mozart bleibe nun einmal der apollinische Meister deutscher Tonkunst und hätte mit der titanischen Erdhaftigkeit eines Beethoven nichts zu tun. Weiter wolle er sich dazu vorerst nicht äußern. Das werde die Aufgabe des Herrn de Boer sein, dem er Bibi anzuvertrauen vorhabe. Außerdem befürworte er die grundsätzliche Überlegung, ob die Violine das passende Instrument für ihn wäre. Seine Finger entbehrten doch einer gewissen Länge und machten auf ihn einen erstaunlich muskulösen Eindruck. Vielleicht wäre die Bratsche mit ihren etwas robusteren Saiten eine geeignetere Alternative. «Selbstverständlich ist die Literatur für die Bratsche oder Viola, wie wir sie hier nennen, eine nicht so umfassende wie die der Violine; sie ist mehr der zweiten Stimme im Orchester zugeordnet, das begleitende Element sozusagen. Ich bin jedoch sicher, dass dieser Zustand nicht ewig andauern wird. So mancher Komponist wendet sich heute dem dunkleren Timbre der Viola zu und lässt sie als Solostimme in seinen Konzerten auftreten. Sie wird sich in Zukunft sicher mehr und mehr in den Vordergrund schieben.» Aber um auf ihn, den «jungen Mann», zurückzukommen, mit breitem Gelächter kommentierte er den Doppelsinn seiner Wortwahl, was also ihn beträfe, so habe man sich lange nicht recht entscheiden können, welcher Klasse er letzten Endes zuzuordnen wäre – denn das sei ein entscheidender Faktor hinsichtlich der Förderung überdurchschnittlich talentierter Studenten. Nun aber sei der Fall geklärt, und die Vorteile würden ihm schriftlich mitgeteilt werden. Er möge ein wenig Geduld haben, Herr de Boer müsse bald hier auftauchen. Er klopfte Bibi kurz auf die Schulter und verschwand durch seine Tapetentür.

Mit raumgreifenden Schritten und in gewohnter Kleidung trat der Erwartete alsbald durch den Haupteingang und bat ihn um einen weiteren Moment Geduld. Das Direktorium lasse sich mit der Zustimmung einer besonderen Förderung stets Zeit. Das sei normal. Man habe ihn aber bereits seinem Bereich zugeteilt und inoffiziell damit grünes Licht gegeben. Er sei sich sicher, dass es sich nur um wenige Tage handeln könne.

Bibi bat ihn, beunruhigt durch Andreaes Beurteilung seiner Hände, um seine Ansicht. Damit hielt er sie Herrn de Boer vor die Nase, der stumm nach einer Hand griff. Er betrachtete sie eingehend, zog die Finger auseinander, um die Spannweite zu überprüfen. «Auf dem Piano hättest du vielleicht Probleme, aber auf der Violine … Nein, auch Violinsaiten würden solche Finger aushalten. Im Gegenteil.» Er nahm Bibis Finger näher in Augenschein. «Tatsächlich, deine Finger sind bemerkenswert muskulös», meinte er leicht amüsiert und gab ihm seine Hand zurück. «Was hast du mit ihnen getrieben?»

Bibi zuckte resigniert die Schultern.

«Deine Finger sollten deine letzte Sorge sein. Vielleicht hättest du mit der Zeit sogar Lust, beiden Instrumenten – der Geige und der Bratsche – deine Aufmerksamkeit zu widmen.»

Als Bibi in triumphaler Siegerlaune in die Schiedhaldenstraße zurückkehrte, traf er als Erstes auf Medis Schulfreundin, die sich gerade verabschieden wollte. In kehlig breitem Dialekt nannte sie ihren Namen, und er hatte Mühe, ihn zu verstehen. «Gret Moser», wiederholte sie schon etwas ungehalten. Er unterdrückte ein kleines Lachen, und Gret Moser fragte spürbar indigniert, weshalb er ihren Namen so überaus komisch fände. Dann riss sie überhastet die Haustür auf, stürzte nach draußen und beinahe die Stufen zum Vorgarten hinunter. Bibi schaute ihr belustigt nach, wie sie mit verkrampften Schritten zum Gattertor strebte, und brummte ihr nach, dass sie einen prallen Mund habe.

«Und schöne blaue Augen», fügte Medi hinzu, «nicht so mausgraue wie deine. Du hast dich richtiggehend taktlos und blöde benommen.»

Bibi schien ihre Anwürfe gar nicht zu registrieren. «Einen auffallend prallen Mund», wiederholte er, «wahrscheinlich kommt er von einem kleinen Überbiss, den sie verbergen will.»

Medi widersprach vehement und argumentierte, dass ein Überbiss vom Vorstehen der Oberzähne herrühre, der stramme Mund der Gret jedoch vornehmlich auf die Unterlippe zuträfe. Außerdem fände sie die Bezeichnung «strammer Mund» ehrenrührig. Er scheine seine Indianerspiele in der Poschi nicht vergessen zu können.

«Ich sagte ‹prall›», verbesserte Bibi sie.

«Dann eben ‹prall›. Fehlt nur, dass du sie ‹Häuptling Pralle Lippe› nennst.»

«Häuptlingin», korrigierte Bibi wiederum.

In zunehmender Empörung sprang Medi nun ebenfalls die Stufen hinunter.

«Wo läufst du hin?», rief Bibi ihr hinterher.

«Ihr nach», schrie sie zurück. «Um mich für dich zu entschuldigen. Sie hat eine hinreißende Figur. Ist dir das aufgefallen? Aber so etwas scheinst du ja noch nicht mitzubekommen», setzte sie höhnisch hinzu. Bibi grinste in sich hinein und ging in die Diele zurück. Vor ihm stand seine Mutter und sah ihn erwartungsvoll an. «Mit wem hast du denn so herumgebrüllt?»

«Mit Medi. Sie ist ihrer Freundin hinterhergelaufen und hat mir etwas zugerufen, an das ich sie erinnern soll.»

«Sympathisches Mädchen.»

«Mit schwerem Dialekt.»

«Und großem Appetit», vollendete Mielein amüsiert. In einer unwillkürlichen Gefühlsaufwallung umarmte sie ihren Jüngsten. «War es sehr schlimm?»

«Im Gegenteil», erwiderte Bibi und machte sich langsam von ihr los. «Ich bin nur so spät einbestellt worden, weil sie sich noch nicht über die besondere Förderung einig werden konnten, die sie mir eventuell zuerkennen. Geige oder Bratsche. Andreae wollte mir wegen meiner Finger das Studium der Bratsche einreden. Herr de Boer empfahl mir aber, beide Instrumente zu wählen. Meine Finger seien durchaus in der Lage, sie zu beherrschen. Wie findest du meine Hände?»

Mielein sah ihn voller Stolz und Zuneigung an. Ihr Glücksgefühl schien auf ihn überzugreifen. «Brutal», sagte sie lachend. «Ist ja auch kein Wunder – so, wie du von Kindheit an auf deine Umgebung eingeprügelt hast. Von deinem Erfolg muss dein Vater schnellstens unterrichtet werden», meinte sie entschlossen. «Er kennt Willem de Boer, hat ihn bereits auf einer Konzerttournee in München erlebt und hält ihn für einen begnadeten Violinisten. Dem Yehudi Menuhin durchaus ebenbürtig. Ach Gott, sollte er doch noch seine Freude an dir haben?», fragte sie halb scherzhaft und sah ihn mit ihren melancholischen Augen an.

Bibi registrierte zum ersten Mal sehr bewusst ihr sorgenvoll gezeichnetes Gesicht. Ihm so fremd und doch so vertraut. Die jugendliche Ausstrahlung der nahezu Fünfzigjährigen wurde überschattet vom Ausdruck der mandelförmigen, dunklen Augen, in die sich sein Vater einmal verliebt haben musste. Bibi griff spontan nach ihrem Gesicht, worauf Mielein ein wenig zurückwich. Er konnte sich nicht vom Anblick ihrer Augen lösen.

Mit einer zögernden Geste schob sie langsam ihre Hand über die Augen. So stand sie eine Weile, ohne sich zu rühren, da. «Lass dieses infame Glotzen», sagte sie leise, ohne die Hand vom Gesicht zu nehmen. Dann kicherte sie wie ein kleines Mädchen, das ihr Geheimnis nicht preisgeben wollte. Nie hatte er eine so niedliche Geste bei ihr beobachtet. War das noch die selbstbewusste Frau, die beinahe alles der Familie und vor allem dem Nimbus ihres Gatten geopfert hatte?

Sie nahm ihre Hand herunter. «Geh und berichte deinem Vater von deinem großen Erfolg. Er wird darüber erleichtert sein. Bisher hattest du uns ja in der Hinsicht nicht viel zu bieten.»

«Bisher hatte es in der Hinsicht auch keinerlei Ermutigung von eurer Seite gegeben», äffte er sie beleidigt nach.

Mielein trat ganz nahe an ihn heran. «Bist du sicher, dass du eine solche Ermutigung überhaupt bemerkt hättest? Mit deinen Zornesausbrüchen hast du doch jedes gutgemeinte Wort als harsche Kritik aufgefasst, hast dich stundenlang heulend in dein Zimmer zurückgezogen und die Tür verbarrikadiert. Du warst keinem Trost zugänglich, von keiner Seite. Meinst du, es war ein Spaß für uns, dein langanhaltendes Geheul durchs Haus schallen zu hören? Und welch schwerwiegende Behinderung für deinen Vater! Welcher Konzentration bedurfte es für ihn, diesen Lärm zu ignorieren. Sosehr wir uns auf deine Ankunft hier gefreut haben, aber dein neuerliches Benehmen weckt den Verdacht in mir, dass wir uns einen Pyrrhussieg eingehandelt haben.»

Bibi hörte sich die Suada seiner Mutter stillschweigend an. Wie gelähmt lauschte er ihrer zunehmend metallisch werdenden Stimme und wunderte sich über seine plötzliche Müdigkeit, die ihn fast taumeln ließ. War es die gefühllose Kälte ihres Organs, der Inhalt ihrer Worte, mit denen sie ihn überschüttet hatte? Bisher war er der Meinung, dass er nur seinem Vater, dem großen Zauberer, fremd geblieben war. Was alles hätte er seiner Mutter entgegnen können. Angefangen vom spürbaren Ekel, der in der Miene seines Vaters auftauchte, wenn er einmal, wie Medi es tat, nach dessen Hand griff – bis hin zu der Entdeckung kurz nach seinem elften Geburtstag, als er sich in einem von Pieleins Werken so schockierend porträtiert fand. Er war so in seine Erinnerungen abgetaucht, dass er Mieleins Verschwinden gar nicht bemerkt hatte. Sie hatte ihn stehenlassen und war wohl in ihr Zimmer verschwunden. Nicht zum ersten Mal kam ihm in den Sinn, wie sehr ihm seine älteren Geschwister zu fehlen begannen. Auf dem Weg in sein noch spärlich eingerichtetes Zimmer kam er am Appartement seines Vaters vorbei. Trotz bleierner Müdigkeit, die seine Sehnsucht nach langem Alleinsein bestärkte, siegte seine Neugierde, und er öffnete vorsichtig die nur angelehnte Tür. Das Zimmer war leer. Der Zauberer war wohl zu einem seiner langen Spaziergänge aufgebrochen. Ohne es Mielein wissen zu lassen? Ungewöhnlich. Zudem die nachmittägliche Ruhezeit noch nicht vorbei war – ein Ritual, das überaus streng eingehalten wurde. Welche Gründe konnten ihn also aus dem Haus getrieben haben?

Auch die Tür zum Bad war nicht geschlossen. Er schritt durch den Salon, an der verschlossenen Tür des Arbeitszimmers vorbei, warf einen Blick ins Bad und dann in den Ankleideraum. Sofort fiel ihm das weiße Medizinschränkchen auf, denn der Schlüssel steckte. Das Schränkchen wurde vom Herrn Papa stets verschlossen gehalten und das Schlüsselchen in der Westentasche getragen. Er klopfte vorsichtig an die Tür zum Arbeitszimmer, um sich davon zu überzeugen, dass sein Vater auch dort nicht zugegen war. Auf sein leises Rufen bekam er keine Antwort. Daraufhin betrat er entschlossen den Ankleideraum, öffnete das Schränkchen und überflog rasch Schachteln, Pillenröhrchen und Fläschchen. Er griff sich zwei der Röhrchen, schloss das Schränkchen wieder und verließ auf leisen Sohlen das Appartement.

In seinem Zimmer angelangt, fiel ihm als Erstes sein Geigenkasten ins Auge. Er enthielt die Violine, die ihm sein Vater überlassen hatte, nachdem er, neunjährig, auf seiner Kindergeige ein erstes kleines Konzert vor der Familie gegeben hatte. Laut Aissi hat der Zauberer sie ihm wohl auch deshalb gegeben, weil er an seinem eigenen, dilettantischen Stil keinen Gefallen mehr gefunden hatte und sich zum Zuhörer weitaus besser eignete. Es war ein kleines Zimmer, das man ihm zugewiesen hatte. Tisch, Bett, Schrank, zwei Stühle. Sämtliche Stücke in dunkler Eiche, hatte ihm Mielein stolz erklärt. Sie war zusammen mit Eri in der Gegend herumgefahren und sogar bis Rotkreuz gekommen. Dort, auf einem Bauernhof, waren sie fündig geworden. Der Besitzer hatte auf dem Dachboden einen kleinen Antiquitätenladen eingerichtet, um der Mode schwerer Bauernmöbel gerecht zu werden. «Du magst doch das Rustikale», hatte sie mit einem leicht hinterhältigen Unterton festgestellt, und er wagte vorerst nicht zu erwidern, dass die Möbel für ihn ein Gräuel waren.

Er nahm den Geigenkasten von der dicken Eichenplatte herunter und schob ihn unter das Bett. Dann öffnete er die Tür, sah kurz den Gang hinunter und ging schnell zum Badezimmer hinüber. Das Wasser muss eiskalt sein, sonst kriege ich das Zeug nicht runter, sagte er sich und stellte die Röhrchen auf die Ablage über dem Waschbecken. Dann drehte er den Hahn auf und ließ das Wasser eine ganze Weile laufen. Nachdem er die Temperatur mehrmals mit dem Finger geprüft hatte, schien sie ihm nun zufriedenstellend. Er schüttete sämtliche Tabletten auf die

Handfläche – ein ganz hübsches Häufchen, wie er feststellte –, nahm erst eine Hälfte, spülte sie, schwer schluckend, mit dem Wasser hinunter, das er direkt aus dem Hahn in den Mund laufen ließ, und schickte die zweite Hälfte auf die gleiche Weise hinterher. Danach trachtete er nur noch, so rasch wie möglich in sein Zimmer zurückzukommen. Bequem einschlafen, dachte er. Das schmerzhafte Ende mit brennendem Magen und üblem Gekotze vermeiden.

Friedlich lächelnd daliegend, so sollten sie ihn vorfinden. Er versuchte, seine Augen offenzuhalten und mit dem Mund zu grinsen, doch er hatte das Gefühl, als würden seine Lippen stets von neuem in Schieflage geraten. Tante Carla war da rigoroser vorgegangen. Sie hatte ihren Schlund so mit Zyankali traktiert, dass sie fortwährend vom Bett aufspringen musste, um sich die verätzte Mundhöhle mit Wasser zu kühlen. Dazu hätte er wenig Lust gehabt. Sie soll zudem schauerlich ausgesehen haben, nachdem man ihr Zimmer aufgebrochen und sie gefunden hatte.

Die leichte Schwerelosigkeit, die sich alsbald einstellte, gab ihm die Gewissheit eines seligen Übergangs. Endlich sah er einmal den Zauberer auf sich zustürzen, wie er die Hände über dem Kopf zusammenschlug und seinem Sohn tonlos Worte zurief. Liebevolle, tröstliche Worte. Seine Augen voller Wasser, sein Oberlippenbart wie ein kleines, friedliches Insekt vor ihm herschwebend und hinter ihm Mielein, die Frau Mama, fröhlich lachend nach Notärzten rufend. Willem de Boer und Volker Andreae tanzten in schneeweißen Kitteln, mit Violinen unter dem Kinn vor ihr her, während der Zauberer, Aissi und Eri ihn aufhoben und seine Schwerelosigkeit noch förderten. Alle sahen auf eine ungesunde Art bleich aus. Ihre Gesichter glänzten feucht in einer Mixtur aus Sonnen- und Mondlicht, das immer längere Schatten warf, und ihre Münder bewegten sich unaufhörlich. Im Grunde waren sie stumm, obwohl sie sich ständig über ihn ausließen. Umso lauter dröhnten sie in seinem Kopf. Jetzt wurde Aissi neben ihm sichtbar. Er schob die Hände unter seinen Rücken, der ihn zu schmerzen begann, und meinte, mit kokettem Augenaufschlag, er könne einfach nicht glauben, dass sein kleiner Bruder ihn so sprunghaft überrunden wolle. Schließlich sei er der Ältere. Von allen Geschwistern stünde ihm der Vortritt zu.

Der pralle Mund

«Nichts ist dümmer und letztlich auch krimineller, als ein kaum angefangenes Leben wegzuwerfen, ohne auch nur zu ahnen, welche Überraschungen und spannenden Erlebnisse es für einen bereithält. Die Sterbezeit beginnt doch erst, wenn Neugierde und Lebenslust dauerhaft nachlassen, wenn der Überdruss unüberwindlich wird», hörte er Vaters Stimme von fern her flüstern. «Das kann bei ihm doch keinesfalls zutreffen, oder? Er trägt eine geradezu heiße Lebensgier in sich, die uns schon so manchen Ärger bereitet hat.» Des Zauberers Stimme brach ab, als Bibi mühsam die Augen aufschlug. Er erblickte das Gesicht seiner Mutter dicht über sich. Sofort richtete sie sich auf und versuchte, ihre Tränen mit einem Taschentuch zu verbergen, aus dem sich ihr streng maskuliner Parfumgeruch im Raum verbreitete. «Ein paar Tabletten hättest du deinem Vater wirklich übrig lassen können. Er hat einige Nächte lang nur mangelhaft geschlafen. Auf das Phanodorm hat er tagelang warten müssen, da es aus Deutschland kommt.»

Mit schweren Augenlidern sah Bibi sich im Raum um und ahnte sogleich, dass er sich in einem Krankenhaus befand. Nicht gelungen. Wie stümperhaft muss sein Handeln auf die Familie gewirkt haben! Er drehte sein Gesicht zur Wand und fing lautlos zu weinen an. «Wo ist Aissi?», fragte er nach einer Weile und warf sich herum. Dabei stellte er fest, dass seine Zunge nur recht schwerfällig bewegen konnte. Als Ersten nahm er den Zauberer wahr, der lässig am Türpfosten lehnte und von Medi und ihrer Freundin halb verdeckt wurde. Weshalb lag er in einer Klinik, und warum starrte ihn die Freundin seiner Schwester so kummervoll an? Er spürte, dass sie mit den Tränen kämpfte, ihren Kopf aber nicht abwenden wollte.

«Du hast uns einen großen Schrecken eingejagt, Bibi. Aissi hat nach Amsterdam reisen müssen und lässt dir ausrichten, dass Quark und Knoblauchzehen das wirkungsvollste Heilmittel gegen deine Verdauungsstörungen sind», sagte Mielein. «Mir leuchtet das nicht so ein, doch schaden kann es auf keinen Fall. Die Abführmittel, mit denen man dich hier traktiert, können keine dauerhafte Lösung sein.»

Bibi schaute verschämt zur Freundin Medis hin, die das Gerede seiner Mutter offensichtlich als peinlich empfand. Wie hieß sie noch gleich? Er sah Medi an und streckte seine Hand nach ihr aus. Nachdem sie herangetreten war, flüsterte sie ihm ins Ohr, dass ihre Freundin Gret heiße. Sie mache sich ungewöhnlich große Sorgen um ihn, feixte sie, und erwarte, dass er sich endlich ihren vollen Namen merke. Dann küsste sie ihn auf die Nase und drehte sich wieder zu ihrer Freundin.

Mielein setzte sich auf den Bettrand. «Du hast nahezu sechs Tage durchgeschlafen. Und du kannst dir denken, dass dein Herr Papale dich nicht wenig beneidet hat.» Sie beugte sich über ihn und machte Anstalten, ihn zu streicheln, sah jedoch vorher kurz zu ihrem Mann hinüber und fing seinen Blick auf. Sogleich erhob sie sich, denn er hatte sich bereits abgewandt und die Tür einen Spaltbreit geöffnet. «Morgen, spätestens übermorgen wird man dich hier entlassen. Danach hast du dich bei der Einwanderungsmeldebehörde vorzustellen. Ich hoffe, es wird alles gut verlaufen, sodass du auf dem Gymnasium und im

Konservatorium dein Studium beginnen kannst», rief sie ihm noch zu, dann schloss sich hinter ihnen die Tür.

Nicht einmal begrüßt hatte er ihn. Stand nur fortwährend im Hintergrund und sah auf ihn herab. Sogar den leisen Ekel glaubte Bibi in seiner Miene wieder entdeckt zu haben. Und wo hielt sich Eri auf, die treue Tochter? Hatte sie es nicht für nötig gehalten, nach ihm zu sehen? Stattdessen stand das fremde Mädchen, Gret Moser – nun erinnerte er sich auch wieder an ihren vollen Namen –, vor ihm und sah ihn mit entsetzten Augen an. Weshalb hatte man sie überhaupt mitgenommen? War sie neugierig auf seinen Leichnam gewesen? Langsam trat sie näher und setzte sich ohne jede Scheu auf die Bettkante. Einen Moment lang blieb ihr Blick an Medi hängen, dann sah sie ihn an. «Weder Phanodorm noch Adalin sind dazu geeignet, das auszulösen, was du erwartet hast», sagte sie leise. «Tödliche Barbiturate, die einen nicht mehr aufwachen lassen, sind das nicht.»

Ihr behäbiger Dialekt machte ihn beinahe glücklich. «Und woher weißt du das so genau?», fragte Bibi.

«Meine Mutter nimmt ständig Schlafmittel, und der Bruder meines Vaters ist Internist», antwortete sie, ohne auf seinen spöttischen Ton einzugehen. «Das Zeug, das du genommen hast, könnte jedoch bleibende Schäden an Leber und Nieren anrichten, wenn man sie, wie man hier sagt, pfundweise schluckt.» Ihre blauen Augen wanderten wieder zu Medi hinüber. «Das sollte er berücksichtigen und sich von Zeit zu Zeit kontrollieren lassen. Rede du ihm gut zu», forderte sie ihre Freundin noch einmal eindringlich auf. «Er darf das auf keinen Fall vernachlässigen.»

An manchen Tagen, so konnte Bibi es beobachten, bekam Grets Mund in seiner prallen, verlockenden Fülle beinahe etwas Negroides. Dann wiederum, wenn sie keinen guten Tag im Gymnasium gehabt hatte, sah sie schmallippig, verspannt und ablehnend aus, wenn sie Medi vom Konservatorium abholte. «Du hast zwei Gesichter. Ein schulisches und ein privates», ärgerte er sie einmal, doch statt eine beleidigte Miene aufzusetzen, schüttete sie sich aus vor Lachen. Danach riss sie sich zusammen und schaute teilnahmslos und desinteressiert in der Gegend herum.

«Das wiederum ist ihre Höhere-Tochter-Visage», erklärte ihm Medi, «die setzt sie meist auf, wenn sie ängstlich ist.»

Nur in ihren Augen, so stellte Bibi fest, lag die Schüchternheit einer Halberwachsenen, die ihn so anzog.

Nach unerwartet langem Aufenthalt im Spital war Bibi endlich heimgekehrt und wartete jeden Tag auf die Nachmittage, an denen ihm Medi von ihren Erfahrungen am Freien Gymnasium und im Konservatorium berichtete. Vor allem, wenn sie von ihrer Schulfreundin begleitet wurde, die sich dann ebenso freundlich wie wortkarg einen Stuhl an sein Bett heranzog und ihn unverwandt ansah, während Medi sich belustigt über die Schule ausließ und ihm versicherte, dass sogar er dort mit Sechs plus abschließen könne, ohne sich abzuplagen. Auf seine erschrockene und beleidigte Reaktion klärte Gret Moser ihn darüber auf, dass hier in der Schweiz die Note Sechs gleichbedeutend mit der deutschen Schulnote Eins sei. Sie sah ihn mit einem reizenden, gar nicht koketten Lächeln an, in das sich eine Spur gutmütiger Ironie mischte.

«Darum geht es mir nicht», wandte er ein. «Medi stampft mich wieder einmal in den Boden. Wie sonst soll ich dieses ‹sogar du› verstehen, wenn nicht als Anspielung auf meine Beschränktheit.»

«Wer hat dir je Beschränktheit vorgeworfen?», entgegnete Medi. «Ein guter Schüler bist du eben auf keiner deiner Schulen gewesen. Das lag aber an deiner Faulheit. Sei also froh, wenn man dir hierzulande nicht übermäßig viel abverlangt.»

Mit Seitenblick auf Medi erzählte Bibi Gret nun prahlerisch von seinem Abschneiden im Konservatorium und setzte auch noch das Sahnehäubchen darauf: dass man ihm wohl eine besondere Förderung zuerkennen wolle.

Medi schlug sich an die Stirn und zog einen geöffneten Brief hinter dem Rücken hervor. «Lies», sagte sie. «Er war an Mielein adressiert. Ich sollte ihn an dich weitergeben.» Sie warf ihn auf die Bettdecke. «Es ist die Bestätigung deines Stipendiums. Unterzeichnet vom Direktor und von Volker Andreae. Er und Herr de Boer lassen dir Grüße ausrichten und gute Besserung wünschen. Es wäre sehr zu hoffen, dass du zum Semesterbeginn wieder genesen bist.»

Bibi erkundigte sich nach der Krankheit, die ihn angeblich befallen hatte. Unter fortwährendem Kichern der Mädchen berichtete Medi, dass er an einer Harnleiter- und Blasenentzündung leide, sie aber nahezu überstanden habe. Der Zauberer habe den Einfall gehabt, diese Diagnose an beide Institute weiterzugeben, mit dem Versprechen, Bibi werde sich zum Beginn der nächsten Woche dort sehen lassen. Medi näherte sich zum Abschied seinem Bett und versicherte ihm, dass er tatsächlich von solchen Beschwerden heimgesucht worden sei. Die Tabletten hätten eben nicht nur einschläfernd auf ihn gewirkt. «Das nächste Mal fügst du vielleicht noch ein stärkeres Abführmittel hinzu, das würde eine Generalreinigung bewirken.»

Bibi warf Brief und Umschlag nach ihr und schlug die Decke zurück, machte das aber schleunigst rückgängig, weil er im letzten Moment sah, dass der Schlitz seiner Pyjamahose nur leidlich geschlossen war. Gret sah ihm halb indigniert und halb belustigt zu, stand auf und machte Anstalten, sich zu verabschieden.

Er müsse ja noch ein Weilchen geschont werden und dürfe keinen Rückfall erleiden, meinte sie in einem Anflug von Süffisanz. Im Übrigen habe der behandelnde Arzt die gnädige Frau darüber informiert, dass er alles bestens überstanden habe und sich wundere, dass der Patient immer noch das Bett hüte. Es gäbe keine Veranlassung dazu. Sie streckte ihm ihre Hand hin, und er hielt sie etwas länger als nötig in der seinen. «Dann sehen wir uns also im Gymnasium wieder?», fragte er.

«Nicht unbedingt. Es wäre mir lieber, wenn man sich außerhalb der Schule träfe. Medi und ich haben das bisher auch so gehalten.»

Seine Schwester bestätigte das und meinte, es werde ihn einige Anstrengung kosten, Gymnasium und Konservatorium unter einen Hut zu bekommen, zumal wenn man die Hausaufgaben dazurechne. Er hörte sie noch laut lachend und schwatzend den Gang und die Treppe hinunterlaufen, dann trat Ruhe ein. Zum ersten Mal, seit er sich in diesem Land aufhielt, fühlte er sich heimisch. Eine wohltuende Wärme, die ihn überkam, bestärkte ihn darin, schon am nächsten Tag das Konservatorium aufzusuchen und sich den Lehrplan für das kommende Semester aushändigen zu lassen. Danach erst wollte er sich auch um die Schule kümmern. Was hatte ihn so zuversichtlich gestimmt? War es die neuerworbene Zugehörigkeit? Möglich, möglich. Oder war die Gegenwart Grets der Grund? Er ließ sich zurücksinken und zog das Überbett bis zum Kinn hoch. War es vielleicht das breitkehlige Timbre des Fräulein Moser? Waren es die blutprallen Lippen, die freundlich schüchternen Augen, die in einem gewissen Gegensatz zu ihrem Mund standen, selbst wenn Gret sie im Unmut zukniff? Er warf die Decke endgültig von sich, lief zur Tür und horchte. Dann riss er sie auf und verschwand, so rasch er konnte, ins Badezimmer.

Am nächsten Morgen im Konservatorium begegnete ihm als Erster der Direktor. Er schien ihn erwartet zu haben, denn er kam schon in der Vorhalle auf ihn zu, walzte ihm furchteinflößend seine kompakte Fülle entgegen. Ohne ihm die Hand zu bieten, drängte er Bibi in einen kleinen Raum neben dem Concierge. «Ich muss darauf hinweisen», begann er, «dass es hier keine unentschuldigten Schwänzereien gibt. Zwar ist mir zu Ohren gekommen, dass Sie an einem Nieren- und Leberleiden herumdoktern, aber zu einer schriftlichen Entschuldigung für das Fehlen bei einem Vorstellungsgespräch bei mir hätte die Kraft sicher noch ausgereicht. Nun, ich nehme an, Sie werden das nachholen. Weiterhin möchte ich zu bedenken geben, dass derartige Krankheiten oft langwierig oder sogar chronisch sind. Ihre Verpflichtung, uns eine umfassende Diagnose vorzulegen, die natürlich von einem Arzt unseres Vertrauens ausgesprochen werden muss, werden Sie wohl verstehen. Die besondere Förderung, die Ihnen hier genehmigt wurde, bedeutet für das Institut eine zusätzliche Ausgabe, eine Auszeichnung übrigens, die noch nie an einen fremdländischen Schüler vergeben wurde. Noch dazu im Zusammenhang mit einem Stipendium. Ihre Familie leidet doch, wie man mir versicherte, keine Not und ist aus freien Stücken ins Land eingewandert. Kurzum, wir erwarten von Ihnen korrektes Verhalten, und das schließt ein, dass wir in Kürze den Arztbericht einsehen können.» Schon halb in der Tür, wandte er sich noch einmal um. «Ich vergaß, Ihnen Glück und gutes Gelingen zu wünschen. Und denken Sie daran: Talent ist nicht alles. Der Fleiß allein wässert es und lässt es wachsen.»

Bibi war wie betäubt von diesem Empfang. Gewöhnlich nicht auf den Mund gefallen, wäre er im Moment zu keiner Erwiderung fähig gewesen. Der mordsmäßig dicke Kerl, dessen Gesicht, unnatürlich langgezogen, in eine Stirn mündete, die dem fliehenden Haaransatz hinterherlief und so gar nicht zu der Fülle des Leibes passte, hatte ihn überwältigt und verstummen lassen. Von neuem fühlte er sich beobachtet und sah sich um. Im Türrahmen, die dürren Stelzen über Kreuz, stand de Boer und sah ihn forschend an. Seine Beine wirkten übermäßig lang, wie er so am Türpfosten lehnte. «War es sehr unangenehm?», fragte er mitfühlend. Bibi ließ ihn darüber im Ungewissen, meinte lediglich, dass er auf diesen verbalen Beschuss nicht vorbereitet gewesen war und sich Gedanken darüber mache, weshalb er dem Herrn Direktor, denn mit dem hatte er es ja wohl gerade zu tun gehabt, so unsympathisch gewesen sei. Er werde sich bemühen, diese Scharte auszuwetzen. De Boer hörte sich das unbewegten Gesichts an und erkundigte sich dann nach dem Stand der Genesung. Bibi versicherte, dass er sich bester Gesundheit erfreue und seine Erkrankung nichts Chronisches sei. Er könne den Beginn des Semesters gar nicht erwarten. Der Lehrer gab seiner Freude darüber Ausdruck und ließ ihn wissen, dass der Herr Direktor ein gestrenger Mann sei. Das müsse man hinnehmen.

Schon in den ersten Tagen belegte de Boer seinen neuen Schützling mit Beschlag, führte ihn in die sogenannte Waffenkammer, die an den Wänden, auf langen Tischen und auf speziell für sie getischlerten Ständern ein ganzes Arsenal an Instrumenten zeigte, das an Vielseitigkeit und Kostbarkeit einer Schatzkammer glich. «Dieser Raum», belehrte er Bibi, «hat eine besondere Belüftung, die für das sensible alte Holz notwendig ist. Diese Geige beispielsweise stammt aus Brescia und ist über dreihundert Jahre alt. Ein gewisser Gasparo da Salò hat der alten Dame zur Geburt verholfen. Man braucht Stunden, um sie in die richtige Stimmung zu bringen. Der Kasten aus Mahagoniholz dort auf dem Tisch beherbergt eine Guarneri, eine Cremoneserin. Sie hat auch schon einige Jahrhunderte auf dem Buckel. Ein launisches, altes Mädchen. Doch wenn sie einmal zum Singen bereit ist, versetzt sie ganze Konzertsäle in Verzückung. Und das sind meine Tiroler Lieblinge.» Er zeigte auf eine schmale Konsole, die bescheiden und unauffällig an der kurzen Stirnwand stand. «Diese hier, eine Stainergeige, und die andere, aus Mittenwald, von einem gewissen Herrn Klotz angefertigt, würde ich selbst gegen eine Stradivari nicht eintauschen. Sie sind nicht so süßlich im Ton wie die Italiener, die ja heute noch immer ihrer alten Viola d'Amore nachweinen. In den Vitrinen an der gegenüberliegenden Seite siehst du zwei dieser Exemplare thronen. Sie wurden oft kopiert, doch die unseren strotzen nachgewiesenermaßen vor Echtheit.»

Bibi blieb vor einem voluminösen Glassarkophag stehen und betrachtete ein unförmiges Streichinstrument, das in einsamer Ruhe darin aufgebahrt lag.

«Nun», meinte lachend Herr de Boer, «man bezeichnet diese fette Lady als Viola pomposa. Mit ihrem schweren Korpus und den fünf Saiten schwierig zu spielen. Ich kenne nur zwei oder drei Kollegen, die sich daranwagen. Aber wenn sie einmal zu singen anfängt, ersetzt sie beinahe ein ganzes Streichorchester.» Er führte ihn am Tisch entlang. «Ebenso diese Viola da Gamba, auf den Knien oder auf den Boden gestützt zu bedienen. Siebensaitig. Uralte Genossinnen, die beiden. Ihre Honigtöne sollen die Damen im Parkett hinschmelzen lassen. Man spielt sie in Madrigalen von Claudio Monteverdi oder Giovanni Pierluigi da Palestrina. Bei Letzterem oft als instrumentaler Stimmersatz. Von ihm einst eingeführt und bis zum heutigen Tage beibehalten.»

«Verstehe ich Sie recht? Hat man sie als einen Ersatz für die Choristen eingesetzt?»

«Choristen waren sehr teuer. Vor allem Kastraten. Selbst reichere Höfe in Italien konnten sich oft nur zwei oder drei dieser Sänger am Abend leisten. Wir werden, bevor wir mit den Violinaten zu üben anfangen, noch einiges über die Familie der Streichinstrumente zu lernen haben. Deshalb diese Museumsführung.» Er legte Bibi kurz die Hand auf die Schulter. «Du sollst alles wissen über den Aufbau der Familienmitglieder, wobei ich dein Interesse insbesondere auf Bratsche und Geige lenken will», sagte er vertraulich. «Nicht, dass ich der Ansicht des Herrn Andreae zustimmen wollte. Vielmehr nehme ich es als Anregung, um deinem vielfältigen Talent mehr Raum zu geben. Es gibt hochinteressante, außergewöhnliche Musikstücke, in denen sie gleichberechtigte Partner sind. Ich denke da etwa an die Sinfonia Concertante von Mozart, dem du doch auch gewogen zu sein scheinst, oder an den ‹Schwanendreher› des Herrn Hindemith. Die Basis des Studiums bleibt jedoch die Kenntnis vom Bau der Instrumente. Darüber erwarte ich in Bälde von dir eine beschreibende Niederschrift. Vielleicht in Form eines Vortrags. Literatur darüber kann in unserer Bibliothek ausgeliehen werden. Und der Form halber stellst du dich beim nächsten Mal dem Herrn Direktor vor, sonst fühlt er sich übergangen. Eine Manie, die ihn seit seinem Eintritt hier verfolgt.» Herr de Boer lächelte auf seine versteckte Art, streckte ihm die Hand hin und entschwand mit weit ausgreifenden Schritten in die Vorhalle.

Daheim in der Schiedhaldenstraße ließ Bibi sich kaum Zeit für das Mittagessen, das ihm Mielein bereitgestellt hatte, und begann in seinem Zimmer sogleich mit dem Entwurf seines Vortrags.

Vorausschicken möchte ich, dass ich mich nach wie vor für die Violine entscheide und mich auch für prädestiniert halte, dieses Instrument einmal befriedigend bedienen zu können. Darum erst einmal seine Beschreibung. Die Violine, im Französischen «Violon», im Englischen «Violin» und in Schweizerdeutsch «Fidel» genannt, ist das Diskantinstrument der modernen und weitläufigen Streichinstrumentenfamilie (die Fidel, nachweisbar bis ins achte Jahrhundert, wahrscheinlich Abkömmling eines vorderasiatischen Instruments, wird noch heute, vornehmlich in der Schweiz, für die Bezeichnung «Geige» oder «Violine» benutzt).

Typus Viola da Braccio (Armgeige). Ihre Konstruktion hat sich im Wesentlichen, bis auf ein paar Maßnahmen zur Vergrößerung des Klangvolumens, nicht geändert. Sie besteht aus einem in der Mitte eingezogenen Korpus, dem angesetzten Hals mit bündelosem Griffbrett und einem in einer Schnecke auslaufenden Wirbelkasten mit seitlich angebrachten Stimmwirbeln. Der Korpus besteht aus zwei leichtgewölbten Platten, der Decke, mit zwei f-förmigen Schalllöchern aus speziellem Fichtenholz und dem Boden aus Ahorn sowie den Zargen (ebenfalls Ahorn). Das Holz ist nach dem Spiegel geschnitten. Die Wölbungen werden aus dem vollen Holz gehobelt. Aus Symmetriegründen ist die Decke fast immer, oft auch der Boden, zur Hälfte aus zwei Teilen in Längsrichtung verleimt. Der Lack beeinflusst die klanglichen Eigenschaften und schützt das Instrument gleichzeitig vor Feuchtigkeit. Er gehört auch heute noch zu den Geheimrezepturen der jeweiligen Geigenbauer. Wölbung und seitlicher Randüberstand von Decke und Boden steigern die Druckfestigkeit des Korpus. Die vier in Quinten gestimmten Saiten g, d1, a1, e2, ursprünglich aus Darm, heute dann doch mehr aus Stahl oder metallumsponnenem Kunststoff, laufen von den Wirbeln über den Sattel und den zweifüßigen Steg aus Hartholz zum beweglich an der Zarge befestigten Saitenhalter. Akustische und statische Funktion haben Stimmstock und Bassbalken. Der Stimmstock, ein 3 bis 5 mm dickes Holzstäbchen, wird in der Nähe des Diskantstegfußes zwischen Boden und Decke eingesetzt. Dadurch wird ein Einsinken der Decke beim Steg verhindert. Der leicht schräg verlaufende Bassbalken unterhalb der tiefsten Saite erhöht die Tragfähigkeit und Spannung der Decke. Der Ton erfolgt durch das Streichen der Saiten mit einem in Obergriffhaltung geführten Bogen.

Hier schloss er seine kleine Abschrift, nachdem er sie noch einmal durchgegangen war und mit der Beschreibung eines eben erschienenen Musiklexikons verglichen hatte, das er sich noch schnell ausgeliehen hatte.

Anlässlich eines neuerlichen Besuchs im Hause Schiedhaldenstraße überbrachte Gret Moser ihm die Nachricht Medis, dass er sich an einem der nächsten Tage im Freien Gymnasium einzufinden habe, da man sich bei anhaltender Weigerung seinerseits gezwungen sehe, die Eltern zu benachrichtigen. Erschreckt und gleichzeitig erbost, fing er an, über das «Lehrervolk» herzuziehen. Gret erinnerte ihn daran, dass er sich doch bereit erklärt habe, diese doppelte Last auf sich zu nehmen. Sie an seiner Stelle hätte sich das von vornherein nicht zugetraut. Man sehe auch Medi die Anstrengung an, obwohl sie nach wie vor der festen Überzeugung sei, spielend damit fertig zu werden.

Bibi beruhigte sie, indem er ihr versicherte, dass er beides klaglos, wenn auch nicht mit überragenden Noten überstehen werde. Die Hauptsache allerdings bleibe für ihn das Studium am Konservatorium. Ganz nebenbei, er habe da einen kleinen Aufsatz über die Violine verfassen müssen. Ob sie das vielleicht interessiere? Sie nickte eifrig, und er überreichte ihr das Blatt.

Während sie langsam und mit offensichtlichen Schwierigkeiten dem Thema nahezukommen versuchte, richtete er ein zweites Blatt her und schrieb einen Wurmfortsatz zum ersten, wie er sich ausdrückte, einen Artikel über die Viola d'Amore:

> Die Viola d'Amore, im Altdeutschen Liebesgeige genannt, ist eine Verwandte der Viola da Gamba, hat sogar fünf bis sieben Griffsaiten mit variabler Stimmung und sieben bis vierzehn unter dem Griffbrett verlaufenden metallenen Resonanzsaiten. Das Griffbrett ist bundlos, wird jedoch, im Gegensatz zur da Gamba, in der Armhaltung und nicht zwischen den Knien oder auf dem Schoß bedient.

Auch dieses Blatt überreichte er ihr feierlich und sah amüsiert, wie sich ihre Gesichtsfarbe, nachdem sie den kurzen Text überflogen hatte, veränderte. Überraschend starke Durchblutung, stellte er im Stillen fest.

«Besteht der Unterschied zwischen der d'Amore und der da Gamba nur in der Arm- oder Bein- und Schoßstellung, oder gibt es da noch Variabilitäten?», wollte Gret wissen.

«O ja, es gibt da noch eine Menge anderer Eigenheiten, ich möchte sie aber jetzt nicht näher aufzählen, sondern nur auf die hellen poetischen Töne der einen und auf die knietiefen der anderen hinweisen.»

«Und was meinst du mit der ‹variablen Stimmung›?»

Bibi entging das leise Beben ihrer Stimme nicht.

«Es würde mich interessieren, ob ein Musikinstrument bereit ist, sich den Stimmungen seines Herrn anzupassen.»

«Oder seiner Herrin», verbesserte Bibi lachend. «Nein, die variable Stimmung bezieht sich auf die Wirbel, also auf die Saitenspannung.»

«Und die Schnecken? Sind sie zur bloßen Zierde da?»

«In vergangenen Zeiten ließen sich die Musikanten, die es sich leisten konnten, das Porträt ihrer Liebsten schnitzen und es statt der Schnecken auf ihre Instrumente setzen.»

«Mein Vater nennt die Mutter immer Schneck, wenn er etwas von ihr will», sagte sie, und ihre prallen Lippen öffneten sich zu einem breiten Lachen.

«Was will er denn dann von ihr?», bohrte Bibi nach.

«Zum Beispiel sein Lieblingsgericht», antwortete sie plötzlich todernst und bekam feuchte Augen.

Bibi stand vom Tisch auf und legte den Arm um ihre Schultern. «Weinst du oder lachst du?», fragte er.

«Ich lache natürlich», stieß sie ihn weg. Dann erinnerte sie ihn noch einmal an seine Pflichten und schlug die Tür hinter sich zu.

Es gab anscheinend nur wenige Neubauten im Stadtinneren. Das Freie Gymnasium zählte dazu. In den langen, düsteren Gängen mit den stark nachgedunkelten Holztüren, den grauen Steintreppen und den weißgekalkten Wänden ergriff einen nicht gerade das Lernfieber.

Medi hatte sich bei ihm eingehakt, als sie das Gebäude betraten, und wies ihn darauf hin, dass Jungen und Mädchen nach wie vor in getrennten Klassenzimmern unterrichtet würden, man sich in den Pausen aber problemlos sehen und miteinander sprechen könne. Der Schulhof, durch den hinteren Ausgang erreichbar, biete genügend Gelegenheit dazu. Die Lehrer benähmen sich den Emigrantenkindern gegenüber einigermaßen sensibel, würden sie zeitweise sogar vorziehen, und das würde die Einheimischen mitunter zu unguten Reaktionen provozieren. Prügeleien in den Klassenzimmern und auf dem Schulhof, manchmal sogar vor den Augen des Personals, seien keine Seltenheit. Das gehe vor allem die Jungen an. Sie sah ihn ernst an. «Aber auch mir hat man schon Prügel angeboten, falls ich mich im Unterricht nicht zurückhaltender benähme.»

«Hast du den Eltern davon erzählt?»

«Um Gottes willen, sie würden uns umgehend aus der Schule entfernen. Im Großen und Ganzen ist sie anständig geleitet, und die Lehrer reagieren vorzugsweise auf Schüler, die logischer und schneller denken als andere. Das kann man ihnen nicht übelnehmen. Wenn ab und an ein Emigrant darunter ist, wird das von ihnen, im Unterricht jedenfalls, kaum registriert.»

Die Geschwister blieben vor einer Tür stehen, vor der sich schon eine ganze Traube von Jungen versammelt hatte. Neugierig sahen sie ihm entgegen, und er konnte keine Feindseligkeit in ihren Blicken erkennen. «Das ist deine Klasse», flüsterte sie ihm zu. «Viel Glück für den Anfang.» Sie lief den langen Korridor hinunter und verschwand in einem Seitengang.

«War das deine Schwester?» Ein überaus zarter, fast schwindsüchtig aussehender Knabe stand vor ihm und sah zu ihm auf. «Sie ist hübsch.»

Bibi antwortete nicht und erwiderte seinen Blick mit selbstbewusster Ruhe.

«Ist sie nun deine Schwester, ja oder nein?»

«Wie kommst du darauf?», erwiderte Bibi etwas zu laut.

Der Knabe wich erschrocken zurück. «Ihr habt die gleichen Nasen», stotterte er schüchtern.

Bibi trat mit hinterhältigem Lächeln dicht an ihn heran, brachte sein Gesicht an das des Kleinen und fragte ihn im Flüsterton, ob er jüdisch sei. Der Kleine wich mit weit aufgerissenen Augen noch mehr vor ihm zurück und fing zu weinen an.

Sofort trat ein großgewachsener, bäuerlich aussehender Bursche zwischen sie. «Hast du ihn beleidigt?», fragte er ruhig.

Bibi verneinte. «Ich habe ihn lediglich gefragt, ob er hier der Klassenprimus sei.»

Als Erster fing der Kleine zu lachen an. Ein Gelächter, das sich bei den Wartenden fortsetzte. Sie kamen auf ihn zu und umringten ihn. Wie er das denn so schnell erraten habe, wollten sie wissen.

«Leute, die etwas schwach auf der Brust sind, haben meistens die besten Köpfe», erwiderte er. «Ein gerechter Ausgleich.» Bibi betrachtete erneut den Kleinen und wollte gerade ein Wort der Entschuldigung murmeln, da sah er in die tiefdunklen Augen des Jungen, die ihn ein wenig an die Mieleins erinnerten, und wandte sich ab. Doch der Kleine baute sich vor ihm auf und wollte wissen, ob er und sein berühmter Vater hatten flüchten müssen. Und ob der Vater schon verhaftet gewesen sei. Bibi erwiderte, dass die Familie eigentlich nur vorgehabt hätte, ihre gemeinsamen Ferien in der Schweiz zu verbringen, hier aber von der Machtergreifung des Herrn Hittler mit den zwei t überrascht worden sei. Der Primus verbesserte ihn dahingehend, dass der Herr Hitler nur mit einem t geschrieben werde. «Das ist schon recht», gab Bibi friedlich zu. «Bei mir wird er trotzdem mit zwei t geschrieben, weil er beim Brüllen immer so unflätig mit den Konsonanten um sich wirft. Wir haben nun also beschlossen, die Ferien zu verlängern, das heißt abzuwarten, was sich aus dem Schlamassel dort drüben entwickeln wird. Wie man vorderhand sieht, nichts Gutes. Meinem Vater hat man bisher nichts angetan. Man hat ihn weder verunglimpft noch seine Bücher verboten. Unser Haus und Teile des Vermögens hat man lediglich vorsichtshalber beschlagnahmt.»

Am wieder aufflammenden Gelächter nahm der unterdessen eingetroffene Lehrer nicht teil, sondern meinte mit großem Ernst, dass man auch weiterhin von den Herren dort nichts Gutes erwarten dürfe. Er hoffe, man würde hierzulande bald darüber diskutieren. Jetzt aber hätten sie der Glocke zu folgen, die den Unterricht eingeläutet habe. In der Tat hatte niemand auf das rostige Geläut geachtet.

Für Bibi verliefen die ersten Tage sehr angenehm. Um ihm eine Zeit der Eingewöhnung zu lassen, in der er nach Belieben zuhören und beobachten konnte, ohne sich schon aktiv am Unterricht beteiligen zu müssen, hatte man ihm fürsorglich den letzten Platz in der ersten Reihe, nahe dem Fenster, zugewiesen. Es amüsierte ihn, dass Alexander Liebherr, Lehrer und Vorsitzender des Schulrates, kaum wesentlich von dem Lehrplan abwich, den er schon zur Genüge kennengelernt hatte. Ihm blieb also Zeit, über das beginnende Semester im Konservatorium nachzudenken – über die Feindseligkeit des Direktors und die mit Spannung erwartete Reaktion des Herrn de Boer auf seine Niederschrift. Ihm war der Fehler unterlaufen, den kleinen Zusatz über die Viola d'Amore, eigens für Gret Moser verfasst, mit auszuhändigen. Wie das geschehen konnte, war ihm auch im Nachhinein nicht klargeworden. Ob ein Blatt am anderen hängengeblieben oder der in aller Hast beschriebene Umschlag daran schuld war? Er konnte es jedenfalls kaum erwarten, wieder ins Konservatorium zurückzukehren. Vielleicht hatte er ja noch die Chance, das Couvert vor der Übergabe abzufangen.

In der Pause kam Gret auf ihn zu und schlug ihm für den Nachmittag ein Treffen im Haus ihrer Eltern vor. Sie hatte ihnen von seinem ungewöhnlichen Abschneiden im Konservatorium erzählt und sie damit sehr neugierig auf ihn gemacht. Nebenbei könnten sie dann auch zusammen ihre Hausaufgaben erledigen, sofern er schon welche aufbekommen habe. Er bedauerte, das reizvolle Angebot ablehnen zu müssen, doch am Ende des Unterrichts müsse er zum Konservatorium hinüberspurten. Es bleibe nicht einmal die Zeit für den Verzehr eines Brötchens.

«Dein Bedauern klingt einigermaßen unglaubwürdig», beklagte sich Gret. «Man weiß bei dir nie, ob du etwas ernst meinst oder einen durch den Kakao ziehst.»

Er meine es ernst, und es stehe ihr frei, sich davon zu überzeugen, wenn sie ihn zum Konservatorium begleitete. Dann erkundigte er sich nach Medi und erfuhr, dass sie ohne großen Abschied die Schule verlassen habe und ebenfalls ins Konservatorium gelaufen sei. Scheinbar habe sie, als ausgezeichnete Schülerin, Dispens erhalten. Sie sei kurz davor, zum Klassenprimus zu avancieren.

Als er aus dem Tor des Gymnasiums lief, erwartete ihn Gret mit zwei dickbelegten Broten. «Kochschinken. Ohne Fettrand.» Sie erklärte sich bereit, ihn zu begleiten, wenn sie nicht allzu lange warten müsse.

«Wo hast du denn so schnell die Brote her?», fragte Bibi erstaunt.

«Vom Munde abgespart. Es ist mein Pausenbrot.»

Er wollte sie sofort zurückgeben, doch sie lehnte ab, da sie nun schon über den Pausenhunger hinaus sei. Vor dem Konservatorium umarmte er sie spontan. Ihren erschrockenen Blick nahm er zunächst nicht wahr, spürte nur, dass sie nicht zurückwich. Wie lange er drinnen zubringen werde, wisse er nicht genau. Im Grunde hätte er lediglich die Beurteilung seiner Niederschrift über sich ergehen zu lassen. So schlimm werde es also sicher nicht werden. Sie habe den Aufsatz doch auch gelesen, und Herr de Boer sei sein Lieblingslehrer und werde gut und schlecht zu unterscheiden wissen.

«Du hast Herrn de Boer erst zweimal getroffen, und schon ist er dein Lieblingslehrer? Hältst du mich für blöde, du kleiner Angeber?» Sie ging mit ihm in die Vorhalle und setzte sich auf eine der unteren Steinstufen. «Hier ist ja überhaupt nichts los», meinte sie und schaute sich um.

«Semesterbeginn ist erst in vierzehn Tagen», erklärte er ihr.

«Ich warte hier. Mach dir keine Gedanken. Wenn es mir zu lang wird, bin ich nach Hause gegangen. Und iss das Brot nicht, während du mit deinem Lieblingslehrer sprichst.»

Herr de Boer ließ sich durch Volker Andreae entschuldigen, der ihm mitteilen ließ, er hätte den Aufsatz Bibis genau gelesen und es wäre im Grunde nichts dagegen einzuwenden. Dennoch würden sie über ein paar Punkte noch reden müssen. Auch er selbst habe ihn überflogen und ihm seien Stil und Schilderung bekannt vorgekommen. Er täusche sich sicher, wenn ihm einzelne Formulierungen schon einmal begegnet seien? Am amüsantesten hätte er den Wurmfortsatz — erstaunlicherweise benutzte er den von Bibi kreierten Begriff – über die Viola d'Amore gefunden. Da hätte sich endlich Eigenes erkennen lassen und ihn sogleich interessiert. Ob ihn das Instrument denn besonders fasziniere? Bibi verneinte und gab zu, einiges aus einem neuen Musiklexikon übernommen zu haben. Er sähe darin kein großes Vergehen, zumal er die Niederschrift in Bausch und Bogen auswendig gelernt habe.

«Wer spricht denn von Vergehen, junger Freund?», rief Andreae aus. «Lernen heißt ja doch übernehmen. Zu großen Teilen jedenfalls. Selbst ein Übereifer wie der deinige ist mir immer noch lieber als faulenzender Schlendrian. Glaubst du etwa, dein Vater hätte sein spezielles Wissen, im ‹Zauberberg› zu Papier gebracht, nicht emsig eingesammelt? Dann müsste er es von Geburt an besessen haben. Nein, er ist ein Spezialist für menschliche Oberflächenerfahrungen, der Schilderung willkürlicher Ereignisse. Niemand kann das so penibel wie dein alter Herr. Obwohl, so glänzend sie von ihm beobachtet und zusammengetragen sind, sosehr sie zum Nachdenken, ja zum Nachahmen anregen, zu den Abgründen unter uns, wie sagt es ein deutscher Dichter so schön: der gläsern-gebrechliche Boden unter unseren Füßen, den zu durchschauen nur einigen Auserwählten gegeben ist – zu denen, nimm es mir nicht übel, führt uns dein Vater nicht.»

«Darf ich fragen, an wen Sie denken?» Bibi beugte sich unwillkürlich vor.

«Es ist mir keineswegs daran gelegen, dich irgendwelchen familiären Konflikten auszusetzen», wiegelte Andreae ab. «Finde das bitte allein heraus. Nur so viel sei gesagt: Es ist noch nicht lange her, dass er unter uns weilte. Zehn Jahre etwa. Solche Erscheinungen sind ja höchst selten und begegnen einem nur alle Jahrhunderte einmal, nicht wahr? Unsere Generation war so glücklich, ihm als Zeitgenossen begegnet zu sein. Doch lassen wir uns nicht von der erhabenen Literatur verführen, die reinste Form der Poesie aus den Augen zu verlieren; die Musik. Überlass mir deine Niederschrift samt Wurmfortsatz für eine Weile. Ich hätte sie gern kopiert und verspreche, sie dem Kollegen de Boer wieder auszuhändigen. Wie auch immer, in den kommenden Wochen wirst du wohl mit Volldampf versuchen, die Kulissen hier einzureißen. Lass dich nicht allzu sehr von meinen Kollegen zähmen. Dein kostbarer Eigensinn wird uns zwar noch zu schaffen machen, aber ...», er sah Bibi lange und forschend an, «das Rohmaterial ist aller Anstrengung wert.» Damit war Bibi entlassen. Doch Andreae kam noch einmal zurück. «Der Wurmfortsatz stammt doch aus ureigenster Küche, nicht wahr?»

Bibi nickte unmerklich.

«Auf Wiedersehen denn.» Hinter ihm schloss sich geräuschlos die Tapetentür, und Bibi strebte zur Freitreppe, auf deren unterster Stufe Gret noch immer saß. Sie hatte tatsächlich auf ihn gewartet, obwohl es länger gedauert hatte als ursprünglich angenommen. Er lief auf sie zu, doch plötzlich hielt er inne. Die Brote, sauber verpackt, steckten immer noch in seiner Tasche. Sie hakte sich bei ihm ein, befühlte kurz seine bauchige Stofftasche und meinte seufzend, er könne ihr die Brote nun doch wieder überlassen.

Kurz vor dem Beginn seines siebzehnten Lebensjahres erinnerte er sich anlässlich einer häuslichen Auseinandersetzung an die Worte Volker Andreaes.

Eri und Aissi hatten dem Zauberer wieder einmal vorgeworfen, er hätte sich immer noch nicht «gerade gemacht». Er müsse alle Hoffnung auf eine Heimkehr in dieses Land endgültig aufgeben. Die Horde dort drüben, so Eri, würde ihn doch umgehend in Geiselhaft nehmen. Oder meine er gar, dass eines von diesen Untieren seine Bücher gelesen hätte und sich in einem Anfall von Respekt vor ihn stellen und für ihn eintreten würde? Er solle nun endlich Farbe bekennen. Schon um der anderen Exilanten willen, von denen er sich bis zum heutigen Tag absondere, während er im Grunde so tue, als habe er nichts mit ihnen gemein.

Mielein verteidigte den Zauberer über die Maßen erbost und warf den Kindern vor, zwar vom Honorar des Vaters zu profitieren, ihm jedoch gleichzeitig sein vorsichtiges und umsichtiges Verhalten vorzuwerfen. «Die Einnahmen der in Deutschland verkauften Bücher fließen nach wie vor. Wenn auch auf Umwegen. Die Nachfrage ist immer noch groß, und solange kein Verbot ausgesprochen wird, kann ich euch nur dringend bitten, euch zu beherrschen. Ich wüsste nicht, wie wir unser Leben in dieser Weise weiterführen könnten, wenn diese Quelle eines Tages versiegte. Hinzu kommt, dass der Inhalt seiner Bücher die Menschen dort indirekt auf die Existenz einer anderen Welt hinweist.»

«Denkst du auch daran, dass die Gelder auf nicht gerade gesetzmäßigen Wegen an den Herrn Papa transferiert werden?», ätzte Aissi.

«Von welchen Gesetzen redest du?», wies ihn seine Mutter zurecht. Ihre sonst so weichen Züge hatten sich mit einem Schlage auf eine unschöne Weise verhärtet.

Der Zorn lässt alle Menschen ähnlich werden, stellte Bibi für sich fest. Wie verschieden ihre Herkunft auch sein mag. Die Hassprediger unter den Lehrern in Neubeuern hatten ihre Gesichter in gleicher Weise verzerrt, wenn sie über das Gesocks schimpften, das dem Volk die «neue Zeit» vorenthalten wollte. Er hatte seine Mutter in den letzten Tagen genau beobachten können. Unerträglich, solche Anwandlungen auch bei ihr wiederzufinden.

«Mama, über kurz oder lang wird er nicht mehr umhinkönnen, sein Versteckspiel aufzugeben», hörte er Aissi sagen.

Mielein sah sich kurz um. Wo war Pielein geblieben? Hatte er einfach das Zimmer verlassen, es nicht über sich gebracht, sich einzumischen? Er hätte doch allen Grund dazu gehabt. Wie konnte man bloß in seiner Gegenwart und über seinen Kopf hinweg in dieser Weise diskutieren? Ein Unding war das. Abscheulich!

Aissi provozierte sie weiter. «Auch ein Teil seiner Bücher ist bei der ‹Veranstaltung› vor drei Jahren ins Feuer geworfen worden.»

«Wenn tatsächlich einige seiner Werke darunter waren», Mieleins Stimme nahm eine geradezu stählerne Färbung an, «dann kann das nur mit einer Verwechslung zu tun gehabt haben.»

«Ich an seiner Stelle wäre stolz darauf gewesen, meinen Namen neben Autoren wie Döblin, Feuchtwanger, Brecht oder Heinrich Mann wiederzufinden. Wie du dich erinnerst, schreckten die Barbaren auch vor Größen wie Heinrich Heine nicht zurück.»

«Mit einem dieser Heinriche hat man ihn sicher verwechselt», schoss Mielein zurück. «Weshalb hast du eigentlich deinen eigenen Namen nicht erwähnt, mein Sohn? Nur keine falsche Bescheidenheit. Du warst doch dabei. Wie man mir sagte, hat man alle deine Bücher, nachdem man sie aus dem Verkehr gezogen hatte, akkurat zusammengesucht und mit besonderer Sorgfalt auf den Scheiterhaufen gelegt.» Beim letzten Satz hatte Mieleins Stimme gebrochen geklungen.

«Ich weiß, ich weiß. Auch mir hat man darüber berichtet. Sie kamen übrigens direkt neben denen Kafkas zu liegen. Mehr Ehre hätte ich nicht erwarten können. Das Jahrhundertgenie und ich, gemeinsam im Feuer der Barbarei.»

Seine Mutter starrte ihn fassungslos an. «Was sagst du da?»

«Ich erinnere mich», mischte Bibi sich ein, um den ausufernden Streit zu schlichten und dem Gespräch eine neue Wendung zu geben, jedoch auch, um seinem Bruder zu signalisieren, dass er ebenfalls seinen Kafka kenne, «ich erinnere mich, dass Volker Andreae einmal indirekt über ihn sagte, er hielte ihn für den Dichter der Abgründe in uns, der den gläsern-gebrechlichen Boden unter unseren Füßen zu durchschauen in der Lage gewesen sei und den er darum einen Auserwählten nannte. Imposant!» Bibi sah seine große Schwester an.

«Er ist ein Dilettant», schrie Eri zurück. «Im Vergleich zum Zauberer kann man Kafka nur einen Dilettanten nennen.»

«Das ist absoluter Schwachsinn und Katzbuckelei, Schwester», rief nun Bibi mit verhaltener Wut. «Vielleicht ist er nicht das Jahrhundertgenie, aber ein Dilettant ist er, weiß Gott, nicht.»

Mielein hatte Tränen in den Augen und baute sich dicht vor ihrem zornigen Jüngsten auf. «Wenn es einen Auserwählten in unserem Jahrhundert gibt, so ist es dein Vater!»

«Eines Tages wird er von selbst darauf kommen und dem Zauberer Abbitte leisten», sagte Eri beschwichtigend. «Einen freundlichen Gruß an deinen Herrn Andreae. Richte ihm aus, dass der Schuster bei seinen Leisten zu bleiben hat. In der Musik könne er solchen Unsinn gar nicht verzapfen, und wenn du sein Gerede mit der Vokabel ‹indirekt› zu schützen versuchst, so möchte ich wissen, was dich darauf gebracht hat.»

«Er hat den Namen Franz Kafka nicht ausgesprochen, aber jeder einigermaßen belesene Mensch hätte sogleich erkannt, an wen er gedacht hat.»

«Du hältst dich demnach für einigermaßen belesen?», fragte Eri mit boshaftem Lächeln.

«Mag sein, dass du mehr gelesen hast als ich. Mehr sogar sicher. Aber Besseres? Über Kafka jedenfalls könnten wir uns eingehend unterhalten. Mich hat er mehr als die meisten anderen Autoren beeindruckt. Sogar erschüttert. Tut sich nicht gerade all das um uns herum, was er stets wieder und immer vollendeter beschrieb? All das Unfassbare, dem wir hilflos gegenüberstehen? Was bedeuten dagegen die Charaktere oder besser gesagt die Figuren des Herrn Papa, auf die er ja selbst mit gleichbleibender Ironie herunterschaut? Was bedeutet die Schilderung einer untergehenden Gesellschaft gegen das unwägbar Bedrohliche, gegen das riesige Damoklesschwert, das man nur vermuten kann und dessen leise Schwingungen uns immer aufs Neue in Unruhe versetzen? Sei ehrlich, Eri, gibt es im literarischen Sprachgebrauch eine Mann'sche Welt? Nein. Es gibt aber eine kafkaeske.»

Die unerträglich lange Pause, selbst Aissi hatte es die Sprache verschlagen, wurde durch ein leises Aufweinen Mieleins unterbrochen. Mit anklagenden Blicken maß sie ihren Jüngsten, als suche sie nach einer besonders schwachen Stelle, dann schlug sie ihm mit aller Kraft ins Gesicht. Als sie zu einem zweiten Schlag ausholte, schrie Eri auf. «Mama!» Mielein ließ die Hand sinken, und ehe Eri sie erreichen konnte, hatte sie die Tür hinter sich zugeworfen. Aissi ging wortlos auf Bibi zu und nahm ihn in den Arm. Doch der stieß ihn weg, warf sich in einen Sessel und begann laut zu heulen.

«Es klang wie das Heulen eines Hundes, eines zutiefst verletzten Tieres.» Mit diesen Worten beschrieb es Eri später ihrem Zauberer. Beide Geschwister versuchten, ihn zu beruhigen, denn seine hündische Trauer ängstigte sie maßlos. Das erschrockene Gesicht ihres Vaters, der ins Zimmer blickte, ließ sie davon absehen. Nachdem sie die Tür hinter sich geschlossen hatten und das Heulen nur noch schwach durch das Holz drang, erklärten sie ihm, dass es sich um eine haarige Diskussion gehandelt habe, bei der Mielein die Nerven verloren habe. «Es ging um Kafka», sagte Eri knapp. Ihr Vater sah sie erwartungsvoll an und blickte, nachdem er keine Antwort erhalten hatte, zu Aissi hinüber.

«Es ging um seinen Nimbus. Bibi ist der Ansicht, dass er über deinem rangiert.»

Der Zauberer schaute zum Fenster hinaus, strich leicht mit dem Zeigefinger über seinen Schnurrbart und sagte versonnen: «Vielleicht hat er damit gar nicht so unrecht. Und wenn es denn tatsächlich seine Meinung ist, so muss man sie zumindest respektieren.»

Der Wurmfortsatz

«Wie nannten Sie das doch gleich?», fragte Herr de Boer, nachdem er den Aufsatz über die Familie der Streichinstrumente gelesen und im Anschluss daran den anwesenden Studenten vorgetragen hatte.

«Herr Andreae hat mich mehr oder weniger darauf gebracht», log Bibi. Das Gelächter um ihn herum schwoll an.

«Es geht mir nicht so sehr um die Benennung als vielmehr um den Inhalt. Und den finde ich, offen gestanden, ein wenig albern.»

Die frohe Stimmung im Klassenzimmer schlug sogleich in massive Buhrufe um, und de Boer sah sich erstaunt und ungläubig mit einem offenen Protest konfrontiert. «Ich bitte um Ruhe», rief er und wandte sich wieder an Bibi. «Mag sein, dass Sie den Ton Ihrer Generation getroffen haben, wie ich der Reaktion um uns herum entnehme. Dennoch, mir behagt er nicht. Er schweift mir zu sehr von der ernsthaften Arbeitshaltung ab, die Sie sonst auszeichnet. Trotz einiger amüsanter Vergleiche. Davon abgesehen gibt es für mich nur einen Punkt zu monieren. Wo bleibt die Beschreibung des Kinnhalters an der Violine? Liefern Sie mir den Teil noch nach? Im Großen und Ganzen jedoch bin ich zufrieden.»

Der starke Applaus, der auf diese Worte hin einsetzte, irritierte ihn erst recht. Er fixierte die Anwesenden, sodass sie den

Eindruck bekamen, als schaute er jeden von ihnen gesondert an. «Mir ist», so ließ er vernehmen, «als würde ich hier noch einiges zu lernen haben. Schreiten wir also zu unseren Violinisten. Sie», er sah Bibi mit einem versteckt hinterhältigen Lächeln an, «haben zwar die Violine und ihre Merkmale ausgiebig beschrieben, die Viola jedoch, die ältere Schwester, behandeln Sie ausgesprochen stiefmütterlich, erwähnen sie kaum. Wollten Sie damit unterstreichen, dass Sie der Bratsche ein für alle Mal abgeschworen haben? Ein Verlust für Sie, wie Sie vielleicht später einmal erkennen werden. Ich gebe zu, im Vergleich zur Violine ist sie ein klobiges, schweres und kraftforderndes Instrument.» Wieder fixierte er Bibi mit seinem eigenartigen, kaum wahrnehmbaren Lächeln. «Dennoch, der tiefe, warme Ton kann zu einem musikalischen Ereignis sondergleichen werden. Nun gut, wenden wir uns also den Sonaten der Wiener Klassik zu und vergessen all die schändlichen Etüden und billigen Musikstücke, die Ihnen von Ihren Haus- oder Musiklehrern eingedrillt wurden …» Der erneut einsetzende Protest warf ihn diesmal nicht aus der Bahn. Mit kraftvoller Stimme ging er darüber hinweg, indem er unbekümmert fortfuhr: «… mit denen Sie, wie ich Sie im Verdacht habe, auf kleinen Veranstaltungen und Hauskonzerten hausieren gingen. Für die Bratschisten schlage ich Auszüge aus dem Konzert für Viola von Franz Anton Hoffmeister vor. Ein schwieriges und sehr glücklich komponiertes Werk, das Ihnen sicher Vergnügen bereiten wird. Für die geigenden Herren empfehle ich jedoch eine von Mozarts Violinsonaten, anfangs entwickelt aus einer Sonate für mehrere Streichinstrumente mit begleitender Violine, aus der allmählich die klassische Sonate mit vollgültigem Violinpart entstand. Wolfgang Amadeus selbst hat sie oft und gern vorgetragen. Vielleicht können die Herren parallel dazu noch einen kleinen Seitensprung zu Johann Christian Bach wagen. Natürlich nur diejenigen, denen Mozart schnell langweilig, weinerlich oder gar kindisch vorkommt. Einige von Ihnen – ihre Namen will ich zum jetzigen Zeitpunkt noch verschweigen – haben sich ähnlich kritisch gegenüber meiner Vorliebe für Mozart geäußert. Für sie werden wir dann einiges aus Bachs Londoner Kompositionen heraussuchen. An die Arbeit also, meine Herren!»

Mit dieser Aufforderung begann eine erste Dekade von Unterrichtsstunden beim Flamen de Boer, die für Bibi zu einem echten Ereignis wurde. Wer ist hier der Lehrende, und wer sind die Lernenden?, fragte er sich nach einiger Zeit. Das demokratische Verhalten de Boers, ohne jede Leutseligkeit oder Anbiederung, und seine ihm zugewachsene Autorität motivierten die Studenten zu geradezu besessener Aktivität. Sie hatten keinerlei Scham vor Fehlern oder verbalen Ungelenkigkeiten. Ungehemmt schlug man auf Wolfgang Amadeus ein, wenn man ihn nicht sogleich im wahrsten Sinne des Wortes in den Griff bekam. Homerisches Gelächter schlug einem entgegen, wenn man den Raum betrat und einen die Katzenmusik wieder hinaustrieb. Der daraus resultierende Lärm konnte so lautstark werden, dass weiteres Lehrpersonal die Köpfe zur halbgeöffneten Tür hineinsteckte und vorwurfsvoll fragte, ob sie auch mitlachen dürften.

Bibi, der seinen Mozart mit Vehemenz verteidigte, indem er dessen Kritiker beschimpfte und ihnen riet, doch in New Orleans weiterzustudieren, dort wäre ihre Geschmacksrichtung wohl mehr gefragt, animierte die Kommilitonen ständig und ohne Widerspruch zur Wiederholung schwieriger Passagen, sodass de Boer gar nicht groß eingreifen musste. Zum ersten Mal empfand er etwas, das einem vollendeten Glücksgefühl nahekam. Je länger er diesem Institut angehörte, desto mehr wuchs das Zugehörigkeitsgefühl in ihm. Hatte er so etwas je in seinem Elternhaus erfahren? Hatte er dort jemals eine solche familiäre Intimität und Fürsorglichkeit genießen können? Die Pflege eines schon erkennbar werdenden Talentes und den Zuspruch durch elterliche Streicheleinheiten bei seinen ersten Zweifeln?

Wenn er an die Poschi dachte, überkam ihn lediglich die Erinnerung an die Eisschrankatmosphäre, an die Totenstille am Nachmittag zwischen vierzehn und sechzehn Uhr – jene Stunden, zu denen man sich nur auf Zehenspitzen bewegen und flüsternd durchs Haus laufen konnte. Die Türen hatten sich geräuschlos zu schließen, sofern man sie überhaupt benutzen durfte. Er erinnerte sich auch an die Klotür im oberen Geschoss, deren Knarren nicht zu beheben war und vor der er quälend lange stehen musste, bis die Schweigestunden vorüber waren. Die breite Holzstiege, die in das untere Stockwerk führte, machte gleichfalls Lärm, der bei Benutzung gar nicht zu vermeiden war. Einmal setzte er sich also einfach auf den Fußboden und machte, stumm vor sich hin weinend, in die Hosen. Seine Scham und die Lautlosigkeit, zu der er sich auch während des Weinens verpflichtet fühlte, hatten sich zu schweren Krämpfen entwickelt und ließen erst nach, als ihm Eri zu Hilfe gekommen war.

Und hier in Zürich? Ging es nicht kontinuierlich so weiter? Mielein, die Befehlsempfängerin, der anordnende Hausgeist. Überall tauchte sie auf und presste den Zeigefinger in ihrer bekannten Manier auf die Lippen. War es da nicht wunderbar, sich ins Konservatorium flüchten zu dürfen und so die schweigenden Mahlzeiten umgehen zu können? «Spiel doch den gehorsamen und beflissenen Sohn», pflegte Gret zu raten, wenn es ihn wieder einmal vor hilfloser Wut schüttelte.

Eines Nachmittags saßen sie am Ufer der Limmat und scheuten sich, einander in die Augen zu blicken. Stattdessen sahen sie dem träge vorbeifließenden, bräunlichen Wasser zu, das sie gar nicht interessierte.

«Wenn du dein Lehrdiplom hast, wird es dir nicht schwerfallen, sie davon zu überzeugen, dass ein Zimmer in der Stadtmitte für deine Zeit und Nerven schonender wäre als das tägliche Hinausfahren in die Schiedhaldenstraße. Sie wird es umso mehr einsehen, da es ihren geheimen Wünschen entgegenkommen dürfte.»

«Woher willst du das denn wissen?», hatte Bibi leicht irritiert gefragt.

Sie streifte ihn mit einem Blick. «Bei dem, was du ihnen täglich zumutest.»

Wer ihr das wohl zugetragen hatte? Gret weigerte sich strikt, Genaueres darüber verlautbaren zu lassen. Ihr sei von verschiedensten Seiten bestätigt worden, dass er ein schwer zu ertragender, kleiner Raufbold sei, und sie selbst sei sogar einige Male Augenzeuge seiner Ausfälle gewesen. Eine unsagbare Traurigkeit hatte über dem ganzen Gespräch gelegen, und er machte sich Gedanken darüber, was sie mit ihm vorhatte.

«Ich liebe Raufbolde», hatte sie achselzuckend gesagt, «Leute, die einem ständig in den Hintern kriechen, hab ich zur Genüge kennengelernt.» Es sei geradezu erfrischend, mit anzusehen, wie er mit seiner Umgebung verfahre. «Um es geradeheraus zu sagen, es fasziniert mich.» Ihr bäuerliches Gesicht mit der hellen Haut und die prallen Lippen ließen ihn immer näher an sie heranrücken. Erst als seine Hüften die ihren berührten, stand sie auf und sah ihn an. «Es wäre schön, wenn du einmal separat wohnen würdest. Das würde mir bestens gefallen.» Ihr Mund verzog sich zu einem lautlosen, breiten Lachen, und Bibi nahm das als eine Aufforderung an. Blitzschnell zog er sie an sich und küsste sie auf den Mund. Sie ließ es geschehen, ohne ihm entgegenzukommen.

«Grüezi, das war ja ein Überfall», sagte sie, als er sich von ihr gelöst hatte, «aber so weit sind wir noch lange nicht.» Ihr überraschtes Lächeln jedoch blieb in ihrem Gesicht hängen. «Ich glaube, ich habe zu bestimmen, wann wir uns auf diese Weise näherkommen. Ich bin schließlich drei Jahre älter als du.» Sie gab ihm einen flüchtigen Klaps auf die Wange, dann trennten sich ihre Wege.

Nach bestandenem Lehrdiplom, das er mit besonderer Belobigung überreicht bekam, machte Willem de Boer dem Siebzehnjährigen den Vorschlag, ab und an als Ersatz für ausfallende Besetzungen im Tonhallenorchester einzuspringen. Unter der Bedingung, dass er ihm endlich verrate, von welchem Lehrmeister er vor seinem Eintritt ins Konservatorium unterrichtet worden sei. Ein solcher Grad an Perfektion und Ausdruckskraft sei in seinem Alter im Grunde nicht möglich.

Bibi gestand ihm freimütig, gemeinsam mit seiner Schwester Elisabeth einige Zeit in Basel Unterricht bei Rudolf Serkin genommen zu haben. Beide waren sporadisch immer wieder dorthin geradelt und von Serkin und Adolf Busch ohne Rücksicht auf ihre physische Erschöpfung in die Mangel genommen worden. Eine Empfehlung ihres Vaters hatte ihnen die Türen zu den beiden Herren geöffnet.

Auch Medi war durch eine beinahe unangenehme Perfektion aufgefallen. Aus der Eigenart ihres Anschlags konnte ein geschultes Ohr den Rudolf Serkin durchaus heraushören. Die Geschwindigkeit, mit der sie komplizierteste Läufe auf der Tastatur ohne jede Furcht herunterspielte, war beeindruckend.

«Trotz des positiven Eindrucks werden wir auf ein schriftliches Einverständnis Ihrer Eltern nicht verzichten können. Ähnliches benötigen wir ebenfalls vom Rektorat Ihres Gymnasiums. Zugegeben, eine ungewohnte Situation. Ihrer musikalischen Reife und Ihrer Besessenheit sollte man meiner Meinung nach unbedingt die Gelegenheit geben. Außerdem sind Violinisten, Streicher im Allgemeinen, heutzutage mehr als gefragt. Der Nachwuchs in diesem unmusikalischen Lande ist spärlich und meist nur Mittelmaß. Vor allem schaut man nach Bratschisten aus. In den Orchestern will niemand die zweite Geige spielen.» Sie lächelten einander zu. «Getrauen Sie sich, auch einmal einen Part der Viola zu übernehmen? Von der Muskulatur her wären Ihre Hände zumindest geradezu prädestiniert. Zu Fäusten geballt, könnten Sie mit denen sogar Nazis verhauen.»

Bibi tat empört und unterdrückte mühsam einen Lachanfall. «Würden Sie das denn gutheißen?»

«Sehen Sie sich meine Hände an. Judenhände nannte man sie in meiner Familie. Meine Mutter schlug stets die ihren über dem Kopf zusammen. ‹Wo er die nur herhat!› Sie sehen, auch bei den bäuerlichen Flamen tauchen bisweilen solche feingliedrigen Finger auf. Haben Sie schon manchmal jemanden verhauen?»

«Wenn es sein musste.»

«Nazis?»

«Leider nein.»

«Man munkelt, dass Ihr Vater jüdisch ist. Entspricht das der Wahrheit?»

«Unsinn, er ist ein Lübecker Senatorensohn. Mit brasilianischem Einschlag.»

«Eine gute Mischung. Man sollte bei allem auf eine gute Mischung achten. Auch beim Kaffee. In Ihren Augen jedenfalls glaubte ich eine Art jüdischer Melancholie erkennen zu können. Nun ja, dann scheine ich sie mit der der Pampa verwechselt zu haben. Die Menschen dort, sagt man, sollen ja auch zur Melancholie neigen.» Wieder tauchte das kaum wahrnehmbare Lächeln auf. «Nun feiern Sie mal schön und legen Sie ein ebenso gelungenes Konzertdiplom hin.» De Boer lief derart schnell aus dem Saal, in dem sie allein zurückgeblieben waren, dass Bibi annahm, ihm wäre eine längst fällige Verabredung wieder eingefallen. Seine langen, dürren, schwarzbehosten Beine wirbelten vor ihm her, als wollte er sie schon vorausschicken.

Bibi sah ihm lange nach. Der Mann hatte ein trauriges Geheimnis. Vielleicht ein ebenso trauriges wie er selbst. Im nächsten Augenblick schämte er sich dieser wehleidigen Anwandlung.

Nachdem er den kleinen Raum neben dem Concierge ausgespäht hatte, in dem er vom Direktor des Hauses verhört und gemaßregelt worden war, und sich das stillschweigende Einverständnis des Pförtners erbeten hatte, ließ Bibi sich dort nieder und verfasste einen schon lang erwogenen Brief an seine Mutter. Der gegenwärtige Zeitpunkt schien ideal, denn er war nun endgültig der Kindheit und frühen Jugend entwachsen, hatte sein Lehrdiplom bestanden und glaubte sich zu Inhalt und Formulierung des Schreibens berechtigt.

Liebe Frau Mama,
unschlüssig, ob und wie ich es Dir mitteilen soll, habe ich mich für die schriftliche Variante entschieden, da mir der Mut zur mündlichen Aussprache fehlt, die wohl unweigerlich in eine unschöne Auseinandersetzung münden würde. Die große Angst und Traurigkeit, dich vielleicht für einige Zeit entbehren zu müssen, darf mich jedoch nicht daran

hindern, das auszusprechen, was seit frühester Kindheit und ungeachtet des äußeren Scheins für Euch, Mielein und Pielein, und für uns alle nach und nach sichtbar wurde. Wie ungünstig sich nämlich der Einfluss gestaltet, den das Beisammensein mit Euch, meinen Eltern, auf mich ausübt. Dem Herrn Papale, das weißt Du genau, bin ich ebenso fremd wie er mir, wobei ich mir beileibe nicht die größere Schuld zumesse. War er es doch, nur um ein Beispiel zu nennen, der mich in einem seiner Bücher als einen «Beißer» beschrieben hatte, der sich widerlich und unangemessen benimmt, ständig mit dem Kopf wackelt und bei jeder Gelegenheit in jähzorniges Brüllen ausbricht.

Genug der Vorwürfe. Sicher werdet Ihr erwidern, ich sei noch zu jung, zu unerfahren, um derlei Vorwürfe vorzubringen und den Entschluss zu fassen, den ich Euch nun mitzuteilen beabsichtige. Bin ich mit meinen siebzehn Jahren alt genug, um ein Lehrdiplom von einem namhaften Konservatorium zu erhalten, so habe ich aufgrund dessen auch das Recht, stärker über mich selbst zu verfügen. Deshalb schlage ich, mit der Hoffnung auf Euer Einverständnis und Eure Unterstützung, vor, mir ein bescheidenes Zimmer im Inneren der Stadt zu suchen, das mir und Euch die langen und teuren Anfahrten von der Schiedhaldenstraße aus erspart. Ich verspreche, mich so bescheiden wie möglich einzurichten und Euch keine allzu großen Kosten aufzubürden. Auch kann ich mir vorstellen, dass eine Distanz zwischen uns die familiären Probleme in ruhigere Bahnen lenken und unseren Umgang miteinander höflicher, wenn nicht gar liebevoller gestalten könnte. Pielein sagte einmal, Musik spiele man nicht, man höre sie. Die Ausübung sei nichts als ordinäres Handwerk. Da ich aber nun den Beruf des Geigers zu wählen beabsichtige und nicht davon abzubringen bin, wird auch er sich daran gewöhnen müssen. Vielleicht, wenn die Zukunft einmal gnädiger mit uns umgeht und wir wieder daheim in der Poschi sind, werden wir auch gelassener miteinander sein. Dennoch bitte ich Dich, Mielein, im Falle Eurer Zusage, mein Zimmer in der Schiedhaldenstraße nicht anderweitig zu verwenden. Bis zur Heimkehr dient es mir weiterhin als mein Elternhaus, oder nicht? Völlig aus dem Wege sollten wir uns nicht gehen. Es sei denn, von Eurer Seite bestünde der Wunsch dazu. Ich erwarte recht bald Eure Antwort. Meine größte Sorge bleibt aber, dass Du, liebe Mama, mein Anliegen missverstehen könntest, dahingehend, dass ich auf eine rigorose Trennung aus wäre. Das, so versichere ich Dir, war und wird nie meine Absicht sein.

Dein zärtlicher B.

Am Abend des großen Tages reichte er das Schreiben zur Beurteilung Gret Moser über den Tisch, die es lange und gründlich durchlas. Sie saßen im Restaurant des Hotel Schwan, einer eleganten und teuren Gaststätte am Limmatkai, und nahmen eine vom Bedienungspersonal zusammengestellte Vorspeise zu sich. Dazu war, nach längeren Überredungskünsten Grets, zur Feier des Tages eine Flasche Dom Pérignon geordert worden. Nachdem sie den Brief zusammengefaltet und ihn wieder ordentlich in das Couvert geschoben hatte, nickte sie nur stumm und prostete ihm mit ihrem Kelch zu. «Wenn du diesen Brief an deine Frau Mama sendest, erübrigt es sich eigentlich, deinen Verbleib in der Schiedhaldenstraße zu diskutieren. Höchstwahrscheinlich bist du danach bereits gegen deinen Willen auf die Straße gesetzt worden. Überlege es dir also gut. Oder bist du der Meinung, nach diesem Brief dort im Notfall noch wohnen zu können? Dir bleibt wohl keine andere Wahl, als die Reaktion deiner Eltern abzuwarten und dir ein bezahlbares Hotelzimmer zu nehmen, bis dir eine endgültige Bleibe zu suchen erlaubt sein wird. Mach dir keine Sorgen. Ich würde die finanzielle Seite und auch die Hotelbuchung übernehmen. Mit meinem dreijährigen Vorsprung, du unreifes Würstchen, dürften wir keine Probleme bekommen», lachte sie.

«Und was suchst du Matrone immer noch im Gymnasium?»

Ihr Lachen brach ab. «Dein Charme ist überwältigend», sagte sie nach einer längeren Pause. «Man nahm mich wegen des Verdachts spinaler Kinderlähmung zwei Jahre von der Schule. Reicht das?»

Er beugte sich über den Tisch und suchte betroffen nach einer passenden Entschuldigung, die ihm jedoch nicht einfallen wollte. Also nahm er ihre Hand und küsste sie. Als er hochschaute, hatte sie bereits wieder ihren Champagnerkelch in der Hand.

«Ich würde dir raten, die mündliche Aussprache zu suchen. Deine Argumente sind einleuchtend. Allerdings musst du gegebenenfalls mit der Anwesenheit deines Vaters rechnen, vor dem du mit Sicherheit einknicken würdest. Mir jedenfalls würde es, wenn ich an ihn denke, sicher so ergehen. Sein Einverständnis aber ist unumgänglich.»

Ihre Ernsthaftigkeit beeindruckte ihn so sehr, dass er erneut nach ihrer Hand griff, die sie ihm zu spät entzog, sodass ihr der Inhalt ihres Glases über die Hände lief. Sie hatte vollkommen recht. Den Mut, vor den beiden zu bestehen und an seiner Entscheidung festzuhalten, würde er nicht aufbringen können. Sein Argumentieren würde ins Stottern geraten, sein klares Denken in Wut und Jähzorn umschlagen, und am Ende würde ihn die

Familie in sein Zimmer sperren. Bei dieser Vorstellung lachte er in sich hinein, und er fühlte, dass ihn Gret unablässig und mit leiser Verwirrung beobachtete.

Sie bot ihm an, die Rechnung zu begleichen. Ihr Vater stelle ihr jeden Monat einen genügend großen Etat zur Verfügung. Bibi lehnte schroff ab und rief den Kellner herbei. Als er jedoch die Rechnung vor sich hatte, musste er erst einmal tief Luft holen. Gret zog sogleich ein kleines Bündel Geldscheine aus ihrer Handtasche und drückte dem Bediensteten die säuberlich abgezählten Franken in die Hand. Dann fragte sie ihn zögernd, wie er denn nun nach Hause käme. «Ich nehme ein Taxi», erwiderte er beleidigt. «Du hättest mich warnen müssen. Ich konnte doch nicht ahnen, dass dieses Gesöff so teuer ist.»

Sie ergriff seinen Arm und flüsterte ihm im Hinausgehen zu, dass ihre Eltern sich seinen Besuch sehr wünschen. Es sei an der Zeit, sich ihnen vorzustellen. In ihrem Haus lägen fast alle Bücher des großen Zauberers herum. Er wollte wissen, woher sie diese Bezeichnung habe. Medi hatte sie ihr verraten. Damit stieß sie ihn beinahe in ein herbeigerufenes Taxi und ermahnte ihn, sich wie ein erwachsener Mann mit einem ausgezeichneten Lehrdiplom in der Tasche zu benehmen.

Zum ersten Mal an dem Abend erschien ein warmes Lächeln in ihren Augen, und ihre prallen Lippen öffneten sich langsam. Sie beugte sich zu ihm hinunter und drückte sie langsam und ausgiebig auf die seinen. Dann verschwand sie in der Dunkelheit.

Am nächsten Morgen warf Bibi den Brief an seine Mutter in den Postkasten und wartete unruhig und voller Scham auf eine Reaktion. Erst einmal geschah nichts. Nachdem er seinen Eltern in den ersten Tagen aus dem Wege gegangen war, hatte er nun das Gefühl, dass sie ihn mieden. Mielein behandelte ihn mit knapper Freundlichkeit, wobei er sich nicht einmal sicher sein konnte, dass sie seinen Brief gelesen, geschweige denn an den Zauberer weitergereicht hatte.

Eri, die den Verlust ihrer Züricher Wohnung beklagte, war wieder in der Schiedhaldenstraße eingezogen, nachdem man ihr wegen ihres «anrüchigen» Kabarettprogramms gekündigt hatte. Ein Programm, das viel unliebsames Aufsehen erregt hatte. In Begleitung seiner anderen Schwestern, Medi und Moni, hatte Bibi sich eine Vorstellung angesehen, die frenetisch beklatscht worden war. Man munkelte, dass die deutsche Reichsregierung einen ziemlich deftigen Warnschuss in Richtung Schweizer Bundesregierung abgegeben hatte und den Betreibern des Kabaretts daraufhin der Stuhl vor die Tür gesetzt worden war. Da sich Eris Wohnung im selben Haus wie die kleine Bühne befand und sie darüber hinaus als die Leiterin und geistige Urheberin galt, war man froh gewesen, sie auf diese Weise gleich mit loszuwerden.

Auf der Suche nach einem neuen Lokal war sie tagelang unterwegs, oft zusammen mit Mielein. Ihrer Ansicht nach hatte «Die Pfeffermühle» inzwischen einen solchen Grad an Prominenz erreicht, dass man getrost in einen anderen Stadtteil wechseln könne. Das Publikum würde ihnen bedingungslos folgen. Eri und Therese Giehse, die Hauptakteure, suchten tapfer weiter, ließen sich auch durch Drohungen nicht abhalten und wurden schließlich fündig.

Tage später, die Familie hatte sich, soweit sie sich in Zürich aufhielt, in der Schiedhaldenstraße versammelt, kamen Eri und Mielein auf die Neueröffnung zu sprechen. Man war auf einen zauberhaften Saal unweit der Universität gestoßen und hatte ihn umgehend angemietet. In der Nähe hatte man eine preisgünstige, sehr angenehme kleine Wohnung gefunden. Ein wenig eng für zwei Leute, aber Therese hatte nebenbei viele Gastspiele zu absolvieren, und so musste die neue Bleibe nur sporadisch geteilt werden.

«À propos», wandte sich die Mutter an Bibi, «auch für dich haben wir etwas Passendes und Kostengünstiges gefunden. Die Vermieterin, eine freundliche Person, hat sich sogar bereit erklärt, dir jeden Morgen ein Frühstück vorzusetzen – im Preis inbegriffen. Zum Konservatorium sind es nur wenige Schritte. Es ist einfach und praktisch eingerichtet. Bad und Toilette müssen mit der Vermieterin geteilt, die Benutzung also mit ihr abgesprochen werden. Die Vermieterin sagte tatsächlich: ‹Mit Schwierigkeiten der Blase oder des Darms ist bei Ihrem siebzehnjährigen Sohn doch wohl nicht zu rechnen, oder?›»

Medi blickte zu Boden, während Eri in schallendes Gelächter ausbrach.

«Ich an Bibis Stelle würde mich weigern, bei dieser Dame einzuziehen», rief Medi erbost. Die Mutter ignorierte den Einwurf ihrer Tochter und wiederholte, dass es das gute Recht der Wohnungsinhaberin sei, sich vor dem Einzug des Mieters nach solch prekären Dingen zu erkundigen. Eri lachte immer hemmungsloser und entgegnete, dass man in Zukunft bei schwachem Darm oder schwacher Blase sein eigenes Klo mit Spülung und elektrischer Klobürste mitzubringen habe, worauf Therese ihr einen leichten Klaps auf den Hinterkopf gab und verstohlen auf Bibi wies, dessen Kinn beinahe auf seiner Brust lag.

Er saß bewegungslos in seinem Sessel, die Arme hingen an den Seiten herab, und schien zu schlafen. Ab und zu zuckte sein Kopf hoch, und sein Blick richtete sich auf den Vater, der Eri amüsiert zuhörte und das Zigarrenmundstück im spitzen Mündchen drehte. Doch plötzlich schaute er zu seinem Sohn hinüber, als habe er Bibis intensiven Blick schon lange gespürt und nur nicht wahrhaben wollen. Nun schien er ihm lästig zu werden. Ihre Blicke verkrallten sich förmlich ineinander, doch es dauerte eine Weile, bis die anderen das wortlose Duell bemerkten.

Schließlich erhob sich seine Mutter und klärte Bibi darüber auf, dass man sein Schreiben gelesen und akzeptiert habe, was er wünsche. Sie mache allerdings darauf aufmerksam, dass ihre finanziellen Mittel nicht unbegrenzt seien und er sich mit dem begnügen müsse, was man für ihn und sein Studium abzuzweigen gedenke. In dieser Hinsicht wäre sein Verbleib im Hause günstiger gewesen. Andererseits habe er vor allem bei seinem Vater Verständnis gefunden, und so sei man denn zum Beschluss gekommen, ihn ziehen zu lassen.

Bibis Schock, seine Lähmung, die ihn weder zu Danksagung noch zu Widerrede befähigte, resultierte aus dem übertrieben hastigen Einverständnis seiner Familie. Sie hatten eingewilligt, ohne sich seinen Argumenten einer zunehmenden Entfremdung zu stellen, mit einem Wort, ohne ihm die geringste Chance zu lassen, seine Bitte zurückzuziehen.

So zog er denn vierzehn Tage darauf in sein neues Domizil. Seine Mutter hatte ihm das Zimmer mit ähnlichen Möbeln ausgestattet, wie er sie in der Schiedhaldenstraße um sich gehabt hatte. Mit welchen Mitteln sie es erreicht und wie sie die Wirtin dazu gebracht hatte, ihr Mobiliar den Wünschen Mieleins anzupassen, war ihm ein Rätsel. Doch das Vertrautsein hielt nicht lange vor. Er begann, die ihm aufgezwungene Heimatlosigkeit mit einer Unmenge an Bier zu bekämpfen. Die Flaschen, die er so lautlos, wie es sich nur eben machen ließ, über Stiege und Flur in sein Zimmer hinaufschleppte, wurden nach der Leerung unter das Bett gerollt und bei Gelegenheit, meist zu nachtschlafender Zeit und mit Hilfe seines neugewonnenen Freundes Menachem Rosen, aus dem Haus geschafft. Der jüdischstämmige Gymnasiast war es auch, der mit ihm seinen melancholischen Einzug feierte – mit unzähligen Bieren. Sie wagten nicht, die Wirtin um Gläser zu bitten, und das ungewohnte Trinken aus den langen Flaschenhälsen verursachte zuweilen obszöne Geräusche, über die sie sich lauthals amüsierten.

Rosen, der sich im Laufe des Abends zu seinem wahren Namen, Menachem Rosemunde, bekannte und am meisten darüber lachte, obwohl Bibi im Laufe der Nacht daran zweifelte, dass es Lachtränen waren, die ihm über die Wangen liefen, begann eine Diskussion über das Gebiet der Religionen im Allgemeinen, das sich allmählich auf den Unterschied zwischen dem jüdischen und dem christlichen Glauben konzentrierte. Bibi, ohne Lust, sich auf eine derartige Diskussion einzulassen, und wütend darüber, dass Rosemunde sie überhaupt vom Zaun gebrochen und ihn als Gastgeber somit gezwungen hatte, darauf einzugehen, wurde rasch aggressiv. Er verspottete den rachsüchtigen Jehova, der seine Sünder bis ins dritte und vierte Glied verfolgte und bösartigste Strafen über sie verhängte. Dem jedoch widersprach Rosemunde; man erwähne nur die Strafen, nicht aber die Belohnung der gottesfürchtigen Taten, die bis ins tausendste Glied geahndet würden. Und es wären keineswegs Juden, die diesen Folgesatz verschwiegen. Bibi betrachtete belustigt das unruhige Gesicht seines Gegenübers und den kleinen Mund, der sich während des Sprechens zu einer runden Höhle öffnete. «Es ist doch merkwürdig», fuhr dieser fort, «dass die Anhänger des rachsüchtigen Gottes über zweitausend Jahre geduldig, ja zuweilen opfermütig, Verfolgung und brutale Ausrottungsversuche ertragen, die Anbeter des Christus, des Gesalbten, hingegen zwar Opferfreudigkeit und Nächstenliebe auf ihre Fahnen schreiben, gleichzeitig jedoch die Welt immer wieder aufs Neue in die Selbstvernichtung stürzen. Mein Problem ist: Wie soll man den Allmächtigen überhaupt noch erkennen bei all der Vernebelung, die zwischen ihm und uns hereingebrochen ist?»

«Indem man erkennt, dass er nicht existiert. Ich will dir ja nicht zu nahe treten, Rosemunde», sagte Bibi, «denn du wirst dich in naher Zukunft dem theologischen Studium zuwenden. Dennoch muss ich ein wenig lachen über die kindlich-naive Vorstellung der Christen von Gott und Jenseits, von der Dreifaltigkeit, all den Heiligen, überhaupt dem übervölkerten Gewimmel dort oben, das sich nur wenig von der Vielfalt des antiken Griechenhimmels unterscheidet. Andererseits bin ich auch enttäuscht von der jüdischen Drückebergerei, die glaubt, mit dem Verschweigen wahrhaftiger zu wirken. Genügt es denn zu sagen: Und er versammelte sich zu seinen Vätern?»

«Wahrhaftiger ist es auf alle Fälle», erwiderte Rosemunde sanft. «Was man nicht weiß oder nicht erfahren hat, sollte man auch nicht zu erklären trachten. Je dunkler und geheimnisvoller das Antlitz Gottes bleibt, desto eindrucksvoller und leuchtender wird Er sich einmal zu erkennen geben.»

«Am Jüngsten Tag, nicht wahr?», spottete Bibi und hätte sich am liebsten auf die Zunge gebissen.

«Wer weiß?», lächelte Rosemunde und setzte seine Bierflasche an den Mund. «Es ist jedenfalls sehr spannend, den großen Geistern unseres Jahrhunderts, auch deinem Vater, über die Schultern zu schauen. Ihnen zuzuhören, was sie in der Religionsgeschichte beschäftigt und was sie ihr entnehmen konnten. Hängt nicht dein alter Herr in den Geschichten Jaakobs auch den bekannten biblischen Legenden an? Wobei er natürlich gleichzeitig versucht, sich mit diskreter Ironie vom Stoff zu distanzieren, als schäme er sich insgeheim, dieses Thema überhaupt gewählt zu haben.»

Bibi war sprachlos. Mit welcher Schläue hatte der kleine Jude seine fein eingefädelte Kritik an den Texten des Zauberers abgegeben, ein nahezu grenzenlos scheinendes Lob urplötzlich in einen hinterhältigen Verriss gekleidet! Erstaunlich auch die lupenreine Diagnose. Selbstverständlich war Bibi nicht bereit, ihm beizupflichten. Stil und Schriften seines Vaters schienen ihm nach wie vor unantastbar. Welch mentale Verwandtschaft zu anderen Personen seiner Glaubensherkunft offenbarte sich ihm da – Personen, die er teils durch Aissi, teils durch Eri kennengelernt hatte und die ihn mit ihrer sanften, unbeugsamen Haltung stets enervierten. Unwillkürlich dachte er an Kafka, an dessen Suche nach dem «leuchtenden Geheimnis», dem er sein ganzes kurzes Leben lang nachgejagt war. Hier trat sie wieder hervor, die nirgendwo fassbare Verbundenheit, die das Sprachlose artikulierbar werden ließ und die Verweigerung alles Bildhaften verständlich machte. Sollte die Abneigung des Zauberers gegen das Jüdische nicht zumindest bedenkenswert sein? Seine Antipathie mit dem Schlagwort Antisemitismus abzuurteilen hieße, ihn nicht ernst zu nehmen. Auf der anderen Seite, wenn man sich klarmachte, was den Angehörigen dieses Volkes alles vorgeworfen wurde, vom Gottesmord bis zur Weltverschwörung, einem Volk, das man zahlenmäßig den kleinsten der Welt zurechnen musste, konnte man doch nur den Kopf schütteln. Ein solches Exemplar saß nun vor ihm.

Nie zuvor hatte zwischen ihnen eine Diskussion über Religion und ihre Glaubwürdigkeit stattgefunden. Seine jüdisch-evangelische Mutter und sein allem Religiösen abholder Vater waren ein Grund dafür, dass ihm jedes Interesse auf diesem Gebiet fehlte. Lediglich einmal, als sie über ihre Zukunft sprachen, hatte Rosemunde dem verblüfften Bibi seine Pläne offenbart und gestanden, dass er eine Rabbinatsschule in Chicago besuchen wollte. Seine ganze Familie hatte vor, das immer unruhiger werdende Europa zu verlassen und eine gehörige Entfernung zwischen sich und diesen Erdteil zu legen. Selbst hier in der Schweiz könne man schon die Terminologie des braunen Pöbels vernehmen.

Auch Bibi ertappte sich dabei, Rosemunde «den kleinen Juden» zu nennen, wenn er zu Hause von ihm erzählte. «Weißt du, wenn ich darüber nachdenke, worüber wir heute Nacht geredet haben, bin ich der Meinung, dass Rosemunde eigentlich sehr viel besser zu dir passt als dieses abgehackte Rosen. Damit willst du doch nur in Deckung gehen. Warum nur?», fragte er schließlich, als er seinen Freund noch ein Stück nach Hause begleitete.

«Das war nicht meine Entscheidung, sondern die meines Vaters. Der Name Rosen scheint im Amerikanischen besser auszusprechen zu sein.»

Sie gingen die Straße hinunter, und Bibi legte ihm spontan, ohne groß darüber nachgedacht zu haben, den Arm um die Schultern. Rosemunde ließ es sich wortlos gefallen. Als sie sich zum Abschied flüchtig umarmten, meinte er leichthin, dass sich auch Bibis bedeutender Dichtervater den Sprung über den Großen Teich überlegen sollte. Sein Vater hätte ihm aufgetragen, das weiterzugeben. Und das tue er hiermit.

Bibi spazierte noch allein am Kai entlang und stieß irgendwann auf die Fassade des Hotel Schwan. Unschlüssig, ob er umkehren sollte, trat er näher und schaute durch die spärlich erleuchteten Scheiben des geschlossenen Restaurants. Er versuchte den Tisch zu erkennen, an dem er mit Gret gesessen hatte. Auf der anderen Straßenseite hatte sie ihn ins Taxi gestoßen und geküsst, bevor sie weggelaufen war. Unfähig, dem Fahrer das Ziel zu nennen, hatte er sich vor dem finsteren Gebäude des Konservatoriums absetzen lassen, die Tür aufgerissen und war mehr springend als laufend auf den Bau zugeeilt. Der Fahrer war ihm ebenso behände gefolgt und hatte ihn ziemlich unsanft an die Wand gedrückt. Bibi konnte sein Malheur mit einem überreichlichen Trinkgeld wiedergutmachen.

Nach geradezu aberwitzigen Umwegen marschierte er jetzt übermüdet in sein neues Heim und nahm mit Erstaunen wahr, dass seine Wirtin sich noch leise plätschernd im Bad aufhielt. Es war weit nach Mitternacht, als er endlich, von einem Bein auf das andere tretend, eingelassen wurde. Sie hatte ein Handtuch um den Kopf und ein riesiges, buntes Badetuch um den Leib geschlungen, auf das sie im Gehen trat und das sie krampfhaft über dem Bauch zusammenhielt. «So spät noch aus gewesen?», meinte sie spöttisch, um von sich abzulenken. Sie sah an ihm hinunter, und ihr Blick blieb an seinen nass gewordenen Schuhen und den feuchten Hosenbeinen hängen. Er hatte gar nicht gemerkt, dass er im Regen nach Hause gelaufen war. «Das könnte auf Dauer gesundheitsschädigend sein», fuhr sie fort, «vor allem in Ihrem Alter. Auch wenn es sich erst einmal nicht so anfühlt.» Das Wort «anfühlen», sehr lang gezogen, hatte in ihrem Munde eine Anzüglichkeit angenommen, die ihn erschreckte. Doch ehe er etwas erwidern konnte, entschwand sie in die vorderen Räume.

Das Schreiben, das er auf seinem Tisch vorfand, die Wirtin musste es zuvor dort hingelegt haben, enthielt nur zwei kurze Sätze: «Ich war da. Du nicht. G.»

Zwei Wochen lang hatte sie nichts von sich hören lassen, und nun eine derart lapidare Notiz. Medi hatte ihm auf seine Nachfrage mitgeteilt, dass Gret mit ihren Eltern an den Gardasee gefahren sei. Sie würde sie vor dem Ende der Schulferien nicht zurückerwarten. Aber warum hatte sie Medi und nicht ihn be-

nachrichtigt? Und was war der Grund ihrer vorzeitigen Rückkunft? War ihnen das Geld ausgegangen oder war Sirmione von
Feriengästen überlaufen?

Grimmig vor sich hin kichernd, warf er sich aufs Bett und
versank überfallartig in Schwermut. Er untersuchte die auf dem
Tisch herumstehenden Flaschen, schüttete wahllos die Reste in
sich hinein, doch die Übellaunigkeit wollte nicht nachlassen. Er
überlegte, wie er sich neuen Stoff, so nannte er seit neuestem
den Alkohol, beschaffen konnte. Der Weg zum Bahnhof schien
ihm zu weit, und ein Taxi hätte er sich nicht leisten können.
Er spürte erneut den Geschmack von Grets kissenartigen Lippen auf den seinen und die unter ihrer Bluse sich spitz aufrich-
tenden Brustwarzen, sah ihre Scham darüber vor sich, mit der
sie ihn wegstieß. Wie also war es möglich, dass sie Medi über
ihre Abreise informierte und ihn nicht? Hatte auch sie am Ende
seine Schwester ihm vorgezogen?

Er wollte nicht begreifen, was die Menschen an ihm so ab-
stieß. Gret floh ihn plötzlich, und in seinen Albträumen nahmen die Augen aller Leute, auch die von Gret, die unpersön-
liche väterlich graue Färbung an. Hätte er die «Mittelchen» des
Zauberers mit ein paar Flaschen Bier geschluckt, wäre er sicher
eingeschlafen. Fest entschlossen, sich Nachschub zu beschaffen,
warf er seine Jacke über, schloss geräuschlos die Zimmertür und
schlich über den Flur aus der Wohnung.

Als er das Haustor hinter sich ins Schloss fallen hörte, fiel
ihm voll Schrecken ein, dass er seinen Schlüsselbund auf dem
Tisch hatte liegenlassen. Am Bund hingen auch die Schlüssel
zum Haus in der Schiedhaldenstraße. Er hatte ihn stets als einen ziemlichen Klumpen in seiner Tasche empfunden. Von
dem Geklingel ganz zu schweigen, das er beispielsweise während des Musizierens veranstaltete. De Boer nannte es seine spe-

zielle Orchesterbegleitung, wenn er mal wieder vergessen hatte, die Schlüssel auf einem Beistelltisch zu deponieren. Zur Sicherheit durchsuchte er sämtliche Taschen in Jackett und Hose. Er wusste, es war der wirre Zustand, der ihn in derartige Konfusion versetzte. Während er sich ohne Hoffnung noch einmal abtastete, fühlte er sich von hinten in den Arm genommen, und eine Stimme, dicht an seinem Ohr, versicherte ihm flüsternd, dass sie jetzt seit über einer Stunde in seiner Straße auf und ab gegangen wäre und schon gefürchtet hätte, er sei zurück in die Schiedhaldenstraße abgewandert.

Ungläubig drehte er sich um und sah als Erstes ihre Lippen. Sie glänzten im Mondlicht und näherten sich langsam den seinen. Gret küsste ihn mit einer Leidenschaft, die er nie bei ihr vermutet hätte. Sie küsste ihn, wohin sie traf, flüsterte Dinge, die er nicht verstand, und drückte sich mit aller Kraft an ihn. Zwischendurch versuchte auch er, sich verständlich zu machen, um ihr zu sagen, dass er sich gerade ausgesperrt hatte. Und endlich begriff er, was sie ihm mit lange währenden Unterbrechungen klarzumachen versuchte: Sie war allein von Italien heimgekehrt, hatte ihren Eltern gegenüber als Grund die Vorbereitung auf das Abitur angegeben und ihnen vorgemacht, dass sie wichtiges Lernmaterial zu Hause vergessen habe. Vom Bahnhof hatte sie sich auf schnellstem Wege zu ihm fahren lassen und sei bitter enttäuscht worden. Doch nun sei alles gut.

Nichts war gut. Bibi kehrte nochmals seine Taschen um, tastete sich ab, wobei sie ihm leise kichernd half, doch wiederum ohne Erfolg. Auf ihre Frage, wohin er denn zu gehen beabsichtigt habe, sagte er, er hätte zum Bahnhof wollen. «Nein, nein», rief er, als er ihre aufsteigende Angst wahrnahm, «ich wollte mir nur etwas Trinkbares besorgen. Ich war nicht gerade in der besten Stimmung.»

Eigentlich bekam ihm Bier gar nicht, doch härtere Stoffe wurden ihm noch nicht verkauft, obwohl man ihm seine siebzehn Jahre durchaus nicht ansah.

Gret nahm seine Hand und zog ihn zum Limmatkai zurück. Das Taxi, in das sie stiegen, schien bereits auf sie gewartet zu haben. Ihr Elternhaus war «sturmfreie Bude», und die Gelegenheit hätte kaum günstiger sein können. «Warum vergisst du Schussel auch alles? Wo hättest du die Nacht verbracht, wenn ich nicht bei dir aufgetaucht wäre?» Ihr Kichern nahm kein Ende und ging ihm allmählich auf den Geist.

Die Strecke kam Bibi unendlich lang vor, und er fragte, ob sie vielleicht einen kleinen Umweg über Lugano machen würden.

«Nein», erwiderte der Fahrer trocken, «ich ziehe es vor, über Basel zu fahren.»

Den dummen Witz hätte er sich sparen sollen, denn Grets Kichern verstärkte sich noch. Am liebsten hätte Bibi ihr die Hand auf den Mund gehalten. Doch dann begriff er, dass es Nervosität und Anspannung waren, die sie so albern sein ließen.

«Wir müssen bis zur Mündung der Limmat in den Zürichsee. Dort hat mein Vater unser Haus hingebaut.»

Endlich hielt der Wagen, und während Gret den Chauffeur bezahlte, wobei sie auch nicht vergaß, sich eine Quittung geben zu lassen, war Bibi ausgestiegen und beäugte das schlossartige Gebäude mit den gestutzten Seitenflügeln im schwächer werdenden Mondlicht. Es schien ihm asymmetrisch und architektonisch nicht ganz stimmig, vielleicht sogar ein wenig missraten. Im Halbdunkel jedenfalls machte es den Eindruck, als sollte hier ein adeliger Landsitz vorgetäuscht werden, den sich ein übersatter Bürgerprotz hatte aufstellen lassen. Auch die Farbe ließ sich nicht deutlich erkennen. Er vermutete, dass es sich um das allseits beliebte Kaisergelb handelte, das bei einer derartigen Kopie nicht fehlen durfte. Viel zu aufgeregt für eine sachliche Beurteilung, zumal bei dieser Beleuchtung, ließ er sich von Gret an die Hand nehmen und zum hellen Kassettentor führen. Noch so ein barbarischer Stilbruch. Es schüttelte ihn innerlich, und er fragte, ob sie hier zur Miete wohnten. Statt einer Antwort gab Gret ihm einen Klaps auf den Rücken und schob ihn in die vollständig leere Empfangshalle. Staunend sah Bibi sich um. Kein einziges Möbelstück fand sich hier. Nichts, was dem riesigen Raum etwas Freundliches, Wohnliches gegeben hätte.

Gret ließ ihn stehen und wandte sich dem anderen Ende der rechteckigen Halle zu. Ein mächtiger Kronleuchter strahlte auf dunklen Granitboden herunter. Begleitet von Wandleuchten, die aus ebenjenem Kristall gefertigt waren, tauchte er die Wände in ein raffiniertes Licht und lenkte den Blick auf Gemälde, wie Bibi sie kostbarer und dabei geschmackloser nie gesehen hatte. Neben barocken Ölschinken rubensscher Ausmaße schienen Bilder Chagalls in ihrer übermütig farbigen Kindlichkeit auf. Das Durcheinander von Gegenständen, Tierwesen und musizierenden Menschen und der graziöse Reiz der Darstellung hätten ihn gefesselt, wäre er nicht voller Sehnsucht nach den blass schimmernden Schultern und Armen gewesen, die sich lässig vor ihm herbewegten, und nach dem Leib, dessen Konturen sich durch den leichten Baumwollstoff abzeichneten.

Bibi nahm kaum wahr, wie sie ihn in die Küche dirigierte, um ihm ein Getränk anzubieten, und fand sich gleich darauf in einem hell eingerichteten Mädchenzimmer wieder. Absurderweise dachte er noch: eierschalenfarben. Er kam erst wieder zur Besinnung, als er nackt auf ihrem Bett lag und sie, ebenfalls nackt, über ihm kniete. «Willst du noch einmal?», fragte sie. Auf ihrer Oberlippe hatten sich kleine Tropfen gebildet.

«Willst du?», fragte er zurück und küsste ihr behutsam die Schweißperlen weg.

«Immer.» Ihr Dialekt hatte sich in der Erregung verstärkt und hätte ihn zum Lachen gereizt, wäre er nicht so gierig auf sie gewesen. Mit trägen Bewegungen legte sie sich neben ihn und sah ihn erwartungsvoll an. Er betrachtete ihre fleischigen, leuchtenden Schenkel und das dichte blonde Dreieck, das einen rosafarbenen Spalt umrahmte, als sie die Beine einladend öffnete. «Lass dir Zeit, wenn du noch nicht so weit bist. Du musst dich nicht schämen.»

Herrgott, dieser lächerliche Dialekt, dachte er, stieß fast triumphierend in sie hinein und löste einen kleinen Aufschrei aus. «Nicht so brutal, du dummer Kerl», stöhnte sie und drückte ihn ganz fest an sich. «Später», flüsterte sie, «aber nicht jetzt, nicht gleich.» Er zügelte sich, und ihre Stimme brach, als sie ihm nach einer Weile gestand, dass er ihr nun viel Spaß mache.

Die Morgensonne schien schon durch die nur halbgeschlossenen Fensterläden, als sie sich über ihn beugte, ihr Haar über sein Gesicht streichen ließ und versprach, ihm ein opulentes Frühstück zu bereiten.

«Wir haben sehr wenig geschlafen», sagte sie, während sie Eier in die Pfanne schlug, kleine Tomaten und eine grüne Gurke klein schnitt, um sie darüberzugeben.

Voller Schrecken dachte er an das Vorspielen in der Tonhalle am Nachmittag. «Vor versammeltem Orchester», hatte de Boer ihn gewarnt.

Gret hatte ihr Versprechen zwar gehalten. Die krossen Speckstreifen, die Bibi sich aus den Rühreiern herauspickte, waren köstlich, der Porridge hervorragend, doch er hatte keinen rechten Appetit. Nur Kaffee ließ er sich immer wieder nachschütten. Auf ihre Frage, was ihn so ablenke, erzählte er ihr von seiner bevorstehenden Prüfung. «Das komplette Tonhallenorchester unterbricht heute Nachmittag seine Probe, um mir zuzuhören. Ich schlottere bereits. Schau dir nur meine Hände an.» Er streckte ihr seine Hände über den Tisch entgegen, und sie griff nach ihnen.

«Simulant», prustete Gret, und ein Stückchen Ei flog ihr aus dem Mund. «Wenn du keine Lust hast, bleib weg, aber lass die dummen Ausreden.»

«Ich habe zu wenig geschlafen, oder nicht?»

Sie zog ihn an seinen Händen über den Tisch. «Es kommt immer darauf an, weshalb man schlaflos war. Ich bin überzeugt, dass deine Übermüdung dich nicht lähmen wird. Geh also hin und lass die Leute staunen.» Ihre strahlende Laune und ihr frisches Aussehen schienen ihre Worte zu bestätigen.

Ihm wurde bewusst, wie wohl er sich in diesem Raum fühlte. Die geweißelte Küche mit den bis zum Fußboden reichenden französischen Fenstern auf der einen Seite und den zwei Herden, die von Schranktüren eingerahmt waren, dazu die vielen Kupferpfannen und Töpfe, die wahrscheinlich nur zur Zierde dienten, war wohl der einzige Ort, der nicht die lächerliche Maniertheit des übrigen Hauses ausstrahlte. Selbst den Tisch, an dem er saß und dessen Platte mit Delfter Kacheln ausgelegt war, konnte er noch akzeptieren.

Als Bibi sich nach weiteren Familienmitgliedern erkundigte, schüttelte Gret nur stumm den Kopf. Bibi konnte nicht fassen, dass dieses Gebäude allein drei Personen zum Wohnsitz diente. Und warum gönnte man der großen Bilderhalle keinen einzigen Sessel, keine Bank, um die Bilder in Ruhe betrachten zu können? Wenigstens der Chagall hätte das doch verdient gehabt.

Außerdem war er überrascht von der Wahllosigkeit der zusammengetragenen Werke. Es seien doch wohl auch Kopien darunter. Der Reni sei, soweit er das sehen konnte, doch ganz sicher eine.

«Nein», widersprach Gret. «Und hast du den van Gogh und den Gauguin angeschaut? Vater hat sie für eine Unsumme ersteigert. Ihn haben die jahrelange Freundschaft der beiden Maler und ihr tragisches Ende gerührt. Van Gogh hat sich sogar ein Ohr abgeschnitten.»

«Na, wenn er sich nichts Wichtigeres abgeschnitten hat …»

Gret lachte kurz auf und meinte, man könne sich mit ihm nicht vernünftig unterhalten. Er habe immer nur eines im Kopf. Dabei hätte sie am Anfang geglaubt, dass sich gar nichts tun würde. Er wäre so hübsch überreizt gewesen.

Bibi schwieg und fühlte, wie rot er wurde. Sie kam zu ihm herüber und setzte sich neben ihn. Aber er habe es dann doch so zauberhaft und ausdauernd wiedergutgemacht. «Um jedoch auf deine Frage zurückzukommen. Die Werke sollen mit dem ihnen gebührenden Respekt, also im Stehen, angeschaut werden. Nebenbei würde sich dabei auch herausstellen, wen die Bilder wirklich fesseln.»

Bibi hörte ihr fasziniert zu. Ihre breite, langsame Ausdrucksweise, der man die Bemühung um exakte Formulierung anmerkte, wirkte enorm beruhigend auf ihn. Das Mädchen, dem er im Augenblick zuhörte, war mit der leidenschaftlichen Hemmungslosigkeit der vergangenen Nacht nicht unter einen Hut zu bringen. Er konnte sich nicht mehr vorstellen, so lustvoll mit diesem überaus vernünftigen und behäbigen Mädchen geschlafen zu haben.

Als sie ihn leicht ins Taxi stieß – das schien ihre spezielle Art der Verabschiedung zu sein –, steckte sie etwas in seine Jacketttasche und küsste ihn gleichzeitig, sodass er nicht protestieren konnte. «Ich warte vor der Tonhalle.»

Er ließ sich ins Konservatorium fahren, um sich sein Instrument geben zu lassen, das er dort am Vorabend deponiert hatte. Im Institut angekommen, erfuhr er jedoch, dass sein Vorspielen abgesagt worden war und man ihn stattdessen bitte, seine Schwester zu begleiten. Sie hatte sich Honeggers Sonate für Viola und Klavier gewünscht und Bibi bitten lassen, den Part der Viola zu übernehmen. Missmutig betrat er etwa eine Stunde später das Auditorium und bekam einen Schrecken, als er die versammelte Mannschaft der Lehrbeamten vor sich auf den Stühlen sitzen sah. Vor ihm saßen Volker Andreae und der Direktor, dessen Namen er ständig verdrängte. Wenn sich ein Zusammentreffen durchaus nicht vermeiden ließ, würde er den Titel anwenden und damit sogar eine respektgebietende Haltung vortäuschen können.

Endlich erschien auch Medi, gab ihm einen dankbaren Kuss auf die Wange und setzte sich sofort an das Piano. Dein Tempo ist zu hastig. Was ist denn los mit dir?, dachte Bibi und bemühte sich, sie zu zügeln und zu einer ruhigeren Spielweise zu bewegen. Sie hatten die Sonate schließlich schon oft miteinander gespielt, doch Medi ging nicht darauf ein, und es sah allmählich so aus, als sei er es, der die falschen Tempi angäbe. Der Direktor fixierte ihn mit vernichtenden Blicken, wie ihm schien, doch er versuchte, sich nicht beirren zu lassen, vergriff sich nicht ein einziges Mal und zwang Medi schließlich zu einem sehr intensiven Dialog zwischen den beiden Instrumenten, den die meisten Zuhörer mit dankbarem Applaus quittierten. Bibi zog Medi nach vorn, und sie verbeugten sich leicht, obwohl das ganz gegen die Sitten des Instituts verstieß.

Herr de Boer kam auf das Podium und bat Bibi, noch nicht

heimzugehen, er habe mit ihm noch wegen der Verschiebung in der Tonhalle zu sprechen. Der erkrankte Violinist habe sich spontan bereit erklärt, doch noch am Abend zu spielen. Man wolle sich Bibi jedoch bald einmal anhören, denn ein Ersatz werde langsam immer notwendiger. Es seien schon mehr als einmal Konzertprogramme gekürzt worden oder gar ausgefallen. Er habe seiner Schwester noch die Frühlingssonate versprochen, die sie so sehr liebe. Man werde also jetzt Beethoven musizieren und danach noch ein wenig zusammensitzen.

Bibi trat in den Flur hinaus und sah, dass die Tür zum «Geflügelzimmer» halb offen stand. Mitten im Raum sah er einen großen schwarzen Flügel stehen. Nicht einmal der übliche Drehhocker stand davor. Wollte man nicht, dass sich jemand daran vergriff? Neugierig trat er heran und öffnete den unverschlossenen Deckel. Mit einem Finger fuhr er über die Tasten. Sie fassten sich ungemein geschmeidig, fast ölig an. Um sich die Wartezeit und die noch immer starke Erregung zu vertreiben, begann er zu spielen. Seine Finger glitten wie von selbst über die Tastatur. Er intonierte seinen Lieblingswalzer von Milhaud, den er noch in der Poschi, gemeinsam mit Medi, einstudiert hatte.

Urplötzlich hörte er die Stimme des Direktors hinter sich. «Wer hat Ihnen erlaubt, dieses Zimmer zu betreten? Es wird Ihnen doch bekannt sein, dass dies nur in Begleitung eines Mitglieds vom Lehrpersonal geschehen darf. Und dieses Instrument vor Ihnen wird nicht umsonst ‹das Unberührbare› genannt. Was also erlauben Sie sich?» All das wurde in einem Ton heiseren Flüsterns und großer Empörung gesprochen, darüber lag das entfernte Musizieren seiner Schwester und des Herrn de Boer. Ohne die Antwort Bibis abzuwarten, der zu einer gestotterten Entschuldigung ansetzen wollte, packte er ihn an der Schulter und riss ihn herum. Bibi rutschte weg und fiel dem Direktor vor die Knie. Einen Augenblick lang schaute er völlig verdutzt zu ihm hoch. Und während er noch überlegte, ob er erneut zu seiner Entschuldigung ansetzen sollte, war er schon aufgesprungen und schmetterte dem Direktor voller Wut seine Hand ins Gesicht.

Taumelnd versuchte dieser, einen Halt an der Wand zu finden, an die ihn die gewaltige Ohrfeige Bibis getrieben hatte. Der Direktor starrte entrückt ins Leere, und sein autoritäres Gebaren hatte sich mit einem Mal verflüchtigt. Aschfahl stand er vor Bibi und schlich nach einer Weile, ohne einen Laut von sich zu geben, zur Tür hinaus, die er übertrieben vorsichtig und lautlos hinter sich schloss.

Die Relegation

«Ich habe ihn geschlagen», murmelte Bibi beinahe unverständlich, während er der wartenden Gret von einer Stufe der Freitreppe aufhalf. Er wollte das Gebäude so schnell wie möglich hinter sich lassen. Selbst der spezielle Geruch, den er so mochte, ein Gemisch aus altem Holz, Staub, Kolophonium und ätzenden Reinigungsmitteln, war ihm im Augenblick zuwider.

Gret, die sich gegen sein Fluchtgebaren sträubte und ihn, neugierig geworden, zurückhalten wollte, kam nicht gegen ihn an. Er entfaltete eine so ungestüme Kraft, dass sie, halb lachend, halb empört, hinter ihm herstolperte. In der Nähe des Bahnhofs stießen sie schließlich auf ein Taxi, in das Bibi sie hineinschob. Dabei flehte er sie an, dem Fahrer ihre Adresse zu nennen. Auf der Fahrt schwieg er hartnäckig, schüttelte nur hin und wieder ungläubig den Kopf, als könne er immer noch nicht fassen, was ihm gerade widerfahren war. Ihm kam es vor, als wäre dieser gewalttätige Ausbruch einem Fremden unterlaufen, während er, als Augenzeuge, diese Szene jederzeit hätte bestätigen können.

Nachdem sie ihr Ziel erreicht und den Fahrer mit dem Gelde Grets bezahlt hatten, setzte er sich an den Küchentisch und beobachtete, wie sie Kaffee aufbrühte. Sie wusste schon, dass er ihn stark mochte, warf ab und zu einen Blick zu ihm hin und sah, wie er den Geruch einsog. Dann servierte sie ihn zusammen mit einer ganzen Tafel feinster Schweizer Milchschokolade, die sie in kleinen Stücken auf einem Kuchenteller vorbereitet hatte. Bibi stopfte sie sich mit abwesender Miene Stück um Stück in den Mund und goss den Kaffee hinterher, ohne die Milch oder den Zucker anzurühren, die sie ihm gleichfalls hingestellt hatte. Sich vorsichtig herantastend, versuchte Gret, allmählich zu erfahren, wen er denn nun verdroschen hatte. Bibi schilderte ihr die widerwärtige Diskrepanz zwischen seiner Wut und dem dringenden Bedürfnis, um Verzeihung zu bitten. Er begriff nicht, wie er sich so hatte gehenlassen können. Immer wieder schwemmte sein jäher Zorn die eigenen, vernünftigen Einwände fort und ließ ihn einmal mehr erfahren, wie schwächlich die hemmenden Barrieren bei ihm entwickelt waren. Drohten sie mit zunehmendem Alter ganz zu verschwinden?

«Wie hat sich der Direktor danach denn verhalten?», fragte Gret.

«Gar nicht», erwiderte Bibi. «Er klebte wie ein breiiges Stück Teig an der Wand und muss sich am Ende geräuschlos hinausgeschlichen haben. Es ist wohl etliche Zeit vergangen, bis mir klarwurde, dass ich allein im Raum war.»

«Mein Gott, du wirst ihm wohl tüchtig eine geschmettert haben», bemerkte Gret, und ihr träg besonnenes Schweizerdeutsch ließ ihn kurz auflachen.

«Da gibt es nichts zu lachen», meinte sie todernst und setzte sich ihm gegenüber an den Tisch. «Du kannst hundertprozentig mit deiner Relegation rechnen.»

Während er in ihrem Gesicht forschte, ob sie es wirklich ernst gemeint oder ihm vielleicht nur Angst einjagen wollte, dachte er an die Konsequenzen, die sich daraus ergeben könnten. Der Herr Papale würde ihm nie verzeihen. Er war sich sogar seiner endgültigen Verdammung sicher. Über Mieleins Reaktion wollte er erst gar nicht nachdenken. Sie würde dem versteinerten

Blick des Zauberers den ihren hinzufügen und seine letzten verdammenden Sätze bis in alle Ewigkeit wiederholen. Interessant könnte Aissis Verhalten sein. Doch der trieb sich in Paris und Amsterdam herum, war also im Moment nicht greifbar. Auch Golo war derzeit irgendwo in Frankreich. Golo, der jeder klaren Beurteilung auswich, sobald es um den Herrn Papale ging.

Bibi schlug mit der flachen Hand auf die Tischplatte, und Gret griff hastig nach ihrer Kaffeetasse. Erstens also würde er der voraussehbaren Aufforderung des Konservatoriums Folge leisten und die vermutliche Relegation samt Begründung mit Anstand über sich ergehen lassen. Zweitens wollte er mit allem Nachdruck nach Aissi fahnden und ein vernünftiges Gespräch mit ihm führen. Aissi hätte Ähnliches geschehen können, wenn seine physischen Kräfte es erlaubt hätten. So blieb ihm nichts anderes übrig, als sich in die Ironie zu flüchten. Und drittens gab es noch andere Konservatorien auf der Welt. Mit einem überdurchschnittlichen Lehrdiplom in der Tasche dürfte es für ihn keine Probleme geben. Diese konnten lediglich aus Richtung des Freien Gymnasiums auf ihn zukommen. Der Zauberer würde unter allen Umständen und trotz «ewiger Verdammung» auf einen ordentlichen Schulabschluss bestehen. Danach konnte man ihn, so oder so, in die Wüste schicken.

«Wir sollten mit Medi sprechen, bevor wir etwas unternehmen», hörte er Gret sagen. «Sie hat einen kühlen Kopf, und ich kann mir vorstellen, dass sie eine Art Fürsprech im Konservatorium für dich abgeben könnte.»

Das Wort «wir» ließ ihn aufhorchen. Er wollte weder Medi noch irgendjemand anderen für sich sprechen lassen. Auch Grets Vorschlag, die Beziehungen ihres Vaters zu nutzen oder dem Herrn Direktor eine kostbare Entschuldigung zukommen zu lassen, lehnte er rundweg ab. Insgeheim brachte ihn dieser

Beistandsversuch sogar in Rage. Es kam ihm vor, als wolle man ihn unter mehr oder weniger freundlichem Druck zu einem Moser'schen Familienmitglied machen, um sich dann mit seiner Familie verwandtschaftlich brüsten zu können. Er war gerade noch in der Lage, sich höflich zu bedanken, machte jedoch sofort deutlich, dass er selbst auszubaden gedenke, was er sich eingebrockt hatte.

Nachdem sie sich zwei Tage zum größten Teil im Bett aufgehalten hatten, waren Gret und er vorerst damit beschäftigt, sich mit dem Notwendigsten zu versorgen. Zwei Stunden vor der Rückkehr der Eltern war Gret eingefallen, dass man sich und den Wohnbereich doch etwas zurechtmachen müsse. Nach der leiblichen Reinigung waren Küche und Zimmer ebenfalls gemäß dem Stand einheimischen Ordnungswillens wieder herzurichten. Bibi hatte während des zweitägigen Marathons auf Gret den Eindruck gemacht, als wolle er sich in sie verkriechen, sich verstecken, eine Art Liebesmord begehen. Bei aller Befriedigung wurden ihr die immer aufs Neue einsetzenden sexuellen Attacken langsam unheimlich, zumal eine länger anhaltende Erschöpfung Bibis nicht zu erkennen war und ihr eigenes Schlafbedürfnis durch erneute Streicheleinheiten seinerseits wieder vertrieben wurde. War das vielleicht die berühmt-berüchtigte Potenz der jüdischen Männer, über die man sich hinter vorgehaltener Hand in manchen Schweizer Gesellschaftsschichten auslie[ß]? Bibi ist ja mindestens ein halber Jude. Da seine Mutter jüdischer Herkunft war, musste er nach mosaischem Gesetz sogar als ein Vollblut gelten. Ein köstlicher kleiner Judenbengel.

Die nahende Rückkunft ihrer Eltern fiel ihr wieder ein. Sie hatte hart zu arbeiten, bis sie den aus dem Schlaf gerissenen Bibi unter der Dusche hatte. Sie erschien gewaschen und frisiert in der Küche, setzte Bibi an den Tisch und servierte ihm einen frischgebrühten Kaffee und Schokolade. So empfingen sie die Eltern Grets, die den etwas schüchternen jungen Mann in ihrem Haus willkommen hießen, nachdem sie seinen vollen Namen erfahren und sich darüber hinaus sicher gefragt hatten, auf welche Weise die beiden wohl miteinander verkehrt hatten. Mutter Moser jedenfalls erkannte sogleich, dass ihre Tochter großen Gefallen an dem Gast gefunden hatte. Die zärtlichen Seitenblicke zu ihm hin geschahen ohne alle Geheimnistuerei und drückten eine entwaffnende Zuneigung aus. Herr Moser, wohlbeleibt und mit schwarzgrauem Haarkranz ausgestattet, erkundigte sich angelegentlich nach dem hochberühmten Vater Bibis und sprach die Hoffnung aus, ihn einmal persönlich kennenlernen zu dürfen.

«Es würde uns eine große Ehre und hochwillkommene Genugtuung bedeuten, ihn in unserem Hause begrüßen zu können», ergänzte Frau Moser und bat Bibi, zum Abendessen zu bleiben.

«Weshalb Genugtuung?», fragte Bibi. «Hat man Ihnen etwa den Vorwurf gemacht, meinem Vater bisher nicht begegnet zu sein?»

Gret hielt sich erschreckt die Hand vor den Mund, und ihre Mutter lachte verlegen, während sie sich hilfesuchend an den Gatten wandte. «Der junge Mann scheint die Wortgewandtheit seines Vaters geerbt zu haben», schmunzelte dieser. «Nun, meiner Frau scheint in ihrer unverhofften Freude nicht das entsprechende Wort eingefallen zu sein. Verständlich, junger Mann, verständlich. Vielleicht sollte man das Wort ‹Genugtuung› durch ‹Ereignis› ersetzen, nicht wahr, mein Schatz? Das würde doch dem, was du zu sagen vorhattest, den rechten Sinn geben, oder? Wie oft fehlen einem die passenden Worte, wenn man ein gewisses Alter erreicht hat und sich nicht mehr einer jugendlichen Fixigkeit bedienen kann!» Er nahm die Hand der Gattin in die seine. «Kurz gesagt, auch darum beneiden wir Sie.»

Bibi ahnte, was er mit seiner Frage angerichtet hatte, und versprach, seinem Vater bei Gelegenheit die ausgesprochene Einladung zu überbringen, doch Herr Moser protestierte, überlegen lächelnd. Man wolle ihn auf keinen Fall zum Postboten degradieren. Es bedürfe eines offiziellen Schreibens, um den großen Mann zu Tisch zu bitten.

Nachdem er den Mosers die Adresse der Schiedhaldenstraße mitgeteilt hatte, beobachtete er erstaunt das triumphale Lächeln auf dem Gesicht der Hausherrin. Worüber dies nun wieder? Welchen Sieg glaubte sie errungen zu haben? Das vollkommene Gegenteil ihres Gatten, was die physische Erscheinung betraf, trug sie kein Gramm überflüssigen Fetts mit sich herum. Mit ihren riesigen grauen Augen sah sie abwechselnd Bibi, ihre Tochter und ihren Gatten an, wobei sie ruckartig den ganzen Kopf zu ihnen hinwandte, während die Augen unbewegt blieben. Es waren die ersten Anzeichen einer beginnenden Nervenkrankheit, die sich auf diese Weise zu erkennen gab. Eine Krankheit, die man später die «Parkinson'sche» nannte und an der sie noch lange Jahre zu leiden hatte. Ihre Bewegungen erinnerten Bibi an einen Raubvogel, der die Auswahl seiner Beute begutachtet. Nicht die geringste Ähnlichkeit gab es zwischen der mageren, stocksteifen Mutter und der fleischigen, hellhäutigen Tochter. Bibi fühlte sich zunehmend unwohl in ihrer Gesellschaft. Nur der noch unangenehmere Gedanke an die häusliche Auseinandersetzung ließ ihn seinen Aufbruch noch um einiges verzögern. Wollten die Mosers mit der Bekanntschaft seiner Familie protzen? Vielleicht sogar mit der Gegenwart des «großen Mannes», wie Moser den Zauberer nannte? Ähnlich der Protzerei, die er sich mit Erzeugnissen von Malern wie van Gogh,

Gauguin oder Chagall erlaubte. Dass er sie gewiss für ein Heidengeld erstanden hatte, war natürlich nicht zu leugnen. Summen, von denen selbst der Herr Papale nur träumen konnte.

So diskret wie möglich betastete er seine Taschen, um gewiss zu sein, dass er noch genügend Geld für das Taxi bei sich hatte. Doch Gret blinzelte vergnügt und winkte ab. Ihr Papa würde doch sicher Wagen und Chauffeur zur Verfügung stellen, um ihn in die Stadt zu bringen? Bibi habe es eilig, zu einem wichtigen Termin im städtischen Konservatorium zu erscheinen. Ein Taxi, das erst den Weg hierher zurücklegen müsste, würde nahezu das Doppelte an Zeit in Anspruch nehmen.

«Selbstredend, mein Kind, selbstredend», meinte Herr Moser wohlwollend und nahm seine Tochter kurz in die Arme.

Auf dem Weg zur Limousine verabschiedete man sich mit zurückhaltender Liebenswürdigkeit und nötigte Bibi das Versprechen ab, baldmöglichst wieder zusammenzutreffen. Gret übernahm denn auch die vornehme Zurückhaltung und hielt ihm zum Abschied lediglich die Wange hin.

In der Schiedhaldenstraße ließ er sich vorerst nicht blicken. Der Termin im Institut hatte Vorrang, sagte er sich, und die Relegation, mit der er rechnete, musste abgewartet werden. Danach erst hätte es Sinn, so redete er sich ein, die Auseinandersetzung mit den Eltern zu führen. Einen Rausschmiss konnte man verkraften, nicht aber die eisigen väterlichen Blicke und die messerscharfe Stimme Mieleins. Das Konservatorium war nicht das einzige auf der Welt, an dem man sich zu einem ordentlichen Musiker ausbilden lassen konnte, und beileibe nicht das bedeutendste.

Man ließ ihn nicht lange warten. Zunächst erschienen Volker Andreae und Willem de Boer. Das Gespräch fand im gleichen Empfangsraum statt, in dem sie zum ersten Mal, zusammen mit

Medi, aufeinandergetroffen waren. Die betont sachlich gehaltenen Vorwürfe Andreaes berührten ihn wenig, zumal er seinem Unterton die höhere Aufmerksamkeit widmete als der nur allzu wohlgesetzten Strafpredigt. Es war unübersehbar, dass Volker Andreae während seiner milden Rede nur mühsam einen anerkennenden Zug in seiner Miene verbergen konnte. Dennoch machte er Bibi den Vorwurf, seinen zügellosen Jähzorn weniger denn je unter Kontrolle zu haben. Ein verbales Aufbäumen hätte er an Stelle des Direktors noch hinnehmen können, nicht aber einen gewalttätigen Angriff, wie ihn die Kinnbacken des Institutsleiters getroffen hatte. Dies werde auf keinen Fall verziehen. Er wolle dem Direktor im Urteil, oder besser gesagt, in der Verurteilung nicht vorgreifen, eine Trennung vom Konservatorium sei jedoch unvermeidlich. Damit zwang er Bibi neben sich zum Sitzen und beugte sich so stark zu ihm vor, dass seine Lippen beinahe Bibis Ohr berührten, und fragte im Flüsterton: «War es schön für dich?»

Verwirrt zog Bibi seinen Kopf zurück. «Wie meinen Sie das?»

Andreae sah ihn nur bedeutungsvoll an.

«Was soll denn daran schön gewesen sein?», insistierte Bibi. «Ich lasse mich eben nicht gern so gebieterisch behandeln, wissen Sie?»

«Und all das ohne jeden plausiblen Grund», mischte sich Herr de Boer ins Gespräch. «Wollten Sie das nicht noch hinzufügen?» Er blinzelte ihm zu. Dann ließ er dem eintretenden Direktor das Wort.

Ohne Begrüßung der anwesenden Herren nahm er in dem für ihn gedachten Sessel Platz und schlug eine recht dünne Akte auf, die er bis dahin hinter seinem Rücken verborgen hatte. «Es ist hier nicht einmal die Frage, ob besagter und anwesender Schüler auf Grund seiner Tat vom Konservatorium verwiesen wird oder nicht. Das steht gar nicht mehr zur Debatte und soll hier auch keinesfalls noch erörtert werden. Heute und jetzt, deshalb habe ich die anwesenden Herren des Lehrpersonals dazugebeten, geht es um die nie zuvor geschehene, geradezu verbrecherische Handlung des besagten Schülers, die alle Grenzen natürlich gewachsener Hierarchie in unserem Institut niedergerissen hat. Da wir jedoch unserer demokratischen Erziehung wohl oder übel genügen wollen, frage ich die Herren Andreae und de Boer, inwieweit sie sich imstande fühlen, die Verteidigung besagter Person zu übernehmen und es mir ersparen, an diese direkt das Wort zu richten. Gleichzeitig und um der Fairness willen möchte ich Sie davon in Kenntnis setzen, dass ich offiziell vor dem Landgericht Klage wegen tätlichen Angriffs erheben werde. Die starke Schwellung in Höhe des rechten Auges stammt übrigens von einem Bruch des Jochbeins, den besagte Person mir durch ihren gewaltigen Schlag zugefügt hat. Unvermutet und ohne erkennbaren Grund habe ich ihn hinnehmen müssen. Glauben Sie mir, meine Herren, hätte ich nur im Geringsten damit rechnen können, ich hätte mich zu wehren gewusst. Die Röntgenaufnahme, die einen erheblichen Knochenschaden aufweist, wird dem Gericht, zusammen mit dem schriftlich geschilderten Hergang, ebenfalls vorliegen. Was also hätten Sie im Falle der Verteidigungsübernahme besagter Person vorzubringen?»

Als Erster erhob sich Volker Andreae. Er für seine Person sei selbstverständlich bereit, die Verteidigung oder besser gesagt die Fürsprache des hier anwesenden Studenten, soweit dies möglich sei, zu übernehmen, zumal er ihm wegen seines außergewöhnlichen Talents doch am Herzen liege, und wünsche – hier glaube er auch im Einverständnis mit seinem Kollegen de Boer zu sein –, er könnte es ungeschehen machen. Nun aber komme er zum Kern seines Einspruchs. Dem Bericht des jungen Mannes habe er entnehmen können, dass dem Herrn Direktor zuvor ein Malheur geschehen sei, das den Ausschlag für die, zugegebenermaßen, blindwütige Reaktion des Studenten gegeben habe. Darüber wünsche er zumindest eine Stellungnahme des verehrten Herrn Direktors. Zudem mache er darauf aufmerksam, dass er im Falle einer gerichtlichen Auseinandersetzung eine Aussage in diesem Sinne nur wiederholen könne und dass den jungen Mann vor Gericht notfalls ein Anwalt seines allseits bekannten Vaters vertreten werde. Der Herr Direktor möge es sich noch einmal gründlich durch den, wie er zugeben müsse, lädierten Kopf gehen lassen und das Für und Wider eines öffentlichen Rechtsstreits bedenken. Gegen eine intern ausgesprochene Relegation des Studenten habe er allerdings nichts einzuwenden. Damit beendete er seine Einwände, setzte sich wieder und schlug lässig ein Bein über das andere.

Kurz und bündig erwiderte der Kläger, dass kein Zusatzbericht nötig sei. Er habe «besagter Person» – es war kaum anzuhören, mit welch beleidigender Dehnung er den Begriff diesmal aussprach – lediglich die Hand auf die Schulter gelegt. Er könne von Glück reden, dass sich aus dem Vorfall nicht noch eine Gehirnerschütterung oder gar Schwerwiegenderes entwickelt habe.

Bibi wollte protestierend aufspringen, doch Willem de Boer, der sich unauffällig neben ihn gesetzt hatte, drückte ihn sanft mit keinen Widerspruch duldender Kraft auf den Stuhl zurück. Danach richtete auch er das Wort an seinen Vorgesetzten. «Als Leiter unseres Instituts könnte man eigentlich von Ihnen erwarten, dass Sie über Alter, Talent und Herkunft der Schüler des Hauses zumindest zu einem guten Teil informiert sind. Im gegenwärtigen Fall ist man mit großer Wahrscheinlichkeit gezwungen, ein Jugendgericht in Anspruch zu nehmen, da man es mit einem gerade erst Siebzehnjährigen zu tun hat. Darüber hinaus schließe ich mich den zuvor geäußerten Bedenken meines verehrten Herrn Kollegen Andreae an, der, wie ich heraushörte, von einem öffentlichen Streit abriet. Es wäre unausbleiblich, dass in einem solchen Falle die Eltern mit hineingezogen würden. Vor allem Ihre Gegenüberstellung mit einem so prominenten Exilanten, einem Nobelpreisträger, wird unter Umständen eine Sprengkraft entfalten, die dem Institut, aber auch Ihnen, verehrter Herr Direktor, zu bedeutendem Nachteil erwachsen könnte. Ich bitte um Bedenkzeit. Auch zu Ihrem Besten.» Während dieser kurzen Rede hatte er keinen Augenblick die Hand vom Kopfe Bibis genommen. Nun, da er sich wieder setzte, legte er seinen Arm um dessen Schultern und lächelte ihm entschuldigend zu.

Es entstand eine längere Pause, während der sich die Parteien, Gelassenheit vortäuschend, anstarrten. Dann hob der Direktor die Sitzung auf und fragte de Boer beiläufig, was er denn vorzuschlagen habe. Auch dieser war der Ansicht, dass man um einen intern ausgesprochenen Verweis nicht herumkomme, dass er sich jedoch das Recht herausnehme, «besagten Studenten» an ein ähnlich anerkanntes Institut wie dieses weiterzuempfehlen. In Anbetracht seines bedeutenden Talents sei das eine, wie er hoffe, nur zu verständliche Maßnahme. Vorausgesetzt, die Direktion verzichte darauf, an die Öffentlichkeit zu gehen.

«Und wenn doch?», provozierte der Direktor.

«Dann hätten Sie mit all dem zu rechnen, was Ihnen von meinem Kollegen und mir geschildert worden ist», erwiderte de Boer. «Und auch ich käme in dem Fall nicht drum herum, als Zeuge vorgeladen zu werden.»

Ohne ein Wort des Abschieds verließ der Direktor den Raum und schlug die Tür kräftig hinter sich zu. Andreae fing in seiner schallenden Art zu lachen an und nahm den hilflos wirkenden Bibi in die Arme. «Du bist draußen, mein Sohn. Wir nennen das einen klassischen Rausschmiss mit Folgen. Doch zu fürchten sind die nicht. Insgeheim zittern unserem verehrten Herrn Direktor die Knie. Mehr als dir, nehme ich an. Er kann es sich nicht erlauben – auch im Namen des Instituts nicht –, eine solche Schlammschlacht anzuzetteln. Zumal gegen eine internationale Größe, wie dein Herr Papa eine ist. Kein noch so vergifteter Pfeil kann den einmal erworbenen Schutzschild, über den dein Vater verfügt, durchbohren, nicht wahr?»

«Im Übrigen», fiel nun auch Willem de Boer ein, «habe ich mit Ihren Eltern am Wochenende telefoniert und ihnen die drohende Relegation angekündigt. Sie haben es sehr gefasst aufgenommen, nachdem ich ihnen das gemeinsame Vorhaben meines Kollegen und meiner Wenigkeit mitgeteilt habe, für Sie, junger Mann, und für Ihre Zukunft zu sorgen. Wir werden uns also bemühen, ein adäquates Lehrinstitut im In- oder Ausland für Sie zu finden und Ihnen bis dahin einen Platz auf der Ersatzbank des Tonhallenorchesters freizuhalten. Damit sollten wir keine großen Schwierigkeiten haben, da Ihre Attacke gegen ‹besagten Herrn› zum größten Teil positiv aufgenommen worden ist. Er ist nicht gerade der Beliebteste in diesen Kreisen. Seien Sie darum getrost und tapfer, stellen Sie sich Ihrem alten Herrn, und er wird Milde und Verständnis walten lassen. Sie hören von uns. Bis dahin, junger Freund, leben Sie wohl.» Er blinzelte ihm aufmunternd zu und verließ zusammen mit Kollege Andreae das Zimmer.

Im Freien Gymnasium erfuhr Bibi, dass Menachem Rosemunde ordnungsgemäß abgemeldet und mit unbekanntem

Ziel abgereist war. Seinen Eltern hatte er sich nach einigen Anläufen gestellt und war mit zurückhaltender Sorgfalt behandelt worden. Das Thema Relegation kam weniger als erwartet zur Sprache. Der Zauberer beharrte lediglich darauf, den ihm bekannten Psychiater Doktor Katzenstein zu konsultieren, an dessen Urteil ihm viel gelegen sei, und das, wie er hoffe, recht harmlos ausfallen würde. Vielleicht müsste lediglich eine medizinische Substanz zur Dämpfung seiner temperamentbedingten Auswüchse verabreicht werden, sodass Bibi in aller Ruhe sein Abitur im Freien Gymnasium absolvieren könnte. Denn darauf bestehe er nach wie vor. Damit wandte er sich, auf der Suche nach einem geeigneten Sender, seinem wohl gerade erstandenen Radioapparat zu.

Bibis Mutter brachte die Rede auf ein schon länger diskutiertes Vorhaben, das sie und der Herr Papale nun ernstlich in Erwägung zogen. Es lagen Einladungen von einigen Universitäten in den Vereinigten Staaten vor, die sich Lesungen aus den Büchern des Herrn Papale und Vorträge von ihm wünschten. Solche Veranstaltungen, so Mielein, schienen dort außerordentlich gefragt. Vor allem auf dem germanistischen Gebiet. Man setze sich dort intensiv mit der Literatur des Zauberers auseinander; auch angesichts dessen, was momentan im Vaterland vor sich gehe. Aus diesem Grunde nun schlage sie Bibi eine Rückkehr in die Schiedhaldenstraße vor. Man müsse jetzt unnütze Mehrausgaben überdenken und gegebenenfalls eliminieren. In der Zeit ihrer Abwesenheit stünde das Haus leer, da auch die Geschwister, bis auf Medi, in alle Welt hinaus waren.

Bibi hielt dagegen, der lange Weg vom Hause ins Freie Gymnasium sei nach wie vor der gleiche und die Aufbringung der Fahrtkosten mit den öffentlichen Verkehrsmitteln käme dem zusätzlichen Mietzins sehr nahe. Von einer Einsparung könne deshalb nicht die Rede sein. Es sei denn, er bräche die schulische Ausbildung, die er persönlich sowieso für überflüssig halte, ab, da sie für seinen späteren Beruf nicht maßgebend sei. Und es werde ihn nichts daran hindern, den einmal eingeschlagenen Weg der musikalischen Ausbildung weiterzuverfolgen. Dazu sei keine Matura nötig. Mielein fuhr mit schneidender Stimme dazwischen. Wer wolle ihn denn überhaupt noch? Das einzig ernstzunehmende Institut befinde sich nun einmal hier in Zürich und sein Konzertdiplom, die Krone seiner Ausbildung, habe er sich mit seiner Ohrfeige endgültig vermasselt. Sie warf einen kurzen Blick zum Zauberer hinüber, der, sichtlich desinteressiert, immer noch einen passenden Sender suchte, sich bei dem für ihn unappetitlichen Wort «vermasselt» aber indigniert zu ihr hinwandte. «So jedenfalls würde es mein Vater nennen, wenn er davon erführe», beendete sie mit einem entschuldigenden Unterton in der Stimme ihre Rede.

Wenige Tage später stand Bibi auf dem Perron des Züricher Bahnhofs und starrte dem Zug nach, der seine Eltern ins französische Le Havre zu dem Schiff bringen sollte, mit dem sie in den nächsten Tagen nach New York aufbrechen würden.

Aissi in Amsterdam, Eri in den Staaten, Golo in Frankreich – und er auf einem Bahnsteig in Zürich, von wo er seinen Eltern zum Abschied zugewinkt und sie gemessen zurückgewinkt hatten. Er hatte ihnen versprochen, so oft wie möglich nach dem Haus in der Schiedhaldenstraße zu sehen, und blickte nun auf die kleiner werdenden Schlusslichter des Zuges. Des Zuges, der den großen Zauberer, den Unsterblichen und seine überaus treudienende Gemahlin davontrug. Der Gedanke, dass vielleicht das sorgloseste Kapitel seines bisherigen Lebens auf diesem Bahnsteig zu Ende gegangen war, überfiel ihn mit einer

Wucht, dass ihm die Tränen in die Augen schossen. Ihm war mit einem Mal, als habe ihm ein weiteres Leben nichts mehr zu bieten, als könne er es, ohne mit der Wimper zu zucken, beenden. Gehörten solche Gedanken etwa nicht zum väterlichen Erbteil? Zu einer Familie, in der der freie Wille, aus dem Leben zu scheiden, gang und gäbe war? Er dachte an die Schwestern des Vaters, die bereits die Flucht vor der Welt, vor der Familie angetreten hatten. Und sein Vater selbst, der Unsterbliche? Hatte er nie die Sehnsucht nach dem Ende gefühlt? Oder hatte er sich wirklich die Unsterblichkeit erkämpft? Lachhaft! Er, der sich von allem Leben, das ihn umgab, auf eine beinahe krankhafte Weise distanzierte? Auch der Halbgott war darauf angewiesen, eine rumpelnde Eisenbahn zu besteigen, um ein Reiseziel zu erreichen. Aus Sparsamkeitsgründen hatten seine Eltern sogar auf Billetts für die erste Klasse verzichten müssen. Und all das wegen ein paar Vorträgen und Interviews. Denn dass sie sich dort ungewöhnlich um ihn rissen, konnte er nicht glauben. Trotz seines Nobelpreises war er in den USA kein «Bestsellerautor» geworden, wie ihm Aissi einmal zuraunte. «Das mag vielleicht am Geschmack der Yankees liegen», hatte sein Bruder vermutet. Mielein hatte in diesem Zusammenhang stets von diversen Lesungen, vor allem an der Universität in Princeton, gesprochen. Mit Einstein wollten sie dort Kontakt aufnehmen und überdies eine geradezu fanatische Anbeterin des Vaters persönlich kennenlernen, die all die Termine arrangiert hatte und sich immer deutlicher als eine steinreiche Gönnerin entpuppte. «In diesen Zeiten darf man derartige Angebote nicht von vornherein ausschlagen», meinte Mielein, «auch wenn man der Herr Papale ist und solche Anbiederungen bisher zurückgewiesen hat.»

Blitzte da nicht schon eine viel weiter reichende Absicht durch? Wollte man einen möglichen Fluchtweg abstecken und ließ ihn hier als kostengünstigen Hausmeister zurück, den man im Notfall nachkommen lassen konnte, falls es dann noch ging? Beinahe wie eine Antwort auf all diese Fragen erschien ihm der Brief, der ihn in seinem Zimmer erwartete. Darin teilte ihm Menachem Rosemunde mit, dass seine Familie Hals über Kopf beschlossen hatte, die Schweiz in Richtung Frankreich zu verlassen. Sie sei zunehmend besorgt gewesen über die ideologisch gewachsene Ansteckungsgefahr und die daraus resultierende Judenfeindlichkeit, die über die Reichsgrenze herüberschwappe.

Du, lieber Freund, und Deine so überaus bekannte und unliebsame Familie «dort drüben» (so pflegtest Du Dich doch auszudrücken, wenn Du das Reich erwähntest), Ihr hättet wahrscheinlich Ähnliches an Diskriminierung zu erwarten, sollte sich daraus eine ideologische Invasion entwickeln. Wenn auch nicht aus den gleichen Gründen. Mein Vater meint, es ließe sich hier vorläufig kommoder als im infizierten Ländli unsere Übersiedlung in die Staaten abwarten. Die dortigen Behörden lassen sich mit der Ausstellung unseres Affidavits, das Freunde in Chicago für uns eingereicht haben, zwar viel Zeit, aber wir haben hier in Paris eine anständige Bleibe gefunden, und diese Stadt ist aufregend. Sie kommt mir seltsam bekannt und doch wieder unbekannt vor. Wenn wir durch die Straßen flanieren, habe ich oft das Gefühl, hier geboren worden zu sein. Auf einem anderen Boulevard wiederum bin ich ein vollkommen Fremder und sehne mich nach einem endgültigen Zuhause. Meinen Eltern gegenüber möchte ich davon lieber nichts erwähnen, sondern führe ihnen ständig große und staunende Augen vor. Dennoch, kulturell, auch auf musikalischem Gebiet, tut sich hier so manches. Wir besuchen oft die Oper. Vor allem die italienische hat es meinen Eltern angetan. Mein Vater meint, so wie die Italiener ihre Opern vortragen, bekommt man sie in keinem anderen Haus zu hören. «Dieser ganz spezielle Schmelz und Tonfall in der Stimmbehandlung kann einen süchtig machen», sagt er. «Die Franzosen können nicht einmal ihre eigenen Opern ordentlich vortragen.» Nur manchmal, wenn es anlässlich eines Gastspiels aus Wien, Berlin oder München einen Wagner gibt, lassen wir uns in der Nationaloper sehen. Doch genug davon. Bist Du in der Lage, Deinem Herrn Vater gelegentlich ans Herz zu legen, dass auch er sich beizeiten nach einem sicheren Plätzchen umsehen sollte? Oder hofft er immer noch auf eine friedvolle Rückkehr in die Heimat? Ich jedenfalls würde es begrüßen, wenn wir uns hierzulande wiedersehen könnten, bevor wir nach Chicago abdampfen. Deshalb hoffe ich insgeheim, dass die Ausfertigung des Affidavits noch ein wenig auf sich warten lässt. Hier werden Lehrinstitute aller Art und Fächer angeboten. Auch solche, die Deiner musikalischen Sucht entsprechen könnten. Willst Du, dass ich mich für Dich einmal kundig mache? Außerdem macht der Name eines tüchtigen Violinlehrers die Runde, der besonders unter Exilanten angesehen ist.

Gib mir doch bitte bald Bescheid, wie Du darüber denkst. Ich bin fast sicher, dass Deine verehrten Eltern Dir auch hier ein Studium finanzieren würden, so Du sie von einer vorzeitigen und sanften Flucht überzeugen könntest.

Mit den freundlichsten Grüßen, so lange wie möglich,

Dein Menachem Rosemunde

PS: Die Sprachbarriere sollte in unserem Alter noch kein echter Hinderungsgrund sein.

Ein zweiter Brief, den er zunächst übersehen hatte, kam vom Institut. Darin teilte ihm Doktor Volker Andreae dienstlich und unpersönlich mit, dass ihm das Konservatorium das Consilium Abeundi vorschlage, um ihm den offiziellen Verweis von der Anstalt zu ersparen. Einen freiwilligen Abgang hielten er und sein Kollege Willem de Boer für sein ferneres Studium an anderen Instituten für die vorteilhafteste Lösung. Selbstverständlich seien sie jederzeit zu einem Gespräch bereit und würden es darüber hinaus begrüßen, ihn eingehend beraten zu dürfen.

Als er Gret beide Schreiben in die Hand drückte – sie hatte ihn zu Kaffee und seinen geliebten Schokoladentäfelchen bei Lindt & Sprüngli in der Bahnhofstraße eingeladen –, verging eine längere Zeit des Lesens, die ihrer behäbigen Gründlichkeit entsprach, bis sie sich dazu äußerte. Sofort hatte sie begriffen, dass de Boer und Andreae ihn zu schützen versuchten. Die überaus förmlichen Zeilen, so vermutete sie nicht zu Unrecht, waren dem Direktor vorgelegt und zähneknirschend von ihm akzeptiert worden. Das Angebot zu einer mündlichen Aussprache sollte er keinesfalls ausschlagen. Es könnte einiges Lukrative enthalten und ihm seinen weiteren Weg ebnen. Zu den Zeilen Rosemundes äußerte sie sich zurückhaltender und gab zu bedenken, dass der Übergang von einer staatlich geförderten Anstalt zu einem Privatlehrer, mit der sein Kumpan zu liebäugeln schien, möglicherweise größere Nachteile für seine Zukunft mit sich bringe. Auch das wäre ein Thema, das er in der Unterredung mit seinen ehemaligen Lehrern zur Sprache bringen könnte. Erst danach wäre eine Antwort nach Paris am Platz.

Was sie ihm von ihrer Seite nun mitzuteilen hatte, entsprach so gar nicht dem Eindruck, den sie anfangs von der Familie Mann gewonnen hatte. Herr Moser habe Bibis Vater und seiner Gemahlin eine herzliche Einladung zukommen lassen, mit der Bitte, einen Termin zu nennen, der ihnen angenehm wäre – man würde sich in jedem Fall danach einrichten. Darauf hatten sie keine Antwort erhalten. Erst nachdem Medi von Gret im Freien Gymnasium darauf angesprochen worden war, ob die briefliche Einladung vielleicht verlorengegangen sei, hätten Grets Eltern eine kurz und bündig verfasste Nachricht erhalten, dass man auf dem Weg ins Ausland sei und ein Zusammentreffen in naher Zukunft ausgeschlossen wäre. Das rigorose «ausgeschlossen» hatte sie nachhaltig gekränkt, Frau Moser war nahezu aus der Fassung geraten. Das Schreiben sei mit dem Nachsatz beendet worden, man könne nach ihrer Rückkunft eventuell korrespondieren, sofern die Beziehung der jungen Leute dann noch aktuell sei. Das Ganze war von der Mutter Bibis unterzeichnet und aller Wahrscheinlichkeit nach auch abgefasst worden. Gret hegte sogar den Verdacht, dass der Zauberer die Einladung gar nicht in die Hand bekommen hatte. Sie sah darin eine schreckliche Beleidigung ihrer Eltern. Der letzte Satz jedoch quälte sie am meisten. Was hatte das zu bedeuten? Hatte Bibi mit den Seinen über ihre Beziehung gesprochen? Und in welcher Weise? Oder hatte er sie in Unkenntnis gelassen? Wenn sie gar nicht über ihr Verhältnis informiert waren, muss die elterliche Einladung auf völliges Unverständnis gestoßen sein. Wie beschämend!

Als sie Bibi nun zur Rede stellte, wusste er keine Antwort, knabberte nur an seiner Schokolade herum, stopfte sie gedankenlos in sich hinein, je nachhaltiger seine innere Unruhe wurde und je mehr die Rede Grets sein Gewissen belastete. Energisch entzog sie ihm das Schokoladenkästchen und verlangte zu wissen, was er seinen Eltern, Pielein und Mielein, über ihr Verhältnis, wenn überhaupt, erzählt habe. Bibi schwieg sich eine Weile aus und sah Gret missmutig an, äußerte sich dann jedoch stotternd und undeutlich, dass ihn der Vorfall im Konservatorium nicht dazu habe kommen lassen. Aus Furcht vor einer Auseinandersetzung mit dem Vater hatte er es lange nicht gewagt, diesem unter die Augen zu treten, und sich ihm gegenüber am Ende lediglich verpflichten müssen, einen Doktor Katzenstein zu konsultieren – einen bekannten Psychiater, der ihm unter Umständen zu der inneren Ruhe verhelfen könne, die er und seine nächste Umgebung so sehr benötigten. Bis zum heutigen Tag, gestand er Gret, habe er ihn nicht aufgesucht. Nicht einmal daran gedacht, obwohl Mielein ihn mehrfach daran erinnert hatte.

Als Gret ihn aufforderte, bei der Sache zu bleiben, wurde er laut. Wie er denn noch daran hätte denken können? Mielein habe ihm drastische Worte an den Kopf geworfen: So würde sein Vater im Falle einer fortgesetzten Weigerung kein Wort mehr an ihn richten, bis er seinen Starrsinn aufgegeben hätte. Sollte er sich vielleicht vom Doktor Katzenstein eine vernichtende Diagnose abholen? Und sein Leben lang damit herumlaufen müssen? Und würde sie, Gret, denn dann noch eine lebenslängliche Bindung mit ihm eingehen wollen?

Gret lachte laut auf. «Das ist ja ein ganz dicker und fetter Heiratsantrag, mein Schatz.»

Bibi seinerseits versuchte, seinen Schreck zu verdecken, indem er verlegen in ihr Gelächter einstimmte. «Ich habe ihm allerdings, wenn schon kein Wort, so doch eine Geste abgerungen. Nachdem ich ihnen das Handgepäck zum Bahnhof getragen habe, hat mir der große Zauberer zum Zeichen des Abschieds leicht zugewinkt, mit mir zugewandter, offener Handfläche. Es hat wie ein Hitlergruß ausgesehen.»

Gret schob ihm sein Schokoladenkästchen wieder hin. «Mir ist nicht klar, wie ich mich dir gegenüber zu verhalten habe. Noch nicht.»

Jeder Deutsche hätte für diesen Satz höchstens die Hälfte der Zeit gebraucht, dachte Bibi und verbiss sich sein kindisches Gekicher. Gret gab dem Kästchen einen zusätzlichen Stoß, der es beinahe auf seinen Schoß befördert hätte. Bibi konnte es zwar auffangen, nicht jedoch verhindern, dass einige der Täfelchen zu Boden fielen. Als er sie aufgesammelt und mit einer Clownsgeste in den Mund geschoben hatte, um Gret zum Lachen zu bringen, sah er auf und erkannte, dass sie gegangen war.

Bibi musste sich eingestehen, dass sich der Besuch bei Doktor Katzenstein nicht mehr länger aufschieben ließ. In ihrem Brief hatte Mielein deutliche Worte gewählt.

… vor allen weiteren Entschlüssen oder Unternehmungen Deinerseits solltest Du bedenken, dass dazu stets das Einverständnis des Herrn Papale vonnöten ist. Er nun lässt Dich wissen, dass Du Dich vorher einer gründlichen Untersuchung durch Herrn Doktor Katzenstein zu unterziehen hast. Ohne diese Konsultation, auf die er nachdrücklich besteht, darfst Du nicht nur mit der Verweigerung seines Einverständnisses, sondern auch mit dem Entzug jeglicher Unterstützung rechnen. Die Klagen, die wir von Dir ja zu hören gewohnt sind und die uns auch diesmal zu Ohren kommen werden, ich zitiere: «Der Beißer hat auch jetzt wieder auszubaden, was andere sich haben zuschulden kommen lassen.» Nun gut, wir werden es überleben.

Nebenbei, auch Medi ist mit diesem väterlichen Begehren konfrontiert und hatte nicht die geringsten Probleme, sich dem zu unterwerfen. Das nur zum Verhalten der Lieblingstochter Deines Vaters. Dass er Dich nicht gerade zu seinem Herzbuben erkoren hat, ist offensichtlich. Auch mir ist Euer gespanntes Verhältnis, um nicht zu sagen, Eure gegenseitige offene Antipathie nicht entgangen, und ich betrachte die immer tiefer werdende Kluft zwischen Euch mit großer Sorge. Dennoch kann ich Dir nur zurufen: «Füge Dich!» Der Sorgen sind genug, die ich im Augenblick zu durchleiden habe, und ich hoffe doch, dass Du wenigstens für Deine Mutter in etwa die Gefühle eines Kindes bewahrt hast und uns nicht mit weiteren Misslichkeiten behelligst.

In Zärtlichkeit,

Mielein

PS: Dein Plan, in einem Pariser Konservatorium unterzukommen, wird voraussichtlich schwer aufgehen, da die erste Frage, die man Dir dort stellen wird, wohl diejenige nach dem Grund Deines Studienabbruchs sein wird. Aber wie auch immer, verliere den Mut nicht. Dein Vorhaben, an Herrn de Boer mit der Bitte um Hilfe und Fürsprache heranzutreten, ist kein schlechter Weg. Jedenfalls werde ich jederzeit, soweit mir das möglich ist, an Deiner Seite sein. Auch der Herr Papale wird das Seinige beitragen, solltet Ihr Euch irgendwann in naher Zukunft wieder in die Augen sehen können.

Bibi verbiss sich die Wut und das dringende Verlangen, auf das vor ihm liegende Schreiben seiner Mutter einzuschlagen. Stattdessen weinte er ein bisschen und rief in kläglichster Stimmung Herrn Doktor Katzenstein an. Die Sprechstundenhilfe wusste sogleich, worum es sich handelte, sie schien bereits den Terminkalender in der Hand zu haben und schlug ihm, ohne ihm auch nur vorspiegeln zu wollen, nach einem geeigneten Termin zu suchen, den kommenden Tag vor. Die Uhrzeit könne er doch bitte selbst bestimmen.

Am nächsten Morgen fand er sich zu früher Stunde in der Praxis ein und wurde mit Schümlikaffee, vielen Keksen und noch mehr freundlichen Worten empfangen. Doktor Katzenstein schien ihm der Inbegriff des hoch- und großnäsigen Juden zu sein. Seine schweren Augenlider machten den Eindruck, als würden sie sich keinen Augenblick länger davon abhalten lassen, herunterzufallen. Dennoch schien der Psychiater jede kleinste Regung Bibis zu registrieren. Sein breiter, volllippiger Mund war in ständiger Bewegung, als koste er im Stillen schon die zu erwartenden Bekenntnisse des Patienten und dessen Krankhaftigkeiten aus, als schlürfe er sie in sich hinein, mit einer intellektuellen Gier, die geradezu obszön anmutete.

Bibi sprang auf und wandte sich der Tür zu, doch Katzenstein hielt ihn mit der Bemerkung auf, dass er ruhig herumlaufen dürfe, wenn ihm das Sitzen beschwerlich sei. Er selbst hätte beispielsweise die Angewohnheit, während der Lektüre auf und ab zu gehen. Bibi sah ihn misstrauisch an. Wollte der Mann sich über ihn lustig machen? Doch das fleischige Gesicht seines Gegenübers strahlte eine derartige Ruhe und Ernsthaftigkeit aus, dass er sich wieder hinsetzte.

«Wann haben Sie angefangen, schlecht zu schlafen, junger Freund?»

«Ich schlafe gut, sogar sehr gut», empörte sich Bibi. «Erst seit der Relegation ...» Bibi stockte, und Katzenstein richtete seinen

Reptilienblick einen Moment lang auf ihn, dann schloss er die Augen wieder und ließ eine lange Pause eintreten. Sein Nicken schien aus einer unüberwindlichen Schläfrigkeit zu kommen. «Ja, ich habe davon gehört», sagte er nach einer Weile. «Haben Sie eigentlich im Nachhinein einmal bereut, den Herrn Direktor geohrfeigt zu haben?»

Bibi dachte nach. «Nein», antwortete er dann bedächtig, «ich glaube, das ist mir nie in den Sinn gekommen. Die Ohrfeige war ja gewissermaßen nur die Antwort auf sein Verhalten.» Wieder wartete er auf eine Antwort des Doktors, dessen Augen noch immer geschlossen waren, während der Mund mit seinen unablässigen Kaubewegungen fortfuhr. Beneidenswert, dachte Bibi, wie hier mit der Zeit umgegangen wird.

«Und Sie hatten auch nicht irgendwann einmal das Bedürfnis, Ihren Vater zu verhauen?»

Bibi fing sogleich zu lachen an und erwiderte, dass er dieses Bedürfnis nie empfunden habe. Fast nahm er diese Frage wie eine Beleidigung auf.

«Ist es so abwegig für Sie, es zu einer solchen Handlung gegen Ihren Herrn Vater kommen zu lassen?»

Bibi schwieg und fühlte erneut dieses unbezähmbare Gefühl in sich aufsteigen.

«Weshalb haben Sie eigentlich auf meine Frage so hemmungslos zu lachen angefangen?», insistierte Katzenstein.

«Ihre Art, sich auszudrücken, war doch ziemlich komisch. Kein Mensch könnte den Herrn Papale ‹verhauen›.»

«Interessant. Sie nennen ihn wie?»

«Herr Papale.»

«Selbst erfunden oder übernommen?»

Wieder schwieg Bibi. Plötzlich waren die Augen des Doktors weit geöffnet. «Sie lieben den Herrn Papale, nicht wahr?» Katzenstein beugte sich zu ihm hinüber, und Bibi schossen unvermittelt die Tränen in die Augen. Er versuchte, sie mit dem Jackenärmel wegzuwischen. «Ich weiß es nicht», bekannte er leise. «Wir hatten noch nie Gelegenheit, uns unsere Zuneigung zu zeigen.»

«Umgehen Sie das Wort Liebe bewusst?», fragte Katzenstein ungerührt.

«Wer will denn hier von Liebe reden?», rief Bibi. «Ich bin nicht einmal davon überzeugt, dass Liebe eine real existierende Empfindung ist.»

«Woher könnte dann das Wort Liebe stammen?» Katzensteins Lippen kräuselten sich zu einem amüsierten Lächeln.

«Von irgendeinem Poeten, Romanschreiber, Märchenerzähler. Suchen Sie es sich aus.» Bibi wurde nun zunehmend lauter.

«Trotzdem macht Ihnen der Verdacht der väterlichen Lieblosigkeit zu schaffen, oder?»

«Nein, mich kränkt allein die Tatsache, wie verschwenderisch er anderen gegenüber mit dem Gefühl, das Sie Liebe nennen, umgeht. Ich stehe ewig in der zweiten Reihe, bin quasi der Zaungast, wenn er meine Schwester abküsst, sie gar nicht aus der Umarmung lassen will. Glauben Sie, es hat mir Spaß gemacht, in einer dunklen Zimmerecke zu stehen und zuzusehen, wie er meine Schwester abschleckt? Zu guter Letzt finde ich mich auch noch in einem seiner Bücher als ‹Beißer› wieder. Noch lange nachdem ich das gelesen habe, bin ich stets mit der Hand vor dem Mund herumgelaufen, weil ich mir einbildete, mir würde jeden Augenblick ein Raubtiergebiss aus dem Mund wachsen.»

«Er hat Ihnen also ganz hübsch zugesetzt, Ihr Herr Papale.»

Bibi grinste. «Ich ihm aber auch.» Im nächsten Augenblick

liefen ihm wieder die Tränen übers Gesicht. Katzenstein tat so, als nähme er den Zustand seines Besuchers nicht wahr.

«Doch abgesehen von alldem finden Sie seine Werke sicherlich über jede Kritik erhaben, nehme ich an.»

«Ich hasse seine Texte.»

«Das glaube ich Ihnen nicht.»

Bibi suchte nach einem Taschentuch und putzte sich die Nase. «Es gibt Autoren, die mehr nach meinem Geschmack sind.» Erneut schlich sich ein leichtes Grinsen über sein Gesicht.

Katzenstein blieb unbewegt. Nur sein permanentes Kauen wurde intensiver. «Haben Sie denn auch schon einmal zu schreiben versucht?»

«Mit acht oder neun Jahren. Der Herr Papale fand das damals recht annehmbar.»

«Und wie kamen Sie zur Musik?»

«Er hat mir seine Geige geschenkt, weil er einsah, dass er über seine dilettantischen Versuche nicht hinauskommen würde.»

«Und das löste bei Ihnen sicher einen Feuereifer aus, weil Sie hier die Chance sahen, ihn zu übertreffen, oder?»

«Man bescheinigte mir bald Talent», erklärte Bibi kurz angebunden.

Wieder blickten sie sich eine Zeit lang an, bis sie endlich in ein befreiendes Gelächter ausbrachen. Diesmal gab Katzenstein den Anstoß. Sein zuvor so unbewegtes Gesicht legte sich in wulstige Falten, und der geöffnete Mund zeigte nichts, auf dem man hätte herumkauen können. «Ich habe bereits Ihrer Schwester bescheinigt, dass bei ihr keine Anomalien zu entdecken sind, geschweige denn, dass ein Grund zur Therapie bestanden hätte. Auch in Ihrem Fall sehe ich außer einem permanenten Liebesentzug durch eine Ihnen anverwandte Person, unter der Sie, mehr als Sie zugeben wollen, zu leiden haben, keinen Grund zum Einschreiten. Wenn überhaupt, dann durch einen Neurologen, der Ihr cholerisches und unbeherrschbares Temperament ein wenig zügeln und Ihr Nervenkostüm stabilisieren könnte. Ich jedenfalls bin hier fehl am Platze. Sehen Sie zu, dass Sie den Wildwuchs Ihrer Seele wenigstens zu lenken imstande sind, am besten durch intensives Studium. Ich hörte, dass Sie nach dem unglücklichen Vorfall im hiesigen Konservatorium die Absicht haben, nach Paris zu gehen. Tun Sie das, junger Mann. Es dürfte nicht zu Ihrem Schaden sein. Es war interessant, Sie kennenzulernen.» Er streckte Bibi die Hand hin. «Übrigens, ich würde nun gern einmal Ihren Herrn Papale bei mir sehen. Vielleicht könnten Sie ihm das mit freundlichen Grüßen meinerseits übermitteln. Und lassen Sie sich nicht durch eine momentane Antipathie zu Fehlurteilen an seinen Werken verleiten.»

Angesichts dieser neuerlichen Demütigung konnte er seinem Vater nicht mehr unter die Augen treten. Hatte dieser gehofft oder gar erwartet, man könne seinen Sohn mit einer Empfehlung des Herrn Doktor Katzenstein in eine psychiatrische Klinik einweisen lassen und ihn damit erst einmal für eine Zeit vom Buckel haben? Das spöttische «Herr Papale» aus dem Munde des Psychiaters ließ ihn den Entschluss fassen, diese Anreden endgültig aus seinem Gedächtnis zu streichen. Die Idee, seine Brüder, die sich nun beide in Paris aufhielten, von seinem Kommen zu benachrichtigen, musste er einstweilen zurückstellen. Zumindest bis die Diagnose Katzensteins in der Schiedhaldenstraße eingetroffen war. Er durfte seinen Eltern, die – genau wie die große Schwester – mittlerweile aus Amerika zurückgekehrt waren, keinerlei Grund geben, ihm ihre Unterstützung zu entziehen.

«Deine Wirtin war so nett, mir dein Zimmer zu öffnen.»

Seine Mutter saß auf dem Bett und sah ihn forschend an. Dann erhob sie sich rasch und schloss ihn in die Arme. «Entschuldige», murmelte sie, während sie ihr Gesicht an seiner Schulter barg, und wiederholte es, nachdem jede Reaktion von ihm ausblieb. Sie griff nach seinen Schultern und schüttelte ihn. «Er hatte doch keine andere Wahl nach all den Vorkommnissen. Das Konservatorium war kurz davor, einen Prozess gegen uns anzustrengen. Vielleicht wirst du noch einmal begreifen, welch ständigem Druck dein Vater ausgesetzt ist. Geduldet sind wir hier, Gäste, mit denen man sich schmücken, die man jedoch im Falle geringster Unannehmlichkeiten sofort aus dem Land weisen kann.»

«Wir sind Tschechen, Mama», rief Bibi. «Wir sind Ehrentschechen. Warum halten wir uns nicht in Prag auf?»

Mielein hielt ihn von sich, um ihm besser ins Gesicht sehen zu können. «Sag doch einmal: Guten Abend, wie war es bei deinem Arzt? Auf Tschechisch natürlich!» Seine Mutter war einfach immer wieder zum Verlieben. Ihre Heiterkeit überwältigte ihn. «Ich lade dich jetzt zu einem feudalen Essen ein, und wir werden auf deine Gesundheit anstoßen.» Seine Verwunderung fing sie auf, indem sie ihm gestand, Doktor Katzenstein schon angerufen zu haben, weil sie ihre Unruhe nicht hätte bezähmen können. «Und wir werden heute Abend auch über deine musikalischen Ambitionen reden. Einverstanden?»

Mama, wie Bibi sie von nun an nennen sollte, dieses «Mielein» war ihm auch schon länger auf die Nerven gegangen, und «Mutter», das schien ihm zu robust für die Frau, die da vor ihm stand, Mama also hatte die Kronenhalle gewählt. Das namhafteste Lokal am Platze. Gret sollte ihrer Meinung nach dabei sein. Als Bibi die Kronenhalle betrat, wurde er sogleich zum Tisch der beiden Damen geleitet, die schon eine ganze Weile dort verbracht haben mussten. Vor ihnen standen Gläser mit sogenannten Appetitanregern, denen sie kräftig zugesprochen hatten. Gret begrüßte ihn damenhaft, indem sie ihm über dem Tisch die Wange hinhielt, und Bibi beantwortete das damit, dass er nach ihrer Hand griff und ihr einen förmlichen Kuss aufdrückte. Die Mama begann sofort, das junge Paar mit leisem Misstrauen zu beobachten. Sie hatte das Menü ausgewählt, das offensichtlich an die bayerische Heimat erinnern sollte. Man startete mit einer vorzüglichen Leberknödelsuppe, es folgte das Hauptgericht, bestehend aus einem im Munde zergehenden Kalbshaxenfleisch, das der Ober bereits vom Knochen gelöst hatte. Dazu servierte er die obligaten Semmelknödel und zum Nachtisch Schwarzkirschenkompott über Vanilleeis, das in hauchdünnen Palatschinken eingewickelt war. Vom Barolo, Jahrgang 1927, zum Hauptgang serviert, wurde noch eine zweite Flasche bestellt, was vornehmlich die Damen immer gelöster und heiterer werden ließ. Mama kam allmählich zur Sache und informierte ihren Sohn, dass sie bereits Verbindung mit Golo aufgenommen und ihn gebeten habe, sich nach einem Zimmer für seinen kleinen Bruder umzusehen. Außerdem habe er nach einem geeigneten Lehrer Ausschau halten sollen, der des Bratschen- und Violinspiels kundig sei. Ein Herr Galamian, der in letzter Zeit vielbeachtete Konzerte in Frankreich gegeben hatte, sei sehr zu empfehlen, aber nicht gerade billig. Er besäße auch als Lehrkraft einen guten Namen. Der Herr Papale habe sich bereits an besagten Monsieur Galamian gewandt; nach dessen Meinung sei er der Einzige, der Bibi auf das Conservatoire vorbereiten könne. Dem Jungen dürfe nichts in den Weg gelegt werden, das seinem Entschluss entgegenstünde. Da hätten auch finanzielle Bedenken keine Priorität.

Bibis Gesicht verfinsterte sich immer mehr, Gret dagegen,

die sich den Barolo schmecken ließ, wurde zunehmend albernner. Die Musik sei ein internationales Verständigungsmittel und ersetze im Notfall alle Sprachen der Welt, gab sie unter Glucksen von sich. Das ermögliche Bibi, sich dennoch auf seine charmante Weise zu artikulieren.

Bibis Mutter betrachtete ihren Sohn, der stumm in den Resten seines Nachtischs stocherte. Dann fragte sie Gret, ob diese Frotzelei einen ernsthaften Hintergrund hätte. Sie bekam keine Antwort. «Habt ihr denn auch weiterhin die Absicht, eine engere Verbindung einzugehen?», fragte sie jetzt schärfer.

«Selbstverständlich», rief Gret und hob ihr Glas. Bibi brach in forciertes Gelächter aus, und Gret sagte leise und trocken: «Prost.»

Die Mutter sah entgeistert von einem zum anderen, wurde jedoch schließlich vom Gelächter, in das auch Gret eingefallen war, angesteckt. «Wenn das die Basis für eine dauerhafte Verbindung sein soll, kann ich nur zaghaft die Daumen drücken.»

«Haben wir jemals von einer dauerhaften Verbindung gesprochen?», fragte Bibi und sah seine Freundin an.

«Nicht, dass ich wüsste», rief Gret und hob wiederum ihr Glas.

«Woher dann dieses Gerücht?»

«Hört mit diesem albernen Getue auf und beantwortet mir eine sehr wichtige Frage: Habt ihr die Absicht, gemeinsam nach Paris zu gehen?»

Gret stellte ihr Glas auf den Tisch. «Nein», sagte sie. «Ich werde mein Abitur nachholen und anschließend vielleicht ein Studium beginnen. Wir werden unsere Wege unabhängig voneinander gehen und trotzdem zusammenbleiben. Bibi kann doch wohl seinen Beruf am besten in der Schweiz ausüben», meinte sie unter Anspielung auf seine halbjüdische Herkunft.

«In keinem anderen Land lebt man heute sicherer und wirtschaftlich komfortabler. Das sollten auch Sie bedenken, wenn ich das einmal sagen darf.»

Das Mielein war blass geworden. «Alles, liebste Gret, alles dürfen Sie sagen. Auch den taktlosesten Blödsinn. Vielleicht bringt mein Sohn es ja noch vor seiner Abreise fertig, Ihnen Ehrgeiz und Charakter des Herrn Hitler zu beschreiben.»

Im Grunde konnte sie aufatmen. Es gab anscheinend keinen Anlass für wesentliche Veränderungen in den Vorkehrungen, die man für Bibi schon getroffen hatte. Keine weiteren Belastungen für ihren Mann, dessen leicht desolater Zustand ihn oft am Schreiben hinderte. Nur mühsam schien er vorwärtszukommen, griff immer aufs Neue zum Alten Testament, um sich in das Schicksal Jaakobs und Josephs zu vertiefen, und hing wie eine Klette an den alten Texten, statt sie bloß als Anregung zu nehmen und seiner sonst so überbordenden Phantasie freien Lauf zu lassen. Oft war sie schon froh, wenn er wenigstens zwanzig Zeilen am Tag zu Papier gebracht hatte. Ihre geplante neuerliche Reise in die Staaten machte ihr Hoffnung, dass er sich dort durch Vorträge, Empfänge und feierliche Würdigungen an einigen Universitäten erholen und zu seiner vormaligen Schaffenskraft zurückfinden würde, während sich gleichzeitig sein angeschlagenes Selbstbewusstsein stabilisierte. Sie sah die Kinder an, die sich über den Tisch hinweg an den Händen hielten und eindringlich miteinander flüsterten. Waren sie denn wirklich schon ernst zu nehmen? Vor allem der kleine, verrückte Bibi? Jähzornig und zugleich sentimental und liebesbedürftig, lief er mit seiner zurückgewiesenen Liebe wie ein halbblindes Tierchen herum, stieß gegen Wände, die er sich selbst errichtet hatte. Stand er nicht im Begriff, jegliche Orientierung auf seinem allzu früh begonnenen selbstverantworteten Lebensweg zu verlieren? Und konnte sie selbst, die Mutter dieses wie wild um sich schlagenden Geschöpfes, den Zustand ihres Jüngsten dulden? Sie nahm sich vor, Aissi und Golo zu bitten, in Paris auf den kleinen Bruder ein Auge zu haben.

Auf dem Heimweg machte ihm Gret unentwegt Vorwürfe. Bibi habe sich wie ein Egoist verhalten. Von selbst wäre er doch nie auf den Gedanken gekommen, sie anzurufen. Er entgegnete, dass er nicht angenommen habe, sie würde überhaupt noch einen Gedanken an ihn verschwenden, nachdem sie sich bei Lindt & Sprüngli nicht von ihm verabschiedet hatte. Dazu kämen auch andere Sorgen, und er lasse sich nun einmal nicht so behandeln, auch von einer Schweizerin nicht. Sie ließ ihn vor sich hertraben, ohne dass er sich ein einziges Mal nach ihr umgedreht hätte. Auch auf ihren Zuruf, dass sie von seinem unmöglichen Benehmen endgültig genug habe und er ja wisse, wo er sie finden könne, reagierte er nicht. Also machte sie kehrt und schlug die entgegengesetzte Richtung ein. Bibi hörte, wie sich das Klappern ihrer Absätze entfernte, machte noch ein paar zögernde Schritte und blieb dann stehen. Vorsichtig drehte er sich nach ihr um und sah ihr nach. Sollte er ihr hinterherlaufen? Was, wenn sie sich doch entschlösse, ihm nach Paris zu folgen? Könnte er für sie die Verantwortung tragen, so verlockend ihre ständige Gegenwart für ihn auch wäre? Durfte er sie aus ihrem gesicherten Dasein herausreißen – in eine Zukunft, die nicht vorauszusehen war? Und wie lange würden seine Eltern die Finanzierung seines Studiums noch verkraften – seine Eskapaden inklusive? Dass die Mosers die Finanzierung übernehmen, würde er selbstverständlich nie zulassen. Allein der Gedanke an diese Abhängigkeit ließ ihn erschaudern. Komme es, wie es wolle, beruhigte er sich, auf irgendeine Art wird Gret sich sicher bemerkbar machen, wenn ihr an ihm liegen sollte. Von nun an hatte er sein Studium voranzutreiben und durfte sein Konzertdiplom nicht aus den Augen verlieren. Da er die, wie er meinte, fragwürdige Hilfe seiner Brüder nur im Notfall in Anspruch nehmen wollte, schrieb er an Menachem Rosemunde, dass er vorhabe, seine unterbrochenen Studien in Paris fortzusetzen, und ihm dankbar wäre, wenn er eine bescheidene und bezahlbare Bleibe für ihn ausfindig machen könne. Er erwarte seine geschätzte Antwort an die alte Züricher Adresse, die er jedoch so bald wie möglich aufgeben wolle.

Schon zwei Wochen später hatte er die Antwort auf dem Tisch. Rosemunde teilte ihm mit, dass er sich sogleich umgesehen und eventuell schon etwas Passendes in der Rue d'Amsterdam ausgespäht habe. Er sei im Begriff, das Zimmer mit Küchenbenutzung zu besichtigen, und würde eine genaue Beschreibung folgen lassen. Die Wohnung der Vermieter läge im neunten Arrondissement, einer soliden und annehmbaren Gegend. Bibi wartete ab, bis er eine Woche darauf auch die Beschreibung Rosemundes in der Hand hatte. Der Brief enthielt eine genaue Schilderung der Einrichtung. Sie bestünde zum größten Teil aus antiken Möbeln, die jedoch, wenn man genauer hinschaute, nichts als geschickte Nachahmungen seien. Es gebe genügend Stühle, einen gewaltigen imitierten Barockschrank, einen schön polierten Tisch aus dunklem Holz, dessen Epoche nicht zu ergründen sei, und vor allem ein bequemes Bett. Badezimmer und Küche sähen ebenfalls ordentlich und geräumig aus. Für all das würden die Vermieter, ein älteres Ehepaar, eine monatliche Miete von siebzig Francs verlangen. «Ich glaube, dass sie noch etwas von ihrem Leben haben wollen», schrieb Rosemunde. «Heize ihnen also ein auf Deiner Violine. Was hältst Du davon, bei Ihnen Wohnung zu nehmen?

Allzu lange möchte ich sie nicht auf Antwort warten lassen. Die Rue d'Amsterdam liegt günstig. Die Metro hast Du direkt vor der Nase. Ich freue mich auf Dich. Von meinen Eltern soll ich Dich herzlich grüßen, und ich wünsche uns beiden ein gesundes Wiedersehen.»

Von seinen Brüdern hatte Bibi bis dato nichts gehört, doch bei unzuverlässigen Verwandten halfen eben gute Freunde aus.

Seine Mama bat ihn zu einem Gespräch in die Schiedhaldenstraße, denn der Herr Papale dürfe auf keinen Fall übergangen werden. Als Bibi dort eintraf, empfing ihn als Erste seine Schwester Eri, die ihm dringend riet, sein Temperament und was sonst noch damit zusammenhänge, im Zaum zu halten. Pielein sei noch immer nicht in gewohnter Verfassung und könne sich nur mühsam daran gewöhnen, dass ihm die Einreise nach Deutschland endgültig verwehrt sei. Die ganze Familie sei ausgebürgert worden und der tschechische Gnadenpass kein ernstzunehmender Ersatz für ihn. Sie trat ganz nahe an ihn heran und nahm sein Gesicht in ihre Hände. «Du willst nun also mit deinen kläglichen achtzehn Jahren in den Pariser Moloch eintauchen, kleiner Bruder? Und eine Freundin hast du auch schon? Du scheinst dein Leben ja rasant starten zu wollen. Ist es etwas Ernstes mit ihr?»

«Das weiß ich doch nicht.» Bibi zuckte mit den Schultern. «Sie hat ihre Schwierigkeiten mit mir, fürchte ich.»

«Wer nicht.»

Sie nahmen sich in die Arme, um sich nicht in die Augen schauen zu müssen. Das Eintreten von Mielein trieb sie auseinander. «Möchtet ihr nun mit uns zu Mittag essen, oder nicht?»

Eri hakte ihren kleinen Bruder unter und legte den anderen Arm um die Schultern der Mutter, die sie mittlerweile um einen halben Kopf überragte. So erschienen sie im Speisezimmer vor dem Zauberer, der sich schon an der Frontseite des Tisches auf seinem gewohnten Platz niedergelassen hatte.

Man löffelte eine leichte Hühnerbrühe, die das Mädchen aufgetragen hatte, und täuschte eine Normalität vor, die schon lang nicht mehr gegeben war. Obwohl alles erstaunlich ähnlich eingerichtet und platziert war wie in der Poschinger Straße, sodass man bei oberflächlicher Betrachtung meinen konnte, sich noch in München zu befinden, erinnerte die Fremdheit der Umgebung und der grauslige Dialekt der Dienstboten stets wieder an die Verurteilung zum Exil.

Eri konnte die angespannte Stille nicht mehr ertragen. Sie ging direkt aufs Ziel los und fragte Pielein, ob man es überhaupt verantworten könne, einen so jungen Burschen in eine Welt hinauszustoßen, mit der er noch nie konfrontiert gewesen war. München, das er zumindest halbwegs kenne, sei doch nur ein beschauliches Provinznest gegen das, was ihn in Paris erwarte.

Die Entgegnung der Mutter kam prompt; dass niemand im Raum die Absicht hätte, ihn hinauszustoßen. Es sei sein eigenes Verlangen gewesen, sich vom gemeinsamen Heim zu trennen, dem man am Ende habe nachgeben müssen, da es mit der Bibi eigenen Verve vorgetragen worden wäre und die allgemeine familiäre Situation und die überstrapazierten Nerven es nicht erlaubt hätten, sich gegen seinen Wunsch noch länger zur Wehr zu setzen.

Ganz gegen seine Gewohnheit und seine sonst so tadellosen Tischmanieren ließ der Zauberer geräuschvoll den Löffel auf den Teller fallen, seine blassgrauen Augen hatten sich verdüstert und sahen einen nach dem anderen an. «Ich sehe nicht ein, weshalb ein im neunzehnten Lebensjahr befindlicher Mensch noch die Pflege und Umsorgung eines Halbwüchsigen in Anspruch nehmen soll. Es gab Zeiten, da junge Männer seines Alters schon den mühsamen Fronttod gestorben sind. Andere wiederum haben bereits eine untergeordnete Stellung im Bankgewerbe oder sind in der Beamtenlaufbahn tätig. Er hat den Beruf des Musikers frei und ohne Beeinflussung gewählt und die ungezügelte Gewaltanwendung gegen seinen Direktor im Konservatorium, die ihn nun zwingt, die Fortsetzung seines Studiums andernorts zu suchen, selbst verschuldet. Trotzdem kann er unseres Beistands, soweit es die Verhältnisse erlauben, sicher sein. Mag er seiner sogenannten Berufung folgen, die Organisation seiner Ausbildung hat er selbst zu übernehmen.»

Pielein sah kein einziges Mal zu seinem Sohn hinüber, er sprach über ihn, als sei er gar nicht anwesend, und behandelte ihn, so erzählte es Bibi später, wie einen unter dem Tisch liegenden Hund, der auf ein Zeichen zum Aufbruch wartete. Fassungslos sah Bibi seine Mutter an, der es offenbar auch die Sprache verschlagen hatte. Sie blieb regungslos sitzen und sah auf ihren halbleeren Suppenteller hinunter. Eri dagegen richtete sich kerzengerade auf und begann ihre Gegenrede. «Nicht, dass ich Bibis Attacken beschönigen will, ihre Folgen haben wir alle zu tragen gehabt», begann sie in einem klirrenden Ton, «es geht lediglich um die Frage, ob man ihn völlig unvorbereitet und der Sprache so gut wie unkundig dieser neuen Umgebung und der offensichtlichen Unzuverlässigkeit seiner Brüder überlassen sollte, die nicht einmal darüber nachgedacht haben, auf die dringlichen Briefe Mieleins diesbezüglich zu antworten.»

Der starre Blick des Zauberers richtete sich jetzt auf Eri, doch er schien sie nicht einschüchtern zu können. Ihrer Ansicht nach sei dieses riskante Vorhaben zu kritisieren und notfalls zu verhindern. Sie warne noch einmal vor den Gefahren einer solchen Weltstadt und vor der sich immer deutlicher zuspitzenden politischen Lage in Europa, die sich, wie sie annehme, zuallererst auf Frankreich auswirken würde. Den Einspruch des Zauberers, dass bei aller Dummheit und Niedertracht des Herrn Hitler sich ein solcher Fehler selbst unter seiner Führung nicht wiederholen werde, schließlich sei auch er ein Leidtragender im vergangenen Krieg gewesen und habe zeitweise gar sein Augenlicht eingebüßt, ließ Eri nicht gelten. «Diesem Herrn, wie schreibst du ihn gleich?», unterbrach sie sich und wandte sich an Bibi, «mit doppeltem t?» Sie grinste ihn an und forderte ihn mit einem leichten Blinzeln auf, sich zu entkrampfen. Doch er reagierte nicht, sondern schaute unentwegt seine Mutter an. «Jedenfalls bin ich der Meinung, dass in naher Zukunft äußerst unangenehme Zeiten auf Europa zukommen werden. Man sollte deshalb bald darüber nachdenken, ob man seinen Wohnsitz nicht in größerer Entfernung von diesem Pestgeruch aufschlägt, den dieser Hitler verströmt. Ich meine damit keine Vortragsreisen, sondern eine endgültige Niederlassung. Wenn ich mich nicht irre, habt ihr da doch mehr oder weniger konkrete Pläne? Und warum dann nicht gleich auch Bibi aus der Gefahrenzone bringen?», sagte sie zu ihrer Mutter.

Wieder war es der Zauberer, der das nicht unwidersprochen hinnahm. Er verwahre sich gegen diese Art von Panikmache, die der realen Situation in keiner Hinsicht entspräche. Er habe leider schon einmal dem Drängen seiner Kinder nachgegeben und die letzten Brücken zum Vaterland, zur Herkunft und zu seinen Wurzeln abgebrochen. Dadurch habe er einen großen Teil seines Vermögens verloren und sei im Grunde bis zum heutigen Tag der Ansicht, unüberlegt und vorschnell gehandelt zu haben.

Schon halb im Stehen beugte sich Eri zu ihm hinunter und sagte in einem leisen, doch erstaunlich aggressiven Ton, dass ihm inzwischen doch wohl genügend Zeit zur Überlegung zur Verfügung gestanden hätte – genau gesagt drei Jahre, wie sie ihm vorrechnen könne –, um diese lang schon fällige Entscheidung zu treffen. Mielein versuchte zu schlichten und versicherte, dass der bevorstehende Besuch in den Staaten nichts anderes als eine Vortragsreise wäre.

All das wurde urplötzlich von Bibi unterbrochen, der lautstark eingriff, um die streitende Familie darüber zu informieren, dass er bereits ein passendes Unterkommen in Paris gefunden habe. Auf Grund seiner tschechoslowakischen Staatsbürgerschaft sei ihm eine befristete Aufenthaltserlaubnis erteilt worden, die er, wann immer er wollte, verlängern könnte. Die Unterkunft habe ihm übrigens ein ehemaliger Schulfreund verschafft, der sich zusammen mit seiner Familie in Paris aufhielte. Menachem Rosemunde mit Namen, der von Zürich nach Paris abgewandert sei, um dort die Einreisegenehmigung in die Staaten abzuwarten. Zur Schweiz fehle ihnen nunmehr das Vertrauen. Auch läge sie zu nahe am von Eri erwähnten Pestgeruch und deshalb verschärfe sich auch die antijudäische Stimmung im Ländli. Die nationalsozialistische Ansteckung grassiere hier, wie die Eltern Rosemundes befürchteten, und damit hätte man sich nicht abfinden wollen. Er zog das Schreiben des Freundes aus seiner Jackentasche, in dem der alte Rosemunde von seinem Sohn zitiert wurde. Er gebe zu bedenken, ob man sich noch länger dieser prekären Situation aussetzen und seinen Schweizer Wohnsitz beibehalten könne.

Der Zauberer stand auf, schob seinen Sessel zurück und gab mit übertrieben steifer Haltung zu verstehen, dass er all das für eine typische und überängstliche Fluchtbereitschaft nehme. Man säße ja in diesen Kreisen schon seit Jahrhunderten auf seinen Koffern und Gepäckstücken herum, in Erwartung irgendwelcher Pogrome, die dann oft gar nicht stattfänden.

Bibi konnte seine Wut nur noch mühsam im Zaum halten und wandte sich direkt an seine Mutter. Ob sie etwa auch leugnen wolle, dass zahlreiche Pogrome stattgefunden hätten. Sie müsse, ihrer Herkunft nach, doch einiges darüber wissen. Oder glaube sie, wenn sie in Deutschland geblieben wäre, man hätte sie als Gattin des großen Dichters nicht verfolgt?

Die Empörung seiner Mutter war gewaltig. Mielein machte ihm in schärfsten Worten klar, dass sie sich als gläubige evangelische Christin keineswegs dem Judentum angehörig fühle und ihre Kinder entsprechend erzogen hatte. Bibi hätte beinahe zu lachen begonnen. Ob sie denn meine, dass der Herr mit dem doppelten t sich auch nur im Geringsten um so etwas kümmern würde. Im Reich ginge es heutzutage nicht um Glaubens-, sondern um «Rassenzugehörigkeit», und nach Ansicht dieses Herrn wäre auch das Christentum nur eine perfide jüdische Erfindung. Während er sprach, warf er ab und zu einen kurzen Blick auf seinen Vater, der noch immer in seiner starren Haltung am Kopfende des Tisches stand und den Fehdehandschuh, den ihm sein Jüngster hinwarf, sogleich aufnahm. Auch er wandte sich über Mielein an Bibi. In angemessenen Worten dozierte er, dass Rassenzugehörigkeit und das Bestehen der rassischen Reinheit nun einmal eine Erfindung der alten Israeliten gewesen und quasi in die mosaische Gesetzgebung aufgenommen worden sei. Im Dritten Buch Mose könne man nachlesen, wie streng man damals auf die Reinheit des Volkskörpers geachtet habe. Das regierende Untier im Reich habe das, wahrscheinlich boshaft feixend und in seiner Phantasielosigkeit ohne Einschränkung und ohne jede Hinzufügung, übernommen. Das Gesetz beispielsweise, dass nur derjenige als vollwertiger Jude zu gelten habe, dessen Mutter eine reinrassige Jüdin sei, hätte man sich zu eigen gemacht.

«Dann», versetzte Bibi forciert fröhlich, indem er die Rede des Zauberers unterbrach, «dann gelte ich dem dort drüben also auch als mosaisches Gesocks, nicht wahr?»

Selbst Eri lachte kurz auf und meinte, dass auch sie sich dem zugehörig fühlen würde, wenn sie überhaupt an solch rassischen Humbug glaubte. Im Übrigen sei ja die alte mosaische Gesetzgebung verwässert worden. Man habe Sklavinnen aus den damaligen Nachbarländern entführt, sie allmählich zu Haushälterinnen und noch später zu Ehegenossinnen avancieren lassen.

«Das Gesetz selbst ist bis zum heutigen Tage in Kraft», widersprach der Zauberer. «Ich habe mich seit einiger Zeit damit befassen müssen, wie du weißt, und es im Grunde für vernünftig gehalten. Das Schlimme ist doch die demütige Haltung, die einige der heute lebenden Abkömmlinge angenommen haben. Man höre sich doch nur den Namen Rosemunde an. Hätte man sich solch einer entwürdigenden Eindeutschung, die eine offensichtliche Verhöhnung durch die Behörden war und etwa der mittelalterlichen Markierung durch die Spitzhüte gleichkam, nicht bei der Zuwanderung widersetzen können? Warum bleibt man daran hängen, angesichts der neu aufkommenden, ernsthaften Gefahren? Sogar außerhalb des Machtbereichs dieses Lumpen will man sich nicht davon trennen.»

«Ich habe meinem Freund abgeraten, einen anderen Namen anzunehmen», erklärte Bibi, ohne seinen Vater anzusehen. «Für mich sieht es wie eine Flucht vor sich selbst aus.»

«Und außerdem ist Rosemunde doch ein sehr poetischer Name», warf Eri lächelnd ein. «Ich mag ihn.»

«Leider hat sich die Familie schon in der Schweiz umbenennen lassen und eine Verkürzung vorgenommen. Sie heißen jetzt Rosen.»

«Ach, wie schade!» Eri lächelte nicht mehr.

«Ich habe nach wie vor kein Problem mit ihrem vollen Namen und werde sie auch weiterhin Rosemunde nennen», sagte Bibi. «Wenn also etwas Demütiges oder gar Kriecherisches an ihrer Haltung zu monieren wäre, dann doch höchstens das Verstecken ihrer wahren Identität.»

«Gut gesprochen, Kleiner, erstaunlich gut gesprochen für dein Alter. Wofür sollten diese blumigen oder lächerlichen Namen dienen, wenn nicht zum Erkennen ihrer Herkunft? Und weshalb wiederum sollte man diese leugnen wollen? Das hieße doch, dem Rassismus dieser widerlichen Schwachköpfe Vorschub leisten.»

«Hältst du denn diese Herkunft für so erstrebenswert?», fragte der Zauberer zurück. «Hat die israelitischstämmige Gemeinschaft denn heute noch die kulturelle Höhe aufzuweisen, die sie einmal befähigt hat, der übrigen Welt ihren Gesetzesstempel aufzudrücken?

Mielein sprang auf, das Gesicht hochrot vor Zorn. «Es ist ungehörig und geradezu unter deiner Würde», rief sie, «mit dem Schicksal des Juden Jesus derart zu argumentieren, denn indirekt datierst du doch die ihnen vorgeworfene Verwahrlosung von der Geburt Christi an. Oder habe ich dich da missverstanden? Ich für meinen Teil werde dieser Debatte nicht länger beiwohnen. Bibis Angelegenheiten sind schon durch ihn selbst so weit gediehen, dass seine Abreise in Kürze bevorzustehen scheint – falls noch etwas der Klärung bedarf, so kann er mich in meinen Räumen aufsuchen.» Damit schloss sie die Tür hinter sich.

Nach einem langen Schweigen sagte Eri, der Herr Papale solle doch seine Abneigung gegen alles Jüdischstämmige nicht gar so deutlich äußern. Schließlich und endlich habe ihn ja niemand gezwungen, in eine judäische Familie einzuheiraten. Sie könne sich einfach nicht vorstellen, dass deren sagenhafter Reichtum der Grund dafür gewesen sein sollte. Eri hatte das ganz sanft vor sich hin gesprochen und den Blick nicht vom Tischtuch gelöst, auf das sie mit dem Zeigefinger unsichtbare Zeichen malte.

Das kann sich nur Eri erlauben, ohne eine nachhaltige Entzweiung fürchten zu müssen, sagte sich Bibi und wartete gespannt auf eine Reaktion des Vaters, der, lautlos und ohne einem der Anwesenden noch einen Blick zu gönnen, durch die gleiche Tür verschwand, die Mielein um einiges lärmender hinter sich geschlossen hatte.

«Das hat ihn tiefer getroffen, als es den Anschein hatte», flüsterte Eri. «Im Grunde dürfen wir ihn nicht so behandeln. Er hat einiges mit sich herumzuschleppen in letzter Zeit. Wann fährst du also?»

Bibi ließ sich auf einen Stuhl fallen, kreuzte die Arme auf der Tischplatte und legte seinen Kopf darauf. «Ich bin schon weg», murmelte er, und Eri erkannte bestürzt, dass er im Begriff stand, sich endgültig von seiner Kindheit, seiner missratenen Jugend zu lösen.

Paris

Bibis Vermieter, die Eheleute Lapin, hatten einen großzügigen Empfang vorbereitet. Nahezu alles, was die französische Küche an Vorspeisen zu bieten hatte, war aufgetischt worden. Auch die Vielfältigkeit des Desserts ließ nichts zu wünschen übrig. Eine Hauptmahlzeit jedoch fiel aus. Man schummelte sich mit ordentlichem französischen Wein über die scheuen Momente des ersten Kennenlernens hinweg.

Menachem Rosemunde hatte Bibi am Gare du Nord erwartet, ihn in die Rue d'Amsterdam begleitet, und nun saßen sie mit den alten Herrschaften im pseudo-antik eingerichteten Wohnzimmer und kamen rasch auf die politische Lage in Europa zu sprechen. Vor allem schienen die alten Leute sehr irritiert über die helle Begeisterung der Österreicher zu sein, die dem deutschen Kanzler so ausgiebig zujubelten und deren «Heim ins Reich»-Rufe in der gesamten Weltpresse als Balkenüberschrift erschienen waren. Was denn das schwarze Kreuz auf weißem Rund in den roten Fahnen bedeute, wurde Bibi gefragt. Rosemunde, der die Frage übersetzte, gab auch gleich die Antwort. Es sei angeblich ein altgermanisches Zeichen, das man zum Emblem für den deutschnationalen Staat erkoren habe. In Wahrheit sei dieses Hakenkreuz jedoch schon im alten Indien aufgetaucht. Es wirke beängstigend aggressiv, meinten die Lapins. Weshalb man denn nicht bei den schwarz-rot-goldenen

Streifen geblieben wäre? Das sei doch eine Flagge gewesen, die weitaus mehr Vertrauen eingeflößt hätte.

Rosemunde klärte sie darüber auf, dass den gegenwärtigen Machthabern daran wohl nicht allzu sehr gelegen sei. Man könne sich nur wünschen, dass mit der Einverleibung Österreichs der Appetit der Herren in Deutschland gestillt sei.

«Das hoffen wir ebenfalls», meinten die Lapins. «Wir haben unseren einzigen Sohn im letzten Krieg verloren. Gleich zu Beginn. An der belgischen Grenze. Es wäre furchtbar, wenn jetzt unser Enkel ein ähnliches Schicksal erlitte.»

Bibi ließ es sich wörtlich übersetzen und versuchte, sein tiefes Bedauern in sehr ungeschicktem Französisch auszudrücken, wobei er die Peinlichkeit seiner Wortwahl fühlte. Das Schweigen Rosemundes schien einen besseren Eindruck zu machen.

Bibi begleitete den Freund noch ein Stück die Rue d'Amsterdam hinunter und ließ sich von ihm erklären, dass er und seine Familie ebenfalls in diesem Arrondissement wohnten. Jetzt solle Bibi aber umkehren, sonst fände er womöglich nicht mehr den Weg zurück. Morgen sei er zum Abendessen bei den Rosemundes eingeladen, und sie wären schon sehr gespannt auf die neuesten Nachrichten aus Zürich – und auf ihn.

«Wegen meines Familiennamens?», fragte Bibi.

«Wegen deiner Züricher Eskapaden», gab Rosemunde zurück.

Am nächsten Morgen suchte Bibi Monsieur Galamian auf, dessen Adresse er beim Abschied in der Schiedhaldenstraße von Mielein zugesteckt bekommen hatte. «Sie haben entschieden Talent», äußerte dieser, nachdem Bibi ihm ein Stück auf der Viola vorgespielt hatte. «Ihre Finger haben die nötige Muskulatur für dieses Instrument, und es wäre interessant, sie einmal auf der d'Amore etwas von Vivaldi spielen zu hören.»

«Ich bin aber auch in der Lage, Ihnen etwas auf einer ganz gewöhnlichen Violine vorzutragen», erwiderte Bibi leicht angesäuert und nahm ohne sichtbares Erstaunen zur Kenntnis, dass der Musikpädagoge das Deutsche fast akzentfrei beherrschte.

«Bitte sehr», forderte Galamian ihn auf und zeigte auf den zweiten, noch ungeöffneten Kasten, den er zu Anfang auf dem Boden abgestellt hatte. Bibi öffnete ihn, hob eine Geige mittlerer Qualität ans Kinn und begann sie in aller Ruhe zu stimmen. Er wählte eine Violinsonate von Mozart, doch Galamian unterbrach ihn schon nach ein paar Takten. Ob dieses Musikstück das Aushängeschild sei, mit dem er den Hörer von seiner Virtuosität auf diesem Instrument überzeugen wolle?

Nun, dann müsse er zum Verständnis der Situation wohl mit der Sprache herausrücken: Bibis Besuch sei ihm schon vor einigen Tagen durch dessen Vater angekündigt worden. In dieser Ankündigung hätte auch die Sorge mitgeschwungen, dass ein großes Talent auch adäquaten Gefahren ausgesetzt sei. Er, Monsieur Galamian, möge doch darauf achten, dem oft überbordenden Temperament des Herrn Sohnes beruhigend entgegenzuwirken und ihm nicht von vornherein ablehnend gegenüberzutreten. Er baue auf die Erfahrung des reifen Künstlers, der sich dem Lehr- und Ausbildungsauftrag verschrieben habe, und sei überzeugt, seinen Sohn bei ihm in guten Händen zu wissen.

Galamian, klein, gedrungen, stupsnasig und mit schütterem Kinnbart, war nicht unbedingt der Prototyp des frauenbetörenden, geigenden Dämons. Kein Paganini. Nicht einmal ein de Boer. Kurz, in Bibis Augen ein lächerliches Männchen, das sich einen Beruf anmaßte, der ihm nicht zustand.

Er nahm Bibi die Violine aus der Hand, sah sie prüfend an, stimmte sie kurz, setzte sie ans Kinn und kündigte an, eine

Passage aus Mendelssohn Bartholdys Violinkonzert zu spielen. Schließlich solle Bibi doch wissen, wem er sich anvertraue. Nach ein paar kurzen Strichen setzte er verlegen lächelnd die Geige wieder ab. Er sei heute nicht in der Stimmung, sich einem Mendelssohn Bartholdy hinzugeben. Die genialische Mischung aus jüdisch-deutscher Mentalität, die sich in dessen Musik niederschlage, stimme ihn allzu traurig, angesichts dessen, was sich im Augenblick in und um Allemagne herum zutrage. Er greife deshalb lieber zu Paganini, mit dessen Spielwut er momentan keine Probleme habe. Da bliebe alles so hübsch neutral, trotz aller virtuosen Raffinesse. Wieder stimmte er das Instrument kurz ein, bis es ihn packte. Seine Finger, tanzenden Spinnen gleich, schienen die Saiten kaum zu berühren. Mit unfassbarer Geschwindigkeit huschten sie über das Griffbrett, wobei der Handrücken beinahe unbewegt blieb, lediglich mitgezogen wurde von dem enormen Tempo der langen, knöchernen Finger. Auch äußerlich veränderte das Männchen sich, schien in die Höhe zu wachsen. Sein lächerliches Aussehen verflüchtigte sich zugunsten einer fremdartig zappeligen Dämonie, und seine Beine konnten keinen Moment stillstehen, sie bewegten sich, als wollten sie der Musik einen zweiten Rhythmus aufzwingen.

Gebannt und dennoch leicht angewidert folgte Bibi diesem Vortrag, wobei er sich dabei ertappte, der Musik nur noch phasenweise zuzuhören und sich stattdessen zu überlegen, ob Galamian sich auch bei Konzerten vor Publikum so aufführte. Vielleicht sogar auf einem eigens für ihn angefertigten Podest. Fast hätte er sich ein Grinsen nicht verkneifen können, obwohl er gleichzeitig die immense Fähigkeit dieses Mannes bewunderte.

«Allons, mon ami! Nutzen wir die Zeit. Ihr Herr Vater wird sich um die finanzielle Seite unserer gemeinsamen Arbeit kümmern. Also stehen wir sozusagen in seiner Schuld und müssen versuchen, dieser zu entfliehen, indem wir die künstlerische Vervollkommnung Ihrer Person anstreben. Demain also, um acht Uhr. Ich liebe den jungen Tag, den frischen, unverbrauchten Morgen. Er fördert die Aufnahmebereitschaft und lässt noch ausreichend Tageszeit übrig, um über alle Versuche und Versuchungen nachzudenken.» Damit war Bibi entlassen. Den Türgriff schon in der Hand, fragte er: «Hat mein Vater wirklich von meinem großen Talent gesprochen?» Doch Galamian war schon wieder in einen Folianten vertieft, der auf einem schönen, aber ungepflegten Tisch vor ihm lag, sodass er die Frage nicht mehr zur Kenntnis nahm.

Bibi schlenderte von der Rue Vieille du Temple zum Boulevard Beaumarchais, überquerte den Place de la Bastille und bog in die Rue Saint-Antoine ein. Eigentlich wollte er über die Rivoli zum Louvre laufen, doch dann wurde ihm bewusst, dass es schon spät am Nachmittag war und er nicht einschätzen konnte, wie viel Zeit er zur Rückkehr in die Rue d'Amsterdam brauchen würde. Möglicherweise würde dort schon sein Freund auf ihn warten.

Dem war auch so. Als sie endlich zum Abendessen bei dessen Eltern eintrafen, warteten die alten Rosemundes schon ungeduldig auf die jungen Leute. Die Verspätung hatte ihnen Sorge bereitet. Die Rosemundes, die durch ihren kleinen Wuchs, vor allem jedoch durch ihre absolut gleiche Größe auffielen, trugen in wieselflinkem Tempo einen Gang auf, räumten das benutzte Geschirr ebenso schnell wieder ab und kamen sogleich im Laufschritt mit dem nächsten Gang herein.

Bibi hatte den Eindruck, als hätte das Essen schon seit einiger Zeit bereitgestanden. Mit leichtem Misstrauen beäugte er die aufgetragenen Speisen, tauchte vorsichtig seinen Löffel in die klare Brühe, in der kleine Klößchen schwammen, und hätte gern um eine weitere Portion gebeten. Doch die Zeit dafür fand er nicht mehr. Schon tischte die Hausfrau hübsche kleine Reibekuchen auf, die zwar eine appetitliche braune Kruste hatten, doch im Gegensatz zu den ihm bekannten Reiberdatschi ziemlich grob geraspelt waren. Dazu wurde auf einer dampfenden Platte gekochtes mageres Rindfleisch serviert, das so zart gegart war, dass es schon beim Auflegen durch den Hausherrn auseinanderzufallen drohte. Jedem Gedeck waren kleine Näpfchen mit feingeriebenem Meerrettich beigegeben, den Herr Rosemunde auf seine Fleischscheibe strich, bevor er Bibi mit einer freundlichen Geste aufforderte, es ihm gleichzutun. Zwischen jedem Gang murmelte er leise etwas vor sich hin und griff ständig nach seinem goldbestickten kleinen Käppchen, als wolle er sich von dessen ordentlichem Sitz überzeugen. Bibi entdeckte ein ähnliches Käppchen auf dem Hinterkopf seines Freundes, das mit einer einfachen Haarklemme befestigt war. Auch er fingerte zeitweise daran herum, als ob sein Bürstenschnitt nicht so recht dafür geschaffen wäre. Frau Rosemunde dagegen trug keins. Ihr Mann lächelte, als er Bibis erstaunten Blick auf sich gerichtet fühlte. «Wir haben seit vier Tagen unser Pessachfest», erklärte er, «und ernähren uns von Mazzefladen, einer Art ungesäuertem Brot. Die Klöße in der Suppe sind aus Mazzemehl und die Reibekuchen ebenfalls.»

«Das sind ja wahre Delikatessen», sagte Bibi. «Muss man sich da unbedingt an diese acht Tage halten? Was bedeutet dieses Fest überhaupt?»

«In diesen acht Tagen feiern wir die Befreiung der Israeliten aus der ägyptischen Knechtschaft, und die Mazze ist ein Symbol für das Manna, das Gott in der Wüste auf sie herunterregnen ließ.»

«Na, aber das kann man doch weiß Gott länger als diese schäbigen acht Tage feiern», protestierte Bibi.

Frau Rosemunde lachte laut auf. «Hat es Ihnen so gut geschmeckt?», fragte sie. «Es ist noch so viel da. Seien Sie doch auch die restlichen Tage unser Gast. Danach allerdings wird es schwierig. Das Geschirr, von dem Sie jetzt essen, und das Besteck, mit dem Sie hantieren, sind nur für diese acht Tage vorgesehen und werden das übrige Jahr über weggesperrt. Machen Sie mir also die Freude und essen nach Herzenslust.»

«Das lasse ich mir nicht zweimal sagen», meinte Bibi.

«Was willst du denn zuerst, die Mazzekuchen?»

«Ach, fangen wir doch am besten noch einmal von vorn an!» Bibi grinste über das ganze Gesicht.

«Na, das verspricht ja ein fröhlicher Abend zu werden», rief der Hausherr. Auf dem Weg in die Küche strich er Bibi und seinem Sohn liebevoll über die Haare und half seiner Frau beim erneuten Auftragen der Speisen. Als Bibi höflicherweise einwandte, er würde ihnen auf keinen Fall alles wegessen wollen, klärte ihn sein Freund darüber auf, dass selbst ungebetene Gäste gespeist werden müssten. Das hinterhältige Lächeln Menachems ließ ihn stutzen, doch dann hielt Bibi ihm scherzhaft die Faust vor die Nase und versicherte ihm, dass er sie von nun an jeden Tag überfallen werde. Vorausgesetzt, Hitler würde keine weiteren Einmärsche planen.

Herr Rosemunde schaute Bibi mit wohlwollender, aber trauriger Miene an und wandte ein, dass man diesen Herrn doch ernster nehmen müsse als bisher gedacht. Er könne sich vorstellen, dass sein Appetit auf weitere Vereinnahmungen kontinuierlich wüchse, sofern ihm nicht von potenten Nachbarn ein energisches «Halt!» zugerufen würde. Er jedenfalls habe beschlossen, sich mit der ganzen Familie in Sicherheit zu bringen, was sich als gar nicht so leicht herausgestellt habe. Nur wenige Länder seien ohne Umstände bereit, ihnen Domizil zu gewähren. Durch die Aussicht auf eine langfristige Rabbinatsassistenz für Menachem in Chicago hätten sich die Behörden in den Staaten dazu bewegen lassen, auch über eine unbefristete Einreise der Familie nachzudenken. Dennoch war er aufgefordert worden, seine Vermögensverhältnisse offenzulegen, um sicherzugehen, dass er dem Staat drüben nicht zur Last falle. Er habe Verständnis dafür, sei auch in allem genauestens der Aufforderung nachgekommen, warte jedoch bis zum heutigen Tag auf das Affidavit, das ihnen die Einreise endlich gestatte. Er wisse nicht, wie weit der Herr dort drüben schon mit seinen Vorbereitungen für einen Waffengang gekommen sei, müsse aber leider annehmen, dass er nicht mehr so ohne weiteres davon abzubringen wäre.

Bibi dachte auf dem Heimweg darüber nach, was der Zauberer über diese Art von Mentalität einmal geäußert hatte. War es wirklich nur die Furcht des ewigen Juden, die sich da so deutlich offenbarte? Oder war die Zeit tatsächlich ins Laufen gekommen, und sollte deshalb auch seine Familie darüber nachdenken, Europa hinter sich zu lassen? Es könnte sich lohnen, mit Eri oder Aissi darüber zu reden. An Golo durfte man allerdings nicht denken. Für ihn war die Zeit seit 1918 bis zum heutigen Tage noch immer die Nachkriegszeit. Die Regierung der Nationalsozialisten hielt er für «temporär begrenzt», wie er sich einmal ausdrückte.

Wo waren sie eigentlich, seine beiden Brüder? Er hatte der Mutter gleich nach seiner Ankunft seine Adresse telegraphiert. Warum ließen sie nichts von sich hören? Eri hingegen, deren Neugier zu dieser Zeit ebenso groß gewesen sein mochte, wandte sich zunehmend ihren Ambitionen fürs Theater zu und wurde durch die Eröffnung ihres Kabaretts und die Freundschaft zum Theresli vollständig mit Beschlag belegt. Er lief den Boulevard Beaumarchais hinunter, ohne zu wissen, ob er den rechten Weg eingeschlagen hatte. Aissi hatte die Nase stets im Wind, sagte er sich, und hielt sich immer an den wichtigen Orten in der Welt auf. Hatte er sich auch schon ein wenig in den Staaten umgesehen?

An einem der nächsten Tage erkundigte sich Rosemunde nach dem Eindruck, den Monsieur Galamian auf Bibi gemacht hatte. Bibi schilderte ihn als einen zappeligen, jedoch überaus fähigen Geiger, über dessen Vorzüge als Pädagoge er sich allerdings noch nicht im Klaren war. Andererseits, welche Möglichkeiten böten sich ihm hier sonst? Eine Lehrkraft wie Willem de Boer war schwerlich aufzutreiben. Es würde ihm also vorerst nichts anderes übrigbleiben, als diesen geigenden kleinen Teufel zu akzeptieren und sich in Zukunft nach einer seriöseren Lehrstätte umzusehen. Der Herr Papale hatte ihn ohnehin so gut wie festgenagelt und Monsieur Galamian die ersten zwei Monatsraten überwiesen.

Ob man sich nicht direkt an das Pariser Konservatorium wenden könne, wollte Rosemunde wissen. Schließlich habe Bibi doch das Lehrdiplom eines angesehenen Konservatoriums vorzuweisen. Bibi konnte darüber nur traurig lächeln, denn das hiesige Institut würde postwendend von seiner Relegation erfahren und dankend abwinken. Er hatte sich damit abzufinden, dass sein Konzertdiplom in weite Ferne gerückt war. Vielleicht käme es ja irgendwann durch Monsieur Galamians Befürwortung zu einer Aufnahme ins Konservatorium. Doch damit wollte er sich vorerst nicht befassen. Im Übrigen müsste er zunächst herausfinden, ob dem Herrn überhaupt der nötige Einfluss zur Verfügung stand.

Menachem Rosemunde hörte nur mit halbem Ohr hin. Für

ihn schien der Aufenthalt Bibis doch ein sehr begrenzter zu werden. Früher oder später würde sich seine Familie in entferntere Regionen absetzen müssen. Der alte Rosemunde schloss nicht aus, dass nach Aissi und Eri vom Reich aus gefahndet wurde. Der Dichtervater habe sich doch jüngst auch eindeutig politisch festgelegt und Partei ergriffen, vom Onkel gar nicht zu reden. «Ich bin überzeugt», sagte Rosemunde, «dass unseren Familien ein ähnliches Schicksal drohte, fielen sie in die Hände deines Doppel-t. Wenn auch aus ganz unterschiedlichen Gründen.»

«So verschieden sind sie gar nicht», entgegnete Bibi und grinste seinen Freund an. «Stell dir vor. Meine Mutter ist Jüdin. Als angehender Rabbiner solltest du doch wissen, dass nach mosaischem Gesetz die Mutter und nur die Mutter die rassische Zugehörigkeit bestimmt. Wir sind also erstaunlicherweise halbwegs Rassegenossen, denn der spuckende Teufel dort drüben hat diese Bestimmungen wortwörtlich übernommen und uns damit beide in einen Topf geworfen. Was sagst du dazu?»

Jetzt hörte ihm sein Freund mit großer Aufmerksamkeit zu und schien auf weitere Geständnisse zu warten, doch Bibi wehrte lachend ab. Er habe nicht von der Glaubenszugehörigkeit gesprochen. «Ich bin nach wie vor christlich, auf gut evangelische Art, und denke nicht daran, mich anderweitig zu orientieren. Das Gewohnte scheint mir schon lästig genug.»

Rosemunde sah ihn ernst an. «Wenn dir dein Glaube lästig geworden ist, entsage ihm lieber, als ihm gezwungenermaßen weiter anzugehören. Ehrlich mit sich umzugehen ist die Pflicht eines jeden, der den Wunsch hat, sich Mensch zu nennen. Selbst ein Atheist wäre mir sympathischer als ein Verlogener im Glauben. Das stammt übrigens nicht von mir, sondern von einem unserer Weisen aus dem Talmud.» Er lächelte. «Im Augenblick sind solche Gespräche jedoch nicht unbedingt angebracht. Man sollte daran denken, wie man sich aus dieser in Kürze ausbrechenden Hölle zurückziehen kann. Das scheint ständig schwieriger zu werden für Leute, die im Verdacht stehen, sich mit dem europäischen Bazillus angesteckt zu haben. Gott gebe, dass wir dem allem rechtzeitig entfliehen können. Mein Vater verfällt immer stärker seiner Melancholie, und die Familie muss ihn jeden Tag neu aufrichten. Er, der nur widerwillige Synagogengänger, hat sogar seit einiger Zeit freiwillig das Beten angefangen und nutzt jede sich ihm bietende Gelegenheit, um zum Gebetbuch zu greifen.»

«Gibt es denn so viele verschiedene Gebete bei euch?»

«Eine Unmenge. Für alles und jedes. Brichst du das Brot, sprichst du den Segen darüber. Trinkst du den Wein, segnest du vorher auch den.»

«Und welches Gebet spricht man, wenn einen die Verstopfung plagt?», fragte Bibi und verzog sein Gesicht zu einem Grinsen. «Gibt es da ebenfalls Überredungskünste, um es wieder fließen zu lassen?»

«Du bist ein wüster und geschmackloser Kerl, weißt du das? Um dich aber zu beruhigen, der erbetene Segen für die Mahlzeiten schließt es mit ein.»

«Praktisch, praktisch», rief Bibi. «Ich würde wer weiß was drum geben, wenn ich deine Gutgläubigkeit besäße.»

«Bleibe, wie du bist. Der Augenblick wird kommen, in dem auch deine Gutgläubigkeit sich zu erkennen gibt. Und warte nicht länger als nötig auf das Umdenken deiner Eltern. Der französische Boden wird bald zu brennen anfangen. Aber besitzt du nicht die tschechische Staatsbürgerschaft?»

Bibi nickte nur. Das Gespräch begann ihn zu langweilen.

«Nun, dein großer Spucker macht Anstalten, sich auch dieses Land einzuverleiben. Ich bin der Meinung, dass die Franzosen sich das nicht mehr bieten lassen sollten. Und was wäre dann die logische Folge?»

Bibi machte nur eine abwehrende Handbewegung. «Siehst du, mein Lieber, das unterscheidet uns grundsätzlich voneinander. Ihr Juden sitzt seit Jahrhunderten auf euren Koffern und Päckchen herum, jeden Augenblick bereit, die Beine in die Hand zu nehmen, wohingegen wir Christenmenschen gelassen die Katastrophe abwarten, um danach zu entscheiden, was getan werden muss.» Während er sprach, stellte Bibi zu seinem eigenen Schrecken fest, dass er, wie so oft, seinen Vater zitiert hatte.

«Was wäre wohl vernünftiger?», hörte er seinen Freund fragen. Das kleine, boshafte Lächeln in seinen Augen entging ihm nicht.

«Euer Verhalten, ganz ohne Frage», entgegnete Bibi rebellisch und fühlte gleichzeitig mit Befriedigung, dass er seinem Vater gerade Paroli geboten hatte. «Deshalb seid ihr uns auch fortwährend um ein paar Schritte voraus. Ich verspreche dir also, dass ich deinen Ratschlag beherzigen werde.» Er blieb stehen und umarmte seinen Freund, der überrascht alles mit sich geschehen ließ, geradezu inbrünstig. «Ich werde mich so bald wie möglich nach einem anderen Land umsehen. Und welches käme in Frage? Doch nur England, oder?»

«Langsam, langsam», lachte Rosemunde. «Deine Kehrtwendungen sind wahrhaft beängstigend. Du hast allemal Zeit, um auszuloten, was du diesem Monsieur Galamian abgewinnen kannst.»

Jean Galamian hatte seltsame, fast unbeholfen wirkende Lehrmethoden. Er sprühte nicht, wie Bibi von ihm erwartet hatte, vor herrschsüchtigem Temperament. Nein, eher bescheiden, wie unbeabsichtigt, trug er seine Ratschläge vor, hüllte sein Monieren in Lob ein, entblödete sich nicht einmal, Bibi von Zeit zu Zeit einen angehenden Zauberer im musikalischen Bereich zu nennen. Auf die Frage, woher er denn die Bezeichnung «Zauberer» kenne, machte ihn Galamian darauf aufmerksam, dass er den Ausdruck schon mehrere Male in seiner Gegenwart benutzt habe.

Die kritischen Einwände seines Lehrers klangen erst im Nachhinein, auf dem Heimweg oder auf seinem Zimmer, in ihm nach und machten ihn zum einsamsten Menschen, wie er meinte. Nur wenn überhaupt niemand zu erreichen war, dem er sein Herz ausschütten konnte, ging er, die sanften Ermahnungen seines Lehrers beherzigend, die Verbesserung seines Spiels an, wobei ihn sein Ehrgeiz bis in die Erschöpfung trieb. Meist floh er danach auf die Straße, nahm die Metro und fuhr zu den Rosemundes, die ihn herzlich aufnahmen und bewirteten.

Einmal jedoch, als er das Instrument kurz abgelegt hatte, um sich das schweißfeuchte Kinn mit einem Tuch zu trocknen, riss er urplötzlich die Zimmertür auf und stand seinen erschrockenen Vermietern, den beiden alten Leuten, gegenüber, die sofort zurückwichen, ihn aber dennoch mit glänzenden Augen ansahen. Er tat so, als ob er ins Bad müsse, um sich ein wenig frisch zu machen, und als er zurückkehrte, entschuldigten sie sich, verneigten sich tief beeindruckt und verschwanden in ihren Räumen. Er wollte ihnen zurufen, dass sie nicht hätten zu lauschen brauchen, ihre Gegenwart würde ihn keineswegs stören, doch dann schloss er missmutig hinter sich die Tür.

Allmählich beruhigte er sich wieder, verließ die Wohnung und schlich zur Metrostation. Er setzte sich in einen Zug, dessen Ziel ihm unbekannt war, ließ sich durch die dunklen Schächte fahren und starrte die anderen Fahrgäste an, in der

Hoffnung, einem bekannten Gesicht zu begegnen. Aissi oder Golo oder ... Er wagte ihren Namen nicht einmal zu denken. Wahrscheinlich war sie längst einem steinreichen Freund ihrer Familie in die Arme gelaufen und bereitete, zusammen mit ihrer vogelköpfigen Mutter, schon die Hochzeit vor. Mit Bergen aus Schokoladengebilden, die Lindt & Sprüngli angeliefert hatten. Er sah vor seinem geistigen Auge, wie den Gästen die Schokolade förmlich aus allen Löchern quoll und das stumme Fressen sie wie vor sich hin kauende Raubtiere aussehen ließ und ihrem lautlosen Gelächter eine perverse Note gab.

Die Violine lag noch immer auf seinem Schoß, als er wach wurde und die leichten Schleuderbewegungen der Metro aufzufangen versuchte. Wann war er eingeschlafen? Und wie lange hatte er geschlafen? Ob er gar ungehörige Geräusche von sich gegeben hatte? Und warum kam Gret ihm auf diese Weise wieder in den Sinn? Er, der glaubte, mit dem Kapitel Moser abgeschlossen zu haben, war aufs Neue völlig gefangen von dieser schläfrigen, weißhäutigen Trägheit. Wo steckte sie? Konnte es sein, dass sie ihn vergessen hatte? War sie von ihren Eltern dazu überredet worden, nachdem die seinen deren Einladung abgelehnt hatten? Herrgott, dachte er, was, wenn er sich in den Zug setzen und sie in Zürich überraschen würde?

Doch sie kam ihm zuvor. Nach einer fast achtstündigen Lektion bei Maître Galamian, die er für maßlos überzogen gehalten und die beide Seiten bis an den Rand der Erschöpfung geführt hatte, ließ er sich bei den Rosemundes nieder, die ihn mit selbstangesetztem Rosinenwein empfingen, ihm das süße Gesöff förmlich aufzwangen, weil sie der Meinung waren, damit komme er wieder zu Kräften. Danach eröffneten sie ihm, dass die Einreisegenehmigung in die USA für die ganze Familie eingetroffen sei, und baten ihn eindringlich, die Rückkunft Menachems abzuwarten, um mit ihm auf das glückliche Ereignis anzustoßen.

«Wieder mit dem Rosinenwein?», erkundigte sich Bibi zögernd.

Die Rosemundes nickten strahlend und verrieten ihm, dass es das Lieblingsgetränk ihres Sohnes sei. Dann berichteten sie ihm, dass das Chicagoer Rabbinat sich sehr energisch nach den Hintergründen der endlosen Verzögerungen erkundigt und damit einen umgehenden Erfolg erzielt hatte.

Nach dem Eintreffen seines Freundes und eines neuen Schlucks des pappsüßen Getränks hielt er die strahlenden Gesichter nicht mehr aus und machte sich zu Fuß auf den Heimweg. Prompt verlief er sich und fand sich auf dem Boulevard de Sébastopol wieder, von dem er rechts in den Boulevard Saint-Martin einbog, auf dem Place de la République landete und schließlich auf eine Metrostation stieß. Als er die Tür zur Wohnung aufschloss, hörte er aus dem Wohnzimmer seiner Mietsleute ein angeregtes Gespräch, das sogleich verstummte, als er sein Zimmer öffnete.

Kurz darauf wurde an seine Tür geklopft, und seine Wirtin stand mit tränennassen Augen vor ihm, unfähig, ein erklärendes Wort herauszubringen. Sie stotterte in einem fort, wie schön sie doch sei, wie frisch und natürlich und wie wunderbar sie Französisch spreche. Mit einem allerliebsten Akzent.

Bibi hatte keine Ahnung, wovon sie eigentlich sprach. Erst als sie seine Hand ergriff und ihn ins Speisezimmer führte, ihn scheinbar zu einem verspäteten Abendessen verführen wollte, protestierte er leicht und versuchte ihr klarzumachen, dass er bereits gegessen habe und nichts mehr zu sich nehmen wolle. War sein mangelhaftes Französisch schuld daran, dass sie ihn unnachgiebig weiterzerrte?

Doch dann sah er sie, blickte in ihr verlegen lächelndes Gesicht, vernahm nur halb, dass sie die Adresse von seiner Mutter erhalten hatte und ihm darüber hinaus den Besuch eines seiner Brüder ankündigen sollte. Um welchen von den beiden es sich handele, habe sie jedoch vergessen. Die Wirtsleute sahen gespannt von einem zum anderen und wollten ihren Augen nicht trauen. Sah so ein Wiedersehen zwischen jungen Leuten aus, die vorgaben, verlobt zu sein und in Kürze heiraten zu wollen? Nach allem, was ihnen von der jungen Frau erzählt worden war, hatten sie sich doch eine längere Zeit nicht gesehen. Sicher war das die Schweizer Art, wie Liebesleute miteinander umgingen.

Gret näherte sich Bibi und gab ihm einen leichten Kuss auf die Wange. «Den soll ich dir von der Frau Mama ausrichten», grinste sie, wobei ihr voller Mund sich immer mehr in die Breite zog, «und jetzt kommt der meine.» Sie umklammerte den sprachlosen Bibi und küsste ihn, ohne die alten Leute weiter zu beachten, auf den Mund, auf die Nase, auf das Kinn, und landete schließlich wieder auf seinem Mund. Währenddessen flüsterte sie fast unverständlich Dinge, die sie so noch nie gesagt. Schamlose Worte quollen aus ihrem Mund, der sich immer wieder weit öffnete und ihrer Zunge freien Lauf ließ. Es packte ihn, und er wollte sie in sein Zimmer ziehen, doch sie widerstand, umklammerte ihn noch fester und lachte zwischendurch kurz und hysterisch auf.

Beide kamen erst zu sich, als sie den Applaus der alten Leute hörten. Sie riefen ihnen in heller Begeisterung Worte zu, die sie nicht so recht verstanden, versuchten, die beiden zum Tisch zu ziehen, sie zum Sitzen aufzufordern, und schienen in Streit zu geraten, ob sie das Paar nicht lieber allein lassen sollten. Andererseits durften sie das eigentlich nicht zulassen. Es gab Auflagen. Kuppelei wurde empfindlich geahndet. Auch in Paris. Sofern man jemanden dabei erwischte. Doch wer hatte schon ein Interesse daran, Paare in allzu verfänglichen Situationen zu erwischen? Noch dazu in Paris? «Das würde doch den Tourismus geradezu beeinträchtigen», lachte der alte Herr.

Gret ließ Bibi erst einmal los, streichelte ihn noch einmal zärtlich und zog ihn neben sich auf einen Sessel. Sie habe ein Hotelzimmer in der Rue de Rivoli gebucht, nicht allzu weit entfernt, und dahin werde sie nun bald aufbrechen. Nach der Reise fühle sie sich müde und wolle erst einmal zur Ruhe kommen. Es gäbe Wichtiges zu besprechen, meinte sie mit Blick auf den unruhig auf seinem Sessel hin und her rutschenden Bibi.

Nachdem sie sich für die zuvorkommende Aufnahme und Bewirtung bedankt, die man ihr hatte angedeihen lassen, wandte sie sich an Bibi und forderte ihn auf, sie noch ein Stück zu begleiten. Obwohl sie schon einige Male in der Stadt gewesen sei, kenne sie sich nicht so recht aus und könne seine Hilfe gebrauchen. Bibi grinste in sich hinein und dachte an seinen umständlichen Heimweg.

Wie sie letzten Endes in ihrem Hotelzimmer landeten, hätten sie nicht zu sagen gewusst. Sie fielen hungrig übereinander her, und Bibi kehrte erst früh am Morgen mit weichen Knien in seine Behausung zurück. Er griff sich seinen Instrumentenkasten und spurtete der nächsten Lektion bei Monsieur Galamian entgegen. Zum Abschied hatte Gret ihm zugeflüstert, dass sie ihm noch einiges Wichtige mitzuteilen habe. Sie sei gewissermaßen nur als Botin seiner Eltern hier, und ihr Aufenthalt in Paris sei begrenzt. Ob er denn seine Lehrstunden nicht ein wenig abkürzen könne. Sie hatte ihn noch ausführlich und mit großer Innigkeit geküsst und versucht, ihn festzuhalten.

Monsieur Galamian schien am heutigen Tage eine gewisse Unruhe nicht unterdrücken zu können, obwohl er so tat, als ginge es ihm blendend. Am Ende dieser sehr intensiven Stunde meinte er in einer für ihn unüblich deutlichen Art, Bibi werde als Violinist niemals in die allererste Reihe dieser Gattung gehören. Seine Finger seien einfach zu schwerfällig, zu muskulös, zu gewalttätig, um nicht zu sagen: ein wenig zu deutsch. Seinen Lebensunterhalt könne er sich ohne Schwierigkeiten mit ihnen verdienen. Wenn er allerdings höher hinauswolle, würde ihm nichts übrigbleiben, als zu der für ihn weitaus passenderen Viola zu greifen. Auf diesem Instrument könne er noch Großes, vielleicht sogar Einmaliges erreichen. Die Viola, so erklärte er, sei geradezu rasant im Kommen, die jüngeren Komponisten widmeten ihr heutzutage ganze Konzerte. «Die Viola», rief er entzückt aus, «ist der Bariton unter den Streichinstrumenten. In der Oper ist der Bariton im Begriff, den weibischen Tenor zu verdrängen. Denken Sie an die wundervolle Partie des Stierkämpfers in ‹Carmen›. Wie heißt er noch? Escamillo, nicht wahr? Von ihm nur schwärmt man nach einer gelungenen Aufführung dieser Oper, nur seine Arie summt man beim Verlassen des Opernhauses. Denken Sie an meine Worte. Ebenso wird es sich in einigen Jahren im Konzerthaus entwickeln. Dann wird es mit der tenoralen Dominanz der Violine endgültig vorbei sein. Schon heute gibt es Duette und Quartette, in denen die Viola eine führende Rolle spielt. Dann wird sie – wie nennt ihr sie noch in eurem abscheulichen Deutsch, Bratsche, nicht wahr? – dann wird sie die erste Geige spielen, und mit ihr werden Sie zur absoluten Spitzenklasse gehören. Die robusteren Saiten der Bratsche», er spuckte die Bezeichnung förmlich aus, «sind wie geschaffen für Ihre athletischen Finger. Generationen von kommenden Violaspielern werden noch an der Struktur, der Form und vor allem an der Muskulatur Ihrer Finger gemessen werden, wenn Sie einmal die Ihnen gebührende Position erreicht haben.»

Bibi, geschockt von dem Sermon, der über ihn hereingebrochen war, fing gleichwohl hemmungslos zu lachen an.

«Lachen Sie nicht so impertinent, mon ami, ich wiederhole, dies wird der Weg Ihrer Karriere sein, so Sie endgültig zur Viola greifen und nicht in dieses abscheuliche Allemagne zurückzukehren beabsichtigen. Denn dort ist nicht nur die Sonne der Kunst im Begriff unterzugehen.

Hören Sie also auf meine Worte. Übrigens, sollten Sie mich in allernächster Zukunft nicht mehr hier vorfinden, so gebe ich auch Ihnen den Rat, ein paar Hektoliter Meerwasser zwischen sich und diesen Kontinent zu bringen. In London könnte ich Ihnen beispielsweise einen von mir sehr geschätzten Kollegen empfehlen, der dort ein sehr angesehenes Musikstudio unterhält, und ich werde nicht versäumen, schon um Ihres Herrn Vaters willen, meine Empfehlung an ihn vorauszuschicken. Herr Schleff in London wird also auf Sie vorbereitet sein.»

Dies waren die Abschiedsworte des Jean Galamian, ohne dass er Bibi hätte wissen lassen, wohin er sich wenden müsse.

Gret hatte ungeduldig auf ihn gewartet, und nachdem sie die Tür leise zugedrückt hatte, eröffnete sie ihm, dass das spuckende Monster in die Tschechoslowakei einmarschiert war und das Sudetenland, wie er es nannte, «befreit» hätte. Gleichzeitig drohe er, auch das übrige Land zu besetzen, sollten die unverschämten Anwürfe aus Prag nicht umgehend unterbleiben. In diesem Falle freue er sich bereits über die Eingliederung dieser im Grunde urdeutschen Stadt in das Reichsgebiet. Sie sei eine Perle unter all den Perlen deutschen Städtebaus, so orgele er herum. Gestern Abend hätte sie weder ihn noch seine guten Leutchen damit behelligen oder gar ängstigen wollen. Auch ihr Vater lasse ihm die dringliche Bitte ausrichten, dem Ruf seiner Eltern zu folgen und Frankreich zu verlassen. Man könne nicht wissen, wann es dem Herrn Reichskanzler einfiele, auch nach diesem Land seine Finger auszustrecken und es zum zweiten Mal in ein Schlachtfeld zu verwandeln. Einer seiner Brüder würde ihn noch heute oder morgen aufsuchen und sich mit ihm beraten. «Deine tschechische Staatsbürgerschaft wirst du dir auch bald an den Hut stecken können», sagte sie ihm abschließend voraus.

«Du meinst, dass Doppel-t auch bald Paris zur rein germanischen Siedlung erklären wird?», grinste Bibi und versuchte, sie auf das Bett zu ziehen.

Sie wehrte entschlossen ab: «Ich stelle fest, dass deine Sorglosigkeit an Dummheit grenzt. Deine Eltern haben beschlossen, in die USA zu reisen und dort die weitere Entwicklung abzuwarten, während meine uns in Ostende erwarten, um mit mir in die Schweiz zurückzukehren. Sie hätten nichts dagegen, wenn auch du mit uns heimkehrtest.»

Bibi schüttelte den Kopf. «Willst du mir ernsthaft einen Aufenthalt in der Schweiz zumuten? Nach allem, was mir dort widerfahren ist?»

«Würdest du denn zu deinen Eltern zurückwollen?», fragte Gret. «Sie werden ihre Zelte nicht gleich abbrechen. Vielleicht regelt sich ja alles noch von selbst.»

«Nichts regelt sich von selbst. Und ich glaube auch nicht, dass wir in der Schweiz auf Dauer sicher sind. In allem, was mir aus diesem Land berichtet wird, höre ich eine fatale Annäherung an die deutsche Ideologie heraus. Einzig der Tatsache, dass ein ständiger Schlagabtausch auf dem Gebiet der Spionage stattfindet, hat die Schweiz ihre vorläufige Unantastbarkeit zu verdanken.»

«Von wem hast du das denn?», fragte Gret erschrocken.

«Von meinem Bruder Aissi. Er gehört zu den bestinformierten Leuten der Gegenwart und setzt seinen Fuß ebenfalls nicht mehr ins Ländli. Die Vereinigten Staaten jedoch sind auch keine dauerhafte Bleibe für mich. Lass mich erst einmal das Gespräch mit meinem Bruder, mit welchem auch immer, abwarten, um mir eine endgültige Meinung zu bilden. Noch glaube ich einfach nicht an eine erneute Auseinandersetzung zwischen den einstigen Gegnern. Die Verluste sind zu gewaltig gewesen, und das Ende des großen Krieges ist ja gerade erst zwanzig Jahre her. Der Spucker reißt seine Gosche wie gewöhnlich viel zu weit auf, und sie wird ihm im Falle ernsthaften Widerstands auch umgehend gestopft werden. Dennoch, ich begleite dich natürlich nach Ostende, und wir werden zusammen mit deinen Eltern über die Gründung einer Familie nachzudenken haben.»

«Wie bitte?» In ihrer Stimme vibrierte es vor Spannung. «Spricht das Kind etwa von Heirat, von Hochzeit? Will das Kind selbst Vater werden? Soll die Mutter ausschließlich Kinder um sich herum haben? Das ist keine Familiengründung, das ist die totale Ausbeutung der Frau. Das lässt sich die Frau, jedenfalls eine Schweizer Frau, nicht bieten. Schon gar nicht von einem so unmündigen Burschen wie dir.» Sie nahm ihn in die Arme, küsste ihn auf Nase und Stirn und flüsterte zärtlich, dass er dazu außerdem die Absolution seines Erzeugers brauche, und davon wolle sie weiß Gott nicht abhängig sein. «Wie kommst du nur so plötzlich darauf?»

«Es wird sich auf die Dauer nicht vermeiden lassen», entgegnete er leichthin.

Ihr Mund verzog sich wieder einmal in die Breite – eine mi-

mische Ankündigung, die er von jeher gemocht hatte –, ließ ihre etwas zu großen, aber herrlichen Zähne sehen und näherte sich ihm mit ihren prallen Lippen.

«Habe ich dir erzählt, dass Medi dich einmal die ‹Häuptlingin Stramme Lippe› genannt hat?»

«Stimmt nicht, das hast du erfunden», flüsterte sie, bevor sich ihre Lippen auf die seinen legten.

Einige Tage später, Bibi hatte mehrmals vergeblich zur gewohnten Zeit vor der verschlossenen Tür des Monsieur Galamian gewartet, wurde er von Gret, die immer wieder ihre Abreise hinausgezögert hatte, zum Boulevard Henri Quatre, in der Nähe des Place de la Bastille, zu einer kleinen Caféterrasse gebracht, wo sein Bruder Golo, etwas verfroren, schon auf ihn wartete. «Hier fühlt man sich wie in einem Wiener Kaffeehaus», erklärte dieser zur Begrüßung. «Hier gibt es echten Wiener Kaffee, gefüllten Palatschinken und selbst die labberige Melange. Ich würde zum Großen Braunen raten, der ist vorzüglich.»

Nun begrüßte er auch Gret – sogar mit Handkuss – und schob ihr einen Sessel zurecht. Nachdem sie ihre Bestellung aufgegeben hatten, erkundigte sich der große Bruder, ob Bibi sich inzwischen etwas eingelebt hätte. Das wäre zum gegenwärtigen Zeitpunkt nicht gerade leicht. Paris fiebere ja im Moment, der großen Unruhe wegen, die jedermann hier erfasst habe. Man solle jedoch die Eskapaden dieser wildgewordenen Proleten im Reich nicht allzu ernst nehmen oder sich gar durch sie in Angst versetzen lassen. Als Gret vorsichtig einwandte, dass doch einiges an haarsträubender Brutalität von dort an die Öffentlichkeit gedrungen wäre und das nicht mehr mit der bisher bekannten Flegelei zu vergleichen sei, winkte Golo mit der Bemerkung ab, dass beispielsweise in der Sowjetunion ein Terror stattfände, gegen den die Einschüchterungsversuche der deutschen nationalen Sozialisten wirklich nurmehr Flegeleien genannt werden könnten. Es bestünde, so stellte er abschließend fest, kein Grund, etwa auf andere Kontinente auszuweichen. Auch in Deutschland sei die Erinnerung an den Weltkrieg noch sehr wach, und man hätte kein Verlangen, einen zweiten vom Zaun zu brechen. Nichtsdestotrotz seien die Eltern und vor allem Aissi der Meinung, man müsse diesen «mordlüsternen Bestien» alles zutrauen und in gebührender Entfernung ihre weiteren Unternehmungen abwarten. «Aissi wird demnächst aus Amsterdam herüberkommen und dir die verschiedenen Billetts und Reisepapiere übergeben, die Mielein mit Hilfe von Eri besorgt hat.»

Man könne dann über Southampton eine geruhsame Seereise nach New York antreten und sich sogar einen kleinen Zwischenaufenthalt in London gestatten, so man Lust darauf habe, Moni wiederzusehen. Sie habe sich dort gemeinsam mit Herrn Lányi ein hübsches kleines Stadthaus gemietet. Ob er schon von Herrn Lányi gehört habe, wurde Bibi gefragt. Auch Golo kenne ihn nicht persönlich, wisse nur, dass er aus Ungarn stamme und sich als Kunsthistoriker einen Namen gemacht habe. Im Hause Monis sei genügend Platz und London eine faszinierende Stadt. Gleichzeitig böte sich die Gelegenheit, Herrn Galamian wiederzubegegnen. Als überaus vorsichtiger Mann judäischer Herkunft halte er sich schon einige Tage dort auf und lasse grüßen.

Er bitte um Entschuldigung für seine übereilte Abreise, doch heutzutage könne er keinem Deutschblütigen mehr so recht trauen. Er würde sich jedoch freuen, Bibi in London begrüßen zu können. Dies wäre, so Golos Meinung, der einzige und alleinige Grund, Paris zugunsten Londons aufzugeben. Das Studium habe, wie er hoffe, wohl auch weiterhin für Bibi die absolute Priorität.

Auf all das antwortete Bibi, dass er sein Zimmer bei den Lapins nicht sofort aufgeben wolle. Es könne immerhin sein, dass er eine gleichwertige Lehrkraft ausfindig mache, für die es sich lohne, seinen hiesigen Wohnsitz beizubehalten. An eine kriegerische Auseinandersetzung der Deutschen mit Frankreich oder England glaube er ebenso wenig wie Golo, und die französische Hauptstadt strahle auch für ihn einen unbeschreiblichen Reiz aus.

Golo klopfte ihm auf die Schulter und war erfreut, nicht wieder mit den Vorbehalten notorischer Angsthasen und Exildauerläufer konfrontiert zu werden. Als Gret daraufhin zu lachen anfing und fragte, was ihn denn hier in Frankreich hielte, anstatt einer adäquaten Beschäftigung in seiner Heimat nachzugehen, meinte er leichthin, dass dies doch mehr oder weniger seinem Vater zu verdanken sei, der sich allzu offen gegen Reich und Führung ausgesprochen habe oder, wie man es auch formulieren könne, dazu verleitet worden sei.

Nicht, dass er sich mit den ideologischen Tendenzen dort drüben einverstanden erkläre oder sie gar zu den seinen mache, doch es gebe auch andere, stillere Wege, sich dieser zeitweiligen Tollwütigkeit zu entziehen. Auch sei es geradezu unausweichlich, dass das Benehmen dieser Horden bald auch dem eigenen Volk auf die Nerven gehen werde. Man könne also in Ruhe abwarten, dass sie bald aus dem Amt gejagt würden, zumal auch den größeren Nachbarn irgendwann einmal der Geduldsfaden risse.

Gret hörte staunend den Auslassungen ihres zukünftigen Schwagers zu. Fast hatte sie den Eindruck, als wolle er sich über sich selbst lustig machen. Da Bibi sich entschlossen hatte, die Ankunft seines ältesten Bruders abzuwarten, erklärte sie sich ohne Aufhebens bereit, den Besuch ihrer Eltern in Ostende auf einen späteren Termin zu verschieben. Außerdem wuchs ihre Neugier auf den anderen, den älteren Bruder, die sich durch Bibis liebevolle Erzählungen weiter steigerte.

Die Ankunft von Aissi aus Amsterdam ließ auf sich warten, doch endlich kam die Nachricht Golos aus Saint-Cloud, dass Aissi bei ihm eingetroffen sei und Bibi am nächsten Tag um die frühe Mittagszeit aufsuchen werde. Die Lapins ließen es sich nicht nehmen, den freundlichen Mann mit dem hervorragenden Französisch und den strahlenden Augen auf das liebenswürdigste zu empfangen. Sie konnten es kaum fassen, dass Bibi einen solchen weltgewandten, charmanten Bruder hatte, mit dem sie sich auf so eine elegante Art in ihrer Sprache verständigen konnten. Mit Bibi sei es so schwierig, um nicht zu sagen anstrengend, zu parlieren, sagten sie lachend zu Aissi. Er wäre ja auch oft ungeduldig, wenn ihm nicht gleich die gesuchten Vokabeln in den Sinn kämen. Nur in der Musik könne er sich mit großer Prägnanz und begeisternder Verständlichkeit ausdrücken. Das ließe sie oft Stunden hinter der Tür lauschen. Gelegentlich, wenn ihnen das lange Stehen zu viel wurde, stellten sie Stühle in den Flur und kamen sich wie im Konzert vor. In tiefer Dankbarkeit schoben sie ihm hin und wieder eine Tasse Schokolade durch die leise geöffnete Tür, die er jedoch meistens gar nicht wahrnahm und über die er schon ein paar Male gestolpert war, wenn er sich unterbrach, um zur Toilette zu eilen. Sie schlugen jedes Mal die Hände über dem Kopf zusammen, wenn sie die Schokoladenflecken auf dem schönen Teppich betrachteten, den sie extra seinetwegen angeschafft hatten. Doch seine wundervolle Qualität machte die Reinigung wiederum ziemlich leicht.

«Haben Sie mit dem Teppichhandel zu tun?», fragte Bibi einmal.

«O ja», erwiderte Monsieur Lapin. «‹Teppich Lapin›, Import–Export. Wir haben vor einiger Zeit verkauft und können nun unseren Lebensabend genießen. Einzig den Kontakt zu ehemaligen Bekannten und Freunden sowie zum Theater, zur Kultur überhaupt, vermissen wir doch sehr. Mit zunehmendem Alter sind wir leider immer unbeweglicher geworden. Deshalb kamen wir auf die Idee, jemanden ins Haus zu nehmen. An einen jungen Künstler, wie Sie einer sind, hatten wir gar nicht zu denken gewagt. Doch siehe da, man muss nur an sein Glück glauben.» Von diesem Glück erzählten sie immer wieder einmal.

Wie, fragte sich Bibi, kann man diese sympathischen alten Leutchen, ohne sie zu kränken, aus dem Zimmer bugsieren? Er sah seinen Bruder an, und Aissi bewegte fast unmerklich den Kopf. Vielleicht werden sie es begreifen, wenn wir einfach schweigen, überlegte Bibi. Außerdem haben sie den Teppich nicht speziell für mich angeschafft, sondern ihn aus beiseitegeschafften Vorräten hervorgezogen. Dennoch sollte man diese sensiblen alten Leute nicht vor den Kopf stoßen. Ob Aissi ähnlich dachte, als er ihm diesen beschwörenden Blick zuwarf?

Und so trat denn allmählich eine Stille ein, die Madame und Monsieur Lapin tatsächlich einen diskreten Rückzug antreten ließ. In der Tür wandte sich Madame noch einmal mit der Bemerkung um, dass es hoffentlich nichts Schlimmes wäre, was sie einander zu berichten hätten.

«Ja», meinte Aissi, nachdem er seinen Bruder noch einmal umarmt hatte, «da hat sie gleich mitten in den Unflat hineingestochen. Dieses doppelte t, dessen Widerlichkeit du so spaßig fandest, will wohl weit ernster genommen werden, als wir anfangs dachten. Deshalb wünscht Mielein, dass du so bald wie möglich Europa, zumindest jedoch das europäische Festland verlässt. Und vollkommen beruhigt wäre sie erst, wenn du bald in die USA nachkämst.»

«Golo hält diese übertriebene Furcht für einen ausgemachten Blödsinn. Er hat zwar alle Bedenken und Wünsche Mieleins weitergereicht, sich jedoch gleichzeitig auf seine hinterhältige Art darüber lustig gemacht.»

«Ach, Golo», unterbrach Aissi, «der wird vielleicht einmal ein tüchtiger Historiker werden, er pflegt die Allüren, in allem Vergangenen tief zu schürfen, aber dem Künftigen gegenüber blind zu sein. Wahrscheinlich wird er uns, sollten wir überleben, das Erscheinen des teuflischen Spuckers und seine historische Notwendigkeit im Nachhinein brillant erklären können, im Augenblick jedoch sollte man besser nicht auf ihn hören.»

«Zitierst du jetzt Maman, oder sind das deine eigenen Gedanken, die du da von dir gibst?», fragte Bibi lächelnd.

«Ich fürchte, das werden bald unser aller Gedanken sein. Aber mit Verlaub, warum nennst du Mielein so hartnäckig Maman? Hat das einen besonderen Grund?»

«Ich hasse diesen kindischen und lächerlichen Kosenamen, den man einer so gestandenen Person wie unserer Mutter anheftet. Unsere Kindheit ist endgültig vorbei.»

«Es war doch aber eine schöne Zeit, nicht wahr?»

«Für dich vielleicht, großer Bruder, für dich. Ich jedenfalls habe die Zeiten Mieleins, Pieleins und des Herrn Papale endgültig beiseitegelegt. Es kann doch nicht sein, dass man einem so großen, so bedeutenden Mann solche blöden Namen an die Weste klebt. Das kann niemals sein Wunsch gewesen sein, auch wenn wir, hartnäckig, wie Kinder nun mal sind, daran festgehalten haben. Selbst Maman konnte mich irgendwann nicht mehr zu diesen Kosenamen überreden und schlug vor, den Vater respektvoll mit ‹Herr Papale› anzureden. Auch scheußlich, aber nicht ganz so scheußlich. Ich habe jetzt einige seiner Bücher hinter mich gebracht. Nach dieser Lektüre kann man doch gar nicht anders, als ihn in die Allerersten seines Jahrhunderts einzureihen.»

«Welch ein Nachruf, Pardon, welch ein Zuruf des Sohnes an seinen Vater», bestätigte Aissi traurig. «Nebenbei, hast du noch ‹Unordnung und frühes Leid› in Erinnerung? Jedenfalls haftet dir seitdem – und wenn er die angestrebte Unsterblichkeit wahrhaftig erreichen sollte, sogar für alle Zeiten – dieses Etikett an. Ich habe ihn einst ebenso angebetet, habe ihn, möchte ich beinahe sagen, abgöttisch geliebt, und du weißt doch, in Gefühlsäußerungen oder gar Beschreibungen bin ich äußerst sparsam. Und dann las ich, was er geschrieben hatte. Da war er wieder, der unnahbare, der kühläugige Vater. Das grausig beobachtende, jede menschliche Regung erstickende Monster, das sich einem mit dem ganzen Gewicht seiner öffentlichen Geltung auf die Brust setzte. Ich habe nächtelang in mich hineingeheult, trocken, lautlos. Niemand sollte sich so über mich lustig machen. Und nun höre ich ausgerechnet von dir diesen fulminanten Ausbruch an Sohnesliebe. Hat er dich etwa besser behandelt? Hast du jemals eine wohlwollende Geste oder eine zärtliche Regung auf seinem Gesicht erkennen können? Es sollte mich wundern.»

Mit geheimem Schrecken beobachtete Bibi seinen Bruder. War das noch sein Idol, sein Vorbild – in jeder Hinsicht? Er sah das ausgemergelte Gesicht, das schütter werdende Haar, das die immer größeren kahlen Stellen nur noch mühsam verdeckte. In der Wiedersehensfreude am Anfang war ihm das gar nicht aufgefallen. Bibi hätte ihm tatsächlich den Ausdruck zärtlicher Gefühle auf dem Gesicht ihres Vaters beschreiben können, wenn er auch nicht ihm gegolten hatte. «Man sollte dichterische Beschreibungen nicht gar so ernst nehmen», sagte er nachdenklich. «Ich scheine ihn eine Weile beschäftigt zu haben. Also hat er mir doch, wenn schon nicht offen, so doch zumindest indirekt, eine Zeit lang seine ganze Aufmerksamkeit gewidmet. Dir könnte es ebenso ergangen sein, nur, dass du dir diese Zeichen nicht zu deuten wusstest, meinst du nicht?»

«Verständnisvoll, sehr verständnisvoll! Was mich betrifft, so scheinen die Zeichen weitaus aggressiver und demütigender zu sein. Die Bezeichnung ‹Beißer› beinhaltet ja wenigstens eine, wenn auch ängstliche, Anerkennung oder eine Art respektvollen Ekels. Wie man es nimmt. Mich quasi als einen herumlungernden Schlappschwanz zu schildern zeigt jedoch nur allzu deutlich seine Verachtung an. Ich scheine einer der wenigen Schüsse ins Leere gewesen zu sein, die er sich selbst nicht verzeihen kann. Nun ja, dafür sprang Mielein in die Bresche und Schwester Eri.» Die tieftraurigen Augen Aissis schauten hektisch im Zimmer umher, um nur ja nicht dem Blick des Bruders zu begegnen.

«Spritzt du wieder?», fragte Bibi plötzlich.

«Hast du dich nie gefragt, ob einem deine taktlose Fragerei auf die Nerven geht?», fragte Aissi zurück. «Aber gut, hin und wieder. Wie sonst sollte man diesem Druck standhalten? Meine journalistischen Erfolge sind mäßig. Die von Tag zu Tag wachsende Macht von jenem da drüben lässt die Zeitungsverleger in fast allen europäischen Ländern zusammenzucken, wenn sie antinazistische Inhalte vorgelegt bekommen. Einzig die Sowjets nehmen einem alles ab, aber sie zahlen erbärmlich. Also versuche ich, mir eine eigene Zeitschrift aufzubauen. Mit großzügiger Unterstützung.»

«Und mit Zuschüssen vom Vater, ist es nicht so?»

«Nein, aber es wäre zumindest seine Pflicht, Selbstgeschriebenes beizusteuern.»

«Hat er das abgelehnt?», fragte Bibi gespannt.

«Bislang hat er weder zu- noch abgesagt. Wir warten noch.»

«Wer ist ‹wir›?»

«Der Verleger, Eri und ich. Sie ist der Meinung, man solle ihn nicht drängen, nur ab und zu ermahnen, ihn an seine politische Verantwortlichkeit erinnern. Doch du weißt ja, wie er es mit diesen Pflichten hält, dass er damit schon immer haderte. Was also soll ich unseren Eltern über deine ferneren Pläne mitteilen? Wirst du ihnen nach Amerika folgen?»

«Ich werde erst einmal mit Gret nach Ostende zu ihren Eltern fahren, die sich momentan dort aufhalten – zur Kur, nehme ich an.»

«Gret ist noch hier in Paris?»

«Ja. Wir möchten gern mit dir zu Abend essen, wenn du nichts Besseres vorhast.»

Aissi sagte zu und sah Bibi prüfend an. Dann lächelte er und erkundigte sich nach ihrer beider Beziehung, worauf Bibi geradeheraus erklärte, dass er vorhabe, sich mit Gret zu verloben, jetzt jedoch noch nicht ausführlich darüber sprechen wolle. Lieber wolle er wissen, warum Aissi seine Zelte ausgerechnet in Saint-Cloud aufgeschlagen habe. Golo sei doch seit langem schon nach Rennes gewechselt.

Der Bruder klärte ihn darüber auf, dass Golo noch ein kleines Appartement dort unterhalte, das er hin und wieder benutze, wenn er am Wochenende mit Freunden zusammen sein wolle. Aissi grinste Bibi mit einem kleinen Schuss Zynismus in den Augen an und meinte, von irgendetwas müsse der Mensch ja leben oder vielmehr seine Seele im Gleichgewicht halten.

Wer hat meinen Brüdern nur diese Veranlagung eingebrockt?, dachte Bibi amüsiert. Haben sie jemals die Vorteile der weiblichen Bauweise auch nur in Augenschein genommen?

Aissis Grinsen nahm zu. Ob Bibi nie wahrgenommen habe, dass das Herr Papale stets den jungen und stattlichen Kellnern, nie dagegen den hübschen Serviermädchen nachgeschaut hat?

Staunend betrachtete Bibi seinen gedankenlesenden Bruder. Phänomenal. Machte das der Stoff, den er ständig nahm? Er kramte aus seinem Kleiderschrank, wo auch seine Schuhe untergebracht waren, einen Flachmann heraus, entkorkte ihn und nahm einen kräftigen Schluck daraus.

«Whisky?»

«Wodka», antwortete Bibi. «Manchmal brauche ich das.»

«Seit wann?»

«In Zürich war der Whisky billiger, hier in Paris trinkt man den Wodka günstiger. Mach dir keine Sorgen. Ich gewöhne es mir auch wieder ab.»

Zwei Tage später trafen Gret und Bibi in Ostende ein und wurden auf dem Bahnsteig von den Mosers empfangen. Nach einer überhasteten Begrüßung wurden sie ins Hotel geführt, in dem eine Suite für sie gebucht worden war. Zwei Räume, die durch eine Tür miteinander verbunden waren und vom jungen Paar belustigt inspiziert wurden, nachdem die Eltern sie allein gelassen hatten.

«Nun ja», meinte Gret mit einem leicht hilflosen Heben der Schultern. «Das ist wohl mehr, um ihr eigenes Gewissen zu beruhigen. Ich bin überzeugt, meine Eltern haben sich auch schon vor der Eheschließung näher gekannt.»

Kaum hatten sie den Inhalt ihrer Koffer in den Kommoden und Schränken verstaut, klopfte es, und die Mosers standen in

Cocktailkleid und Smoking vor der Tür, um sie zum Abendessen herunterzubitten. Sie warteten geduldig, bis auch Gret und Bibi sich frisch gemacht und umgekleidet hatten, und führten sie in den riesigen, pompösen Saal. Herr Moser vermutete, dass sie wohl ein wenig spät seien, die Speisekarte, wie er hoffe, jedoch noch Gültigkeit habe. Nachdem die Bestellung aufgegeben und der Wein geordert worden war, informierte Vater Moser sie, dass die Deutschen mit einer starken Mannschaft, wie er sich ausdrückte, in die Resttschechoslowakei einmarschiert und auf keinen wesentlichen Widerstand gestoßen seien. Franzosen und Engländer hätten wohl ihren Protest angemeldet, doch das würde schon in den nächsten Tagen im Sande verlaufen. Der einzige Protest, den der Herr Führer ernst nähme, wäre der des Herrn Stalin, doch die beiden Herren sollen, einem Ondit zufolge, schon über einen Nichtangriffspakt plaudern.

So müsse also überlegt werden, in welchen Zug man den jungen Herrn noch setzen könne – er wies mit einer höflichen Handbewegung auf Bibi –, denn eine Ausreise nach Prag käme für ihn wohl nicht mehr in Frage. Man könne damit rechnen, dass auch sein Pass bald keine Gültigkeit mehr besitze, da die Tschechoslowakische Republik in naher Zukunft dem Dritten Reich zugeschlagen werde. Auch eine Rückkehr in die Schweiz erübrige sich, da sein Pass nur eine Belastung für ihn wäre, die Schweizer Behörden ihn eventuell sogar einziehen und Bibi als deutschen Staatsbürger einstufen könnten. Oder er würde als Staatenloser angesehen und nach Deutschland ausgewiesen werden. Solche Exilanten habe man im Ländli nun einmal nicht gern. Die einzige Chance sehe er in einer Einreise nach Großbritannien. Dort erkenne man die deutsche Okkupation nicht an und hielte, so glaube er, die tschechoslowakischen Botschaften nach wie vor offen.

«Und was gedenkst du mir zu empfehlen?», fragte Gret und sah ihre Mutter dabei herausfordernd an.

«Was für eine Frage!», erwiderte Frau Moser. «Du kommst erst einmal mit uns nach Hause. Um die Verbindung zwischen euch aufrechtzuerhalten, gibt es ja auch noch die Post und das Telefon.»

«Was hältst du davon?», wandte sie sich an Bibi.

«Es kommt auf den Blickwinkel an», antwortete er vorsichtig. «Der deiner Eltern lässt keine andere Wahl zu.»

«Siehst du», sagte Frau Moser und schaute irritiert auf die unbändig lachende Gret. Mit ihren Vogelaugen und den ruckhaften Bewegungen ihres Halses wandte sie sich hilfesuchend ihrem Gatten zu, doch dieser widmete sich schon wieder seiner Mahlzeit und gab damit zu verstehen, sich an keiner weiteren Diskussion mehr beteiligen zu wollen. Auch Bibi verlor jegliche Lust auf bevorstehende Auseinandersetzungen und beschäftigte sich ebenfalls mit dem Hauptgang auf seinem Teller. Frau Moser beugte sich zu der an ihrer Seite sitzenden Tochter hinüber und erkundigte sich leise, ob Bibi noch so viel trinke. Er habe auch hier schon wieder sein drittes Glas Weißwein geleert und greife gerade erneut zur Flasche. Schon beim letzten Zusammentreffen in Zürich habe sie den Eindruck einer Alkoholabhängigkeit gehabt. In so jungen Jahren sei das eine schwerwiegende Angewohnheit, die auf psychische Probleme hindeute.

Gret, die Bibi fortwährend im Auge behielt, flüsterte zurück, dass dies nicht das wahre Problem sei. Es habe sich bei ihm eine leichte Drogenabhängigkeit entwickelt, die er wohl nicht mehr so ganz unter Kontrolle habe und die sie mit allen Mitteln zu bekämpfen sich vorgenommen habe. Das «Über-den-Durst-Trinken» dagegen sei vorerst keine ernste Sorge für sie.

Mutter Moser fiel aus allen Wolken. «Und einen solchen Mann willst du dir ans Bein binden? Weißt du, was du dir damit antust?», zischte sie immer lauter.

«Leise, Mutter. Ich gehe keine Vernunftehe mit ihm ein. Ich liebe ihn und werde ihm diese gefährlichen Spielereien mit seinem Leben abgewöhnen, das verspreche ich dir.»

Bibi schaute plötzlich zu ihr her, und ihre Augen begegneten sich. Sofort verstummte sie und griff nun ebenfalls zum Besteck, während die Mutter ruckhaft von einem zum anderen blickte. Gret versuchte, an das Gespräch anzuknüpfen. Wie immer man das verstehe, so wolle sie ihn im Augenblick keinesfalls nach seiner Meinung befragen, denn der Verdacht, dass sie beide grundverschiedene Positionen hätten, erhärte sich immer mehr. Und da sie in Kürze zu heiraten beschlossen hätten, müsse sie sich wohl mit ihm auf die rettende Insel begeben. Eigentlich hätten sie ja vorgehabt, den heutigen Abend mit einer Verlobungsfeier zu krönen. Mit den Eltern an einem so hübschen Ort. Sie habe nur noch nicht herausfinden können, wer da eigentlich auf die Bremse getreten habe; ob es der große Spucker mit seinen diversen Einmärschen oder die Eltern mit ihrem konträren Blickwinkel seien. Auf jeden Fall hätte sich alles ein wenig anders gestaltet als geplant. «Dann also, auf nach England!», rief sie und riss beide Arme in die Luft. Ungestüm umarmte sie den zu ihrer Rechten sitzenden Bibi und barg ihren Kopf an seiner Schulter.

«Langsam, langsam, Kind», mischte sich nun Vater Moser wieder ein. Er legte sein Besteck beiseite und säuberte mit der Serviette sorgfältig seine Mundwinkel. «Soweit mir bekannt, ist der junge Herr hier noch nicht ganz volljährig. Es bedarf also der Zustimmung beider Elternteile, oder zumindest der Zustimmung des Vaters.»

Es trat eine Pause ein, in der Bibi nur die leise knirschenden Halswirbel von der mütterlichen Seite vernahm. Dann setzte sich Gret kerzengerade auf. «Diese Zustimmung haben wir mehr oder weniger freiwillig in der Tasche, da wir die Eltern Bibis schon von meiner Schwangerschaft in Kenntnis gesetzt haben.»

Frau Moser erstarrte. Ihre hellen Augen wurden nahezu durchsichtig, sodass man vermeinte, ihrer wolkigen Hirnwindungen ansichtig zu werden. Unversehens füllten sie sich mit Wasser, aber kein Laut kam ihr von den Lippen. Herr Moser faltete sorgfältig seine Serviette zusammen, als wollte er sie zu einem neuerlichen Gebrauch herrichten. «Meinen Glückwunsch», sagte er ruhig. «Die Familiengründung hat immer schon Priorität gegenüber der Politik gehabt. Noch einmal also, herzlichen Glückwunsch.» Er griff nach seinem Weinglas und prostete den am Tische Sitzenden zu.

Nach einer Woche recht harmonischen Beisammenseins begleiteten die Mosers ihre Kinder, wie sie sie von nun an nannten, zur Fähre nach England. Die Personalpapiere waren zuvor in der englischen Vertretung durchgesehen und akzeptiert worden. Dort war Bibi von einem der Botschaftsangehörigen in ein bescheiden eingerichtetes Büro gebeten worden, wo man ihn fragte, ob er tatsächlich ein Sohn des großen deutschen Schriftstellers sei, der bereits über den Atlantik geflohen und seine Zelte in den Staaten aufgeschlagen habe, dabei hätte er ebenso gut auch Großbritannien wählen können. Oder sei der Vater gar der Meinung gewesen, dass auch dort eine wirkliche Sicherheit nicht mehr gewährleistet wäre? Sein Mund verzog sich zu einem mokanten Lächeln. Wie auch immer. Er könne mit Sicherheit sagen, dass seine Regierung stolz darauf gewesen wäre, einem solchen Paradeflüchtling – mit allen Ehren und Vorteilen für ihn – Asyl zu gewähren.

Bibi nippte an seinem Orangensaft, etwas anderes hatte man ihm angesichts seines Alters nicht anbieten können, und überlegte, an wen oder was ihn dieser hagere, ausstaffierte Mann erinnerte. Als ihn der Botschaftsangehörige höflich fragte, ob er eher einen gehaltvolleren Drink bevorzuge, stimmte Bibi verlegen zu und griff nach dem eingeschenkten Whisky. Er wisse ja, so fuhr der Herr fort, wie es in Künstlerkreisen zuginge und wie lässig gerade dort der Umgang mit dem Alkohol sei.

Jetzt fiel Bibi der Spruch ein, den der Zauberer einmal von sich gegeben hatte; vom «perfiden Albion» war die Rede gewesen, eine Bezeichnung, die er, wie Golo ihm erklärt hatte, aus der Zeit des Weltkrieges übernommen und immer wieder einmal benutzt hatte.

Das mokante Lächeln hatte sich mittlerweile in den Mundwinkeln des Botschaftsangehörigen festgesetzt und gab dessen Rede einen hinterhältigen Anstrich. Sollte er an diesem Ort, angesichts dieser Abhängigkeit, zur Verteidigung des Künstlervolkes und damit auch zur Verteidigung seines Vaters ansetzen? Gret hatte ihn noch ermahnt, sich ja nicht zu einem seiner berüchtigten Jähzornsanfälle hinreißen zu lassen. Erstaunt stellte er fest, dass es gar nicht in seiner Absicht gelegen hatte, seinen Vater zu verteidigen, denn im Grunde war er der gleichen Ansicht wie der Engländer vor ihm. Einen Krieg mit den Briten würde sich der große Spucker reiflich überlegen, da hatte Golo recht.

Also verabschiedete sich Bibi höflich, wobei er noch kurz erklärte, dass er nur dem Wunsch und Drängen seiner Mutter nachgeben müsse, sollte er sich am Ende doch entschließen, Europa zu verlassen. Er beteuerte noch seine Dankbarkeit für die rasche Erledigung der Einreiseformalitäten und ließ sich von dem korrekten Briten bis in den Salon hinaus begleiten, wo die Familie Moser ihn erwartete.

Nun also standen Gret und Bibi an der Reling des Fährschiffes und sahen auf den Kai zu den Mosers hinunter, die wiederum nach oben starrten. So klein, so liebenswürdig und so erbärmlich, wie sie da in der Tiefe standen und wortlos, ohne jede Bewegung, auf die Abfahrt des Schiffes warteten, wirkten sie wie Relikte aus einer sich stets weiter entfernenden Vergangenheit. Unvermittelt fing Frau Moser an zu winken, obwohl das Schiff noch gar nicht abgelegt hatte. Alle Augen blieben trocken, und Frau Moser rief mit schriller Stimme hinauf: «Bist du wirklich schwanger?»

Dann legte das Schiff ab, und langsam gerieten die nun wieder reglos dastehenden Eltern außer Sichtweite.

«Du hättest deiner Mutter antworten sollen. Bist du nun schwanger oder nicht?», fragte Bibi in der Kajüte.

«Hat es dir einen Schrecken eingejagt?», fragte Gret zurück und umarmte ihn. «Natürlich nicht. Und was hätte ich meiner Mutter denn zurufen sollen? Vor all den Leuten.»

«Na schön», sagte Bibi zufrieden. «Es wäre auch ziemlich deplatziert, ausgerechnet jetzt einen jüdisch Versippten in die Welt zu setzen.»

Gret beichtete ihm nun, dass ihre Mutter sie, obwohl ihr Vater jüdisch sei, vor der Bindung mit jüdischen Leuten gewarnt habe. Man könne ja nie wissen. Der einzige Schutz vor diesen ewigen Warnungen war somit die Bekanntgabe einer – wenn auch vorgetäuschten – Schwangerschaft. Zugleich habe sie die Reaktion Bibis feststellen wollen. Ihre Mutter jedenfalls würde ihr nie eine Abtreibung empfehlen. Das ließe ihre streng calvinistische Erziehung nicht zu. Wie denn er dazu stehe, fragte sie und musterte ihn neugierig.

Bibi versicherte ihr in strengem Ton, dass auch er eine Abtreibung nicht zulassen würde. Dann legte er ihr seinen Plan dar, über London nach New York zu reisen. Und wenn die politische Situation sich nicht weiterhin zuspitze, auch noch eine Weile in London zu verweilen, um bei einem ihm empfohlenen Lehrer seine Studien fortzusetzen und seiner Schwester Moni einen Besuch abzustatten, bei der sie in der ersten Zeit eventuell wohnen könnten. Ihren Freund kenne er zwar noch nicht, doch Aissi habe schon in den höchsten Tönen von ihm geschwärmt. Er sei ein Kunsthistoriker von Graden. Auf jeden Fall wolle er sie, wenn es ihr recht sei, in New York heiraten.

Dort in der Nähe hätten ja auch Mielein und Pielein Wohnung genommen, fügte Gret lachend hinzu, und das wäre schließlich ausschlaggebend. Im Gegensatz zu ihr brauche er ja die Einwilligung der Eltern.

Bibi freute sich erst einmal auf das Wiedersehen mit seiner Schwester Moni. «Das Mönle, so nennt Aissi sie neuerdings, soll ein ganz feines Ding geworden sein: zuweilen nicht ohne seltsame Anwandlungen, doch gewinnend in ihrer Art. Aissi sagt, sie benehme sich sehr leise und würdig, halb schwermütig, halb humorvoll und sei recht hübsch», berichtete er. «Sie ist übrigens der Meinung, dass Doppel-t sie persönlich verfolgt», fügte Bibi noch hinzu. «In Florenz, wo sie sich einige Zeit aufgehalten hat, wurde sie durch die aufkeimende Freundschaft zwischen Mussolini und Hitler zur Flucht gezwungen, sie ging nach Wien und von dort aus, wiederum verursacht durch den großen Spucker, erst zu den Eltern nach Zürich und dann, nach der Abspaltung des Sudetenlandes von der übrigen Tschechoslowakei, nach London. ‹Wohin ich auch fliehe, der große Spucker bleibt mir auf den Fersen›, hat sie mehr als einmal gesagt.» Bibi sah Gret an. «Die Bezeichnung hat sie übrigens von mir, aus einem Brief, den ich meinen Eltern aus Neubeuern geschrieben habe.»

«Warum bist du denn nicht bei der Bezeichnung geblieben?», wollte Gret wissen. Die Frage war Bibis Stichwort. Er wurde kreideweiß im Gesicht und legte sich aufs Bett. Gret nahm das als sein übliches clowneskes Gebaren und sagte in ihrer fröhlich-naiven Art, sie fände ‹großer Spucker› komischer, urwüchsiger.

«Hör auf, vom Spucken zu reden», stöhnte Bibi schwach und hing mit dem Kopf schon halb über dem Rand des Bettes. «Kannst du mir eine Schüssel oder so etwas bringen?»

Gret schaffte es gerade noch, ihm einen Papierkorb zu holen, dann überkam Bibi endgültig die Übelkeit.

Als sie in Dover die Einreiseformalitäten hinter sich brachten, war Bibi leichenblass und noch wacklig auf den Beinen. Sie bestiegen den Zug nach London, wo sie von Moni an der Victoria Station empfangen wurden. Ohne jede Scheu nahm sie auch Gret gleich in die Arme und entschuldigte ihren Lebensgefährten Jenö Lányi, der in der Tate Gallery feststeckte, sie aber schon einmal herzlich grüßen lasse. Er befinde sich dort mitten in einer wichtigen fachlichen Debatte, habe aber versprochen, sich so bald wie möglich loszueisen.

Bibi, dem noch immer flau war, wehrte die Einladung zu einem englischen Frühstück händeringend ab und zeigte mit wehleidigem Gesicht auf seinen Magen. Moni verstand und grinste Gret an.

In ihrem Haus war genügend Platz für Besucher, und Moni hatte ihnen zwei nebeneinanderliegende Gästezimmer hergerichtet. Während Bibi sich sofort zurückzog, saßen Moni und Gret bei Porridge, gebratenem Speck und Spiegelei und tranken einen abscheulichen Kaffee. Das Wohn- und Esszimmer mit Sicht auf die Küche war weitläufig. Gret berichtete von der quälenden Überfahrt, die sie beide nicht hatte schlafen lassen. Bibi nicht, weil er sich anschickte, dem großen Spucker Konkurrenz zu machen, und sie nicht, weil seine verzweifelten Versuche, leise zu würgen, sie erst recht mit Sorge erfüllt hatten. Auch die anschließende Bahnfahrt habe er hauptsächlich auf der Toilette verbracht.

Moni machte ein bedenkliches Gesicht und sagte, dass ihnen noch einiges mehr bevorstehen würde. Mielein – sie unterbrach sich und fragte, ob Gret wisse, wer gemeint sei, und als Gret nickte, fuhr sie fort – Mielein wünsche die baldige Überfahrt ihres Jüngsten zu ihr in die Staaten.

«Seine Papiere liegen in der amerikanischen Botschaft. Dort kann er auch seinen tschechischen Pass benutzen. Für die Amerikaner ist das kein Problem. Sie erwägen sogar, eine Art tschechoslowakische Exilregierung in den Staaten oder hier in England einzusetzen. Das muss nur schnell und entschlossen ablaufen. Der Herr Papale hat mich gebeten, euch auszurichten, dass ihr so schnell wie möglich ausreisen sollt, er versichert euch seines vollen Einverständnisses für die bevorstehende Hochzeit.» Sie lächelte Gret freundlich an. «Ist hiermit erledigt.»

Gret lächelte zurück. Sie fühlte sich wohl in Gegenwart der herzlichen, spontanen Moni, die es ihr so leicht machte, sich in der Familie des Mannes, den sie liebte, willkommen zu fühlen. Sie erklärte ihr, dass sie vorhätten, sich in der Nähe der Eltern, in Princeton, trauen zu lassen. Allerdings hätten sie vorher noch einige bürokratische Hürden zu überwinden. Denn seltsamerweise sei es für sie als Schweizerin gar nicht so leicht, in die Staaten einzureisen. Man habe ihr schon auf dem Züricher Konsulat gesagt, dass sie sich auf eine mehrwöchige Wartezeit einzustellen habe, womit die geplante Hochzeit verschoben werden müsse. «Es gibt allerdings einen Weg, wie man die Sache beschleunigen kann. Der Botschaftsattaché hat mir verraten, dass man problemlos über Kanada in die USA einreisen kann. Auch als Europäer. Er meinte, die Amerikaner würden mir sicher ein Durchreisevisum nach Kanada ausstellen, sodass ich mit demselben Schiff wie Bibi von England aus aufbrechen kann.» Sie lächelte. «Er hätte mir das eigentlich gar nicht sagen dürfen, aber er hatte Verständnis für die Ungeduld eines jungen Paares, bat mich jedoch sehr darum, von seinem Rat nichts verlauten zu lassen. Du kannst doch schweigen?»

Moni grinste breit. «Wie ein ganzer Friedhof.»

Erst am frühen Abend ließ sich Bibi wieder sehen. Vorsichtig nahm er die Stufen, die hinunter in die Wohnräume führten. Er ließ seinen Blick über die Diele und die mit schweren altenglischen Möbeln vollgestopften Zimmer gleiten. Die Wände waren mit dunkelblauen Stofftapeten bespannt, vor denen die gewaltigen dunkelbraunen Möbel im Dämmerlicht nur als schwache Konturen auszumachen waren. Wie konnte man sich nur in solch einer Trostlosigkeit zu Hause fühlen?

Nachdem er am Esstisch Platz genommen und von Gret und Moni ausgiebig bedauert worden war, traf auch der Hausherr ein. Jenö Lányi umarmte und küsste gutgelaunt und laut schmatzend jeden, der ihm in die Quere kam, und ließ einen euphorischen Redeschwall mit lustigem, ungarischem Akzent los, wobei er die deutsche Sprache gewandt und mit einwandfreier Grammatik handhabe.

Beim Abendessen griff er wütend und temperamentvoll seine Landsleute an, die sich nun wohl endgültig auf die Seite des

Dritten Reiches geschlagen hätten. Soeben hatten sie Hitlers Judengesetze übernommen, und als der dafür zuständige Minister von einem seiner Mitarbeiter auf die eigene jüdische Großmutter hingewiesen worden war, musste er als erste Amtshandlung zurücktreten.

«Félkegyelmü, der Trottel!», polterte Jenö Lányi mit vor Eifer geröteten Wangen und glühenden Augen und ließ das R rollen wie einen Donnerschlag. Er warnte Gret und Bibi vor der faschistischen Sintflut, der man nur durch eine Flucht über den Großen Teich entgehen könne. Auch England werde seine Überheblichkeit bald zu büßen haben. «Die Hunnen sollen ganz neue, furchterregende Waffen besitzen», schrie er beinahe fröhlich heraus. «U-Boote mit grenzenlosem Wirkungsradius und gigantischem Volumen, aus denen sie ganze Truppenkontingente heimlich an Land setzen können. Außerdem haben sie unter den Augen der ehemaligen Alliierten eine riesige Luftflotte produziert. Mit einem Wort», er wandte sich direkt an Bibi, «der schnellste Weg nach New York ist immer noch zu langsam. Ich rate euch, so rasch wie möglich die US-Botschaft aufzusuchen und das nächste Schiff zu buchen. Vordringlich in diesen Zeiten ist allein die Flucht vor dem immer schwärzer werdenden Horizont. Schade nur, dass Moni und ich wohl noch eine Zeit lang warten müssen.»

Moni starrte mit angstvoll geweiteten Augen auf Lányi. Keine Spur mehr von der fröhlichen jungen Frau, die so selbstverständlich mit Gret geplaudert hatte. «Mielein und Pielein haben sich schwer ins Zeug gelegt, Bibis Papiere zu beschaffen. Sie haben nicht einmal davor zurückgeschreckt, Verbindung mit dem Weißen Haus in Washington aufzunehmen. Mit einigem Erfolg, wie man sehen kann.» Sie schwieg einen Moment, als suche sie nach den richtigen Worten für das, was sie als Nächstes sagen wollte. «Man ist wohl in den Staaten mehr an jungen Männern interessiert als an meinesgleichen, denn mein Affidavit, das ich schon vor Monaten beantragt habe, lässt bis zum heutigen Tage auf sich warten.»

Noch ein wenig träge von der überstandenen Seekrankheit, lehnte Bibi es ab, sich überstürzt um eine Ausreise zu kümmern. «Ich möchte mich in London einem renommierten Violinlehrer vorstellen, der mir sehr empfohlen worden ist. Abgesehen davon halte ich es für absurd, mich vor einem Krieg zwischen Deutschland und England zu ängstigen, der unweigerlich in einen Zweiten Weltkrieg münden würde. So verrückt wird der große Spucker nicht sein.»

Lányis dunkle Augen blitzten vor Vergnügen. «Wie nennst du diesen Größenwahnsinnigen?» Er lachte so dröhnend laut und ansteckend, dass selbst Moni nicht länger ernst bleiben konnte. Ihr ängstlicher Gesichtsausdruck verschwand, und da war sie wieder, die andere, die heitere, spontane, herzliche Moni.

Als sie sich beruhigt hatten – Lányi gluckste noch einige Male vor sich hin –, sagte Bibi, er wolle ein paar Tage in London verbringen. «Können wir so lange bei euch wohnen, Moni?»

«Nichts lieber als das», rief seine Schwester. «Dennoch, ein allzu langes Zögern deinerseits würde mich doch beunruhigen. Und das sage ich nicht, weil ich euch so schnell wie möglich wieder loswerden will.»

Bibi wollte die Zeit nutzen, Max Schleff zu finden, der ihm von Monsieur Galamian so wärmstens empfohlen worden war. Wegen der kindischen Kriegsängste seiner Familie würde er seine Ausbildung auf keinen Fall schleifenlassen. Sicher, er würde bald mit Gret nach New York fahren, um dort eine schlichte Hochzeit vorzubereiten, und ihr vor den Augen der Eltern das Jawort geben. Aber länger in den Staaten bleiben, das wollte er nicht. «Ich schätze, alles in allem wird es nicht länger als eine Woche dauern, mit Max Schleff Verbindung aufzunehmen. Dann können wir reisen.»

Lányi zog mit einem hilflosen Lächeln seine breiten Schultern hoch und sah seine Liebste an, als wolle er sie auffordern, ihre Überredungskünste als ältere Schwester einzusetzen. Doch Moni blieb seltsam still, ihr Gesicht hatte sich wieder verfinstert, und sie blickte vor sich hin, den Kopf zur Seite geneigt, als wolle sie in sich hineinhorchen, und es machte beinahe den Eindruck, als würden die sorglosen Sprüche ihres jüngsten Bruders sie glücklich machen.

Moni hatte, das sah man ihr an, wenig Lust, schon wieder den Wohnort zu wechseln, eine derart große Entfernung zu überwinden und sich in Amerika mehr oder weniger freiwillig zurück in die Arme ihrer Eltern zu flüchten, aus denen sie sich gerade so mühsam befreit hatte. «Nein, der Kerl hat keinerlei Chance, Europa mit Krieg und Sieg zu überziehen», sagte sie schließlich mit großem Nachdruck, und alle sahen sie einen Moment lang irritiert an. Wie zur Entschuldigung schlug sie die Hand vor den Mund und sagte, dass der lange Tag sie doch ein wenig ermüdet hätte und dass sie sich gerne zurückziehen wolle.

Gutmütig umarmte Lányi seinen zukünftigen Schwager. «Du wirst schon auch noch zur Vernunft kommen.»

Moni stand auf, wie um die unerquickliche Diskussion zu beenden, griff nach Lányis Hand und verkündete feierlich: «Auch wir haben die Absicht, bald zu heiraten. Allerdings möchte ich das hier in London arrangieren, in einer der schönen Kathedralen. Dank Lányis Verbindungen zur Kunst- und Kulturszene kann das vielleicht schon bald vonstattengehen. Ich könnte mir nichts Schöneres vorstellen, als wenn ihr beiden unsere Trauzeugen sein wolltet.»

So wurde es verabredet. Als sie wenig später gemeinsam die Treppen ins Obergeschoss hochgingen, Bibi und Gret zwei Schritte hinter Moni und Lányi, bemerkte er zum ersten Mal, dass seine Schwester leicht den linken Fuß nachzog.

Nach einigen Tagen der Suche stellte sich heraus, dass sich Max Schleff derzeit nicht in London aufhielt. Als Bibi an seiner Türe klingelte, wurde diese nur einen Spaltbreit geöffnet. Eine Dame, die sich als Schleffs Haushälterin vorstellte, bat ihn, sich so bald als möglich mit einem Herrn Max Rostal in Verbindung zu setzen. Sie reichte ihm eine Karte, auf der eine Londoner Adresse stand – 181, Westbourne Grove (NW) –, und schlug die Tür gleich wieder zu.

Bibi hatte das Gefühl, dass die Dame mit einer für eine Frau etwas zu tiefen Stimme gesprochen und zudem ihren leichten holländischen Akzent nicht hatte verbergen können. Das war selbst ihm mit seinem noch einfachen Englisch nicht entgangen.

Als er am Abend von der seltsamen Begegnung berichtete, lachte Lányi polternd auf. Es gäbe da ein deutsches Sprichwort, ihm fiele jetzt der Name der Tiere nicht ein, aber die jedenfalls verließen als Erste das sinkende Schiff.

«Es sind Ratten», empörte sich Bibi, «das kann doch in diesem Zusammenhang nicht dein Ernst sein.»

Lányi schwieg, als wolle er sich auf keine weitere Diskussion einlassen.

Am Tag darauf machte sich Bibi zu Herrn Rostal auf, wurde dort sehr höflich von einer Miss hereingebeten, die sich mit charmantem österreichischen Zungenschlag als Rosa, Tochter des Hausherrn, vorstellte.

Die hellen, karg eingerichteten Räume ließen Bibi aufatmen.

Endlich Licht und nicht mehr das trübsinnige Dunkel, das ihm in Monis und Lányis Haus zusehends aufs Gemüt drückte. Miss Rostal bot ihm einen Kaffee an und bat ihn freundlich, auf einem der geflochtenen Chippendale-Sessel Platz zu nehmen, die in einer kleinen Gruppe um einen niedrigen Tisch standen. Aus dem Nebenzimmer war Musik zu hören. Bibi versuchte, die Anweisungen des Lehrers zu verstehen, doch er konnte nur Wortfetzen erhaschen, wenn der Lehrer über das Gefiedel des Schülers hinwegrief.

Interessiert lauschte er. Es war eine sehr wohlklingende Bratsche, die da malträtiert wurde, was nicht nur dem Instrument Schmerzen bereitete. Er schlürfte den vorzüglichen Kaffee und wurde hin und wieder von Rosa Rostal um noch ein wenig Geduld gebeten. Bibi erwiderte, dass er Zeit und Geduld mitgebracht habe, und erkundigte sich nach der Zubereitungsart des Kaffees, da er eine solche Qualität in England nicht erwartet hätte.

Die junge Frau lächelte dankbar und berichtete, dass ihr Vater und sie Wien noch in letzter Sekunde hätten den Rücken kehren können. «Leider blieb uns nicht erspart, vorher den Tod eines guten Freundes verkraften zu müssen, der sich aus dem letzten Stock eines viergeschossigen Hauses in die Tiefe gestürzt hat. Nicht jedoch, ohne vorher die Fußgänger unten auf der Straße gewarnt und sie gebeten zu haben, doch ein Stück beiseitezutreten. Einer dieser Spaziergänger war mein Vater.» Sie lächelte traurig. «Sein Freund war ein hochangesehener, faszinierender Schriftsteller und Humorist, dessen spezielle Art, Kaffee zu kochen, wir in seinem Gedenken praktizieren. Es hat unter anderem etwas damit zu tun, die Bohnen für jede Portion frisch zu mahlen.»

Aus dem Nebenzimmer war noch immer der klare Klang der

Bratsche zu hören, linkisch gestrichen von jemandem, der offensichtlich ohne jegliches Talent zu Werke schritt, und immer wieder unterbrochen von den zunehmend ungeduldiger und lauter werdenden Anweisungen des Lehrers.

«Mein Vater wäre an diesem Tag beinahe selbst umgekommen. Er hat sich in letzter Sekunde in einen Hauseingang retten können und den Herzanfall, den er erlitten hat, als er mit ansehen musste, wie sein Freund sprang, inzwischen beinahe vollständig überwunden. Sie werden jedoch verstehen, dass wir das hervorragende Wiener Leitungswasser, das dem Kaffee seinen letzten Schliff gibt, nicht haben mitnehmen können.»

Neugierig geworden auf die ganze Geschichte, wollte Bibi wissen, warum sich ein angesehener Schriftsteller so mir nichts, dir nichts aus dem Fenster stürzt, und erhielt die lapidare Antwort, er sei ein scharfzüngiger Gegner des gegenwärtig herrschenden Regimes gewesen. «Sie hatten ihre Schergen geschickt, um ihn abzuholen. Seine Haushälterin hat noch tapfer versucht, sich ihnen in den Weg zu stellen. Vergebens. Da hat er, lang schon geplant und doch kurz entschlossen, den Freitod vorgezogen.» Sie wischte sich eine winzige Träne aus dem rechten Auge, entschuldigte sich und verließ den Raum.

Endlich waren die schwer erträglichen Hilfeschreie der Bratsche im Nebenzimmer verstummt. Und während Rosa Rostal die eine Tür hinter sich schloss, öffnete sich eine andere – die große Flügeltüre, die den Salon mit dem Übungszimmer verband –, und ein hagerer Mensch mit langgezogenem Gesicht und trüben, grauen Augen trat ein. Alles an ihm schien blass und farblos zu sein. «Sie können natürlich Deutsch sprechen, bitte sehr», begann er, ohne sich mit einer Begrüßung aufzuhalten. «Sie sind Mitglied einer berühmten Familie, Violinspieler, dessen wahre Begabung zur Viola, sprich Bratsche neigt, und haben außerordentlich muskulöse Finger. Habe ich etwas Wichtiges ausgelassen?» Sein Blick war spöttisch und prüfend zugleich. Bibi sah echtes Interesse und eine ungeheuerliche Arroganz. «Ja», erwiderte er schlicht, «ich suche einen Lehrer, der mir weiterhilft.»

«Der gegenwärtige Stand Ihrer Ausbildung?»

«Ich habe mein Lehrdiplom am Züricher Konservatorium bestanden ...»

«Ach ja, ich erinnere mich. Sie haben einem Ihrer Direktoren mit Ihren gewaltigen Pranken eine geschmiert, bitte sehr. Man musste ihm, dem Gerede zufolge, die Kinnlade verdrahten, nicht wahr?»

«Unsinn», erwiderte Bibi. «Er ist drei Tage mit einer geschwollenen Wange herumgelaufen.»

Bibi betrachtete fasziniert das lange Gesicht, über das sich die aufs äußerste gespannte Haut zog wie ein ramponiertes Trommelfell, sodass der Betrachter jeden Augenblick erwartete, sie würde reißen und die Sicht auf einen nackten Schädel freigeben.

«Wie ich sehe, haben Sie keins Ihrer Instrumente mitgebracht. Das wäre angebracht gewesen, angesichts der Tatsache, dass Sie sich um eine weitere Ausbildung bei mir bewerben wollen.» Er verschwand im Eilschritt ins Nebenzimmer und kam mit drei Instrumentenkästen zurück. «Nehmen Sie einmal diese hier, bitte sehr. Es handelt sich um ein sehr zartes, sensibles Instrument, das schon einige Jahre auf dem Buckel hat.»

«Zweifellos eine Tirolerin», konstatierte Bibi, nachdem er jede einzelne der fünf Saiten behutsam angezupft und die rotgolden schimmernde Viola ausgiebig betrachtet und gewendet hatte. «Eine feine Dame, in der Tat.»

Rostal wusste offenbar nicht, ob sich dieser junge Mann,

der da so selbstbewusst vor ihm stand, über ihn lustig machen wollte. Fachkenntnisse im Instrumentenbau schien er aber zu haben. «Eine Vilserin, um genau zu sein», dozierte er, «gebaut wurde sie von Georg Aman, einem der bekanntesten Geigenbauer der Tiroler Schule. Er stammte aus Vils, arbeitete aber in Augsburg. Der Ton dieser Viola d'Amore aus dem Jahr 1713 ist besonders weich und edel. Wie Sie sehen, befindet sich anstelle der Schnecke bei diesem Prachtstück ein überaus kunstvoll gearbeiteter Engelskopf.» Er öffnete den zweiten Kasten und entnahm ihm eine schmucklosere, honiggelb glänzende Violine. «Hier, spielen Sie», forderte er Bibi auf, «aber setzen Sie nur die halbe Muskelkraft Ihrer Finger ein. Für das Reißen und Wühlen im Bauch eines solch wunderbaren Instrumentes habe ich nämlich nicht die geringste Bewunderung übrig.» Damit setzte er sich auf den Chippendale-Sessel, auf dem Bibi bis vor kurzem noch gesessen hatte, und sagte mit leiser Stimme: «Bitte sehr.»

Bibi hatte große Lust, diesem arroganten Wiener das zarte Instrument um die Ohren zu schlagen und schleunigst das Weite zu suchen. Doch stattdessen hob er die Violine ans Kinn, prüfte den Kinnhalter, setzte die Geige wieder ab und ließ sich viel Zeit mit dem Stimmen der Saiten. Rostal beobachtete ihn scheinbar reglos, einzig seine Daumen rieb er, wie von einem nicht zu unterdrückenden Zwang getrieben, rastlos aneinander und verriet damit seine Anspannung.

«Als Erstes spiele ich ein Stück aus dem Violinkonzert A-Dur von Pietro Nardini», sagte Bibi schließlich und sah in das immer noch vollkommen ausdruckslose Gesicht Rostals. Er wusste gar nicht, ob er sich noch vollständig an den Part würde erinnern können, den er vor langer Zeit zusammen mit Medi am Klavier vorgetragen hatte. Es sollte ihm Spaß machen, diesen widerwärtigen Kerl zu ärgern, ihn zur Weißglut zu bringen und ein Gebrüll zu provozieren, wie er es vorhin durch die geschlossene Flügeltüre hatte mit anhören müssen. Doch dann war er selbst erstaunt über die Zärtlichkeit der Töne, mit denen das Instrument ihm antwortete. Er hatte das Gefühl, dass sich diese Violine bei ihm einschmeicheln, ihn umwerben wollte. Zu seiner Überraschung erinnerte er sich an jede Note, jede Kadenz des Stückes und spielte es mit wachsender Lust zu Ende, von keinem Einwand Rostals unterbrochen, der beinahe den Eindruck machte, als wäre er eingeschlafen – nur das unablässige Arbeiten seiner Daumen verriet, dass er voll konzentriert war.

Als Bibi geendet hatte, hörte er ein hauchzartes «Das war schön» vom vermeintlich Schlafenden, und als er aufsah, bemerkte er, dass Rostal unmittelbar hinter ihm stand und ihn mit leuchtendem Blick betrachtete. Die Farbe seiner Augen war vom traurigen Grau zu einem metallisch glänzenden Silber gewechselt, der arrogante Gesichtsausdruck einer weichen, beinahe freundlichen Miene gewichen, die gräuliche, straff über dem Schädel gespannte Haut hatte einen rosigen Teint bekommen. Der hagere alte Mann sah mit einem Mal um Jahre verjüngt aus. «Perfekt gespielt, perfekt durchfühlt», kam es über seine Lippen, die sich beim Sprechen nur unmerklich bewegten. Doch dann plötzlich rief er, laut und voller lang aufgestauter Bitterkeit: «Zu einem Konzertdiplom auf der Violine werde ich Ihnen aber trotzdem nicht verhelfen können, bitte sehr.»

Bibi war bei diesem unerwarteten Ausruf zusammengezuckt und wollte die Geige schnell beiseitelegen, doch Rosa Rostal, die wie ein Geist hinter ihm aufgetaucht war, kam ihm zuvor und nahm ihm lächelnd das Instrument aus der Hand.

«Dafür wäre Max Schleff der einzig richtige Mann. Doch er ist in seine Heimat zurückgekehrt, hat am Amsterdamer Konservatorium eine Stelle angetreten, die er nicht lange genießen wird. Ich habe ihm dringend abgeraten, diesen verseuchten Kontinent noch einmal zu betreten, aber er wollte nicht auf mich hören. Bald wird der Meuchelmörder den ganzen Kontinent mit seinem Terrorregime überzogen haben. Ganz Europa wird ihm zu Willen sein. Er wird überall sein. Überall. Man wird nur noch ihm zuhören, nur noch seinen irren Befehlen gehorchen. Und wir müssen achtgeben, dass wir nicht unter seine Räder kommen. Immer hübsch Abstand halten.» Bei diesen Worten öffnete er den dritten Koffer und entnahm ihm eine auf Hochglanz polierte Bratsche. «Nehmen Sie jetzt die Viola in die Hand und spielen Sie noch irgendwas.»

Bibi war irritiert, fasste sich aber schnell. Max Rostal hatte sich wieder auf seinem Sessel niedergelassen, die Augen geschlossen, die Daumen in permanenter Bewegung. Bibi hatte großes Vergnügen an den satten Baritontönen des Instruments. Es war nicht zu vergleichen mit der femininen Raffinesse, mit der ihn die Violine betört hatte, doch auch die robuste Zutraulichkeit der Bratsche zog ihn ganz in ihren Bann. Mit breitem Brustkorb und widerspenstig dicken Saiten, ließ sie sich nicht einfach von ihm führen. Nein, es schien ihm, als gäbe die Viola selbst den Ton an, als zwinge sie ihn, größeren Druck auszuüben, um ihren Saiten den richtigen, männlich-markanten Klang zu entlocken. Es war ein herrlicher Kampf, der seinen Fingern unendlich wohltat, sie forderte und belohnte.

Der letzte Ton war kaum verklungen, da sprang Rostal auf und begann lebhaft zu gestikulieren, als wolle er ihn zum Weiterspielen animieren. Doch als er die richtigen Worte fand, sagte er, dass ihn das Spiel auf der Viola, trotz einiger Fehlerhaftigkeit, zutiefst überzeugt hätte. «Natürlich ist Ihr Violinspiel perfektionistischer, routinierter, einschmeichelnder gewesen, doch die Bratsche, das hört man sofort heraus, ist Ihre eigentliche Stärke. Die luftigere Violine wird stets von flinkeren Fingern als den Ihren bedient werden, denen Sie nachzuhinken gezwungen sind. Auf der Bratsche werden Sie eine Fingerfertigkeit erreichen, die Ihnen eine geradezu paganinische Qualität verleihen kann. Nur entscheiden müssen Sie sich. Ja, und da haben wir das Wort, das ich bisher jedem angehenden Schüler vorhalte, bitte sehr. Unentschlossenheit. Sie kennen das Beispiel von den Beutefrauen?»

Bibi schüttelte verständnislos den Kopf, Rosa, die an die Seite ihres Vaters getreten war, lachte.

«Nun, da haben Sie sie, bitte sehr. Kurz bevor die Beutefrau auszieht, um sich ihren Versorger zu beschaffen, überprüft sie vor dem Spiegel ihre figürlichen Vorteile. Soll sie mehr ihre unteren oder ihre oberen Zonen betonen? Welche wirkt liebenswürdiger, welche reizvoller? Welche sollte sie besser verstecken? Sie kann sich nicht entschließen, und am Ende kreiert sie eine Haltung, die eher auf den Drang, zur Toilette gehen zu müssen, schließen lässt als auf eine verführerische Pose.»

Bibi, dem bei diesen Worten sofort die ausgewogenen Vorteile Grets vor Augen standen, wollte eigentlich nur ein höfliches Lächeln erwidern. Doch dann vernahm er ein vergnügtes Kichern. Erstaunt sah er zu Rosa hinüber, die sich vor unterdrücktem Gelächter krümmte, doch als sie seinen fragenden Blick wahrnahm, sprang sie erschrocken hoch und riss die Tür zum Flur auf, die krachend hinter ihr ins Schloss fiel.

«Schüchtern, das Kind. Schüchtern und voller Angst. Kann keine Verletzungen mehr ertragen. Ein Überbleibsel ihrer kurzen österreichischen Vergangenheit.» Rostals Daumen mahlten weiter. «Wie ist's, werden wir uns zur gemeinsamen Arbeit auf der Viola entschließen?»

Bibi erklärte sich bereit, schon morgen den Unterricht aufzunehmen, jedoch unter der Bedingung, ihn für drei Wochen aussetzen zu dürfen. Er habe seinen Eltern einen Besuch in New York versprochen, den sie dringend erwarteten, vor allem, weil sie endlich seine Verlobte näher kennenlernen wollten.

Rostal legte die Stirn in Knitterfalten, grübelte ein wenig, dann sagte er, das müsse sich einrichten lassen, obwohl sich Unterbrechungen einer Ausbildung, besonders zu Anfang, problematisch gestalten könnten. Er sei jedoch überzeugt, dass Bibi, kraft seines Talents, die Unterbrechung leicht überwinden würde, und freue sich auf die Zusammenarbeit. «Dann also auf morgen, bitte sehr!», rief er, als Bibi die Klinke zur Flurtür schon in der Hand hatte.

Jenö Lányi und Moni ließen es sich nicht nehmen, Bibi und Gret bis nach Southampton zu begleiten und, gegen Aufpreis, eine Nacht bei ihnen auf dem Schiff zu verbringen, bevor es nach New York in See stach. Moni hatte Tränen in den Augen, als sie sich sehr früh am nächsten Morgen voneinander verabschieden mussten. Wieder ging Moni vor Bibi her, und wieder stellte dieser irritiert fest, dass sie leicht hinkte. Er machte ein paar rasche Schritte, um sie einzuholen, fasste sie am Arm und erkundigte sich nach dem Grund.

«Es war nur ein kleiner Unfall. Das gibt sich bald wieder», antwortete sie, umarmte ihn fest und flüsterte ihm ins Ohr, dass sie ihn heftig beneide. «Lányi stehen seine Papiere sofort zur Verfügung, man reißt sich um Historiker seines Ranges. Es gibt einen Milliardär in Kalifornien, der ihm eine unbegrenzte Einreiseerlaubnis verschafft hat. Es müsste eigentlich ein Leichtes sein, ihn auch um Unterstützung für mich zu bitten. Doch du hast ihn ja erlebt, er ist ein stolzer Mann mit eisenharten Prinzipien. Was ihm nicht freiwillig angeboten wird, will er nicht erbitten. Und so kann uns nur eine baldige Hochzeit die schnelle gemeinsame Ausreise ermöglichen. Nicht gerade romantisch, aus diesem Grund zu heiraten, findest du nicht?» Die letzten Sätze hatte sie ihm so leise ins Ohr geraunt, dass er später überlegte, ob er sie nicht vielleicht nur gedacht hatte.

Schon hatten Gret und Jenö zu ihnen aufgeschlossen. Einen Augenblick lang standen sie alle stumm voreinander. Dann drängte ein bedrohlich tätowierter Matrose mit freundlichem Lächeln, er müsse nun die Gangway einholen und die Ausstiegsluke schließen, und sofort waren die vier von einer hektischen Betriebsamkeit ergriffen. Lányi umarmte Gret und küsste sie schmatzend auf beide Wangen. Dann packte er Bibi, küsste auch ihn ab und sandte dabei ein lautes Stoßgebet zu den Eltern nach Princeton. «Mögen sie ihren ungläubigen Sohn mit allen Mitteln festhalten und ihn daran hindern, in den Sumpf der kontinentalen Katastrophe zurückzukehren. Bald werden die Britischen Inseln im Hunnensturm gefallen sein, dann solltet ihr auf der anderen Seite des Großen Teichs sein.»

Bibi brach in schallendes Gelächter aus und erinnerte Lányi daran, dass gerade die Ungarn ihre hunnische Herkunft nicht verleugnen könnten, wogegen die Germanen … «Ja, ja», unterbrach der ihn, ebenfalls lachend, «ich spreche eher von mentaler Abstammung, von brutaler Geistlosigkeit. Aber dass du dich überhaupt zu den Germanen zählst, mit deiner semitischen Mutter … Und wer weiß, wie viel südamerikanisches Indianerblut dein erlauchter Vater mit einfließen ließ.»

Es wurde ein fröhlicher Abschied, doch als die Gangway eingeholt wurde und Moni und Lányi Hand in Hand am Pier zurückblieben, während Gret und Bibi ihnen von der Reling aus zuwinkten, die Schiffssirene tutete, dunkel dröhnte ihre mächtige Stimme über den Hafen, da wurde Gret von plötzlicher Wehmut erfasst, als wäre es ein Abschied für immer.

Wenig später, sie hatten sich in ihren Kabinen eingerichtet, standen sie erneut auf dem Promenadendeck und sahen die felsige Küste des alten England im Dunst versinken. In diesem Moment konnte Bibi sich nicht vorstellen, jemals einem anderen Kulturkreis anzugehören, in der Neuen Welt jemals ein Instrument ans Kinn zu legen. Man müsste mehr Amerikaner sein, als ich es je sein werde, dachte er. Und man müsste ein so eindeutiges Talent besitzen, dass es sich lohnt, es vor diesen Barbaren in Sicherheit zu bringen. Habe ich das? Ist die Erfüllung meiner künstlerischen Ambitionen so stark mit der Entwicklung meiner Persönlichkeit verbunden, dass ich endgültig unbrauchbar sein sollte, falls sich mein künstlerisches Potenzial nicht frei entfalten kann?

Als sie beim Nachtmahl saßen, betrachtete er Gret, die ihm gegenüber Platz genommen hatte. Sie beschäftigte sich so angelegentlich mit ihrer Mahlzeit, dass ihm klar war, von ihr würde er auf keine dieser Fragen eine Antwort bekommen. Dass sie nur deshalb so eifrig an ihrem Kotelett säbelte, um ihm nicht zu zeigen, dass eine riesengroße Woge von Heimweh sie zu überwältigen drohte, konnte er nicht ahnen.

Drei

In der Neuen Welt

Die Ankunft in New York verlief eher unspektakulär. Während Bibi und Gret einige Stunden mit den Einreise-, Zoll- und Polizeibehörden verbracht hatten, war Gret darüber aufgeklärt worden, dass sie lediglich ein Durchreisevisum erhalten könne und ihre Reise auf schnellstem Weg nach Kanada würde fortsetzen müssen. Dort könne sie sich auf dem zuständigen US-Konsulat eine Aufenthaltsgenehmigung für die Staaten verschaffen.

Eri hatte sie in der Ankunftshalle erwartet und nur fadenscheinige Entschuldigungen hervorgebracht, um die Abwesenheit der Eltern zu erklären. Dass der Zauberer wieder einmal unpässlich sei und von Frau Mama nicht alleingelassen werden dürfe, war man ja weiß Gott gewöhnt, und Bibi fragte seine Schwester, ob sie sich nicht etwas Originelleres hätte einfallen lassen können. Eri blieb gelassen und versuchte, den übermüdeten Bibi zu beruhigen. Den Zauberer habe es ziemlich schwer erwischt. Näheres darüber werde Bibi erfahren, sobald sie ihn in Princeton aufgesucht hätten. Vor allem Mielein könne das gar nicht mehr erwarten.

Nicht der Vater, natürlich nicht der Vater, dachte Bibi und bemühte sich, den aufsteigenden Zorn zu unterdrücken. Oder war es Trauer?

Er habe nicht viel geschlafen, knurrte er missmutig. Dieser

verdammte Dampfer mit seiner ewigen Schaukelei habe ihn den letzten Nerv gekostet. Die meiste Zeit an Bord habe er auf dem Abort verbracht. Eri grinste kurz und meinte, dass dies wohl ein Familienleiden sei. Auch den Zauberer, Aissi und sie selbst habe es bei der Überfahrt befallen. Mielein sei die Einzige gewesen, die die tückischen Schiffsschlenker ungerührt hingenommen habe. Wie es denn Gret ergangen sei?

«Ich habe endlich einmal ausschlafen können», erwiderte diese mit ihrem trägen Lächeln. «Eine große Hilfe bin ich Bibi nicht gewesen. Aber wie man sieht: Er hat es tapfer durchgestanden.»

«Dann lasst uns jetzt das Hotel aufsuchen, das ich für euch gebucht habe. Eine preiswerte Unterkunft, gut ausgestattet und praktisch gelegen. Es nennt sich Hotel 17. Mama und Papale erwarten euch morgen in Princeton, um alles zu besprechen, was besprochen werden muss.»

Gret konnte nur kopfschüttelnd ablehnen, da sie ja spätestens am übernächsten Tag nach Montreal würde weiterreisen müssen. Sie sei sich nicht sicher, ob die Schweizer hierzulande nicht doch mit den Deutschen in einen Topf geworfen würden. So jedenfalls habe man sie bei der Einreisebehörde behandelt. Eri sah sie ruhig an und meinte, dass solche Verwechslungen schon mal vorkommen könnten. Im Übrigen solle sie das doch bitte nicht ernst nehmen. Amerika schlucke im Moment mehr Flüchtlinge, als es ertragen könne. Aus allen Himmelsrichtungen. «Schlaft euch erst mal aus. Vor allen Dingen du, Bibi, solltest ausgiebig schlafen. Morgen sehen wir dann weiter. Vielleicht kann ich Gret bis zur kanadischen Grenze begleiten, während du die Eltern aufsuchst.»

Bibi und Gret betraten ihre nebeneinanderliegenden Zimmer, Eri blieb auf dem Flur stehen und lächelte verhalten. «Es gibt keine Verbindungstür, aber es lassen sich ja leicht andere Wege finden.» Dann war sie verschwunden.

Auf dem kleinen Schreibtisch in Grets winzigem Zimmer lag ein Brief ihrer Eltern. Sie nahm ihn mit der einen Hand, schlug ihn immer wieder mechanisch auf die Innenfläche der anderen und fing fassungslos zu weinen an. Sie warf sich in einen hübschen, aber schmalen Sessel, von dem sie nicht wusste, ob er sie überhaupt tragen würde, und ihr hemmungsloses Schluchzen steigerte sich zu kreischenden Tönen. Ohne anzuklopfen, riss Bibi die Tür auf und fragte schreckensbleich, was passiert sei.

«Warum muss ich in einer so elenden Bruchbude absteigen?», heulte sie. «Warum habe ich mich immer den Anordnungen deiner Eltern zu fügen? Ich habe eigene Eltern, das sollten sie akzeptieren. Und die wären einem Herzanfall nahe, wenn sie wüssten, was hier mit ihrer Tochter getrieben wird. Ich bin mir nicht sicher, ob ich nicht von Halifax aus das nächste Schiff zurück nach Europa nehmen soll. Und überdies, deine arrogante Schwester kann mir gestohlen bleiben. Ich finde den Weg nach Kanada schon allein.» Sie verschränkte die Arme auf der Schreibtischplatte, ließ ihren Kopf daraufsinken und schluchzte so gotterbärmlich vor sich hin, dass es keinen Zweifel an ihrer tiefen Verzweiflung geben konnte.

Bibi kniete sich neben sie hin und legte seine Hand mit einer hilflosen Geste auf ihren Kopf. Er hatte sie streicheln wollen, doch sie fasste es wohl anders auf. Mit einem kleinen Schrei schüttelte sie ihn ab und sprang auf. Ihre tränennassen Augen blitzten ihn voller Wut an. Doch schon im nächsten Augenblick nahm sie seine Hilflosigkeit, seine Sorge um sie wahr und ging auf ihn zu. Halb weinend, halb lachend umarmte sie ihn und flüsterte, dass man hysterische Weiber nicht ernst nehmen dürfe. Außerdem habe sie Heimweh. Er sei ja wohl daran gewöhnt, die Wohnorte, Städte, Länder und sogar Kontinente wie die Hemden zu wechseln, sie jedoch sehne sich in die Schweiz zurück. Nach Zürich. Ins Haus ihrer Eltern, in ihr Zimmer. Sie habe Sehnsucht nach dem Schweizer Essen, dem Schümlikaffee, der Lindtschokolade, und ja, auch nach ihren Eltern, obwohl die ihr in der letzten Zeit mächtig auf die Nerven gegangen seien.

Als sie sich wieder gefasst hatte, wünschte sie ihm Glück für das morgige Wiedersehen in Princeton und versprach, so rasch wie möglich wieder bei ihm zu sein. Wenn nötig, würde sie dafür sogar die Hilfe ihres Vaters in Anspruch nehmen, dessen internationale Beziehungen sicher von Vorteil sein könnten. Sie stehe nach wie vor zu ihrem Wort, Bibi solle sich keine Gedanken machen. Damit drängte sie ihn sanft zur Tür, bat ihn, sie jetzt allein zu lassen, der morgige Tag werde ein sehr schwieriger für sie sein, und sie habe Bauchschmerzen. Mit der ausgesprochenen Hoffnung, ihn spätestens in einer Woche wiederzusehen, küsste sie ihn flüchtig und schob ihn endgültig zur Tür hinaus.

Am nächsten Morgen, Gret hatte Mühe, ohne Bibis Hilfe mit ihrem Gepäck die Lobby zu erreichen, stand sie unversehens vor seiner großen Schwester, die ihr sogleich beim Tragen half. Eri hatte einen Wagen gemietet, mit dem sie Gret zur Grenze bringen wollte. Für unterwegs habe sie eine Überraschung in petto. Gret goss rasch einen ungenießbaren amerikanischen Kaffee hinunter, fügte sich dann in ihr Schicksal und folgte Eri zu einer großen Limousine. Durch die getönten Scheiben konnte sie nur vage erkennen, dass im Fond jemand saß. Der freudige Schrecken, es könne Bibi sein, ließ sie beinahe zu weinen anfangen. Sie riss die Tür auf und blickte in die erschrockenen Augen Medis. Die jungen Frauen schauten einander an, dann zog Gret die Freundin aus dem Wagen und umarmte sie lange.

Medi sah ihrem Bruder zum Verwechseln ähnlich. Die gleiche Nase, das gleiche flächige Gesicht. Nur der Ausdruck darin war ein viel sanfterer. Ein Ausdruck, den sie sich oft bei Bibi gewünscht hatte. Eine Zeit lang hatte sie sogar geglaubt, sich nur wegen der Ähnlichkeit zu seiner Schwester in Bibi verliebt zu haben.

Gret half Eri, das Gepäck in den Kofferraum zu hieven, und setzte sich dann zu Medi in den Fond. Sie betrachteten einander eine Weile stumm, wobei Medi aufmerksam die fülliger gewordene Erscheinung ihrer Freundin registrierte. Als Eri den Wagen glücklich aus der Stadt hinausgelenkt hatte, kam sie gleich zur Sache und fragte unumwunden, ob Gret in anderen Umständen sei. Irgendwer habe ihr das zugeflüstert, setzte sie hinzu und beobachtete Gret gespannt im Rückspiegel.

«Irgendwer?», fragte Gret zurück.

«Ja.»

«Und wer ist dieser Irgendwer?»

«Habe ich vergessen», behauptete Eri und streifte Gret mit einem Blick.

«Absoluter Unsinn, ich habe einfach nur zu viel gefressen.»

Medi lachte laut auf und bat Eri, doch etwas sensibler zu sein mit ihren Fragen.

«Lieber gleich in medias res», entgegnete Eri. «Das spart Zeit.»

Gret fand ihren und Bibis Verdacht bestätigt, dass seine Eltern in Princeton geblieben waren, um jeder Konfrontation in dieser Angelegenheit aus dem Weg zu gehen. «Wie geht es eigentlich dem Zauberer?», fragte sie, und ihr mokanter Ton brachte Eri in Rage.

«Die Gürtelrose, die er sich zugezogen hat, möchte ich keinem wünschen, auch dir nicht», gab sie scharf zurück.

«Der Krankheitsverlauf ist meist sehr schmerzhaft», griff Medi ein, «grässlich juckender und brennender Hautausschlag, auch im Gesicht wie beim Herrn Papale, können einem schon arg zusetzen. In diesem Zustand meidet er die Öffentlichkeit. Wobei man leider nie sagen kann, wie lange so ein Befall dauert. So recht wissen auch die Ärzte nicht damit umzugehen.»

Eri hatte sich inzwischen wieder in der Gewalt und schilderte ruhig den Zustand ihres Vaters, der es trotz quälenden Juckreizes nicht versäume, seiner schwierigen Arbeit nachzugehen. Der Zauberer hatte sich vorgenommen, zumindest zwanzig Zeilen pro Tag zu schreiben. Eine Aufgabe, die er einhielt und oft übertraf, trotz der ständigen Unterbrechungen, die ihm der Juckreiz und seine zeitaufwendigen Gegenmaßnahmen auferlegten.

Gret konnte sich gut vorstellen, wie sehr es den großen Mann verletzen musste, wenn er beim hilflosen Kratzen überrascht wurde – auch wenn es nur seine Gattin war – und all seine Würde plötzlich ins Lächerliche abrutschte. «Unsere Mutter», hörte sie Eri fortfahren, «ist sehr besorgt, Bibi und du könntet euch anstecken. Im Zustand deiner Schwangerschaft könnte das katastrophale Folgen haben.»

«Ich bin nicht schwanger», wiederholte Gret energisch, «nimm das doch endlich zur Kenntnis.»

«Und wenn es doch so wäre?», bohrte Eri weiter. Sie drehte sich kurz zur Rückbank um, und Gret fürchtete schon, dass sie ins Schleudern geraten würden. «Was wäre daran so sündhaft? Dass ihr euch des Nachts nicht mit Literatur oder Monopoly beschäftigt, wird uns allen doch klar sein. Ich vermute sogar, dass mein kleiner Bruder in dieser Hinsicht ziemlich anstrengend ist.»

«Eri, genug jetzt», mischte sich Medi erneut ein. «Das geht weder die Eltern noch uns etwas an.»

«Du irrst dich, Schwesterherz, du irrst gewaltig. Dein Bruder ist noch keine einundzwanzig und bedarf der Zustimmung zumindest eines Elternteiles, wenn er heiraten will. Ich bin nicht sicher, ob der Zauberer ohne eine vom kleinen Bruder verschuldete Schwangerschaft zu einer solchen Zustimmung zu bewegen wäre.» Eri ließ den Wagen auslaufen und hielt schließlich am Straßenrand. Sie zwinkerte Gret zu, wobei sie das linke Auge völlig unverkrampft schloss und sie mit dem anderen fixierte. Medi lachte, und auch Gret konnte nicht anders und fiel in ihr Gelächter ein. Es dauerte eine Weile, bis die Damen sich von ihren Lachkrämpfen wieder erholt hatten.

«Damit ist Gret Moser offiziell in die Familie aufgenommen», verkündete Eri. «Ich werde dem kratzwütigen Zauberer nebst Gattin die Situation betreffs der Nachkommenschaft bestätigen und sie veranlassen, alles Nötige an Einverständniserklärungen, Staatsbürgerschaftsurkunden und weiterer Einmischungsinfamien der aufdringlichen Obrigkeiten beizubringen. Übrigens ist die notarielle Beglaubigung der Unterschrift des Zauberers schon in Noordwijk, Holland, erfolgt, aber bisher noch nicht wieder bei uns eingetroffen. Darüber hinaus empfiehlt er, sich für den Fall des Falles an die Unitarierkirche in New York zu wenden. Die werden eine bescheiden gehaltene Trauung ohne das Brimborium der kirchlichen Zeremonien über die Bühne bringen, sodass sich die Kosten ebenfalls in Grenzen halten.»

«Nur eine Frage noch», sagte Gret, während Eri den Anlasser betätigte, «wer ist der Irgendwer?»

«Wie soll ich das wissen?», grinste Eri ihr im Rückspiegel zu und ließ den Wagen wieder anrollen.

Bibi hatte bis in den Nachmittag hinein geschlafen und wurde durch lautes Klopfen an der Zimmertür geweckt. «Ein Anruf von auswärts!», rief eine Frauenstimme vom Flur, als er schlaftrunken fragte, wer da sei. «Sie müssen sich schon hinunterbemühen.»

Bibi zog kurzerhand seinen Mantel über den Pyjama und lief nach unten. Als er die resche Stimme der Mutter vernahm, fiel ihm beinahe der Hörer aus der Hand. «Ich rufe nun beinahe jede Stunde an und bin bislang immer abgewiesen worden», sagte sie vorwurfsvoll. «Du seiest noch im Tiefschlaf, wurde mir stets gesagt. Endlich hatte man jetzt, am späten Nachmittag, Erbarmen mit einer armen, sorgenvollen Mutter. Wie geht es dir?»

«Mama!», er schrie es fast. «Mein Gott!»

«In einer halben Stunde steht ein Taxi vor deinem Hotel. Der Fahrer kennt die genaue Adresse. Bezahlt wird bei der Ankunft. Ist es recht so?»

«Es ist recht so», erwiderte er und fühlte, wie ihn beinahe augenblicklich ein Gefühl des Zusammenschrumpfens und der Klammheit befiel. Schon immer hatte er mehr Furcht vor der energiegeladenen Mielein als vor dem ewig kränkelnden, ewig ruhebedürftigen, in höheren Sphären schwebenden Pielein gehabt. Das kam ihm jetzt wieder einmal erschreckend zu Bewusstsein, während er im Taxi saß. Obwohl er ihre Stimme mochte, die im einen Augenblick so liebevoll klingen konnte und im nächsten eisenhart, ja, obwohl sie sogar hart zuschlagen konnte, was «nur zu seinem Besten war», wie sie nachher stets behauptete, er liebte und fürchtete sie.

Während er sich anderen gegenüber im Zorn oft gewalttätig verhalten hatte, drückte sich seine Wut in ihrer Gegenwart nur in hysterischem Weinen aus. Hilflos hatte er vor ihr gestanden und sich sogar weiterhin schlagen lassen, dieweil sie ihm androhte, ihn noch härter zu bestrafen, wenn er nicht sofort mit der Heulerei aufhöre. Doch er konnte nicht aufhören, und sie schlug noch mehrmals zu, ohne sein Schreien oder Wimmern stoppen zu können. Wie oft hatte er sich gewünscht, der Zauberer möge aus seinen Räumen herausgelaufen kommen, um sich schützend zwischen sie zu stellen. Mielein zur Ordnung zu rufen. Aber das war nie geschehen. Meist endeten die Strafaktionen damit, dass Mielein, gänzlich außer sich geraten, plötzlich innehielt und auf ihn zustürzte, um ihn leidenschaftlich in die Arme zu schließen. «Mein Kleiner, mein Allerliebster. Das ist doch vollkommen verrückt von mir», flüsterte sie dann, während sie ihn abküsste. Nie in seinem Leben würde er diese kostbaren Worte vergessen. Er hatte sie ständig wiederholt, sie zu seinem Nachtgebet gemacht, sie bis in die Gegenwart jeden Abend leise vor sich hin gemurmelt. Und als sie nun aus dem Haus gelaufen kam, die abgezählten Dollarscheine griffbereit, die sie dem Fahrer in die Hand drückte, während sie Bibi umarmte, da war ihm, als ob er sich nie längere Zeit von ihr entfernt hätte.

Sie führte ihn ins Haus, wobei sie den Zeigefinger an die leicht gespitzten Lippen hielt und leise sagte, dass der Herr Papale nun endlich wieder ein wenig länger arbeiten könne. Auch hätten sie inzwischen die Gewissheit, dass die Krankheit keineswegs ansteckend sei.

Verwundert betrachtete er das bescheidene kleine Haus, dessen Innenräume und Einrichtung den erfolglosen Versuch einer Rekonstruktion der Poschi widerspiegelten. Ein Versuch, der bereits in der Zürcher Schiedhaldenstraße misslungen war. Seine Mutter sah ihn mit einiger Spannung an. «Er braucht das, mein dummer Junge», sagte sie mit leiser Stimme.

Bibi schrak zusammen. Ihre Fähigkeit, Gedanken zu lesen, hatte sie also nicht verloren.

«Er kann seine Heimat nicht einfach so von den Fußsohlen streifen, wie ihr das in eurem Alter könnt. Auch mir fehlen die bayerischen Berge, die bayerische Ungehobeltheit, das Bier und letzten Endes auch die Poschi. Wie viel intensiver muss es erst ihn gepackt haben. Wie groß muss seine Verwirrung sein. In ein Land geworfen zu werden, dessen Sprache er nur notdürftig beherrscht, dessen Kultur er verachtet und dem er dennoch höflich zu begegnen hat, angesichts der Hilfestellung, die ihm gewährt wurde. Da ist es nur recht und billig, ihm zumindest in der Einrichtung des Hauses ein heimisches Gefühl zu vermitteln.»

«Seit wann trinkst du Bier?», erkundigte sich Bibi unvermittelt, ohne näher auf die Leiden seines Vaters einzugehen.

«Du bist der dümmste Kerl, der mir je begegnet ist», erwiderte sie und streichelte zärtlich seine Wange. «Unter uns, ich habe jeden Abend ein Glas getrunken. Und oft auch zwei, wenn Papale verreist war oder sich in sein Buen Retiro am Starnberger See zurückgezogen hat. Das Andechser Starkbier habe ich geliebt. Erinnerst du dich? Wir haben das Kloster Andechs einmal besucht. Es war beinahe ein richtiger Familienausflug. Nur einer fehlte.»

«Der Herr Papale, nicht wahr?»

«Wie hätte er sich dort auch zurechtfinden sollen? Er trank Bier nur in geringen Mengen. Wenn überhaupt.»

Bibi konnte sich nicht daran erinnern, mit seiner Mutter jemals so offen über seinen Vater gesprochen zu haben. Nun kam Mielein schnell zur Sache; sie berichtete Bibi von der großen Mühe, die sich der Vater mit der Überwindung all der immensen Schwierigkeiten gegeben habe. «Er hat sogar die Unitarian Church in New York ausfindig gemacht, in der auf Grund seiner Empfehlung schon ein Termin für den nächsten Monat festgesetzt werden könnte – vorausgesetzt, ihr stimmt zu und Gret erhält rechtzeitig ihre Einreisegenehmigung. Der Herr Papale hat diese evangelische Kirchengemeinde ausgesucht. All die bürokratischen Scheußlichkeiten, die man für gewöhnlich bei Anlässen dieser Art zelebriert, werden bei ihnen nahezu vermieden. Ich denke, es wird auch in seinem Sinne sein, dass ihr keine allzu lange Wartezeit mehr in Kauf nehmen müsst.» Sie griff nach einem großen Couvert, das auf einer hübschen Jugendstilkommode lag, und reichte es ihm. «Darin findest du nahezu alles, was du brauchen wirst. Die Unterschrift deines Vaters, Kopien unseres Stammbuchs und alle nötigen Geburtsurkunden, sogar die genaue Anschrift der Kirche in der Lexington Avenue. Falls ihr zusätzlich noch eine notarielle Beglaubigung seiner Unterschrift braucht, wird er sie natürlich sofort nachreichen. Aber soweit ich weiß, ist das hier in den USA nicht nötig.»

Bibi war gerade im Begriff zu antworten, dass eine Beglaubigung unbedingt vonnöten sei, da Gret und er so schnell wie möglich wieder nach Europa zurückkehren wollten, da trat er ein. Kühl, distanziert, ohne auch nur den Hauch einer Emotion erkennen zu lassen, umarmte er seinen Jüngsten und trat dann rasch zurück, ohne allerdings seine Hände von Bibis Schultern zu nehmen.

«Bist du ein Mann geworden, mein Sohn?», fragte er, und seine Miene verzog sich zu einem mühsamen Lächeln.

Bibi sah ihm nur kurz in die grauen Augen, dann nahm er den Schnurrbart wahr, der zwar etwas bauschiger geworden war, aber dennoch entfernt an den Hitlers erinnerte. «Das kann ich nicht beantworten», entgegnete Bibi. «Das müsstest besser du entscheiden.»

Mielein, die sich auf einen Stuhl am Esstisch gesetzt hatte, richtete sich bei diesen Worten kerzengerade auf. Der Zauberer aber nickte nachdenklich, mit einem Ausdruck auf dem Gesicht, als wolle er der Antwort seines Sohnes einen Moment lang nachhorchen.

Bibi sah sich den Raum genauer an, den seine Eltern für das Wiedersehen mit ihm ausgesucht hatten. Er betrachtete den spießigen Mahagonitisch mit den dazu passenden Stühlen, die Kredenz, auf der einiges Kristall stand, und sah dann stumm zu seinen Eltern zurück, die seinem prüfenden Blick gefolgt waren.

«Du hast den Teppich noch nicht begutachtet, auf dem du stehst», sagte sein Vater gelassen und lächelte.

Unfreiwillig erwiderte Bibi das Lächeln. Lieber wäre ihm gewesen, er hätte seinen Vater umarmen, ihn an sich drücken können. Er machte, ohne sich dessen bewusst zu sein, einen Schritt auf ihn zu, doch der Zauberer zog die Brauen hoch und wich zurück. Er hat immer noch Angst vor mir, dachte Bibi. Glaubt er, ich würde ihn schlagen, verletzen, seine Würde ankratzen? Er suchte in seinem Gesicht nach etwas Vertrautem, das ihn an die gemeinsamen Jahre erinnern würde, und stellte fest, dass die Haut seines Vaters nicht die Spur eines Ausschlags aufwies. Nun ja, vielleicht war da eine minimale Rötung zwischen dem linken Auge und dem Nasenflügel.

Er griff sich den Umschlag, den ihm seine Mutter hatte reichen wollen und der mittlerweile auf der blankpolierten Platte des Esstischs lag, und machte Anstalten, das Zimmer zu verlassen. Er murmelte, er wolle nicht weiter stören, eine Replik, deren er sich schämte, sobald er sie ausgesprochen hatte, weshalb er noch hinzufügte, dass er die anstrengende Schiffsreise noch nicht ganz überwunden habe, und beugte sich zu seiner Mutter hinunter, um ihr einen Kuss auf die Wange zu geben. Doch sie drängte ihn unmerklich zurück, und im gleichen Moment hörte er die Stimme seines Vaters volltönend befehlen: «Unsinn, du isst mit uns zu Abend und übernachtest hier.»

Erst am nächsten Morgen, auf der Fahrt zurück in sein Hotel, geriet er in eine fassungslose Wut. Warum nur hatte ihn die Frage seines Vaters so sprachlos und sein Hirn so stumpf gemacht? Warum war ihm keine passende Antwort eingefallen, die hätte erkennen lassen, dass er sehr wohl zum Manne gereift war? Wieder einmal hatte der große Zauberer das Heft in der Hand behalten. Mit all der Souveränität, die er sich selbst in solchen Situationen gewünscht hätte. Der Zorn über ihn, oder besser über sich selbst, sollte ihm sein Leben lang nicht mehr aus dem Kopf gehen und endlich gar pathologische Züge annehmen.

Vorerst allerdings beklagte er sich eine Woche später bei der aus Kanada wiedergekehrten Gret über die vorgetäuschte Krankheit seines Vaters, die ihm einen guten Grund hatte geben sollen, das Wiedersehen mit seinem Sohn hinauszuzögern. Seltsam, dieser Zerrspiegel in Autorenhirnen, selbst in einem so bedeutenden wie dem des Zauberers. Der Erzähler der Josephslegende, der den jüngsten der zwölf Söhne Jaakobs als ängstlich und liebevoll beschrieb, seinem eigenen Jüngsten gegenüber jedoch eine leichte Abscheu nie verbergen konnte.

Bibi berichtete, dass er dazu angehalten worden sei, sich eingehend mit den Prinzipien der vom Vater für die Hochzeit gewählten Unitarian Church zu beschäftigen. Auch hatte dieser dem Brautpaar empfohlen, der Gemeinde einen gemeinsamen Besuch abzustatten.

Gret hatte nur eine begrenzte Aufenthaltserlaubnis für die Staaten erhalten, die jederzeit widerrufen werden konnte, wenn etwa, so erklärte sie ihm unter einigem Gelächter, die Schweiz sich im Falle eines Kriegsausbruchs auf die Seite des Friedensbrechers schlagen sollte. «In der Botschaft nannten sie ihn tatsächlich den ‹Friedensbrecher›. Den Namen des großen Spuckers haben sie nicht einmal erwähnt. Selbst als ich sie provozieren wollte und fragte, ob sie mit dem ‹Friedensbrecher› vielleicht Hitler meinten, kauten sie darauf herum und erwiderten, es gäbe leider eine Vielzahl von Anlässen und dementsprechend auch eine Vielzahl von Provokateuren, denen eine kriegerische Auseinandersetzung heutzutage sehr gelegen käme. Ich habe ihnen geantwortet, dass die Schweiz ihre Neutralität unter allen Umständen wahren werde und dass von mir garantiert keine kriegerischen Ambitionen zu erwarten seien. Das könne ich versichern. Der Botschafter sah mich an, als wolle er mich umarmen und abknutschen. Sicher war er schon einmal in der Schweiz und ist auch ein Liebhaber der Alpenlandschaft und der Schweizer Küche.»

«Und der lässigen Schweizer Mädchen», fiel ihr Bibi ins Wort. Dann fielen sie unter großem Gelächter übereinander her, bis der Lärm in ein wohliges Stöhnen überging.

Gret hatte nichts gegen die Unitarian Church einzuwenden, und auch ihre Eltern nicht, die sie telefonisch in Kenntnis setzte. Sie selbst hielt eine kirchliche Trauung zwar für absolut überflüssig, würde sich aber ihren Eltern zuliebe dieser Zeremonie unterwerfen und hoffte, dass sie tatsächlich ohne viel Brimborium vonstattenginge.

Als sie das Gotteshaus in der Lexington Avenue zum ersten Mal betraten, waren sie sogleich von dessen Schlichtheit angetan. Der Pfarrer empfing sie mit liebenswürdiger, fast familiärer Freundlichkeit.

Anschließend stieg das Paar in die U-Bahn und fuhr zur Fifth Avenue. Die Treppe, die aus dem städtischen Untergrund an die Oberfläche führte, war so ausgetreten, dass bereits ganze

Stufen weggebröckelt waren. Betäubt vom Lärm der Fahrt, betraten sie eine andere Welt. Die gewaltige Straßenschlucht mit den nicht enden wollenden Hochhäusern und dem unfassbaren Luxus der Angebote in den Auslagen nahm ihnen den Atem. Die Verwahrlosung alles Gemeinnützigen, darunter auch die öffentlichen Verkehrsmittel, und im Gegensatz dazu der verschwenderische Luxus, dem sie nun begegneten, machte sie zunehmend sprachlos. Während Gret in stummer Bewunderung verschiedene Geschäfte betrat, wirkte Bibi, den sie hinter sich herzog, abwesend und leicht angewidert. Der Gedanke, dass er hier womöglich Trauringe anzuschaffen hatte, ließ ihn in stille Panik geraten. Vor der Tür von Tiffany's wollte er Gret vorschlagen, doch lieber einen anderen Teil der riesigen Stadt aufzusuchen, es müssten doch auch woanders Ringe aufzutreiben sein, da zeigte sie auf zwei zierliche Ringe in einer Glasvitrine.

«Wer soll das denn bezahlen?», fragte Bibi erschrocken, nachdem er die Schmuckstücke eine Weile fixiert hatte.

«Ich», erwiderte Gret, betrat zielstrebig das Geschäft und winkte einen Verkäufer herbei.

Die Vitrine wurde geöffnet und die Ringe auf einem mit Samt überzogenen Brettchen vor ihnen hergetragen, bis der Verkäufer sie vor einem Tisch zum Sitzen einlud. Er platzierte das Samtbrettchen zwischen ihnen, sodass sie beide danach greifen konnten, und entschwebte. Bibi murmelte zwischen den Zähnen hindurch, dass sie die Ringe doch in die Tasche stecken und einfach damit verschwinden könnten.

«Keine Chance», lachte Gret. «Schau dich doch mal um.»

Erst jetzt bemerkte Bibi den athletischen Mann, der entspannt in eine andere Richtung schaute und seinen Platz in ihrer Nähe rein zufällig gewählt zu haben schien. Der Herr war von gediegener Eleganz.

«Wenn du das wirklich vorhast, müssen wir den Hochzeitstermin schnellstens absagen», sagte Gret. Ihr Blick wurde ernst.

Bibi versuchte ein verruchtes Gesicht und fasste nach ihrer
Hand, die sie ihm im selben Moment entrüstet entzog. Der
Ring, den sie gehalten hatte, fiel auf die Tischplatte. Sofort war
der Herr an ihrer Seite, ergriff den Goldreif und bot ihn Gret auf
seiner Handfläche wieder an. Zögernd und mit einem kurzen
Dank nahm sie den Ring, und während der Mann sich diskret
ein wohlkalkuliertes Stück entfernte, flüsterte sie erbost, dass
sie solche Absichten nicht einmal im Scherz ertragen könne. Er
solle sich gefälligst zusammennehmen. Bibi stand auf und verließ ohne ein Wort das Geschäft.

Am Abend saßen sie stumm in einem kleinen, sehr europäisch eingerichteten Restaurant in der Nähe ihres Hotels und
tranken deutsches Bier. Gret hatte Bibi vergebens aufgefordert,
in die Menükarte zu schauen. Er saß schon vor seinem dritten Glas und starrte vor sich hin. Endlich fasste sie den Mut,
ihn nach seiner Aufregung bei Tiffany's zu fragen. Er schaute
sie lange an, und als er sprach, war seine Stimme heiser vor unterdrücktem Zorn. «Ich warne dich, eine Szene, wie du sie mir
heute beim Juwelier gemacht hast, jemals zu wiederholen. Ich
war kurz davor, dich zu ohrfeigen.»

Gret schwieg, und in ihrer Miene war nicht zu erkennen, was
Bibis Drohung bewirkt hatte. «Was sagst du dazu?», fragte er
schließlich, durch ihr hartnäckiges Schweigen ungeduldig geworden. «Wirst du mir versprechen, so etwas nie wieder zu tun?»
Er beugte sich vor und griff nach ihrem Handgelenk. Gleichzeitig winkte er mit einer Kopfbewegung den Kellner heran und
bestellte sein viertes Bier. Sein Griff wurde fester.

«Du tust mir weh», flüsterte sie, ohne ihre gleichmütige
Miene zu verlieren.

«Ich erwarte eine Antwort von dir.»

«Wolltest du mich wirklich schlagen?»

«Und wenn es so gewesen wäre?»

«Dann hätte ich mich so lange gewehrt, bis ich nicht mehr gekonnt hätte», antwortete sie. «Du kannst dir aber sicher sein, dass sich schon vorher einige Leute eingemischt hätten.»

Bibi fielen die Männer ein, deren gediegene Kleidung die kräftige Statur darunter hatten ahnen lassen. Unvermittelt ließ er Grets Handgelenk los und griff nach dem frischen Bier, das die Bedienung vor ihn hingestellt hatte. «Es wäre mir egal gewesen. Auch wenn ich anschließend verprügelt worden wäre.»

«Du hättest mich also tatsächlich geschlagen», stellte sie fest. «Jetzt sag mir nur noch, ob du auch wirklich versucht hättest, die Ringe verschwinden zu lassen?»

Bibi hatte in seinem ganzen Leben noch nichts gestohlen. Auch seine Wut gegen diesen verschwenderischen, nichtsnutzigen Luxus hätte ihn nicht dazu bringen können. Doch er antwortete nicht.

«Gegen deine gewalttätigen Angriffe werde ich mich, so gut es geht, zu wehren wissen, deine eventuellen kriminellen Energien jedoch sind mir einfach zuwider. Einen Dieb oder gar Verbrecher in der Familie kann ich meinen Eltern nicht zumuten. Und mir schon gar nicht.»

Er wollte wieder nach ihrem Handgelenk fassen, doch diesmal war sie schneller. Sie packte ihr Glas, schüttete ihm den restlichen Inhalt ins Gesicht und ging. Bibi lachte gellend, wischte sich mit dem Jackenärmel das Bier aus den Augen und hörte erst auf zu lachen, als ihn der Kellner mit steinerner Miene zum Zahlen aufforderte. Mechanisch langte er in seine Jackentasche, obwohl ihm klar war, dass er keinen Cent mehr darin hatte. Doch zu seinem Erstaunen stellte er fest, dass er plötzlich einen Packen Dollarscheine in der Hand hielt. Wer hatte ihm die bloß spendiert? Die Taxifahrten nach Princeton und zurück hatte Mama bezahlt. Sein eigenes Geld hatte er sparsam einteilen müssen. Ob der Vater ihm heimlich etwas zugesteckt hatte? Bibi erhob sich unsicher, während ihm der Kellner beflissen den Mantel hinhielt. Seit dieser den Batzen Geld zu Gesicht bekommen hatte, war Bibi für ihn wieder wer, jetzt hätte er sogar vor aller Augen eine Frau zusammenschlagen können, hatte man beinahe den Eindruck.

Auf schwankenden Beinen stolperte Bibi ins Hotel zurück. Wenn es doch nur der Vater gewesen ist, ging ihm voller Rührung durch den Kopf. Die vermeintliche heimliche Sorge des Zauberers trieb ihm die Tränen in die bierseligen Augen. Wenn es so wäre – und wer sonst sollte es gewesen sein –, dann wollte er ihn gern wieder Herr Papale oder Pielein nennen. Das nahm er sich vor, während er an Grets Türe klopfte.

Er trat ein, ohne von drinnen einen Laut der Zustimmung vernommen zu haben. Gret saß am Tisch, drehte ihm den Rücken zu und schien zu schreiben. Ohne aufzublicken, versicherte sie ihm, dass sie gleich für ihn da sei. Nach einer Weile legte sie ihren Füllfederhalter auf den Tisch, einen sehr kostbaren Füllfederhalter, und wandte sich zu ihm um.

«Ich habe noch nie in meinem Leben etwas gestohlen», sagte er mit schwerer Zunge und hielt noch immer den Türgriff in der Hand.

Sie nickte zufrieden, als wolle sie sagen, dass sie auch nichts anderes erwartet hätte. Er war brennend daran interessiert, an wen sie das Schreiben gerichtet hatte, das offen vor ihr auf dem Tisch lag. Doch im Augenblick hatte er nicht den Mut, sie danach zu fragen. Sie hingegen tat, als wüsste sie nicht, wonach seine Neugier verlangte, erkundigte sich im Plauderton, ob inzwischen ein Termin für die Trauung festgesetzt worden war und wer die Trauzeugen sein würden.

Bibi setzte sie davon in Kenntnis, dass die Hochzeit für den 6. März 1939 angesetzt sei, Eri und Aissi würden die Trauzeugen sein. Es könne jedoch im letzten Augenblick noch zu einem Wechsel kommen, falls Eris geplante Radiosendung bei NBC kurzfristig für den Tag angesetzt würde. In diesem Fall habe Medi die Absicht einzuspringen, bei den Eltern hingegen war noch nicht sicher, ob sie dabei sein könnten. Es käme auf den Zustand des Vaters an. Ob denn Grets Eltern die lange Reise von Zürich nach New York antreten würden, verlangte er mit Blick auf das Schreiben zu wissen.

Sie bestätigte das durch ein langsames Nicken, und als er wissen wollte, woher denn die Eltern den genauen Hochzeitstermin gewusst hätten, den ja noch nicht einmal sie gekannt habe, antwortete sie, dass die Gründe ihres Kommens ursprünglich ganz andere gewesen wären. «Sie haben sich wegen der schwierigen Einreisebestimmungen Sorgen gemacht und unverzüglich Verbindung zu Freunden meines Vaters in Boston aufgenommen, die wiederum enge Kontakte zur amerikanischen Botschaft in Montreal unterhalten. Andernfalls könnte ich heute nicht hier vor dir sitzen.»

Bibi fixierte den anscheinend fertiggestellten Brief, und sie lächelte, ließ dabei ihre ebenmäßigen, etwas zu groß geratenen Zähne blitzen, und klärte ihn darüber auf, dass die Mosers New York schon immer widerwärtig gefunden und stattdessen in Boston Wohnung genommen hätten. Zu gegebener Zeit, also wohl um den dritten März, würden sie sich hier einfinden.

Bibi konnte ein Gefühl der Trauer nicht unterdrücken. Die Mosers scheuten keine noch so weite Reise, um bei einem solchen Anlass dabei sein zu können, während seine Erzeuger wegen ein paar unsichtbarer Pickelchen im Gesicht des Zauberers schon beinahe abgesagt hatten. Er trat nahe an Gret heran und sagte, halb argwöhnisch, halb ängstlich, dass der Zauberer, anscheinend aus Sorge um ihn, eine erhebliche Geldsumme in seiner Jackentasche platziert und auf diese Weise seine Anteilnahme und sein Bedauern über eine eventuelle Absage ausgedrückt hätte.

Gret wurde blass, stand langsam auf und kehrte ihm wie unabsichtlich den Rücken zu. Er fasste sie an der Schulter und zwang sie, ihm ins Gesicht zu sehen. Aus dem ihren war alle Farbe gewichen. Sie war nicht fähig, ihm in die Augen zu sehen.

«Was verschweigst du mir?», fragte er nach einer langen Pause. «Dass du mir das Geld zugesteckt hast?» Er zog sie dicht zu sich heran und lachte gequält auf. «Meinst du, ich hätte das nicht von Anfang an gewusst? Hätte ihm ernstlich eine solch fürsorgliche Geste zugetraut? Ihm, der nur einen einzigen Menschen näher in Augenschein nimmt und ansonsten lediglich seine erfundenen Figuren im Kopf hat? Seine Kopfgeburten?» Das letzte Wort schrie er gepeinigt heraus. «Wen in unserer Familie hat er denn wahrgenommen? Doch nur diejenigen, die ihm selbstlos dienen und ihm in gewisser Weise ihr Leben gewidmet haben.» Er schwieg, ließ sie los und setzte sich auf ihr Bett. «Nicht einen Augenblick lang habe ich das angenommen», murmelte er. «Es sollte ein Scherz sein, ein ziemlich blöder, wie ich zugeben muss.» Wieder versank er in Schweigen, während sie ihn fassungslos und voller Mitleid beobachtete. «Wann hast du mir das Geld eigentlich zugesteckt? Und warum? War es beim Juwelier?»

Sie nickte und gestand ihm, dass er damit eigentlich die Ringe hätte bezahlen sollen. Das sei ein Brauch, der zwar abergläubisch wäre, jedoch tief in den Damen der Schweizer Gesellschaft verwurzelt sei. «Der Mann zahlt die Ringe, damit die Ehe auch wirklich bis zum Tod eines der Partner andauern möge.»

Bibi zog Gret zu sich herunter und sagte, dass er keine andere Frau auf so lange Zeit neben sich ertragen könnte. Sie sei schon die richtige. Glücklich schmiegte sie sich an ihn. Er wolle nach der Hochzeit so rasch wie möglich die Heimreise nach Europa antreten, hielte es hier keine Minute länger als unbedingt nötig aus. Die Fremdheit in Bezug auf Lebensstil, Essgewohnheiten und Kultur waren für ihn eine unüberwindbare Hürde, sollte es jemals nötig sein, hier ständigen Wohnsitz zu nehmen. «Nicht auszudenken», hatte er zu Aissi gesagt, «wenn man sich hier durchschlagen müsste.»

«Alles ist möglich», war die Antwort des Bruders gewesen. «Komm erst mal in die Lage, dein Leben unter allen Umständen verteidigen zu müssen.»

«Soll das heißen, dass Mielein und Pielein bereits inspizieren, wie weit sie sich auf eine Auswanderung einlassen können?», hatte Bibi erschrocken gefragt.

«Sieh mal einer an, du beginnst ja zu denken», hatte Aissi gestaunt und ihm anerkennend auf die Schulter geklopft.

Doch Bibi wollte keinesfalls seine Zelte auf Dauer hier aufschlagen. Man hatte ihm versichert, in New York könne man noch einige Nähe zur europäischen Kultur entdecken. Ihn schauderte. Wie würde es dann erst im übrigen Land aussehen? Er wollte zurück. Gret war einverstanden. Sie kamen überein, sofort nach der Trauung eine Schiffspassage zu buchen, die sie in die Gefilde ihrer kulturellen Gewohnheiten zurückbringen würde. Gret hatte sich bereit erklärt, die Buchung vorzunehmen, und als er ihr dafür das geliehene Geld wiedergeben wollte, wies sie ihn zurück. Sie habe zwar die Ringe aus eigener

Tasche bezahlt und warte darauf, wann er ihr das erste Mal die Scheidung antragen würde, aber dieses Geld solle er besser dazu nutzen, sich im jüdischen Viertel von Brooklyn einen anständigen Anzug aus dunklem Tuch anfertigen zu lassen. Die dortigen Schneider seien die schnellsten und solidesten, und so viel Zeit stünde ja nicht mehr zur Verfügung. Als er darauf bestehen wollte, einen Blick auf die von ihr erstandenen Trauringe zu werfen, wies sie ihn mit der Bemerkung zurück, er könne doch wohl bis zum Moment der Trauung warten. Sie werde ihm die Ringe rechtzeitig in die Hand drücken.

Die Trauung vollzog sich in der von Gret erhofften Ordnung. Ihre Eltern waren einige Tage zuvor eingetroffen und im Hotel Lexington nahe der Kirchengemeinde abgestiegen. Als sie ihre Tochter und den zukünftigen Schwiegersohn in deren Unterkunft besuchten, erstarrten sie. Vater Moser regte an, die Unterkunft noch vor der Hochzeit – am besten unverzüglich – zu wechseln. Das Lexington habe eine schlichte, aber annehmbare Eleganz vorzuweisen und dazu noch den Vorteil, in der Nähe zur Kirchengemeinde zu liegen. «Eine Hochzeit ist ein Ereignis, das nicht alle Tage vorkommt», hatte Frau Moser schnippisch hinzugefügt.

Bibi jedoch lehnte das Angebot ab. Sie hätten vor, das Land baldmöglichst wieder zu verlassen, um nach Europa zurückzukehren. Es lohne sich einfach nicht, für die paar Tage einen Hotelwechsel vorzunehmen. Er dankte den Mosers für die freundliche Einladung und schlug vor, stattdessen die kleine Feier, die sie im Anschluss an die Zeremonie geplant hatten, ins Lexington zu verlegen. Wenn es ihnen genehm wäre. Damit gaben sich die Brauteltern zufrieden.

Neugierig und mit kaum wahrnehmbarer Nervosität erkundigte sich Herr Moser nach dem Ziel ihrer Europareise. «Welches Land haben Sie sich denn ausgewählt?»

Als Bibi sagte, vor allem Gret, aber auch er selbst würde die Schweiz in Erwägung ziehen, gab Frau Moser einen leisen Quietschton von sich. Herr Moser setzte eine bedenkliche Miene auf. Man wisse leider noch nicht, auf wessen Seite sich ihre Heimat letztlich schlagen würde, doch die Tendenz neige im Moment eher zur reichsdeutschen, worüber er für seine Person zwar ausgesprochen deprimiert sei, aber andererseits könne er die Überlegungen der Verantwortlichen in Bern verstehen. Der Hals sei einem nun mal näher als der Hut, und soweit er die Politik der westlichen Mächte hätte beobachten können, schienen sie eine mehr als vorsichtige politische Richtung einzuschlagen, hätten ihre Vereinbarungen mit der Tschechoslowakei nicht eingehalten und seien, wie er glaube, auch knapp davor, Polen im Stich zu lassen. Kurz und gut, er sei kein Schwarzseher, halte es jedoch für notwendig, sich eine mögliche Rückkehr in die Schweiz noch einmal durch den Kopf gehen zu lassen. Der Herr Schwiegersohn in spe wäre dann doch unter Umständen in einer gewissen Gefahr, seiner Abstammung wegen, und man solle sich einer solchen Situation nicht leichtsinnig und schon gar nicht freiwillig unterwerfen. Er halte nach wie vor Großbritannien für eine einigermaßen sichere Möglichkeit, und da Bibi, wie er annehme, noch seinen tschechischen Pass besäße, sei er dort ja nach wie vor willkommen. Damit wandte er sich an Gret und fragte, wann denn die Rückreise in Aussicht stehe und ob vielleicht schon konkrete Maßnahmen getroffen worden seien. Und als Gret das bestätigte und sagte, die Abreise sei für die übernächste Woche festgelegt, erkundigte sich Frau Moser besorgt, wie sich denn Bibis Eltern zu diesen Plänen verhielten.

Jetzt konnte sich Bibi nicht mehr länger beherrschen. «Meine Eltern werden nach unserer Hochzeit nicht mehr den mindesten Einfluss auf meine Entschlüsse haben.» Die Mosers sollten sich auch besser darauf gefasst machen, dass sie gar nicht erst zur Trauung erscheinen werden. Der Vater sei an einer Gürtelrose erkrankt, die er zwar unter seiner Kleidung verstecken könne, ihm aber dennoch sehr zu schaffen mache. Hinter vorgehaltener Hand könne er dazu nur sagen, dass dem Vater diese Krankheit wohl sehr gelegen käme.

Darauf herrschte eine Weile Schweigen. Herr Moser schlürfte vernehmlich an seinem Kaffee, den man sich auf Grets Zimmer hatte kommen lassen. Schließlich brach Gret die peinliche Stille und beteuerte, dass man sich in aller Form von den Eltern in Princeton verabschieden und den Zusammenhalt weiter pflegen werde, so gut es Entfernung und andere äußere Umstände zuließen.

Bibi presste die Lippen zusammen und sagte kein Wort, obwohl sich die Augen der Mosers auf ihn richteten und ihn ängstlich und erwartungsvoll ansahen.

So verlief denn auch der Morgen am Tag der Trauung in einer gedämpften Stimmung. Eri war mit der Nachricht eingetroffen, dass man vorhabe, die anschließende Feier bei den Eltern in Princeton abzuhalten. Ein Vorschlag des Zauberers, wie sie ausdrücklich betonte. Sie hoffe, dass man nicht schon anderweitig geplant habe.

Als die Mosers zu rasch ihre Freude über die Einladung versicherten, brach Aissi in kurzes Lachen aus, das er sogleich mit einem kleinen Hustenanfall zu kaschieren suchte. Beschwingt betrat man die Kirche, wo der Pfarrer sie mit warmherzigen Worten in Empfang nahm. Ein Mädchenchor sang kräftige Lieder, die beinahe ein wenig obszön anmuteten, wie Bibi leise zu

Aissi bemerkte, worauf der erneut einen kleinen Hustenanfall vortäuschte. Medi sah ihn indigniert an, als wolle sie ihm klarmachen, dass er sich in einem Gotteshaus befindet.

Der Pfarrer hatte nun sein offizielles Gesicht aufgesetzt, und Gret fielen seine knäbischen Züge auf. Ein Eindruck, den das schwarze Gewand noch verstärkte. Seine Ansprache umriss die Herkunft der Eheleute. Er betonte seine Freude darüber, dass die beiden sich hier in den Staaten das Eheversprechen geben wollten, und sagte, dass es ihm eine Ehre sei, den Sohn eines so berühmten Mannes «unter die Haube» zu bringen. Diesen Ausdruck gab er in lupenreinem Deutsch wieder und grinste dabei ein wenig einfältig, wie Gret später meinte. Dann verlangte er nach den Eheringen, die Gret Bibi kurz vor der Zeremonie übergeben hatte und die er nun in ihrem schmuckledernen Kästchen dem Pfarrer überreichte. Dieser öffnete das Kästchen, betrachtete den Inhalt staunend und voller Bewunderung, entnahm die Ringe, segnete sie und drückte sie Bibi wieder in die Hand. Medi trat hinter ihren Bruder und gab ihm flüsternd zu verstehen, dass er jetzt den kleineren Ring auf den Finger seiner Braut stecken und ihr dann den größeren Ring reichen müsse, damit sie ihn auf seinen Finger steckte. Woher weiß sie so etwas?, fragte sich Bibi und beäugte die Ringe, ihre feine Ziselierung, die eingravierten Buchstaben und das Datum auf der Innenseite. Kostbar waren sie und schwer. Bedächtig wog er sie in der Hand, blickte sich zu seinen Schwiegereltern um, die ihre Augen gesenkt hielten, und steckte kurzentschlossen den Ring an Grets Finger. Den anderen nahm sie ihm sogleich aus der Hand, griff nach seinem Ringfinger und versuchte, seine Faust zu öffnen. Ruhig wartete sie ab, bis er die Hand selbst wieder öffnete und ihr mit einem leichten Lächeln seinen Ringfinger überließ.

«Kind!», flüsterte sie liebevoll. Dann küssten sie sich.

«Ob das lange hält?», fragte Eri leise, die zwischen Aissi und Medi stand.

«Da unterschätzt du Gret», antwortete Medi.

Aissi ging nach vorn, um erst Gret auf beide Wangen zu küssen, danach seinen Bruder in die Arme zu nehmen und schließlich dem blonden, sympathischen Pfarrer kräftig die Hand zu schütteln.

Vor der Kirche warteten zwei Taxis, mit dem Auftrag, sie nach Princeton in die Stockton Street 65, Ecke Library Place zu transportieren. Die Geschwister stiegen in den einen Wagen, Gret und ihre Eltern in den anderen. Kaum im Auto, begann Bibi zu schimpfen. Er hatte nicht vorgehabt, bei den Eltern zu feiern, war zuletzt vom Vater so demütigend behandelt worden, dass er sich geschworen hatte, den Kontakt erst einmal abzubrechen. Fast schrie er, dass er die Krankheit des Vaters für eine fingierte hielt – dieses Simulantentum kenne er schon zur Genüge, und er wäre niemals ins Taxi gestiegen, hätte Gret ihn nicht händeringend darum gebeten und wären die Mosers nicht vor Freude beinahe einem gemeinsamen Herzanfall erlegen.

«Wie hat Gret denn argumentiert?», erkundigte sich Eri neugierig.

«Familie bleibt eben Familie. Und dass dein Vater dich beinahe von Geburt an nicht leiden konnte, ist dir ja schon lange bekannt», zitierte er seine Angetraute.

Eri nickte zustimmend. «Du wirst sie nötig haben», sagte sie dann. «Mit deiner Infantilität hat sie sich ein langjähriges Martyrium aufgeladen.»

Bibi, der auf dem Beifahrersitz saß, drehte sich zu seinen Geschwistern um. «Ausgerechnet von dir muss ich mir das anhören. Vom Liebling des großen Zauberers. Bist du ein einziges

Mal in deinem Leben so von ihm behandelt worden wie ich? Hast du auch nur einmal den permanenten Ekel auf seinem Gesicht sehen müssen, wenn du in seine Nähe kamst?»

Schon wollte Eri auffahren, doch Aissi legte ihr die Hand aufs Knie und zwang sie so zur Ruhe. «Ist dir jemals eingefallen, dass er vielleicht Angst vor dir haben könnte?» Nur mühsam konnte sie sich beherrschen. «Vor deinen Weinkrämpfen, deinen Jähzornsausbrüchen, deinen Gewalttätigkeiten?»

Bibi steigerte sich zusehends in eine brennende Wut hinein. «Habe ich ihn etwa ins Gesicht geschlagen? So kräftig, dass er an die Wand geflogen wäre? Wenn Mama nicht hinter mir gestanden hätte …» Plötzlich stürzten ihm die Tränen aus den Augen, und er lachte hysterisch auf, sodass der Fahrer vor Schreck beinahe das Lenkrad verriss. «Ich hätte ihm diese Kraft gar nicht zugetraut», stieß er bitter hervor.

Nun mischte sich Medi ein. Der Herr Papale hätte im Grunde alle seine Kinder beschützt und behütet. Sie sei dabei gewesen, als er Mielein gebeten habe, sich mit allen Mitteln für Bibis Einreise in die Staaten einzusetzen. In Küsnacht habe er auch nicht gezögert, sich umgehend beim Notar seine Erlaubnis für die Heirat mit Gret bestätigen zu lassen. Dass sein Verhältnis zu seinen so unterschiedlichen Kindern jeweils ein anderes sein müsse, sollte auch Bibi einleuchten.

«Auch was die Zuneigung betrifft?», warf Aissi ein. «Sicher wird er seine Zuneigung dem Weiblichen in der Familie, sprich seinen Töchtern, offener gezeigt haben. Das bedingt schon seine maskuline Höflichkeit.»

«Ach, du Clown», fuhr ihm Eri über den Mund. «Du hast ja so viel entbehren müssen. Sei froh darüber. Zu viel Vaterliebe wäre euch beiden, Vater und Sohn, doch schwerlich bekommen, oder?»

Aissi sah sie erschrocken an. «Manchmal sollten auch kleine Jungen eine sichtbare Zuneigung erleben dürfen», erwiderte er.

Bibi schaute zur Windschutzscheibe hinaus und wischte sich mit einem schneeweißen Taschentuch die Tränen von den Wangen. Dabei sah er kurz zum schwarzen Fahrer hinüber, der offenbar nichts von der Auseinandersetzung verstanden hatte, sehr wohl aber die Tränen seines Beifahrers bemerkt haben mochte. Langsam beruhigte er sich wieder und war seinem Bruder dankbar, dass er das Gespräch jetzt in andere Bahnen lenkte. Gret hatte Aissi kurz davon unterrichtet, dass sie schon in der kommenden Woche nach Europa zurückreisen würden. Sie wolle am liebsten nach Zürich, Bibi lieber nach London.

«Warum eigentlich London?», fragte Aissi.

Bibi hatte vor, den Kontakt mit seinem Londoner Lehrer wiederaufzunehmen. Außerdem hatte er erfahren, dass Max Schleff, der von Monsieur Galamian empfohlene Violinist, den er verpasst hatte, sich wieder an der Themse aufhielt.

«Ich würde dir dringend von einer Rückkehr nach Europa abraten», sagte Eri ernst. «Auch nach London. Früher oder später ist der Krieg unausweichlich. Dein großer Spucker wird nicht nachgeben, und am Ende hängst du mit deiner Frau irgendwo im alten England fest und hast keine Chance, dem Kontinent zu entfliehen. Nicht mit einer Frau an der Seite, die, wie ich glaube, in nächster Zeit Nachwuchs erwartet.»

Aissi schaute verblüfft von einem zum anderen. Dann klatschte er in die Hände und rief ununterbrochen: «Tüchtig, tüchtig!», bis sie bei den Eltern in Princeton angelangt waren.

Auch der Herr Papale war zur Begrüßung an der Haustür erschienen, hatte seinen Jüngsten flüchtig umarmt und war sogleich zu Gret hinübergewechselt, um sie mit seinem üblichen Charme zu beglückwünschen. Indessen überreichte Mielein ihm sein Hochzeitsgeschenk. Ein großes, sich weich anfühlendes Paket, sorgfältig in Glanzpapier eingewickelt, das er sofort aufriss. Er hielt einen wundervollen seidenen Morgenmantel in den Händen, ähnlich dem des Herrn Papale, in hellen und dunklen Brauntönen gehalten. Bibi fühlte den Blick seines Vaters auf sich ruhen und nickte ihm freudig zu. Auch Gret konnte sich nicht enthalten, den feinen Stoff des Mantels zu betrachten. Dass sie selbst nicht bedacht wurde, verwunderte sie nicht im Mindesten. Irritiert und begeistert strich er über den edlen Stoff. War das eine Aufforderung zur Mannwerdung, ganz im Sinne des Alten?

Die Mosers waren kurz vor ihnen eingetroffen. Mielein hatte die Tafel in der alten Pringsheim'schen Manier mit weißem Damast eindecken lassen. Die schwarzen Bediensteten, ein altes Ehepaar, jonglierten geschäftig mit dem alten Kristall herum und waren gerade im Begriff, den Mosers eine Erfrischung zu reichen, als der Rest der familiären Gesellschaft hereinbrach. Es entwickelte sich ein lebhaftes Gespräch, in dessen Verlauf man auch auf die bevorstehende Rückreise des jungen Paares zu sprechen kam. Eri wiederholte ihren Rat, derzeit von einer Europareise Abstand zu nehmen. Vielleicht hätte sich ja in einigen Wochen eine neue Konstellation ergeben, womöglich hätte das Untier bald die Hosen voll, wenn Großbritannien nur konsequent und heftig genug auf seine sich steigernden Forderungen reagierte. Bibi konnte sich einfach nicht vorstellen, dass England und Frankreich, die gerade einen Bruderpakt mit gemeinsamer Generalität unterschrieben hatten, sich noch länger an der Nase herumführen lassen würden.

«Das glaube ich zwar nicht», widersprach der Zauberer, «aber ich glaube, dass das Untier jetzt nicht mehr zurückkann, wenn er nicht das Gesicht verlieren will.» Abgesehen davon wäre der

Grund Bibis, seine Ausbildung voranzutreiben, zwar ein triftiger – und auch gutzuheißen –, aber durch die ständig wechselnden Lehrer mit ihren unterschiedlichen Lehrmethoden beinahe schädlicher als eine kurzzeitige Unterbrechung, während der man sich in Ruhe nach einer kontinuierlichen Weiterbildung umsehen könne.

Bibi lehnte das ab. Er könne in den Staaten nicht leben. Zur Rückkehr nach Europa gäbe es für ihn keine Alternative.

«Wie kannst du dir nach so kurzer Zeit ein so arrogantes Urteil bilden?», fuhr Eri auf. «Solche Vorurteile solltest du außerhalb der Familie besser gar nicht erst formulieren!»

Erschrocken über Bibis Sturheit beschwor Mielein ihn, wenigstens abzuwarten, doch Bibi blieb störrisch. Überraschenderweise nahm das Gespräch eine Wendung, wurde die Atmosphäre lockerer: Der Vater widmete sich höflich den überglücklichen Mosers, bevor er ankündigte, sich wegen seiner Indisposition zurückzuziehen. Bibi belustigte die Gesellschaft damit, dass er sich den seidenen Morgenmantel über den Hochzeitsanzug zog, verabschiedete sich mit tänzerischem Übermut und fragte seine Mutter leise, ob er ihr noch in irgendeiner Weise helfen könne.

Pielein, der sich erhoben hatte, schien das falsch zu interpretieren, denn er antwortete ebenso nebulös, dass Nigger John und seine Lucy das schon richten würden. Er wolle doch nicht etwa dabei helfen, das Geschirr hinauszutragen. Bibi erstarrte, seine Mutter dagegen schien die Bezeichnung «Nigger» gewöhnt zu sein. Es schüttelte ihn innerlich, und er beschloss, ihr vor seiner Abreise diesbezüglich noch ein paar Zeilen zu schreiben. Der Vater verabschiedete sich von der Hochzeitsgesellschaft und ließ sich auch später bei der Abfahrt seines Jüngsten nicht mehr blicken.

Anderntags, Bibi war mit den Schwiegereltern übereingekommen, sie mit Gret zur Central Station zu bringen, von wo aus sie den Zug zurück nach Boston nehmen wollten, während sie beide sich im Anschluss noch einmal mit seinen Geschwistern treffen würden, kam es zu einem schlimmen Streit. Zurück im Hotel, hatte sich das junge Paar von der wehmütigen Trennung zwischen Gret und ihren Eltern noch nicht erholt. Und so wurden sie von Eris Frontalangriff in der Halle ihres Hotels völlig überrascht. Sie saßen bei einem zweiten Frühstück, und Bibi hatte eben, wie er es vom Vater gelernt hatte, sein Frühstücksei zu pellen begonnen, da konnte seine große Schwester nicht mehr an sich halten. «Nicht nur, dass du deiner Mutter zusätzliche Sorgen machst, du kränkst auch den Zauberer in einem fort mit deinem rüden Benehmen. War es etwa nicht er, der dich aus all den von dir selbst verursachten chaotischen Situationen wieder herausgeholt hat? Hat er dir nicht die Reise nach Paris ermöglicht, dir einen prominenten Violinlehrer beschafft und für dich gebürgt? Hat er nicht den Prozess, den dir dein gewalttätiger Überfall am Züricher Konservatorium todsicher eingebracht hätte, abgewendet, was ihn im Übrigen eine schöne Stange Geld gekostet hat? Du hättest doch nicht die mindeste Chance gehabt, das alles allein durchzustehen! Hat er dich nicht zur ersten Reise ins von dir plötzlich so verhasste Amerika selbst abgeholt, sich nicht zusammen mit dir und Mielein in die Queen Mary gesetzt und dir eine luxuriöse Schiffsreise ermöglicht? Und auch jetzt war er wieder für dich da. Wer hat dir denn die Vorbereitungen zur Hochzeit ermöglicht? Wer hat Gret die Einreise verschafft, nachdem sie in Ellis Island festgehalten worden war?»

Gret zuckte zusammen, unterdrückte zunächst jedoch ihr Verlangen, Eris Tirade zu unterbrechen. Auch die übrigen Geschwister hielten sich zurück.

«Von deiner Schulzeit wollen wir gar nicht erst reden. Aber hast du jemals ein hör- oder sichtbares Dankeschön von dir gegeben? Nicht, dass ich wüsste.»

Wütend sprang Bibi auf. Gret umklammerte seinen linken Arm und versuchte, ihn wieder neben sich aufs Sofa zu ziehen, doch es gelang ihm, sich von ihr zu lösen, sodass sie gezwungen war, ebenfalls aufzustehen, und versuchte, ihn mit einer Umarmung festzuhalten.

«Gehst du jetzt auf mich los?», höhnte seine Schwester. «Willst du auch mir eine schmieren? Tu dir nur keinen Zwang an. Ich werde das schon aushalten. Eigentlich hättest du alter Neubeurer Deutschland gar nicht verlassen müssen. Mit deiner Brutalität hättest du doch gut zu dieser Bande gepasst!»

«Schluss jetzt, Eri, Schluss jetzt», polterte Aissi und stand auf. «Gerade hättest du dir tatsächlich eine deftige Watschen verdient. Du weißt ja nicht, was du da redest. Hier in New York gibt es doch an jeder Ecke mindestens zwei Psychiater. Vielleicht solltest du endlich mal einen von ihnen konsultieren. Mein Gott, ihr macht ja beide einen unzurechnungsfähigen Eindruck. Ja, auch du, Bibi. Dein Geschwätz auf der gestrigen Fahrt nach Princeton war doch nicht ernst zu nehmen.»

Bibi sah seinen Bruder an. Was für ein Kerl, dachte er. Hätte ich nicht ebenso werden können? Dafür hätte ich sogar seine Homosexualität in Kauf genommen. Sein Blick wechselte zu Gret, die ihn immer noch fest umarmt hielt, dann wieder zu Aissi, und seine Bewunderung für ihn drückte sich rückhaltlos auf seinem Gesicht aus. «Ich bin ganz ruhig, Bruderherz. Ich werde niemanden schlagen. Am wenigsten meine kluge große Schwester. Ich will ihr doch nur klarmachen, dass ich ein Alter erreicht habe, in dem ich all das zurückgebe, was ich bisher bekommen habe. Oder soll ich sagen, was mir bis dahin angetan wurde? Meine Schwester spricht immer von Geldsummen, die ihr großer Zauberer zur Beruhigung meiner Umgebung für mich ausgegeben hat. Aber ist das tatsächlich alles, was man von seinem Vater erwarten darf?»

«Warum hast du dich ihm gegenüber nicht loyaler verhalten, sondern ihn noch zusätzlich mit deinen Eskapaden belastet?», entgegnete ihm Eri, nun auch wieder gefasster.

«Warst du in deiner Schulzeit wirklich bequemer für ihn? Wie oft habt ihr denn die Schule gewechselt? Ich könnte da einige aufzählen», spottete Bibi.

«Aber wir haben niemals unsere Lehrer verdroschen», gab Eri zurück. «Es ist auch müßig, uns gegenseitig unsere Vergangenheit vorzuhalten.»

«Ist es nicht», widersprach Aissi. «Der Streit, ich will ihn einmal so nennen, den du hier vom Zaun gebrochen hast, fußt ja gerade darauf. Bibi ist, um es einmal scharf zu formulieren, von unserem Vater stets wie ein unreines Tier behandelt worden. So etwas prägt, das wird man nie wieder los. In gemäßigterer Form kann auch ich ein Lied davon singen. Lasst uns endlich dieses Schlägerei-Gerede abbrechen und eine kleine Nachfeier veranstalten. Für unsere Taktlosigkeit der Braut gegenüber möchte ich mich in aller Form und mit einem tiefen Kniefall entschuldigen», wandte er sich an Gret. «Sie hat nicht nur ihr Gesicht gewahrt, sondern auch ihren Gatten dazu gebracht, sich ähnlich zu verhalten. Chapeau!»

Eri hatte sich wieder hingesetzt und klopfte nervös mit den Fingern auf der Tischplatte herum. «Dennoch möchte ich noch einmal betonen, dass es zu einer Aussprache zwischen Bibi und dem Zauberer kommen muss. Wir können diese schlimme Zeit nicht mit einer zerstrittenen Familie überstehen.»

«Ich verspreche dir, deinem Zauberer in einem ausführlichen

Brief alle meine Schwierigkeiten mit der familiären Situation ausführlich darzulegen. Ich hoffe, dass sich daraus ein vernünftiges Gespräch ergibt. Genügt dir das, große Schwester?»

Eri blieb ihm eine Antwort schuldig, während sich das Trommeln ihrer Finger zum Stakkato steigerte, was Gret zusehends nervöser machte.

«Übrigens», setzte Bibi nach einer kurzen Pause an Aissi gewandt hinzu, «kannst du dir erklären, weshalb der Vater seinen Bediensteten stets ‹Nigger John› nennt, wenn er über ihn spricht?»

Noch ehe Aissi antworten konnte, erklärte Eri, das Englisch des Zauberers sei nun mal noch sehr fehlerhaft und dadurch teilweise auch sehr unverständlich. Sie glaube, dass er die Bezeichnung «Nigger» für gebräuchlich im amerikanischen Wortschatz halte und nicht etwa für ein Schimpfwort. Sie werde aber versprechen, ihn darauf aufmerksam zu machen.

Gret hatte sich von Bibi gelöst und sich ebenfalls wieder gesetzt. «Eins noch, Eri», sagte sie und sah ihre Schwägerin gelassen an, «du bist im Irrtum, wenn du glaubst, dass dein Vater mich aus Ellis Island ausgelöst hat, es sind meine Eltern gewesen, die sich zu dieser Zeit schon in Boston aufhielten.»

Zwei Wochen später landeten die frischgebackenen Eheleute in Southampton und fuhren mit dem ersten Zug nach London weiter. Grets Eltern hatten ihnen von Boston aus eine solide Dreizimmerwohnung in der Adelaide Road 159, im Londoner Nordwesten, einrichten lassen und eine Nachricht hinterlassen, dass sie sich ebenfalls auf der Rückreise befänden und beabsichtigten, einen längeren Halt in London einzulegen.

Nach weiteren sieben Tagen war es Bibi endlich gelungen, Kontakt zu Max Schleff aufzunehmen, den er, bepackt mit

Geige und Bratsche, in seinem geräumigen Studio in der Kensington Church Street aufsuchte, das unweit des Kensington Palace und der dazugehörigen weitläufigen Parkanlagen gelegen war.

Schleff, akkurat im Dreiteiler, sein rundes Brillengestell auf der fleischigen Nase, beteuerte immer wieder, dass er überstürzt nach Amsterdam hätte reisen müssen, um seiner Familie bei ihren Bemühungen beizustehen, nach Schanghai auszureisen. Glücklicherweise habe er ihnen die Stadt ausreden und ihnen stattdessen Einreise und Aufenthalt in Kuba ermöglichen können. Für die nicht mehr jungen Herzen und Lungen seiner Eltern wäre das Klima im schwülen Schanghai glatter Selbstmord gewesen. Jetzt sei er in London, um seinen Kollegen Rostal zu entlasten, der sich ebenfalls mit Fluchtplänen nach Übersee beschäftige. Rostal habe ihn über Bibi informiert, und er sei schon sehr gespannt auf das vielseitige Wunderkind, das man ihm beschrieben habe.

Bibi war nicht gerade erbaut darüber, als Schleff den Wunsch äußerte, er möge ihm etwas vorspielen, erklärte sich aber letztlich bereit, ein Violinstück von Johannes Brahms vorzutragen. Schleff erkundigte sich eingehend über das Werk, und Bibi, immer missmutiger und immer weniger von der Person Schleffs eingenommen, schlug ein Stück aus der Violinsonate Nr. 1, G-Dur, op. 78, und alternativ Paganinis «Hexentanz» vor.

Als Schleff sich, tückisch lächelnd, für den Paganini entschied, ließ Bibi ihn eine ganze Weile warten und zwang ihn, das enervierende Stimmen des Instruments mit anzuhören. Schließlich begann er zu spielen, wobei er sich bei den ungemein schwierigen Passagen, vor allem bei den rasanten Läufen, einige Male vergriff.

Schleff, der die Wahl Bibis insgeheim sehr mutig gefunden

haben muss, ließ ihn noch aus der Sonate Nr. 1 von Brahms vorspielen, die Bibi erheblich besser gelang, da er inzwischen seine Nervosität weitgehend abgelegt hatte und ihm das Werk offenbar weit mehr zusagte.

«Ich darf sagen», formulierte er vorsichtig, da ihm Bibis Widerborstigkeit nicht verborgen geblieben war, «dass Ihnen ein beeindruckendes Talent geschenkt wurde. Auch wenn Ihnen im Laufe des Paganini-Vortrags eine Kadenz verlorengegangen ist. Lag es an den untrainierten Fingern oder gar daran, dass Sie es noch nicht genügend einstudiert hatten? Ich gehe mal davon aus, dass es Ihnen sehr viel Spaß machen würde, mir auch noch ein paar Takte auf der Viola vorzutragen. Richtig? Wählen Sie, was immer Ihnen momentan am liebsten ist, oder besser, womit Sie sich im Augenblick am sichersten fühlen.»

Bibi öffnete wortlos den zweiten Instrumentenkasten, und Schleff musste erneut ein ausführliches Stimmen über sich ergehen lassen. Ohne Komponist oder Werk zu nennen, fing Bibi zu spielen an. Zeitweise vergaß er den vor sich sitzenden, zur Korpulenz neigenden mittelgroßen Mann, dem seine gefärbten schwarzen Haare gar nicht zu Gesicht standen, und strich mit steigender Lust seine männlich tönende Bratsche, bis der gebannt zuhörende und immer näher tretende Lehrer dicht vor ihm stand. Bibi unterbrach sein Spiel, weil er sich gestört fühlte, und beide sahen einander auf eindringliche, zunehmend bedrohlichere Art und Weise an. Dann drehte Schleff sich plötzlich weg und sagte wie nebenbei, er habe noch niemanden den Milhaud besser spielen hören. Nachdenklich schritt er im Studio auf und ab. «Wie dem auch sei», sagte er schließlich, «trotz des meisterhaften Vortrags auf der Viola sollten Sie das Violinspiel nicht aufgeben. Auf der Bratsche kann ich Ihnen nicht mehr viel beibringen. Auf der Violine hingegen …» Seine Stimme verlor sich. Dann sammelte er sich wieder und fuhr fort: «Wenn es Ihnen genehm ist, können wir in den nächsten Tagen beginnen. Ich schlage vor, zu den Etüden Paganinis zu greifen, da Sie ja den imponierlichen Mut bewiesen haben, diesen Komponisten zum Vorspielen auszuwählen.»

Der Kerl ist mir widerlich, dachte Bibi, während er sich im Taxi nach Hause bringen ließ. Gret war dabei, die hübsche Wohnung persönlicher zu gestalten, und näherte sich dabei mehr und mehr dem Wohnstil des Schweizer Elternhauses.

In den nächsten Tagen sollten Monika und Lányi von ihrer Italienreise zurückgekehrt sein. Bibi hinterließ ihnen seine neue Adresse und schrieb dazu, dass Gret und er sich auf ein Wiedersehen freuten.

Die Etüden Paganinis bereiteten ihm ungeahnte Schwierigkeiten. Wie viele Finger hatte dieser dämonische Italiener nur besessen? Etwa an jeder Hand sechs oder sieben? Oft bat er Gret, ihm zuzuhören, wenn er, aus Schleffs Studio kommend, zu Hause gleich wie besessen weiterübte. «Hundert Finger an jeder Hand müsste man haben, um diesen sprühenden Tonkaskaden einigermaßen gerecht zu werden», rief er, während er sich mit den Etüden quälte, sodass die erschrockene Gret fluchtartig den Raum verließ.

Nach dem Üben ließ er sich voll geheimen Zorns über die Redeweise Schleffs aus. Vor allem sein «Ich gehe mal davon aus» brachte ihn in helle Wut, und er musste sich mit aller Kraft beherrschen, um ihm nicht ein lautes «Ach, gehen Sie doch zum Teufel!» ins Gesicht zu schleudern. Gret beschwor ihn, sich nicht gehenzulassen, sondern zu bedenken, weswegen sie London letztendlich als Wohnsitz gewählt hätten.

Mit der Zeit gewöhnte sich Bibi an die blödsinnigen Redensarten seines Zuchtmeisters, der immer penibler auf genaueste

Einhaltung der Partitur bestand, stets wiederholte, dass jede Note ein Eigenleben hätte und dennoch eine Beziehung zur Partitur und damit zum Gesamtkörper der Komposition bestehe.

«Selbst wenn es Sie hinzureißen droht, Ihren rhythmischen Ertüchtigungen oder – wie Sie vielleicht annehmen – musikalischen Verbesserungen nachzugeben, denn ich gehe mal davon aus, dass genau dieses Ihrem cholerischen Temperament entspräche, so ist es doch die Pflicht eines ernsthaften Lehrers, darauf aufmerksam zu machen, dass diese vermeintlichen Verbesserungen nichts anderes als Verschlimmbesserungen sind, oft genug eine Beleidigung der Partitur und des Komponisten. Sie müssen einsehen, dass diese zur Klassik erhobenen Schöpfungen keinerlei neumodischer Veränderungen bedürfen. Und wer sich dennoch an ihnen vergreift, weil er meint, etwas besonders Eigenwilliges, nur ihnen Zugehöriges geschaffen zu haben, der sollte sich doch lieber an eigenen Werken versuchen, eigene Kompositionen verwirklichen. Erst dann, ich gehe mal davon aus, dass Ihnen das einleuchtet, kann man ein wahres Talent erkennen. Bis dahin allerdings bleiben Sie das Mitglied eines Orchesters und sollten versuchen, Ihrem Instrument durch Ihren Strich oder die Vervollkommnung Ihrer Technik eine individuelle Note zu verleihen, die Sie vielleicht später einmal zum Ersten Geiger oder gar zum Solisten emportragen kann. Ich gehe mal davon aus, dass Sie den Ehrgeiz zu einer solchen Laufbahn besitzen.»

Nach Monaten des täglichen Quälens und Schleifens musste Bibi widerwillig zugeben, dass von seinen Lehrern Schleff der weitaus eindrucksvollste war. Er hatte ihm ein disziplinierendes Korsett angelegt, das seinem kränkelnden Selbstbewusstsein eine Stütze war und dank dessen man ihn künftig in jedem bedeutenden Orchester willkommen heißen würde.

Aus Princeton kamen regelmäßig inständige Bitten Mieleins, doch nun endlich das leidige Europa zu verlassen und sich in Sicherheit zu bringen.

Bibi antwortete ihr in einem Brief, man müsse mehr Amerikaner sein als er und mehr Talent besitzen, das in Sicherheit zu bringen sich lohne. Oder eine stärkere Bindung an die Lebens- und Gesellschaftsformen, die sich dort entwickelt hätten.

… All das habe ich nicht. Ich bestaune Eure Geschmeidigkeit in Hinsicht auf Anpassung an eine so eindeutig fremde Kulturlandschaft. Außerdem muss ich nun einmal aussprechen, wie problematisch mein Verhältnis zu Euch von jeher war. Wie ungünstig der Einfluss war, den jede Berührung mit Euch in der Länge auf mich ausübte. Zum Herrn Papale stehe ich nicht weniger fremd als er zu mir (wobei ich mir beileibe nicht die größere Schuld daran zumesse). Die große Angst, die Traurigkeit, Dich lange Zeit nicht sehen zu können, der Wunsch, bei Dir in Princeton zu sein, kann einfach nicht überwiegen, was alles zwischen ihm und mir vorgefallen ist und sich angesammelt hat.

Mit Schleff habe ich ein äußerst widersprüchliches Verhältnis. Doch jetzt, nach mehr als einem halben Jahr, darf ich wohl behaupten, dass er der kompetenteste Lehrer ist, den ich bislang hatte. Nun hat er vor, wieder einmal nach Holland zu verschwinden, allerdings lediglich für zwei Wochen. Aber es ist anzunehmen, dass daraus mehr wird.

Im Übrigen halte ich es nicht für gefahrlos, sich so nah an die Grenze zu Deutschland heranzuwagen. Doch wenn ich darauf zu sprechen komme, antwortet er mit einer

Clowneske; er sagt in der nasalen Goebbels-Sprechweise, seine jüdisch versippte Herkunft werde ihn einmal den Hals kosten. Ob ich ihn nicht – als arisches Schutzschild – begleiten wolle.

Meist lache ich, wenn auch widerwillig, über seine Scherze und antworte ihm, dass mein deutsch-brasilianisch-jüdisches und Schweizer Blut keinen großen Schutz für ihn abgeben würden, aber ich sei ernsthaft besorgt um ihn und schlüge ihm vor, die Reste seiner Amsterdamer Familie nach England herüberzuschaffen. Doch er verneint das stets mit der Begründung, die Sippe würde ihn hier nur unglaublich viel Geld kosten. In Holland hätten sie dagegen ganze Pensionen zu verzehren. Nun, ich hoffe jedenfalls, dass er bald zurück ist und den vielversprechenden Unterricht wieder aufnimmt.

Ansonsten gibt es nicht viel zu berichten. Die Mosers sind in die Schweiz zurückgereist, und Moni scheint ihren Aufenthalt in Italien erneut verlängert zu haben. Oder liegt die Dauer ihrer Abwesenheit an den Geschäften des Herrn Lányi? Jedenfalls haben wir nichts von ihr gehört, hoffen jedoch täglich auf ihre Rückkehr, da sich die politischen Ereignisse auf dem Festland zuspitzen und Italien, so wie es aussieht, nicht untätig bleiben wird. Gret ist noch einmal zu ihren Eltern gefahren. Ich erwarte sie übermorgen zurück. Macht euch also keine Sorgen. Hier auf der Insel sind wir weitestgehend ungefährdet, und der große Spucker wird sich hüten, das Empire anzugreifen.

Zwei Wochen später waren sie alle wieder zusammen. Gret war sorglos und fröhlich aus Zürich eingetroffen und hatte sogar noch einen Zwischenstopp in Konstanz eingelegt, von den

Reichs- und Zollbehörden war sie jeweils auf das höflichste behandelt worden.

Moni und Lányi hingegen waren von den italienischen und Schweizer Grenzbeamten endlos kontrolliert und verhört worden. Lányis Fremdenpass war eingezogen und erst nach zehn Stunden von den Italienern mit dem Vermerk zurückgegeben worden, dass jedem künftigen Einreiseversuch nicht mehr stattgegeben würde. Moni wiederum war mit ihrem tschechischen Pass bei den Schweizer Grenzern auf Schwierigkeiten gestoßen. Die überkorrekten Grenzer hatten sie umständlich darüber aufgeklärt, dass die Tschechoslowakei nicht mehr existiere und ihr erst auf entsprechende Anfrage bei der Britischen Botschaft eine Einreise ins Königreich gestattet werden würde. Als sie auch diese Hürde genommen hatten und endlich in London ankamen, waren sie beide so erschöpft, dass sie während des ersten Zusammentreffens mit Bibi und Gret ständig einschliefen. Oft fuhr Lányi erst aus dem Tiefschlaf hoch, wenn sein Kopf auf die Tischplatte gesunken war, und redete schlaftrunken und mit halbirrem Blick von der politischen Situation. Er war überzeugt, dass die Hunnen in Kürze ganz Europa überfallen und alles verwüsten würden, was sich ihrer Ideologie entgegensetzte.

Als sie sich nach einigen Tagen endlich erholt hatten, saßen sie Stunde um Stunde auf dem amerikanischen Konsulat herum. Moni schrieb Brandbriefe an die Eltern, man möge ihnen doch schnellstens eine Einreisemöglichkeit in die Staaten verschaffen.

Aus Princeton kam postwendend die Antwort, man sei bereits im Begriff, entsprechende Schritte in die Wege zu leiten, aber Moni müsse bedenken, schrieb ihre Mutter, dass der Herr Papale in den Vereinigten Staaten von Amerika selbst nur Gast sei, wenn auch ein sehr angesehener, aber trotzdem, um es brutal zu formulieren, von den Behörden als ein Emigrant angesehen werde, dem es schwerlich gestattet sei, für zukünftige Emigranten zu bürgen. Man wolle tun, was zu tun möglich sei, bedürfe jedoch der Aufklärung, das Verhältnis zwischen ihr und Lányi betreffend. Die Nachrichten aus den Staaten steigerten Monis Nervosität und Hysterie ins Unerträgliche, und das Zusammensein mit ihr wurde nahezu unmöglich. Oft schien sie wie von Sinnen, ihr Hinken verstärkte sich wieder, und als Gret sie daraufhin einmal fragte, an welchem Knie sie sich eigentlich verletzt hätte, brach sie unvermittelt in einen wilden Schreikrampf aus. Lányi heizte die ohnehin schon explosive Stimmung nur weiter an, indem er seiner Ansicht Ausdruck gab, dass auch Britannien nicht von den sich ankündigenden Ereignissen verschont bleiben werde. Vorsorglich entzöge er Britannien deshalb schon einmal die Vorsilbe «Groß».

Eines Abends bat er zu einer kleinen Feier zu sich nach Hause. Er teilte dem überraschten Bibi mit, dass es eine verspätete Hochzeitsfeier zu zelebrieren gelte, denn er und Moni hätten schon vor Monaten heimlich in London geheiratet, es aber Monis Familie bislang nicht mitteilen wollen. Doch im Zuge der sich ankündigenden politischen Ereignisse müsse man wohl jede Gelegenheit zu feiern nutzen. «Wir wollten nicht auf euch warten, weil eine Hochzeit unsere Chance auf Monis Visum deutlich steigert und wir das Land so bald als möglich verlassen wollen.»

Lányi fragte Bibi, ob er und Gret noch jemanden mitbringen wollten – seine Freunde seien bereits ausgereist. Als Bibi Schleff einlud, den Abend mit ihnen zu verbringen, willigte dieser sogleich ein und wollte wissen, ob seine Frau ihn begleiten dürfe, die leider an allzu früher Demenz leide, aber dennoch jeder Unterhaltung folgen könne. Gret hatte sich vor dieser «Festivität», wie sie die Feier spöttisch nannte, gefürchtet, und um der forcierten Fröhlichkeit der Ehefrau zu entgehen, zog sie sich still in eine Ecke des kleinen Lesesalons zurück. Währenddessen versuchte Bibi seinen neuen Schwager Jenö davon zu überzeugen, dass dem großen Spucker gar keine Mittel zu so weitreichenden Angriffen zur Verfügung stünden. Jenö müsse bedenken, dass das Deutsche Reich vor nicht allzu langer Zeit schon einen Weltkrieg verloren hätte und am Ende in jeder Hinsicht ausgeblutet dastehe.

Lányi wollte das nicht gelten lassen. Er rief, dass die Gegner das gleiche Schicksal gehabt hätten und das Empire diese Bezeichnung im Grunde gar nicht mehr verdiene. Schleff, der zu allem, was Lányi glühend von sich gab, mit dem Kopf genickt hatte, worauf seine stumm dasitzende Gattin in beinahe rhythmischem Gleichklang ebenfalls ihr Haupt bewegte, war schon von Beginn des Abends an von Lányi hingerissen gewesen. Ein Kunsthistoriker von gewaltigem geistigen Ausmaß, ein entschlossener Bewahrer der kulturellen Errungenschaften des Abendlandes – das Gedächtnis und das Gewissen eines jeden Europäers, wenn man so wollte. «Ich gehe davon aus», meldete er sich zu Wort, als Lányi verstummt war, «dass dieser Mann auch auf politischem Gebiet etwas zu sagen hat.»

Frau Schleff, deren Profil an die klassische Geradlinigkeit griechischer Skulpturen erinnerte, schüttelte plötzlich ihre dunkelblonden Locken und rief mit überraschend volltönender Altstimme ein «Ja!» in den Raum. Alles schwieg. Man sah erwartungsvoll in ihre nun wieder reglosen grauen Augen, doch sie blieb stumm. Dafür kreischte Moni hysterisch: «Er verfolgt mich. Dein großer Spucker, meine ich. Er verfolgt mich, Bibi. Und er wird nicht ruhen, bis er mich erwischt hat. Mit Mutters jüdischem Blut in meinen Adern bin ich ein gefundenes Fressen für ihn.»

Als Gret und Bibi später in ihre Wohnung zurückgekehrt waren, öffneten sie eine Literflasche italienischen Rotweins, die ihnen Moni beim Abschied in die Hand gedrückt hatte, leerten sie und fielen sturzbetrunken ins Bett.

Am nächsten Tag erschien Bibi zu verabredeter Stunde bei Max Schleff, es war die Haushälterin, die ihm die Tür lediglich einen Spaltbreit öffnete und ihm mit maskuliner Stimme mitteilte, dass Schleff samt Gattin das Land für eine Weile verlassen hätte.

Goodbye, England

Ausschlaggebend dafür, dass Bibi seine Meinung änderte und mit Gret fluchtartig die britische Insel verließ, war der Nichtangriffspakt, den der «große Spucker» im August 1939 mit Herrn Stalin aus Moskau schloss. Dieser Pakt machte ihm endgültig klar, dass Europa in die Hände von Verbrechern gefallen war. Eigentlich hießen die beiden Herren mit bürgerlichem Namen Schicklgruber und Dschugaschwili, erzählte er auf der Fahrt nach Southampton der amüsierten Gret.

Inzwischen war der Krieg in Gang gekommen, und sie befanden sich erneut auf dem Weg in die USA. Das brave Schiff pflügte durch den Atlantik, und bis auf wenige Ausnahmen – wie etwa auf der Höhe von Neufundland, wo die See empfindlich rau war, was Gret nicht weiter bekümmerte, Bibi jedoch nur elend würgend ertrug – verlief die Fahrt erstaunlich ruhig, und man konnte die meiste Zeit an Deck auf altmodischen, etwas wackeligen Liegestühlen verbringen. Das Schiff war, schätzte Bibi, zu zwei Dritteln mit Exilanten belegt, von denen ein Großteil ein Durchreisevisum besaß und sich nach der Ankunft in New York ohne Aufenthalt nach Kanada, Kuba oder gar Panama einschiffen musste. Von ihnen hörte Gret zum ersten Mal von der Bedrohung durch Unterseeboote, die angeblich schon auf allen Meeren unterwegs wären. Stundenlang stand sie daraufhin an der Reling und suchte unentwegt die Wasseroberfläche nach Fernrohren ab, die sich möglicherweise der Britannic näherten. Bibi fragte spöttisch, ob sie schon bösartige Tentakel erspäht hätte. «Wobei es, wenn man sie mit bloßem Auge ausmachen könnte, wahrscheinlich zu spät wäre», fügte er hinzu und verschwand grinsend in der Kabine, die klein, gemütlich und ein bisschen schäbig eingerichtet war. Aber eigentlich fehlte nichts, was die Bequemlichkeit eingeschränkt hätte. Das Bett, für zwei Personen etwas zu schmal geschnitten, bewirkte, dass sich Bibi am Morgen des Öfteren auf dem Kabinenboden wiederfand, woraufhin Gret betonte, dass das Schiff sehr ruhige Fahrt mache und der Wellengang fast nicht zu spüren sei. «Nicht das Schiff, du bewegst dich und schaffst dir Platz, der dir nicht zusteht.»

Er umarmte sie, doch sie stieß ihn weg.

«Ich denke eher, es liegt am Alkohol, den du konsumierst. Die Leute müssen eine riesige Flaschensammlung an Bord genommen haben, anders kann ich mir diesen enormen Vorrat nicht erklären.»

«Blödsinn, jedes Schiff muss genügend Vorrat an Nahrung und Getränken geladen haben. Womit soll man sich auch entspannen auf einer solchen Reise? Diese riesigen Wassermassen, die einen täglich umgeben, machen Durst.»

Gret fand das gar nicht zum Lachen. Schon seit einiger Zeit, und nicht erst auf dem Meer, beobachtete sie Bibis ständig steigenden Konsum an alkoholischen Getränken. Ihre Beunruhigung wurde nur dadurch gemildert, dass er sich durch alle verfügbaren Sorten von Alkohol probierte. Sie hatte sich damit getröstet, dass, solange er sich nicht an ein einzelnes Getränk hielt, die Gefahr einer aufkommenden Sucht noch nicht akut war. Dennoch sollte man ihn am Trinken hindern. Sie nahm sich vor, entweder mit Aissi oder Eri darüber zu reden und die

Geschwister um Hilfe zu bitten. Erst wenn auch sie ihn nicht stoppen konnten, wollte sie sich an die Schwiegermama wenden.

Im Hafen von New York verbrachten sie wieder endlose Stunden bei Zoll- und Einwanderungsbehörden, bis sie endlich von Mielein empfangen werden konnten. Wieder stieß Bibi auf, wie unpassend dieser Name doch für seine Mutter geworden war. Eine Periode im Nebel unguter Vergangenheit hing daran, und er beschloss erneut, sie künftig Frau Mama und den Zauberer Herr Vater zu nennen, auch wenn es ihnen erst einmal fremd und vielleicht ein wenig beleidigend erscheinen sollte. Auf jeden Fall wollte er die kitschigen Zärtlichkeitsbezeichnungen loswerden, gleichzeitig aber einen Rest seines kindlichen Respekts beibehalten.

«Sieh mal, wen ich dir mitgebracht habe», rief seine Mutter, nachdem sie ihn lange und liebevoll umarmt hatte. Sie deutete auf den großen, schmalen Herrn, der sich bislang im Hintergrund gehalten hatte, schwarzgekleidet, mit dichtem, wohlgepflegtem Bart und seltsam langen Koteletten, die in dunklen, kleinen Löckchen ausliefen. Im ersten Augenblick hatte Bibi keine Ahnung, wer ihm da vorgestellt wurde. Interessiert schaute er dem Mann in die leuchtenden dunklen Augen und trat einen Schritt auf ihn zu. Dann erkannte er ihn. «Was für eine Maskerade, mein Lieber», flüsterte er ihm ins Ohr, während er ihm den Arm um die Schultern legte. Menachem Rosemunde brachte kaum ein Wort der Begrüßung heraus. Seine Augen füllten sich mit Tränen der Rührung. Bibi zog ihn zu seiner Mutter und Gret heran. «Woher kennt ihr euch bloß?», fragte er ungläubig.

«Er hat uns aufgesucht, um sich nach dir zu erkundigen.»

«Es war nicht schwer, herauszufinden, wo deine Eltern sich

aufhalten», ergänzte Rosemunde. «Ich schrieb deinen Herrn Vater über die Universität Princeton an und bekam umgehend Nachricht, dass du dich noch in Europa aufhieltest.»

«Hast du dir etwa Sorgen um uns gemacht?», frotzelte Bibi und fasste Gret um die Taille.

«Man könnte es so ausdrücken.» Er blickte Gret forschend an. «Ich nehme an, dass ich deiner Gattin gegenüberstehe, die du mir vorzustellen vergessen hast.»

Mielein lachte laut auf, und nachdem Rosemunde sich verbeugt und seinen Namen genannt hatte, riefen sie nach einem Gepäckträger und ließen sich zu einem Großraumtaxi führen, das sie auf dem schnellsten Weg nach Princeton brachte.

Das Wiedersehen mit dem Vater war kein erfreuliches. Bibi und Gret bekamen ihn erst einen Tag nach ihrer Ankunft zu Gesicht, und wie stets, wenn es Leute zu begrüßen galt, denen er nicht jeden Tag begegnete, war sein Verhalten distanziert, und seine offiziell anmutende Haltung sollte wohl, wie Bibi vermutete, an die eines Dichterfürsten gemahnen, der sich zu einer Audienz herabließ. Ob er dabei wohl an Herrn von Goethe dachte, an den er so gern Maß anlegte, was sein eigenes Schaffen betraf? Rosemunde war der Ansicht, dass Bibi seine Eifersucht zügeln sollte. «Familie bleibt Familie», war sein Motto, «und die deine ist nun mal eine prominente. Statt sich ständig an ihr zu reiben, vor allem, was deinen Vater betrifft, solltest du dich, zumindest in der Öffentlichkeit, solidarisch verhalten. In diesen Zeiten, und noch dazu auf fremdem Territorium, hat man geradezu die Pflicht zu enger Zusammengehörigkeit.»

Rosemunde hatte Bibi, Gret und Mielein nach Princeton begleitet. Er beklagte sich über die Schwierigkeiten, die hierzulande auf ihn zugekommen waren und mit denen er nicht gerechnet hatte. Als allererste Forderung hatte das Rabbinat in

Chicago eine Änderung seines Familiennamens verlangt. «Rosemunde» klang ihnen zu deutsch, und wenn er unbedingt an seinem Namen festhalten wolle, so könne man ihn ja wörtlich ins Englische übersetzen. Etwa «Rosemouth» oder «Roselip». Beides klinge zwar nicht besonders elegant, aber zumindest einheimisch.

«Und wofür hast du dich entschieden?», fragte Bibi belustigt, als sie einige Stunden nach ihrer Ankunft bei einem Kaffee im Casino der Universität zusammensaßen.

«‹Roseface› scheint mir origineller, doch mein Vater war strikt dagegen, denn er hätte sich ja gleichfalls umbenennen müssen. Und dieser Name hätte, so meinte er, einen so komischen Klang, dass er sich den Folgen für sein Geschäft und seine Branche nicht aussetzen wollte.»

Bibi fragte, in welcher Branche sein Vater in den Staaten denn tätig sei, und erfuhr, dass Rosemunde senior die Herstellung von Herrenoberhemden und Trikotagen, der er in der Schweiz seinen Wohlstand, um nicht zu sagen, seinen Reichtum, verdankt hatte, aufgegeben und sich der Maßschneiderei von Herrenanzügen zugewandt hatte. Diesen Beruf hatte er in Prag von der Pike auf gelernt. «Seine Lehrlingszeit», so erzählte Rosemunde, «muss sehr angenehm gewesen sein, doch kaum war er in seine Heimatstadt Lodz zurückgekehrt, da musste er unter Zurücklassung seiner wenigen Habseligkeiten wieder flüchten. Erst hier in den Staaten hat er zu seiner eigentlichen Berufung zurückgefunden. Er bezieht feinste englische und tschechische Stoffe von einem Großhändler in Prag und ist im Begriff, ein lukratives Geschäft in New York aufzubauen. Nach Chicago zu ziehen hat er übrigens von vornherein abgelehnt. Er konnte es gar nicht fassen, dass sich ein Rabbinat überhaupt in einer solchen Stadt niederlassen wollte. Einer Stadt, deren Markenzeichen rigoroses Gangstertum ist. Er bezeichnet sich als Künstler, sein Credo lautet: Qualität, Schnitt und Farbe haben Schöpfungen zu sein. Schon bald, so meint er, kommt die Zeit, da ihm die Auswahl seiner Kunden ebenso wichtig sein kann wie Qualität, Schnitt und Farbe seiner Kunstwerke.» Rosemunde grinste. «Kannst du dir vorstellen, wie sich dazu der Name ‹Roselip› auf einem Firmenschild oder in der Werbung ausmachen würde?» Also hatte sich der Familienrat auf «Rosemouth» geeinigt, und der Vater bestand dringend auf dessen Einhaltung, zu Hause und in der Gesellschaft. Ob auch Bibi sich daran gewöhnen könne, fragte der Freund.

Damit habe er kein Problem, da er ihn ja ohnehin mit seinem Vornamen anrede. Und in Gesellschaft habe er sich die amerikanische Variante sicher auch schnell einverleibt. «Da mir aber der Name Menachem zu voluminös erscheint, werde ich dich, dein Einverständnis vorausgesetzt, Achim nennen.»

Rosemunde nickte und beugte sich weit über den Tisch. Er brachte sein Gesicht dicht an Bibis heran und ergriff dessen Hände. «Ich möchte dir etwas beichten, Bibi, und bitte dich, nicht misszuverstehen, was ich dir jetzt sagen werde.» Er zögerte und schien sich nicht ganz sicher zu sein, ob er fortfahren sollte.

«Schieß los», ermutigte ihn Bibi und lehnte sich auf seinem Stuhl zurück.

«Ich werde meine Ausbildung an der Rabbinatsschule an den Nagel hängen. Ich kann dieser Art von göttlicher Anbetung nicht mehr folgen», begann Rosemunde leise. «Diese Mischung aus Naivität und Arroganz ist mir zuwider. Man findet sie nahezu bei allen Ausübenden und allen Zeremonienmeistern der verschiedenen Religionen wieder. Ich kann dieser bewussten Eindämmung geistiger Neugier nicht länger zustimmen. Versteh mich recht, ich bleibe gläubig, ein gläubiger Jude, wenn du so willst. Denn wenn ich den Anfang der Bibel mit der des heutigen Standes der Astronomie vergleiche, so scheint mir die Schöpfungsgeschichte aus dem Ersten Buch Moses eine weiträumige, nur zeitlich zusammengezogene Ähnlichkeit zu besitzen. Du siehst, ich habe keinerlei Talent zum Atheisten. Aber diese stumpfe Naivität, mit der gelehrt und gepredigt wird, die Anmaßung des Vortrags und die Selbstzufriedenheit der Vortragenden irritieren mich so nachhaltig, dass ich mir schon längere Zeit überlegt habe, dieser geistigen Enge zu entfliehen. Es wird allerdings sehr problematisch werden, diesen Entschluss in die Tat umzusetzen, denn das Rabbinat hat mir meine Einreise in dieses Land und meine Bleibe finanziert, und es wird schwer, wenn nicht gar unmöglich sein, meinem Vater meine Entscheidung zu erklären. Er ist so stolz auf die bevorstehende geistliche Karriere seines Sohnes, und zu allem Übel hat man ihm von Seiten des Rabbinats wohl von meinen Fähigkeiten vorgeschwärmt, sodass ich ihn vielleicht gar nicht darum bitten kann, die Bürgschaft abzulösen, die das Chicagoer Rabbinat für meine Einreise hinterlegt hat. Aber selbst auf die Gefahr der endgültigen Entzweiung mit meinen Eltern kommt eine Änderung meiner Absicht nicht in Frage.»

«Und was schwebt dir stattdessen vor?», fragte Bibi.

«Ich möchte auf die Universität gehen und einen Studienplatz für Europäische Literatur belegen. Was hältst du davon?»

«Du bist ein Spinner», rief Bibi so laut aus, dass Rosemunde heftig zurückfuhr und einige der Gäste an den Nebentischen zu ihnen hinüberblickten. «Du bist ein riesiger und verrückter Spinner», wiederholte Bibi leiser. Dann schlug er ihm kräftig auf die Schulter. «Mach nur, tritt deinem alten Herrn in den Hintern, wenn es sein muss. Er wird dich schon um seinetwillen nicht fallenlassen können. Im Falle deiner Ausweisung wird auch er möglicherweise dran glauben müssen.»

«So kann ich doch nicht mit meinem Vater sprechen», protestierte Rosemunde.

«So musst du sogar mit ihm sprechen. Im Notfall, meine ich. Unsere Väter haben uns in dieses Korsett hineingezwängt, in dieses Leben, das uns ihren Trott aufbürdet. An uns ist es, sich dieser Zwänge zu entledigen, die sie uns mit allen Mitteln vererben wollen. Also geh den Weg, den du dir ausgesucht hast. Ist er falsch, so wirst du es früh genug merken und die Richtung noch einmal ändern.»

«Oder ganz umkehren?»

«Wenn du dich verirrt hast, ist auch das ein Ausweg.» Er sah auf die Wanduhr, die über der Eingangstür des Casinos angebracht war. «Wir sind zum Abendessen mit meinen Eltern verabredet. Die Frau Mama hat dich, auch im Namen meines Herrn Vater, ausdrücklich eingeladen. Sieh ihn dir nur gut an, den berühmten Literaten. Ist er nicht eine Erscheinung von imposanter Zurückhaltung? Du wirst diese Haltung sicher schon auf vielen öffentlichen Bildern bemerkt haben. Er gehört zur oberen Klasse der Autoren, und wenn du ihn nur lange genug betrachtest, gelingt es dir vielleicht sogar, das Korsett zu sehen, mit dem er schon ein Leben lang herumläuft. Und dann frage dich, wie sich dein alter Herr aus seinen Zwängen befreien soll, wenn es nicht einmal dem Herrn Nobelpreisträger gelingt.»

Mit weitgeöffneten Augen betrachtete Rosemunde seinen Freund.

«Schau mich nicht so an», fuhr Bibi auf. «Du sollst deinen Vater und deine Mutter ehren. Viertes Gebot. Aber das sichert dir auch kein längeres Leben, obwohl es die Bibel verspricht. In München habe ich einen Freund meines Bruders Aissi qualvoll an einem Krebsleiden dahinsiechen sehen, obwohl er der Liebling und Engel seiner Eltern war. Er war noch nicht einmal siebzehn Jahre alt, als er starb. Warten wir einmal ab, wer weiß, was dem auserwählten Volk des Hebräer-Gottes noch alles bevorsteht. Als hätten sie nicht schon genug um die Ohren geschlagen bekommen.»

«Ich weiß, ich weiß», erwiderte Rosemunde und versuchte, Bibi von seiner explosiven Wut abzulenken. «Lass uns besser nicht über Gott und Religionen reden, von denen wir noch nicht erkennen, wie sehr sie uns bereits beeinflusst oder verführt haben. Lass uns lieber noch einmal kurz über deinen Vater reden, wenn ich seiner und deiner Mutter Einladung folgen soll. In meinen Augen ist er noch immer, trotz deiner ketzerischen Reden, ein Mann, der ein vollständiges künstlerisches Universum geschaffen hat. Ein Altmeister deutscher Literatur, und mit all seiner umständlichen Behäbigkeit ein virtuoser Former menschlicher Charaktere.»

«Die er gestohlen, die er der Realität seiner Umgebung abgeluchst hat», vollendete Bibi die Rede seines Freundes.

«Das ist kein Manko», widersprach Rosemunde. «Im Gegenteil. Die realen Existenzen seiner Umgebung hat er kraft seiner literarischen Phantasie in Stein gehauen. Dort leben sie weiter, wenn die Realität längst Vergangenheit ist.»

Sie grinsten sich eine Weile an. Nachdem Bibi den Kaffee bezahlt hatte, machten sie sich zu Fuß auf den Weg ins elterliche Haus, in dem, wenn auch nur für kurze Zeit, Bibi und Gret geduldete Gäste waren. Zügig schritten sie durch die mit alten Bäumen gesäumten, ruhigen Straßen, vorbei an großzügigen, gepflegten Häusern, denen man den Wohlstand ihrer Bewohner ansah. «Rosemunde», sagte Bibi, als sie am schmiedeeisernen Tor angekommen waren, das die Auffahrt von der

Straße trennte, «du hast das Talent eines Predigers. Überleg dir gut, wie du mit deiner Zukunft umgehen willst, und halte dir deine Chicagoer Rabbiner möglichst noch eine Zeit lang gewogen.»

Auf den Eingangsstufen waren sie alle versammelt, der Zauberer und seine Gattin und die Geschwister Eri, Aissi und Medi. Nur Gret war noch auf dem Zimmer geblieben. Sie hatte gleich nach der Ankunft über Unwohlsein geklagt und darum gebeten, sich für eine Weile zurückziehen zu dürfen. Der alte John, Chauffeur, Bediensteter und guter Geist des Hauses, und seine Frau Lucy nahmen Bibi und Rosemunde die Mäntel ab. «Wenn er nicht in der Nähe ist, spricht der Herr Vater von ihm nur als ‹Nigger John›», flüsterte Bibi Rosemunde ins Ohr und warnte ihn feixend davor, diesen mehr als fragwürdigen Titel zu benutzen.

«Achim Menachem Rosemouth, ein beinahe musikalischer Klang», sagte Bibi, dieweil der Freund von Mielein und dem Zauberer erstaunlich herzlich begrüßt und vom Vater in den Salon geführt wurde. Bibi, der ihm auf dem Fuß folgte, wurde geflissentlich übersehen, doch dann stürzte Medi, die sich im ersten Begrüßungsgetümmel zurückgehalten hatte, auf ihn zu und rief übermütig: «Gerettet! Der große Spucker hat seine Fänge umsonst nach dir ausgestreckt.»

«Aber die Nerven, die dein Vater und ich dabei gelassen haben, die hat er sich geholt», rief Mielein fröhlich zurück, und ihre schönen Mandelaugen bekamen einen jugendlichen Glanz. Sie hakte sich bei Bibi unter. «Nun fehlt beinahe keiner mehr.»

«Beinahe? Den Beinamen ‹Beinahe› würde ich Moni und Golo nicht anhängen.»

Sofort löste sich seine Mutter von ihm und sah ihn traurig an. «Musste das sein?», fragte sie. «Ich war so erleichtert, dich und Gret gesund am Hafen wiederzusehen. Aber jetzt fällt mir schlagartig wieder alles ein, was wir mit dir durchmachen mussten. Willst du dich nicht wenigstens heute Abend zusammennehmen?»

«Keine Angst, Maman. Wir werden euch nicht lange zur Last fallen. Und bis dahin bin ich ganz dein dich liebender Sohn.»

Aissi beobachtete die beiden, und unter seiner gewohnt spöttischen Miene machte sich zunehmend Beunruhigung breit.

«Ich habe lediglich angekündigt, bald nach Kalifornien weiterzuwandern», verteidigte sich Bibi, dem der prüfende Blick seines Bruders nicht entgangen war. «Ich habe Wunderdinge über das dortige Klima gehört und bin außerdem neugierig auf Hollywood.»

«Wann willst du aufbrechen?», erkundigte sich Aissi, wobei er seiner Mutter in die Augen schaute.

«So bald wie möglich. Ich darf meine Ausbildung nicht länger ruhenlassen und sollte auch die Schwiegereltern nicht mehr allzu lange schröpfen. Ich bin im Begriff, eine Familie zu gründen, mein Großer. Wo ist denn eigentlich die Mittäterin meiner Bemühungen? Noch auf unserem Zimmer?»

«In der Küche.» Medi wies auf die kleine Diele, durch die man die Küche betreten konnte, und Mielein griff wieder nach seinem Arm.

«Ihr erwartet Nachwuchs?» Sie umfasste mit beiden Händen seinen Kopf und hielt ihn fest. «Sieh mich an. Du machst uns doch nicht wieder etwas vor, du Kasperl?»

«Ich mache dir nichts vor. Geh in die Küche und überzeuge dich selbst.»

Mielein gab ihm einen Klaps auf die Wange. «Ich werde mich nicht scheuen, deinen Rat unverzüglich zu befolgen.»

Damit verschwand sie in der Küche, aus der man einen Augenblick später einen kleinen Aufschrei und anschließendes Gelächter hören konnte.

Der Erstgeborene kam an einem stickig heißen Sommertag unter erheblichem Geschrei in Kalifornien auf die Welt. Mielein, die sich anlässlich der Geburt zu Besuch an der Westküste aufhielt, beruhigte den blassen Bibi, als sie Gret nach der Geburt in ihrem Krankenzimmer aufsuchten. «Je größer das Geschrei, desto leichter die Geburt. Du kannst sicher sein, deine Frau verfügt noch über jede Menge Kraft.»

Bibi betrachtete die erschöpft daliegende Gret, strich ihr die von der stundenlangen Anstrengung verklebten Haarsträhnen aus der Stirn und suchte nach einem besonderen mütterlichen Ausdruck in ihrem Gesicht, doch an ihrer offensichtlich schnell zurückkehrenden üblichen Gelassenheit hatte sich nichts geändert. Sie kam gut mit den neuen Mutterpflichten zurecht, legte das Kind geschickt an und war schon am fünften Tag wieder zu Hause.

Der Zauberer gratulierte den Eltern zum ersten, unumstößlich echten Amerikaner in der Familie. «Die Großvaterschaft kommt zwar spät, aber ich sehe es als meine Pflicht an, diesen Ankömmling und Spross der Familie zu begrüßen, und werde keinen Weg scheuen, um ihn bald eingehend betrachten zu können.»

Aissi, ebenfalls neugierig und eher belustigt von seiner neuen Onkelrolle, stand schon bald auf den Stufen des kleinen Hauses und nahm den winzigen Neffen behutsam auf den Arm. Er sah ein greisenhaftes Gesichtchen, Löffelohren, schaumig dicke Bäckchen, blicklose Transparenz der Augen und ein zahnloses Lachen. Händchen und Füßchen schon genau geformt. Ein nervöses Fleischblümchen. Ob er auch einmal so ausgesehen hatte? Dazu das kleine Haus, der kleine Hund, die niedliche Frühstücksterrasse. Alles lieb, bemüht und doch irgendwie deprimierend. Und Gret, seine Schwägerin? Eine sehr hübsche Person, die mit schwerfälligem Schweizer Akzent ihren kleinen Sohn unterhielt. Man kann nicht früh genug anfangen zu sprechen. Aissi schmunzelte. Ausgerechnet Bibi führte den Stammbaum weiter. Womöglich würde er noch weitere Kinder in die Welt setzen. Und er? Aissi? Von ihm war kein Nachwuchs zu erwarten. Keine Kinder. Nur Bücher. Ein insuffizienter Ersatz. Wie schnell sich der kleine Bruder auch diesmal wieder vom Zauberer abgeseilt hatte. Schon nach wenigen Wochen hatte er das Haus in Princeton verlassen und war mit seiner schwangeren Frau nach Kalifornien übergesiedelt. Fort, nur fort aus dem Dunstkreis des großen Vorsitzenden, der ihm den Atem nahm. Geduldig hatten die Eltern die kühle Distanz ihres Jüngsten ertragen und versucht, ihm mit Ratschlägen eine Brücke zu bauen. Der Zauberer hatte sogar, als er von den Umzugsplänen Bibis hörte, einen international bekannten Violinpädagogen in San Francisco ausfindig gemacht und durch Eri eine Verbindung zu ihm geknüpft. Bibi hatte sich bedankt und mehrere Immobilienvermittler kontaktiert, von denen einer ihm das kleine Haus in Monterey beschafft hatte. Und obwohl ihn Mielein gebeten, ja beinahe angefleht hatte, noch einige Wochen in Princeton zu bleiben, um sich der Schritte sicher zu sein, die er für die Zukunft geplant hatte, war er so schnell als möglich mit seiner Frau in den Zug nach San Francisco gestiegen. Was für eine Entschlossenheit, was für eine Energie entwickelte der kleine Kerl! Aissi staunte.

Mielein hatte ihm kurz nach Bibis Abreise von jenem Brief berichtet, den er ihr, kurz vor Ausbruch des Krieges, noch aus London geschrieben hatte. Nicht nur für sie, für jede Mutter musste es einen Schock bedeuten, ein solches Schreiben von einem ihrer Kinder zu erhalten. «Es las sich wie eine Aufkündigung aller verwandtschaftlichen Bindungen, Aissi», hatte Mielein mit feuchten Augen geklagt. «Selbstverständlich habe ich dem Zauberer das Schreiben nie gezeigt. Es hätte ihn mehr als nötig gekränkt, und er hätte dieser Aufkündigung deshalb möglicherweise sogar zugestimmt.»

Aissi hatte seine Mutter bei diesen Worten schärfstens beobachtet. Noch nie zuvor hatte er einen solch immensen inneren Aufruhr in ihr gesehen. Ihr Jüngster war aus dem Nest gefallen und ohne Blessuren davongeflogen. Hatte Bibi am Ende weniger Schaden an der familiären Situation genommen, als er vermutete? Den väterlichen Liebesentzug doch gleichmütiger hingenommen als der große Bruder? Bibi hatte bislang keinerlei Ausschweifungen zum Abschütteln seiner Gefühle nötig gehabt. Keine Exzesse, um sich zu betäuben und abzulenken. Während Eri und Aissi stets am Abgrund ihrer Existenz taumelten, nahm der Kleine ganz offensichtlich Kurs auf ein festgefügtes, bürgerliches Lebensziel mit künstlerischem Einschlag. Schon mit der Wahl dieser hübschen Schweizer Bürgerstochter zur Ehefrau hatte er ein Zeichen gesetzt. Ein blondes Alpenmädel, das zufrieden ihre schweren Brüste dem gierig saugenden, blauäugigen Minimann mit dem weißblonden Haarflaum anbot. Und das Ganze in diesem Knusperhäuschen. Der noch gar nicht ganz flügge gewordene Jüngling gab den respektheischenden Familienvater und war, trotz einiger lächerlich anmutender Attitüden, schon erstaunlich überzeugend darin. Da schien eine ganz untypisch positive Familiensaga im Entstehen zu sein. Eine, wie sie der Zauberer selbst so gern ins Leben gerufen hätte. Aissi konnte ein schadenfrohes Kichern nicht unterdrücken. Er hatte den winzigen Knaben an seine Mutter weitergereicht, die sich zurückzog, um das Kind zu stillen, und betrachtete sich im kleinen Handspiegel, den er überall bei sich führte. Er sah das schütter werdende Haar, die tief eingekerbten braunen Augenringe, die spitz zulaufende Nase und den schmal gewordenen Mund. Auf wen sollte er denn so noch Eindruck machen? Wenn er dagegen seinen zwölf Jahre jüngeren Bruder ansah, dessen Schultern sich mächtig in die Breite entwickelt hatten, dessen Stimme der seinen inzwischen verdächtig ähnelte und mit der er so furchteinflößend brüllen konnte – wie grundverschieden sie doch waren und wie verblüffend ähnlich. Hinzu kam, dass Aissi das Gefühl nicht loswurde, der kleine Bruder beginne ihn nachzuahmen. Er hatte angefangen zu trinken. Übermäßig. Aissi hätte bei den Mengen schon unterm Tisch gelegen, aber Bibi schien erschreckend gut im Training zu sein, nur seine Augen blickten verschwommen. Als sie für kurze Zeit allein waren, hatte Bibi dem großen Bruder gestanden, er habe ein paar der Mittelchen ausprobiert, über die sie schon früher gesprochen hätten, jedoch nichts Besonderes dabei gespürt. «Kommt noch», hatte Aissi gemurmelt, «irgendwann einmal. Aber dann unwiderruflich und mit mordsmäßigem Getöse!»

In den Staaten kam man, trotz ausdrücklicher Verbote, viel leichter an Stoff als in Deutschland oder gar der Schweiz. Morphium, Opium, das war alles erhältlich, sogar zu recht zivilen Preisen – man musste nur die richtigen Quellen kennen. Auch Eri zeigte schon wieder die typischen Verfallserscheinungen. Ihr leichter Mundgeruch deutete auf Opium hin.

Nachdem er am nächsten Morgen noch einmal seinen Neffen im Arm gehalten hatte, reiste Aissi nach New York zurück, um für die NBC mit Eri eine Radiosendung für Deutschland vorzubereiten. Noch befand sich Amerika nicht im Krieg mit dem großen Spucker, und sie mussten jede ihrer Formulierungen auf die Goldwaage legen. Andererseits, fand Aissi, durfte man die Schurken dort drüben nicht zu sanft behandeln. Doch das sollte Eri entscheiden, sie hatte mehr Erfahrungen als er mit solchen Gratwanderungen.

Bibi hatte ihn zum Greyhound gebracht und winkte ihm selbst dann noch nach, als Aissi ihn schon längst nicht mehr sehen konnte.

Eine Woche später kam ein Brief aus Princeton. Er war von seinem Vater, der ihm knapp berichtete, dass Moni auf der Überfahrt einen tragischen Unfall erlitten und dabei ihren Mann verloren habe. Seine Mutter würde ihn zu gegebener Zeit gründlicher informieren. Wie nebenbei erkundigte er sich nach seinem und dem Wohlergehen der kleinen Familie und wollte Näheres über die klimatischen Bedingungen in Kalifornien erfahren. Er trage sich mit dem Gedanken, sich in wärmeren, freundlicheren Gefilden niederzulassen. Das Klima an der Ostküste, besonders in New York und Umgebung, plage einen doch zu sehr mit seinen starken Wechseln. Die hochsommerliche Hitze, aber auch die extrem hereinbrechende winterliche Kälte seien nur schwer zu ertragen. Bibi solle doch bald wieder von sich hören lassen und auch berichten, wie sich sein einziger Enkel entwickle. Großmutter und Großvater seien von familiärer Neugier ergriffen. Der Brief endete mit einem freundlichen Gruß. Nicht einmal Gret wollte er diese Zeilen vorlesen. Seit den späten Schultagen in Neubeuern hatte er keinen Brief mehr vom Vater erhalten. Höchstens hatte dieser einen kurzen, belanglosen Gruß unter eines der mütterlichen Schreiben gesetzt.

Große Unruhe entstand, als Tage später Eri aus Liverpool depeschierte. Moni sei zwar laut den Behörden wieder sicher in

England eingetroffen, habe aber eine grauenvolle Katastrophe zu verkraften. So viel Eri hatte in Erfahrung bringen können, war das Schiff, mit dem Moni und Jenö nach Kanada unterwegs gewesen waren, kurz nach Mitternacht des 18. September von einem deutschen Unterseeboot torpediert worden. Die City of Benares, ein vier Jahre altes Dampfschiff, hatte sich zum Zeitpunkt des Unglücks rund 600 Seemeilen von der Küste entfernt auf rauer See befunden und war nach dem Treffer sofort gesunken. Moni war zwölf Stunden im kalten, dunklen Nordatlantik getrieben, bis sie von einem Zerstörer der Royal Navy aufgefischt wurde. Lányi und 247 weitere der über 400 Menschen an Bord, darunter 77 Kinder, die ins sichere Ausland hatten evakuiert werden sollen, hatten das Unglück nicht überlebt.

Am Abend rief Eri, die sich beruflich für die BBC in London aufhielt, an und erzählte, dass Moni derzeit unauffindbar sei, obwohl man wisse, dass sie unter den Überlebenden gewesen war, die erst einmal ins westschottische Greenock und später von dort nach Liverpool gebracht worden waren. Anscheinend hatte man sie in Greenock medizinisch versorgt. Über Stunden im eiskalten, nachtschwarzen Salzwasser zu treiben fördere ja nicht gerade das Wohlbefinden. Hinzu käme der Schock über den Tod Lányis. Im Moment klappere sie alle Hospitäler von Liverpool ab, sei aber noch nicht fündig geworden. «Ich bitte dich, ruf so bald wie möglich Mielein an», bat Eri ihren Bruder, «sie ist in heller Aufregung und macht sich die größten Vorwürfe, den beiden nicht schon viel früher ein Affidavit geschickt zu haben. Ich hoffe, ich kann euch bald mehr berichten.»

Noch lange nachdem sie aufgelegt hatte, saß Bibi regungslos in seinem Sessel, den Hörer stumm in der Hand. So traf ihn Gret an. Behutsam nahm sie ihm den Hörer ab und legte ihn auf die Gabel. Plötzlich fing Bibi hemmungslos zu schreien an. Es war eine Mischung aus wildem Gebrüll und heftigem Schluchzen.

Gret kannte und fürchtete seine jähzornigen Ausbrüche. Fluchtartig verließ sie den Raum in Richtung Kinderzimmer. Bibis Wutgetrampel war bis ins obere Stockwerk zu hören. Doch der kleine Frido schlief seelenruhig weiter. Gret beugte sich über ihn und küsste ihn sanft auf die Nasenspitze. Als unvermittelt Stille eintrat, schlich sie wieder hinunter, konnte aber ein leises Knarren der letzten Stufe nicht verhindern. Sie verharrte eine Weile auf der Treppe und ging schließlich auf leisen Sohlen zur Wohnzimmertür. Dort lauschte sie einen Moment, dann öffnete sie geräuschlos die Tür. Bibi hockte mit vorgebeugtem Oberkörper in seinem Sessel, die Ellenbogen auf die Oberschenkel gestützt, und murmelte vor sich hin. Er führte ein Selbstgespräch, sprach zwar in ihre Richtung, tat aber, als wäre sie gar nicht im Raum. Nach und nach reimte sie sich zusammen, was ihn quälte.

«Ich kann Mielein nicht anrufen» – er kam von dem Namen nicht los –, «wie Eri das von mir verlangt. Ich habe den Verdacht, dass sie mich vorgezogen hat und Moni deshalb so lange auf ihre Einwanderungsmöglichkeit hat warten müssen.» Der Gedanke war ihm über die Maßen unerträglich. «Der Lányi ist ertrunken und die Moni im Krankenhaus», sagte er zu Gret und versank dann wieder in sein Selbstgespräch. «Was soll ich nur zu Mielein, Mutter, Maman sagen?» Er begann, die Bezeichnungen rhythmisch zu wiederholen. «Mielein, Mutter, Maman. Mielein, Mutter, Maman. Mielein, Mutter, Maman.» Immer schneller sprach er und schlug dazu den Takt mit den Füßen.

Er gab sich die Schuld an Monis Katastrophe, denn sie beide hätten auch ohne die Hilfe von «Mielein, Mutter, Maman» in die Staaten reisen können. Grets Eltern hätten es sicher gerich-

tet. Moni dagegen sei auf die Unterstützung ihrer Eltern angewiesen gewesen. «Wir hätten es auch ohne sie geschafft. Nach
Kanada auf jeden Fall, nicht wahr?», wandte er sich an Gret. Er
sah sie kurz an, wiederholte: «nicht wahr?», und drehte ihr dann
wieder den Rücken zu.

Gret bestätigte das mit vor Schock schriller Stimme.

«Ich kann sie nicht anrufen. Ich würde ihr Vorwürfe machen
müssen. Ihr und mir. Und am Ende würde sie vielleicht gar zu
weinen anfangen. Nein, nein, ich kann sie nicht anrufen. Ich
habe Maman noch nie weinen hören.»

Gret griff nach dem Hörer und schob die andere Hand unter
sein Kinn. «Willst du zuhören?»

Er schüttelte den Kopf, stand auf und schlurfte mit hängen-
den Schultern zur Tür. «Soll ich nach Frido sehen?»

Als Gret verneinte, zog er hinter sich die Tür ins Schloss.

Nach dem Telefonat beruhigte ihn Gret. Seine Mutter hätte
sie nicht bevorzugt. Sie sei lediglich davon ausgegangen, dass sie
beide, Gret und Bibi, dringend zu einer Entscheidung hätten
gezwungen werden müssen, da der Zauberer ja eine Schwangerschaft als Grund für die überstürzten Heiratspläne angenommen hätte, dem Mönle jedoch ein reifer Mann zur Seite stand.
Lányi hätte spätestens bei Ausbruch des Krieges wissen müssen,
dass die Reichsgangster auch England nicht lange ungeschoren
lassen würden, und sich beizeiten um eine Schiffspassage kümmern müssen. Als die Luftangriffe begonnen hatten, seien sie
kopflos und voller Panik geflohen und auf den Kindertransport
mit Ziel Québec und Montreal geraten. Auf ein Schiff, das eher
einem indischen Bananendampfer als einem Passagierschiff ge-
ähnelt habe. Ein Skandal, dass man Kinder überhaupt auf einem solchen Transportmittel über die See hatte reisen lassen.
Seine Mutter werde jedoch alles daransetzen, um dem Mönle

die Einreise auf einem amerikanischen Passagierschiff zu ermöglichen. Sie habe bereits mit Einstein und Toscanini Verbindung aufgenommen. Einer von ihnen, dessen sei sie sich sicher, würde eine Bürgschaft übernehmen. Dann habe sie sich nach Grets Befinden erkundigt und gefragt, wie sich der Kleine entwickle. Das Papale und sie seien schon sehr neugierig auf seine Fortschritte und trügen sich überhaupt mit dem Gedanken, ihre Zelte künftig in Kalifornien aufzuschlagen. Wie es denn mit Bibis Beschäftigung stünde? Er könne ja, mit Verlaub, nicht ewig vom Geld seiner Schwiegereltern leben.

Gret erzählte noch, dass Bibi vor einiger Zeit den Kontakt zu Henri Temianka, einem Violinlehrer, aufgenommen habe, zu dem er ein ganz besonderes Zutrauen entwickelt hätte. Darüber hinaus versuche er bei ihnen im Ort, in Carmel, ja selbst in San Francisco junge Schüler zu gewinnen, deren Unterrichtung er sich jetzt zutraue. Soweit sie es beurteilen könne, scheine er damit schon einigen Erfolg zu haben, denn er verfüge über ein erhebliches Taschengeld, das ihre Eltern «entlaste», wie sie ausdrücklich betonte – es gäbe also keinen Grund zur Sorge, und sie hielte es für eine glückliche Fügung, wenn die Schwiegereltern in ihrer Nähe Wohnung nähmen. Als sie Bibi den Inhalt des Gespräches wiedergab und die Gelassenheit schilderte, mit der Mielein sich über Mönles Schicksal ausließ, schien er beruhigt.

Doch Gret nutzte die Gelegenheit, von ihren eigenen Sorgen zu sprechen. Während Aissis Besuch habe sie bemerkt, dass sie die Stimmen der Brüder nicht zu unterscheiden wusste, wenn sie nicht im Zimmer war. Und so sei sie über die Ansichten ihres Mannes, die sie bei offenstehenden Türen natürlich nicht zur Gänze hatte hören können, da sie für gewöhnlich anderer Menschen Gespräche nicht zu belauschen pflegte, sehr verwirrt gewesen. Wie sich jedoch später herausgestellt hatte, war es gar nicht Bibi gewesen, der gesprochen hatte, sondern Aissi; für sie sei diese Erkenntnis eine sehr lustige gewesen. Bei Tisch oder sonstigen Zusammenkünften sei ihr der frappierende Gleichklang vorher kaum aufgefallen. Nun aber habe sie noch eine weitere Ähnlichkeit zwischen den Brüdern bemerkt, die ihr allmählich Kummer bereite. Dass Bibi zu trinken begonnen habe, beobachte sie schon seit langem. Jetzt gäbe es aber zusätzlich Anzeichen, die auf einen, wenn auch vielleicht milden, Drogenkonsum schließen ließen. Sie versuche sich zwar fortwährend damit zu beruhigen, dass es nur ihre übergroße Ängstlichkeit sei, die ihr diesen Verdacht eingäbe, wusste aber, dass sie eine gewisse Furcht vor neuerlichen Besuchen Aissis nicht würde abschütteln können.

Aissi war nach wie vor Bibis Lieblingsbruder. Er war der Begabteste der Geschwister, wie er fand. Ihm eiferte er nach, er hatte sogar zu schreiben begonnen und dabei den Stil Aissis kleiner Geschichten nachgeahmt, die dieser nie vollendete. Doch am Ende war dabei nichts anderes als ein Abklatsch des abgehobenen Stils ihres Vaters herausgekommen. Gret hatte die Konvolute auf der Suche nach einem Notenmanuskript entdeckt, die Bibi ihr aufgetragen hatte. Sie bat ihn nun öfter um kleine musikalische Vorträge, hielt, je nach Tageszeit, den kleinen Frido im Arm, denn der, so ihre Begründung, solle so früh wie möglich mit der Musik bekanntgemacht werden.

Von den Stunden bei Henri Temianka kehrte Bibi zusehends missmutiger zurück. Gret hatte den Lehrer, einen russischen Juden, einmal zum Abendessen eingeladen. Auf ihr Bitten hin hatte er zu Bibis Violine gegriffen, und sie hatte sein Spiel schlicht atemberaubend gefunden.

«Er macht sich über mich lustig!», donnerte Bibi eines Tages. «Dieser kleine Ostjude macht sich ständig über mich lustig. Spielt auf seiner Geige die schwersten Etüden von Paganini, und zwar so mühelos und virtuos, dass man sofort sein Instrument in die Ecke schmeißen und einen anderen Beruf ergreifen möchte.» Er schnappte nach Luft und fuhr leiser fort: «Dieser miese, boshafte Kerl ist so breit, wie er hoch ist. Auf seine Aufforderung hin fasste ich ihn einmal bei den Schultern und Oberarmen. Seine Muskeln fühlen sich an wie aus Stahl. Er schlug mir sogar vor, Boxtraining zu machen! Das Einzige, was an mir durchtrainiert sei, wären meine Finger. Die allerdings seien nahezu abnorm, weshalb er mir auch dringend rate, das Instrument zu wechseln. Violinspieler gäbe es haufenweise, Bratschisten dagegen seien äußerst gefragt. Außerdem schrieben die modernen Komponisten immer häufiger Konzerte für die Bratsche, weil sie die dunkle Melancholie des Instrumentes für viel interessanter hielten. Das ist mir auch nicht neu. ‹Man muss nicht unbedingt die Erste Geige spielen, wenn man dazu nicht geboren ist›, sagt er.»

Gret musste lachen. Bibi konnte den schweren Akzent Temiankas so herrlich parodieren, ging dazu stets ein bisschen in die Knie, um sich kleiner zu machen, streckte seinen Bauch vor und spielte auf seiner Geige tonlos den verrückten Russen-Paganini. Es war jedes Mal ein kleines Fest, wenn Bibi sich zu diesem Spaß bewegen ließ.

Temianka besorgte ihm regelmäßig kleine Matineen und ließ ihn einmal sogar bei einem Bachkonzert einspringen, mit dem das San Francisco Symphony Orchestra in Carmel gastierte. Bei diesem Konzert lernte Bibi einen Fagottisten kennen, der ihm ein halbes Jahr später ein Vorstellungsgespräch mit Pierre Monteux, dem Orchesterchef der Symphoniker, vermittelte.

Das Mönle traf im Herbst mit der Cameronia in New York ein, und die Eltern waren über ihren Zustand zutiefst erschrocken. Man ließ ihr zwar die wärmste Anteilnahme angedeihen, brachte aber trotz all dieser Bemühungen kein Wort aus ihr heraus. Sie sah jeden mit großen, verweinten Augen an, weder erwiderte sie einen Gruß, noch antwortete sie auf Fragen, und nach den gemeinsamen Mahlzeiten flüchtete sie auf ihr Zimmer, das Mielein auf liebevollste Weise eingerichtet hatte.

Der Zauberer, dem die Tochter schon immer auf die Nerven gegangen war, versuchte ihr, wo immer es sich machen ließ, aus dem Weg zu gehen, was ihre angstvolle Sprachlosigkeit noch erhöhte. Fortan erschien sie auch nicht mehr zu den Mahlzeiten, und «Nigger John» hatte ihr das Essen auf ihrem Zimmer zu servieren. Das Mönle fürchtete sich vor dem Mann und wich jedes Mal in die hinterste Ecke des Raumes zurück, wenn er, stets auf höfliche Distanz bedacht, das Tablett mit den Speisen brachte oder die meist unberührten Teller wieder abholte. Daraufhin versuchte man es mit seiner Frau Lucy, zu der das Mönle seltsamerweise sofort Vertrauen fasste, sie am Arm festhielt oder nach ihrer Hand fasste, die sie nicht selten erst nach einer halben Stunde wieder freigab. Lucy stand jedes Mal wie erstarrt vor dem Mönle und wagte es nicht, sich von ihr zu lösen, um nicht wieder einen dieser nicht enden wollenden Heulkrämpfe auszulösen.

So vergingen Monate, und das Mönle hatte noch immer kein einziges Wort gesprochen. Ihre Familie wagte sich kaum zu ihr hinein. Zur Weihnachtsfeier, zu der Golo und Eri aus New York, Medi aus Chicago und Bibi, Gret und Frido aus Kalifornien angereist waren, blieb die Schweigende auf ihrem Zimmer und ließ sich selbst vom Gesang der Weihnachtslieder und von Bibis Klavierspiel nicht nach unten locken. Da verschwand

Eri kurz entschlossen und trotz Warnung der Eltern ins obere Stockwerk und erschien kurz darauf mit dem zögernden Mönle an der Hand auf dem Treppenabsatz in der Diele. Die Damen liefen auf die Schwestern zu, Golo und Bibi applaudierten. Moni hielt sich krampfhaft am Geländer fest, doch man zog sie mit sanfter Gewalt ins Speisezimmer und drückte sie unter liebevollen Umarmungen auf einen Stuhl. Auf dem mit Damast bedeckten Tisch standen allerlei Appetitanreger, die man aus einem italienischen Restaurant herbeigeschafft hatte, und bunte Teller, auf denen kleine Namenskärtchen lagen. Die Flügeltüren zum Salon waren weit geöffnet und gaben den Blick auf einen prächtig geschmückten Tannenbaum frei. Bibi, der wieder auf dem Klavierhocker Platz genommen hatte, sang mit eherner Stimme Weihnachtslieder. Niemand außer Mielein wollte so recht einfallen. Die Geschwister beobachteten gespannt das stumme Gebaren Monis, während Eri ein paar hübsch verpackte Geschenke vor ihr aufbaute. Bibi unterbrach sein Spiel und sah ebenfalls neugierig zu ihr herüber. Der Zauberer dagegen schien nicht im Mindesten überrascht, als das Mönle im selben Augenblick mit einem erstickten Schluchzer aufsprang, fluchtartig den Raum verließ und sich in ihrem Zimmer einschloss. Um dem Abend doch noch eine festliche Wendung zu geben, las er anschließend mit gewohnter Routine und einiger Prägnanz Stellen aus der «Weihnachtsgeschichte» von Charles Dickens vor. Der kleine Frido verschlief die erste Lesung seines Großvaters friedlich auf dem Arm seiner Mutter.

Nachdem man in den folgenden Wochen vergebens versucht hatte, das Mönle zu überreden, einen Psychiater aufzusuchen, und überlegt hatte, sie in einem Sanatorium, das man ihnen empfohlen hatte, unterzubringen, schlugen Bibi und Gret vor,

Monika unter ihre Fittiche zu nehmen. In einem Telefonat mit ihren Schwiegereltern argumentierte Gret, dass Seeluft und stundenlange Strandspaziergänge ihr Erleichterung verschaffen könnten und sie dadurch vielleicht wieder zu sich selbst finden würde. Gret spürte förmlich das Aufatmen am anderen Ende der Leitung. Man erklärte sich sogar bereit, das Mönle bis nach Kalifornien zu begleiten.

Mielein und Eri fackelten nicht lange, und schon vierzehn Tage später trafen die drei Damen in Monterey ein. Kaum war Moni aus dem Wagen gestiegen, da lief sie auf Gret zu, die empfangsbereit an der Haustür stand. Sie fiel ihr um den Hals, klammerte sich geradezu an ihre Schwägerin und drängte sie wortlos ins Haus. Gret konnte Mielein und Eri noch eben zunicken, dann hatte das Mönle sie schon in den Flur gezogen.

«Das ist ja ein Puppenhaus», lachte Eri ihren Bruder an, der ebenfalls in den Vorgarten getreten war, «passt du überhaupt durch die Türen?»

Als sie das spärliche Gepäck mit Bibis Hilfe im Flur abgestellt hatten, begutachtete Eri das Innere des Hauses. Sie fand es nur leidlich geschmackvoll und praktisch, visitierte das obere Stockwerk mit den kleinen Schlafkammern und mehreren Badezimmern, und Bibi ließ sie auch einen Blick in den gemütlichen Raum werfen, der für das Mönle vorgesehen war. Dort saßen Gret und Moni auf einem breiten Bett mit vielen bunten Kissen, und Gret sah ihren Mann flehend an, als wollte sie ihn bitten, sie aus der Umklammerung seiner Schwester zu erlösen. Während die anderen im Türrahmen stehen blieben, trat Bibi ins Zimmer, kniete vor dem Mönle hin, nahm behutsam ihren Arm, den sie immer noch um Grets Schulter geschlungen hielt, und bat sie, sich doch auf dem Bett auszustrecken und ein wenig von der anstrengenden Reise auszuruhen. Gret und er würden nach ihr sehen, und wenn sie sich genügend erholt hätte, würden sie auch den kleinen Frido holen, der seit Weihnachten ein ordentliches Stück gewachsen sei. Gehorsam streckte sich das Mönle auf dem Bett aus, und man ließ sie allein.

«Sie hat ihr eigenes Bad gleich nebenan», sagte Bibi, um die bedenkliche Stille zu durchbrechen, und sah zu Eri hin, die ein besorgtes Gesicht machte. «Herzig, diese Zimmerchen. Eine solche Einteilung ist in amerikanischen Häusern eigentlich unüblich. Wie hast du diese Puppenstube bloß aufgetrieben?»

«Die ganze Straße ist mit diesen Häusern bestückt», sagte Mielein, die es sich nach der Geburt ihres ersten Enkels nicht hatte nehmen lassen, mit dem Kinderwagen ausgedehnte Spaziergänge durch die Nachbarschaft zu machen. «Ich finde sie sehr wohnlich und gemütlich, beinahe europäisch. Von den oberen Fenstern aus kann man den Strand und das Meer sehen. Ein Aufenthalt wie in einer Sommerfrische. Das wird ihr guttun.»

Eri erkundigte sich, wo sie und Mielein unterkommen sollten. Im Haus wäre ja sicher nicht genügend Platz, und ihr Zug nach New York würde erst am nächsten Abend ab San Francisco fahren. Vielleicht sei es deshalb sinnvoll, sich gleich ein Hotel in der Stadt zu nehmen. So hätte man den heutigen Abend fürs Beisammensein, das solle fürs Erste genügen. Bibi protestierte, das Haus habe sehr wohl genügend Platz für alle, Mielein und sie müssten sich lediglich ein Badezimmer teilen, was man für eine Nacht sicher über sich bringen könne, doch er sprach keineswegs mit großer Überzeugungskraft. Und so wurde am späten Abend ein Taxi bestellt, das Eri und Mielein ins Hilton nach San Francisco bringen sollte, in dem Bibi telefonisch eine kleine Suite gebucht hatte. Das Mönle hatte sich nicht wieder blickenlassen. Sie schlief tief und fest, von der Verwandtschaft mehrere Male observiert.

Der Abschied war sehr kurz und sehr herzlich und stand im Zeichen der überraschenden Eröffnung, dass Mielein und der Zauberer nunmehr beschlossen hätten, nach Kalifornien überzusiedeln. Der Zauberer, von den klimatischen Vorteilen dieser Landschaft endgültig überzeugt, dränge darauf, den Umzug so rasch wie möglich in die Wege zu leiten.

«Das hat uns gerade noch gefehlt», murmelte Bibi, als die Rücklichter des Taxis in der Dunkelheit verschwunden waren.

Nach einer kurzen Eingewöhnungszeit in der neuen Umgebung kam das Mönle zum Abendbrot herunter und begrüßte Bibi, wenn der von seinen Unterrichtsstunden bei Henri Temianka nach Hause kam, stumm, aber mit großer gestisch dargebotener Zuneigung. Zögerlich stocherte sie in den Speisen herum, die Gret unter Aufbietung all ihres Könnens und ihrer wenigen Möglichkeiten zubereitet hatte, schaute mit geweiteten Augen auf und fing lautlos zu weinen an, sodass man ihren Zustand erst an den herunterlaufenden Tränen erkennen konnte, und umarmte den, der ihr gerade am nächsten war und an dessen Schulter sie sich krampfhaft zuckend klammern konnte.

Es waren Wochen vergangen, als eines Tages ein verschlossenes Couvert auf dem Speisetisch lag, an den sich Gret nach ihrem täglichen Einkauf gesetzt hatte, um ein wenig zu verschnaufen. Sie betrachtete den Brief von allen Seiten und beschloss, mit dem Öffnen zu warten, bis Bibi vom Unterricht nach Hause käme und sie das Mönle gemeinsam zum Essen heruntergebeten hätten. Die jedoch lehnte die Aufforderung zum Abendbrot ab, legte sich aufs Bett und vergrub ihr Gesicht in den Kissen.

Zögernd öffnete Bibi den Umschlag und legte die engbeschriebenen Seiten auf den Tisch, sodass sie die Zeilen gemeinsam lesen konnten. Das Abendessen vergaßen sie.

Mönles Brief

City of Benares, 18. September 1940

Wir liegen in einer äußerst primitiven Kajüte und müssen
froh sein, eine für uns allein zu haben. Dem Kapitän wird
Jenö wohl bekannt gewesen sein, denn wie sonst hätte er
diesen Vorzug bei ihm durchsetzen können?

Nun sind wir also auf dem Weg nach Kanada, nachdem
man es nicht hat erreichen können, uns in die Staaten hin-
überzubringen. Sollten die exklusiven Verbindungen des
Herrn Papale am Ende doch nicht ausgereicht haben? Oder
haben sie nur dem Beistand Bibis und Grets gegolten? Ich
freue mich für sie. Ihre Sicherheit ist wichtiger als die unsere, und ich habe Verständnis dafür, dass die Priorität der
Eltern ihnen galt, zumal Eri angedeutet hat, dass Gret vielleicht in Hoffnung sei. Zudem haben Jenö und ich nicht
damit gerechnet, dass der «große Spucker», wie Bibi ihn
so treffend nennt, so rasch zuschlagen würde. Die Bom-
benangriffe werden immer brutaler, und wir können von
Glück reden, überhaupt noch einen Platz auf dem Schiff
gefunden zu haben.

Wir liegen in der Kabine, Jenö auf einem Feldbett, das
man zusätzlich hineingestellt hat, und versuchen, der Übelkeit Herr zu werden, die uns durch den unruhigen Seegang

befallen hat. Wir fürchten uns, an Deck zu steigen, obwohl
uns Leute der Mannschaft dazu geraten haben. Sie meinten, dass Bewegung einiges abwenden könne. Ich für meinen Teil versuche, die Übelkeit mit Schlaf zu überwinden,
doch er will sich nicht einstellen. Jenö hingegen schläft
wie ein Murmeltier. Ich beneide ihn zutiefst, laufe auf den
Gang hinaus Richtung Gemeinschaftstoiletten und kann
mich glücklich schätzen, wenn sie nicht vollständig belegt
sind und ich sie noch rechtzeitig erreiche. Beinahe habe ich
das Gefühl, meinen ganzen Magen mit herauszuwürgen.
Als ich endlich zurück zu unserer Kabine schleiche und
mich mühsam aufs schmale Bett lege, weiß ich, dass ich
den Gang noch einige Male werde wiederholen müssen.
Meine Kehle brennt wie Feuer, mein Brustkorb scheint von
einem enormen Muskelkater befallen, und Jenö schnarcht
gemütlich vor sich hin. Kaum habe ich mich hingelegt,
da erschüttert ein mächtiger Stoß das Schiff, als wäre es
auf ein Hindernis aufgelaufen. Was für ein Seegang, sage
ich mir und sehe Jenö, steil aufgerichtet, dem Ächzen und
Stöhnen des Schiffes nachhorchen.
«Gewaltiger Seegang», sage ich schwach.
Er schüttelt den Kopf. «Das ist nicht der Seegang.»
Das Knarren wird stärker, und es wird bald vom Klang an-
einanderreibender Metallteile übertönt.
«Das hört sich ja grauenhaft an», sage ich und sitze nun
auch kerzengerade.
Dann hören wir die ersten Schreie. Kinderstimmen rufen,
doch wir können sie nicht verstehen. Jenö sieht mich mit
vor Schreck geweiteten Augen an. «Ich gehe nach oben»,
sagt er. «Da scheint Schlimmes zu passieren. Wir haben
eine Unmenge Kinder an Bord.» Er zieht die Schwimm-

westen unter meinem Bett hervor, bietet mir eine an und zieht sich die zweite über den Kopf. Ich lasse ihn keinen Augenblick aus den Augen. Meine Übelkeit ist vergessen, und auch ich muss wissen, was da draußen vor sich geht. An Deck spült das Wasser schon über die Planken und steigt höher und höher. Es ist stockdunkel. Nur die Laternen der Mannschaft reißen trübe Löcher in die Finsternis und beleuchten schwankend die vor Panik verzerrten Gesichter um uns herum. Ganz oben, von der Brücke, blendet jetzt ein Scheinwerfer auf, und es wird endlich heller. Die Wellen schlagen oft schon bis an die Aufbauten heran und reißen immer wieder Menschen, vor allem Kinder, zu Dutzenden in die schwarze See. Das Geschrei wird immer lauter. Die Mannschaft versucht in fliegender Eile, Rettungsboote zu Wasser zu bringen. In einem der Boote sitzen Passagiere und weigern sich, es wieder zu verlassen. «Die Boote gehören den Kindern!», ruft ein Matrose mit Stentorstimme gegen das Toben der See. Es nützt nichts. Die Erwachsenen klammern sich am Bootsrand fest, manche schlagen in nackter Panik wild um sich.

Plötzlich steht Jenö neben mir, zusammen mit einem Herrn, den er mir als Rudolf Olden vorstellt. In blütenweißem Hemd mit korrekt gebundener Krawatte und tadellos geschnittenem Anzug steht er schon mit beiden Knöcheln im eiskalten Wasser, und die Hosen kleben an seinen Schienbeinen. Während er das eine Bein hebt, um den Stoff auszuwringen, erklärt mir Jenö gegen den Lärm, dass Olden ein berühmter Schriftsteller sei, der auch über Umwege in die Staaten reisen wolle. Mein Gott!, denke ich, wann hat dieser Mann bloß Zeit und Nerven gefunden, sich die schicke Krawatte so akkurat umzubinden? Hat der keine anderen Sorgen? Jenö will noch etwas hinzufügen, da bäumt sich vor uns ein schwarzer Wellenberg auf. Ich klammere mich mit aller Kraft an der Reling fest, schreie nach Jenö, da dringt mir das Wasser schon in den Mund. Es schmeckt fatal nach Salz und Petroleum. Als ich endlich wieder imstande bin, Luft zu holen, steht nur noch Rudolf Olden neben mir. Jenö ist verschwunden.

Triefend vor Nässe, brabbelt Olden vor sich hin, dass ein deutsches Unterseeboot das Schiff torpediert haben muss. Doch ich höre nicht hin, rufe nur nach Jenö und begreife erst da das Ausmaß der Gefahr, in der wir uns befinden. Durch das tosende Chaos um mich herum höre ich schwach seine Stimme. Er scheint noch mit den Wellen zu kämpfen. Ich erwidere seinen Ruf, obwohl ich nicht verstehen kann, was er sagt, schreie, er solle nicht aufgeben, man lasse bereits Rettungsboote zu Wasser. Doch er scheint mich nicht zu hören. Der Sturm übertönt nahezu alles. Und doch verstehe ich klar, dass Olden sagt, er sei es leid, sich weiter aufzulehnen. Er wolle jetzt in seine Kabine gehen, um dort seine endgültige Ruhe zu finden. Das Schiff sei doch ein äußerst komfortabler Sarg. Man läge nicht so eingeengt wie in einer der üblichen Kisten. Nicht wahr? Damit entfernt er sich in Richtung Treppe und versucht sinnloserweise, seine durchnässten Hosen hochzuziehen.

Ich schreie weiter nach Jenö, lasse die Wellen über mich hinwegrollen, obwohl meine klammen Hände immer schwächer werden, und glaube tatsächlich, Antwort zu erhalten, ihn in einigem Abstand zum Schiff auftauchen zu sehen, seinen Kopf zu erkennen, der wie ein bleiches Licht in den Wellen geistert. Mit weit aufgerissenem Mund.

Ich will ihm zurufen, er solle den Mund schließen, damit er nicht zu viel Wasser schlucken müsse, doch da halten meine Hände das unerbittliche Zerren der Wellen nicht mehr aus. Ich fühle, wie ich über Bord gespült werde. Beinahe liebevoll, denke ich. Als ob mich die See noch einmal streicheln und sich entschuldigen wolle für das, was sie mir anzutun im Begriff ist. Dann werde ich unbarmherzig nach unten gezogen, spüre, wie eisig das Wasser ist, habe wieder diesen widerlichen Petroleumgeschmack im Mund, und mich ergreift eine sinnlose, lächerliche Wut. So nicht, denke ich, so nicht. Dann durchfährt mich der Gedanke, dass Jenö diese Kälte gar nicht überstehen kann. Seine ewigen Halsschmerzen. Immer habe ich ihm geraten, sich die Mandeln entfernen zu lassen.

Die Kälte beginnt meine Glieder zu lähmen, und ich fühle eine seltsam angenehme Müdigkeit. Da werde ich mit einem Mal an den Haaren gepackt, jemand greift mir unter die Achseln, und ich werde hochgezogen. Ich lande in einem nahezu vollbesetzten Rettungsboot, ruhe mit dem Kopf auf fremden Knien, und man drückt mir fast den Brustkorb ein. Ich öffne die Augen und sehe einen Mann neben mir knien, der ihn mit beiden Händen bearbeitet. «Das ist Jenö», sage ich mir, will mich aufsetzen und falle sogleich wieder zwischen die Knie einer Frau zurück, die mich mit sanfter Stimme zu beruhigen versucht. Nein, es war nicht Jenö.

Wir treiben Stunde um Stunde bei eiskaltem Wind im Wasser. Um uns herum tauchen weiß schimmernde kleine Leiber auf, die von den Wellen ans Boot herangetrieben werden. Ich lehne mich über den Rand, will nach einem der Kinderkörper greifen, doch der Bootsmann hält mich zurück. «Sie sind tot, Madam. Da ist keine Hilfe mehr möglich.»

Nachdem der Tag angebrochen ist, halten wir vergeblich nach rettenden Schiffen Ausschau. Doch am Abend taucht endlich ein englisches Kriegsschiff auf, das uns an die schottische Küste bringt. Ich bekomme von alldem nur wenig mit; falle wiederholt in Ohnmacht und rufe in wachem Zustand ohne Unterlass mit leiser Stimme nach Jenö. Die fremde Frau drückt mich immer wieder herunter und massiert mir das Gesicht. «Warum das?», frage ich mich. Im Gesicht friere ich doch am wenigsten. Schließlich muss ich endgültig ohnmächtig geworden sein, denn ich komme erst im Spital wieder zu mir.

Meinen geliebten Mann habe ich nicht wiedergesehen. Nur das Bild seines über dem Wasser schwebenden Kopfes bleibt mir in Erinnerung. Nichts kann diesen letzten Eindruck verwischen. Und soll es auch nicht. Mit keinem Menschen will ich je darüber sprechen. Es gibt nichts mehr zu sagen. Das ist einer der Gründe für mein Verstummen. Wann ich mich wieder getraue, das Wort zu ergreifen, weiß ich nicht, und bitte darum, nicht ausgefragt zu werden. Es wird keine Antworten geben.

gez. Moni

Unendlich lange, so hatte Gret es später in Erinnerung, saßen sie beide wie festgeklebt auf ihren Stühlen und konnten den Blick nicht von den Seiten lassen, die ausgebreitet vor ihnen auf dem Tisch lagen. Langsam stand Bibi auf, vollkommen gefasst, wie es Gret vorkam, ging mit kleinen, trippelnden Schritten zur gegenüberliegenden Wand und lehnte seinen Kopf daran. Dann zog er ihn wieder zurück und schlug ihn gegen die

Mauer. Stumm und mit geschlossenen Augen wiederholte er die Geißelung, und wäre Gret nicht aufgesprungen, um ihn unter Aufbietung all ihrer Kräfte davon abzuhalten, er hätte wohl schweren Schaden genommen.

Als sie vor Jahren mit ihren Eltern in Jerusalem an der Klagemauer gestanden hatte, da hatte sie einige Männer in ihren schwarzen Kaftanen und mit wehenden Schläfenlocken sich auf die Weise peinigen sehen. Doch woher sollte Bibi das haben? Wie war er darauf gekommen, sich so zu kasteien? Er, der Christ, der Gewittergoi, wie jüdische Freunde ihres Vaters ihn einmal genannt hatten. Sollte das jüdische Blut seiner Mutter sich in solchen Momenten zu erkennen geben? Gret hatte es mit großer Mühe geschafft, ihn von der Wand wegzuziehen, und ihn im Wohnzimmer in seinen über alles geliebten Ohrensessel gesetzt. Dort hockte er nun und schaute sie mit leeren Augen an. «Hat sie diesen Brief schon länger mit sich herumgetragen, oder hat sie ihn erst hier verfasst?», fragte er Gret.

«Sie muss ihn hier geschrieben haben. Ist doch tagelang nicht aus ihrem Zimmer gekommen. Ich habe ihr das Essen vor die Tür gestellt, angeklopft und bin die Stufen bis zur Diele hinuntergegangen. Dann erst hat sie die Tür geöffnet. Und ich war jedes Mal erleichtert, das Quietschen der Tür zu hören.»

Am nächsten Tag bekam Bibi rasende Kopfschmerzen und musste mit dem Taxi zum Arzt gebracht werden. Von ihm erfuhr er, dass es sich um einen leichten Anfall von Meningitis handele. Der Arzt empfahl eine sofortige Einweisung ins Hospital.

Als Gret mit Bibi nach Hause kam, um einen kleinen Koffer mit dem Nötigsten für ihn zu packen, kam ihnen das Mönle entgegen und fasste nach der Hand ihres Bruders. «Was», setzte sie zögernd zu sprechen an, «was – fehlt – ihm – denn?»

Gret fand, dass sich ihre Stimme in der Zeit der Sprachlosigkeit verändert hatte, tiefer, rauer geworden war. Auch fiel ihr auf, dass sich Mönles Hinken gegeben hatte. «Ich bringe ihn ins Krankenhaus», antwortete sie. «Es soll eine leichte Meningitis sein, aber das glaube ich einfach nicht.»

«Ich – komme – mit», sagte das Mönle so langsam wie entschlossen, «Frido – bringe – ich – zu – den – Nachbarn.»

Nachdem Gret den Koffer gepackt und den Morgenmantel, den er von den Eltern zur Hochzeit bekommen hatte, über den Arm genommen hatte, stiegen sie in das wartende Taxi und fuhren zu dritt nach San Francisco.

Der Arzt in Carmel hatte eine falsche Diagnose gestellt, denn Bibi hatte sich keine Hirnhautentzündung zugezogen, sondern litt an einer schweren Kopfgrippe, die nicht minder gefährlich sein konnte. Doch einige Wochen später war Bibi auf dem Weg der Besserung. Just zu dieser Zeit kam ein Angebot des San Francisco Symphony Orchestra. Man suche einen Bratschisten und würde sich freuen, wenn er noch einmal zu einem Vorspielen käme. Da Henri Temianka in seinen Bemühungen nicht nachgelassen hatte, Bibi zum Spielen dieses Instruments zu ermutigen, schrieb Gret zurück, ihr Mann werde gerade aus dem Krankenhaus entlassen und würde sich nach einer kurzen Zeit der Rekonvaleszenz gern noch einmal vorstellen. So wurde es vereinbart. Bibi bat darum, sich von einem Pianisten seiner Wahl begleiten zu lassen, da er, wenn es dem Orchesterchef genehm sei, die «Sonate für Viola und Klavier» von Arthur Honegger vorzutragen gedenke. Man versprach, ihm einen Pianisten zur Seite zu stellen, der diesem schwierigen Musikstück gewachsen sei. Das Vorspielen sollte in Anwesenheit des Orchesterdirektors und Dirigenten Pierre Monteux stattfinden, den Bibi ja schon einmal vor Monaten getroffen hatte.

In den Tagen zuvor war Temianka diese komplizierte Tondichtung wieder und wieder mit ihm durchgegangen und bedauerte, dass die Pianistin des Orchesters nicht für eine gemeinsame Probe zur Verfügung stehe. Man würde also wohl oder übel erst während des Vorspielens zusammenfinden müssen. Temianka wollte sich dieses Ereignis nicht entgehen lassen und fragte Bibi, ob ihn seine Anwesenheit stören würde. «Im Gegenteil», sagte Bibi, «ich bitte Sie sogar darum, dabei zu sein. Es wird mich beruhigen, jemanden im Saal zu wissen, der meine Fehler kennt und sie nicht allzu ernst nimmt.»

Als der bewusste Tag gekommen war und Bibi sich gut erholt und bestens vorbereitet pünktlich im Konzerthaus eingefunden hatte, wartete man, stillschweigend und ohne zu murren, auf die Pianistin. Selbst Pierre Monteux, der Bibi herzlich begrüßt hatte, ließ sich geduldig in einem Sessel nieder und unterhielt sich angeregt und gutgelaunt mit Henri Temianka, bis die Musikerin endlich eintraf. Sie trat aus einem Seitengang auf, der zum Podium führte, verbeugte sich leicht und setzte sich sogleich auf den Hocker, den sie an den Flügel heranschob. Monteux sprang auf, stieg zu ihr auf die Bühne und begrüßte sie mit einem innigen Handkuss. Unter leise ausgesprochenen Entschuldigungen beteuerte sie, dass sie diesen dummen Auftritt keineswegs beabsichtigt habe, und bat um den baldigen Beginn des Spiels, wenn es ihrem Partner konveniere. Bibi hatte den Eindruck, dass sie sich hinter ihrem Spiel verstecken wollte, um so keinerlei Fragen nach dem Grund ihrer Verspätung beantworten zu müssen. Auf einen Wink Temiankas erhob er sich, betrat das Podium und nannte seinen Namen. Er wartete darauf, dass sie ihm die Hand hinstrecken würde, doch nichts dergleichen geschah. Sie sah ihn nur an, und er glaubte, eine Spur von Misstrauen in ihren Augen zu erkennen. Er ging also an sein Pult, ließ sich Zeit mit dem Stimmen und sah aus den Augenwinkeln, dass sie keine Noten vor sich stehen hatte. Sie hielt ihren Kopf gesenkt und fuhr behutsam mit dem Finger über die Tasten. Ein klein wenig ungeduldig, wie es Bibi schien. Nun gut, wenn sie es unbedingt so wollte. Man hatte ihr sicher mitgeteilt, dass es um den Honegger ging. Er hob also den Bogen, legte die Bratsche ans Kinn und sah in ihre Richtung. Voller Spannung und Aufmerksamkeit blickte sie zurück und ließ ihre Hände nah über den Tasten schweben. Ihr Einsatz kam mit fulminanter Präzision. Nie hätte er ein solches Einfühlungsvermögen für möglich gehalten. Ihm kam es vor, als trüge sie ihn auf sicheren Händen über die schwierigsten Passagen hinweg. Als sie geendet hatten und die wenigen Personen im Saal applaudierend aufsprangen, rief sie ihm zu: «Ach lassen Sie uns doch den ersten Satz noch anhängen, jetzt, wo wir schon einmal Blut geleckt haben.» Bibi nickte und blätterte zurück. Sie hat das ganze Stück im Kopf, dachte er bewundernd, und sie hat eine sehr helle Stimme, wie ein junges Mädchen. Ihre längliche, schmale Nase passte gut zu ihrem sensiblen, beinahe durchsichtigen Gesicht, und ihre dunkelblonden Locken, in Schläfenhöhe mit Klammern festgesteckt, hatten sich während des Spiels gelöst und gaben ihrem Aussehen etwas Wildes, Ungezügeltes, das sich für Bibis Geschmack mit ihrer grazilen Erscheinung nicht so recht vertrug.

Auch diesmal harmonierten sie perfekt. Nie zuvor hatte er die Musik, die er spielte, als so beglückend empfunden, nie zuvor sein Spiel so frei und reich. Als die letzten Takte verklungen waren, ging er auf sie zu, um sich bei ihr zu bedanken. Doch sie blieb sitzen, ließ keinerlei Höflichkeit erkennen, sondern stellte leicht amüsiert fest: «Sie sind der Sohn eines berühmten Vaters, und ich bin die Schwester eines berühmten Bruders. Ich glaube, wir haben beide unser Päckchen zu tragen, nicht wahr?» Nun stand sie auf. «Ich bin Yaltah», sagte sie. «Seien Sie mir nicht gram, dass ich Ihnen nicht die Hand gebe. Es ist kein Zeichen von Antipathie – eher von hysterischer Angst vor Ansteckung meinerseits. Außerdem habe ich erfahren, dass Sie krank waren und sogar im Krankenhaus gelegen haben. Ist das wahr?»

Bibi nickte stumm und sah fasziniert auf ihren Mund.

«Jedenfalls haben Sie sehr, sehr ordentlich gespielt», sagte sie sichtlich nervös.

«Ich danke Ihnen für die ungewöhnliche Begleitung», erwiderte er.

«Was war denn daran so ungewöhnlich?»

«Sie stellten sich so bescheiden in den Dienst Ihrer Aufgabe», gab Bibi amüsiert zurück.

«Warten wir's ab», sie hob ihre Hand – die Innenfläche ihm zugewandt, «warten wir's ab, bis Sie einmal mich begleiten dürfen.» Sie trat dicht an ihn heran und flüsterte: «Dann werden Sie meine Bescheidenheit kennenlernen.» Damit ließ sie ihn stehen und lief mit großen Schritten auf Pierre Monteux zu, der ihr aus dem Zuschauerraum entgegenkam.

Die Formalitäten zogen sich hin, doch am ersten Weihnachtstag traf endlich der Vertrag ein, der Bibi seine Mitgliedschaft im San Francisco Symphony Orchestra bestätigte und den Tag der ersten Probe auf den dritten März des folgenden Jahres legte. Mit derselben Post kam ein Schreiben Temiankas, in dem er sich erkundigte, ob er Bibis Adresse an Yaltah Menuhin weiterreichen dürfe. Bibi erschrak. Hatte sie bei ihrem kurzen Gespräch nicht einen berühmten Bruder erwähnt? Sollte sie etwa in einem verwandtschaftlichen Verhältnis zu diesem Violinisten stehen, der wohl der bedeutendste auf diesem Instrument genannt werden dürfte? Temianka hatte einmal von ihm als dem «King of the Fiddlers» gesprochen. «Wissen Sie», hatte er gesagt, «er ist die feine Ausgabe der ostjüdischen Musiker, die sich ein Instrument gewählt haben, weil es leicht zu transportieren ist. Oft mussten diese Fiedler bis zu zwei Stunden und länger über die Felder marschieren, bis sie zum nächsten Dorf kamen, wo sie aufspielen und ein bisschen Geld verdienen konnten, um davon ihre nächste Mahlzeit zu bezahlen. Menuhin ist zwar in New York geboren, kommt aber aus einer Rabbinerfamilie aus Russisch-Polen. Schwere Instrumente konnten diese Musiker nicht schleppen, nicht einmal eine Bratsche, die ja um einiges mehr wiegt als eine Geige, wie Sie wissen.» Dabei grinste er Bibi an und zeigte auf den Bratschenkoffer, der neben ihm stand. «Nehmen Sie sich ein Beispiel daran. In Menuhins Jugend gab es in Amerika noch nicht so viele Orchester wie heute und vor allen Dingen nicht so eine Unmenge an Geigern. Und wer von den Neulingen kann sich schon gegen einen Menuhin, einen Heifetz oder einen Stern durchsetzen? Man tritt die Flucht in kleine, neugegründete Orchester an und versucht, dort sein Brot zu verdienen. Heutzutage gibt es Bahnen, Busse und Flugzeuge. Man muss seine Instrumente also nicht mehr über die Felder schleppen wie damals. Aber immer noch klammert man sich an die erste Stimme, den Sopran im Klangkörper. Immer noch bekommen die Damen im Saal feuchte Augen, wenn die Violine erklingt, und die Bratsche hat brav im Hintergrund zu bleiben. Alles schön und gut, doch diese Zeit geht ihrem Ende entgegen. Je jünger die Komponisten, desto mehr rücken die Bratschen in den Vordergrund. Nutzen Sie Ihre athletischen Finger, junger Freund, und bekennen Sie sich zur Bratsche. Ich kann es nicht oft genug wiederholen: Als Violinist werden Sie immer Mittelmaß bleiben, als Bratschist haben Sie eine große Zukunft.»

Als Bibi nach diesem Gespräch aufgewühlt nach Hause zurückkehrte, hatte er dort niemanden, mit dem er sich über Temiankas Predigt hätte unterhalten können. Gret war vollauf mit dem kleinen Frido beschäftigt, und das Mönle hatte zwar allmählich seine Sprache wiedergefunden, aber nur selten das Bedürfnis, sie auch zu benutzen. Jetzt hätte er seinen Bruder Aissi gebrauchen können, aber der war mal wieder auf Reisen und gerade nicht zu erreichen.

Also hatte er Temianka gestattet, seine Adresse an Yaltah weiterzugeben. Vielleicht würde er sich mit ihr musikalisch austauschen können. Lange wartete er vergeblich auf ein zweites Schreiben.

Mit Temiankas Unterstützung plagte er sich mit neuen Stücken auf der Bratsche ab, studierte den Part aus Johann Christoph Friedrich Bachs Konzert für Viola, Pianoforte und Orchester ein. Ein aberwitziges Unternehmen des Lehrers, das Bibi jedoch ziemlich rasch bewältigte.

Aus Princeton kam ein Anruf Mieleins, dass die Eltern in den nächsten Wochen nach Kalifornien übersiedeln würden. Eri hatte ein Haus gefunden, in dem sie vorläufig Wohnung nehmen wollten. Über kurz oder lang werde man nach einem Grundstück Ausschau halten, auf dem man ein Haus nach dem eigenen Bedarf errichten wolle. Kein Wort von der Gegend, in der sie sich niederzulassen wünschten. Als Bibi bange danach fragte, antwortete seine Mutter, dass sie das noch nicht so genau wüssten. Nahe am Meer und nicht allzu weit von Los Angeles entfernt solle es sein. Er wisse doch, wie sehr der Herr Papale die See liebe. Ob er sich noch an die Ostsee erinnern könne, an ihr Ferienhaus in Nidden auf der Kurischen Nehrung? Vielleicht, so Mielein, könne der Pazifik einen angemessenen Ersatz für die

Ostsee bieten, obwohl sie bei ihrem letzten Besuch in Monterey doch einen enormen Unterschied zwischen den beiden Meeren habe feststellen müssen. Dennoch freue man sich auf die frische Luft, die der Herr Papale ja immer nötiger habe. Weder Gret noch er waren sehr erbaut über diese Nachricht. Sie hofften, dass vor allem der Zauberer sich nicht allzu oft bei ihnen sehen lassen oder zu sich zu Tische bitten würde, von dem er sich stets so bald zurückzog, wie es die Höflichkeit gerade noch gestattete. Diese Gewohnheit hatte er auch im amerikanischen Exil nicht geändert. Vielleicht würde ihm ja das kleine Fridolinchen zu viel an lärmender Belästigung sein, und möglicherweise würde auch die Verkündung von Grets erneuter Schwangerschaft zu bedrohlich sein, um regelmäßig nach Monterey kommen zu wollen. Bibi tippte sanft auf ihren Bauch: «Wie gut, dass hier noch ein zweiter kleiner Retter im Anmarsch ist.»

Gret lachte laut auf und fiel ihm um den Hals. Der anschließende Liebesakt wurde von beiden in überaus vorsichtiger, zärtlicher Weise vollzogen, und Gret gebot ihm, wenn notwendig, sogleich Halt, schob ihre Hand dazwischen und küsste ihn so sanft wie belehrend, um ihn danach wieder gewähren zu lassen.

Mielein achtete stets darauf, dass die wechselnden Wohnsitze, wenn schon nicht von der Fassade, so doch zumindest in der Anordnung der Räume eine gewisse Ähnlichkeit mit der Poschi aufwiesen. So auch in Pacific Palisades. Man hatte ein Haus am Amalfi Drive angemietet, es, obwohl die Räume kleiner waren als im geliebten Münchner Haus, gänzlich mit den aus der Schweiz und Princeton herübergeschafften Möbeln eingerichtet und versuchte, sich heimisch zu fühlen, auch wenn dieses Domizil nur eine Übergangslösung war.

«Unser eigenes Haus wird sich äußerlich natürlich der Umgebung anpassen, innen aber soll es in Größe und Einteilung der Poschi entsprechen», sagte Mielein, als sie mit Eri auf der Terrasse saß. «Wir werden sogar die Anzahl der Kinderzimmer übernehmen. Man kann ja nie wissen.» Hatte sie Moni gemeint oder gar Bibi?

Der erste Besuch Fridos am Amalfi Drive endete beinahe in einer Katastrophe. Sie hatten auf der großzügigen Terrasse Platz genommen, und Gret hatte den Kleinen spontan auf den Schoß seines Großvaters gesetzt. Schon nach wenigen Minuten war dessen blütenweißer Anzug mit Schmutzflecken übersät, weil Frido mit seinen patschigen Händchen nach ihm griff. Abrupt breitete der Zauberer die Arme aus, und sein Gesichtsausdruck erinnerte Bibi an damals, als er, fünf- oder sechsjährig, auf seinen Vater zugesprungen war, um ihn zu begrüßen. Der Schrecken über den Ekel in Pieleins Miene hatte ihn damals so jäh zurückweichen lassen, dass Bibi gestrauchelt war und sich unfreiwillig auf den Hintern gesetzt hatte. Nun hat also Frido das Vergnügen, dachte er voll grimmiger Genugtuung, als sein Sohn auf den Knien des Großvaters den Halt zu verlieren drohte. Offensichtlich hatte der Kleine in die Windeln gemacht. Gerade noch rechtzeitig sprang Gret auf Frido zu, zog ihn vom Schoß des Großvaters und trug den weinenden Jungen ins Haus, begleitet von Mielein, die ihr den Weg zur Gästetoilette wies. Auch Pielein strebte ins Innere des Hauses, die Arme immer noch weit von sich gestreckt, nahm er vorsichtig die Stufen zu seinen Räumen hinauf.

Als Frido frisch gewindelt war, trug ihn Mielein strahlend auf die Veranda zurück. Liebevoll drückte sie ihren Enkel an sich und sagte wie zu sich selbst: «Wie hübsch du doch bist. Viel hübscher, als es dein Vater in deinem Alter gewesen ist. Und so freundlich und anspruchslos. Man kann gar nicht anders, als dich knuddeln zu wollen. Hast du denn auch ausreichend Appetit? Du siehst so zart aus und hast ein so durchsichtiges Gesichtchen. Mit den blonden Locken erscheint es noch engelhafter, als es ohnehin schon ist.» Sie setzte sich, platzierte das Kind behutsam auf ihrem Schoß und beugte sich zu Gret hinüber: «Er ist nun mal ein unverbesserlicher Ästhet. Das zeichnet auch seine Werke besonders aus.»

«Das entschuldigt in keinster Weise, dass er meinen Sohn um ein Haar auf den Terrassenboden hat fallen lassen», sagte Bibi, der hinter seine Mutter getreten war.

Gret versuchte zu schlichten. Es sei ihr unüberlegtes Handeln gewesen, das zu diesem Zwischenfall geführt habe. «Mir war nicht klar, dass man einen so besonderen Mann nicht so normal behandeln kann. Ich bitte nochmals um Verzeihung.» Damit trat sie auf ihre Schwiegermutter zu und nahm ihr mit einer resoluten Bewegung das Kind ab. «Du gestattest», sagte sie, «aber ich halte es für klüger, dass wir uns erst wieder hier sehen lassen, wenn der Bub ein wenig reifer geworden ist.»

Mielein war empört. «Was soll das, Gret? Nimmst du meinem Mann etwa übel, dass er sich ärgert, dass er seinen gerade erst erstandenen Anzug befleckt sah? Du solltest gebildet genug sein, dich in die Seele eines Menschen seiner Klasse hineindenken zu können.»

«Das reicht, Maman. Wir gehen», rief Bibi. «Grüße an den Zauberer, und wir werden selbstverständlich für die Reinigung aufkommen.»

Mielein sah bei diesen Worten starr an ihrem Jüngsten vorbei und griff, um Selbstbeherrschung bemüht, mit flatternden Fingern nach ihrer Teetasse.

Daheim wollte das Mönle, das immer flüssiger sprach, genau wissen, wie der Besuch im neuen Heim der Eltern verlaufen sei. Nachdem Gret alles haarklein berichtet hatte, sah Moni ihren Bruder mitfühlend an: «So recht leiden können hat der Vater uns beide ja nie. Damit müssen wir uns nun mal abfinden.»

Ein paar Tage später gab sie bekannt, dass sie zu den Eltern nach Pacific Palisades ziehen werde. Mielein habe ihr ein schönes großes Zimmer im Haus angeboten, das speziell für sie eingerichtet worden war. Auch Golo habe vor, sich für eine Weile dort niederzulassen, und man könne bei dieser Gelegenheit vielleicht die Familienbande erneuern.

Zum Abschied nahm das Mönle Bibi und Gret das Versprechen ab, den bewussten Brief niemandem zu zeigen. Er sei einzig für sie beide bestimmt gewesen, und sie könne den Gedanken nicht ertragen, sich den leisen Spott in den Augen des Zauberers auch nur vorzustellen, sollte er die, zugegeben sehr gefühlvoll geratene, Schilderung je in die Hände bekommen.

Zum nächsten Mal sah Frido seine Großeltern, als diese nach kurzfristiger Ankündigung vor dem Haus in Monterey standen. Mielein begrüßte die hochschwangere Gret mit einem anerkennenden: «Oho, das scheint aber ein kompaktes Zweites zu werden!» Sie zögerte einen Moment und fuhr dann fort. «Wir haben es einfach nicht ausgehalten, eine so lange Zeit verstreichen zu lassen, ohne unseren Frido in die Arme zu nehmen.»

Der Zauberer umarmte steif die werdende Mutter und sagte zu seinem Sohn: «Wie du siehst, bin ich mit handfestem Drillich bekleidet und somit gewappnet, meinen Enkel auf den Schoß gesetzt zu bekommen.»

Es wurden lange und heimtückisch friedliche Tage. Das Bild des genießerisch an seiner Zigarre ziehenden Opas, der leicht zurückgelehnt seinen weißblonden Enkel auf dem Schoß hielt, ihn mit großem Ernst und Erstaunen ansah, ihn zeitweise gar auf seinen Knien hüpfen ließ, und das darauffolgende glucksende Lachen des Kindes mit gedämpfter Stimme nachahmte, ließ Bibi nicht los. Hatte der Vater das Gefühl, Medi, sein «Kindchen», sei ihm wiedergeboren? Fast machte es den Anschein, er wolle den Enkel beschlagnahmen, ihn gar adoptieren.

Als die Eltern längst in den Amalfi Drive zurückgekehrt waren, sprach Bibi noch mit Gret darüber, die glaubte, eine ganz simple Erklärung für dieses in der Tat seltsame Verhalten gefunden zu haben. «All das», so sagte sie, «erweckt den Eindruck, als wolle er seine bislang verweigerte Vaterliebe zurückgeben. An dich, dem er die Knieschaukel nie angeboten hat. Aus Angst, du könntest mit Schreien, Heulen, Spucken und Um-dich-Schlagen reagieren. Als Kind scheinst du ja nicht gerade ein Charmebolzen gewesen zu sein. Frido dagegen ist sein Charme angeboren, und er scheint den alten Herrn damit schlicht überwältigt zu haben. Ich bin davon überzeugt, dass unser Kleiner keine großen Geniegaben mitbekommen hat und sich daher ganz normal benimmt. Unser kleiner Traumbürger wird er werden, mit einigen Ambitionen, vielleicht zu artistischer Betätigung, wer weiß? Aber den größten Teil des familiären Sondertalentes, das lässt sich nicht leugnen, hat der Alte an sich gerissen. Darum trifft es sich gut, dass du auf einem anderen Gebiet die Reste zu verwerten versuchst.» Gret sah ihn bei diesen Worten mit so offensichtlicher Feindseligkeit an, dass er von seinem Stuhl auffuhr und in die Küche stürmte.

Sie war so glücklich über die Annäherung zwischen Enkel und Großvater gewesen und hatte die aufkeimende Eifersucht ihres Mannes auf seinen Erstgeborenen mit Schrecken beobachtet. Ihrer Meinung nach hätte Bibi froh sein sollen über die indirekte Zuwendung, die ihm sein Vater nun angedeihen ließ. Als Bibi, ein vollgeschenktes Whiskyglas in der Hand, ins Zimmer zurückkehrte, wollte sie sich nicht länger zurückhalten und riet ihm zur Annäherung an die Familie. Vor allem an den Vater, von dem man bei allem Vorbehalt doch einiges in Sachen Selbstbeherrschung lernen könne. Außerdem werde es ihm nicht schaden, sich ein bisschen mehr mit seinem Sohn zu beschäftigen, dessen Zuneigung für den Großvater immer intensiver und, wenn er so weitermache, sicher eines Tages die zu seinem eigenen Vater übertreffen werde. Vom zweiten, in Kürze erwarteten Kindchen wolle sie noch gar nicht reden. Da nütze die Flucht in den Alkohol wenig. Genauso wenig wie gegen seine Schwierigkeiten mit dem neuen Instrument, das zu beherrschen ihm sichtliche und hörbare Mühe bereite.

Ihre letzte Bemerkung brachte das Fass zum Überlaufen. Wobei die Anspielungen auf seine vorübergehende Erfolglosigkeit die geringste Rolle spielten. Nein, es war der Begriff «Kindchen», der seinen Jähzorn heftig aufwallen ließ. Er fiel im wahrsten Sinne des Wortes über sie her, traf sie mit der geballten Faust, mit der er ihr eigentlich den Mund verschließen wollte, so kräftig ins Auge, dass sie es schon nach wenigen Minuten nicht mehr öffnen konnte. Es schwoll enorm an und wechselte in den folgenden Tagen vom dunklen Rot ins tiefe Schwarz bis hin zur freundlicheren Mischung eines bläulichen Gelbs. Gret verweigerte den Gang zum Arzt. Würde sie einem Fachmann weismachen können, dass sie sich aus Versehen einen Kleiderhaken ins Auge gebohrt hätte? Eben. Beide lachten unbändig darüber und schliefen anschließend miteinander, wobei Gret ihre geliebte Reiterstellung einnahm.

Auf den anstehenden Besuch im neuerbauten Haus am San Remo Drive wollte sie allerdings trotz des Veilchens nicht verzichten. «Denk dir was Gescheites über mein unförmiges Auge aus», sagte sie schadenfroh, und als er nur ratlos die Achseln zuckte, setzte sie hinzu: «Ich könnte ja über einen Farbeimer gefallen sein, der im Garten stand. Schließlich schillert das Auge in allen möglichen Farben.» Sie grinste. «Ich bin gestolpert, und der Rand des Eimers hat meinem Auge den Rest gegeben.»

«Und wer benutzt bei uns einen Farbeimer?», fragte er verzagt zurück.

«Du natürlich. Die Außenwände hätten es schon lange nötig.»

«Und wenn einer von den Eltern unvermutet hier auftaucht und die ungestrichene Wand zu Gesicht bekommt?»

«Na, dann fängst du jetzt besser gleich mit dem Streichen an», erwiderte Gret und verzog sich kichernd in die Küche.

Als sie beim neuen Zuhause des Zauberers ankamen, belegte dieser seinen Enkel sogleich mit Beschlag. Der Kleine hatte, kaum dass er des Großvaters ansichtig wurde, mit einem freudigen Juchzer die prallen Ärmchen nach ihm ausgestreckt, und Bibi stellte voller Staunen fest, dass sein Vater Tränen der Rührung in den Augen hatte.

Mielein betrachtete indessen das lädierte Auge ihrer Schwiegertochter, die Bibis Vorschlag abgelehnt hatte, eine Augenklappe zu tragen. Sie ahnte wohl die Wahrheit und sah mit kaum verhohlener Ironie zu Bibi hinüber, den allmählich die Wut überkam, nicht so sehr auf seinen Vater, sondern vielmehr auf sein liebesbedürftiges Söhnchen. «Man sollte das Streichen eben Fachleuten überlassen, die ihr Handwerk gelernt haben», meinte Mielein leichthin und fixierte dabei ihren Sohn mit einem prüfenden Blick. «Oder würdest du etwa deine Bratsche einem Anstreicher in die Hand geben?»

Bibi blieb ihr die Antwort schuldig und erkundigte sich nach dem Mönle.

«Sie ist nach New York gereist, um sich bei einem Herrn Appelbaum dem Klavierstudium zu widmen», sagte seine Mutter.

«Weiß der Himmel, auf welche Weise sie den wieder aufgetrieben hat.»

Später beim Nachtmahl wich Frido nicht von der Seite seines Großvaters. Ab und zu warf er verängstigte Blicke zu seinem Vater hin, der ihm verstört und missgelaunt gegenübersaß und so tat, als bemerke er die Zutraulichkeit seines Sohnes zum Opa gar nicht.

Am nächsten Morgen weigerte sich Bibi, das Frühstück zusammen mit der Familie einzunehmen, erschien erst sehr spät, beinahe zur Mittagszeit, auf der Terrasse und erfuhr von seiner Mutter, dass Frido am Morgen zusammen mit Gret und dem Großvater zum Strand aufgebrochen sei. Mittlerweile müssten sie sich schon auf dem Rückweg befinden, denn John und seine Lucy schätzten es ganz und gar nicht, wenn sie mit dem Lunch auf die Herrschaften warten mussten.

«Du aber sag mir jetzt einmal, warum du am Abend so unmäßig trinkst, noch dazu hochprozentige Schnäpse und Whisky. Da wird mir ja schon vom Zusehen schlecht. Was läuft denn bloß falsch bei euch? Und weshalb, um Himmels willen, hast du die Gret so zugerichtet?»

«Ich? Wieso?» Er sprang auf.

«Lass das Theater. Du erwartest doch nicht im Ernst, dass ich die blödsinnige Geschichte vom Farbeimer tatsächlich glaube. Wie ich höre, bist du kürzlich Fakultätsmitglied des Konservatoriums von San Francisco geworden. Eine durchaus unerwartete Ehrung, nach einer so kurzen Mitgliedschaft im Orchester. Was also, frage ich dich, ist der Grund für deine ständige Übellaunigkeit?»

Bibi sah vor sich auf den Boden, und seine Mutter, die ihn von unten betrachtete, hatte das beunruhigende Gefühl, dass ihr Sohn gar nicht hinhörte. Doch dann hob er abrupt den

Kopf und lauschte auf die Stimmen der sich nähernden Spaziergänger. Der Zauberer strebte mit Frido an der Hand dem Hauseingang zu, während Gret zur Terrasse herüberkam. «Einmal, nur einmal im Jahr. Das hätte mir genügt», murmelte Bibi und blickte zur Haustür hinüber, hinter der sein Vater und sein Sohn soeben verschwunden waren. «Pielein wirkt auf einmal so jung, so kein bisschen gesetzt und verkrampft, findest du nicht?», fragte er, sah seine Mutter dabei aber nicht an.

«Was wolltest du mit ‹nur einmal› sagen?», flüsterte sie ihm zu. «Schnell, solange Gret uns noch nicht erreicht hat. Sag, bist du eifersüchtig?»

Er schüttelte heftig den Kopf, stand auf, nahm die Tasse mit dem kalt gewordenen Kaffee in die Hand und ließ sich auf seinen Stuhl fallen.

Gret trat zu ihnen, spürte, dass sie störte, weil sie weder begrüßt noch zum Sitzen aufgefordert wurde, und drehte sich brüskiert von ihnen weg.

Mielein fuhr in ihrem Flüsterton fort: «Du magst recht haben. Seine Angst vor dir hat schon früh begonnen. Du warst ein äußerst schreiwütiges Kind, hast während deiner Anfälle voller Aggressionen und Jähzorn auf alles eingeprügelt, was dir in die Quere kam. Damals konnte man dir noch die Hände festhalten. Aber heute? Glaubst du, dein Vater hätte das blaugeschlagene Auge deiner Frau nicht bemerkt und entsprechend gedeutet? Er lebt in ständiger Furcht vor deiner Gewalttätigkeit. Vielleicht gibt es für ihn nur noch eine Möglichkeit, dir seine väterliche Verbundenheit zu zeigen, indem er nämlich seine ganze Zuneigung deinem Sohn bezeugt. Nimm es doch als Wiedergutmachung dessen, was er bei dir nicht gewagt hat.»

«Das glaubst du doch selbst nicht», gab Bibi erregt zurück. «Auf seinem Gesicht erschien sofort ein Ausdruck von Ekel, wenn er meiner nur ansichtig wurde. Bis zum heutigen Tag kann er seine Abscheu mir gegenüber nicht verbergen.» Er erhob sich wieder. «Nein, diese Zuneigung, die er Frido gegenüber demonstriert, bedeutet für mich nichts anderes als die vollkommene Abkehr von mir. Als eine Art von Rehabilitierung seiner Person oder eine Ersatzhandlung werde ich das nicht gelten lassen. Eher verzichte ich auf einen Vater, der er mir ja sowieso niemals war, und breche den Kontakt endgültig ab.»

«Das ist der größte Blödsinn, den ich je von einem erwachsenen Menschen gehört habe», empörte sich seine Mutter mit normaler Stimme. Gret, die ein paar Schritte von den beiden entfernt im Garten stand, hörte ihre Worte und drehte sich zur Terrasse um, wo Mielein im selben Moment aufstand und Anstalten machte, die Terrasse zu verlassen. «Du solltest das Trinken drangeben, mein Sohn, es lässt deinen Verstand verfaulen. Sammle deine Gedanken und lass uns nicht auch noch mit dem Lunch auf dich warten.» Sie entfernte sich mit raschen Schritten zum Haus. Dort stand, lang aufgeschossen, John und öffnete ihr mit der ihm eigenen ausgesuchten Höflichkeit das Fliegengitter der Terrassentür.

Als der Zauberer ihn nach dem Lunch zur Seite nahm, traute Bibi seinen Ohren nicht, als er ihn ungezwungen nach seiner Meinung über das Werk Arnold Schönbergs befragte. Wann hatte er sich schon jemals mit ihm über Musik im Allgemeinen oder seine berufliche Entwicklung im Besonderen unterhalten wollen? Er wusste doch nicht erst seit heute, dass Bibi ausgebildeter Musiker war. Weshalb also auf einmal dieses Interesse an seiner Meinung?

Bibi fragte zurück, ob es einen bestimmten Grund für seine Frage gäbe, und erfuhr, dass sein Vater im Begriff stand, den Entwurf eines neuen Romans fertigzustellen. Ein Projekt, das sich vor allem auch mit der Kunstbetrachtung des Dritten Reiches und ihren Folgen beschäftige. Schönberg solle zwar nicht die Hauptfigur dieser Erzählung werden, aber einen erheblichen Platz darin einnehmen. Also riet Bibi ihm höflich, sich an Theodor Adorno zu wenden, der sich ebenfalls in den Staaten aufhalte. Soweit er wisse, habe dieser einen engen Kontakt zu Schönberg aufrechterhalten. In Musikerkreisen munkle man gar, dass Adorno sich ebenfalls in Komposition versuche und sich vor allem mit der Zwölftontechnik befasse, um die bedeutende Weiterentwicklung der Musik durch die Dodekaphonie musikästhetisch und geschichtsphilosophisch zu untermauern.

Der Zauberer nickte bedächtig. Dass die Barbaren diesen wichtigen Fortschritt auf musikalischem Gebiet ablehnten, käme ihm sehr entgegen und bestärke noch seine Ansicht über ihren Kunstsinn, oder besser, ihren Kunst-Un-Sinn. Den kulturellen Kretins käme es nur gelegen, dass die Dodekaphonie jüdischen Ursprungs sei, deshalb habe man ja auch keinerlei Hemmungen, sie auf die schnödeste, ja vorlauteste Art zu verwerfen, sogar entgegen der Meinungen internationaler Kapazitäten.

Bibi warf ein, dass die jüdische Herkunft der Dodekaphonie nicht so ganz der Wahrheit entspreche. Die Zwölftontechnik des Josef Matthias Hauer aus Wien zum Beispiel sei eigentlich zuerst da gewesen, im Jahr 1919, um genau zu sein, allerdings sei sie schon zwei Jahre später durch die Zwölftontechnik Schönbergs überflügelt worden. Musikgeschichtlich betrachtet, sei Schönbergs Technik nicht nur einflussreicher, sondern auch erfolgreicher, weswegen der Begriff der Zwölftontechnik eben überwiegend im Zusammenhang mit ihm genannt werde.

Der Vater hörte seinem Jüngsten aufmerksam zu. Ob er sich

sehr eingehend mit dieser Technik beschäftigt habe, wollte er von ihm wissen.

«Nun ja, der Krenek ist einmal ein großer Anhänger des Schönberg'schen Systems gewesen», erklärte Bibi, «und ich wiederum bin ein Anhänger Kreneks.»

Er lud seinen Vater ein, sich ein Stück von Schönberg anzuhören, das in den nächsten Tagen im San Francisco Orchestra zur Aufführung kommen würde. Es sei nur eine kleine Veranstaltung in einem Nebensaal, der allerdings eine hervorragende Akustik habe. Gegeben werde Schönbergs 2. Streichquartett. Man habe schon geraume Zeit auf das anspruchsvolle Werk verwendet, Pierre Monteux halte seine Hand über der Aufführung und habe, der Komplexität des Themas wegen, eine Open-End-Probenzeit gestattet, die spätestens Anfang der kommenden Woche beendet wäre. Pielein bekundete sein Interesse und bat um Benachrichtigung, wenn der Termin für die Aufführung feststünde. Ermutigt durch den bisherigen Verlauf des Gesprächs, erkundigte sich Bibi, ob der Zauberer schon Teile seines Romans schildern könne, ob Zeiträume und Charaktere umrissen oder gar ausgearbeitet worden wären.

Pielein schmunzelte, hielt sich jedoch mit exakten Ausführungen zurück. «Der Erzählzeitraum ist vom Ende des vorigen bis zur Mitte des jetzigen Jahrhunderts vorgesehen, und die Figur im Mittelpunkt der Handlung ist ein genial veranlagter Jugendlicher, dessen musikalische Schöpfungen mit zunehmender Reife immer bedeutender werden und von den Barbaren zu den entarteten Werken der Kunst gezählt und verboten werden, wie ich meine.»

Bibi sah seinen Vater an. Die geheime Bewunderung vergangener Jahre stieg wieder in ihm auf. Warum dieses «wie ich meine»? War er nicht der alleinige Schöpfer seiner Charaktere und Szenerien? Wusste er nicht oder wollte er gar nicht wissen, wohin seine Geschöpfe trieben und in welche Situationen und Verhältnisse sie hineingeraten würden?

Die Aufmerksamkeit der hellen, geradezu durchsichtigen Augen ließ nach, sie erloschen und nahmen wieder den gewohnten kalten Ausdruck an, mit dem der Vater seinen Sohn fixierte. Er trat einen Schritt zurück, bedankte sich mit einer Höflichkeit, wie man sie Fremden gegenüber an den Tag legte, von denen man sich Vorteile erhoffte, und schickte sich an, den übrigen Familienmitgliedern ins Speisezimmer zu folgen.

«Wenn du diesen Zeitraum in Erwägung ziehst oder gar schon beschlossen hast», schob Bibi noch nach, «so würde ich mich noch nicht an Schönberg halten, sondern an Josef Matthias Hauer, der über Schönberg gesagt hat: ‹Als Musikant bin ich doch ein Antisemit, als Mensch zum Menschen vielleicht nicht.› Hauer würde dem Ganzen einen größeren Spielraum geben, mehr Freiheit für dich und dein Vorhaben. Der Bekanntheitsgrad Schönbergs und vor allem seine in diesen Zeiten alles entscheidende Herkunft würden dich vielleicht einengen.»

Der Zauberer verhielt seinen Schritt. Als er seinen Sohn ansah, lag der glitzernde Schein großer Aufmerksamkeit in seinem Blick. «Erstaunlich. Ich glaube, ich werde dir bald einiges vorlesen müssen. Und vielleicht kannst du mir auch noch mehr über diesen antisemitischen Herrn Hauer erzählen.» Damit ließ er ihn zurück. Das Glücksgefühl, das Bibi empfand, machte ihn beinahe ohnmächtig.

Das nächste Zusammentreffen fand in San Francisco statt. Man speiste in einem gediegenen Lokal in Fisherman's Wharf, genoss den Blick auf das lebhafte Treiben unten an den Piers und aß sämige Clam Chowder, eine würzige Muschelsuppe. Einzig der

Zauberer, der zunächst einen kleinen Löffel der berühmten Spezialität der Stadt gekostet hatte, bestellte dann doch lieber eine Bouillabaisse nach Marseiller Art. Mielein hingegen war voll des Lobes über die dampfende Köstlichkeit, die in einem herrlich duftenden, ausgehöhlten Laib Sauerteigbrot serviert wurde, und bestellte sich anschließend noch eine zweite Portion. Auch Bibi orderte einen Nachschlag – und einen süffigen Weißwein, von dem er sich mehrfach nachschenken ließ.

Die Eltern waren verabredungsgemäß zur Aufführung des 2. Streichquartetts von Schönberg gekommen, in dem der Komponist zum ersten Mal die gewohnte Dur- und Moll-Tonart verlassen hatte.

«Im Grunde ist dieses Quartett das Schlüsselwerk der atonalen Musik», erklärte Bibi seinen Eltern. «Die Unterschiede zwischen Schönbergs ‹Komposition mit zwölf Tönen› und der Zwölftonmusik Hauers sind gravierend, denn Hauers Denken ist stärker von Zahlenmystik und Weltanschauung geprägt, aber auch von der Abkehr von jedem individuellen künstlerischen Ausdruck und von Melodie und Harmonik. Sein ‹Nomos op. 19› aus dem Jahr 1919 gilt übrigens als erste Zwölftonkomposition überhaupt. Es könnte also kleidsam für deinen Protagonisten Adrian Leverkühn sein, wenn er sich als ein Vorläufer oder gar Wegbereiter Schönbergs gerierte. So jedenfalls stellt er sich mir dar, nach dem wenigen, was du mir über ihn vorgelesen hast.» Er warf einen kurzen Blick zu seiner Mutter hinüber, die still neben ihrem Gatten saß und ihren Sohn mit einem versonnenen Lächeln betrachtete. Sie hatte beide Portionen vollständig verspeist und kaute gerade genüsslich an dem knusprigen Stück Brotkruste, das ihrer zweiten essbaren Suppenschale als Deckel gedient hatte.

Der Zauberer jedoch, offensichtlich irritiert vom musiktheoretischen Wissen seines Jüngsten, blickte ihn mit wohlwollendem Staunen an, konnte jedoch ein leises Misstrauen nicht gänzlich unterdrücken.

Als man am Abend im kleinen Konzertsaal saß und – so Mielein später zu Eri – das atonale Quartett über sich ergehen ließ, befand der Zauberer, dass Bibi trotz aller Gewandtheit der Bogenführung nicht die Ausstrahlung besaß, die einem Ausnahmekünstler anhaftete. Zumal in diesem Beruf. Oder sollte er besser sagen, in dieser Berufung? Zu den außergewöhnlich talentierten Bratschisten gehörte sein Sohn seiner Meinung nach nicht. Weder konnte er mit dem glanzvollen Violinspiel eines Jascha Heifetz noch mit der virtuosen Cellokunst eines Pablo Casals mithalten, deren ausschließliche Konzentration und Willenskraft ihrem Instrument gewidmet war. Manisch, geradezu engstirnig, kümmerten sie sich einzig um ihre Musik. Nahmen nichts anderes um sie herum wahr. War diese Ausschließlichkeit, wenigstens in Ansätzen, bei seinem Sohn vorhanden? Er jedenfalls sah sie nicht.

Als das Werk beendet war, erhob er sich wie alle anderen im Saal und klatschte den sichtlich mitgenommen wirkenden Streichern auf dem Podium artig Beifall. So wenig begeistert wie die meisten Zuhörer an diesem Abend.

Als die Eltern wenige Tage später die Heimreise nach Pacific Palisades angetreten hatten, ihren geliebten Enkel Frido hatten sie mitgenommen, um die hochschwangere Gret zu entlasten, griff Bibi zu seiner alten Violine und spielte darauf das Adagio aus Bachs Sonate Nr. 1 in G-Moll, eine Musik, an der er sich nicht satthören konnte und an deren Klangfülle er, wie er ahnte, mit seinen Möglichkeiten nie würde heranreichen können.

Dennoch genoss er das Stück, indem er es sich beim Führen des Bogens vollendet gespielt vorstellte. Es war seine Art, sich von so manchen, ihm aufgezwungenen «Fidelarbeiten», wie er sie heimlich nannte, geschrieben oft von René Leibowitz oder Arnold Schönberg, zu erholen.

Gret, die gerade im Krankenhaus ihr zweites Kind «ausbrütete», konnte von seinem wenig perfekten Spiel ebenso wenig gestört werden wie der kleine Frido, der jedes Mal zu weinen begann, wenn sein Vater sich mit den Riesen der deutschen Musikkunst beschäftigte. Er empfand es als pure Erholung, allein zu sein, endlich einmal das ganze Haus für sich zu haben. Und er freute sich darauf, seinen alten Freund Menachem Rosemunde aus Chicago wiederzusehen, der sich mit einer Postkarte angekündigt hatte. Er schrieb, dass er beabsichtige, sich einige Tage in der Gegend um San Francisco aufzuhalten, und sich über das schon lange überfällige Wiedersehen freuen würde.

Bibi hatte sich einen hellen, ledernen Getränkekoffer angeschafft, der genau acht Flaschen beherbergen konnte. Offiziell nannte er ihn den «Tourneekoffer», obwohl er bislang auf keiner der kurzen Orchesterreisen dabei gewesen war. Doch Bibi träumte immer noch davon, eines Tages als Solist auf Konzertreise gehen zu können. Deshalb ließ er auch sein Violinspiel nicht einrosten. Übte, wann immer er es einrichten konnte, in seinem Studio, bis Gret vollkommen entnervt hereinstürzte und mit nassen Augen «Genug!» schrie. Das Gesicht zu einer Maske verzerrt, starrte sie dann meist auf den Koffer, der – weit geöffnet wie ein teuflisch grinsendes Maul – sein Innerstes darbot: Whiskyflaschen, bereits entkorkt, von denen einige schon angebrochen neben ihrem Mann standen. «Ich dachte, du trinkst nur den schottischen Whisky, weil der doch angeblich so bekömmlich ist», zischte sie mit erzwungener Ruhe, «aber anscheinend hast du dich inzwischen auch mit dem von dir sonst so beschimpften Bourbon vertragen.»

Bibi schlug jedes Mal mit Vehemenz den Kofferdeckel zu, legte behutsam die Violine auf den Sessel, der in der Ecke des Studios stand, und kam auf sie zu.

«Du musst jetzt nicht gleich wieder auf mich einschlagen», sagte sie furchtlos. «Ich bin auch bereit, mich für meine Hysterie zu entschuldigen. Es ist nur wegen Frido, der unten so herzzerreißend schreit. Wer soll denn das auf Dauer aushalten?»

«Ich will dich nicht schlagen. Ich möchte eher mit dir schlafen», erwiderte Bibi oft und versuchte sich an einem verführerischen Lächeln. Auch Gret lächelte, wich aber vor seinem alkoholisierten Atem zurück. «Wenn du es fertigbringst, das Kind ruhigzustellen, können wir gern drüber reden.»

Er lachte laut heraus und beteuerte, wie schon so oft, dass er keineswegs betrunken sei, nur ein wenig enthusiasmiert, und dass ihn die Musik viel mehr anrege als das bisschen Whisky, mit dem er sich manchmal Mut machen müsse.

«Vielleicht machen wir jetzt erst mal einen Spaziergang zum Strand», hielt Gret ihn hin, «das wird auch dem Kind guttun.»

Als Rosemunde eintraf, war Gret gerade von einem gesunden Sohn entbunden worden. Sie hatten ihm den Namen Anthony gegeben. Rosemunde machte in der Klinik seinen Anstandsbesuch, lobte Mutter und Kind und verbrachte die meiste Zeit mit langen Strandspaziergängen, bei denen Bibi ihn begleitete, sooft es die Spielpläne des Orchesters erlaubten. Rosemunde hatte die Erlaubnis erbeten, bei den Proben zuhören zu dürfen, und Bibi hatte das auch des Öfteren durchsetzen können. Als nächste Premiere stand Beethovens Siebte Symphonie auf dem Programm, und Bibi hatte sehr mit den enormen Tempovorgaben von Pierre Monteux zu kämpfen. Das Orchester probierte im Curran Theatre, einem alten Kasten, der mit einer erstaunlich guten Akustik ausgestattet war. Dort zog sich Rosemunde in die Galerie zurück. Hoch oben, gleich hinter der Brüstung, nahm er Platz, beugte sich vorsichtig nach vorn und sah in einen Abgrund, in dessen Tiefe die Musiker – winzig klein, wie durch ein verkehrt gehaltenes Fernglas – auf einem Lichtfleck standen und Töne produzierten. Am Anfang konnte er deren Qualität noch nicht recht einordnen, so beeindruckt war er von diesem pompösen alten Bau, der, wie ihm schien, eine gewisse Ähnlichkeit mit der Comédie-Française aufwies. Doch spätestens zu Beginn des zweiten, des Trauersatzes riss ihn die Musik hin, ließ ihn losheulen, jubeln, stürzte sich förmlich über ihn und ließ ihn am Ende in einem Zustand äußerster Fassungslosigkeit zurück.

Wenn er dann mit Bibi heimwärts fuhr und dessen Tiraden nur halbherzig lauschte, konnte er sich eines leisen Gefühls der Verachtung nicht ganz erwehren. Denn wieder einmal wurde ihm klar, wie peinlich groß doch der Unterschied zwischen dem Schöpfer und seinem Interpreten war. Er sah Bibi von der Seite an. Gehörte auch er zu den leichtgewichtigen Nachplapperern, die mit der Zunge oder dem Bogen Inhalte reproduzierten, die sie nur höchst selten begriffen? Das wollte er nicht glauben, rief sich Gespräche ins Gedächtnis, die sie in ihrer Züricher Zeit miteinander geführt hatten. «Nein», sagte er laut und legte einen Arm um die Schultern seines Freundes. Bibi sah ihn erstaunt an, und beide mussten lachen. «Du bist anscheinend in Gedanken immer noch beim Ludwig van.»

Rosemunde nickte, erhob sich halb in seinem Sitz und ließ sich den Fahrtwind ins Gesicht blasen. «Ja!», rief er. «So leicht lässt sich das nicht abschütteln.»

Später saßen sie im kleinen Garten hinter dem Haus, Gret hatte den kleinen Toni im Arm, der sich am Abend noch nicht so leicht beruhigen ließ, und knabberten jeder an einem Stück Halva, einer süßen Schleckerei aus Honig, Sahne und kleingehackten Nüssen, die Rosemunde aus Chicago mitgebracht hatte. Bibi schenkte sich ein weiteres Glas Whisky ein, während Rosemunde französischen Rotwein trank und Gret an einem Glas Wasser nippte, sich heimlich aber nach einem Schluck holländischem Eierlikör sehnte, der in Los Angeles hergestellt wurde und so gut schmeckte wie zu Hause.

«Es muss schwer sein», sagte Rosemunde, «sich mit einem Vater wie deinem messen zu müssen. Besonders, wenn man wie er Künstler ist und das Leben aus dem eigenen Blickwinkel begreifen möchte.»

«Man kann sich seine Erzeuger nicht aussuchen», sagte Gret und rieb dem schlaftrunkenen kleinen Toni liebevoll das Bäuchlein. «Mir beispielsweise ist niemand vor die Nase gesetzt worden, dem es eine Selbstverständlichkeit ist, bedient und verwöhnt zu werden. Der es als gegeben hinnimmt, dass, wenn nötig, alle ihre Lebenszeit zu opfern haben, damit Seine Einzigartigkeit nichts entbehren möge. Der Um- und Nachwelt könnten ungeschriebene Werke vorenthalten werden, wenn Seine Einzigartigkeit mit profanen Dingen belastet und damit von seiner Kunst abgelenkt würde.»

«Glaubst du, dass deine hausbackene Ironie hier irgendjemanden beeindrucken kann?» Bibis Augen glitzerten bedrohlich, der Alkohol hatte seine Wangen gerötet, und seine lauernde Angriffslust war beinahe körperlich zu spüren.

Rosemunde versuchte, den Beginn einer Auseinandersetzung zu verhindern, die, wie er wusste, schnell eskalieren konnte. «Eins ist doch augenscheinlich nicht zu leugnen, liebe Gret, dass der Herr Zauberer von seinen Schöpfungen vereinnahmt wird, und zwar derart, dass er seine gesamte Lebenskraft auf sein Werk konzentriert und schon deshalb mit nichts anderem belastet werden darf. Sein geradezu göttliches Glück war, dass er den Lebensbund mit einer solchen Gattin eingegangen ist, einer opferfreudigen, uneigennützigen Frau, die ihr ganzes Dasein der Aufgabe gewidmet hat, Unbill und Störung vom großen Künstler fernzuhalten. Es wäre doch eine interessante Angelegenheit, zu erkunden, wie weit sein bisheriges Werk gediehen wäre, würde ihm der Alltagstrott nicht abgenommen. Wäre er auch unter solchen Bedingungen zum ‹Zauberberg› vorgestoßen? Hätte er uns so herrliche Charaktere wie Hans Castorp, Lodovico Settembrini oder Mynheer Peeperkorn beschert, Typen wie Leo Naphta …»

«… oder Madame Chauchat!», fiel ihm Bibi begeistert ins Wort. Seine Stimme wurde schrill, doch Rosemunde schien es nicht bemerken zu wollen. Ungerührt fuhr er fort, nannte noch viele andere Figuren aus dem Roman und verstieg sich sogar zu der Behauptung, dass diesem Werk kein weiteres auch nur ebenbürtig sein könne. Bibi schwieg und spielte an seinem schon wieder geleerten Glas herum, während Gret den endlich tief schlafenden Toni ins Haus brachte. «Ich halte die ‹Buddenbrooks› und den ‹Zauberberg› für die erfolgreichsten Werke meines Vaters», sagte er nach einer langen Weile. «Schließlich muss man als Autor auch die Leser und deren sicher unterschiedlichen Bildungsstand berücksichtigen. Das ist meiner Meinung nach in diesen beiden Büchern am stärksten geschehen.»

«Ja, das gebe ich zu», pflichtete ihm Rosemunde bei, «erfolgreich mögen sie sein. Doch wie lange noch? Der Geschmack des Publikums ändert sich, wie wir wissen.»

«Und wer garantiert dir, dass er sich dem Geschmack anpasst? Ist die Tendenz zur Niveauverflachung nicht bereits erkennbar? Schau dir doch die heutigen Autoren an, wie sie sich dem Geist der Allgemeinheit anbiedern, wie sie sogar mit erschreckender Ungeniertheit die Ausdrucksarmut unterster Bildungsschichten nachahmen, nur um einige Bücher mehr zu verkaufen. Im neuen Werk meines Vaters soll es um einen Jüngling gehen, der sich der Zwölftonmusik verschrieben hat. Nicht gerade ein Stoff für jedermann.»

Gret, die bei Bibis letzten Worten zurück in den Garten gekommen war, goss Rosemunde noch etwas Rotwein nach, setzte sich in ihren Schaukelstuhl und deutete vorsichtig an, dass es sehr wohl zeitgenössische Autoren gäbe, die einen originellen eigenen Stil entwickelt hätten und sich insofern von der behäbigeren Erzählweise ihres Schwiegervaters abhöben. «Für mich hat beides seine Berechtigung.»

Rosemunde nickte freundlich, widersprach jedoch ihrer Ausdrucksweise; man dürfe die ruhige Genauigkeit des Herrn Zauberer nicht «Behäbigkeit» titulieren. Und wo finde man denn bei den jungen Zeitgenossen die Geduld, mit der beim Herrn Zauberer nach der passenden Bezeichnung gesucht, ja beinahe um sie gerungen würde? Diese dezente, oft verschwiegene Art, verbunden mit einer so souveränen wie leichten Ironie, die der Autor an den Tag lege, erzeuge nun einmal einen so unverwechselbaren Stil, dass es dem Leser nach der Lektüre schwerfalle, Ungleichwertiges, Billigeres in die Hand zu nehmen.

Bibi begann leise zu lachen. «Na, du hast dir ja den Stil meines Vaters gründlich einverleibt. Durchaus mit Talent, wenn du die Bemerkung gestattest. Bist du denn inzwischen dem Chicagoer Rabbinat entflohen und zum Studium der Literatur konvertiert?» Er kicherte immer noch und griff nach der Whiskyflasche, um sich erneut nachzuschenken.

Rosemunde schwieg. Er schien überrascht von der Frage des Freundes, empfand sie wohl in diesem Moment als reichlich indiskret und wand sich. Es war offensichtlich, dass er nach der gebührenden Formulierung suchte. Doch dann eröffnete er ihnen widerstrebend, dass er Bibi und Gret über längere Zeit etwas Wichtiges verschwiegen habe.

Gret sah ihn fragend an. Bibi starrte in sein frisch aufgefülltes Glas.

«Wie ihr sicher wisst, war es der größte Wunsch meines Vaters, mich eines Tages als angesehenen Rabbiner einer großen Gemeinde zu sehen. Er war es, der die Finanzierung dieser Karriere durchgesetzt hat. Als ich ihm eröffnete, dass ich beabsichtige, diesem Weg zu entsagen, um meinem immer dringlicher werdenden literarischen Interesse nachzugehen, hat er sich das recht gefasst angehört, doch ich konnte sehen, wie sehr ihn diese Ankündigung getroffen hat. Ein solcher Entschluss hätte den Verzicht auf die Finanzierung durch das Rabbinat bedeutet und die Last eines neuerlichen Studiums allein auf die Schultern meines Vaters geladen. Die zu tragen wäre ihm nicht möglich gewesen. Und hier sprang, für mich gänzlich unerwartet, das Rabbinatsbüro ein und erklärte sich bereit, mein Studium der Literaturwissenschaften zu ermöglichen, wenn ich ihnen im Gegenzug als Mitglied erhalten bliebe. ‹Warum›, so fragten sie mich, ‹soll ein angehender Religionslehrer nicht der Literatur frönen, solange die Gottesgelehrtheit dabei nicht zu kurz kommt?› Also habe ich die zweifache Belastung auf mich genommen, mich in Harvard eingeschrieben und die Gelegenheit genutzt, euch vor Semesterbeginn zu besuchen.»

«Und die Fortschritte als Religionslehrer sind nicht vernachlässigt worden?», erkundigte sich Gret amüsiert.

«Keineswegs. Es war sogar ausgesprochen wohltuend, parallel zum Studium einer oft recht gottlosen Literatur wieder in die Wärme der religiösen Lehre zurückzukehren. Ich empfand es manches Mal als erquickliche Flucht, wenn ich auch die Faszination der oft frivolen weltlichen Texte nicht leugne, die Bücher der Weisung aufschlagen und mich in sie vertiefen zu können.»

Bibi nahm einen tiefen Schluck, sah seinen Freund mit glasigen Augen an und widersprach ihm mit überraschend klarer Sprache: «In den Büchern der Weisung, wie du sie nennst, ich nenne sie das Alte Testament, geht es zum Teil sehr blutig zu, und die Beschreibung des Allmächtigen kann einem einen gehörigen Schrecken einjagen. Ich kann nicht sehen, wie man sich bei dieser Lektüre von moderner oder, wie du dich ausdrückst, frivoler Sprache erholen soll. Im Gegenteil: Ich würde die Entspannung von dieser düsteren Lektüre in der modernen Literatur suchen.»

Rosemunde wartete höflich, bis Grets Lachen verklungen war, und bekundete Verständnis für diese Einschätzung. Oberflächlich gesehen, möge Bibi recht haben. Aber man zeige ihm doch einmal ein Elternpaar, dem seinen Kindern gegenüber nicht irgendwann einmal die Hand ausgerutscht sei. Kindern in einem gewissen Alter könne man nun einmal nicht mit vernünftigen Argumenten kommen. Sie bräuchten eine gewisse Härte in der Erziehung, bedürften der Strafe, würden sich geradezu danach sehnen. «Denk doch nur an die Sache mit dem Goldenen Kalb», mahnte er.

«Im Neuen Testament ist von derartigen Strafen nicht die Rede», setzte Bibi dagegen.

«Zu der Zeit, als dieser Text verfasst wurde, befand sich der Teil der Menschheit, von dem hier die Rede ist, schon im Zustand jugendlicher Reife. Man konnte ihn schon mit Argumenten ansprechen», sagte Rosemunde und zwinkerte verschmitzt zu Gret hinüber.

«Da kann ich Ihnen leider nicht folgen, lieber Herr Rosemunde», sagte Gret ernst. «Meiner Meinung nach gibt es kein Alter, in dem Kinder geschlagen werden dürfen. Kein Mensch sollte geschlagen werden. Sind Sie schon einmal körperlich gezüchtigt worden?»

«Nicht, seitdem ich der Liebe zum Goldenen Kalb entwachsen bin.»

Nun lachten sie alle drei, und Gret nahm mit wachsender Sorge zur Kenntnis, dass Bibi inzwischen schon die zweite Flasche Bourbon angebrochen hatte.

Der Brief, den Bibi im Mai 1945 erhielt, sollte Jubel ausdrücken und schien ihm doch todtraurig zu klingen. Aissi schrieb, er hätte seinen kleinen Bruder so gern persönlich gesprochen, um mit ihm gemeinsam «Hittlers Ende» zu begießen, aber auch, um ihm den beklagenswerten Zustand des heißgeliebten früheren Zuhauses in der Poschi zu schildern.

… Gleich zwei Tage nach Kriegsende bin ich mit dem Jeep hingefahren. Aber ich habe das Haus nur noch an der Fassade wiedererkannt, die furchtbar ramponiert ist, und an dem halbrunden Balkon vor meinem ehemaligen Zimmer. Im Vorgarten liegen Trümmer und Eisenteile, die Haustür ist notdürftig repariert, und die einstmals so repräsentative Diele eine einzige Ruine. Im Allerheiligsten des Zauberers hängt die Verandatür nur noch halb in den Angeln, und draußen, vor der Terrasse, ist der kleine Hermes von seinem Sockel gestürzt und in viele Teile zerbrochen. Ein trostloser Anblick, der Pielein bis ins Mark treffen würde. Das Haus ist eigentlich unbewohnbar, aber dennoch ist in meinem ehemaligen Zimmer im zweiten Stock eine junge

Stenotypistin untergekrochen. Als sie mich in meiner US-Uniform gesehen hat, war sie erst vor Schreck wie erstarrt. Wir haben uns kurz unterhalten. Bizarres Gespräch, seltsame Person. Ich wollte München nie wiedersehen, kleiner Bruder, und bin, so schnell es ging, zurück in die Innsbrucker Garnison geflüchtet.

Wie geht es dem kleinen Frido? Hat er immer noch seine rosigen Schaumbäckchen? Und sieht ihm Dein Zweitgeborener diesbezüglich gleich? Ich bin so neugierig auf den Familienzuwachs und werde mich beeilen, ihn demnächst aufs herzlichste zu drücken. Und wenn wir uns wiedersehen, wollen wir gebührend feiern, dass der große Spucker endgültig ausgespuckt hat, ja?

Meine Grüße an Gret muss ich wohl nicht erst erwähnen.

In unbändiger Bruderliebe,

Aissi

Bibi las die Zeilen wieder und wieder. So traurig klang er, sein bewunderter großer Bruder. So desillusioniert.

Die Tournee mit Yaltah

Ein Jahr später kam es zum großen Eklat. Der kleine Frido ging seinem Vater, so gut er das mit seinen kurzen Beinen eben konnte, aus dem Weg. Oft versteckte er sich in seinem Zimmer, baute sich Höhlen an Orten, wo man sie am wenigsten vermutete, verkroch sich darin und wollte nicht einmal zum Essen herauskommen.

Als Bibi ihn wieder einmal unbeherrscht angefahren hatte, stotterte der Bub heulend, er wolle zum Großvater. Dort gäbe es keine Schreiereien und keine scheußlichen Redewendungen. Speziell diese letzte Formulierung, ausgesprochen ungewöhnlich für einen Sechsjährigen, gab den Ausschlag.

Bibi schlug nicht sehr hart zu, aber doch so kräftig, dass sein Sohn zu Boden ging. Dort rollte er sich wie ein Igel zusammen, schützte seinen Kopf mit den Ärmchen und blieb bewegungslos liegen, bis seine Mutter ins Zimmer stürzte und Bibi, der stumm seine Stirn an die Fensterscheibe zum Garten drückte, fragte, was geschehen sei. Erst jetzt fing das Kind hemmungslos zu weinen an, ein Weinen, das in lautes, krampfhaftes Schluchzen überging, als Gret ihn aufhob und tröstend in die Arme nahm. «Was ist passiert?», fragte sie, diesmal fordernder.

Bibi blieb ihr die Antwort schuldig. Er veränderte nicht einmal seine Haltung. Nur seine Schultern zuckten unaufhörlich, als wollte er ein Weinen unterdrücken.

Das Kind auf dem Arm, trat Gret an ihn heran und berührte ihren Mann sanft an der Schulter. Bibi drehte sich brüsk um und sah sie voller Zorn an. Seine Augen waren trocken, und seine Hände zitterten vor Erregung.

«Was ist vorgefallen?», fragte Gret erneut und drückte ihren Sohn fest an sich.

«Wiederhole, was du eben zu mir gesagt hast!», befahl Bibi dem völlig verängstigten Jungen. Frido schüttelte den Kopf und klammerte sich hilfesuchend an seine Mutter. «Sag uns, warum du zu den Großeltern willst. Und wiederhole es genau.» Bibi trat noch dichter an sie heran, und Frido verbarg das Gesicht an Grets Schulter. Diese sah auf ihren Sohn herunter, drehte sein Köpfchen so, dass er ihr in die Augen schauen musste, und fragte sanft: «Du willst also zu den Großeltern fahren?»

Als der Kleine auch ihr die Antwort verweigerte, sah Gret ihren Mann ruhig und furchtlos an: «Du wirst dich wohl selbst an den genauen Wortlaut erinnern. Also?»

Aber auch diesmal hatte sie wohl den falschen Ton angeschlagen. Sie sah die unberechenbare Wut in seinen Augen erneut auflodern und fühlte, dass es zu einer nicht wiedergutzumachenden Eskalation kommen könnte, wenn es ihr nicht sofort gelänge, ihren Mann zu beschwichtigen. Trotzdem gab sie nicht um einen Millimeter nach und forderte Bibi erneut auf, endlich zu reden.

«Unser Sohn will zu seinen Großeltern, ‹weil es da keine Schreiereien und keine scheußlichen Redewendungen gibt›.» Mit blinder Wut starrte er seine Frau an. «Begreifst du, dass das unmöglich die Sprache eines Sechsjährigen sein kann? Woher hat er diese Formulierungen?»

Gret erschrak, was Bibi triumphierend registrierte, versicherte ihrem Mann aber, dass sie den Jungen später befragen würde.

Dies sei sicher nicht der richtige Augenblick, eine vernünftige Antwort von ihm zu erwarten. Doch Bibi gab sich nicht so schnell zufrieden. «Ich will wissen, von wem er den Satz hat.»

«Dann will ich aber wissen, was zwischen euch beiden vorgefallen ist.»

Bibi bebte vor Zorn, doch er schwieg.

«Es muss ja nicht sofort sein», lenkte Gret ein. «Ich halte es sogar für besser, es auf heute Abend zu vertagen, wenn wir alle wieder ein bisschen zur Ruhe gekommen sind.»

«Ich habe ihn geohrfeigt, nachdem diese Worte gefallen sind», sagte Bibi herausfordernd. «Das ist mein gutes Recht. Was soll ich mir denn noch alles bieten lassen?»

«Von wem», rief Gret empört, «von wem musst du dir hier etwas bieten lassen? Von Frido, der doch nur ein Sprachrohr ist, wie du vermutest? Warum ziehst du dann nicht denjenigen zur Rechenschaft, den du als Einflüsterer dahinter vermutest? Bist du zu feige? Oder haben dich etwa die antiquierten Ansichten deines alten Freundes Rosemunde zur Kindszüchtigung bestärkt?»

Wieder kam diese unbenennbare, unheimliche Gewalt über ihn, die nicht die seine war und die ihn wie eine Gliederpuppe handeln ließ. Er holte aus.

Gret hatte schützend die freie linke Hand über den Kopf ihres Sohnes gelegt und dem Schlag mit hocherhobenem Haupt entgegengesehen. Er traf sie mit Wucht an der linken Wange, doch sie stand und wankte nicht einmal. Behutsam stellte sie ihren geschockten Sohn auf den Boden, nahm ihn fest an der Hand und ging mit ihm hinaus.

Am späten Nachmittag, Bibi hatte das Zimmer bis dahin nicht verlassen, suchte er im ganzen Haus nach seiner Familie. Er riss alle Türen auf, stürmte in den Garten und musste sich endlich damit abfinden, dass er allein war. Was war es nur, das ihm im wahrsten Sinne des Wortes den Verstand raubte? Konnte das mit dem Alkohol zusammenhängen? So viel trank er doch gar nicht. Nein, solche Ausreden durfte er nicht einmal in Erwägung ziehen. Er hätte vor Gret auf die Knie fallen mögen, hätte es auch sicher getan, wenn sie nicht die Flucht ergriffen hätte. Aber warum nur soufflierte man dem kleinen Frido solche Äußerungen? Warum ließen sie ihn seit Fridos Geburt so deutlich spüren, dass sie im Grunde genommen nur darauf gewartet hatten, ihn als ihren Sohn behandeln zu können? Nein, nein, widersprach er sich selbst. Es ist die blondgelockte Zartheit Fridos, das leichte Anstoßen seiner Zunge an die Vorderzähne, das den Herrn Papale entzückt. Es hatte ihn so hingerissen, dass er ihn sogar in der Romanfigur des kleinen Nepomuk Schneidewein, genannt Echo, verewigt hatte. Vor nicht allzu langer Zeit erst hatte ihm der Zauberer aus seinem neuen Werk «Doktor Faustus» die Passage vorgelesen, in der klein Echo auf grausame und brutale Weise ums Leben kommt. Ganz klar ein Versuch, sich der übermächtigen Liebe zum Enkel zu entledigen, bevor sie ihn endgültig übermannt, überlegte Bibi, während er eine Flasche Bourbon öffnete, aus der er sich einen mehr als großzügigen Schluck gönnte, bevor er sich ein großes Glas bis zum Rand füllte. Nein, das konnte nicht stimmen. Bibi grübelte. Dann fiel es ihm ein. Endlich war er dem Zauberer auf die Schliche gekommen. Der literarische Mord sollte gar nicht die Affenliebe zum Enkel beenden, er galt ihm, Bibi, den einzig die Tatsache, dass er kein so liebliches, freundliches Kind gewesen war, vor einer zu übermächtig werdenden Zuneigung des Vaters bewahrt hatte.

Der Zauberer hatte seiner Liebe zum Enkel ein Denkmal gesetzt, so wie er die Abneigung seinem Sohn gegenüber in eine literarische Form gegossen hatte. Mit dieser Peinlichkeit würde Frido leben müssen, genauso wie sein Vater. Bibi merkte, wie ihn dieser Gedanke erfreute. Er leerte sein Glas in einem Zug und stellte mit Entsetzen fest, dass er beinahe den anstehenden Konzertabend vergessen hätte.

In San Francisco fand er eine kurz und sachlich abgefasste Nachricht von Yaltah Menuhin vor, in der sie ihn um eine Unterredung bat und vorschlug, ihn am nächsten Tag nach der Orchesterprobe in einem nahegelegenen Café zu treffen. Dass er ihrer Bitte womöglich nicht folgen könnte, damit rechnete sie offenbar nicht, denn sie hinterließ weder Telefonnummer noch Adresse.

Trotz der häuslichen Sorgen – er wusste immer noch nicht, wo sich Gret und die Kinder aufhielten – war Bibi neugierig darauf, was Yaltah ihm zu sagen hatte, und konnte nicht widerstehen. Er beruhigte sich mit dem Gedanken, dass Gret sicher mit Frido und Toni zu den Großeltern nach Pacific Palisades gereist war, und wunderte sich nur, dass seine Mutter ihn nicht sogleich informiert hatte.

Ihm selbst waren die Hände gebunden. Wäre Gret nicht dort, würde er sich mit der Frage nach den beiden verraten, müsste eine Ausrede erfinden. Ganz zu schweigen davon, dass er sich dafür würde rechtfertigen müssen, dem Lieblingsenkel eine saftige Ohrfeige verpasst zu haben. Das könnte den endgültigen Zorn des Zauberers erregen. Könnte er den Kontakt zum Vater auf Dauer entbehren? War der Ausbruch gegen Frido eigentlich der Versuch gewesen, die Wut des Vaters zu provozieren? Richtete sich sein Zorn überhaupt gegen seinen kleinen, armseligen Sohn oder nicht vielmehr gegen den Zauberer, den großen Verfertiger eindrucksvoller Lügengeschichten?

Diese Gedanken gingen ihm immer noch durch den Kopf,

als er am nächsten Abend in Richtung des Cafés marschierte, und sie ließen sich auch nicht abschütteln, als er schon längst Platz genommen und sich einen ersten Whisky Soda bestellt hatte. Er war so in seine Grübeleien versunken, dass er Yaltah Menuhin erst wahrnahm, als sie direkt vor ihm stand und sich knapp für die Verspätung entschuldigte. Da merkte er, dass er schon über eine halbe Stunde gewartet hatte. Konnte diese Frau jemals pünktlich sein?

Er stand nicht einmal auf, als sie sich einen Stuhl heranzog, um sich zu setzen, sondern sah stumm, mit abwesendem Blick zu ihr hin und versuchte zu ergründen, warum er sich überhaupt mit ihr hatte treffen wollen. Yaltah beobachtete ihn halb irritiert, halb amüsiert und schob sein sonderbares Benehmen auf seinen Missmut, so lange auf sie gewartet zu haben. Rasch kam sie zum Grund des von ihr erbetenen Treffens und schlug ihm vor, die Sonate für Viola und Piano von Arthur Honegger gemeinsam zu erarbeiten. Pierre Monteux sei bereit, das Unternehmen zu finanzieren, vorausgesetzt, sie würden die Premiere bei ihm in der Scottish Rite Hall geben.

Nun wachte Bibi auf. Ob das heißen solle, dass man das Stück auch an anderen Orten spielen werde? Yaltah nickte und erklärte, dass sie vorhabe, eine kleine Konzertreise zu organisieren. Vorerst einmal nur auf die Staaten konzentriert, doch wenn sich Europa von den Kriegswunden erholt hätte, könne man natürlich auch über dortige Gastspiele nachdenken. Sie griff nach seiner Hand und sagte mit ansteckendem Lachen: «Vielleicht können wir den befreiten Ländern, vor allem Deutschland, die Entwicklungen des Musiklebens nahebringen, die in den ‹tausend Jahren› an ihnen vorbeigegangen sind. Die Menschen dort, soweit sie nicht abgemurkst wurden, wissen doch kaum etwas von einem Honegger, einem Krenek, Schönberg oder Leibowitz. Möglicherweise können wir vollenden, was unsere Jungs begonnen haben, und nach der körperlichen auch die geistige Barbarei beenden.»

Bibi verschlug es die Sprache. Völlig unverhofft bot sich ihm die Gelegenheit, sich seinen Traum zu erfüllen. Er bemühte sich um einen sachlichen Ton, aber ihre Erregung hatte ihn so angesteckt, dass er kaum ein Wort herausbrachte. Natürlich wäre er dabei, denn das hieße für ihn, die langersehnte Karriere als Solist zu beginnen, und es hieße, Europa endlich wiederzusehen. Zürich, München, Salzburg und Neubeuern. Neubeuern würde er sich auf gar keinen Fall entgehen lassen. Was für ein Triumph würde diese Rückkehr für ihn werden!

«Hallo», rief Yaltah, «wo sind Sie denn jetzt schon wieder mit Ihren Gedanken?»

«Momentan auf unserer Europatournee», erwiderte Bibi mit einem Krächzen. Er räusperte sich und sah sie an. «Ich bin der Ihre. Mit Leib und Seele.»

Wieder erklang ihr ansteckendes Lachen. «Vorsicht, mein Herr. Vorsicht. Sie könnten Ihre Großzügigkeit vielleicht bereuen.»

Erst acht Wochen später kam Gret mit den Kindern zurück. Bibi wusste nicht, dass sie bei ihren Eltern in Zürich gewesen war, die das Zusammensein mit den Enkeln sehr genossen hatten, und er wagte auch nicht, sie zu fragen. Seit ihrer Rückkehr lief Gret, immer noch erschüttert von der handgreiflichen Auseinandersetzung, unstet im Haus herum, hatte ständig angstvoll ihre Kinder im Blick, wenn Bibi in der Nähe war, und beobachtete ihn mit einer Mischung aus Besorgnis und Verachtung. Immer häufiger setzte sie ihre Söhne, vor allem den älteren, bei den Großeltern ab und war erleichtert, wenn sie ohne Frido nach Monterey heimkehren konnte. Ihre Sorge wuchs weiter an, als sie feststellte, dass Bibi in Gesellschaft, vor allem bei den Eltern und während der gemeinsamen Mahlzeiten, den Tischwein nicht anrührte, sondern um Mineralwasser bat, das er in großen Schlucken trank. Lucy hatte sich schnell an diese neue Vorliebe gewöhnt und hielt stets eine Literflasche für ihn bereit. Auch Mielein, überzeugt, dass Bibi Alkoholiker war, allerdings einer, der sich außerhalb seines eigenen Hauses voll unter Kontrolle hatte, beobachtete das seltsame Gebaren ihres Jüngsten mit wachsender Aufmerksamkeit.

An einem Mittag im Oktober, Lucy und John hatten gerade den Kaffee serviert, nahm Mielein Gret zur Seite und bat sie, Bibi nicht so scharf zu beobachten. Er sei ein sehr sensibler Mann und wisse sofort, welcher Argwohn hinter ihren Blicken stecke. Also kein weiteres Wort mehr über Bibis Abhängigkeit. Gret fing leise zu schluchzen an, und Mielein griff nach ihrer Hand, zog sie mit sich auf die leere Terrasse hinaus und setzte sich stumm neben sie. Nach ein paar Minuten erschien der Zauberer, um sich zu verabschieden. Göring habe sich das Leben genommen, und er müsse jetzt zur Pediküre. Damit entfernte er sich gemessenen Schrittes in Richtung Wohnhalle, wo ihn «Nigger John» schon mit einem leichten Herbstmantel erwartete.

Gret sprang auf. «Wer ist bei den Kindern – doch nicht etwa er allein?»

«Keine Sorge», beruhigte sie Mielein. «Aissi hat sich ihnen angeschlossen. Er ist seit gestern Abend aus Europa zurück und vor einer Viertelstunde in der Küche erschienen. Überaus munter, weil er bis gerade eben tief und fest geschlafen hat. Er wird ihnen jede Menge interessanter Geschichten zu erzählen haben.»

Gret beruhigte sich, setzte sich wieder auf ihren Stuhl und

sah grübelnd in den Garten, in dem sich die Blätter der Bäume herbstlich bunt verfärbten. Sie dachte nur ungern an die letzten Monate zurück. Bibi und Yaltah Menuhin hatten Konzerte in allen größeren Städten des Ostens gegeben, und als Bibi nach Hause zurückkam, war er nicht mehr derselbe. Nun roch er schon am frühen Morgen nach Jim Beam, und sein sonst so klarer Blick trübte sich zusehends, wich ihr aus, wenn sie ihn ansah, und sie war sich nie sicher, ob das mit dem schlechten Gewissen des Trinkers zu tun hatte oder mit dem, was zwischen ihnen beiden vorgefallen war.

Sie schliefen nur noch selten miteinander. Früher war er, besonders nach einer Auseinandersetzung, geradezu über sie hergefallen, und sie hatte sich ihm jedes Mal mit einer prickelnden Mischung aus wütender Verletztheit und dem erregenden Gefühl, kraftvoll unterworfen zu werden, leidenschaftlich hingegeben. Jetzt konnte sie ihn nur noch animieren, wenn er nicht mehr nüchtern war. Doch nicht selten war er zu betrunken, und so verzichtete sie mit der Zeit ganz darauf.

Begrüßenswert, dass Rosemunde nach Los Angeles übergesiedelt war und sie häufig über das Wochenende besuchte. Dann drehten sich die Gespräche beinahe ausschließlich um das Monumentalwerk des Vaters, das gerade in Schweden erschienen war. Rosemunde lobte den bescheiden gewordenen Schreibstil, die unfehlbare Beobachtungsgabe, mit der der Zauberer seine Figuren verfolge, und die altmodische Erzählkunst, in die er die Figuren schützend einhüllte. Durch den Kunstgriff, einen ungeübten Biographen, Serenus Zeitblom, einzuführen, hatte der Meister nicht nur eine zweite Zeitebene geschaffen, sondern konnte auch die ganze Naivität eines des Schreibens nicht professionell Kundigen ausschöpfen und dessen ungewöhnlichem Erzählstil eine stimmige Berechtigung geben.

Bibi schwieg zumeist oder nickte zustimmend, wenn Rosemunde, für den der «Doktor Faustus» wie eine Bibel war, einzelne Textstellen, die er für ganz besonders gelungen hielt, beinahe wortwörtlich aus dem Gedächtnis zitierte. Er selbst habe sich, so erklärte er, als Rosemunde einmal Atem schöpfen musste, eingehend mit diesem Werk beschäftigen müssen, weil der Vater ihn immer wieder zur Beurteilung einzelner Kapitel herangezogen habe. Vor allem seien es natürlich musikalische Feinheiten gewesen, deren Beschreibung er überprüfen sollte. Eine Zeit lang, gestand er dem Freund, als sein Jim-Beam-Pegel schon beträchtlich gestiegen war, habe ihn das sehr glücklich gemacht. Obwohl die ausschlaggebenden Hilfen ja von Schönberg und Adorno gekommen waren. «Das war eine schöne Zeit», setzte er versonnen hinzu. Nun freue er sich auf seine erste Europatournee, die ihn über die Schweiz, Italien und Österreich bis nach Deutschland führen werde.

Eri hatte ihm erzählt, dass sie bei den Nürnberger Prozessen zugehört und die jämmerlichen Mordgesellen auf der Anklagebank hatte sitzen sehen. Zuweilen hätte sie sich sogar köstlich über deren Hilflosigkeit amüsiert. «Nicht einmal anständig lügen können Sie», hatte Eri einmal laut gerufen und war daraufhin von einem amerikanischen Wachhabenden beinahe des Saales verwiesen worden.

Bibi hatte vor, gemeinsam mit Yaltah ein neues Programm einzustudieren. Als Erstes die Kreutzersonate, bei der er seit langer Zeit zum ersten Mal wieder Violine spielen würde. Als Zweites die Sonate für Kontrabass und Klavier, bei der er den Kontrabasspart übernehmen wollte. Ein echtes Wagnis. Yaltah war mit seiner Auswahl nicht glücklich und machte zur Bedingung, dass man für den Notfall die bewährte Honegger-Sonate und den Hindemith im Repertoire hielte.

Auch Mielein wunderte sich über die Ambitionen ihres Jüngsten, mal eben einen Kontrabasspart zu spielen, doch der lachte nur. «Der Kontrabass ist ein hochintelligentes Instrument, das für einen Musiker, zumal einen Streicher wie mich, aber kinderleicht zu erlernen ist. Außerdem hält es sich meist im Hintergrund.»

«Wie macht sich denn die Intelligenz des Kontrabass bemerkbar?», wollte Mielein wissen.

«Durch die Bescheidenheit», sagte Bibi und grinste sie an.

Die geplante Europatournee verschob sich dann doch ins darauffolgende Jahr, weil die verschiedenen Auditorien, besonders in Österreich und Deutschland, noch nicht vollständig wiederhergestellt waren. Man hatte ihnen zwar Provisorien angeboten, doch die akustischen Probleme darin schienen zu groß, weshalb ihnen die Kollegen, die sich zu einem Gastspiel hatten überreden lassen, dringend abrieten, denn das Publikum, zumal in Wien und Salzburg, säße nach wie vor nicht auf seinen Ohren, und so sei es derzeit weder für die zuhörende noch für die darbietende Seite ein Vergnügen, dort aufzutreten. Also setzten sie erst einmal eine zweite amerikanische Konzertreise an, die sie von der Scottish Rite Hall in San Francisco ausgehend gen Osten über Los Angeles, Chicago, Pittsburgh, Minneapolis und Cleveland bis nach New York führte.

Bibi glaubte, es geschehe aus einer flüchtigen Laune heraus, als Yaltah ihn eines Abends in Pittsburgh verführte. Sie war das ganze Gegenteil von Gret. Schlank bis zur Magerkeit, geradezu knochig, vermisste Bibi von Anfang an die sinnliche Fleischesfülle seiner Frau, die ihn sogar noch in Gegenwart Yaltahs berauschte. Als er sie einige Zeit später, sie waren inzwischen in New York, fragte, warum sie ihn so gekonnt überfallen hätte, antwortete sie nur lächelnd, Pittsburgh sei eine so langweilige, ja triste Anhäufung von Häusern gewesen, dass sie eben versucht habe, sie durch ein angenehmes Erlebnis aus ihrem Gedächtnis zu streichen. Bibi ließ es sich zwar nicht anmerken, aber insgeheim amüsierte ihn diese Auskunft. Nach außen hin spielte er den enttäuschten und empörten Liebhaber, doch innerlich war er sehr erleichtert darüber, dass sie den Vorfall oder Unfall genauso wenig ernst genommen hatte wie er. Dass er sich mit dieser Einschätzung gehörig vertan hatte, dämmerte ihm erst, als sie im nächsten Jahr ihre Europatournee antraten. Sie wollten in der Schweiz starten und von dort aus gleich nach Österreich und Deutschland weiterreisen, wobei sich die Spielorte auf Basel, Zürich, Salzburg und München beschränken sollten.

In die Zeit dieser Reise fiel ein Ereignis, das Bibis Leben nicht nur erschüttern, sondern grundsätzlich verändern sollte. Sie waren gerade in Zürich, da erhielt er ein Telegramm von Eri, dass Aissi gestorben sei. So verzweifelt wie vergeblich versuchte er, Medi und seine Eltern, die sich in Schweden aufhielten, zu erreichen.

Während Yaltah geduldig auf eine Verbindung nach Chicago wartete, um Medi für ihn ans Telefon zu bekommen, saß Bibi schweigend auf einem gepolsterten Hocker im Zimmer des Züricher Hotels und starrte unverwandt auf seinen Violinkasten, den er vor sich auf den Knien liegen hatte. Es ging ihm nur darum, die innere Taubheit so lange wie möglich beizubehalten, die sich unmittelbar nach dem Empfang der Nachricht eingestellt hatte. Er wagte nicht, sich zu erheben oder seinen Geigenkasten auf den Boden zu legen, aus Furcht vor der Welle des Schmerzes, die ihn wegschwemmen und der er nicht gewachsen sein würde. Als Yaltah Medi endlich an den Apparat bekommen hatte, musste sie Bibi den Hörer in die Hand zwängen, die er fest zur Faust geballt hatte. Dumpf hörte er die Stimme seiner

Schwester, die immer wieder seinen Namen rief. Yaltah schrie, dass Bibi sie sehr wohl verstehen könne, Medi solle nur immer weitersprechen, er würde zuhören. Medi fragte angstvoll: «Bibi, was fehlt dir? Warum kannst du nicht sprechen?» Und durch den Klang ihrer Stimme genötigt, zwang er sich schließlich ein «Rede du» ab. Medi sagte, sie habe keine Ahnung, wie viel Bibi schon wisse, aber Aissi habe sich offensichtlich in Cannes mit Tabletten und Alkohol das Leben genommen. Sie versuche, einen der spärlichen Linienflüge nach Europa zu buchen, habe jedoch nicht viel Hoffnung, dass sie rechtzeitig zum Begräbnis würde eintreffen können. Wenn er mehr wissen wolle, solle er sich an Eri halten. «Sie hat schon einen Stein ausgesucht, auf den Aissis Lieblingsspruch eingemeißelt werden soll. Du musst dir keine Sorgen machen, wenn du sie derzeit nicht erreichen kannst. Ich glaube, sie ist mit der Situation restlos überfordert. Vor allem mit der Aufgabe, das Schlimmste von Mielein fernzuhalten. Pielein hat die Nachricht recht gelassen aufgenommen und gesagt, das habe er schon länger kommen sehen, und ...»

Da unterbrach Bibi die Verbindung. Einen Moment noch hielt er den Hörer in der Hand, dann brach er zusammen. Es war das schauerliche Heulen eines tödlich getroffenen Tieres, das sich seiner Kehle entrang. Muskelkrämpfe ließen ihn vollkommen unkontrollierte, absurde Bewegungen vollführen. Yaltah versuchte ihn in den Arm zu nehmen, ihn zu halten und zu trösten. Sie sprach beruhigend auf ihn ein, doch seine Kraft war enorm. Sie musste sich an das Fenstersims hinter sich klammern, um von seinem heftigen Befreiungsstoß nicht in die Scheibe geworfen zu werden. Dann griff sie nach dem Telefon und bat die Rezeption, schnellstmöglich einen Arzt aufs Zimmer zu schicken.

In den folgenden Tagen zeigte Yaltah ein Organisationstalent, das Bibi sicher in Erstaunen versetzt hätte, hätte sein Zustand es erlaubt. Sie hatte Eri nicht erreicht, aber nach Cannes telefoniert, und am Abend lag ihr die Nachricht vor, dass Aissi schon am nächsten Tag auf dem dortigen Friedhof beigesetzt werden würde. Um 15 Uhr. Die Behörden hatten die Leiche bereits freigegeben, das Begräbnisinstitut war informiert und ein schlichter Sarg ausgesucht worden. So fuhren sie noch am selben Abend von Zürich über Lyon nach Cannes, wo es ihnen gelang, den Friedhof rechtzeitig zu erreichen. Als sie ankamen, war der Sarg bereits in die Grube gesenkt worden, und einer der Bediensteten des Begräbnisinstituts warf gerade einen riesigen Blumenstrauß auf den Sargdeckel. Sie machten sich kurz bekannt, dann bat Yaltah in tadellosem Französisch, man möge sie einige Minuten allein lassen.

Bibi stand wie angewurzelt vor dem offenen Grab, seinen Geigenkasten, den er seit Zürich nicht einen Augenblick losgelassen hatte, fest unter dem Arm, und starrte hinab. Yaltah fürchtete schon, er würde in die Grube springen, sich zu seinem Bruder legen wollen, doch da blickte er plötzlich auf und sah, dass sie vollkommen allein inmitten der Grabsteine standen. Behutsam legte er den Geigenkasten auf die Erde, öffnete ihn und nahm die Violine heraus. Er drehte an den Wirbeln, um die Saiten zu stimmen, und benahm sich ganz so, als stünde er kurz vor dem Beginn eines Konzertes.

Vollkommen ruhig setzte er dann das Instrument ans Kinn und intonierte den Satz aus dem Violinkonzert des Pietro Nardini, den Medi und er vor langer Zeit in Aissis Beisein im Bayerischen Rundfunk gespielt hatten und der Yaltah etwas zu langsam vorkam. Da drehte sich Bibi nach ihr um, ohne die Geige abzusetzen. Tränen liefen ihm übers Gesicht, aber er gab keinen Laut von sich.

Erschrocken wandte Yaltah sich ab, verließ das Gelände und setzte sich vor dem Eingang auf einen klobigen Stein. Nach einer geraumen Weile trat ein mürrischer Friedhofswärter auf sie zu und bat sie, doch einmal nach ihrem Gatten zu sehen. «Er sitzt am Rand des Grabes und lässt die Beine in die Grube baumeln. Bei allem Respekt vor den verschiedenartigsten Formen der Trauer, Madame, aber das gehört sich nun wirklich nicht. Außerdem fiedelt er ununterbrochen herum und singt zeitweilig gar dazu. Ich bitte vielmals um Pardon, aber wir müssten nun auch das Grab zuschaufeln. Mögen Sie nicht versuchen, Ihren Gatten zu überreden, den Friedhof zu verlassen?»

Yaltah nickte, blieb aber auf ihrem Stein sitzen. Nachdem er sie lange angeschaut hatte, zog sich der Friedhofswärter mit einem lauten Seufzer zurück.

Es begann schon zu dämmern, als Bibi endlich vor das Friedhofstor trat. Was er denn so lange am Grab getrieben hätte, wollte sie wissen.

«Ich habe ein Konzert für meinen Bruder gegeben.»

«Und welche Musik hast du für ihn gespielt?»

«Beethoven», sagte er ruhig. «Ich habe versucht, den zweiten Satz aus der ‹Siebten› für ihn zu improvisieren. Dabei ist mir eine recht interessante Fassung für Streichinstrumente gelungen.»

«Ja, ja», sagte Yaltah mit einem Lächeln, «eine Violine kann manchmal ein ganzes Orchester ersetzen.»

Als sie zurück in Zürich waren, schlug sie ihm vor, die Reise abzubrechen oder zumindest das Programm zu ändern. Sie täten wohl am besten daran, den Hindemith zu streichen und dafür einen Mozart zu spielen. Vielleicht die A-Dur-Sonate, KV 526, dann die D-Moll-Sonate von Schumann und zum Ausklang seine geliebte Kreutzersonate von Beethoven. «Ein Wechsel ins rein klassische Programm wird dir sicher guttun, was meinst du?»

Sie übten noch am Schumann, als das Publikum schon vor den Saaltüren der Tonhalle stand. Der Beginn musste um eine Viertelstunde verschoben werden. Doch die d-Moll-Sonate wurde das Beste, was Yaltah je von Bibi gehört hatte. Nicht ein einziges Mal versuchte er, seinen Schmerz in die Musik einzubringen. Glasklar und schwermütig, nur dem Komponisten nachhorchend, erfüllte er die Rolle eines genialen Interpreten. Nicht mehr und nicht weniger. Nie wieder sollte er diese Höhen einer selbstlosen Wiedergabe erreichen. Einmal vergaß Yaltah beinahe ihren Einsatz, so fasziniert hörte sie ihm zu. Zum Glück schaute Bibi sie gerade in diesem Augenblick auffordernd an, und sie fiel etwas lauter ein als ursprünglich gewollt. Das Publikum forderte am Ende stehend eine Zugabe, die Bibi jedoch, sich stoisch verbeugend, ablehnte.

In der Künstlergarderobe bat der Impresario händeringend um einen zweiten Abend, den sie ihm schließlich für die Zeit nach dem Konzert in München zusagten.

In Salzburg und München hatten sie den gleichen Erfolg, und in der Presse war immer wieder vom begabten Sohn des großen und unbeugsamen Schriftstellers die Rede, dessen Bild alle Zeitungen veröffentlichten – anstelle das der Musiker.

In München verzichtete Bibi auf ein Wiedersehen mit der Poschi. Zu gegenwärtig war ihm noch die Beschreibung, die Aissi ihm vor Jahren geschickt hatte. Ihm genügte das Trümmerfeld dieser einst so geliebten Stadt, deren Bürger ihm im Konzerthaus zujubelten und scheinbar vollkommen vergessen hatten, wie scheußlich sie einst gegen seine Familie vorgegangen waren, oder es zumindest nicht verhindert hatten. In jedem der improvisierten Buchläden in der Innenstadt starrte ihm das Bild des Zauberers entgegen. Man munkelte sogar, dass er zum Präsidenten der neuen Republik reüssieren würde. «Dieses Kneipengewäsch ist unerträglich», schimpfte Bibi, und beide waren froh, als sie wieder in Zürich waren, um ihren letzten Konzertabend zu geben. Hinter den Kulissen wurden sie von Willem de Boer empfangen, der Bibi keusch und schüchtern umarmte. Er hatte sich beinahe gar nicht verändert. Auch seine Kleidung schien noch immer die gleiche zu sein: die schwarzen Röhrenhosen, die stramm seine spindeldürren Beine bedeckten, die schwarzsilberne Weste und darüber der leicht schlotternde Frack. Yaltah fand ihn «zum Piepen».

Mit seiner leisen Stimme bat de Boer um Verzeihung, dass er sich damals den Ansichten des Herrn Andreae und anderer Lehrkräfte des Instituts angeschlossen und Bibi gesagt habe, er sei mehr für die Bratsche als für die Violine geeignet.

Bibi nahm die Rede mit stoischem Gleichmut hin und hatte nur die anstehende Heimreise im Kopf. Ihr Manager hatte ihnen eine Rückreise per Flugzeug gebucht, unter der Bedingung, dass er sie weiter exklusiv vertreten dürfe. Und so flogen sie denn, für Bibi war es das erste Mal, mit einer amerikanischen Fluglinie nach Atlanta. Von dort ging es mit dem Zug nach San Francisco, wo sie von Menachem Rosemunde abgeholt wurden. Der kam in einem großen amerikanischen Straßenkreuzer, den er sehr günstig auf dem Gebrauchtwagenmarkt erworben hatte. Höflich erbot er sich, Yaltah nach Hause zu bringen, bevor er Bibi nach Monterey fuhr, aber sie lehnte dankend ab. «Ich möchte endlich wieder in einem amerikanischen Taxi sitzen und mich beschimpfen lassen, weil ich im Wagen rauchen werde.» Sie lächelte und nahm Bibis Hand. «Wir sehen uns doch bald, nicht wahr?»

«Bald, bald», bestätigte er halbherzig und entzog ihr seine Hand.

Als sie allein waren, fragte er Rosemunde: «Was ist mit Gret? Warum war sie nicht am Bahnhof? Sie müsste mein Telegramm aus der Schweiz doch schon vor Tagen bekommen haben.»

«Sie ist wieder einmal zu ihren Eltern nach Zürich geflogen. Oder sollte ich besser sagen, geflohen?» Aus dem Augenwinkel konnte er sehen, dass Bibi bei dieser Bemerkung zusammenzuckte. «Ihr Vater ist plötzlich schwer erkrankt. Die Kinder hat sie bei deinen Eltern abgegeben. Ich habe ihr für die Fahrt meinen Wagen zur Verfügung gestellt und sie begleitet.» Rosemunde schwieg einen Moment. Dann fuhr er mit hörbarer Begeisterung fort. «Dein Vater ist nach wie vor die eindrucksvollste Persönlichkeit, die mir je begegnet ist. Leider hatte ich keine Gelegenheit, ihm zu sagen, wie nachhaltig hingerissen ich von seinem ‹Doktor Faustus› bin. Na, vielleicht gelingt mir das ja zu einem anderen Zeitpunkt. Natürlich haben sich deine Eltern gleich nach dir erkundigt. Deine Mutter wirkte sehr angegriffen. Sie macht sich große Sorgen deinetwegen und ließ, so ganz nebenbei, die Bemerkung fallen, dass ihr der Verlust eines Sohnes vollauf genüge.» Bei diesen Worten sah Rosemunde schnell zu Bibi hinüber, konnte aber keine Reaktion erkennen. «Deine Schwester lässt nächste Woche den Grabstein setzen. Es soll in ihrem Beisein geschehen.»

«Beim Begräbnis wäre ihre Gegenwart wichtiger gewesen», grollte Bibi.

Rosemunde überging die Bemerkung und berichtete bewundernd, mit welcher Ruhe sein Vater die Nachricht vom Tod seines Ältesten aufgenommen habe.

Jetzt sah Bibi ihn von der Seite an. «Als Klaus starb, waren meine Eltern in Schweden. Von dort aus ist eine Reise nach Frankreich keine derart unzumutbare Strapaze gewesen, dass man sie für eine solche Gelegenheit nicht auf sich nehmen könnte, oder?»

Rosemunde schwieg, und das Schweigen hielt an, bis sie in Monterey eintrafen. «Gret lässt ausrichten, dass eine Anfrage vom Konservatorium in San Francisco vorliegt, ob es dir möglich wäre, einen schriftlichen Eindruck über den ‹Doktor Faustus› abzugeben», sagte er dann. «Man glaubt, du als Musiker müsstest eine besondere Nähe zu diesem Werk haben, das doch größtenteils von der Musik handelt. Gret bat mich auch, dir zu sagen, dass du dir gut überlegen solltest, ob du zu- oder absagen willst.»

«Wie denkst du darüber?», fragte Bibi.

Rosemunde hatte den Wagen vor dem Haus zum Stehen gebracht, stellte den Motor ab und lehnte sich in seinem Sitz zurück. «Letzten Endes kannst nur du das entscheiden. Ich persönlich fände es hochinteressant, deine Einschätzung zu lesen, denn du hast ja einiges zum Werk beigetragen. Und für dich als Fakultätsmitglied des Konservatoriums hat diese Sache sicher einen doppelten Reiz. Wenn ich das alles überdenke, würde ich schon zuraten.»

Gemeinsam brachten sie Bibis Gepäck ins Haus. Bibi sah sich um. Er stieg ins Obergeschoss hinauf, öffnete sämtliche Türen, als erwarte er, dahinter doch jemanden anzutreffen. Dann kam er wieder hinunter in den Flur, wo sein Freund geduldig auf ihn gewartet hatte. Sie betraten das Wohnzimmer, Bibi setzte sich in seinen Ohrensessel, während Rosemunde sich einen Stuhl frei machte, auf dem einige Notenblätter gelegen hatten.

«Willst du mir bei diesem Aufsatz helfen?», fragte Bibi. «Ich bin noch nicht in der Lage, meine Gefühle so gänzlich abzuschalten, wie es nötig wäre, um eine kritische Betrachtung anzufertigen.»

Rosemunde sah ihn fragend an.

«Ich kann einfach nicht vergessen, am Grab meines Bruders der einzige Mensch gewesen zu sein. Darüber muss ich erst einmal hinwegkommen. Die Frage ist also, wie eilig man es mit dieser Sache hat.»

«Die Anfrage kam kurz nach deiner Abreise.»

«Dann ist es inzwischen wohl sehr dringlich, oder?»

«Ich vergaß, dir mitzuteilen, dass dein Vater dich um ein Gespräch bittet, wenn du dich für eine Zusage entscheidest.»

«Das lehne ich ab. Es würde nur zu einer Beeinflussung führen, die ich mir im Augenblick so gar nicht leisten kann. Wie ist es, wollen wir etwas essen und dabei besprechen, wie wir vorgehen?»

Bibis Plan war, Rosemunde die ästhetische Beurteilung zu überlassen, während er sich mehr auf die Betrachtung der Charaktere konzentrierte.

Als sie nach drei Tagen das Konvolut überlasen, reizte die Widersprüchlichkeit ihrer Entwürfe sie derart zum Lachen, dass sie «den Papierkram», wie Bibi es nannte, beiseiteschoben und sich eine Annäherung ihrer Urteile vornahmen. Rosemunde trug den Sieg davon, als es ihm gelang, den Text in eine beinahe hymnische Ankündigung umzumünzen. Die wenigen kritischen Einwände Bibis lasen sich dann etwa so, «dass sich der Verfasser des ‹Doktor Faustus› bei der Schilderung seiner Personen einer etwas umständlichen Langsamkeit bediene», oder «dass der realistisch beschriebene Tod des kleinen Echo von erschütternder Glaubwürdigkeit, jedoch das Erbarmen der ihn umstehenden Personen etwas außer Acht gelassen worden sei».

Rosemunde, der sich über Stil und Aufbau gar nicht lobend

genug äußern konnte, nickte beifällig, als er die sanften Mahnungen las. Schärfer hätten sie seiner Meinung nach auf keinen Fall formuliert werden dürfen, schließlich hatten sie es hier mit einem Jahrhundertwerk zu tun, das seinen politischen Hintergrund nicht aus den Augen verliere und den Niedergang der Hauptfigur zum großen Teil der ihn umgebenden Barbarei zur Last lege.

Bibi musste lachen. «Na, das Verrecken Adrian Leverkühns an der Syphilis ist doch wohl nicht gerade das Verschulden der Barbarei gewesen, oder?»

Er achtete sorgfältig darauf, dass sie sich nicht zu eingehend mit dem Schicksal des kleinen Echo beschäftigten, denn insgeheim vergaß Bibi dem Vater das Ende des Jungen nicht, in dem er klar und deutlich das Porträt seines Erstgeborenen erkannte.

Als der Aufsatz nach einigen Wochen erschien, kam umgehend ein Dankesbrief des Zauberers, dem besonders am Herzen lag, dass das Schicksal des Nepomuk Schneidewein, genannt Echo, nur kurz und insgesamt billigend beschrieben worden sei.

Die geplante vierte Tournee, die sie über den amerikanischen Kontinent führen sollte, wollten Yaltah und Bibi wieder in San Francisco beginnen und in New York beenden. Die Carnegie Hall hatte ihnen ein äußerst lukratives Angebot gemacht, das sie nicht ausschlagen konnten, obwohl sie beide für eine derart umfassende Konzertreise in jeder Hinsicht viel zu erschöpft waren.

Auch Yaltah hatte Bibis Artikel, der von einigen Fachzeitschriften gedruckt worden war, gelesen und machte sich auf ihrer Fahrt ins Curran Theatre, wo am Abend der Tourneeauftakt stattfinden sollte, darüber lustig. Sie hätte nur Teile des besprochenen Werkes ertragen können, denn es handle sich auch hier wieder einmal nur um eine umständlich und mit der alten ironischen Überheblichkeit erzählte Geschichte, in der sparsamst, ja geradezu übervorsichtig mit dem blutigen Umfeld des Herrn Leverkühn umgegangen werde. «Ein Umfeld, das die Keime des Faschismus ja schon in sich getragen hat, wenn man sich nur einmal daran erinnert, was beispielsweise der letzte deutsche Kaiser über das Judentum gesagt, dass er sich gar Gedanken darüber gemacht hat, auf welche Weise man die Juden im Reich loswerden könnte. Im letzten Jahr des Ersten Weltkrieges, in dem man mit Gasgranaten aufeinander schoss – natürlich eine Entwicklung der Deutschen –, kam er auf die infame Idee, dieses Gasgemisch auch auf die ihm so unliebsamen Bürger anzuwenden.»

Yaltah empörte sich immer mehr, und Bibi versuchte, sie zu beruhigen. «Im ‹Doktor Faustus› geht es doch gar nicht um die Wurzeln des Antisemitismus oder des Faschismus, sondern um das Schicksal eines genial veranlagten Menschen, der auf dem Gebiet der Musik Außerordentliches geleistet und der Musikgeschichte einen kräftigen Stoß in Richtung Moderne gegeben hat. Der Mann war nicht anerkannt, ist zeitweilig sogar verboten gewesen und, wenn man so will, bis heute ein Fremdling im Musikwesen. Es ist ja unschwer zu erkennen, wen mein Vater gemeint hat. Durch diese allgemeine Ablehnung hat Leverkühn sein klägliches Verderben eingeleitet.»

«Ein Ende, das Schönberg deinem Vater unendlich übelnimmt», warf Yaltah wütend ein. «Zu Recht hat er deinem Vater auf einem Parkplatz eines Supermarktes nachgerufen, dass er kein Syphilitiker sei.» Sie fing beinahe hysterisch zu lachen an. «Stell dir deinen Vater vor, den größten Dichter des Jahrhunderts, der ausdruckslos in die Gegend starrt, über den Kopf des schäumenden Musikrevolutionärs hinweg, während deine Maman sich schützend vor ihn stellt, den Schlüsselbund drohend erhoben. Vielleicht hat sie sogar zurückgeschrien und mit dem Schlüssel nach Schönberg geworfen, während der Größte sich eine seiner kostbaren Zigarren in den Mund schob und es wahrscheinlich bedauerte, nicht selbst Auto fahren zu können, um sich der peinlichen Szene schnellstmöglich zu entziehen.» Sie sah, wie blanker Zorn in Bibis Gesicht aufzog. Seine Hände hielten das Lenkrad fest umklammert, die Knöchel weiß und blutleer von der Anspannung. Doch Yaltah konnte es sich nicht verkneifen, weiter zu sticheln. «Ernsthaft», fuhr sie fort, «was für eine Erleichterung wäre es doch für deinen Vater gewesen, sein Zuhause auch im Dritten Reich erhalten zu wissen. Der staatlich verordnete Judenhass war doch für ihn kein Problem. Im Gegenteil. Und wenn man ihm die jüdische Ehefrau nicht übelgenommen hätte – wer weiß …»

Bibi trat hart auf die Bremse und schlug ihr die rechte Faust mitten ins Gesicht. Dann sprang er aus dem Wagen, griff nach seinem Instrumentenkasten, riss die Beifahrertür auf, zerrte die völlig benommene Yaltah halb hinaus und haute ihr den Kasten mit voller Wucht auf den Kopf.

«In meiner Gegenwart macht man sich nicht über meinen Vater lustig», schrie er sie an. «Und über meine Mutter schon gar nicht.»

All seine Wut über ihr zwiespältiges Verhältnis, über seine Sehnsucht nach Gret, die sich ihm immer mehr entzogen hatte, kam jetzt zum Ausbruch. Allein Yaltah schob er die Schuld am Ehebruch zu, der sich so gar nicht gelohnt hatte. Yaltah lehnte wie betäubt in ihrem Sitz und hielt sich die Hand vor das verletzte Auge, das heftig anschwoll. Mühsam schaffte sie es, sich aufzurichten, und taumelte die steil abfallende Straße hinunter zu einem Taxistand. Bibi sah, wie sie schwankend in eins der Fahrzeuge stieg, dann war sie verschwunden.

Als er am Abend pünktlich im Curran Theatre erschien, teilte man ihm mit, dass das Konzert wegen Erkrankung seiner Partnerin ausfallen musste. Yaltahs Rache erfuhr er am nächsten Morgen, als seine Mutter ihn aus Pacific Palisades anrief, um ihm mitzuteilen, dass sein Faustschlag eine gewaltige Pressekampagne gegen ihn ausgelöst hätte. Yaltah hatte, mit verletztem Auge und leichter Gehirnerschütterung, sofort in einem Interview von seinem Angriff berichtet und bei einem anschließenden Telefonat mit Bibis Mutter gedroht, weitere Maßnahmen einzuleiten. Diese hatte zu Beginn des Gesprächs noch im Namen ihres unbeherrschten Sohnes um Entschuldigung gebeten und ein klärendes Treffen vorgeschlagen, war aber zunehmend in Rage geraten, als Yaltah ihre bissig formulierten Drohungen aussprach. «So geht man mit meiner Familie nicht um», hatte sie gerufen. «So geht man mit einer Menuhin nicht um», hatte Yaltah kühl erwidert und den Hörer aufgelegt. Die Reaktion des Herrn Papa könne Bibi sich ja denken, schimpfte Mielein. Es wäre klüger, sich für eine ganze Weile nicht mehr am San Remo Drive sehen zu lassen. Gret, die in diesen Tagen aus der Schweiz zurückkehren werde, könne die Kinder allein abholen, die im Übrigen ständig nach ihren Eltern fragten.

Zögernd wollte Bibi wissen, was genau denn sein Vater zu dem Vorfall geäußert habe.

«Er ist entsetzt gewesen, hat seine Hoffnung, dass du allmählich zum Mann heranreifen würdest, endgültig aufgegeben und fühlt sich in deine frühesten Kindertage zurückversetzt, in denen du jeden kleinen Anlass zu krampfhaften Heulausbrüchen und wütenden Rundumschlägen genutzt hast. Er sagt, dass er dich jetzt für eine geraume Weile gut entbehren könne. Und offen gesagt kann ich das auch.» Damit war das Gespräch beendet. Bibi blieb wie betäubt zurück. Im Bademantel schlurfte er in sein Arbeitszimmer, öffnete den ledernen Getränkekoffer, entnahm ihm eine halbvolle Flasche Jim Beam, setzte sie an die Lippen und leerte sie in wenigen großen Zügen.

Gret, die sich in höchster Eile vom Flughafen in Los Angeles zum San Remo Drive hatte fahren lassen, weil sie hoffte, Bibi dort anzutreffen, war erschüttert über das, was sie von ihrer Schwiegermutter hörte. Der Hausherr ließ sich gar nicht erst blicken und ließ Gret ausrichten, sie solle ihren Mann künftig nicht zu lang allein lassen. Sie könne die Kinder gern noch bei ihnen lassen, aber sie selbst solle keine Zeit vergeuden und sich unverzüglich auf den Heimweg machen.

Alarmiert rief Gret in Monterey an und hatte Bibi gleich am Apparat. Er sprach mit vor Aufregung hoher Stimme, schien überglücklich, sie wieder in Amerika zu wissen, und beharrte mit kindlicher Bockigkeit darauf, dass sie die Kinder mit nach Hause brachte. Man müsse sie dem Einfluss der Großeltern entziehen, andernfalls hätte man sie endgültig verloren. Der Herr Papa habe vor, den Staaten bald den Rücken zu kehren und sich wieder in Zürich oder Umgebung niederzulassen. Maman suche schon seit geraumer Zeit einen Käufer für das Haus am San Remo Drive. Er beschwor Gret, mit der Zusammenführung der Familie nicht länger zu zögern.

Gret ging sein Pathos auf die Nerven. Hatte er das nötig? War es das schlechte Gewissen, das ihn so reden ließ? Oder war es der Alkoholiker, der aus ihm sprach? Und dann noch mit dieser kindlichen Stimme. Einerseits wollte sie ja nichts mehr, als die Familie zusammenzuführen. Andererseits fürchtete sie sich davor. In welchem Zustand würde sie ihn antreffen?

«Du bist dir aber schon im Klaren darüber, dass wir beide miteinander reden müssen», sagte sie. «Ich versichere dir, wenn du mich noch einmal schlägst, hast du mich zum letzten Mal gesehen.»

Als sie mit den Kindern in Monterey ankam, stand er schon in der offenen Haustür und lief auf sie zu. Er sieht noch genauso aus wie vor ein paar Monaten, dachte sie beruhigt. Mit glänzenden Augen und ohne die Alkoholfahne, die ihn sonst umwaberte, umarmte er sie und die Kinder, die sich zögerlich an ihn schmiegten. Gret schützte Geschäftigkeit vor, um sich und die Kinder aus dieser Situation zu befreien. Die Jungen an der Hand, lief sie ins Haus, inspizierte den Zustand der Räume und überließ es Bibi, das Taxi zu zahlen und sich um das Gepäck zu kümmern.

Nach dem Abendessen, die Kinder waren zu Bett gebracht worden, setzten sie sich in den kleinen Salon, und Gret begann damit, nach seiner Arbeit zu fragen. Bibi nippte an seinem Rotweinglas und sah zu, wie sie ihres in großen Schlucken austrank. Während er ihr nachschenkte, gestand er, dass man ihn, unter Vorbehalt einer endgültigen Entscheidung des Orchesters, suspendiert habe. Sie könne sich ja vorstellen, dass die freundschaftliche Beziehung Pierre Monteuxs zur Familie Menuhin in dieser Sache Wirkung gezeigt hätte.

Gret schaute ihn unverwandt an, als wolle sie ihn auffordern, weiterzuberichten, doch er zögerte. Schließlich schlug er vor, das Angebot einer längeren Solo-Konzertreise zu überdenken, bei der er viel Geld verdienen könne. Er würde über zwei Jahre durch Europa reisen, alte Kontakte beleben und neue knüpfen und versuchen, sich dort wieder heimisch zu fühlen. Die anfängliche Freude, die sie gespürt hatte, als sie einander vor dem Haus umarmt hatten, wich einer geheimen Wut. Wieso sprach er nur von sich? Wo war in diesen offenbar schon lang geschmiedeten Plänen Platz für die Kinder, Platz für sie? Immer war nur von ihm die Rede. Er. Er. Er.

Bibi merkte zunächst nicht, dass in Gret der Zorn brodelte. Geradezu aufgedreht redete er weiter. Er habe sich schon mit einer Pianistin in New York in Verbindung gesetzt, die Rosemunde ausfindig gemacht habe. Vor allem in Übersee sei man bereit, die von Frau Menuhin abgesagte Tournee mit einem gleichwertigen Ersatz durchzuführen. Was sie denn dazu meine?

Gret unterdrückte ihren Zorn und ihre Enttäuschung nur mühsam. «Wie stellst du dir denn ein weiteres Zusammenleben vor, wenn du jahrelang in Europa herumreist, während deine Familie in Monterey zurückbleibt?»

«Ganz einfach. Ihr kommt mit. Du kannst mich auf den Konzertreisen begleiten, und die Kinder bringen wir in einem niveauvollen Internat unter. In der Schweiz, aber auch in Salzburg gibt es hervorragende Institute. Zwar teuer, aber mit dem, was ich auf der Tournee verdiene, durchaus zu bestreiten. Du musst dich nicht sofort entscheiden. Lass mich zunächst das Treffen mit der Pianistin hinter mich bringen. Sie stammt aus Zürich und ist die Tochter von Andreae, meinem ehemaligen Lehrer am Konservatorium.»

Erst einige Tage später konnte Gret sich überwinden, ihn nach dem Vorfall mit Yaltah zu fragen. Bibi lehnte es rundweg ab, die Art seiner Beziehung zu der Pianistin zu erläutern, erklärte nur, dass er keinen Augenblick lang Gret habe vergessen können. Sein Verhältnis zu ihr sei und bleibe in seinem Leben einmalig und werde mit zunehmendem Alter immer wichtiger. Gret mochte sich sein theatralisches Geschwätz nicht weiter anhören, freute sich aber über das Geständnis.

Nach dem Treffen mit Bärbel Andreae, zu dem diese ihm nach Los Angeles entgegengefahren war, kam er in zuversichtlicher Stimmung nach Hause zurück und berichtete vom sehr ausgereiften Talent der Dame. Sie könne allerdings nicht die gesamte Tournee bestreiten, die über Bern, Graz, Feldkirch, München, Wien, Salzburg, Florenz und Innsbruck gehe. Man müsse über einen Ersatz nachdenken, der ab Florenz einspringen könne. Doch primär ginge es jetzt darum, ob und wie Gret sich entschieden habe. Sie sah ihn lange an, und als er endlich ihrem Blick auswich, fragte sie ihn, ob er sicher sei, dass seiner neuen Begleitung nicht ein ähnliches Schicksal widerfahren könne wie der vorigen. Diesmal fing er leise zu lachen an und sagte, dass Yaltah eine so überaus intelligente Art zu provozieren an sich habe wie niemand sonst, den er kenne. «Im untergegangenen Dritten Reich hätte man dazu gesagt: typisch jüdisch.»

«Habe ich diese Art auch an mir?», fragte Gret.

«Du? Das Schweizer Mädchen?» Er nahm sie in die Arme und wollte sie küssen, doch sie schob ihn sanft zurück.

«Frido und Toni haben auch eine jüdische Mutter. Wenn auch eine calvinistisch getaufte.»

Er war sprachlos, ließ sich in seinen Ohrensessel sinken und starrte sie an. «Aber bei unserer Heirat war davon nicht einmal die Rede», sagte er nach einer langen Pause.

«Die fand ja auch in New York und nicht in Berlin statt. Da ging es nicht um Rassen-, sondern um Glaubenszugehörigkeit.»

«Und weshalb hast du es mir nicht früher gesagt?»

«Ich hielt es nicht für nötig.» Sie suchte seinen Blick. «Also, habe ich jetzt auch diese Art an mir oder nicht?»

«Unsinn. Hauptsächlich hat mich Yaltahs Art, andere Menschen zu vereinnahmen, provoziert.»

«Hauptsächlich?»

«Sie hat mich verführt. Auf eine raffinierte, hinterhältige Weise. Das habe ich ihr nie verziehen. Im Grunde hat sie sich auf dieser ersten Tournee gelangweilt. Besonders in Pittsburgh.» Bibi nickte, seine Worte bestätigend. «Es war Langeweile. Und ich war so von ihrem Kunstverstand fasziniert, dass ich es einfach über mich ergehen ließ.»

«Pfui Teufel!», rief Gret und setzte sich auf seinen Schoß. «Scheußlich, scheußlich», brummelte sie, wenn sie ihre Lippen zwischendurch von den seinen nahm. «So schnell vergesse ich dir das nicht.»

Anschließend holten sie nach, was sie so lange entbehrt hatten.

Die schon beschlossene Abreise nach Europa beschleunigte sich, als Bibi und Gret erfuhren, dass Herr Moser gestorben war. In aller Eile bestiegen sie ein Flugzeug nach Zürich, weil Gret die Beerdigung auf keinen Fall verpassen wollte. Die Kinder begleiteten sie. Auf Bibis Wunsch sollten sie erst einmal auf dem Schloss Neubeuern untergebracht werden, das vor kurzem wiedereröffnet worden war. Entsetzt darüber hatte Mielein Gret beim ohnehin schon knappen Abschied vorwurfsvoll angesehen. Der Zauberer war noch förmlicher als sonst gewesen und hatte sich bald wieder in seine Räume zurückgezogen, nachdem er Frido zärtlich umarmt und dem kleinen Toni einen aufmunternden Klaps auf die Wange gegeben hatte. Das Haus im San Remo Drive war schon halb ausgeräumt, und Mielein beklagte sich bitter, dass der Käufer ihnen so wenig Zeit für die nötige Abwicklung ließ. Wäre es nach ihr gegangen, hätte man das Haus noch eine Weile behalten und in der Schweiz erst einmal etwas gemietet, bis man sicher sein konnte, dass sich die

Zustände in Europa tatsächlich wieder normalisiert hätten. Der Herr Papa sei jedoch besessen von dem Gedanken, seinen Lebensabend in Europa zu verbringen, und so habe man sich eben zum endgültigen Schnitt entschieden.

Kurz bevor die Familie ins Taxi stieg, das sie zum Flughafen bringen sollte, hielt Mielein Gret zurück und raunte ihr ins Ohr, warum sie dieser blödsinnigen Entscheidung für Neubeuern zugestimmt hätte.

«Noch ist nicht aller Tage Abend», gab Gret ebenso leise zurück, stieg ins Taxi und winkte ihrer Schwiegermutter aus dem geöffneten Fenster verschmitzt zu.

Ihre Reise hatte so viele unvorhergesehene Aufenthalte, dass sie das Begräbnis um zwei Tage verpassten und nur noch vor dem Sandhaufen stehen konnten, unter dem Gret die sterblichen Überreste ihres Vaters vermutete. Erst als ihre Mutter ihr tonlos mitteilte, dass sie ihn habe verbrennen lassen, kam ihr zu Bewusstsein, dass dieses Hügelchen und die ebenso kleine Grube doch höchstens für ein Kleinkind, nicht aber für die üppigen Ausmaße ihres Vaters ausgereicht hätten. Frau Mosers Hände flatterten hektisch herum, sie hielt es nur kurz neben ihnen am Grab ihres Mannes aus, dann verschwand sie in den Seitenwegen zwischen älteren Grabhügeln, von denen sie nervös das Unkraut zupfte, die Pflanzen mit ihren langen, erdigen Wurzeln hielt sie wie einen Blumenstrauß in den fahrigen Händen.

«Wir werden uns überlegen müssen», sagte Bibi, «ob wir deine Mutter noch lange allein und unbeaufsichtigt in diesem großen Haus wohnen lassen können.» Sie saßen in der geräumigen Wohnküche, hatten die völlig übermüdeten Kinder ins Bett gebracht und Frau Moser gute Nacht gesagt, die den Wunsch geäußert hatte, vor dem Schlafengehen noch ein Bad zu nehmen.

Am nächsten Tag trafen sie sich in Zürich mit Bärbel Andreae und besprachen noch einmal das Konzertprogramm, auf das sie sich in Los Angeles schon grob geeinigt hatten. Sie verabredeten, sich einige Tage vor Tourneebeginn in Bern zu treffen, um dort noch einmal Zeit für letzte Proben vor Ort zu haben. Bibi hatte die Gambensonate Nr. 1, G-Dur, von Bach geplant, dazu Hindemiths «Trauermusik» und Milhauds «Quatre Visages». Als Zugabe hatte er noch Elisabeth Lutyens' Solosonate für sich vorgesehen.

Gret ging unterdessen mit ihrer Mutter und den Kindern «Einkäufe machen». Die Jungen staunten die alten Bauten der Stadt an, saßen auf den Restaurantterrassen an der Limmat und warfen mit Begeisterung kleine Papierschiffchen aufs Wasser, die Gret ihnen bastelte. Frau Moser blieb keine fünf Minuten still sitzen, dann war sie wieder auf den Beinen. Sie entschuldigte sich damit, ständig auf die Toilette zu müssen, weil der Schümli doch eine so durchschlagende Wirkung habe. Dabei hatte sie gar keinen Kaffee, sondern Pfefferminztee getrunken, um ihren nervösen Magen zu beruhigen.

Gret ließ ihre Mutter nur ungern allein in Zürich zurück. Wie ein unruhiger Geist wandelte Frau Moser durchs Haus, setzte sich mal hierhin, kramte mal dort in einer Schublade, beantwortete alle Fragen, die man ihr stellte, mit abwesendem Blick. Als sie am Bahnsteig stand, um der Familie ihrer Tochter Lebewohl zu winken, wirkte sie so verloren und entwurzelt, dass Gret sich ein wildes Aufschluchzen verkneifen musste, um ihre Söhne nicht zu erschrecken.

Sie waren auf dem Weg nach München, um von dort nach Rosenheim weiterzufahren. Gret wunderte sich, dass Bibi so gar kein Interesse für seine Heimatstadt zeigte, geschweige denn für einen Besuch in der Poschinger Straße, von der er ihr so viel erzählt hatte. Als sie ihn danach fragte, schüttelte er nur den Kopf und zeigte durch das Waggonfenster auf die Ruinen und Schuttberge, an denen sie vorbeifuhren. «Das ist nicht mehr die Stadt, die ich so sehr mochte. Das ist eine fremde Welt, die, wenn all das weggeräumt ist und statt der Ruinen neue Bauten stehen, ein ganz anderes Gesicht haben wird. Und von der Poschi habe ich ja die Bilder gesehen, die bei Aissis Besuch entstanden sind.»

Als sie in Neubeuern eintrafen, kamen ihm völlig unbekannte Gesichter entgegen. Bibi erkundigte sich nach dem Direktor und erwartete auch hier ein neues Gesicht zu sehen. Stattdessen trat ihnen der etwas verwitterte Herr Rieger entgegen. Er begrüßte Bibi freundlich und erkundigte sich nach seinem Namen. Dann weiteten sich seine Augen. Ehemaliger Schüler des Landschulheims. «Willkommen, willkommen.» Sohn eines hochprominenten Vaters. Man hatte seine Bücher gelesen, o ja. Unter dem Tisch und unter der Bettdecke. «Aber soweit ich mich erinnere, fiel der größte Teil Ihres Aufenthaltes in die Ära Kortas, nicht wahr?»

«Und soweit ich mich erinnere, sind Sie doch ein strammer Nazi gewesen, nicht wahr?», gab Bibi im Plauderton zurück. «Wie sind Sie denn da an die Bücher meines Vaters gekommen?»

«In den ersten Jahren waren die ja noch nicht direkt verboten», gab Rieger mit einem boshaften Lächeln zurück. «Wie geht es denn dem alten Herrn nach so vielen Jahren in der Fremde?»

«Tausend Jahre sind es ja Gott sei Dank nicht geworden», schoss Bibi zurück. «Danke der Nachfrage, meinem Vater geht es ausgezeichnet. Man hat ihm sogar das Amt des Bundespräsidenten angetragen. Er hat es aber ausgeschlagen.»

«Das war ein Fehler, wie ich meine», sagte Rieger ernst. «Und nun wollen Sie also Ihre Sprösslinge zu uns ins Landschulheim geben? Das wiederum ist sehr vernünftig.»

«Davon bin ich nicht mehr so überzeugt, seitdem ich Ihnen gegenüberstehe.» Bibi nahm Gret bei der Hand. «Komm», sagte er entschlossen, «diesen Herrn habe ich hier nicht mehr erwartet. Es wäre mehr als fahrlässig, einem solchen Stück Dreck unsere Kinder anzuvertrauen.» Sie riefen nach ihren Söhnen, die losgestürmt waren, um die Gegend zu erkunden, und verließen gemeinsam den Hof. Rieger sah ihnen stumm und ohne ein Wort des Protestes hinterher.

Nach diesem ernüchternden Erlebnis entschieden sie sich, die Kinder in einem Salzburger Internat unterzubringen, bevor sie die Konzertreise in Bern beginnen würden. Für den Teil der Tournee, den Bärbel Andreae nicht würde spielen können, war ein Herr Rebner engagiert worden, mit dem Bibi das Repertoire ausweiten wollte und den Zwölftonkomponisten Leibowitz ins Programm aufnahm. Als zusätzlicher Spielort kam Berlin hinzu, und Gret wurde immer mehr zur Organisatorin des Unternehmens. Bibi überließ ihr die Konzertdirektion und die damit verbundenen Planungen und honorierte sie reichlich dafür.

Als sie anderthalb Jahre später in Wien im Begriff waren, zu einer zweiten Tournee aufzubrechen, erreichte sie die Nachricht, dass der Zauberer in einem Züricher Krankenhaus gestorben war. Er war mit Mielein und Eri in die Schweiz gezogen und hatte zuletzt in Kilchberg hoch über dem Zürichsee gewohnt. Sofort unterbrachen sie ihre Vorbereitungen, buchten einen Flug nach Kloten, wo sie von einer ernst dreinblickenden Eri in schwarzer Trauerkleidung empfangen wurden. Sie, aus der sonst die Sätze nur so herausprudelten, war einsilbig und verschlossen. Als sie Bibi auf dem Weg ins Haus an der Alten Landstraße einmal direkt ansah, erschrak er über den Ausdruck grausamen Schmerzes, der sich in ihren Augen festgesetzt hatte. Mielein dagegen war zwar auch nicht sehr gesprächig, wirkte aber völlig gefasst und war tränenlos, als sie den Trauerzug anführte, der vor allem aus Familienmitgliedern bestand. Man hatte den inzwischen fünfzehnjährigen Frido aus Salzburg einfliegen lassen, der schon auf dem Friedhof vor der offenen Grube wartete und fasziniert seine tiefverschleierte Großmutter ansah, bevor sie ihn in die Arme nahm. Es war Mitte August, die Luft roch nach Heu und Sommer, der Himmel war klar. Gleißendes Licht und absolute Stille. Die angemessene Kulisse für den letzten Auftritt des Zauberers, dachte Bibi, obwohl er Blitz und Donner auch sehr passend gefunden hätte.

Auf dem Kilchberger Friedhof hatte sich versammelt, was in Zürich Rang und Namen hatte. Der Bürgermeister ließ es sich nicht nehmen, eine längere Ansprache zu halten, ein evangelischer Pfarrer hielt eine kurze, eher herkömmliche Rede, dann wurde der Sarg in die Tiefe gesenkt.

«Endlich», hörte Bibi es hinter sich flüstern, «endlich kann ich wieder frei atmen.» Erschrocken drehte er sich um und sah seinen Bruder Golo, der einen großen weißen Blumenstrauß an ihm vorbei seinem Vater nachwarf.

«Ich weiß nicht, ob ich diesem Beruf noch weiter nachgehen kann», sagte Bibi und schlürfte seinen Kaffee. Seit dem Tod des Zauberers war beinahe ein Jahr vergangen. Es war wieder Frühsommer geworden, Bibi saß auf der Terrasse des Kilchberger Hauses neben dem Schwimmbecken und sah seiner Mutter zu, wie sie ihre Runden schwamm. Zwanzig Bahnen hatte sie sich jeden Tag verordnet und bisher auch eisern eingehalten. Doch plötzlich unterbrach sie ihr morgendliches Trainingsprogramm, schwamm zum Beckenrand und hielt sich daran fest. «Was hast du gesagt?»

Bibi tat es mit einer wegwerfenden Bewegung ab. «Unwichtig», murmelte er.

«Ich möchte bitte wissen, was du da eben von dir gegeben hast», insistierte seine Mutter und sah ihn zornig an.

«Es gibt keinen Grund zur Aufregung, Mielein. Ich habe nur laut dummes Zeug gedacht.»

Seit dem Tod des Zauberers nannte er sie wieder bei ihrem Kosenamen und genoss es, sich bei ihr aufzuhalten. Am liebsten hätte er es gesehen, wenn auch seine Familie sich in Kilchberg niedergelassen hätte, aber aus irgendeinem Grund lehnte Gret es ab, die Schweiz wieder zu ihrem ersten Wohnsitz zu machen. Ob das mit dem Tod ihrer Mutter zu tun hatte, die ein halbes Jahr nach seinem Vater gestorben war? Ein Umzug in die Schweiz wäre sicher kein Problem gewesen. Einem Sohn des großen Dichters würde man nie und nimmer Steine in den Weg legen. Keine Behörde der Welt würde je auf den Gedanken kommen, dem Ansehen des Toten zu schaden. Die Spuren, die er hinterlassen hatte, wurden immer sichtbarer.

Tot musste man sein, richtiggehend tot, um unsterblich zu werden. Vorausgesetzt, man hatte es zu Lebzeiten fertiggebracht, eine Mindestanzahl an Zeitgenossen für sich zu interessieren. Diese Mindestanzahl bereitete ihm fortwährend Kopfzerbrechen. Natürlich müssten es Millionen sein. Aber wie viele Millionen? Mit seiner gegenwärtigen Beschäftigung würde er das jedenfalls niemals erreichen können. Wie hatte sein Vater doch immer gesagt: Musik komponiert man, nur damit ist ein Nachleben zu erreichen. Der Instrumentalist dagegen ist nur ein Handwerker, der den Auftrag erfüllt, fremde Gedanken hörbar zu machen. Ein bloßer Zuträger also, ein Proletarier. So etwas wurde man in den Augen seines Vaters nicht. Es sei denn, es standen keine höheren Talente zur Verfügung. Während ihm all diese Gedanken durch den Kopf schossen, sah seine Mutter ihn immer noch an. «So geht man nicht mit mir um», rief sie lautstark. «Was versuchst du da vor mir zu verheimlichen? Worauf muss ich mich jetzt schon wieder gefasst machen?»

«Auf nichts, was dich überraschen könnte», sagte Bibi beruhigend. «Ich überlege mir schon seit einer geraumen Weile, wie lange ich diesen Beruf wohl noch ausüben werde. Du erinnerst dich, was der Herr Papa einmal über den Geiger gesagt hat?»

«Dein Vater ist tot», sagte sie unwirsch. «Du ragst in eine andere Zeit hinein. Mach dir das endlich klar. Was also hast du vor?»

«Ich werde möglicherweise meine Musikerkarriere beenden, weil ich keine Lust habe, Leuten etwas vorspielen zu müssen, was sie ohnehin nicht gern hören.»

«Ich will deine Konzerte hören», unterbrach sie ihn.

Doch Bibi fuhr immer erregter fort, als hätte er ihren Einwand nicht gehört. «Wer geht denn heutzutage noch der Musik wegen ins Konzert? Es gehört einfach nur zum guten Ton.»

«Du willst also umsatteln und einen anderen Beruf ergreifen. Darf man fragen, welchen?» Ihre Ironie ging ihm furchtbar auf die Nerven, doch er versuchte, sich nicht provozieren zu lassen. «Du willst doch nicht etwa Schriftsteller werden? Glaubst du, jetzt, wo dein Vater tot ist, eine reelle Chance zu haben? Da irrst du dich.» Sie holte tief Luft. «Dein Vater wird auch dann noch am Leben sein, wenn längst niemand mehr weiß, dass es Nachkommen von ihm gegeben hat.» Sie tauchte unter und schwamm energisch zur anderen Seite hinüber. «Gret und die Kinder haben sich in einer halben Stunde angesagt. Wir wollen nach Zürich hinunterfahren, ein bisschen bummeln und anschließend in der Kronenhalle zu Mittag essen», rief sie ihm zu, als sie ihm gegenüber aus dem Wasser stieg. «Du kannst dir gern überlegen, ob du uns begleiten willst.»

Doch ihr Jüngster saß nur reglos da, die leere Kaffeetasse in der Hand, betäubt von den Worten seiner Mutter, die in seinem Schädel widerhallten wie ein nicht enden wollendes Echo: «Dein Vater wird auch dann noch am Leben sein, wenn längst niemand mehr weiß, dass es Nachkommen von ihm gegeben hat.»

Ein Ende

Gret machte die langsame und stetige Wandlung von Bibis Charakter allmählich große Sorgen. Seine Undurchdringlichkeit ihr und vor allem den Kindern gegenüber versetzte sie oft in Angst. Wann immer sie versuchte, ihn darauf anzusprechen, zog er sich nur tiefer in sein Schneckenhaus zurück. Der Einzige, dem er sich offenbarte, war Rosemunde. Der hatte über einen Umweg zum Glauben zurückgefunden, ganz so, wie es die Rabbinatsoberen gehofft hatten, als sie ihn an der langen Leine zum literaturwissenschaftlichen Studium in Harvard ermuntert hatten. Inzwischen war er Rabbiner und talmudischer Gelehrter und hatte in Berkeley die Leitung der dortigen jüdischen Gemeinde übernommen. Er war es, der Bibi ermutigte, noch einmal von vorn zu beginnen. «Ich habe mich vernünftig in die weitausgebreiteten Arme meiner rabbinischen Lehrer fallenlassen», schrieb er Bibi, «aber ich habe vorher noch meinen großen Traum gelebt. Warum solltest du dir also nicht auch den Wunsch erfüllen, der dir so am Herzen liegt, und die literarischen Spuren deiner Familienangehörigen kritisch begleiten? Also, auf denn, Freund!», schloss Rosemunde in seiner etwas gewöhnungsbedürftigen pathetischen Art. «Gewinne dir ein neues Leben.»

Bibis neues Leben begann in der Neuen Welt, wo sich die Familie erst einmal in Cambridge, Massachusetts, niederließ und wo er an der Universität von Harvard ein Studium der Germanistik begann, in das er sich mit großer Vehemenz hineinstürzte. Gret, die das Vermögen ihrer Eltern für die Kinder sparen wollte, nahm eine zeitlich begrenzte Stelle an, um ihn zu unterstützen. Sie war sich nicht zu schade, als Kellnerin zu arbeiten. Vor Glück, Europa endlich wieder verlassen zu haben, hätte sie in den Staaten sogar einen Job als Toilettenfrau angenommen, wenn es nötig gewesen wäre – so hatte sie es Rosemunde einmal anvertraut.

Bibi schloss sein Studium mit einer Dissertation zum Thema «Heinrich Heines Musikkritiken» ab, die derart für Furore sorgte, dass man ihm bald darauf anbot, am German Department der Universität von Berkeley zu lehren. Dass Heine auch die Musik seiner Zeit nach gesellschaftspolitischen Begriffen beurteilte, hatte ihn für Bibi so interessant gemacht. Es faszinierte ihn, wie der Dichter kritisierte, wie er Lob und Spott verteilte. Beispielsweise in seinen «betrübsamen Berichterstattungen»: «… und wenn ich unter solchen Arabesken manche allzu närrische Virtuosenfratze gezeichnet, so geschah es nicht, um irgendeinem längst verschollenen Biedermann des Pianoforte oder der Maultrommel ein Herzeleid zuzufügen, sondern, um das Bild der Zeit selbst in seinen kleinsten Nuancen zu liefern.»

Mit dem Lehrstuhl in Berkeley war ein neuerlicher Umzug verbunden. Geduldig packte Gret die Habseligkeiten in der ohnehin viel zu kleinen Behausung in Cambridge zusammen, und sie siedelten nach Orinda nahe Berkeley um. Hier fand man ein Haus, das den Ansprüchen einer vierköpfigen Familie gerecht wurde und dessen Weitläufigkeit es zuließ, endlich auch die Söhne in ihre Heimat zurückzuholen.

In Berkeley beschloss Bibi, eine neue, fachmännische Rezension des «Doktor Faustus» zu verfassen. Während des Studiums hatte er das Gesamtwerk seines Vaters gründlich durchgearbeitet und sich so manche zusätzliche Nacht mit dieser Fleißarbeit um die Ohren geschlagen. Nun bekam er auch zum ersten Mal die Tagebücher seines Vaters in die Hand. Ihm schwindelte, als er die mit penibler Handschrift notierten Zeilen fand: «… ist festzustellen, daß ich für den Knaben bei Weitem die Zärtlichkeit nicht aufbringe, wie vom ersten Augenblick an für Lisa, – was Wunder nehmen könnte.» Der Satz klang in ihm nach. Er hörte ihn bei Tag, und schlimmer noch, er hörte ihn bei Nacht, wenn er sich erst schlaflos in seinem Bett wälzte oder zu trinken begann.

Wenn er nicht in der Universität war, arbeitete er mit verzweifelter Akribie an der Ausgabe der Tagebücher. Die verbliebenen Geschwister hatten ihn auserkoren, das Mammutwerk des Vaters zu edieren. Der Zauberer hatte sorgfältig alle Einträge verbrannt, deren Privatheit und Intimität er schützen wollte, die engbeschriebenen Bände, die Bibi nun in Händen hielt, sollten veröffentlicht werden. Je mehr Bibi las, desto größer wurde seine Verzweiflung. Was er als Kind nur ahnte; jetzt hatte er es schwarz auf weiß. Der Vater hatte ihn nicht nur abgelehnt, er hatte sich vor ihm geekelt. Jeder seiner ungelenken Versuche, ihm seine Zuneigung zu zeigen, war beim Zauberer auf Entsetzen und körperlichen Widerwillen gestoßen. Seinen Enkel dagegen hatte er mit geradezu affiger Zärtlichkeit geliebt. Die Passagen, die der Vater über den vergötterten Frido notiert hatte, bereiteten Bibi eine solche Pein, dass er aufjaulte und zum Lederkoffer griff. Er betäubte sich mit Alkohol und Tabletten, schwankte schon, wenn er sich morgens auf den Weg zur Vorlesung machte, und fand erst spätnachts in den Schlaf, wenn ihn der Cocktail aus Alkohol und Drogen in die ersehnte Bewusstlosigkeit sinken ließ.

Gret sah mit wachsender Bestürzung, dass seine Verwandlung immer gravierender wurde. Sein anfängliches Schweigen wurde nun von einer immer lauter werdenden Zudringlichkeit abgelöst. In Gesellschaft setzte er sein von Natur aus ohnehin schon kräftiges Organ immer provozierender ein; er brachte die anderen Gäste bald zum Verstummen und immer häufiger dazu, sich zu verabschieden, so schnell es die Höflichkeit eben erlaubte. Wer seinem zustimmungheischenden, oft überlangen Redeschwall widersprach, wurde nach einer peinlichen Pause so beleidigend attackiert, dass auch hier ein fluchtartiger Abschied die Folge war. Vor allem traf es Kollegen und Studenten, die ihn doch als Germanisten vorbehaltlos schätzten. Als ihn einmal ein deutscher Verleger auf das überragende Werk seines Vaters ansprach und ihn als den wichtigsten Autor des Jahrhunderts pries, erkundigte sich Bibi, wen er meine. Einen solchen Vater hätte er nie gehabt. Oder spiele er etwa auf den Verfasser der «Buddenbrooks» an? Nun, ein gelungenes Werk mache noch lange keinen Schriftsteller. Und noch weniger einen so bedeutenden, wie er ihn gerade gepriesen habe.

Gret litt schrecklich unter diesen böswilligen Attacken, die seine Verbitterung immer sichtbarer werden ließen. Sie beobachtete, wie er, inzwischen ohne jede Heimlichtuerei, seine «Mittelchen» nahm, sie mit randvollen Whiskygläsern hinunterspülte und anschließend feuchten Blicks auf eine Reaktion seiner malträtierten Organe wartete. Sein Körper, über viele Jahre an Alkohol und Drogen gewöhnt, brauchte beinahe täglich mehr Stoff für die Entspannung, nach der er sich so qualvoll sehnte. Er leerte Glas um Glas, bis die in seinem Kopf dröhnenden Sätze des Zauberers und die brutalen Worte Mieleins nur noch wie ein weitentferntes Echo zu vernehmen waren.

In ihrer Verzweiflung bat Gret Rosemunde um Hilfe, fragte gar, ob er nicht einige Zeit Wohnung bei ihnen in Orinda nehmen könne. Das Haus sei groß genug und böte genügend Platz – auch für länger verweilende Gäste. Rosemunde kam, nahm jedoch die Einladung zur Übernachtung nicht an. Er verbrachte ganze Tage in Orinda und fuhr erst spätabends heim, wenn er glaubte, seinen Freund in einigermaßen friedlichem Zustand zurücklassen zu können.

Gret musste nun doch auf das Vermögen ihrer Eltern zurückgreifen, so konnte sie Haus und Gatten besser im Auge behalten. Sie versorgte ihren Mann auch mit dem nötigen Geld, das er für seine «Mittelchen» brauchte, und drängte ihn immer häufiger, wegen seines desolaten Zustandes einen gescheiten Arzt aufzusuchen. «Von einem gewissen Alter an», argumentierte sie, «sind solche Untersuchungen nötig. Vor allem bei Männern.»

Bibi versprach ihr lachend, dass er sich kümmern werde, spielte aber weiterhin den risikofreudigen Todeskandidaten, der seinem Bruder Aissi in nichts nachstehen wollte. «Der Tod hat sich auf eine erbärmliche Weise zurückgezogen», verkündete er seinem Freund Rosemunde. «Ich habe schon lange die Dosis überschritten, die mein Bruder konsumiert hat, und der Alkohol hätte ihre Wirkung um ein Dreifaches steigern müssen.» Rosemunde sah ihn erschrocken an, doch Bibi winkte ab. «Beruhige dich, alter Freund, meine Kondition ist hervorragend. Es lebt sich so leicht, so unbelastet. Vielleicht werde ich nicht so alt werden wie mein Erzeuger, aber sicher werde ich zufriedener sterben. Was bedeuten zehn, zwanzig oder gar dreißig Jahre mehr, wenn man sie gar nicht richtig lebt!»

Rosemunde hielt immer wieder dagegen, dass man sein Leben nur unter der Bedingung erhalten habe, dass man es hüte und so lang wie möglich ertrage, und wurde stets mit dem gleichen Argument von Bibi abgewiesen, er habe nicht um dieses Dasein gebeten.

Eines Tages überraschte Bibi seinen Freund mit der verbesserten Rezension des «Doktor Faustus». «Der Einfluss dieses Mannes ist dahin», konstatierte Bibi mit vom Alkohol schwerer Zunge. «Wie ist's, kann ich sie dir nach dem Abendessen bei einer guten Flasche Wein zum Besten geben?»

Rosemunde nickte, voll heimlicher Angst, dass er an diesem Abend gezwungen sein könnte, zum eiternden Kern der in seinem Freund schwärenden Wunde vorzustoßen. Als sie zur Nachtzeit zusammensaßen, Gret hatte darauf bestanden, dabei sein und zuhören zu dürfen, begann Bibi mit einem kurzen Zitat aus einem Brief seines Vaters an ihn. ««Nochmals Dank und Glückwunsch und viele Grüße an Gret und die Bübchen. Über Echo sprichst Du distanziert, gefaßt und würdig. Dein Z.› Was war er doch eitel, der Alte», unterbrach sich Bibi, «unterschreibt mit Zauberer.» Sein Blick verlor sich, er schwieg. Rosemunde und Gret sahen einander ratlos an. Dann, als erwache er aus einem kurzen Schlaf, ging ein Ruck durch Bibi, und er war wieder da. «Wie dem auch sei, es gibt Botschaften, in der Natur, in anderen Menschen, die uns unaufhörlich zu erreichen suchen, die wir zwar mit blödem Unverständnis aufnehmen, die wir jedoch nicht begreifen, nicht verwerten können. Hätte ich etwa die Andeutungen meines verstorbenen Bruders verstehen können? Als Sechzehnjähriger? Die Qualen, die meiner Schwester Eri ins Gesicht geschrieben standen? Oder den Ekel, der die Züge meines Vaters in feinen Abstufungen überzog, wann immer er meiner ansichtig wurde? Und wohin zeigten die Zeichen der durch mich erzeugten Ereignisse? Das Ohrfeigen des Direk-

tors im Züricher Konservatorium, meine immer wieder provo-
zierten Schlägereien, die letztendlich den jähzornigen Überfall
auf Yaltah zur Folge hatten ...»

Gret sah Bibi aufmerksam an. Bis heute hatte er nie über
das gesprochen, was zwischen ihm und Yaltah vorgefallen war.
Würde sie jetzt endlich die Wahrheit erfahren?

Doch Bibi sprach weiter wie in Trance. «Waren all diese Ereignisse nicht am Ende nur ein sich stetig wiederholender Hinweis auf, ich will es einmal milde ausdrücken, mein ungewoll-
tes, unerwünschtes Dasein? Und hätte die Konsequenz dessen
für mich nicht sein müssen, mich so schnell wie möglich wieder
vom Acker zu machen? Ich habe es nicht vermocht. Habe mein
erwachsenes Gesicht abgewartet, nur um letztlich erkennen zu
müssen, dass nichts Markantes, nichts Eindeutiges darin zu sehen war. Keine meiner Entscheidungen war jemals so endgültig,
dass sie ein ganzes Leben lang vorgehalten hätte.»

Gret biss sich auf die Unterlippe, bis sie Blut schmeckte. Was
war mit ihr? Was mit den Kindern? War das keine Entscheidung
für ein ganzes Leben gewesen? Ihr Mann, schon lange blind und
taub für die Gefühle anderer, sprach ungerührt weiter. «Umso
mehr liebte ich meinen Vater, verehrte ihn zutiefst, weil er seinen Lebens- und Schaffensweg von vornherein festgelegt und
mit großer Energie verfolgt hat. Selbst als ihn die Kräfte schon
verließen, glaubte er noch, ein Meisterwerk, einen krönenden
Abschluss schaffen zu müssen. Und nun komme ich, der Ungeliebte, der Ekelerregende, zur Beurteilung seines letzten umfäng-
lichen Werks, die ich schon einmal, mit dir, lieber Menachem,
zu Papier gebracht habe. Zu einer positiven Einschätzung sind
wir damals gekommen, obwohl ich durchaus nicht überzeugt
von dem war, was wir da zusammengeschrieben hatten. Dir,
mein Lieber, mag es ein Herzensbedürfnis gewesen sein, deine

Vergötterung meines Vaters einmal schriftlich festzuhalten. Ich dagegen habe unter meiner damaligen widerwärtigen Lügenhaftigkeit, die ich sogar dir gegenüber aufrechterhalten habe, gelitten. Und das besonders, weil ich wieder einmal halb bewundernd, halb neidvoll deine kindliche, durch nichts zu erschütternde Wahrhaftigkeit mit ansehen musste. Ich versichere dir, dass auch ich bis zum heutigen Tage nicht in der Lage bin, die Anbetung meines Vaters vollständig zu unterdrücken. Dennoch, diese zweite Beurteilung seines Werkes soll keine späte Rache für seine lebenslängliche Zurückweisung sein. Nur eine Rehabilitation meiner selbst und die Bekundung meines wahrhaften Eindrucks, den mir sein letztes, umfängliches Werk vermittelt.»

Rosemunde hatte sich abgewandt, und Gret spürte, dass nun auch er tief getroffen war. Wieder musste sie an sich halten, um nicht aufzuspringen und ihrem Mann, der sie beide mit seiner egoistischen Selbstanklage erschüttert hatte, einfach den Mund zuzuhalten. Bibi, der weder ihr noch Rosemundes Entsetzen wahrzunehmen schien, zog einen sorgfältig gefalteten Bogen aus seiner Jackentasche, entfaltete ihn und begann zu lesen.

«Die Trennung der Musik vom Religiösen, dem Brutkasten aller späteren musikalischen Schöpfungen, hat für lange Zeit zu einer Profanation geführt. Es bedürfte eines langen und zähen Ringens vieler genialer Köpfe, um sie wieder auf Augenhöhe mit dem Ursprung und darüber hinaus zu führen. Woher kommt der fanatische Drang eines musikalischen Dilettanten zur Musik? Was veranlasste den Liebhaber Wagner'scher schwülstiger Pathetik, sich ausgerechnet dem Schicksal eines Zwölftöners zuzuwenden, dessen Herkunft er zu allem Überfluss in der tiefsten deutschen Provinz ansiedelt? War er darauf aus, sein Verständnis für eine neue Musikgeneration anzudeuten? Oder wollte er, im Gegenteil, die von ihm so bewertete Krankhaftigkeit dieser Musik in der Krankhaftigkeit seines syphilitischen Hauptcharakters spiegeln und so betonen, dass dessen geniale Ausgebufftheit einem bereits zerfallenden Hirn entsprang?

Zu dieser Überlegung kommt man unweigerlich, wenn man dem Fortgang der Handlung und der Entwicklung der anderen Charaktere folgt. Man denke nur an die Hirnhautentzündung des kleinen Nepomuk. Die engelhafte äußere Hülle dieses unschuldigen Geschöpfes, verbunden mit dem unaufhaltsamen Zerfall eines jungen Gehirns, ist ein weiterer Hinweis auf diese erschreckende Schlussfolgerung. Ich will nicht so weit gehen, den Verdacht auf eine heimliche Annäherung an die Kunstauffassung des nationalen Sozialismus zu lenken, denn wie könnte das sein? Einem Exilanten, der in der Öffentlichkeit nichts so sehr verachtete wie diese primitiven Ausgeburten der Hölle, darf man solche Anlehnungen nicht unterstellen.

Andererseits ist da sein langes Zögern in den dreißiger Jahren, bis er sich endlich zu einer klaren Aussage gegen diese Verbrecherbande durchgerungen hatte, und da ist sein stets latent vorhandener Antisemitismus, der immer wieder einmal zum Vorschein kommt. Man lese nur seine Tagebücher.

Auch der empörte Zuruf eines prominenten jüdischen Zwölftöners, er sei kein Syphilitiker, macht solche Überlegungen durchaus plausibel. Und sein Eingeständnis, wenn er hätte Musiker werden wollen, dann hätte er komponiert wie César Franck und dirigiert wie Bruno Walter, bestätigt meine Annahme geradezu.

Rein formal gesehen versucht der Autor, die spießig pedantische Umständlichkeit seiner Schilderung damit aufzufangen, dass er die Handlung von einem Freund der Hauptfigur erzählen lässt, einem Jugendfreund, der im selben Provinznest geboren ist und ihn sein Leben lang begleitet hat. Nichts scheint zu viel beschrieben, und doch langweilt den Leser die Geschwätzigkeit der Darstellung, obwohl man sich der Genauigkeit der beschriebenen Figuren und Situationen oft nicht entziehen kann. So zeugt beispielsweise die Beschreibung der Apokalypse des Nepomuk von der hohen Kenntnis menschlicher Leidensfähigkeit, und seine präzisen Wortfindungen lassen das große Restpotenzial eines ungewöhnlichen Künstlers erkennen.

Und so flüchtete der erschöpfte Rezensent sich immer mal wieder in die früheren Schriften des Autors, nahm gewissermaßen geistige Entspannungsbäder darin und gelangte am Ende zur endgültigen und eindeutigen Ablehnung des Spätwerkes.

Vielleicht sollte man auf einige Stellen im Buch hinweisen, in denen geradezu flehend um Verständnis für das Atonale in der zeitgenössischen Musik geworben wird. So könnte diesem gescheiterten Œuvre doch noch eine in die Zukunft weisende Aussage abgewonnen werden.»

Bibi faltete seine Rezension wieder zusammen und blickte seine Zuhörer in gespannter Erwartung an. Er sah, wie Rosemunde aufstand und, ohne ihn eines Blickes zu würdigen, den Raum verließ. Eine halbe Minute später hörten sie, wie er den Motor seines Wagens startete und davonfuhr.

Gret blieb still sitzen und starrte abwesend auf den Boden. Sie hatte Angst vor dem, was jetzt kommen würde. Zweifellos hatte er viel getrunken. Sogar für seine Verhältnisse. Sie hatte ihn wiederholt unter dem Tisch gegen das Schienbein getreten.

Er hatte sich fast übergeben vor Lachen über ihre vergeblichen Versuche, ihn zu stoppen. Jetzt saß er da, nahm seine Umwelt wie durch dicke Watte wahr, und doch war da die Stimme seiner Mutter in seinem Kopf. Lauter und klarer, als er sie in einem solchen Zustand je vernommen hatte. «Dein Vater wird auch dann noch am Leben sein, wenn längst niemand mehr weiß, dass es Nachkommen von ihm gegeben hat.» Schwankend stand er auf und blieb einen Augenblick lang vor seiner starr dasitzenden Frau stehen. Er streckte die Hand nach ihr aus, als wolle er ihr Haar streicheln, doch er berührte sie nicht, sondern torkelte in sein Arbeitszimmer hinauf, wo ihn der geöffnete Lederkoffer mit einladender Freundlichkeit empfing.

Sie waren nach einem Abend im Studententheater der Universität mit einer illustren Gesellschaft im Schlepptau direkt heimgefahren. Die Wagenkolonne hatte fast eine ganze Straßenseite eingenommen. Das alte Jahr neigte sich dem Ende zu, man wollte fröhlich ins Jahr 1977 hineinfeiern. Medi war aus Santa Barbara herübergekommen, um den Jahreswechsel mit ihrem kleinen Bruder und ihrer Freundin zu verbringen. Im Wohnzimmer war ein langer Tisch mit weißem Leinen gedeckt. Die Gesellschaft saß, beschwingt vom eindrucksvollen Feuerwerk, das den Jahreswechsel eingeläutet hatte, und noch mehr vom großzügig eingeschenkten kalifornischen Sekt, an der langen Tafel und tat sich an den üppig gefüllten Horsd'œuvre-Platten gütlich. Auf der Anrichte standen ganze Batterien entkorkter Sektflaschen. Ab und zu führte einer der Gäste eine Flasche an den Mund. Medi schüttelte sich heimlich beim Gedanken daran, welche Krankheiten sie sich einfangen könnte, würde sie sich nachschenken.

Bibi saß ihr schräg gegenüber. Unwillkürlich zählte sie die Gläser Whisky, mit denen ihr Bruder sich volllaufen ließ. Wenn sie ihm stumm ein volles Sektglas zuschob, lehnte er lachend ab oder nahm das Glas und schüttete den Inhalt in den Ständer des immer noch festlich herausgeputzten Weihnachtsbaums, der hinter ihm vor der Verandatüre stand. «Du bist ja auch wieder hier», sagte er mit schwerer Zunge zu Rosemunde, der sich seit Monaten nicht mehr hatte blickenlassen, aber auf Grets inständige Bitten hin und weil er das neue Jahr nicht mit altem Groll im Herzen beginnen wollte, schließlich doch gekommen war. «Hast du inzwischen verwunden, dass ich dir deinen Gott vom Himmel geholt habe?» Da Rosemunde nicht antwortete, setzte er tückisch lächelnd nach: «Einiges an Qualität habe ich ihm doch nicht verweigert. Wie hieß er noch gleich? Ist schon so lange her, dass mir sein Name nicht mehr einfällt.»

«Von wem sprichst du?», erkundigte sich Rosemunde, um Gelassenheit bemüht und in der Hoffnung, dass es hier nicht zu einem Skandal kommen würde.

«Gut gekontert», gab Bibi zu.

«Doch nicht etwa von deinem Vater?», fragte Rosemunde liebenswürdig, und die Unterhaltung im Raum versiegte wie auf ein geheimes Stichwort.

Aller Augen wandten sich ihnen zu.

«Nein, vom Verfasser der ‹Buddenbrooks›», erwiderte Bibi ernst, und Rosemunde suchte vergeblich nach der Andeutung eines Lächelns in seinem Gesicht.

Medi stand auf und verschwand mit zwei leeren Horsd'œuvre-Platten in der Küche, um sie neu zu füllen, während die allgemeine Unterhaltung wieder an Fahrt gewann.

«Willst du nicht für ein paar Minuten auf dein Zimmer gehen? Dich vielleicht ein wenig frisch machen und mit dem Whiskygetrinke aufhören?», flüsterte Gret ihm über den Tisch hinweg zu. Zu ihrem großen Erstaunen erhob er sich sofort und stand, ohne zu wanken, da. Sein Smoking tadellos. Nicht einmal die Fliege saß schief. Es sah aus, als mache er Anstalten, eine Rede zu halten, doch schließlich sagte er nur, dass er sich für ein paar Minuten zurückziehen wolle, und packte Rosemunde bei der Hand. «Du kommst mit», sagte er. Und diesmal lächelte er sogar.

Die Stufen hinauf ins obere Stockwerk überwand er ohne Schwierigkeiten. Oben angekommen, öffnete er die Tür zu seinem Schlafzimmer und forderte Rosemunde galant auf, vor ihm einzutreten. Er räumte einen Stuhl frei, auf dem noch die Kleidung vergangener Tage herumlag, und warf sich, ohne sein Jackett zu öffnen, aufs Bett. «Setz dich doch. Mach es dir bequem.» Er sah Rosemunde mit rotunterlaufenen Augen an. «Dass ich dich endlich wieder einmal sehe.» Er grinste den Freund herausfordernd an.

Es war offensichtlich, dass sich Bibi nicht mehr ganz in der Gewalt hatte. Rosemunde sah, wie ihm fortwährend die Augen zufielen und er, sooft ihm das bewusst wurde, zu lachen anfing. «Dabei habe ich heute nicht einmal meine übliche Portion geschluckt. Ich wollte doch ein schönes deutsches Silvester feiern. Habe mir große Mühe gegeben, die nötigen Knallkörper und Raketen zu beschaffen.»

«Die haben einen Höllenlärm gemacht», sagte Rosemunde. «Du hast ganze Arbeit geleistet. Einige von denen da unten mögen gedacht haben, die Japaner hätten einen neuen Angriff gestartet.»

«Toll», murmelte Bibi, und ihm fielen erneut die Augen zu. Nach ein paar Sekunden riss er sie wieder auf und äußerte den Verdacht, er habe die «Mittelchen» wohl verwechselt. Hatte er sie mit den Schlaftabletten vertauscht?

Während er noch darüber nachdachte, hörte er seiner Stimme zu, die Rosemunde fragte, wie es ihm denn in der Zwischenzeit ergangen sei. Ob er sich endgültig in seine Berufung eingelebt habe.

Die Antwort hätte er sich denken können. Wie durch eine

Nebelwand hörte Bibi den Freund antworten, dass er sich vom Glauben losgesagt und eine Stelle als Hebräischlehrer in einer Jesuitenschule angenommen habe. «Man muss die bedingungslosen Anhänger eines rachsüchtigen Gottes, der sie schon seit Tausenden von Jahren mit immer neuen Ausrottungsversuchen verfolgt, auf jede erdenkliche Weise vor ihm schützen. Er verdient dieses Volk mit allen seinen großen Männern gar nicht.»

Bibi rief in den Nebel hinein, dass er doch einem wie auch immer gearteten Gott nicht die Schuld wahnsinniger Menschen in die Schuhe schieben könne. Dabei lachte er aus vollem Hals und begann, seine sich ständig schließenden Augenlider mit den Fingern offen zu halten. Doch Rosemunde blieb bockig und beteuerte, dass ihn nichts von seinem Entschluss abhalten könne. Eventuell werde er sogar in die Bruderschaft der Jesuiten eintreten. Wieder lachte Bibi laut und schlug vor Vergnügen um sich. Rosemunde ermahnte ihn, er solle sein lebenslanges clowneskes Gehabe endlich an den Nagel hängen. Doch er konnte nicht aufhören zu lachen. Er amüsierte sich königlich und fühlte sich so unsagbar wohl wie lange nicht.

Medi und Gret steckten die Köpfe herein und ließen sich von seinem Gelächter anstecken. Sie hatten die letzten Gäste verabschiedet und wollten gute Nacht sagen.

«Was hast du denn da in der Hand?» Bibi streckte seine nach Medis aus.

«Einen Kompass», antwortete Medi und hielt ihm das silberne Gerät dicht vors Gesicht.

«Behalt ihn, Medi.» Für einen Moment lichtete sich der Nebel, und er sah ihr Gesicht hell und klar. Sie sah ihn an, wie sie ihn als Kind oft angesehen hatte. Neugierig, mit großen, braunen Augen und einem feinen Lächeln im Gesicht.

«Behalt ihn. Er wird dich leiten und dich durch alle Fährnisse deines Daseins und durch ein langes Leben führen.»

«Das klingt ja schrecklich», sagte Medi, und ein Ausdruck von Besorgnis zeigte sich in ihrem Gesicht. Ihre Stimme klang wie von weit, weit her. «Fühlst du dich nicht wohl?»

«Nie habe ich mich wohler gefühlt.» Er sagte es und spürte, dass es stimmte. Der Nebel riss wieder ein Stückchen auf, die Köpfe der beiden Frauen kamen näher, und plötzlich kam ein dritter dazu. War das Rosemunde, der sich schwarz und haarig zwischen die Frauen drängte?

«Der Tod kommt näher», murmelte der dritte Kopf. «Er wird sich nicht mehr lange verbergen können.»

Quatsch, dachte Bibi, und seine Augen wandten sich Gret zu. «Geh du auch schlafen. Es wird Zeit.»

Sie lächelte traurig, dann war ihr Kopf im Nebel verschwunden.

So harmlos, so eindruckslos kann der Tod gar nicht sein, dachte Bibi. Mein Sieg morgen früh wird emphatisch und mein Kater fürchterlich sein. Sein Wohlgefühl nahm weiter zu, sodass er den Kopf bequem zur Seite neigte. Grets warme Hand auf seiner Stirn spürte er schon nicht mehr.

Drei Tage nach Neujahr wurde er auf einem stillen Friedhof in der Nähe des Meeres begraben.

Inhalt